中国发展战略学研究会创新战略专业委员会

创新战略丛书

National Innovation Strategy

国家创新战略

————————————— 李喜先等　著

科学出版社

北　京

图书在版编目（CIP）数据

国家创新战略／李喜先等著. —北京：科学出版社，2010
（创新战略丛书）
ISBN 978-7-03-029763-1

Ⅰ.①国… Ⅱ.①李… Ⅲ.①国家创新系统－研究 Ⅳ.①F204

中国版本图书馆 CIP 数据核字（2010）第 240126 号

责任编辑：郭勇斌 王昌凤／责任校对：朱光兰
责任印制：赵德静／封面设计：无极书装
编辑部电话：010-64035853
E-mail：houjunlin@mail.sciencep.com

科学出版社 出版
北京东黄城根北街 16 号
邮政编码：100717
http://www.sciencep.com

中国科学院印刷厂 印刷
科学出版社发行 各地新华书店经销

*

2011 年 1 月第 一 版 开本：B5（720×1000）
2011 年 1 月第一次印刷 印张：22 1/2
印数：1—3 000 字数：423 000

定价：56.00 元
（如有印装质量问题，我社负责调换〈科印〉）

总　序

李喜先

创新是社会系统的各个层次必不可少的。迄今，已经在许多领域出现了创新思想、创新模式等，并发展成为系统的创新理论。创新系统是在人类精神活动中不断生成的复杂系统，是由众多创新要素如各种观念、原理、规律、方法、制度、程序等相互作用而形成的概念系统。凡系统都必然有其结构和功能，并在不断地演化着。

实际上，创新的思想、理论和精神已遍及社会的许多领域，各类"创新"纷繁，以致成为最频繁出现的术语之一。元创新（met-innovation）乃创新之首、创新之创新、起支配作用的创新，即研究创新本身而认识创新规律性的创新，从而是指导如何创新的高一层次的创新。相对地，在各个层次上、各个类别中，都存在着自身的元创新，其中，最关键的是国家层次上的元创新。

应该强调，一切创新皆需要自由、自主，才能充分发挥主体的创新精神；一切创新均需要奇异构想、非常规思维，才能超越常规的思维方式，产生新的思想和理论；一切创新皆隐含着"风险"，但其中蕴涵着成功的契机；一切创新应宽容失败，而不包容不创新；特别是，要坚持科学与人文精神的融合，即坚持科学人文精神。

在未来，要在中华大地上再创辉煌，就要创建崭新的知识型、智慧型国家，这是世代中华儿女要为之奋斗的极其复杂而艰巨的崇高事业。要实现这一宏大的愿望，必须在元创新层次上发生革命性的变化，才能指引和规范各类创新，才能形成有层次结构的"协同创新"。惟其如此，才能从整体上塑造出创新的中华民族。

前　言

在社会系统的各个层次上都需要创新，即创造出现实尚不存在的新事物，充分发挥民族的创新能力。创新战略专业委员会的宗旨是：强调战略层次（时间尺度长、空间尺度大）上的创新，将"创新"与"战略"融合，着力于研究创新战略思想、理论和观点等。为此，要聚集优秀学者，集萃其思想精华。

2004年，创新战略专业委员会创立后，在中国发展战略学研究会和挂靠单位中国科学院院士工作局的支持下，进行学术研究活动，并对论文进行精选，再系统地扩展，形成专著、丛书，以持续并深化学术交流。

本书分上、中、下三篇，共15章。

作者（按写作章次为序）

李喜先	总论，第1、13、15章
金吾伦	第2章
段培君	第3章
苗东升	第4章
张超中　武夷山	第5章
葛霆　吴晨生　周华东	第6章
李文馥	第7章
王长乐	第8章
吴乐山　王松俊	第9章
韩庆祥　张艳涛	第10章
胡军	第11章
刘仲林	第12章
王中宇	第14章

中国发展战略学研究会创新战略专业委员会

2010年10月27日

目　录

总序（李喜先）
前言
总论 ⋯⋯⋯⋯⋯⋯⋯⋯⋯⋯⋯⋯⋯⋯⋯⋯⋯⋯⋯⋯⋯⋯⋯⋯⋯⋯⋯⋯ 1

0.1 器物层次创新为物质文明奠定基础 ⋯⋯⋯⋯⋯⋯⋯ 2

0.2 制度层次创新重于器物层次创新 ⋯⋯⋯⋯⋯⋯⋯⋯ 4

0.3 观念层次创新更重于制度层次创新 ⋯⋯⋯⋯⋯⋯ 6

0.4 国家创新战略是创建知识型、智慧型国家 ⋯⋯⋯⋯ 7

上篇　理 论 创 新

1 论元创新 ⋯⋯⋯⋯⋯⋯⋯⋯⋯⋯⋯⋯⋯⋯⋯⋯⋯⋯⋯⋯⋯⋯ 13

1.1 元创新概念的确立 ⋯⋯⋯⋯⋯⋯⋯⋯⋯⋯⋯⋯⋯ 13

1.2 元创新在创新系统中的支配作用 ⋯⋯⋯⋯⋯⋯⋯ 15

1.3 元创新实质上是精神文化创新 ⋯⋯⋯⋯⋯⋯⋯⋯ 16

1.4 中国更需要元创新 ⋯⋯⋯⋯⋯⋯⋯⋯⋯⋯⋯⋯⋯ 18

1.5 元创新指引国家全方位持续创新 ⋯⋯⋯⋯⋯⋯⋯ 22

2 论国家创新系统 ⋯⋯⋯⋯⋯⋯⋯⋯⋯⋯⋯⋯⋯⋯⋯⋯⋯⋯⋯ 25

2.1 何谓创新 ⋯⋯⋯⋯⋯⋯⋯⋯⋯⋯⋯⋯⋯⋯⋯⋯⋯ 25

2.2 从个别创新到系统创新 ⋯⋯⋯⋯⋯⋯⋯⋯⋯⋯⋯ 26

2.3 国家创新系统是创新发展的新阶段 ⋯⋯⋯⋯⋯⋯ 26

2.4 中国国家创新系统有待完善与发展 ⋯⋯⋯⋯⋯⋯ 28

2.5 创新三步曲案例 ⋯⋯⋯⋯⋯⋯⋯⋯⋯⋯⋯⋯⋯⋯ 31

2.6 国家创新系统建设需要思维方式变革 ⋯⋯⋯⋯⋯ 34

3 创新型国家战略研究 ⋯⋯⋯⋯⋯⋯⋯⋯⋯⋯⋯⋯⋯⋯⋯⋯⋯ 38

3.1 建设创新型国家作为国家发展战略核心的决策 ⋯⋯⋯⋯ 38

3.2 建设创新型国家作为国家战略的依据和着眼点 ……………………… 42

3.3 建设创新型国家作为国家战略的目标体系和主要布局 …………… 47

3.4 建设创新型国家的学科理论支持 …………………………………… 50

3.5 建设创新型国家的对策问题 ………………………………………… 53

4 论战略性创新和创新战略的复杂性 ……………………………………… 61

4.1 创新研究属于复杂性科学 …………………………………………… 61

4.2 创新的系统学诠释 …………………………………………………… 63

4.3 战略性创新的复杂性在于系统内含的对立统一 …………………… 66

4.4 国家战略性创新是开放复杂巨系统 ………………………………… 70

4.5 国家创新体系的复杂性 ……………………………………………… 73

4.6 驾驭战略创新复杂性需要建设创新型国家 ………………………… 75

4.7 驾驭战略创新复杂性需要自组织与他组织相结合 ………………… 81

5 论传统与创新 …………………………………………………………… 85

5.1 近世中国尚待完成的文化任务 ……………………………………… 85

5.2 "相得益彰"的理论与实践 ………………………………………… 92

5.3 原创性：永恒的传统与创新 ………………………………………… 107

中篇　制度创新理论

6 国际创新理论的新进展 ………………………………………………… 117

6.1 对创新概念的重新认识和再定义 …………………………………… 118

6.2 从线性创新模式到动态非线性交互型模式 ………………………… 121

6.3 创新的非技术形态与非技术创新 …………………………………… 125

6.4 创新生态论 …………………………………………………………… 127

6.5 创新的分类 …………………………………………………………… 129

6.6 创新的测度 …………………………………………………………… 132

7 国民自主创新意识的源泉——儿童早期自主创新教育 ……………… 136

7.1 创造力概述 …………………………………………………………… 136

7.2 创造力理论 …………………………………………………………… 138

7.3 创造力研究方法论 …………………………………………………… 141

7.4 儿童早期创新教育 ·············· 144

7.5 自主性绘画是儿童早期创新教育的最佳载体 ·········· 162

7.6 任童心翱翔——童心幻想的未来指向性 ·········· 164

8 中国高等教育思想创新及改革思路 ·········· 169

8.1 中国高等教育系统存在着深刻的制度和文化危机 ········· 169

8.2 我们应该秉持什么样的大学教育目的 ·········· 183

8.3 中国大学改革目标：去行政化 ·········· 195

9 论科技创新的政策和制度 ·········· 201

9.1 科技创新的政策和制度需求 ·········· 201

9.2 国内外科技创新的政策比较 ·········· 206

9.3 我国科技政策与制度创新的改革建议 ·········· 216

10 创新的文化阻滞力 ·········· 227

10.1 创新的文化阻滞力分析 ·········· 227

10.2 解决问题之可能路径 ·········· 233

下篇 文 化 创 新

11 知识主义引领未来 ·········· 241

11.1 求知是人的本性 ·········· 241

11.2 知识社会的兴起 ·········· 246

11.3 从知识社会迈向知识主义社会 ·········· 251

12 中华文化创新与第三种文化探索 ·········· 253

12.1 文化：从论战到建设 ·········· 253

12.2 科技文化与第三种文化 ·········· 256

12.3 中华传统文化与第三种文化 ·········· 260

12.4 中华文化变革与第三种文化 ·········· 264

12.5 中华新文化理论建构 ·········· 272

12.6 传道中华新文化 ·········· 278

13　论精神文化 ·· 281

　13.1　科学文化 ·· 281

　13.2　人文文化 ·· 288

　13.3　精神文化功能 ·· 289

　13.4　精神文化创新 ·· 291

　13.5　精神文化融合 ·· 295

14　对文明可持续性的另类思考 ································ 297

　14.1　失衡的"主流文明" ······································ 297

　14.2　"主流的文明"核心机制观察 ······························ 303

　14.3　生物圈的智慧 ·· 313

　14.4　躯体的智慧 ·· 316

　14.5　反思 ·· 324

15　构建知识主义社会——面临现代社会系统加速变迁的战略选择 ········ 329

　15.1　社会系统变迁的经典理论 ·································· 330

　15.2　社会系统变迁的现代理论 ·································· 331

　15.3　社会系统变迁的当代理论 ·································· 334

　15.4　中国国家创新战略是构建知识主义社会 ······················ 346

总 论

李喜先

在广义上，"创新"一词已超出了经济学的范畴而演变为一般概念，即要创造出前所未有的新事物的人类活动，并有成败之果。实际上，创新是在人类精神活动中不断生成的复杂系统，即由众多创新要素如各种观念、原理、规律、方法、制度、程序等相互联系和相互作用而形成的概念系统，称为创新系统。凡系统必然有其结构和功能，并不断地演化着。

当今，创新的思想、理论和精神已遍及社会系统、科学技术系统、教育系统、文化系统和管理系统等许多领域，各类创新纷繁，以致"创新"成了最频繁出现的术语。

在创新系统中，元创新乃创新之首、创新之创新、起支配作用的创新。掌握创新的普遍规律的创新，才能指导如何实现创新的高一层次的创新。相对地，在各个层次上、各个类别中，都存在着自身的元创新，其中最关键的是国家层次上的元创新。只有形成具有优化层次结构的创新系统，才能充分地发挥其功能，使系统处于最佳状态。

目前，我国正在建设创新型国家，并取得了很大的进展。但是，我国与世界上一些创新型国家相比，在标准或指标体系上存在很大的差别，尽管因价值观等存在着差异而无统一的标准。因此，我国要建成真正意义上的创新型国家，就不能沿袭基于资本的"黑色工业文明"的老路，更不能贪婪地追求物欲而导致社会不可持续发展；而必须崇尚精神文明的价值观，既不能满足于科技层面上的指标，更不能限于追求物质层面上的指标，尽管在科技器物等层面上的指标极其重要，但仍不足以建成先进的合人意的文明国家，因而应有全面的指标体系，包括人文和社会指标，特别是要坚持科学与人文精神的融合，坚持系统观、整体观和可持续发展观，大力弘扬人文主义精神，以增强创新精神。

在国家创新系统中，存在着复杂的多层次结构，在器物、制度和观念三个基本层次上的创新都是不可或缺的。由于在各个层次上创新的性质不同，产生的功能也不同，我们必须认识到，在三个基本层次上的创新，存在着相互依存、相互促进的关系，所以必须遵循"协同创新"的原理。器物层次上的创新，将推进制度创新，而制度创新必然要求上升到观念创新，特别是在价值观念上的创新；反之，只有正确的理论和先进的观念，才能内化为科学的、合理的和先进的制度，从而才能确保器物层次上的各类创新得以实现。进而，我们发现，三个基本层次上的创新，彼此并不是不分伯仲，而是遵循"递进原理"：凡是在较低层次上的创新，都要逐级地依赖较高层次上的创新。这就是说，器物层次上的创新，必须依赖于制度层次上的创新；而制度层次上的创新又依赖于观念层次上的创新；最后，就推进到了依赖于决策系统层次上的创新。

0.1 器物层次创新为物质文明奠定基础

在器物层次上的创新，虽然涉及方方面面，但关键在于要依赖知识创新，主要包括科学、技术、工程知识等方面的创新。今天，我们越来越看到，只有通过知识加速创新，才能产生大量的高质量知识；而知识优于资本并胜过资本，进而知识信息化、信息数字化，从而加快信息变化的速度，高效地创造出丰富的物质财富，为创建物质文明奠定基础。

在器物层次上的各类创新活动中，科学创新、技术创新和工程创新虽然都占有极其重要的地位，但由于各自的性质不同，所起的作用也不同，彼此相互促进而不能相互代替，从而构成了一个"三联体"。

0.1.1 科学创新具有本原性，是源头活水

一般地，科学创新经常表现为科学发现，然而有些发现并不总是科学创造力的结果，如发现一片未知领土的探索者未必具有创造力或创新的能力。但是，当科学创新一旦形成一个体系时，就超越了原来直接发现的本身，即导致发现了隐藏在这一体系中的超越原有发现的另一些新的性质，如门捷列夫元素周期表的发现就是超越原有发现的典型。通常，在科学创新中会出现若干带有规律性的衍生现象，从知识生成新的知识。

我们强调，科学创新主要是理论的提出，尤其是重大的原创性科学理论的提出，如相对论、量子论、基因论、系统论等的出现，往往会引起新学科的诞生，甚至引起整个科学界的革命，从而标志着科学的真正进步。

在世界上，我国的科学创新能力仍然不高，在科学上的贡献率也很低，迄今仍与诺贝尔奖、菲尔兹奖无缘，这与我国的大国地位很不相称。我国要真正发展科学，必须要进行科学创新。为此，应在国家决策层进行一场文化深层次的反思，才能在科学观念、科学发展战略思想上达到高级的认识，从而使中国科学

昌明。

0.1.2　技术创新高效地、程序化地转变物质形态

在广义上，技术含自然技术、社会技术和思维技术等。这里，我们特将自然技术简称为技术。由此，技术创新意指，在一定的自然和社会环境中，用于实现输入集和目标集之间有向转换的可操作程序的变化。这种变化就是实现将自然物质高效地、程序化地转变为社会性物质、能满足人类需要的物质形态，这种物质形态是自然界原本就不存在的人化物质形态，即客体主体化的产物。我们将这种通过操作程序而实现物质形态的转变或创新称为技术发明。

技术创新与科学创新的关系极其密切，它们之间存在着前馈和反馈、非线性相互作用。一般来说，通过科学加速创新，导致新的科学理论，就能从本原上从容不迫地孕育出许多前沿技术、知识密集型技术，如信息技术、空间技术、能源技术、材料技术、生物技术、环保技术等，从而使得各种技术发明迭起。因此，从原则上说，技术预测和设计是可行的。反之，在技术创新中，会涌现出许多新的科学问题和难题，激励着科学创新，从而推进科学的发展。

技术创新不仅日益科学化，许多不确定因素、难题将通过科学创新化解，而且技术创新也日益人性化，消除技术对人的异化、奴役，让技术回归人文，使技术更加智能化、绿色化。

0.1.3　工程创新具有改变物质世界的多样性和专一目的性

大体上，工程分为自然工程、社会工程、思维工程等。这里特指自然工程，简称为工程。

从人类生存和发展的意义上看，工程创新显得更为根本。工程创新不但要集成数量众多、集成密度和复杂程度递增的技术创新，而且要蕴涵着新的科学原理，以及合人意的价值观念创新。

一般来说，工程创新既具有多样性，又因各自特殊而具有专一性。因为任何一项工程创新能满足某一主体的需求，并不一定就能满足另一主体的需求。例如，一项具有创新性的桥梁工程能在某地实施，但因人文地理环境等的差异并不能在另一地照样实施。因此，工程创新虽与科学创新、技术创新有着紧密的联系，但它含有更多的创新因素，如人文和社会因素，特别是伦理和道德因素等。

0.1.4　科学创新、技术创新和工程创新形成了一个"三联体"

虽然科学创新、技术创新和工程创新都有联系，但是彼此之间在程度上存在着差异：科学创新与技术创新之间的联系更为直接和密切，而技术创新与工程创新之间的联系则更为直接和密切。由此可见，技术创新凸显中介或桥梁的作用，将科学创新一端与工程创新另一端联结起来，形成了一个"三联体"。这三者的关系极其复杂，类似于天体力学中难解的"三体难题"。

不过，我们还可以从新的角度来看它们之间的联系。从历史演化的联系上可以看出：首先，从最早满足人类生存的需要或者从起源的意义上说，工程创新起到了源头的作用；其次，推动了一系列的技术创新，使得技术发明不断地出现；最后，技术创新要达到新的水平，就不得不得益于科学创新了。但是，从 19 世纪中叶以来，特别是在现代时期，却又出现了新的转折，显示出了它们之间在逻辑结构上的联系：首先，科学创新起了源头作用；其次，技术创新越来越依赖于科学创新；最后，工程创新就从古代的源变成了汇，对科学、技术、文化创新等多因素越来越起着整合作用，即各类创新都汇入工程创新的"海洋"。这样，工程创新就更贴近人类的需要。

0.2　制度层次创新重于器物层次创新

人类运用社会科学知识，通过社会技术和社会工程途径，创造出规范社会活动的制度，包括总体社会制度——社会形态、专门领域的特殊制度，以及众多具体制度。我国的制度创新，包括政治、法律、经济、科学、教育等制度创新，主要载体是国家各级权力部门。

目前，我国许多制度并不完善，还存在着多种弊端，这是社会变革中存在的现象，但通过制度创新，坚持不停地向前走，经过一个历史时期，总会得到根本的改变。

0.2.1　教育系统存在着深刻的制度和文化危机

教育基本理论和精神缺失，教育制度存在种种弊端：大学普遍存在着行政化、官员化的问题，使得其学术价值、学术地位丧失，很难培养出高质量的人才，特别是各类大家、大师级人才，从而在顶尖的创新能力方面带来了严重的危机；教育中的腐败蔓延，"权力与文凭交易"，趋炎附势、巴结权贵、逢迎拍马等，致使教育庸俗化、品格低下、精神萎缩、过度功利化。这完全背离了教育本身的"使人成人"的宗旨，与应然的纯洁、高雅、文明、神圣品质截然相悖。

0.2.2　科技制度和政策存在着系统性缺失

科技制度和政策空间上的缺失，主要是严重缺乏人文精神对科技的引导，导致在科学精神、科学道德、科技行为规范、创新精神、创新教育、创新文化、人文导向、科技普及和科技管理等方面，都存在严重缺位，因此，滋生了严重的科技浮躁、弄虚作假、科技腐败、科技犯罪等丑恶现象。我国科技制度创新乏力，导致创新能力不高，难以支撑起国家的全面建设，特别是若干关键领域对外的依存度还居高不下。

0.2.3　经济制度创新也存在着疑难[①]

在很大程度上，经济制度创新依赖于经济学理论的创新。其中，柳树兹提出了"新资本"概念，导致新资本对旧资本的突破，从而可消除若干似是而非的"佯谬"（paradox）现象。传统的"资本"和"剩余价值"这两个政治经济学的概念在新的历史条件下，定义和释义就有了新的变化。

0.2.3.1　公有资本的出现

公有资本包括国有资本和集体资本，能同时容纳私有资本和公有资本，同时容纳私有资本的剩余价值和公有资本的增值价值。当代的剥削内容和形式也出现了根本的变化，出现了少数人占有多数人劳动成果的新型剥削形式，主要表现为按资本分配和按权力分配占有过高的增值价值，以及贪污、受贿和种种其他非法收入。增值价值是由分工、协作和科学技术知识的运用带来的，其中后者可带来更加巨大的无可比拟的增值价值。"资本是能够带来增值价值的价值"，即将"剩余"改为"增值"。

0.2.3.2　新资本是特定的生产方式范畴

我国尚处于公有资本主导的社会主义初级阶段：一方面，公有资本是公有制的经济基础；另一方面，由于公有资本由各级政府机构和官员来掌控，而官员有腐化变质的可能，公权力有异化的可能，所以在一定条件下，官员会从人民的公

---

① 柳树兹. 中国特色社会主义理论体系的逻辑起点探索. 中国发展战略学研究会创新战略专业委员会 2009 年学术年会论文选集. 2009.

仆变为人民的统治者和新型的剥削者。特别是高度集中而又缺少监督的公权力与唯利是图的资本相勾结的时候，会造成比单纯的权力异化、资本泛滥更为严重的腐败。市场机制一经与社会主义制度相结合，就使社会主义焕发出勃勃生机，同时也隐含着"颠覆"这个制度的危险性。

0.2.3.3 消除对特色理论的误解

目前，对中国特色社会主义的一种最为流行的误解，即所谓的"招牌论"：它是打着社会主义招牌的资本主义；它相当于一般资本主义国家发展的初期或中期阶段，贫富两极分化的现象已不次于资本主义国家；现在就是向发达的资本主义国家学习，向成熟的市场经济体学习，大力发展私营经济，即资本主义经济；以社会主义为招牌，以资本主义为内容，以封建主义为特色，呈现出根深蒂固的封建主义，羞羞答答的资本主义，不伦不类的社会主义，等等。

0.2.4 政治制度创新难度很大

国家提出了"政治文明"、"民主政治"、"民主法制"等思想，但如何制度化？如何真正实施？特别是对于干部中的腐败现象民众反映比较强烈。在国际上，一些媒体也有评价。我国制度创新包括创新思想、能力、水平等，特别是创建清廉政府，任务十分艰巨。目前，国家正在推进政治改革，提高执政能力，采取多种形式，加强反腐的力度。

0.3 观念层次创新更重于制度层次创新

0.3.1 价值观念是精神文化的核心

观念或思想观念主要包含信仰、理性、价值观念等部分，其中尤以价值观念最为重要，它是精神文化的核心，从总体上支配和调节着一切社会行为，并内化为一定的社会制度。在人类历史上，我国是进入封建制（含领主制和地主制）最早的国家之一，又是退出封建制最晚的国家之一。因此，我国的封建文化长久而深远，封建的思想观念积淀在人们的心里，久久不能散去，形成了封建文化的超稳结构。

我们必须认识到，封建文化观念仍保持着"惯性运动"，封建思想的残余顽固地存在着，这是观念创新的最大障碍，也是建设创新型国家的最大阻滞力。为此，必须进行历史的反思，我们才能深刻地认识到，我国长期存在的封建文化桎梏，未曾出现过像西欧文艺复兴那样的思想解放运动，缺乏创新思维、理论思维，尤其是缺乏创新的文化环境和社会大环境。

0.3.2　观念创新内化为制度创新

世界已进入知识、智力激烈竞争的时代，系统而精深的知识是知识化经济、知识化社会的雄厚基础。进而，知识可以升华为智慧，使一个民族、一个国家变得更加聪明而有妥善的发展方式。由此，我们要树立知识创新的观念，基于知识建立各种先进的制度。法国科学家路易·巴斯德说："在观察事物之际，机遇偏爱有准备的头脑。"历史的机遇格外偏爱有战略思想准备的民族，中华民族就是要抓住历史机遇，在国家创新战略的高度上，通过教育系统和社会化培养新的思想观念，努力坚持观念创新，实现制度创新，特别是政治制度创新，以文明政治、民主政治保障自由思想和智慧的生成，发扬自由创新精神，塑造崭新的文化价值观念。

0.4　国家创新战略是创建知识型、智慧型国家

在新时期，我国虽然面对再创辉煌的契机，但是国内外形势多变，必须在战略高度上进行精深的思考。为此，在近期，我们要抓住难得的时机，既要在物质上又要在制度上，特别是在观念上建设创新型国家，从而实现全面建设小康社会的目标；紧接着，在中、远期，要建设知识型、智慧型的强大国家，才能实现跨越式发展，才能构建起真正能高于、优于资本主义社会的知识主义社会，创建崭新的知识文明或"后文明"①，进而才可能与世界共建和谐社会。为此，只有坚持在最高层次上的元创新，才能引领全方位的持续创新，创建新型文明国家，即物质文明、精神文明、政治文明、生态文明和智业文明全面发展的新文明国家。

0.4.1　合理的社会制度

今天，在知识时代，全球都在研究知识的巨大意义。最早，罗伯特·E. 莱

---

①　人类史经历了古代文明、近代文明，现在进入了现代文明。这几类文明都是不合意的文明，特别是，人类长期存在着压迫、争斗、杀戮，甚至暴露出似野性动物的行为等。因此，只能称迄今创造的文明为"前文明"，尽管从历史的观点来看有其合理性。基于知识而建立的知识主义社会，进而升华为基于智慧而建立起的情感主义社会，即人类的"情感"价值高于一切的社会。因此，只有情感交织的社会，才能显现出高尚的、满意的、合乎心意的新文明，我们称为"后文明"。

茵采用了"知识社会"这一术语。接着，许多学者都提出了类似的观点，其中美国著名管理学家彼得·F. 德鲁克（Peter F. Drucker，1909~2005）认为，后资本主义社会是一个知识社会，即以知识为主的社会，但"知识社会仍然是资本主义社会"，后资本主义社会不会是一个"反资本主义社会"，也不会是一个"非资本主义社会"，资本主义的制度、机制将会继续存在①。

迄今为止，对资本主义社会后的社会，有多种思想、构想及其相应的称谓，如"后资本主义"、"后工业社会"和"后现代主义"等，尽管是从不同的角度提出，但本质上都是维护资本主义制度，而且也没有真正提出未来合理的总体的社会制度，即社会形态。我们认为，"知识社会" ≠ "知识主义社会"，知识主义社会是高于、优于、胜过"类资本主义社会"的总体社会制度，从而应坚决地主张，科学和全面地构建知识主义社会。

知识主义是知识阶级的整个思想和理论体系，它坚持以知识为基础才能建立起更加合理的社会制度，知识的真正革命性意义还在于，它具有无限的延伸性、共用性、共享性和公有性。

按社会不断地产生垂直分化的原理，在知识主义社会里，按拥有信息和知识的程度来划分，虽然仍有富有知识的知识阶级（knows）和相对缺少知识的无知识阶级（knows-nots）之间的差异，但这种性质的差异，不像由对物质性生产资料的占有而形成的生产关系所引起的冲突那样，容易得到化解。

0.4.2 文明的政治制度

崇尚知识主义的思想，建立知识主义社会制度，相应地就能建立起文明的政治制度，即以建立在知识基础上的科学精神和人文精神来规范政治行为。在本质上，政治文明是一种回归主体性的文明，是精神文明的重要部分。它强调，公民都有参与管理国家事务的权利，要大力增进民主、自由、平等、人权、正义、共和、法制等观念的形成、普及和发展。这种文明的政治制度必然要实行：民主政治，即人民有参政、议政的自由权；民权政治，即人人在政治和法律上享有平等权；民治政治，即要让公民成为能够决定自己命运的政治上的主人，并在政治上享有代表民意的"票决权"。

国家建立的各级政权机构是为人民的而不是对人民实行统治的官僚机构。文明的政治制度要以法制代替专制，以非暴力政治代替暴力政治，以权利政治代替权力政治，以平面的、分散化的权力关系代替传统的垂直结构的权力关系。

---

① 沈国明等. 国外社会科学前沿. 上海：上海社会科学院出版社，1998：94.

0.4.3　有序的经济制度

知识主义社会仍然是复杂的社会系统，而且是易于祛除资本主义多种弊端的高级的人工系统。任何系统都要遵从一般系统原理，其中任何一类人工系统也都要遵循系统的自组织（self-organization）与他组织（heter-organization）相结合的原理。社会系统包含的经济、政治等分系统，都是典型的人工系统，因而都必须遵循这一原理。

实际上，经济系统是典型的人工系统，是在自组织基础上形成的他组织系统，必须遵循这一基本原理，即只有国家起着他组织力或强迫力的作用，对经济系统施加控制或管理，才能将各个构成要素组织起来，构成有序的结构，从而才能形成正常运行的经济系统。

若在经济系统中，过度地强调他组织作用或系统外的强迫力，即政府过度干预或硬性推行指令性计划，如苏联时期和新中国成立初期那样，就会形成"计划经济"系统；反之，政府不施加控制或控制不力，经济系统强调无限制地自由发展，放任自由，否定必要监控的市场经济政策，就必然出现经济危机。

因此，在高级的知识主义社会里，无论是经济系统还是政治系统，都要坚持他组织与自组织结合的原理，即在他组织与自组织之间保持必要的张力，从而达到有序的知识主义社会形态。

0.4.4　高度的智业文明

我们以智慧的视野，就可以眺望知识主义社会的曙光。知识主义持有系统的理论和主张，是知识阶级的思想体系。知识主义社会坚持将知识置于社会的中心，实现经济知识化、政治知识化和产业知识化，进而实现产业道德化、伦理化和人性化，从而实现智业文明，引领人类社会可持续发展。

0.4.5　持续的生态文明

人类圈的进化已越来越明显地表现出不是在生物学意义上而主要是在文化或智力上的进化。与其他地球圈层不同，法国哲学家德哈·德夏丹提出了与人类圈近似的智慧圈（noosphere）概念，即以理智超越生物圈的智慧圈[①]。特别是在现代人类圈中，信息流、知识流已上升到了比物质流和能量流更为重要的地位。由此可以判断知识的进化、知识的力量，使得我们能够按自己的意愿、理想，塑造

---

① 陈静生等．地学基础．北京：高等教育出版社，2001：4.

未来的知识主义社会，创建持续的生态文明。

要转变价值观念，转变以往沿袭工业社会的生产、消费、生活模式，从而建立知识化、智能化的生产体系，祛除贪婪的物欲思想，建立适度消费的生活体系、保证社会效益与社会公平的社会体系，并以方针、政策、法规来保证实施。

总之，知识主义社会必须坚持在全球建立生态文明，实现人、自然、社会和谐发展，致力于建设绿色文明，以致达到持续繁荣的文化伦理社会形态的高级阶段——生态知识主义社会。

上篇　理论创新

1 论 元 创 新

李喜先

本文论及创新系统的结构、功能及其演化。强调元创新乃创新之创新，最能激发各类创新，尤其是科技原始创新。众多创新的相互联系和相互作用形成复杂的系统，称为创新系统。与其他任何系统一样，创新系统有结构和功能，并不断地演化，其中元创新乃创新之首、创新之创新、起支配作用的创新，即指导如何创新的高一层次的创新。

在人类发展史上，特别是在近现代史上，一些地区、一些国家发生巨变皆起于创新。实质上，西欧文艺复兴就是开启人类智慧的一场精神文化创新运动，它开创了人类历史长河中的一个光辉时代，使中世纪文明转变成了近现代文明，并扩展到了北美洲、大洋洲。恰在世界发生这一巨大变革的时期，中国落伍了。在新时期时，要在中华大地上再创辉煌，必须在元创新层次上发生革命性的变化，才能带来中华民族协同创新。只有元创新，才能引领国家超越发展。

1.1 元创新概念的确立

在汉语中，"元"字有"头"、"第一"、"起端"和"根源"等含义。在英语中，"met（a）"有"元"、"后"、"超越"等含义。在古希腊时期，亚里士多德在吕克昂学院用的讲稿，研究自然界现象的著作经继承人安德罗尼柯整理，被编纂为《物理学》，对超感觉的抽象对象的研究被编在其后，称为《物理学以后诸篇》（*Metaphysica*）。中国曾将后者译作"玄学"，而严复按其本体论含义具有超经验超形体的意思与《周易·系辞上》中"形而上者谓之道，形而下者谓之器"的命题有相同之处，故译作"形而上学"，即更加抽象化、理论化、超越一般学科之意。后经演变，在这一类研究中普遍确立了元层次的概念，即元研究就是以某一理论自身作为研究对象的高一层次上的研究或更抽象层次上的研究，相继出现了元数学、元科学、元哲学、元方法、元理论、元政策、元决策、元研究、元知识等概念。这样，凡是被冠以"元"概念命名的学科和理论，抽出其共同的特征就是以某一学科或理论自身作为研究对象而进行高一层次上的研究所形成的学科或理论，称为元学科或元理论。例如，元哲学就是以哲学自身作为研究对象的高一层次的研究所形成的哲学，称为元哲学，即"哲学的哲学"；元科学就是"科学的科学"；元政策就是"政策的政策"；元知识就是关于知识的高一层次的知识；如此等等，不一而足。由此推论，元创新就是指"关于创新的高一层次上的创新"。这一高层次的创新也是深层次的创新，这种创新更有价值，更为复杂。为此，元创新必须从总体上研究创新本身的一般理论，从而认识创新的规律性、何以能形成最有效的各类创新以及各个层次创新之间的相互关系等。

英籍科学哲学家波普尔（Karl Raimund Popper，1902～1992）在《知识进化论》一书中，在阐明"论客观精神理论"时，也论及类似的"元问题和元理论"。其中，对于知识的发展，波普尔有着独特的观点。他提出了以猜测和反驳的方法解决问题的一般图式，即著名的四段论图式：

P_1（问题）$\rightarrow$ TT（假说）$\rightarrow$ EE（检验）$\rightarrow P_2$（新问题）$\rightarrow$

这是用理性讨论探索真理和内容的图式，用处很广。其中，P_1 表示开始提出的问题；TT 表示经过试探性的理论或假说；EE 表示不断地消除错误，进行批判性检验；P_2 表示问题情境，它是通过老问题 P_1 的试验性理论解决后并排除错误而后产生的复杂客体。其后，又逐步导致第二次尝试，提出新问题。这就是第一个循环，还可能引起新的问题 P_n，并通过 P_1 与 P_n 之间的比较来衡量已取得的进步。

特别要严格区分：科学家提出的问题、理论是处于 P_1 层次上要解决的问题；科学史家要研究的元问题、元理论，是处于理解问题 P_u 层次上的元问题，即更高层次的元问题。为此，波普尔讨论了一个极其普通的命题：$777 \times 111 = 86\ 247$ 还是 $86\ 427$？我们不易掌握或记住这么大的一个数，容易弄混。

这只要经过四段论图式，把这一命题或理解分成更多的等级，就可以得到解答。这样，他指出："只要我们试图诠释或理解一个理论或命题，甚至像这里讨论的等式那种普通的命题，我们实际上就是提出一个关于理解的问题；而这总要变成一个关于问题的问题，也就是说，一个更高层次的问题。"[①] 总之，P_u 是元层次上的元问题，处在比 P_1，…，P_n 更高的层次上。而且，在不同层次上，并不存在着共同的问题。

类似地，我们提出的元创新也可用 I_m 表示，而繁多的各类具体创新可用 I_1，…，I_n 表示，而 I_m 比 I_1，…，I_n 处在更高的层次上。由此，我们提出关于创新的一般发展理论，特别是极其重要的元创新 I_m 概念和理论，在不同层次上对 I_m 和 I_1，…，I_n 进行严格的区分，以分别地进行深入的研究。

为研究一个问题而形成的新问题，就生出深层的新意来。这类似于研究一个质点做变速直线运动，不仅要了解质点的瞬时速度，而且还要深入地研究速度的

---

① 波普尔 K R. 科学知识进化论. 纪树立编译. 北京：生活·读书·新知三联书店，1987：378.

变化率——加速度，而加速度就是路程对时间的二阶微商。

元创新研究，正如揭示激光现象的形成一样，大量的分子何以协同行动，发出巨大的能量。我们就要研究众多创新何以产生"协同创新"，何以形成一个民族或国家的巨大创新能力。

1.2　元创新在创新系统中的支配作用

一个民族或国家要能真正形成一个创新系统，关键在于元创新所起的支配作用。任何系统内部的不同组分、要素、变量，如果不分伯仲，都一样地起作用，就不会形成有序结构的系统；而只有形成主宰系统的中心部分或变量，去引导和规范其他众多组分或要素的行为，使之协同动作，才能形成有序结构的系统。在协同学理论中，这种起支配作用的变量，称为"序参量"（order-parameter），其状态决定着系统的有序程度。在各类系统中，这种起支配作用的变量普遍地存在着，如在经济系统中就存在着被亚当·斯密（Adam Smith）称为"看不见的手"的力量在控制着各种要素的行为。根据这一支配原理推断，在创新系统中，元创新就是起支配作用的控制力量。因此，元创新的状态就能度量一个创新系统的能力高低。一般来说，一个国家创新系统中的元创新主要包含立国纲领、建国总方针和总政策、国家宪法、国家发展战略、决策系统等创新。这些高层次的创新统称为指导和规范其他各层次子系统创新的元创新。只有这些主宰国家创新能力的元创新有了革命性的变化，才能形成国家协同创新，才能汇聚广大民众的创新能力，形成巨大的力量；只有这样，一个国家或民族在世界上才能被誉为具有高度创新能力的创新型国家或民族。

在古希腊时期，哲学家柏拉图（Plato）在《国家篇》中探讨过治国的智慧。他认为，在一个理想国中有各种知识，然而要说这个国家有智慧、妥善的谋略，并不在于有木匠、铜匠和种地方面的知识，尽管这些人很多；却只有最少数的监国者、统治者的治国知识才配称真正的智慧。他强调以知识治理国家，甚至强调"哲学王"治国是理想国的追求；后又在《法篇》中强调以法治国的极端重要性，只有法律高于统治者，国家才能得到拯救。

一个创新系统必然存在着多层次结构，各个层次都需要创新，然而高层次的元创新起着根本性和决定性的作用。虽然"天下兴亡，匹夫有责"，但重担在上层。行行皆创新，重在元创新。

当今，综合国力的竞争存在着新的趋势，即竞争领域不断地向前递推；从以前的军事推向经济领域，又推向科技和教育领域，眼前再推进到国家决策和创新领域，特别是元创新能力的新领域。归根结蒂，这集中在国民总体智力水平，特别是高智力水平的竞争上。未来学家托夫勒（Toffler，1928～）在《权力的转移》一书中，论及人类社会发展中构成权力的三要素——武力、财富、知识之间的关系。他认为，在奴隶制和封建制社会中，低质量的权力武力占支配地位；在资本主义社会，中质量的权力金钱、财富占支配地位；而在后工业社会或知识社会，高质量的权力知识占支配地位。因为，知识取之不尽、用之不竭，它具有无限的延伸性并可以转化为财富系统和武力系统。

1.3 元创新实质上是精神文化创新

在人类历史上，不同地区、不同民族或国家之间的发展存在着差距，并有越来越大的趋势。这种差距与其说在物质上还不如说在精神上。而且，可以说，精神上的贫困比物质上的贫困更糟糕。也可以说，物质上的贫困往往是起因于精神上的贫困。1993 年，国际科学联合会理事会主席梅农在《世界科学报告》中指出："地球上目前称为第三世界的一些地区落在后面，除了偶然闪现光辉的科学业绩外，仍然苦于缺乏以知识为基础的发展。"托夫勒在《权力的转移》一书中又说："知识的分配比武器和财富的分配更不平等。因此知识（尤其是有关知识的知识）的重新分配就更加重要。它能导致其他主要权力资源的再分配。"这表明，有关知识的知识就是"元知识"，即何以创造出知识的知识，如战略思想、方针和政策的制定等。只有有了元知识，才能摆脱贫穷落后，乃至达到后来居上的目的。

人类历史上出现过精神文化最惊人的发展时期：古希腊的极盛时期、西欧文艺复兴时期和现代时期（主要指 19 世纪末至 20 世纪）。这三个时期相应的也是创造物质财富增多的时期。西欧文艺复兴是在精神文化中开启人类智慧的一场革命运动，它具有伟大的世界历史意义。这场运动从 14 世纪开始，以意大利为中心，一直到 17 世纪遍及欧洲其他国家，如英、法、德等国家，创造了近代文明。实质上，这场革命就是精神文化创新，包括哲学、科学、文学、宗教、伦理、法律、艺术等领域的创新，发掘、光大古希腊文化，树立起理性主义和人文主义大旗，引起了科学革命、宗教改革、政治制度和经济制度变革，从而带来了整个欧洲的繁荣。正是因为这场精神文化创新具有元创新的性质，才能将各种思想的细流汇聚起来，从而形成汹涌澎湃的洪流：导致了欧洲历史转折、思想解放、学术发达、巨人辈出，形成了新的世界观；提倡人性，反对神性；提倡人权，反对神权；提倡个人自由，反对封建特权、封建等级、教会统治的束缚；提倡理性，探索自然，追求科学知识。在这个时代，精神文化创新迭起，这正如恩格斯所说："是一个需要巨人而且产生了巨人——在思维能力、热情和性格方面，在多才多艺和学识渊博方面的巨人的时代……"这是一次人类从来没经历过的最伟大的、进步的变革①。

在主体上，这场运动的指导思想是人文主义，从而开创了人文文化，并使之与科学文化结合起来。人文文化以人的价值为所追求的最高价值，升华人类的精神境界，引导人类社会进步。正是这场使人文文化与科学文化相融合的精神文化的创新，才使得经受了长达 1000 年（5～15 世纪，欧洲称中世纪）之久的宗教禁锢和封建束缚的人在思想上得到了自由，智慧和创造力才充分地发挥出来，创造出空前的精神文化和物质文化，并直接和间接地衍生出了一系列产物：其一，诞生了近代自然科学，引发了三次科学革命，以及在欧洲意、英、法、德依次成为世界科学中心，且大体上也是政治和经济中心；其二，诞生了近代现实主义文艺，如出现了世界著名的诗歌、绘画、雕塑、悲剧、喜剧和历史剧等；其三，诞生了新的哲学思想，包括归纳法和演绎法等；其四，诞生了新的法学和教育学等；其五，诞生了空想社会主义等。最终，精神文化创新外化到制度和器物层次上，即建立起资本主义制度，实现了工业化，创造了近代文明。文艺复兴所引起的精神文化创新，不仅为欧洲带来了长期繁荣，而且还不断地向全球扩散，特别是通过人口迁移和流动，传播到了美洲和大洋洲，其中向北美扩散，形成了新兴的美利坚民族和合众为一的美国。1492 年，哥伦布发现了美洲新大陆，可以说，那时在这块土地上很少有人造的物质基础，但是后来，这里出现了全面创新的奇迹，这应称得上是元创新最能激发全方位创新的典型例证：据统计，1790 年从欧洲向美国的移民达到约 392 万人，大多数来自英国，其中的中坚分子是一批反抗旧秩序、旧教会的清教徒，是一批经过资产阶级民主思想熏陶的先进人士，是一批不受封建君主专横统治的反叛者。因此，他们表现出了反封建专制和反思想束缚的自由精神和民主思想、艰苦创业精神、求实精神、开拓进取精神，从而创造出崭新的精神文化。1776 年 7 月 4 日，美国《独立宣言》向世人宣布：确认天赋人权和政府契约学说，人人生而平等，暴君实不堪做一个自由民族的统治者……它对法国革命和拉丁美洲独立革命也有着重大的影响，成为法国大革命《人权宣言》的范本，并被马克思称为第一个人权宣言。1787 年，按照分权和制衡学说，美国通过了国家宪法，标志着美利坚合众国的最终建立。此后，美国仅用 200 多年的时间，迅速地崛起，从受压迫的殖民地转化为称霸世界的超级大国。这表明了以精神文化创新为标志的元创新的巨大作用。

在近现代史上，以美国为标志的精神文化创新激发了全方位创新，从而从被压迫的地位转变到称霸的地位，以致以武力推行自己的价值观，不遵守国际法、公约等，这有其历史的局限性，这不应是人类精神文化创新的初衷，也不应是人

---

① 任定成. 在科学与社会之间：对 1915～1949 年中国思想潮流的一种考察. 武汉：武汉出版社，1997：14.

类的禀性。因此，应把迄今为止人类创造的近现代文明，称为"前文明"。人类将脱离"前文明"，开创"后文明"。那时，人类不应有野蛮的行为，不应以强欺弱，而是帮助弱者，进行文化交融，求得共同的、和谐的持续发展。这种新的精神文明是多元文明的融合，真正代表人类社会进步的方向，也是人类迈向高等文明的方向。

1.4　中国更需要元创新

中国曾出现过灿烂辉煌的文化，包括哲学、科学、技术等，但是，在近代文明时期处于衰落状态，这必然有其深层的原因。为了在新的历史时期再创辉煌，应进行历史的反思。现在，国家提倡自主创新，科技界提倡集成创新、原始创新，这是十分必要的。但是，我国更需要元创新。只有增强元创新，才能最大限度地激发各类创新，导致"协同创新"和大量重大创新，形成国家创新系统。

1.4.1　反思导致元创新

"以史为镜，可以知兴替。"一般地，反思是具有较高价值、达到高级认识的方式。为此，必须对过去、现在乃至未来有全面的深刻的思考，包括对历史的反思、对现行国家行为的理性思考。这对未来战略性的变革，特别是国家元创新，有着重大的意义。

在古代，中国曾出现过灿烂的文化，并在公元前 15 ~ 前 1 世纪的漫长岁月里，在应用自然知识满足人的需要方面，胜过欧洲。但是，近代科学革命却并未在中国发生，这被称为"李约瑟难题"。贝尔纳在《历史上的科学》一书的序中提出："在西方文艺复兴时期（明代初期），从希腊的抽象数理科学转变为近代机械的、物理的科学过程中，中国在技术上的贡献（指南针、火药、纸和印刷术）曾起了作用，而且是有决定意义的作用。要了解这在中国本身为什么没有相同的作用，仍是历史上的大问题。去发现这个滞缓现象的根本性的社会上和经济上的原因，将是中国将来的科学史家的任务。"作答这一难题绝非易事。笔者认为，这可归之为三大根源：其一，社会根源，这是最基本的根源。由于中国长期停滞在封建制的"静态"之中，并以自我为中心，以致在由权势占支配地位的封建制度向资本占支配地位的资本主义制度转变中三次失时。其二，历史根源，这主要是在元、清两代时形成的历史迟滞现象。这两代均是游牧民族占统治地位，以落后的游牧业侵扰先进的农业经济的发展，并以巩固封建制的小农经济、小手工业经济为太平盛世。其三，认识根源，这是深层的根源。2000 多年来，中国是在封建文化起核心作用的儒学文化环境中发展的。实际上，儒学是以

"仁"为中心的学说，当演变为正统的官方哲学，就上升为国家正式教义。正是在儒学文化模式下产生了中国发展模式，包括形成了依附于封建社会结构的极端实用型科学体系，导致缺乏理性的自然观这种科学精神的精髓，从而不能产生普遍的科学理论。这样，近代科学就无法在中华大地上产生了。由于封建文化在社会系统中起着"序参量"或"慢变量"的作用，根深蒂固，导致中国社会长期的、全面的落后，以致在封建制的衬垫上又沦为半殖民地。这样，近代以来，中华民族遭受了100多年的凌辱，使广大民众坠入苦海。

20世纪初叶，许多志士仁人在中国风云激荡的漩涡中，敦请"赛先生"和"德先生"来华参与救国大业，但十分艰难。后来，于1915年开始时势激荡，并直接引发了1919年的"五四运动"，包括"五四学生运动"、"五四政治运动"和"五四新文化运动"，急迫关注中国的"科学"与"民主"两个纲领。然而，"五四新文化运动"在诸多文化要素的创新上远不及西欧文艺复兴运动和法国启蒙运动。加之中国封建文化的超稳结构并不亚于中世纪欧洲的神学封建文化体系，特别是，封建文化的深层结构，如价值观念、行为规范，是最不易变更的部分，它是长期形成的民众心理积淀，以致演变为道德、风俗、习惯，而且往往被统治者强化而嗣续绵延。

20世纪中叶，中国社会发生了巨变，为社会进步带来了一个良好的契机。但是，由于存在着"文化堕距"现象，痼疾不时重现，新的思想、观念、制度、法制等一时难以建立起来，从而导致了一系列重大决策失误，以致失去了国家发展的战略机遇期。

进入21世纪，要在中华大地上创造崭新的精神文化是极其艰巨的世代工程。这既要继承传统文化之精华，更要创造前所未有的崭新文化。要创造这种精神性客体，必须要有持续创新的思想自由空间和冷静地进行理性思考的时间。只有元创新，才能对众多创新起整合作用和导向作用；才能弘扬科学精神，按照科学方法和科学态度行事，塑造中华民族的优秀品格、气质和创新精神。创新活动必然要受到价值观念、心理要素的支配，必然存在着触发它的动因，如入迷的志趣、强烈的事业心、高度的责任心，以及自觉地为国家和人类进步而奋斗不息的伟大精神。

1.4.2　元创新最能激发原始创新

元创新是创新之本，对其他各类创新有导向和激励作用。目前，在国际科技竞争激烈的态势下，科技创新特别是科技元创新就起着核心的作用。我国科技界正在大力地提倡原始创新，这固然是非常重要的，但未强调元创新的支配作用。在科技创新系统中，元创新主要包括国家科技发展的思想、理论、总方针、总政策和体制的创新。只有遵循科技自身发展规律和社会需求的科技元创新，才能推动科技的迅速发展。

在近半个世纪里，我国就是缺乏科技元创新，加之其他（如政治运动等）的干扰、影响，使得科技未取得应有的更大成就。虽说在"两弹一星"等方面有重大成就，但这主要是工程任务的高效完成，属工程重大创新，还称不上科学的重大原始创新。在总体上，我国科技水平仍处在世界科技中心的外围。在中国内地，很少有世界一流的大科学家、大社会科学家、大哲学家，与诺贝尔奖、菲尔茨奖无缘；而且，近几年，国家自然科学一等奖、国家技术发明一等奖也产生不出来。2002年12月12日，在《科学时报》头版头条刊载的《原始创新为何如此少？》一文中，列出了大量不利于原始创新甚至扼杀创新的观念、总方针、总政策、管理机制和体制等，这些对原始创新的诸多障碍，就归因于缺乏元创新。

只有增强元创新，才能最大限度地激励原始创新。科技原始创新如此之少，正表明了科技总方针、总政策、管理体制和机制欠佳。因此，只有努力提高元创新水平，才能增强重大原始创新能力。从大国发展的战略观点出发，我国应坚持科技从速、超前和全面发展，才能进入世界前列；必须引导经济和社会持续发展，才能确保国家安全。

在科技政策和管理实施中，往往存在着误区，易于将科学当技术、将技术当工程进行管理。例如，在科学上表现出"急功近利、立竿见影、急于求成"的偏向；基础研究投资吝啬，更无耐心支持有风险的科学难题的研究；层层急于追着报成果，几乎不允许需要多年乃至更长时间的自由探索有存在的空间等。因此，必须从政策高度上认清科学、技术和工程的区别和联系。要祛除这些现象，亟待各级领导认真研究科技自身的性质，发展规律，才可能在科技意识和观念上发生变化，才能有区别地进行有效的管理，使之发挥各自的作用。

1.4.3 坚持科学精神导致原始创新

在我国现实社会环境中，要真正地弘扬科学精神，按科学方法、科学态度行事，必须付出最大的心力。科学精神的核心是求真唯实。为此，必须坚持质疑精神、批判精神和自由探索精神。科学家就要像哥白尼、布鲁诺、塞尔维特、马寅初等那样，顽强不屈地坚持科学精神；就犹如汤姆逊、卢瑟福、玻尔和海森伯那样，能不懈地坚持自由探索精神，包括先后质疑老师、挑战权威，终于都形成了重大原始创新，并均获诺贝尔奖。由此可见，要大力发扬科学精神，我国就必须营造科学本性所要求的学术自由、人人平等讨论的优化环境，特别是思想开放的民主政治和政策环境。这样，重大原始创新浪潮必将迭起。

1.4.4 元创新导致协同创新

在国家创新系统结构中存在着多层次创新子系统，相对地都有对其起支配作用的元创新要素。但是，唯有国家级层次的元创新才能不断地对各层次、各类创新子系统起整合作用，从而促进国家协同创新。

我国国家级元创新主要集中在兴国、治国的思想和发展战略上，其中包括提出了"改革开放"的思想、"科教兴国"和"可持续发展"战略等，这对于国家的发展特别是经济高速发展起着重大的作用。但是，就实现长远的战略目标和目前贯彻实施状况而言，还存在着不能协同发展的现象。因此，只有协同创新，坚持一切领域的发展科学化和合理化，才能持续发展、协同进化。

1.4.5 全面地实施"科教兴国"战略

在"科教兴国"中，"科"一词的含义不清。如果在国家科技意识中，仍然主要贯彻自然科学兴国，实质上是自然技术兴国，这样，就不利于兴国。因此，应同时依靠包括哲学、社会科学和社会技术等在内的科学技术整体，才能兴国。而且，在国家元创新中，社会变革的新思想和理论主要来自人文社会科学、哲学的发展。对这些领域，我国多限于对经典学说的解释，甚至扭曲，很少有重大的创新理论和方法，因而显得比较落后，必须努力改变这种状态。另外，在实施"科教兴国"的战略中，尤要重视发展教育，教育与科学相比，教育更为基本，它不仅为科学奠定基础，而且是全民知识化、提高素质的必经之路。教育和科学都是国家的公共事业，并且是极其艰巨的事业，因而只有国家、政府所处的主体地位，才有能力、有责任兴起这样宏伟的事业，从而导致国家的真正兴起。这是思想观念的转变。

只有增强教育系统元创新能力，才能培养出大量兴国人才，特别是国家和世界大师级人才。我国科技原始创新能力不高与教育不力有着紧密的关系，而教育不力又起因于教育思想、理论和方针等元创新乏力。尽管一个国家创新水平不完全取决于教育系统，但培养有创新能力的大量人才仍主要靠教育，教育起着奠基作用。任何创新不可能孤立地发生，学校教育、社会文化环境等众多因素都各自起着作用。学校培养学生系统地学习和继承前人的知识，这是产生创新能力的前提；在此基础上，主要培养具有多维科学思维能力，包括既有收敛思维又有发散思维能力的大量兴国人才。

1.4.6 元创新引领国家超越发展

任何一个子系统，如科技子系统、教育子系统等，都难以单独地创新。我国科技原始创新为何如此之少，就是受到了其他子系统的牵制，例如，教育子系统难以培养出大量创新人才；因此，只有强化国家元创新能力，才能统摄各子系统，使之产生协同创新效应，从整体上形成一个优化的国家创新系统。

迄今为止，尚还没有我国内地学者获得诺贝尔奖；而且获得国家自然科学奖一等奖、重大技术发明奖的也很少。这不能不唤起我们应从总方针、总政策上进行反思。长期以来，我国科技总方针、总政策贯彻"两个必须"，即"经济建设必须依靠科学技术，科学技术工作必须面向经济建设"。这作为国家科技总方针、总政策有着局限性或是片面性：它只强调科技与经济的关系，忽略了科技与社会发展、国家安全的关系，特别是它一直未强调科技自身的发展。国家发展、社会变革的创新思想和国民素质的提高等，更多地依赖人文社会科学、哲学等的发展水平，而我国在此方面显得落后，应大力发展。科技元创新能力的提高，最能激发原始创新；国家元创新能力的提高，能使全民整体创新能力达到高水平，产生协同创新效应。惟其如此，才能塑造出一个创新的中华民族。

1.5　元创新指引国家全方位持续创新

近期，我国要建设创新型国家，实现全面建设小康社会的目标；中期，要达到中国发达国家水平，进而推进建设和谐社会的进程。笔者认为，远期，要建设知识型、智力型国家，进而构建知识主义社会（详见本书最后一章），创建知识文明。

实现中华复兴是极其复杂而艰巨的事业，也是世代要为之努力奋斗的社会工程。为了能切实实施这样宏伟的工程，必然要形成有层次结构的协同创新，才能聚集巨大的力量。

创新有层次结构，相对而言，各个层次均有自己的元创新，但关键在于国家层次上的元创新。在创新过程中，要遵循递进原理：凡低一层次的创新都要逐级地依赖于高一级层次的创新。实际上，科学、技术、工程和产业等器物层次上的创新，必须依赖于制度、体制、机制和管理层次上的创新；而后者又依赖于思想、观念和理论层次上的创新；最后就推进到依赖于决策系统层次上的元创新。由此推论，在建设创新型国家中，创新系统形成逐级依赖，最后递推到国家决策系统层次上的创新——元创新。

我国要真正建成创新型国家，必须进行全方位创新，即在器物、制度和观念三个层次上实现协同创新。因为，在科技等层面上创新虽是极其重要的，但不足以建成创新型国家，必须大力推进体制和机制创新，推进制度创新、理论创新和观念创新，进而全面地推动政治、经济、文化和社会建设。

1.5.1　器物层次创新

人类运用自然科学知识，主要采用自然技术和自然工程等手段，并经过生产过程改变自然界创造出一切物品，即创造出物质文化。凡富有最新的自然科学知识，能采用知识密集的自然技术和有效的自然工程手段，就能创造出合目的性的最新产品，从而创造出新的物质文明。也可以说，人类付出了巨大的心力进行着器物层次上的创新，就是为构建高级社会文明奠定物质基础。

目前，世界上许多国家都在各个领域进行着大规模的创新活动。尤其是在一些发达国家中，通过科学和技术的加速创新，产生了大量的高质量的知识，而知识又胜过了资本，资本实现了信息化，形成良性反馈，提高了更新信息的速度，从而增加了经济增长的加速效应。这些国家由于拥有高质量的知识，尤其是精致的、优质的前沿基础科学知识，就能从本原上从容不迫地支持前沿技术、尖端技术，从而产生知识密集技术，使得各种技术发明迭起。从根本上说，凡是科学和技术创新富有成效，就会使知识越来越富有，犹如知识体量很大的"球"能接触更多的知识，从而扩展知识，出现了知识加速创新的"马太效应"。这样，就能推动经济、社会等领域的高速发展，以致改变着整个世界的权力格局。世界发展的态势表明，一个国家在总体上（准确地说应按单位人口平均水平）能够达到高智力水平，就能进入先进的强国之列。今天，世界发展正在从信息社会迈向知识社会。

1.5.2 制度层次创新

人类运用社会科学知识，主要通过社会技术和社会工程途径，创造出规范人类社会活动的制度——规范体系。它分为两部分：总体社会制度，即社会形态，如资本主义制度等；专门领域制度，如经济、政治、法律、教育、科学等众多具体制度。由于制度的规范、导向和整合作用，所以制度层次创新，要重于、高于器物层次创新，如在科学和技术制度上创新，就重于、高于科学和技术本身的具体创新。

我国制度创新，包括政治、法律、经济、科学、教育等制度创新，重担在上层，即主要落在各级政府或国家权力部门的肩上。只有大力地进行制度创新，才能更有效地推进创新型国家建设。我国在一些制度上还不完善，以致存在着多种弊端：教育制度的种种弊端，如大学的行政化、官员化，使得大学的学术价值、学术地位丧失，很难培养出各类大家、大师级人才，从而给顶尖的创新能力带来了严重的危机；科学和技术制度创新乏力，导致科学和技术创新能力差，难以支撑国家的全面建设，特别是若干关键领域对外的依存度居高不下；经济制度创新也存在着疑难，如目前我国实际上存在着多种形式混合的经济制度，有学者提出我国应建立"超市场经济"制度，有何创新点；政治制度创新难度很大，如国家提出"民主政治"、"民主法制"等思想，如何制度化等。因此，我国制度创新，包括创新思想、能力、水平等，任务十分艰巨。

1.5.3　观念层次创新

观念或思想观念主要包含信仰、理性、价值观念等部分，其中尤以价值观念最为重要，它是精神文化的核心，是社会成员用来评价行为、事物以及从各种可能的目标中选择合意目标的准则。总体上，观念支配和调节着一切社会行为，并内化为一定的社会制度。因此，从观念层次上创新就能推进制度创新，由此推论，观念层次上创新更重于、更高于制度层次创新。

在人类历史上，中国是进入封建制最早的国家，又是退出封建制最晚的国家（中国封建制的初级阶段领主制始于公元前 11 世纪，封建制的高级阶段地主制止于 1911 年，共计约 3000 年）。因此，中国的封建文化长久而深远，封建的思想观念积淀在人们的心里，久久不能散去。迄今为止，封建思想形形色色，并与一些资本主义思想"合龙"，渗透到许多领域，如"金字塔式"的权力结构、"官本位"、"权力市场化"、"公权力私有化"、"权钱转化"、"权大于法"等。由此又衍生出一系列社会现象，如社会发展滞后、以权非法致富、贫富差距拉大、分配不公、一些部门靠垄断获取超额利润、利益失衡导致心理失衡等。因此，必须要认识到，封建文化观念仍在"惯性运动"，必须要进行历史的反思，深刻地认识我国由于长期受到封建文化桎梏的束缚，比较缺乏创新思维、理论思维，形成了封建制超稳结构，致使近代衰落、国家受凌辱，民众坠入苦海的历史教训。

在新时期里，我国又遇再创辉煌的契机。"机遇偏爱有准备的头脑"，但更偏爱有元创新思想的头脑。在建设创新型国家中，要下大决心，下大工夫，要通过教育系统培养、社会化培养新的思想观念，塑造崭新的文化价值观念。特别是在各领导层、决策层中，要坚持科学精神，努力进行思想观念创新、理论创新，才能高效地进行各种制度创新，这是建设创新型国家的重中之重。

国家层次元创新主要含立国纲领、建国方略、国家宪法、国家战略和国家决策创新等。当前，我国提出了四个"坚定不移"：必须坚定不移地坚持解放思想，必须坚定不移地推进改革开放，必须坚定不移地落实科学发展、社会和谐，必须坚定不移地为全面建设小康社会而奋斗。它指明了中国的发展方向，就是建国方略创新、国家决策创新，也就是统领建成创新型国家的元创新。

总之，殷实的"小康"社会是仅次于"大同"社会的中国理想社会模式，而全面建设小康社会是实现中国式现代化目标的第二步。因此，全方位建成创新型国家，在很大程度上就推进了全面建设小康社会总目标的实现。我国长远的奋斗目标是要建成知识型、智慧型国家。

2 论国家创新系统

金吾伦

创新系统（innovation system），根据《国家中长期科学和技术发展规划纲要（2006—2020 年）》中的论述，从层次上可分为国家创新系统、区域创新系统及企业创新系统等；从内容上可分为科学创新系统、技术创新系统、军民结合创新系统及中介服务创新系统。

这里所讨论的，不是某一种具体的创新系统，而是任何一个创新系统都应具有的普遍性的特征。

国家创新系统，通常"是泛指一个国家为提高创新效率、整合创新要素所构成的社会网络"[1]。据此，区域创新系统似乎只要将国家创新系统定义中的"国家"二字变换成"区域"二字就行了，依此类推，但实际上它们是不同社会层次的创新网络。

2.1 何谓创新

美国斯坦福国际咨询研究所（Stanford Research Institute International，SRI）的两位专家（Curtis R. Carlson and William W. Wilmot）写了一本关于创新的著作，书名是《创新：创造顾客需求的五项修炼》（*Innovation: the Five Disciplines for Creating What Customers Want*）。其中第一章讨论创新的本质，一开始就问："什么是创新？"作者答道："创新是创造和提供市场上新顾客需求的过程。"他们认为，以下几种说法都不是或不能称为创新：一项新技术的突破，如晶体管的发现；一项新发明，如一辆独轮快走器；一个新的商业模式，如一条没有装饰过的机场跑道；一次新的生产过程，如一条制造计算机的低成本路线；一项新的创造性设计等。

确实，我们认为，以上所有这些都不是创新[2]。实际上，这些定义本来就与我们所熟知的创新定义不一致，所以它们就不属于创新。我们通常认为，创新是指提出一种新观念或新思想，并通过各种努力使之实现社会价值或经济价值。作

---

① 国家创新体系建设战略研究组 . 2008 国家创新体系发展报告 . 北京：知识产权出版社，2008：1.

② Carlson C R，Wilmot W W. Innovation：The Five Disciplines for Creating What Customers Want. 2006.

者在书中举了一个创新的例子，就是提供产品的一个新系统，例如，通过互联网卖书，这种营销一旦建立，就是创新。我们认为，这个定义是清晰明确的。

2.2 从个别创新到系统创新

从创新概念的提出到创新系统的形成，大致可以分成三个阶段：个别（分散）创新—集群创新—系统创新。

我们知道，最早提出创新概念的是约瑟夫·熊彼特（Joseph Schumpeter）。美国创新研究专家内森·罗森伯格（N. Rosenberg）在他的《探索黑箱》[①]一书第三章中，就专门论述了熊彼特及其理论，特别是有关熊彼特的"创新和由此产生的激进意义"。罗森伯格在书中指出，熊彼特认为，资本主义经济将会表现出"创新活动才是经济变化的主要动力"；熊彼特强调，"资本主义行为完全被自身内在逻辑所主导，其实质是创新过程产生的经济变革"[②]。这里所指的创新，基本或大多是分散的或单个的创新。

大约从20世纪80年代开始，创新进入集群创新阶段。集群创新最突出的表现是世界上某个国家、某个地区具有突出的创新优势，如美国的硅谷、英国的曼彻斯特、中国的中关村等。罗森伯格在解释为什么创新是以成群成组的方式，而不是以缓慢细流的方式到来的原因时说："第一，创新孕育其他创新，即一个创新可以导致更多的创新，因为它提供了一个框架，可以使一些互补性和相关性技术的概念创造、设计和工作成为可能；第二，由于新产品和新工艺需要新机器、设备和先前提到的基础设施支持，所以创新孕育了投资，反之亦然，投资刺激了发明和创新活动。"[③]

由于这些原因，所以就会有集群创新现象产生。就硅谷来说，之所以有如此多的创新，是因为"硅谷是一个十分完美的科技园地，要人有人才，要钱有钱财……"故此，它便成了创新基地。在某种意义上，我们可以说，硅谷的创新是地区规模的集群创新。

2.3 国家创新系统是创新发展的新阶段

1987年，英国学者弗里曼在研究日本经济成功的经验时，首次使用"国家创新系统"（national innovation systems）的概念，20世纪90年代之后，这一概念

---

① 〔美〕内森·罗森伯格. 探索黑箱. 北京：商务印书馆，2004：58，59.
② 〔美〕内森·罗森伯格. 探索黑箱. 北京：商务印书馆，2004：59.
③ 〔美〕内森·罗森伯格. 探索黑箱. 北京：商务印书馆，2004：58.

在经济合作与发展组织（OECD）成员国中得到了广泛的使用，国家创新系统就此确立。

国家创新系统是创新发展的新阶段，它已经超越了单一地区的科技领域，而进入到多种要素的集合阶段，最终形成国家规模的创新系统，这就是我们这里所要讨论的国家创新系统。我国新时期国家创新系统的作用主要体现为在国家层次上推动持续创新、提升国际竞争力的组织与制度。国家创新系统是国家层次上的创新系统，它融合了国家内部的区域创新系统（regional innovation systems）；它也是开放式的，与全球创新系统（global innovation systems）相链接。

研究国家创新系统，主要是要探讨其结构、机制、能力问题的解决方案。具体而言，中国国家创新系统的结构是以企业为主体，以市场为导向，"产学研"相结合，在国家层次上推动持续创新，以提升中国国际竞争力的组织和制度。"国家创新系统是一个完整的、开放的系统，是若干要素按一定关系组成的创新网络。网络内各要素间围绕创新产生相互联系，是一个在国家层次上推动和提升创新能力的网络。国家创新系统是一个社会网络，它涉及方方面面，超出科学技术的范畴。社会网络的节点是创新主体，节点间的相互链接，则体现网络中的互动。"①

经济合作与发展组织认为："国家创新系统可以被定义为由公共部门和私营部门的各种机构组成的网络，这些机构的活动和相互作用决定一个国家扩散知识和技术的能力，并影响国家的创新表现。"

尼尔逊（R. R. Nelson）给国家创新系统下的定义为"国家创新系统是一组织机构，它们的相互作用和相互影响决定着国家范围内企业的创新表现"。

1999 年 11 月，在美国乔治·华盛顿大学召开的讨论国家创新系统的会议上，与会专家认为，"国家创新系统是由若干层次上的许多要素组成的一个非正式的网络，研究者认为该系统属于'复杂自适应系统'"。专家们强调，"将国家创新系统看做'复杂自适应系统'，即要求政策制定者们在制定政策时，应认识到，制定的政策需要符合系统的动态特征"。这里所说的"复杂自适应系统"实质上就是复杂适应系统。

总之，国家创新系统是在一个国家范围内由许多要素和联系构成的一个系统，这些要素和联系在新知识的生产、扩散和使用中相互作用与相互影响。既然国家创新系统是一个系统，那么下面我们从资源要素和组织要素两方面来考察该系统的组成。

国家创新系统的资源要素主要包括如下六个方面。

---

① 国家创新体系建设战略研究组. 2008 国家创新体系发展报告. 北京：知识产权出版社，2008：4.

（1）知识基础设施。知识基础设施包括高素质的人才、知识机构（创新企业、科研型大学和科研机构、图书馆、档案馆、博物馆等）、社会知识网络和信息基础设施（信息网、数据库等）四个重要组成部分。它既包含物理基础设施也包含非物理设施；它能为知识的生产、扩散和应用提供支撑，是全社会求知和创新活动的基础条件。

（2）有利于创新的政策体系。

（3）与创新相关的制度框架。

（4）消费者的需求结构。

（5）生产结构。

国家创新系统由以下组织要素构成：

（1）企业，是技术创新的主体。

（2）公共研究机构，是创新的知识源。

（3）教育培训机构，主要从事创新人才的培养。

（4）政策机构，制定相关政策，确保创新的良好环境。

（5）金融机构，提供创新的资金支持。

（6）辅助性支撑要素，如中介机构、企业孵化器和信息网等。

国家创新系统结构图如图 2-1 所示。

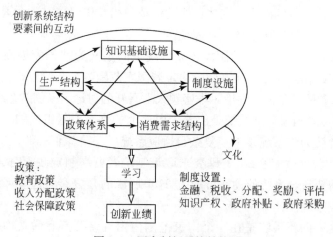

图 2-1　国家创新系统结构图

2.4　中国国家创新系统有待完善与发展

近年来，国家创新系统在中国的理论研究和实践中已取得了很多新进展，一系列鼓励创新的政策已经出台。但是，从理论上、整体上来看，中国国家创新系统还有一些重要问题需要研究解决，其中有以下几个理论认识问题需要特别提出来进行探讨。

2.4.1　中国国家创新系统有待成形

实际上，到目前为止，我们还并没有建立真正的国家创新系统，这极不利于提高我国整体的创新能力。现在，中国科学院正在试点，其他单位该怎么办？当然我们需要一边试点，一边总结经验，把经验提升到理论，用以指导全局。在此过程中，需要理论工作者的参与。理论工作者除了帮助总结我们自己的实践（试点）经验之外，还应充分了解全球发展态势和各国创新活动的新情况。这不但是理论创造的需要，也是创新活动本身的需要。因为任何一个创新系统都必须是一个开放系统，中国国家创新系统也不能例外。

我们要通过理论和实践的结合，尽快构建出一个适合中国国情、符合知识经济与经济全球化发展趋势的国家创新系统，从而更加有效地指导我们全国的、部门的、区域的创新活动。

2.4.2　中国国家创新系统结构需要优化

1977 年，经济合作与发展组织在《国家创新系统》的报告中明确指出："创新是由不同参与者和机构的共同体大量互动作用的结果。"这意味着创新系统的结构优化十分重要。目前，中国国家创新系统还未真正形成，系统结构也就难以明晰。

国家创新系统的结构，可按照领域、地区等进行细分。但是，在这样的国家创新系统中，国家的行为或中央的作用在哪里呢？中央把各领域、各地区的创新系统汇总在一起就能成为国家创新系统了吗？未必，因为系统不是部分之和。

那么再进一步的问题是，国家创新系统是否是其结构要素再加上部门和地区的创新系统一起构成的呢？系统理论告诉我们：只有优化的系统，才能实现"整体大于部分之和"；而系统各要素的性质简单相加，并不是系统的整体性质。

总起来说，国家创新系统及其结构的表现形式迄今似乎还没有得到较合理的理论说明。这直接影响到中国国家创新系统结构的优化。

2.4.3　中国国家创新系统需要科学与人文的整合

我们曾经从人文社会科学与国家创新系统关系的角度，提出过国家创新系统的新构想。我们认为，不能把知识经济和知识创新中的"知识"狭窄地理解为"科技知识"，还应包括不可或缺的人文科学和社会科学、哲学等知识。从这一视角出发，提出了"构建'国家创新系统'是一项以知识为基础的制度创新工程"的观点。我国的"国家创新系统"不仅要强调知识转化为生产力这一战略目标，而且也还要重视知识（尤其是人文科学知识）转化为制度创新能力这一战略主题，实现以知识为基础的制度创新。

因为如果单纯强调知识（尤其是技术知识）转化为生产力的唯一重要性，就有可能使我们的"国家创新系统"方案设计带有重指标增长、轻制度建设的偏向。只有立足于经济、社会和文化协调发展的"整体论"观点，才会清晰地认识到我国与发达国家的差距不仅表现为生产力落后，还表现为各种制度创新水平和能力严重落后。

正是基于这种"整体论"立场，我们认为，构建我国"国家创新系统"应充分考虑如下三条基本法则。

（1）一个社会的生产力越来越取决于该社会的知识供给能力。在"前知识经济"时代，一个社会的生产力水平主要取决于该社会的劳动供给能力和资本供给能力，这种"物质生产力"主要靠外延指标来衡量。而在知识经济时代，一个社会的知识供给能力直接决定着该社会产出知识产品的能力。传统的"物质生产力"概念，将被"以知识为基础的生产力"概念所取代。对这种生产力水平的衡量，不仅靠外延指标，而且靠内涵指标。

（2）一个社会的知识供给能力主要取决于该社会的制度供给能力。知识经济时代的知识供给能力是由社会化、市场化的知识供给机制来保障的。我国不仅是个"前知识经济"社会，而且还是个长期拒斥商品经济的传统型社会。这个现实决定了我国在经济、社会转型过程中要承担双倍繁重的制度创新任务，既要全面确立和完善现代市场机制，又要确立面向知识经济时代的知识创新、流通和应用机制。这种知识供给机制应当是社会化、市场化的。这是知识经济时代的本质要求。

（3）一个社会的制度供给能力是由人文知识的研究水平和社会化程度来保障的。我们知道，经济合作与发展组织提出的"制度创新"思想不是凭空产生的，它是西方经济理论、社会理论等多种人文思想发展的产物。该文件的创新本身生动表明现代社会的制度创新能力首先取决于人文知识的创新能力。此外，人文知识的创新能力取决于它与社会的链接程度，取决于它的社会化、产业化操作程度。总之，一个社会的制度创新如果是科学的，就必须以人文知识为基础，并由一个社会化的机制来保障。

基于上述分析，对于我们这个处于转型时期的发展中国家来说，我国国家创新系统更应当具有整体论的战略眼光，以避免成为"头疼医头、脚痛医脚"的应急方案。因此，一方面，应当重视知识（包括人文知识）与企业、市场的链接，以提高社会生产力；另一方面，也要强调人文社会科学知识与社会制度创新过程的链接，以促进我国经济、社会的全面转型。概言之，发展"以知识为基础的经济"，必然要求把"以知识为基础的制度创新"作为条件。归根结底，"以知识为基础的经济"应与"以知识为基础的社会"协调发展。

以知识为基础的社会生产力，以知识为基础的制度创新能力，得到制度保障的知识供给能力，这是"知识经济"概念的三大要素。可以说，如果国家的"国家创新系统"只强调发展物质生产力，而忽视制度创新能力，那它就仍是一个传统型社会的"国家创新系统"；如果国家的制度创新远离人文知识的深入研究，以非社会化方式进行，这种制度创新就不可能符合知识经济时代的要求。

这一观点极富前瞻性和战略性。如果从发达国家提出国家创新系统的历史背景和中国当前的国情来考虑，那么，贯彻这三条法则还并不容易。

从发达国家提出"国家创新系统"的历史背景看，从 20 世纪 80 年代开始，研究国家创新系统有两个基本来源：一个是针对企业这一层次，研究技术的生产者与使用者之间的相互依赖关系，强调技术创造过程中"使用者 – 生产者的持续相互作用"；另一个是考虑国家系统在引导资源流向创新活动方面的能力，关注的是政策等在国家层次上影响企业行为。

从这两个来源和两种不同的研究路线可以看出，二者提出建立国家创新系统的重点在于企业的技术创新。当然，这两种研究都涉及"制度框架"，都重视学习和创造知识的过程，但它们的目标是企业。企业是创新主体，而企业在西方国家是经济、社会发展最重要的驱动力。他们强调的"知识"从一开始也许正是"技术知识"，当然同时也注意到了与技术创新相联系的人文社会科学知识。

国家创新系统是一个全新的事物，它强调创新，强调系统方法，强调各要素之间相互作用；它要求思维方式的根本改变，而思维方式的改变是"范式"的改变。这样的改变我们实际上还远未完成。由此，我们很难说，我国早就有国家创新系统了。

2.5　创新三步曲案例

2.5.1　创新的递进关系

一般地说，在创新发展中，存在着递进关系。清华大学吴良镛院士的建筑学理论发展所经历的三个阶段的案例，就生动地表明创新存在着递进关系，即从初级阶段不断地向高级阶段发展：传统建筑学—广义建筑学—人居环境科学。

2.5.1.1　传统建筑学阶段

在 20 世纪 80 年代前，吴良镛的工作和研究处在传统建筑学阶段，"以建筑形态规划为主"，"当时认为，作为建筑师，规划内容主要是土地利用、交通系统（包括对内交通、对外交通）、建筑群的章法与布局，以及具体的城市设计技巧等，后来称之为'物资规划'或'体形规划'（physical planning）"，所用教材是《城乡规划》，而且教育"重点放在住宅和住宅区的研究试验上"①。这种情况直到 1984 年才得以改变。

2.5.1.2 广义建筑学阶段

吴良镛从 20 世纪 80 年代中期开始，在"人类居住"概念的启发下写成了《广义建筑学》。他指出："广义建筑学，就其科学内涵上来说，是通过城市设计的核心作用，从观念上和理论上把建筑、地景和城市规划学的精髓整合为一体。"② 广义建筑学倡导广义的、综合的观念和整体的思维，在广阔天地里寻找新的专业结合点，解决问题，发展理论。图 2-2 是他关于从传统建筑学到广义建筑学的表达。

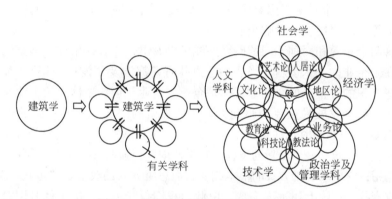

图 2-2　吴良镛建筑学理论发展三阶段

从吴良镛的著作中我们知道，广义建筑学是他从道萨迪亚斯（C. A. Doxiadis）的"人类聚居学"这个概念中得到启示而产生的。他说："我认为人类聚居学的研究是一项建设性的、创造性的工作。多少年来，建筑学者们一直宣传建筑的两重性，强调艺术的属性等，但总只是就房子论房子，非专业者难以理解。今一旦联系到聚居，情形就大不一样了，整个聚居环境就不是房子与房子的简单叠加，而是人们多种多样的生活和工作的场所。从一幢房子到三家村到村镇到城市，以至大城市、特大城市的一系列，都属于聚居范畴，这样便很自然地将建筑与城市融合在一起了，也就需要融入人类学、社会学、地理学等观点，

① 吴良镛．人居环境科学导论．北京：中国建筑工业出版社，2001：6．
② 吴良镛．世纪之交的凝思：建筑学的未来．北京：清华大学出版社，1999：65．

去分析研究实际问题，'聚居论'是一个基本的理论，从此出发，我们可以顺理成章地认识到建筑的'地区'、'文化'、'科技'等特性，终而产生'广义建筑学'。"①

如果我们从创新演进的角度来看，就可以从中得到一个重要启示，即从传统建筑学走向广义建筑学，可以看做从技术创新走向知识创新。传统建筑学着重的是技术创新，而广义建筑学则突破了单纯技术的范围，而融入人文内涵，如吴先生所说："需要融入人类学、社会学、地理学等观点。"因此，广义建筑学的创新不再是技术创新，而是几类知识相互融合在一起的知识创新。很明显，在这个基础上进一步的发展就是理论创新。

他的人居环境科学的创新便是这一类型的创新——理论创新。

2.5.1.3　人居环境科学阶段

我们可以把它看做广义建筑学的发展，但这不是一般的演进，而是根本性的飞跃，是观念上的一个根本性突破。这个突破表现在国际建筑师协会 1981 年《华沙宣言》的这样一段话中："规划、建筑和设计不应把城市当做一系列的组成要素，而应努力创造一个整合的多功能的环境。"②

我们从这句话中可以看出，西方建筑界在 20 世纪 80 年代已经意识到由要素组成的构成论是不可行的。如果说，广义建筑学是为把几类知识相互融合在一起做出努力，那么，人居环境科学的提出就是"努力创造一个整合的多功能的环境"，它是一个整体环境的科学。正如吴良镛自己所说："因而，我在'人类居住'概念启发下，于 1989 年写成《广义建筑学》一书，嗣后仍继续探索。"这个继续探索的结果就是，他于 1993 年在中国科学院技术科学部学部大会上提出建立"人居环境科学"的设想，并于 2001 年完成了《人居环境科学导论》一书。当然，这本书的大背景是城市化的发展——"城市化是时代的主旋律"，但是，它在观念上的突破应该是要"努力创造一个整合的多功能的环境"。

因此，笔者认为，吴良镛的"人居环境科学"理论在中国的横空出世，首先应该归功于他在观念上的突破。因为任何创新，尤其是理论创新，首先必须是观念上的突破，即有新创意，才会有嗣后的创新成果。

2.5.2　人居环境科学的理论创新

笔者认为，人居环境科学最重要的创新可以概括为以下五个方面。

第一，人居环境科学把建设宜人生存发展的环境纳入科学研究的范围内，尤

---

① 吴良镛．人居环境科学导论．北京：中国建筑工业出版社，2001：16.
② 吴良镛．世纪之交的凝思：建筑学的未来．北京：清华大学出版社，1999：69.

其是运用科学与艺术等手段相结合，极大地推动着人类居住条件的不断改善。

第二，真正从整体观出发研究人居环境问题。吴良镛的整体观不是机械论的整体观，而是有机论的整体观。一切问题的思考和解决都是从整体出发，是整体生出部分，而不是由部分组成整体，因而超越了构成论的局限性，从而达到提纲挈领、高屋建瓴的效果。他的观念是整体的，方法是综合的。他一再声言："强调综合，并在综合的前提下予以创造，一向是建筑学的核心观念。在 20 世纪，专门技术与知识的发展在深化我们对具体问题的理解和把握的同时，也常常把整体的问题分割开来，使建筑学的概念趋向狭窄和破碎。新世纪建筑学的发展除了继续深入专业分析外，还有必要重温综合的方法。"①

第三，以人为中心建立的学科体系。吴良镛认为，他的人居环境科学研究的最基本的前提是：人居环境的核心是人，人居环境研究以满足"人类居住"需要为目的；人居环境是人类与自然之间发生联系和作用的中介，人居环境建设本身就是人与自然相联系和作用的一种形式，理想的人居环境是人与自然的和谐统一，或如古语所云"天人合一"；人居环境内容复杂，人在人居环境中结成社会，进行各种各样的社会活动，努力创造宜人的居住地（建筑），并进一步形成更大规模、更为复杂的支撑网络；人创造人居环境，人居环境又对人的行为产生影响②。

第四，搭建起支撑其学科体系的三大平台：其一，"地域板块"概念，用以探索城市发展模式；其二，"城市单元"与"设计模块"概念，追求成长中的相对稳定性；其三，发掘文化内涵，综合创新。

第五，建立了一个中国人居环境科学的学派，老中青三代结合，正在推进人居环境科学的快速成长。

由此，我们可以说，人居环境科学已经开辟了一个新学科领域，形成了一个新研究纲领，集聚、造就了一批学术精英在为建设一个可持续的、舒适的人类居住环境而努力奋斗。

作为整体性科学的人居环境科学的发展前景一定是无限光明的！

2.6　国家创新系统建设需要思维方式变革

2.6.1　面临"死亡之谷"的原因之一是思维方式没有转变

为了实现自主创新、建设创新型国家的宏伟目标，我们需要全面推进中国特

---

① 吴良镛. 世纪之交的凝思：建筑学的未来. 北京：清华大学出版社，1999：69.
② 吴良镛. 人居环境科学导论. 北京：中国建筑工业出版社. 2001：38, 39.

色的国家创新系统建设。《国家中长期科学和技术发展纲要（2006—2020年)》中强调，现阶段中国特色国家创新体系建设重点是：建设以企业为主体、市场为导向、"产学研"结合的技术创新体系，并将其作为全面推进国家创新体系建设的突破口。其中"产学研"结合得好坏，直接影响到创新体系的力度，影响到国家竞争力的增强。因为只有"产学研"结合，才能更有效地配置科技资源，激发科研机构的创新活力，并使企业获得持续创新的能力。

但在现实中，"产学研"结合的问题很多，困难很大，越来越多地引起科技界、企业界人士的广泛重视。从最近披露的材料中我们看到，国内科研成果大多还停留在实验室，不能实现市场化和产业化，"从基础研究到企业产品开发，90%的科研成果死掉了"。"大量科研成果湮没在基础研究到商品化的'死亡之谷'中。""死亡之谷"中的"谷"是什么？"谷"就是"鸿沟"，就是"隔阂"，它就是"产学研"没有结合好的明显标志。

那么，强调了几乎十来年之久的"产学研结合"，为什么至今还面临"死亡之谷"呢？这中间有许多重要原因，思维方式没有转变导致制度障碍不能消除，是一个根本性的原因。

2.6.2　两种思维方式比较

当前，存在着两种思维方式的交织：一种是传统的机械论思维方式，另一种是新型的系统思维方式。

传统思维方式是以分裂、分割为特征的思维方式，也就是还原论与机械论的思维方式。这种机械论的、线性的思维方式深深地烙印在我们的心灵中，体现在人们处事的行动中。不以全局和整体利益为重，而是只关心本部门的利益，各自为政，"事不关己，高高挂起"。这种思维方式在西方同样是十分严重的。只是在国家创新体系建设提出之后，系统方法才在创新实践中受到广泛的重视。在此之前，分离、分割的观念同样严重地影响并渗透在他们的组织管理中。

Visa国际组织的创始人狄伊·霍克说，这种分离分割的思维方式令大批有聪明才智的人，"被堆积如山的作业手册压抑了心智，被雪崩般的指导原则掩盖了判断，被丛林般的分析报告遮蔽了感受，被洪流般的研究分析淹没了创意，被汪洋般的社群泯灭了责任感与决策力"。他从组织概念角度作了如下的反思：

　　对人类性灵与生物圈具有毁灭性的机械性组织概念，究竟源自何处？为何我们总是不能看清它们的真面目？也许最早可以追溯到亚里士多德、柏拉图的时代或更早。不过，直到牛顿的科学与笛卡儿的哲学之后，才算是孕育了这些概念的现代版本，形成了机械性的思维。自此以后，这种思维就主导了我们的整个想法，我们的组织性质，乃至西方工业社会的结构。其影响之深少有人能完全体认，而且还迅速向全球扩散。这种思维甚至认为宇宙乃至其中万物，无论物理、生物或社会层面，都可以简化为类似钟表的机械运作，各个组成零件均以精确可测的线性因果相互作用。如果我们能完全解析个别零件及其作用规律，即可据以重建世界及其其中万物……人类狂乱地……将知识切割成为几百个相互关联的门类，又将这些门类截分成为几千个互不相涉的专业与学科。这个世界上充斥着对愈来愈窄的领域懂得越来越多，而对越来越广的领域则知道得越来越少的人。我们躲在每个专业领域中，只要不属于我们日益窄小的范围中的事务或理解方式，一概摒为无关紧要；只要与我们日益狭隘的观点没有重大关联，一律予以漠视；只要与我们日益卑微的抱负没有直接因果关系，统统视而不见。我们连想都不想就放弃了自身的责任，每个人呆在日益局促心智的牢房中，还不忘以逻辑、效率与方法的理性为自己的所作所为作辩解，却从没想过这样的后果将造成社会、商业与生物界的一团混乱。[①]

中国传统的思维方式是整体论的思维方式，强调和谐，重视合作，而不是分裂、分割。自从提倡阶级斗争以后，分裂、分割思想就日益严重，"斗争哲学"导致了机械论思维方式猖狂。人与人之间是阶级斗争，"阶级斗争必须年年讲，月月讲，天天讲"，导致人与人之间的分裂。人与自然之间则是人定胜天，"喝令三山五岭开道，我来了"，于是，生态破坏了，环境污染了，在这里，人与自然之间是对立的，不和谐的。而自然与自然之间的对立，那就是一个重要的哲学命题——"物质无限可分论"，按此命题，一切可分，永远可分，导致的一个现实结果就是部门之间的分离、分割。令我们记忆犹新的就是 SARS 病毒基因组的测序。中国本可争得世界第一，但由于单位利益，部门分割，相互封锁，互不协作，以致让外国同行抢先公布了成果。"从 SARS 病原体的发现到病毒检测诊断以及理论的阐述，中国目前的首创纪录全部为零！"由此中国失去了一个重大的创新机会。2003 年 5 月 26 日，《中国青年报》记者以"技术不差，规模尚可，为何己不如人？"为标题发表文章，分析原因之一就是部门分割、各自为战。文中还指出：就拿医学科学研究来说，卫生部、科技部、军队、高校各自都有一套人马，各自占据一部分资源，各个系统缺乏有效的沟通与合作，耽搁了查出 SARS 病毒的时间。这也是我们"产学研"结合不好的表现，无论如何应当成为我们实现自主创新的重要教训。

而我们现在还看到，这种机械思维方式依然严重地阻碍"产学研"的结合，

---

① Hock D. One From Many—VISA and the Rise of Chaordic Organization.

科研机构、大学与企业的应用脱节。有数据表明，2004 年，北京的科研单位一共有 14 314 个项目，而跟企业合作的仅 507 项，占 3.54%。这种情况无疑将影响到我们的自主创新，影响到我们创新型国家的建设进程。所以，改变传统的分离、分割的思维方式，对我们今日的创新有着多么重要的现实意义啊！

2.6.3　确立复杂系统思维方式

20 世纪 80～90 年代，西方的一些创新研究家将系统方法引入创新，而且强调了"产学研"之间的复杂相互作用[①]。21 世纪开始，他们运用复杂系统理论研究创新，将复杂系统、自组织观念引入国家创新体系，强调"官产学研金"之间在创新过程中的复杂相互作用，并进一步建立起创新生态系统。创新生态系统中的要素有复杂相互作用和自组织能力等，从而生成出新的结构和功能。

复杂系统必须被理解为是一个相互关联的关系网络，不能归约（还原）为简单系统，也不可理解为"复合系统"（complicated system）。而在笔者看来，复合系统（请注意：不是复杂系统）实际上是一种"机械整体论"，甚至是一种躲避复杂性的策略。有人通过对复杂系统的研究，提出了联结论模型，并用大脑、语言等来阐明复杂系统的网络特征。这些网络是分布式的、自组织的和无中心控制的局域信息运行，网络中的各要素是非原子论的，非线性的，不对称的，也是非决定论的。联结论模型不但区别于传统机械论模型，也不同于基于规则的模型，"联结论模型对理解复杂系统以及为其建造模型更有用"[②]。有关方面的内容书中有比较深入的分析。当然，复杂系统理论，包括联结论模型还在不断发展中。关于复杂系统思维的特征，笔者已在另文讨论了[③]。

当前，中国正处于从传统思维方式向复杂思维方式的转变过程中。我们不再奉行以前那种以分割、分裂为特征的还原论哲学，而是让彼此对立的关系转变为互补共赢的关系，提倡"以和为贵"的和合、和谐，正在努力建设和谐社会。天人合一、人我合一、身心合一本是中国传统整体论文化的核心与精华。我们在创建中国特色国家创新体系中，继承传统精华的同时，充分吸纳复杂性科学中的重要思想，让"死亡之谷"变成"生命之源"和"创新之泉"！

我们再强调：特殊性与分割性是人类心智上的弱点，而非宇宙的通则；超越还原论已成为从事复杂性研究者的共同纲领与宣言；国家创新系统的优化、全面地建成创新型国家，需要思维方式的真正变革。

---

① 多西 G 等．技术进步与经济理论．北京：经济科学出版社，1992.

② 西利亚斯．复杂性与后现代主义．曾国屏译．上海：上海科技教育出版社，2006：29.

③ 金吾伦．复杂性思维的特征．学习时报．2005-08-29.7.

3 创新型国家战略研究

段培君

建设创新型国家，需要从实践与理论相结合的角度，围绕国家战略实践和相关理论进行具体研究和探讨。

3.1 建设创新型国家作为国家发展战略核心的决策

3.1.1 建设创新型国家作为国家战略的决策

建设创新型国家作为国家战略的决策主要从两个方面进行：一方面，在《国家中长期科学和技术发展规划纲要》的研究和形成中提出，把提高创新能力、建设创新型国家作为国家战略，从科技、经济、现代化建设的其他方面这三个层面描述了该战略的一般框架，特别是从科技工作的角度阐述了这一战略的具体实施途径和措施；另一方面，在《中华人民共和国国民经济和社会发展第十一个五年规划纲要》的研究、讨论和确定中，从国家经济社会发展的角度把提高创新能力、建设创新型国家与科学发展、创新发展模式联系起来，纳入"十一五"时期经济社会发展的主要目标，从经济社会发展的各个方面对实现这一目标的途径措施作了具体阐述。

从决策环节看，2005 年底，国务院发布《国家中长期科学和技术发展规划纲要（2006—2020 年）》和 2006 年 1 月 26 日中共中央、国务院做出《关于实施科技规划纲要、增强自主创新能力的决定》，是在政策层面上确立提高创新能力、建设创新型国家作为国家战略的地位；2006 年 3 月 14 日，第十届全国人民代表大会第四次会议审查通过国务院提出的《国民经济和社会发展第十一个五年规划纲要（草案）》，决定批准这个规划纲要，标志着这一国家战略在法律层面的确立。具体过程涉及以下环节。

1）在国家中长期科学和技术发展规划的研究中酝酿提出这一战略

2003 年 6 月，从全面建设小康社会的全局出发，国务院成立了以温家宝总理为组长的领导小组，组织领导国家中长期科学和技术发展规划的制定工作。《国家中长期科学和技术发展规划纲要（草案）》（以下简称《规划纲要》）的编制工作从此开始，来自国家有关部门、中国科学院、中国工程院，以及部分大学、科研机构、企业的 2000 多名专家参与了这项工作。

《规划纲要》在进行战略层面研究的基础上经历了前期准备、框架设计、任务凝练与政策梳理、草案形成和征求意见等五个阶段，先后 12 次易其稿，最终形成了《国家中长期科学和技术发展规划纲要（草案）》。《规划纲要》以增强创新能力为主线，以建设创新型国家为奋斗目标，对我国未来 15 年科学和技术的发展做出了全面规划和部署。提高创新能力、建设创新型国家作为国家中长期科学和技术发展的战略提出。

2）国务院发布《国家中长期科学和技术发展规划纲要（2006—2020 年）》，把建设创新型国家作为国家中长期科学和技术发展的战略目标

2005 年年底，国务院发布《国家中长期科学和技术发展规划纲要（2006—2020 年）》，把它作为新时期指导我国科学和技术发展的纲领性文件，对我国未来 15 年科学和技术的发展做出了全面规划和部署①。《规划纲要》提出今后 15 年科技工作的指导方针：自主创新，重点跨越，支撑发展，引领未来。并认为自主创新就是从增强国家创新能力出发，加强原始创新、集成创新和引进消化吸收再创新，把提高自主创新能力摆在全部科技工作的突出位置。进一步地，《规划纲要》上升到国家整体战略的层面立论，提出必须把提高创新能力作为国家战略，贯彻到现代化建设的各个方面，贯彻到各个产业、行业和地区。

限于《规划纲要》所承载的任务，它在总体目标等方面依然是立足于科技的发展进行设计。《规划纲要》提出，到 2020 年，中国科学技术发展的总体目标：自主创新能力显著增强，科技促进经济社会发展和保障国家安全的能力显著增强，为全面建设小康社会提供强有力的支撑；基础科学和前沿技术研究综合实力显著增强，取得一批在世界具有重大影响的科学技术成果，进入创新型国家行列，为在 21 世纪中叶成为世界科技强国奠定基础。《规划纲要》为此提出了八个重点目标，并从重点领域及其优先主题、重大专项、前沿技术、基础研究、科技体制改革与国家创新体系建设、若干重要政策和措施、科技收入与科技基础条件平台、人才队伍建设等方面提出了具体的对策②。

3）中共中央国务院做出关于增强自主创新能力的决定

2006 年 1 月 26 日，《中共中央国务院关于实施科技规划纲要增强自主创新能力的决定》（以下简称《决定》），提出要全面实施《规划纲要》，经过 15 年努力到 2020 年使我国进入创新型国家行列。《决定》认为，这是全面落实科学发展观、开创社会主义现代化建设新局面的重大战略举措。《决定》阐述了建设创新

---

① http：//news. xinhuanet. com/st/2005 – 12/31/content_ 3994254. htm.

② http：//www. gov. cn/jrzg/2006 – 02/09/content_ 183787. htm.

型国家的内涵和科技工作指导方针及重要目标，侧重从"创新体制机制，走中国特色创新道路"和"制定配套政策，激励自主创新"两个方面提出要求。《决定》强调了《规划纲要》中要形成技术创新、知识创新、国防科技创新、区域创新、科技中介服务等相互促进、充满活力的国家创新体系，以及在实践中走出中国特色创新道路的要求；强调了增强创新能力，关键是强化企业在技术创新中的主体地位，建立以企业为主体、市场为导向、"产学研"相结合的技术创新体系①。

4）国务院发布《实施〈国家中长期科学和技术发展规划纲要（2006—2020年）〉的若干配套政策》

2006年2月7日，国务院下发《实施〈国家中长期科学和技术发展规划纲要（2006—2020年）〉的若干配套政策》（以下简称《配套政策》），要求各地各部门认真贯彻执行。该《配套政策》共60条，主要涉及10个方面：科技投入；税收激励；金融支持；政府采购；引进消化吸收再创新；创造和保护知识产权；人才队伍；教育与科普；科技创新基地与平台；加强统筹协调。《配套政策》还提出各有关部门要依据本文件要求制定必要的实施细则②。

5）《中华人民共和国国民经济和社会发展第十一个五年规划纲要》

2006年3月14日，第十届全国人民代表大会第四次会议审查通过了国务院提出的《国民经济和社会发展第十一个五年规划纲要（草案）》（以下简称《十一五规划》），决定批准这个规划纲要。《十一五规划》提出：要坚持以人为本，转变发展观念、创新发展模式、提高发展质量，落实"五个统筹"，实现科学发展，必须坚持六条原则。原则之一是必须提高创新能力。要深入实施科教兴国战略和人才强国战略，把增强创新能力作为科学技术发展的战略基点和调整产业结构、转变增长方式的中心环节，大力提高原始创新能力、集成创新能力和引进消化吸收再创新能力。《十一五规划》主要阐明国家战略意图，明确政府工作重点，引导市场主体行为。《十一五规划》所阐述的原则和政策导向表明，提高创新能力、建设创新型国家已经在法律层面确立为国家战略。

3.1.2　建设创新型国家作为国家发展战略核心的酝酿与决策

3.1.2.1　建设创新型国家作为国家发展战略核心的酝酿

《十一五规划》指出，中国已经进入必须依靠科技进步和创新推动经济社会发展的重要历史阶段。温家宝总理在阐述"十一五"时期的主要任务时提出，

---

① http：//www.gov.cn/jrzg/2006-02/09/content_183929.htm.

② http：//www.gov.cn/zwgk/2006-02/26/content_211553.htm.

创新是提升科技水平和经济竞争力的关键。这一观点在理论界也得到了反映。2006 年 9 月，中国发展战略学研究会创新战略专业委员会 2006 年学术年会上有观点认为：当前这一轮的宏观调控，不是以往宏观调控的简单重复，而是带有向新的经济增长方式转变的特点。它要求的是经济要素的协调配置和经济的可持续发展。在这个意义上，它要求经济领域的科学发展。提高创新能力，依靠科技进步、科技创新是我们实现可持续发展目标的唯一出路。在这一意义上，创新是新阶段中国经济社会发展的关键所在。

在确定提高创新能力、建设创新型国家作为国家战略后，2006 年下半年在中央党校省部级干部班教学中，第一次明确提出了要"把创新战略作为中国面向未来的核心战略"的命题，引发了省部级干部学员的讨论。当时的提法是：创新确立为国家战略并在实践层面上落实，关键是要确定有效的实施途径。从国家宏观层面上说，解决以下问题在当前有其特殊意义。其中第一个问题是，把创新战略作为中国面向未来的核心战略。为解决这一问题，需要做到以下三个明确①：

（1）明确经济增长的要素结构中最重要的是创新。经济增长的要素，首先，涉及劳动力、自然资源和资本的增加，其中最重要的是资本积累的速度。其次，是经济结构的优化，经济结构从生产率比较低的部门转移到生产率比较高的部门，导致经济增长。最后，技术创新。这三个方面中最重要的是技术创新，如果没有技术创新，不断积累资本就会面临边际效益的递减，也不会有新的产业部门。

（2）明确现在就必须把立足点转向创新战略。创新的投资需要超前。中国存在大量对创新的需求和技术研发的潜力。我国国内拥有自主知识产权的企业约占企业总数的万分之三，99% 的企业没有申请专利，拥有自己商标的企业仅占40%。国务院国有资产监督管理委员会监管的 166 家中央企业，平均每家累计申请专利 226 项，不及国外一些大企业年均申请量的 1/5。我国实施创新战略的作为空间很大。

（3）明确中国发展战略的最新组合中，创新战略是核心战略。我国为落实科学发展观提出了一系列新的发展战略：创新战略、消费与投资协调拉动战略、建设社会主义新农村战略、资源节约和环境友好战略和与此相关的改革战略。中国的发展需要这些战略的相互协调和配合，需要它们的组合效应；而在这些战略组合中，创新战略占有核心地位，是中国面向未来的核心战略。

此后，这一观点在《中国科学院院刊》发表。文章"从国家战略的层面上对自主创新进行了分析，指出要从发展规律和国内外现实结合的角度理解自主创新作为国家战略的依据，从科学技术发展、经济发展和现代化建设全局三个层面

---

① 段培君. 自主创新战略研究. 中央党校讲稿. 省部级班 A 班社会发展方向. 2006-12-04.

把握自主创新战略的现实内涵。文章强调,要把创新战略作为中国面向未来的核心战略"①。这应当是在公开发表的文献中第一次确定把创新战略作为中国发展战略的核心。

3.1.2.2 建设创新型国家作为国家发展战略核心的决策

2007 年 10 月,党的十七大报告将提高自主创新能力、建设创新型国家提升到新的高度,指出:"这是国家发展战略的核心,是提高综合国力的关键。要坚持走中国特色自主创新道路,把增强自主创新能力贯彻到现代化建设各个方面。"

提高创新能力、建设创新型国家作为中国发展战略核心的思想,在党的十七大之后得到了进一步的丰富和发展,主要在以下两个方面深化了认识。一是认为,它是解决中国发展问题的关键。中国经济在战略层面上的主攻方向是创新,这是创新作为中国发展战略核心的应有之义。原因是,中国经济的根本出路是创新,中国如果不在创新方面杀出一条路,中国经济结构的优化就无法实现,中国经济就缺少新的增长点,中国经济的巨大能量就不能有效导入科学发展的轨道,中国经济的可持续发展也就成为一个问题。这是中国经济迫切需要解决的战略问题。二是认为,转变经济发展方式的根本举措也是创新。党的十七大把加快转变经济发展方式、完善市场经济体制作为实现未来经济发展目标的关键,并为此提出了一系列新战略,其组合效应就是转变经济发展方式,实现科学发展。在这一组合中,创新战略具有特殊作用,它既有助于解决经济发展的动力问题,也有助于解决资源紧张和浪费的问题,同时也有助于缓解环境压力以及寻求解决环境问题的根本途径。所以,不论从发展是第一要务还是从又好又快发展的角度看,创新战略都处于核心的位置。

在现代化建设进程中,把提高创新能力、建设创新型国家作为国家战略和国家发展战略的核心,是两个具有重大意义的决策。

3.2 建设创新型国家作为国家战略的依据和着眼点

3.2.1 主要依据

3.2.1.1 理论依据

《国家中长期科学和技术发展规划纲要(2006—2020 年)》中,对科学技术

---

① 段培君. 论自主创新国家战略的主要依据、现实内涵和实施途径. 中国科学院院刊,2007,(3):187~193.

的作用主要从社会生产力的角度延续了以往的理论判断："科学技术是第一生产力，是先进生产力的集中体现和主要标志。"这一判断以"科学是生产力"的命题为基础。马克思在《经济学手稿（1857～1858年草稿）》中论述了知识作为直接生产力的存在和作用："机车、铁路、电报、走锭精纺机等"，"是人类的手创造出来的人类头脑的器官；是物化的知识力量。固定资本的发展表明，一般社会知识，已经在多么大的程度上变成了直接的生产力，从而社会生活过程的条件本身在多么大的程度上受到一般智力的控制并按照这种智力得到改造。它表明，社会生产力已经在多么大的程度上，不仅以知识的形式，而且作为社会实践的直接器官，作为实际生活过程的直接器官被生产出来。"马克思认为，随着资本主义生产方式的出现，科学已经成为"生产过程的独立因素"。"生产过程成了科学的应用，而科学反过来成了生产过程的因素即所谓职能。"① 马克思总结说："随着资本主义生产的扩展，科学因素第一次被有意识地和广泛地加以发展，应用并体现在生活中，其规模是以往的时代根本想象不到的。"② 马克思在另外一个地方也从分析的角度说："生产力中也包括科学。"③ 在《资本论》第三卷中还有动态的分析说明："生产力的这种发展，归根到底总是来源于发挥着作用的劳动的社会性质，来源于社会内部的分工，来源于智力劳动特别是自然科学的发展。"④ 所以，马克思不仅分析了近代科学成为生产力中的独立因素，而且直接说明了生产力包括科学。

1968年，哈贝马斯从科技经济一体化的分析角度进一步提出"科学技术是第一生产力"的命题。哈贝马斯认为：自19世纪末叶以来，标志着晚期资本主义特点的另一种发展趋势，即技术的科学化趋势日益明显。在资本主义社会中，始终存在着通过采用新技术来提高劳动生产率的制度上的压力。但是，革新却依赖于零零星星的发明和创造，这些发明和创造虽然想在经济上收到成效，但仍具有自发的性质。当技术的发展随着现代科学的进步产生了反馈作用时，情况就起了变化。随着大规模的工业研究的开展，科学、技术及其运用结成了一个体系。……于是，技术和科学便成了第一位的生产力。《中共中央国务院关于实施科技规划纲要增强自主创新能力的决定》从人类文明发展的视野指出："科学技术是第一生产力，是推动人类文明进步的革命力量。"

---

① 马克思. 经济学手稿（1861～1863年）. 载：马克思，恩格斯. 马克思恩格斯全集. 第47卷. 北京：人民出版社，1979：570.

② 马克思. 经济学手稿（1861～1863年）. 载：马克思，恩格斯. 马克思恩格斯全集. 第47卷. 北京：人民出版社，1979：572.

③ 马克思. 政治经济学批判（1857～1858年草稿）. 载：马克思，恩格斯. 马克思恩格斯全集. 第46卷（下册）. 北京：人民出版社，1980：211.

④ 马克思，恩格斯. 马克思恩格斯选集. 第2卷. 北京：人民出版社，1995：411.

3.2.1.2 国际发展趋势

《国家中长期科学和技术发展规划纲要（2006—2020 年)》和《中共中央国务院关于实施科技规划纲要增强自主创新能力的决定》从两个方面分析了国际发展趋势。"进入 21 世纪，新科技革命迅猛发展，正孕育着新的重大突破，将深刻地改变经济和社会的面貌。" 主要表现在以下六个方面："信息科学和技术发展方兴未艾，依然是经济持续增长的主导力量；生命科学和生物技术迅猛发展，将为改善和提高人类生活质量发挥关键作用；能源科学和技术重新升温，为解决世界性的能源与环境问题开辟新的途径；纳米科学和技术新突破接踵而至，将带来深刻的技术革命；基础研究的重大突破，为技术和经济发展展现了新的前景；科学技术应用转化的速度不断加快，造就新的追赶和跨越机会。""纵观全球，许多国家都把强化科技创新作为国家战略，把科技投资作为战略性投资，大幅度增加科技投入，并超前部署和发展前沿技术及战略产业，实施重大科技计划，着力增强国家创新能力和国际竞争力。"

《决定》把上述两个方面综合起来作了如下判断："进入 21 世纪，科学技术发展日新月异，科技进步和创新愈益成为增强国家综合实力的主要途径和方式，依靠科学技术实现资源的可持续利用、促进人与自然的和谐发展愈益成为各国共同面对的战略选择，科学技术作为核心竞争力愈益成为国家间竞争的焦点。"

3.2.1.3 国内发展阶段

《规划纲要》分析了中国所面临的严峻挑战，认为"我们比以往任何时候都更加需要紧紧依靠科技进步和创新，带动生产力质的飞跃，推动经济社会的全面、协调、可持续发展"。《决定》的判断更加直接明确："我国已进入必须更多依靠科技进步和创新推动经济社会发展的历史阶段。科学技术作为解决当前和未来发展重大问题的根本手段，作为发展先进生产力、发展先进文化和实现最广大人民群众根本利益的内在动力，其重要性和紧迫性愈益凸显。"

《十一五规划》从更加综合的角度论述了提出新战略的背景以及新战略与其他方略之间的关系，认为需要准确把握我国发展的阶段性特征，提出比较完整的战略思想。这一战略思想被表述为："立足科学发展，着力自主创新，完善体制机制，促进社会和谐，全面提高我国的综合国力、国际竞争力和抗风险能力，开创社会主义经济建设、政治建设、文化建设、社会建设的新局面，为后十年顺利发展打下坚实基础。"创新在其中处于非常重要的地位。

事实表明，在关系国民经济命脉和国家安全的关键领域，真正的核心技术是买不来的。要在激烈的国际竞争中掌握主动权，就必须提高创新能力，在若干重要领域掌握一批核心技术，拥有一批自主知识产权，造就一批具有国际竞争力的企业。

3.2.1.4 科学发展重大战略思想的要求

科学发展观是新的历史阶段提出的重大战略思想。提出提高创新能力、建设创新型国家的战略与提出科学发展的战略思想直接相关。要落实科学发展观，必须提出建设创新型国家的战略。《十一五规划》强调"把经济社会发展切实转入全面协调可持续发展的轨道"必须坚持的六项战略原则，其中明确地指出："必须提高自主创新能力。要深入实施科教兴国战略和人才强国战略，把增强自主创新能力作为科学技术发展的战略基点和调整产业结构、转变增长方式的中心环节，大力提高原始创新能力、集成创新能力和引进消化吸收再创新能力。"所提出的六个政策导向也有三条涉及创新战略。

3.2.2 提高创新能力、建设创新型国家的着眼点

主要试图解决以下两个主要问题。

3.2.2.1 从经济大国发展为经济强国的必要途径

从我国发展历史的纵向比较看，我国已经成为经济大国但还不是经济强国。

我国国内生产总值从世界第六位上升到第三位，进出口总额也排在第三位。外商直接投资连续多年居发展中国家首位。2000～2004年，中国经济增长对世界经济增长的平均贡献率为15%，成为仅次于美国的推动世界经济增长的重要动力。这些指标表明，我国已经跻身于经济大国的行列。

我国还不是经济强国。从发展水平看，中国经济的人均水平在全球主要国家和地区中位居100位以外。从发展方式看，中国经济的快速增长还是粗放型的增长，在很大程度上依靠高投入、高消耗，资源的使用效率比较低，产品的技术含量和附加值低，环境污染比较严重。从经济发展的阶段看，如果把国家竞争力的发展分为生产因素导向、投资导向、创新导向和富裕导向四个阶段的话，那我国显然没有真正进入创新导向的阶段。我国国内拥有自主知识产权的企业约占企业总数的万分之三。由于缺少自主知识产权，2005年我国生产的家电产品占世界的比重为60%，而利润仅为10%；提供计算机核心芯片的美国英特尔公司2005年的利润率为22.3%，而生产计算机整机的中国联想集团同期利润率仅为1.9%。

从全球经济竞争的横向比较看，创新已经成为国际竞争力的决定性因素。我国虽然在创新方面取得了一定成绩，但离创新型国家的要求还有不小的距离。从

创新战略的启动看，中国属于后发国家。美国从 1977 年提出"信息经济"到 2000 年提出以网络经济为核心的"新经济"，一直是创新战略的引领者。新加坡 2001 年提出向创新驱动转变的新战略。加拿大政府 2002 年 2 月公布"加拿大创新战略"，日本同年 6 月制定了"知识产权战略大纲"。巴西 2004 年出台《创新法》，同年韩国提出转变"模仿、追赶"型的研发模式为"创新"型模式。法国 2005 年出台"竞争点"计划。中国也于 2005 年提出要把建设创新型国家作为面向未来的重大战略，从时间序看处于后发国家的位置。

从评价体系看，中国创新能力排位中间偏后。世界经济论坛（WEF）发布 2006～2007 年《全球竞争力报告》指出：中国在此次排名中列第 54 位，相比去年下跌 6 位，主要原因在于新技术参与度较低。世界经济论坛建议，中国应在加大知识产权保护等方面努力。从创新效果看，中国在专利、科技贡献率方面存在较大差距。

3.2.2.2　致力于转变经济发展方式，实现又好又快发展

第一，不论从理论分析还是从实践的层面看，能否提高创新能力都在很大程度上决定着经济增长的状况。从理论层面看，经济增长的要素结构中最重要的是创新。经济增长的要素首先涉及劳动力、自然资源和资本的增加，其中最重要的是资本积累的速度；其次是经济结构的优化导致经济增长；再次是创新。这三个方面中最重要的是创新。没有创新，资本的不断积累就会面临边际效益的递减，也不会有新的产业部门出现。创新通过生产方式的突破性转变有助于生产效率的提高，支撑经济持续快速增长，同时它所推动的劳动力知识技能的提高和技术装备水平的现代化也间接提升了劳动力和资本对经济增长的贡献。从历史的视角看，如杰佛里·萨克斯教授所指出的，过去 50 年、100 年、200 年中收入增长的主要源泉是技术的进步。索洛也试图证明，实现持续经济增长的途径是技术升级，美国经济增长大约 80% 源于技术创新，仅仅 20% 左右源于资本积累。从宏观实践的层面看，创新能力在很大程度上决定着经济增长的速度。我国 20 世纪 80 年代主要依靠轻工、纺织工业的发展拉动经济增长，20 世纪 90 年代通过发展家电产品、房地产、基础产业拉动增长，2002 年以来则通过汽车、住宅、电子通讯、城市基础设施建设拉动增长，同时拉动钢铁、有色金属、建材、机械、化工产业，由此带动电力、煤炭、石油、港口、铁路、公路等交通行业的发展，这些推动了新一轮的经济增长。下一轮的增长力量来自哪里？创新是最为重要的着力点。在这一意义上，中国经济在战略层面上的主攻方向应是创新，这是创新作为中国发展战略核心的应有之义。

第二，提高创新能力是转变经济发展方式中带有根本性意义的举措，在很大

程度上决定着经济发展的质量。高投入、高污染、高耗能、低效益的粗放型的经济增长方式已不适应中国又好又快发展的要求，2003 年以来提出了一系列新战略，其组合效应指向转变经济发展方式，其中创新战略具有特殊作用。可以把这一作用比之为"一石三鸟"。第一只"鸟"是经济发展的动力，即通过提高创新能力改善中国经济发展的动力结构，向创新驱动转变。第二只"鸟"是资源，通过创新提高资源的利用效率，帮助克服经济增长的资源性约束，以有利于解决资源紧张和浪费的问题。第三只"鸟"是环境，通过提高创新能力，一方面改变粗放型经济增长方式所带来的高投入、高消耗和高污染现象，有助于从根源上防止环境的恶化；另一方面也有助于获取改善环境的技术手段。所以，提高创新能力实际上构成了提高经济增长质量的基础。

第三，提高创新能力也是提高经济运行质量、促使经济持续健康发展的保证。从现阶段经济运行的情况看，提高我国经济运行的质量，既要加强宏观调控，又要致力于解决一些深层次的结构问题。根据有关统计资料，近年来我国居民消费率明显偏低，投资率显著偏高，工业投资增长高于第三产业的增长。相对于工业对经济的贡献率和占当年 GDP 的比重，高技术产业所占的比重偏低。结合我国资源消耗的情况分析，我国经济呈现明显的要素驱动特征，容易导致经济运行的不稳定。与第一、二产业相比，第三产业的增长波动比较平稳。由于创新能够带来产业结构的优化调整，并能够促进以现代服务业为主导的经济发展，所以它有助于减轻传统产业所引起的经济周期性振荡，提高经济增长的稳定性。为了改善经济运行的质量，我们不仅要加强宏观调控，而且尤其要从战略上紧紧把握"转变经济发展方式"的导向，深化财税、价格、投资体制改革，致力于改善经济结构，努力把全社会的发展积极性引导到科学发展上来。

总之，不论从发展是第一要务还是从又好又快发展的角度看，创新战略都处于核心的位置。提高创新能力、建设创新型国家是我们实现可持续发展的根本路径，是实现科学发展的必然选择。

3.3 建设创新型国家作为国家战略的目标体系和主要布局

3.3.1 目标体系

关于建设创新型国家的目标表述为"经过 15 年努力，到 2020 年使我国进入创新型国家行列"。

《规划纲要》为科学技术发展设定的总体目标是：自主创新能力显著增强，科技促进经济社会发展和保障国家安全的能力显著增强，为全面建设小康社会提供强有力的支撑；基础科学和前沿技术研究综合实力显著增强，取得一批在世界具有重大影响的科学技术成果，进入创新型国家行列，为在 21 世纪中叶成为世界科技强国奠定基础。

具体目标是经过 15 年的努力，在我国科学技术的若干重要方面实现以下目标：一是掌握一批事关国家竞争力的装备制造业和信息产业核心技术，制造业和信息产业技术水平进入世界先进行列。二是农业科技整体实力进入世界前列，促进农业综合生产能力的提高，有效保障国家食物安全。三是能源开发、节能技术和清洁能源技术取得突破，促进能源结构优化，主要工业产品单位能耗指标达到或接近世界先进水平。四是在重点行业和重点城市建立循环经济的技术发展模式，为建设资源节约型和环境友好型社会提供科技支持。五是重大疾病防治水平显著提高，艾滋病、肝炎等重大疾病得到遏制，新药创制和关键医疗器械研制取得突破，具备产业发展的技术能力。六是国防科技基本满足现代武器装备自主研制和信息化建设的需要，为维护国家安全提供保障。七是涌现出一批具有世界水平的科学家和研究团队，在科学发展的主流方向上取得一批具有重大影响的创新成果，信息、生物、材料和航天等领域的前沿技术达到世界先进水平。八是建成若干世界一流的科研院所和大学以及具有国际竞争力的企业研究开发机构，形成比较完善的中国特色国家创新体系。

到 2020 年，全社会研究开发投入占 GDP 的比重提高到 2.5% 以上，力争科技进步贡献率达到 60% 以上，对外技术依存度降低到 30% 以下，本国人发明专利年度授权量和国际科学论文被引用数均进入世界前 5 位。

在全面建设小康社会目标的新要求中，增加了"自主创新能力显著提高，科技进步对经济增长的贡献率大幅上升，进入创新型国家行列"的内容。提高创新能力、建设创新型国家已经纳入全面建设小康社会的目标体系中。

3.3.2　主要布局

3.3.2.1　提高创新能力作为发展科学技术的战略基点

实现这一目标的核心要求是坚持"自主创新、重点跨越、支撑发展、引领未来"的指导方针。

《规划纲要》对未来 15 年国家科学技术发展做出的总体部署是：第一，立足于我国国情和需求，确定若干重点领域，突破一批重大关键技术，全面提升科技支撑能力。为此确定了 11 个国民经济和社会发展的重点领域，并从中选择任务明确、有可能在近期获得技术突破的 68 项优先主题进行重点安排。第二，瞄准国家目标，实施若干重大专项，实现跨越式发展，填补空白。计划安排 16 个重大专项。第三，应对未来挑战，超前部署前沿技术和基础研究，提高持续创新能力，引领经济社会发展。重点安排 8 个技术领域的 27 项前沿技术，18 个基础科学问题，并提出实施 4 个重大科学研究计划。第四，深化体制改革，完善政策措施，增加科技投入，加强人才队伍建设，推进国家创新体系建设，为我国进入创新型国家行列提供可靠保障。

科技发展的战略重点确定了五个方面：把发展能源、水资源和环境保护技术放在优先位置，下决心解决制约经济社会发展的重大瓶颈问题；抓住未来若干年内信息技术更新换代和新材料技术迅猛发展的难得机遇，把获取装备制造业和信息产业核心技术的自主知识产权，作为提高我国产业竞争力的突破口；把生物技术作为未来高技术产业迎头赶上的重点，加强生物技术在农业、工业、人口与健康等领域的应用；加快发展空天和海洋技术；加强基础科学和前沿技术研究，特别是交叉学科的研究。

3.3.2.2 提高创新能力作为调整产业结构、转变经济发展方式的中心环节

这一中心环节的战略定位体现在"三个转变上"：加快转变经济发展方式，推动产业结构优化升级，促进经济增长由主要依靠投资、出口拉动向依靠消费、投资、出口协调拉动转变；由主要依靠第二产业带动向依靠第一、第二、第三产业协同带动转变；由主要依靠增加物质资源消耗向主要依靠科技进步、劳动者素质提高、管理创新转变。

关于调整产业结构，《十一五规划》阐述的基本思想是：按照走新型工业化道路的要求，坚持以市场为导向、企业为主体，把增强创新能力作为中心环节，继续发挥劳动密集型产业的竞争优势，调整优化产品结构、企业组织结构和产业布局，提升整体技术水平和综合竞争力，促进工业由大变强。主要涉及以下六个方面。

（1）加快发展高技术产业。按照产业集聚、规模发展和扩大国际合作的要求，加快促进高技术产业从加工装配为主向自主研发制造延伸，推进创新成果产业化，引导形成一批具有核心竞争力的先导产业、一批集聚效应突出的产业基地、一批跨国高技术企业和一批具有自主知识产权的知名品牌。主要的着力点是：提升电子信息制造业，培育生物产业，推进航空航天产业，发展新材料产业。

（2）振兴装备制造业。振兴重大技术装备，提升汽车工业水平，壮大船舶工业实力。

（3）优化发展能源工业。坚持节约优先、立足国内、煤为基础、多元发展，

优化生产和消费结构，构筑稳定、经济、清洁、安全的能源供应体系。重点是以下四个方面：有序发展煤炭，积极发展电力，加快发展石油天然气，大力发展可再生能源。

（4）调整原材料工业结构和布局。按照控制总量、淘汰落后、加快重组、提升水平的原则，加快调整原材料工业结构和布局，降低消耗，减少污染，提高产品档次、技术含量和产业集中度。主要有以下措施：优化发展冶金工业，调整化学工业布局，促进建材建筑业健康发展。

（5）提升轻纺工业水平。着力打造自主品牌，提高质量，增加品种，满足多样化需求，扩大高端市场份额，巩固和提高轻纺工业竞争力。鼓励轻工业提高制造水平，鼓励纺织工业增加附加值。

（6）积极推进信息化。坚持以信息化带动工业化，以工业化促进信息化，提高经济社会信息化水平。重点做好以下四项工作：加快制造业信息化，深度开发信息资源，完善信息基础设施，强化信息安全保障。

3.3.2.3　提高创新能力作为国家战略，贯穿于现代化建设的各个方面

《规划纲要》提出必须把提高创新能力作为国家战略贯彻到现代化建设的各个方面，这些内容在《十一五规划》中有比较具体的论述。例如，公共财政预算安排的优先领域包含基础科学与前沿技术以及社会公益性技术研究、能源和重要矿产资源地质勘查、污染防治、生态保护、资源管理等；税收的调节作用致力于促进科技发展和增强创新能力、振兴装备制造业和其他产业健康发展；加强对高技术产业和装备制造业薄弱环节的扶持，重点支持研究开发，培育核心竞争力；实施品牌战略，支持拥有自主知识产权和知名品牌、竞争力强的大企业发展成为跨国公司；实施中小企业成长工程[①]。

3.4　建设创新型国家的学科理论支持

创新型国家战略思想的形成，得到了一些社会科学学科的理论支持。对于这方面的情况，一些学者进行了相关的研究[②]。

---

① 《中华人民共和国国民经济和社会发展第十一个五年规划纲要》. http：//www. gov. cn/ztzl/2006-03/16/content_228841. htm. 2006-03-16.

② 以下分析框架的归纳整理见：段培君. 建设创新型国家的理论与实践. 中央党校学报，2008，（2）：11~16.

3.4.1 文化经济学

文化经济学反映了经济学逐步扩展的情形，原属文化大系统的知识（科学技术）要素、制度要素、文化精神要素逐步被归入经济系统，成为经济分析的内在要素。经济学扩展的过程也是创新作为经济学范畴扩展的过程。其主要的扩展过程如下。

（1）知识（科学技术）要素进入经济学。熊彼特认为，经济发展是"由于改进生产技术，占领新的市场，投入新的产品等。在从事活动的过程中，这种历史上的不可逆转的变动，我们称之为'创新'，我们把它定义为：创新就是生产函数的变动"。"有必要而又充分的理由把创新列举出来，作为经济变动的第三种和逻辑上性质不同的因素。"[①] 20世纪30年代，数学家查理斯·柯布和经济学家鲍尔·道格拉斯提出了生产函数的非约束形式，为研究科学技术与经济的增长提供了比较便捷的方法。索洛在20世纪50年代提出的增长速度方程可以算出科技进步对产值增长速度的贡献。科学技术与经济过程的一体化不再是一种定性的表达，而是一种量的确定形式，如哈贝马斯所说，科学技术已经作为"独立的变数"而成为第一位的生产力[②]。罗默的研究进一步表明，由于研发活动被引入经济活动，同时它又是技术进步的来源，所以科学技术在此是经济增长的内生变量[③]。

（2）制度要素进入经济学。戴维斯和诺尔斯在《制度变革与美国经济增长》中提出制度创新理论。制度创新理论将制度变革引入经济增长过程。所谓"制度创新"是指经济的组织形式或经营管理方式的革新，它们是历史上制度变革的原因，也是现代经济增长的原因[④]。新制度学派的科斯提出：假设交易费用为零，资源配置的效率与产权制度的安排无关；在交易费用为正的情况下，产权制度的界定或安排就会对资源配置的效率发生作用。诺斯分析西方经济史得出结论：有效率的经济组织是经济增长的关键，经济增长的决定因素是制度及其创新。

（3）文化精神要素进入经济学。诺斯认为，文化信念是制度结构的基本决定因素。制度不是由政策而是由文化所决定的。一方面，文化通过对制度的影响而对经济增长发挥作用。科利尔把"社会资本"看做社会内部的社会与文化的一致，即支配人们互动的规范和价值观的一致。当社会资本能够产生外部性并能

---

① 熊彼特.经济发展理论.何畏译.北京：商务印书馆，1990：290.

② 段培君.论先进生产力的历史内涵.中国矿业大学学报（社会科学版），2002，（3）：3~5.

③ 菲利普·阿吉翁，彼得·霍伊特.内生增长理论.陶然等译.北京：北京大学出版社，2004：32~35.

④ 张凤，何传启.国家创新系统：第二次现代化的发动机.北京：高等教育出版社，1999：78.

促进互益集体的社会互动时，它就具有经济效益①。另一方面，文化创意作为经济要素直接进入产业。文化创意产业是以文化创意为核心资源，以高科技技术手段为支撑，体现文化、技术与经济全面结合的新型产业集群。根据《中国创意产业发展报告（2007）》估计，2005 年全球创意产业创造的 GDP 约为 3.2 万亿美元，占全球 GDP 的 8%。预计到 2010 年全球创意产业规模将接近 10 万亿美元。2004 年中国创意产业年营业总收入为 22 997.06 亿元，占全部企业营业收入的 5.22%②。

以创新范畴的提出为起点，知识（科学技术）、制度、文化精神要素陆续进入经济学的范围，其资源配置和转化关系的特殊性体现为经济发展规律的特殊性，形成了某种文化经济学。它的内涵和规律是通过创新范畴阐释的。正是在文化经济学的基础上，人们提出了技术创新、制度创新、文化创新乃至建设创新型国家的要求。

3.4.2 系统科学

国家创新体系的概念，以系统科学为基础。经济合作与发展组织认为，国家创新系统是由政府、企业、大学、科研机构、中介机构等通过建设性的相互作用构成的机构网络，其主要活动是启发、引进、改造与传播新技术。它们的活动和相互作用决定了国家扩散知识和技术的能力，从而影响国家的创新能力。国家创新系统所涉及的主体不再仅仅是经济活动的主体，它们还涉及政府主体、教育主体和科学研究主体，其活动性质或规律也不再仅仅属于经济学的范畴。

1996～1997 年，经济合作与发展组织进一步给出的定义是：创新是不同主体和机构之间复杂的相互作用的结果，国家创新系统是一个国家公共或私营部门中的组织结构网络，其活动和相互作用决定着该国家扩散知识与技术的能力，影响着该国家的创新业绩和经济发展的绩效③。这一定义强调了国家创新系统是一个复杂系统。它所形成的能力是国家能力，与国家战略、发展密切相关，关系到国家的发展前景。国家行为在这种系统中具有特殊的重要性。国家创新系统作为自组织与他组织的统一体，其发展是在自组织与他组织的互动中实现的。在这一过程中，国家的历史基础、经济与政治结构、政府的战略导向和政策体系都有着重要作用。

---

① 杰拉尔德·迈耶. 老一代发展经济学家和新一代发展经济学家. 载：杰拉尔德·迈耶，约瑟夫·斯蒂格利茨. 发展经济学前沿：未来展望. 北京：中国财政经济出版社，2003：21，22.

② 张京成. 中国创意产业发展报告（2007）. 北京：中国经济出版社，2007：64.

③ OECD. National Innovation Systems. Paris：OECD，1997.

3.4.3 经济文化学

经济文化学是以经济发展为聚焦的文化学研究，研究经济发展与社会发展的协调、经济发展的主体利益协调、经济发展的环境评估、经济发展评价体系的变革、经济发展的人文评价等。经济文化学是以人文为导向、以经济发展为视焦来进行的文化学研究。怀特认为文化由以下系统组成：一是技术系统，由物质的、机械的、物理的和化学的仪器以及运用于这些仪器的技术构成，包括生产工具、生活资料的获得方式等；二是社会关系系统，由人际关系构成，包括血缘关系、伦理关系、经济关系、政治关系、职业关系等；三是思想文化系统，由思想、知识、信仰构成，表现为一定的符号形式和运作形式，包括哲学、科学、文学、宗教、神话、常识以及相应的文化机构等。怀特的文化学强调了文化三个层面之间的有机联系，在这一点上与历史唯物主义强调生产力、生产关系（其总和为经济基础）、上层建筑的有机统一性一样，都说明了创新在各个层面展开的必要性。

经济学框架着眼于经济发展和财富增长，该框架中的知识、制度、文化精神等要素仅仅作为经济要素而发挥作用，服从经济逻辑；系统科学框架是超出经济学而以国家层面的知识生产、扩散能力为聚焦的复杂系统，服从系统逻辑；文化学框架着眼于文化大系统和人的全面发展，活动于器物、制度和精神文化各个层面，各子系统有其相对独立性，但服从人文目标下的文化大系统的协调逻辑。

三个分析框架都是通过经济、文化和社会要素的相互作用、相互整合而形成的不同视角下的学科框架。知识、制度、文化精神要素在一定意义上是经济系统的内生变量，它们的进步所导致的经济发展都属于经济系统的创新。同时，经济、社会、精神和价值规范子系统是文化大系统的内生变量，它们的变化所导致的发展属于文化大系统的创新，其协调性、人文性状况是衡量创新的重要尺度。不论从哪一个角度把握创新型国家，都离不开对其内在关系的系统性理解，因此国家创新系统有其特殊意义。全面地看，需要立足于分析框架的互补来理解创新型国家的意义。

3.5 建设创新型国家的对策问题

3.5.1 中国特色创新道路中的产业战略：大力发展战略性产业

从全球视野看，当代创新发展经历了三个阶段。

第一阶段：信息技术产业。美国1977年提出"信息经济"，到2000年形成以信息技术产业为核心的"新经济"，美国的产业结构和经济发展动力结构调整，带动美国经济持续 10 年的增长。

第二阶段：生物技术产业。生物技术产业销售额在一段时间里每 5 年翻一番，增长率高达 25% 左右。美国作为生物技术产业的引领者，开发的产品和市场销售额一度占全球的 70% 以上。美国生物技术研究开发费用一年多达 380 亿美元，仅次于军事科学。2003 年美国生物技术产业的收入首次超过了 IT 产业，形成了新的经济格局。

第三阶段：新能源产业。以金融危机为背景和契机，美国以新能源产业为核心，重建美国经济基础。用奥巴马的说法，"创造一个新的美国能源经济"。首先是新能源开发。美国《2009 年恢复与再投资法》涉及预算 7890 亿美元，其中约 500 亿美元用来提高能效和扩大可再生能源生产。在未来 3 年内，美国计划可再生能源产量翻一番。此外，未来 10 年将投入 1500 亿美元，资助替代能源的研究。计划到 2012 年，可再生资源发电量比例将达到 10%，2025 年提高到 25%。其次是发展节能汽车产业与绿色建筑产业。用 40 亿美元的联邦政府资金支持汽车制造商组装新的节能汽车，力争到 2015 年实现美国混合动力汽车销量达到 100 万辆，2012 年前实现美国联邦政府购买的车辆中一半是插电式混合动力车或电动汽车。美国将 50 亿美元用于增强家庭住房的越冬防寒性能计划，45 亿美元用于联邦政府建筑提高能效，为 200 万低收入家庭修缮房屋，对 75% 的联邦建筑进行节能改造。《美国清洁能源安全法案》要求 2012 年后新建成建筑的能效要提高 30%，2016 年后提高 50%。最后是新能源的基础设施建设。美国将 45 亿美元用于改造智能电网，63 亿美元用于提高州一级能效，新建或维护 3000 英里的输电线路，为美国家庭安装 4000 万部"智能电表"。美国新能源产业对美国和世界经济将产生重要影响，形成了中国经济结构调整的重要外部背景。中国不仅需要考虑国内发展方式转变的要求，而且需要把握全球发展大势，尽快布局，在经济结构调整方面迈出关键步伐。

上述创新发展的三个阶段实际是战略性产业的形成发展过程，所以，建设创新型国家的核心问题是如何构建战略性产业。在当前的背景下，需要将发展新能源产业作为产业结构调整、转向创新驱动的关键切入点。笔者在 2008 年底提出，不仅要把保增长、扩内需，而且要把调结构作为 4 万亿元投资的基本目标。同时，也提出应把握创新型机遇，扩大创新型内需，落实创新型政策，加速创新型改革。在扩大创新型需求方面提出了双重布局：在区域方面，力争经济较发达地区，如长江三角洲、珠江三角洲、京津渤海湾经济带，向某种程度的创新型经济转变；在行业方面，应使钢铁、汽车、造船、石化、轻工、纺织、有色金属、装备制造和电子信息等重点产业的振兴与《国家中长期科学和技术发展规划纲要（2006—2020 年）》相衔接，努力体现创新是中国发展战略核心的要求。现在中国经济回升趋稳，结构调整任务更加凸显。中国区域结构优化调整在沿海地区、特别在珠江三角洲有一定的成效；在全球结构调整的背景下，需要在行业方面有新的突破，形成维度互补的战略格局。在这一背景下，新能源产业有特殊意义，它事关创新驱动、资源节约与环境友好的全局，应作为产业调整的重点，加快发展。按照 2020 年的规划目标，预计中国可再生能源总投资将超过 3 万亿元，全国水电装机规模达到 3 亿千瓦左右，风电装机总规模力争在 2010 年突破 2000 万千瓦，核电核准总装机容量 2540 万千瓦，规划容量超过 4000 万千瓦。计划到 2012 年，全国要推广 6 万辆节能与新能源汽车，其中各类混合动力汽车将占 95% 以上。当前，在上述规划的基础上，应全方位地进行战略与战术筹划，使经济增长点向高端产业转移，向创新驱动转移，在这样的进程中实现第一、第二、第三产业协调发展。

3.5.2　开放创新一体化，构建开放社会

创新必须在开放系统中进行。提高创新能力、建设创新型国家必须加入到全球竞争环境中，在开放中创新，在创新中开放，形成"开放创新一体化"战略，努力构建开放社会。

从历史来看，中国的对外开放经历了两个阶段。第一阶段的开放重点是技术和资金，建立特区，沿海开放，大力发展外向型经济等；第二阶段的开放重点是制度层面，包括 1992 年后努力建立市场经济体制，以及加入 WTO 等。在这两个阶段中，开放也包括与技术、资金和制度相关的文化教育要素。所谓全方位、多层次、宽领域的开放涉及上面的三个层面。中国在进入新时期时需要明确进入了构建开放社会的阶段。

构建开放社会是建设创新型国家的要求。中国经济正处于从粗放型转向创新型的阶段，要求技术、资本、人才和产业形成更高水平的开放性结构。中国全面协调发展的目标，经济、政治、文化和社会建设"四位一体"的总体布局，要求经济、政治、文化和社会方面具有彼此协调的开放水平。技术与经济的层面、制度的层面和思想文化的层面都面临更加开放的任务，这些任务用一个比较完整的概念说，就是构建开放社会。只有在这样比较完整的开放结构中，才能全面推进创新型国家的建设，建立和完善"产学研政介"相结合的国家创新体系；才能优化调整经济结构，转变经济发展方式。中国不但需要扩大内需，实现沿海产业向中西部的梯度转移，实现新一轮的内驱发展；而且尤其需要扩大开放，实现沿海地区向创新驱动的转变，提高国际竞争力，完成科学发展阶段的结构转型，为中国经济的长远发展奠定基础。这是比较优势与竞争优势相结合的双向驱动战略，是中国经济可持续发展的希望所在。

首先，把"引进来、走出去"的重点逐步导向提高创新能力。积极扩大国际经济技术合作与交流，进一步利用境外智力和创新资源，扩大多种形式的国际和地区科技合作与交流，鼓励科研院所、高等院校与海外研究开发机构建立联合实验室或研究开发中心。支持在双边、多边科技合作协议框架下，实施国际合作项目。建立内地与香港、澳门、台湾的科技合作机制，加强沟通与交流。支持我国企业"走出去"，扩大高新技术及其产品的出口，鼓励和支持企业在海外设立研究开发机构或产业化基地。鼓励跨国公司在华设立研究开发机构，提供优惠条件，在我国设立重要的国际学术组织或办事机构①。特别要在引进中重视消化吸收再创新。日本引进技术和消化吸收的费用之比是1：5，韩国是1：8，中国目前是1：0.15。要把解决这一问题作为实行开放创新一体化战略的一个切入点。把外贸工作与提高创新能力结合起来。一方面，优化出口结构，以自有品牌、自主知识产权和自主营销为重点，引导企业增强综合竞争力，支持自主性高技术产品、机电产品和高附加值劳动密集型产品出口。另一方面，扩大先进技术、关键设备及零部件和国内短缺的能源、原材料进口，促进资源进口多元化；提高利用外资的质量，抓住国际产业转移机遇，重点通过利用外资引进国外先进技术、管理经验和高素质人才，把利用外资同提升国内产业结构、技术水平结合起来；引导外资更多地投向高技术产业、现代服务业、高端制造环节、基础设施和生态环境保护，投向中西部地区和东北地区等老工业基地；鼓励跨国公司在我国设立地区总部、研发中心、采购中心、培训中心；鼓励外资企业技术创新，增强配套能力，延伸产业链；吸引外资能力较强的地区和开发区，要注重提高生产制造层次，并积极向研究开发、现代流通等领域拓展，充分发挥集聚和带动效应②。

其次，在开放中吸收人类一切有利于创新的文明成果，继续以扩大开放促进制度创新、理论创新和管理创新，改善创新的制度环境，优化行政和金融环境。完善法律法规和政策，形成稳定、透明的管理体制和公平、可预见的政策环境。

最后，构建开放社会需要开放的心态，需要新一轮的思想解放。要通过新的思想解放，认识到转变经济发展方式既是世界经济发展的主导趋势，又是实现中国经济持续稳定发展的根本途径。在当代背景下，世界经济发展日益显示出其主导机制是创新。需要在当代经济发展规律的意义上，把握转变经济发展方式的内涵，把转变经济发展方式和创新作为经济增长的主要动力机制，加快向创新驱动转变。

---

① 国家中长期科学和技术发展规划纲要（2006—2020 年）. http：//www. gov. cn/jrzg/2006 – 02/09/content_183787. htm.

② 中华人民共和国国民经济和社会发展第十一个五年规划纲要. http：//www. gov. cn/ztzl/2006 – 03/16/content_228841. htm.

3.5.3 加快建立以企业为主体的创新体系

现阶段中国特色国家创新体系建设重点是：建设以企业为主体、"产学研"结合的技术创新体系，并将其作为全面推进国家创新体系建设的突破口；建设科学研究与高等教育有机结合的知识创新体系；建设军民结合、寓军于民的国防科技创新体系；建设各具特色和优势的区域创新体系；建设社会化、网络化的科技中介服务体系①。

引导和支持资本要素向企业集聚，形成研发投入主体三级布局，提高研发能力。要从中国国情出发，国家在战略层面上选择如生物技术、军事航空、引领未来的基础研究等重大方向进行投入；行业和区域选择与行业和区域战略发展密切相关的领域进行重点投入；企业根据市场需求和企业战略发展进行研发投入②。《十一五规划》就研发投入问题指出：要建立多元化、多渠道的科技投入体系，保证科技经费的增长幅度明显高于财政经常性收入的增长幅度，逐步提高国家财政性科技投入占国内生产总值的比例。

三级布局实际是创新资金来源的多元化。充分发挥财政资金的导向作用，逐年增加中央财政安排的科技支出比重，充分发挥企业作为技术创新主体的作用，鼓励、引导企业增加研发投入。还要引导社会资金参与企业的技术创新活动，加快资本市场的建设，扩大创业风险和投资试点范围，发挥创业板的作用。国有商业银行应改善中小企业贷款担保制度，积极发展面向中小企业的风险投资。

3.5.4 实行行政与研究系统双轨制，加快制度供给

建设创新型国家，制度供给具有特殊意义。鉴于行政与研究活动具有不同的运行规律，应在已有改革的基础上，推进行政系统与研究系统的双轨制。其主要思路是：各自的系统层级按各自的活动规律设计，学术层级制度不比照行政的层级制度设定，研究单位的层级待遇不参照行政级别待遇，可根据研究系统的特点予以决定，以提升研究人员待遇，发挥他们的积极性和能动性，在体制和政策上体现人才的重要性。同时，研究活动的资源逐步由行政部门分配转由研究共同体按照一定的竞争机制进行配置，实现劳动者与劳动资源的直接结合。为了真正形成"产学研"结合的机制，应进一步确立和落实研究单位的独立法人制度③。

与体制创新相联系的是机制创新。深圳 2004 年高技术产值达 3266 亿元，超

---

① 国家中长期科学和技术发展规划纲要（2006—2020 年）. http: //www. gov. cn/jrzg/2006 – 02/09/content_ 183787. htm.

② 以上提法见段培君. 建设创新型国家的理论与实践. 中共中央党校学报，2008，（2）：11～16.

③ 段培君. 建设创新型国家的理论与实践. 中共中央党校学报，2008，（2）：11～16.

过总产值50%，其中自主知识产权产品产值超过全部高新技术产品产值的50%。90%以上的研究开发机构建在企业，90%以上的研究开发人员在企业，90%以上的研究开发经费来自企业，90%以上的专利由企业申请。2005年，在深圳的4751项发明专利中，企业完成的发明专利占98.3%。深圳创新发展的一条主要经验是机制创新。1993年，深圳制定了《企业技术秘密保护条例》和《无形资产评估管理办法》。20世纪90年代中期，深圳形成了创新要素市场，如人才市场、经理人市场、技术产权交易市场、电子配套市场等，同时也形成了投资等综合服务体系，包含了担保、风险投资、技术成果交易、评估、咨询等方面，保证了深圳创新的展开，形成了"孔雀东南飞"的局面。

制度供给，从我国近期的宏观情况看，产权制度在产权动态结构中处于某种核心位置，在当代经济发展中具有特殊的重要性。保护知识产权对于提高创新能力具有基础性意义。从战略视野看，如果创新战略是核心战略，则知识产权在当代条件下就具有核心产权的意义。需要合理借鉴国外知识产权形式。国务院〔2006〕第6号文件指出，允许国有高新技术企业对技术骨干和管理骨干实施期权等激励政策。要实施知识产权战略和技术标准战略，进一步完善国家知识产权制度，促进全社会知识产权意识和国家知识产权管理水平的提高，加大知识产权保护力度，依法严厉打击侵犯知识产权的各种行为。同时，要建立对企业并购、技术交易等重大经济活动的知识产权特别审查机制，避免自主知识产权流失。将知识产权管理纳入科技管理全过程，充分利用知识产权制度提高我国科技创新水平。强化科技人员和科技管理人员的知识产权意识，推动企业、科研院所、高等院校重视和加强知识产权管理。充分发挥行业协会在保护知识产权方面的重要作用。建立健全有利于知识产权保护的从业资格制度和社会信用制度。①

3.5.5　政府发挥服务和协调功能，完善政策体系

经济合作与发展组织认为，国家创新体系是由政府、企业、大学、科研机构、中介机构等通过建设性的相互作用构成的机构网络。国家创新系统作为自组织与他组织的统一体，其发展是在自组织与他组织的互动中实现的。在这一过程中，国家的历史基础、经济与政治结构、政府的战略导向和政策体系都有重要作用。

建设创新型的国家，需要完善创新型的评价体系，政府需要致力于建立这一评价体系。评价体系对于创新活动具有导向性作用。在建立与科学发展观相符合的综合评价体系的过程中，需要对有关创新的指标进行专门性研究，进一步完善

---

① 国家中长期科学和技术发展规划纲要（2006—2020年）．http：//www. gov. cn/jrzg/2006－02/09/content_183787. htm.

企业、区域和国家层面上的创新评价体系。

建设创新型的国家需要完善创新型的政策体系。《规划纲要》提出了九条政策纲要：实施激励企业技术创新的财税政策；加强对引进技术的消化、吸收和再创新；实施促进创新的政府采购；实施知识产权战略和技术标准战略；实施促进创新创业的金融政策；加速高新技术产业化和先进适用技术的推广；完善军民结合、寓军于民的机制；扩大国际和地区科技合作与交流；提高全民族科学文化素质，营造有利于科技创新的社会环境。进一步的工作是确定实施细则，根据创新战略的总要求逐步完善整个政策体系的协调性，增强可操作性。

建立政府各部门的协调机制，对于创新领域公共资源的合理配置具有重要意义。国务院〔2006〕第 6 号文件确定拟建立以下协调机制：财政部门与科技等部门科技资源配置的协调机制；政府采购创新产品的协调机制；引进消化吸收和再创新的协调机制；促进军民科技资源协调配置的联席会议制度等。行政管理体制的改革也将有助于创新协调机制的建立。要进一步深化改革，加强对协调机制的研究和扩展工作。

3.5.6　教育领先，人才为上，长远布局

创新需要企业家、科学家和管理者三支队伍的结合。人才资源能否成为第一资源，核心是机制问题。《十一五规划》提出，要推进市场配置人才资源，消除人才市场发展的体制性障碍，规范人才市场管理，营造人才辈出、人尽其才的社会环境。要深化干部人事制度改革，完善机关、企业和事业单位干部人事分类管理体制，健全以品德、能力和业绩为重点的人才评价、选拔任用和激励保障机制，建立符合科学发展观要求的干部综合考核评价体系。

能否形成一支人才队伍，基础在教育。建设创新型国家需要创新型的教育机制。创新型的思维要从基础教育抓起，从儿童抓起，使以亿计的儿童萌发创新观念，成为国家持续创新的源泉。特别是创新型的教育，首先需要教育管理体制向创新型转变。有了管理模式的创新，才有教育模式的创新，也才有人才的创新。为了在 2020 年实现建设创新型国家的目标，需要进一步打造适应全球化发展趋势的教育体系，制定和完善学校的设置标准，支持民办教育发展，形成公办教育与民办教育共同发展的办学格局。形成多元化的教育投入体制，义务教育由政府负全责，高中阶段教育以政府投入为主，职业教育和高等教育实行政府投入与社会投入相互补充。形成适应素质教育要求的教学体制。形成权责明确的教育管理体制，在学科、专业和课程设置以及招生规模、人才聘用等方面给学校更多自主权。

创新文化在建设创新型国家中占有特殊地位。技术创新、制度创新和管理创

新不仅需要文化创新与之相配套，而且技术创新、制度创新和管理创新的发生都需要具备创新的精神状态。正是在这一意义上能够说创新是一个国家兴旺发达的不竭动力。从更为深远的角度看，建设创新型国家，是一项极其广泛而深刻的社会变革，需要发展创新文化，培养创新精神，构建有利于创新人才成长的文化环境，提倡理性怀疑和批判，尊重个性，宽容失败，倡导学术自由，倡导学术平等和自由探索。

4　论战略性创新和创新战略的复杂性

苗东升

创新如同打仗，有战略和战术的层次划分。刘伯承元帅说过，战略是大战之略，战术是小战之术。无论是就创新作为一种社会活动看，还是就创新成果的内涵和意义看，创新都有战略性与战术性的区别。简单地说，整体的、长远的、根本性的创新属于战略性的，局部的、短期的、目标具体的创新属于战术性的。人类社会的创新活动各种各样，有个人的、群体的、国家的，甚至国际集团的，简单地说，区分为个体创新与群体创新。个体的、群体的特别是国家规模的创新都是系统，需要有理论指导、目标规划、组织实施和环境支持，其中有关整体的、长远的、根本性的指导思想、谋略、方针、制度设计等，属于创新的战略问题；关于创新活动具体展开的方案、方法、程序等，属于创新的战术问题。本章主要以国家为创新主体，讨论战略性创新和创新战略的复杂性。

4.1　创新研究属于复杂性科学

经典科学从500年前开始形成以来，大大小小的科学技术创新不计其数。其中一系列创新，如哥白尼的日心说、牛顿力学、达尔文的进化论、瓦特的蒸汽机、莱特兄弟的飞机、电子计算机等，更对人类发展产生了巨大影响，没有它们就谈不上辉煌的现代文明。然而，创新问题在很长时期未被作为科学研究的对象，科学家和发明家的成功之道似乎只依赖于个人特有的天才、经验和艺术，或可身教，难以言传。个中原因正在于创新属于复杂性现象，经典科学是简单性科学，用它的眼光审视，创新不是科学研究的课题，经典科学也没有能力给创新的机制、规律、原理以科学的阐释。力、加速度、质量、热量、势能等概念，力学原理、电学原理、物质不灭、能量守恒定律等，都无助于解释创新的奥秘。

科学作为一种社会现象，也是一种演化系统，经历不同的历史形态。从唯物史观看，当科学系统尚未演化到一定历史形态时，创新这种社会现象就不会出现在它的视野中。经典科学的方法论以还原论为主导，基本信条是认定部分比整体简单，如果一个问题太复杂，就把它分解为较小的部分，只要分解得合理，并且足够小，就可以消除复杂性，把部分认识清楚，综合起来就能得到关于整体的认识。世界上的确存在大量问题是可以如此解决的，其中关键是分解、还原，只要这一步做得好，再综合起来没有实质性困难。但还原论不是万能的，世界上还有大量问题不能用这种方法解决。钱学森说得好："凡现在不能用还原论方法处理的或不宜用还原论方法处理的问题，而要用或宜用新的科学方法处理的问题，都是复杂性问题，复杂巨系统就是这类问题。"① 创新，尤其战略性创新，不论是科学的或技术的或工程的，还是政治的或经济的或文化的，都属于不能或不宜用还原论方法处理的问题。一个创新事物，或为科学新发现，或为技术新发明，或为艺术形象的新塑造，或为器物（社会组织属于社会器物）的新创制，或为社会制度的新建立，都是一个新系统从无到有的发生发展过程，不可能通过还原为部分来寻找正确的解释，"而要用或宜用新的科学方法处理"；当适宜的方法论尚未建立时，创新被排除在科学研究的对象范围之外是必然的。

辩证唯物主义提供了创新的哲学指导思想，如事物的普遍联系、永恒发展变化、认识的能动性等原理，但这些哲学思想要转变为科学技术的指导思想，还需要科学技术本身的长足发展。从具体科学的角度看，在这方面首先有所突破的是经济学家熊彼特，他在 1912 年著的《经济发展理论》中第一次把创新作为经济学概念加以考察。这绝非偶然，经济运动尽管也有可能应用简单的力学原理解释的内容，如数量经济学和经济控制论所揭示的那些道理，但本质上属于复杂性问题。经济学研究是孕育复杂性科学的基地之一，现在的复杂性研究中大量问题和新思想都来自经济学。回顾科学发展史不难看出，从 19 世纪末起，复杂性问题不断造访科技界，相继出现一批先期性探索，熊彼特的工作就属于其中。20 世纪 40 年代，复杂性研究第一次被科学界明确当成科学研究的合法课题，韦弗甚至宣布复杂性是 20 世纪科学研究的主攻方向。这个时期的复杂性研究与经济学密切相关，一般系统论创始人中地位仅次于贝塔朗菲的保尔丁就是经济学家，他是从经济学走向一般系统论的。20 世纪 80 年代前后是复杂性科学的诞生期，这同经济学关于创新研究有密切联系。被誉为世界复杂性研究中枢的美国圣塔菲研究所的大量工作与经济有关，阿瑟的报酬递增理论、霍兰的都市发展模型都是为经济发展服务的，他们的核心概念之一"agent"直接来源于经济学。复杂性研究的钱学森学派也同经济问题研究密切相关，众所周知，从定性到定量综合集成法是基于 710 所关于财政补贴、价格、工资综合研究的成果而提炼出来的，其指导者为经济学家马宾。

事实上，当今国内外从事创新研究的学者中有许多人同时也是复杂性研究家，或者是复杂性科学的支持者，至少不像某些主流科学家那样贬斥复杂性研

---

① 王寿云等．开放的复杂巨系统．杭州：浙江科学技术出版社，1996：54.

究，反对把复杂性科学歪曲为"混杂学"的说法。这并不奇怪，因为复杂性科学对创新、特别是战略性创新问题的解释力是经典科学无法替代的。随便翻开有关创新问题的论著就会发现，它们大量使用系统、信息、结构、环境、功能、控制、线性、非线性、动态性、自组织、自适应、不确定性等概念。由于复杂性科学提供了有效的思想导引、概念框架和方法论支持，创新问题目前正在发展为一个专门的研究领域，成为复杂性科学的组成部分。

一方面，明确经济创新研究属于复杂性科学将促进创新研究的发展，使创新者更自觉地运用复杂性科学的概念、方法和原理，创新研究更具备科学研究的品格。另一方面，世界范围的复杂性研究正处于困惑中，需要在各种具体问题的探索中建功立业，在证明自身价值的同时从多方面积累经验，寻找学科资源，开拓创新思路，经济复杂性探索是其中之一。创新研究与复杂性研究、经济学与复杂性科学必将在互动互应中共同发展。

4.2　创新的系统学诠释

熊彼特把创新和发明严格区分开来，强调创新应以获取经济效益为依归，这对西方社会 20 世纪的发展起了重要作用。环顾当今世界的创新研究，从联合国经合组织文件《科技发展概要》（1998 年）到《创新美国》（2004 年），更加强调能够推动经济发展的发明创造才称得上创新。从社会发展的总体看，给创新以如此界定大体符合经济是基础这一马克思主义原理，也同我国以经济建设为中心的指导原则相一致，无可非议。然而，这只是狭义的创新概念，若从创新的学术理论研究看，未免太狭隘。许多科学理论创新须在相当长的时间以后才能显示出经济价值，有些则根本不能应用于经济发展，其社会价值只在于"学以致知"[1]，把它们排除于创新之外是荒谬的。思想的、文化的、制度的变革是极为重要的创新，其价值并非都在经济方面，经济创新本身离不开这些创新。从创新的一般理论研究看，应采用不考量经济价值的广义创新概念：创新即创造有利于人类生存发展的新事物，一切经过人的努力而产生的事物，只要有益于社会和人的存续发展，不论物质的还是精神的，经济的还是政治的，实体的还是符号的，都是创新。

就汉语的构词看，创新是由创和新两个要素构成的复合词（最小的语言系统）。创新作为一种社会现象，其本质特征集中体现于"新"字，即产生迄今未见的新概念、新思想、新理论、新方法、新技术、新产品、新组织、新制度、新

---

① 陈佳洱．基础研究：自主创新的源头．光明日报，2005-11-08（1，3）．

社会、新文明等。创新作为一种社会行为，即社会系统演化发展的一种表现，其本质特征集中体现于那个"创"字，新事物不是原有事物自然的线性的延伸，也不是从别处简单移植引进的成品，而是人们创造出来的新事物，代表系统的一种质的进步。"创"需有主体，"新"需体现于成果。创新主体和创新成果，再加上创新目标、创新模式、创新过程，是构成创新系统的五个要素。创新主体从一定的创新目标出发，按照适当的模式确立创新项目（即对创新成果的价值预期），先创建出观念形态的成果，再将它作为一定的工程过程而展开，构建出满足创新目标要求的具体成果，就是创新系统。

创新主体可能是个人，也可能是企业、单位、部门、国家、国际组织，甚至整个人类。作为创新系统的要素之一，创新主体是由创新欲望（意志）、创新理念（包括价值观）、创新能力（知识、智慧、技艺）三个要素组成的系统。一切创新的核心是知识的创新，科学创新、（软）技术创新、文化创新的产品都是知识形态的东西；器物（硬技术）、组织、制度的创新尽管最终成果为非知识形态的存在，其灵魂还是知识的创新，新的器物、组织、制度是新知识的物化（物质载体），知识创新是器物、组织、制度创新的先决条件。个人作为创新主体，重要的是考察其知识结构和品质素养（包括科学精神、社会责任、冒险精神等）。战略性创新的主体应是社会群体，特别是国家，既要关注其硬结构，也要关注其软结构，需考察其人才配置、人际关系、团队的组织形式和运作方式、团队文化等。

人类创新总体上是一种无穷过程，由无数具体创新活动组成。从无穷的创新过程中确定出一项具体的创新活动，关键是创新目标的设定。创新目标是客观的创新条件和主观的价值期望相互碰撞和融合的结果，讲究的是客观性和主观性、必要性和可能性、新颖性和可行性的统一。创新目标是创新系统的软要素，蕴涵着创新主体对创新成果基本性能的预期，目标的确定限制了创新路径和方法的选择，对创新系统的成败优劣有决定性的影响。

创新作为系统，必有其环境。系统与环境互塑共生原理也适用于创新问题。创新所需原材料和其他必要条件就蕴藏于环境中，创新的动力常常与环境压力有关。环境压力不仅表现为环境对系统提供功能服务的需求，还常常表现为系统的生存权、发展权的缺失，系统为争生存、争发展而创新。这里的关键是创新主体用什么样的精神状态和思维模式去认识、适应和利用环境，如何把环境压力变为主体创新的动力，如何从环境中发现和选择创新的资源、养料、条件，确定可行的目标（创新目标是创新主体针对环境而确定的）。然后则是按照何种模式加工、改造、制作，如何把要素整合集成起来，同样依赖于环境。创新系统并非完全被动地依赖于环境，创新主体可以在一定程度上选择、改造、驾驭环境，尽量削弱环境的负面影响，努力变不利为有利。总体来说，就是营造有利的创新环境。

系统理论常讲系统的结构模式和行为模式。模式是一个难以准确定义的模糊概念，多少带些可以意会、难以言表的味道，不同学科或不同学者有不同的理解，宜作大而化之的处理。模式关乎系统整体的、根本的属性，而非局部的、细节的属性；模式不同于方法，在意的不是可操作性、程序性，而是大的思路、程式、架构；模式所指偏重于系统软因素的组合方式，或内在的、隐蔽的运作机制。创新模式包括创新系统的结构模式和行为模式，可以从不同角度进行分类，如线性模式或非线性模式、静态模式或动态模式等。通常讲的原始性创新（原创新）、集成性创新、引进消化基础上的再创新，指的也是创新的三种模式。主体无论是个人还是团队，都有这三种创新模式。原始性创新总是少量的，大量创新属于后两种，后发追赶式国家尤其如此。但具有决定意义的是原始性创新，当代中国尤其如此。

熊彼特认为，创新就是实现新组合，此说颇有道理。从系统科学看，讲整合比讲组合更恰当，突出的是整体。创新成果作为系统，完整的形态及其价值或意义都体现于未来，但其构成要素基本上存在于现在，否则是创造不出来的。未来并非凭空出现的，它在一定程度上以非系统的方式存在于现在之中，创新就是使这种非系统的存在转变为系统的存在，即非系统的系统化。创新的实质是辨别、选择、改造、创造要素，再对要素进行整合，具有决定性的是整合方式的创造，创新之新主要表现在新的整合方式。创新追求的是创新成果作为系统的整体涌现性。把以非系统方式隐蔽地存在着的要素整合为系统，就会涌现出新结构、新关系、新机制，进而涌现出新性质、新功能、新效益，即创新成果作为系统的整体涌现性。而这种整体涌现性的出现，既和要素的性质有关，更与整合的方式有关，所涌现出来的可能是同一层次的新事物、新属性，也可能是高层次的新事物、新属性。造成这种差别的原因，主要在于整合方式的品质不同。顺便指出，涌现有两种表现形式，一种是突现，一种是渐现。把涌现等同于突现，实质是以偏概全。自然界的新事物、新的整体涌现性大量属于突现的产物，但也有渐现；人工创新则大都是渐现的，需要一个较长的过程，只有到过程终了时才能得到创新成果的整体涌现性。

系统论通常只讲对要素的整合，实际的创新过程还包括对系统与环境的整合。把分散、隐蔽存在的要素识别出来，汇集在一起，已经或多或少会改变环境。对要素进行整合必定联系着环境，以适应环境为准则进行整合，只有使整合而成的新系统能够与环境稳定有效地互动互应，整合才算成功。这样得到的新系统（创新成果）的整体涌现性，已经打上环境的烙印。所以，创新成果的整体涌现性是要素、整合方式（结构）和环境三者共同决定的。

创新成果作为一种整体涌现性，有平庸的与非平庸的之分。线性系统产生的都是平庸的整体涌现性，相关问题原则上可以在还原论科学范围内解决。非线性系统，特别是所谓强非线性、本质非线性，它所产生的整体涌现性一般都是非平庸的，还原论方法已不能解决问题，需要用涌现论、系统论的方法。

创新成果作为系统有其生成过程。我们把系统生成论的基本原理表述为有生于微①，它也适用于创新系统。新系统总是从无到有产生出来的，但所谓"无"是一种无限的存在，不能作为新系统的起点；而新系统的创生是一个有限过程，必定有一个可以让人察觉的起点。以 A 记作为创新成果的系统，A 创生的第一步是从无到微，这个"微"指一种以微不足道的物质能量载荷和传递的关于新事物的信息核，它包含了新事物的核心信息，但承载它的物质、传递它所需的能量少得无须考虑，而它的形成条件、方式等又往往让人莫名其妙，人们常用微妙、奥妙来评论之。就新事物的知识形态看，人造新事物的"微"是创造者头脑中最初闪现的思想火花、意念冲动，往往是可以意会、难以言表、极易消失的，它的突然涌现不能还原为部分去研究。第二步是从微到雏形，新事物 A 的雏形是那个莫名其妙的"微"经过培育生长而对多种内外资源和条件反复集成整合的结果，即在创新者头脑中形成的猜想、概念框架、腹稿等，它仍然存在于波普尔所谓的世界 2 中。第三步是从雏形到新事物 A 的降生，通过创新者与他人交流而进入世界 3 的猜想、概念、腹稿等，便是新事物之婴。这就是系统创生的过程结构，由三个分过程构成（图 4-1）。复杂新事物之婴未必一定能够长成，生而未成的系统绝非罕见。故完整的系统生成过程是由生和成两个一级分过程构成的，进入交流的新知识框架需经过他人的评论、反驳、证伪的历练，才能最终决定是否有资格成为世界 3 的成员，被否定者就是生而未成者。就创新成果的实体形态看，有了样机就表示新事物已经出生，但有样机而不投产的事例也非罕见，这种新事物也是生而未成的。

图 4-1　系统创生过程结构图

4.3　战略性创新的复杂性在于系统内含的对立统一

创新作为系统，不仅有局部与整体、内部与外部、短期与长期、有序与无

①　苗东升. 有生于微——从生成论观点看系统. 系统科学学报，2006，（4）；苗东升. 再论有生于微. 河池学刊，2010，（1）.

序、合作与竞争、静态与动态、线性与非线性、确定性与不确定性、自组织与他组织、发展与稳定等一切系统普遍具有的矛盾，还有新事物与旧事物、固本与创新、引进与自主创新等诸多特殊矛盾。而普遍矛盾一经发生在创新过程中，也就具有了独特的形态。创新研究离不开矛盾学说，创新过程就是认识、把握、处理各种矛盾的过程，创新成果就是各种矛盾合理有效地统一起来（达成妥协）所形成的系统整体。

毛泽东认为："所谓复杂，就是对立统一。"① 这是对复杂性概念的一种哲学界定，极有深意，我们称之为毛泽东复杂性原理。无穷无尽的现实矛盾大体可以分为两类：一类是可以作极化处理的矛盾，即允许忽略两极对立中的某一极，把事物看成只是另一极，做出要么肯定、要么否定的理解，这便是简单事物；另一类是矛盾双方处于复杂而持续的互动互应中，不允许作极化处理，必须在矛盾双方的互动互应的动态过程中把握事物，处理问题，这便是复杂事物。概言之，简单性是允许作极化处理的对立统一性，复杂性是不允许作极化处理的对立统一性。面对可以作极化处理的对象，形式逻辑和还原论方法足以解决问题；面对不允许作极化处理的对象，两个对立面都得考量，在对事物作肯定理解的同时还要作否定的理解，问题复杂难解的感受便油然而生。一个对立统一体已够得上复杂系统，如果一系列对立统一搅和在一起，形成矛盾网络，其复杂性之强可想而知。

就创新系统来说，仅仅关系到系统局部、近期、枝节问题和利益的创新是战术性的，关系到系统全局、长远、根本问题和利益的创新是战略性的。战术创新面对的矛盾一般不突出，也形不成矛盾网络，基本属于简单性问题，大多可作极化处理。战略创新不仅集所有局部问题于一身，而且涉及由不同局部之间相互作用而涌现出来的各种整体性问题，矛盾多而突出，又相互交织而成复杂矛盾网络，必然呈现出种种异乎寻常的复杂性，不允许作极化处理，必须把对立统一当成对立统一来处理。战略性创新只能在矛盾中开辟道路，不断在种种矛盾中寻求协调平衡（只能是动态的平衡），故使人感到左右为难，甚至左支右绌。要把老子倡导的相反相成付诸实践，形式逻辑和还原方法论无济于事。这种情况意味着至少碰到认识论意义上的复杂性。这样的复杂性不存在最优解，可行的是西蒙的令人满意原则，因而任何决策都留有遗憾，都有反对意见，有事后认为原本可以避免的偏差。而只要有偏差，就可能被系统固有的非线性机制放大，人为地增加问题的复杂难解性，必须慎之又慎。

我们先就创新与固本的对立统一作一些分析。所谓"本"指系统的那些稳

---

① 毛泽东. 读范仲淹两首词的批语. 载：中共中央文献研究室. 毛泽东诗词集. 北京：中央文献出版社，1996：229~231.

定的规定性的总和。创新与固本是一对矛盾。顾名思义，创新意味着变本（否定固本），本不变，何来新？但人只能在固本的基础上创新，因为新是依托本而生长出来的，无本何以谈新？本不固何以创新？系统不断"水土流失"，新想法再多也难以发育为雏形，更无法出世成型。但本必有惰性，本若太固，创新的土壤将板结化，很难产生新思想，即使孕育出创新的幼芽，也无法发育生长。出路只有一条，就是要坚持"创新与固本的两点论"①，做到本新兼顾。然而，欲使本新兼顾得恰到好处是复杂而困难的，因为创新与固本不仅有相互促进的一面，还有相互制约、相互否定的一面。你不能期待本绝对巩固后再创新，那样做势必使创新走入"永不"之室。真正的固本需要创新，只能通过不断创新来固本，而这样做每一步都感到本新兼顾的复杂性，只能辩证地把握。而辩证把握的应用之妙，的确存乎于心，缺乏可操作性和可重复性，只能因时制宜、因地制宜地做出相对满意（同时总有不满意）的处理，而且要善于抓住机遇，要发挥智慧和思维的艺术。

就个人作为创新主体而言，处理不好创新与固本的矛盾是常态。古往今来不乏这样的事例，有些人知识积累丰厚，称得上活字典，固本十分到位，却鲜有新想法，缺乏创新能力，著作多而未立新说。另一些人头脑灵活，新想法不断，由于根基不固，新想法随生随灭，变不成创新。两者都割裂了创新与固本的辩证关系，不能把握这对矛盾带来的复杂性，犯了把复杂事物简单化的错误。我国目前出色创新人才极少的局面与此不无关系。把计划经济转变为市场经济是中国实现现代化的必由之路，但在市场经济大环境下，年轻学子要成家，就得努力挣钱，要立业，就得"板凳要坐十年冷"。这两方面的矛盾十分突出，把创新与固本关系协调到恰到好处更显得复杂困难，能够处理好这对矛盾的人凤毛麟角，而且还须有难得的机遇。今日中国学界浮躁风气如此盛行，重要原因就是面对成家与立业的尖锐矛盾，大多数人放弃夯实基础的学问正道，把主要心思用于寻觅名利双收的捷径，这如何能够成就大业?! 在这样的人才环境中组织实施战略性创新，必然要面对两难困境的复杂性。

就整个民族而言，中国在建立工业文明中落后挨打，与传统文明之本太强固有极大关系，失去独立创造作为工业文明标志的自由市场经济、议会民主和还原论科学的历史可能性。正因为如此，"五四"精英们全盘否定传统文化的过激行为有历史的必然性和合理性。我们不能全盘否定他们，因为直到今天传统文化的消极影响仍然不可轻视。但全盘否定传统也带来明显的负面后果，改革开放以来崇洋媚外更加泛滥，已构成对中华民族生存之本的威胁。文学评论界有一种说

---

① 罗沛霖. 我对科学、技术和工程的若干看法. 载：杜澄，李伯聪. 跨学科视野中的工程研究. 第一卷. 北京：北京理工大学出版社，2004：14～22.

法："欧美的种种理论都是先进的，它们的过去时应是我们的现在时；它们的现在时应是我们的将来时。只有追赶到与它们'同步'的水平，才有资格与之交流对话。"① 这种典型的殖民地心态和线性思维存在于各个领域。如若真的执行这条路线，中华民族将不复存在。现代化要求中华民族做出整体的、根本的创新，而这种创新只能在固中国文化之本的基础上进行，这一矛盾带来亘古未见的巨大复杂性已被 170 年的历史充分展示，而且还将困扰我们很长时期。中国要完成现代化，实现和平崛起，必须充分认识这种复杂性，处理好创新与固本既对立又统一的矛盾关系，舍此别无出路。从孙中山到毛泽东再到邓小平，他们的成就和失误都与是否较好地把握了这种复杂性直接相关。

新与旧的矛盾也造就了创新的复杂性。新与旧是比较而言的，无论客观世界，还是人类社会，小至每一时刻，大至每一时代，都是新旧并存、新旧杂陈的。创新当然要对旧事物有所否定，旧的不去，新的不来，破旧才能立新。但旧中有新，新中有旧，没有一种创新成果是绝对新的，大量创新成果是旧事物的改进、重组、转换。即使所谓原始创新的成果作为系统，其构成要素甚至结构模式都可以在既存事物及其关系中找到种种依据。创新之复杂往往在于，新事物的构成要素和产生条件就在身边，却熟视无睹，待他人创新成功后才恍然大悟。创新者要善于从旧事物中找出新事物的依据，而新与旧的识别判断，如何变旧为新，常常是复杂困难的，需要悟性，需要慧眼，需要创造力。

从时间轴上看，原先没有、刚刚出现的都是新事物。但人类所谓创新之新总是渗透着自己的价值判断，新出现的东西未必都有利于人，造出危害人类的新东西，如细菌武器之类的发明，绝非创新研究所追求的东西，却很难根绝。问题之复杂还在于，创新还可能转化为复旧。常有这样的情况，主观愿望是创新，但实际搞出来的却是过时的东西，是沉渣泛起。旧事物曾经是新事物，新事物在转变为旧事物后，仍然联系着某种社会势力的利益，承载着他们心理的、文化的信息，他们绝不允许新事物顺利地取而代之。人类社会总体上在不断地新陈代谢，但每个时期都有逆历史潮流而动的人或集团，他们的"事业"就是在创新的旗号下有意识地加以复旧。总之，现实世界天然是创新与复旧并存，相互较劲，真正的创新只能在与复旧的斗争中进行，在战胜复旧中获得成功，这也是创新的社会复杂性所在。

辩证哲学告诉我们，对立面的协调、统一总是相对的、不断变化的，而变动性又带来新的复杂性。这种复杂性意味着必须反复认识并学习驾驭创新中各种对立统一，反复因时因地协调矛盾，不可寄希望于找到一劳永逸的解决方案。因

---

① 董学文，盖生. 文学理论研究的文化战略. 文艺报，2003-07-15（3）.

此，创新离不开辩证法，把辩证法教条化，或庸俗化为变戏法，固然要不得；但鄙薄矛盾学说，贬斥辩证法，弃之如敝屣，也要付出代价，同样要不得。

4.4　国家战略性创新是开放复杂巨系统

研究战略性创新，创新主体主要指国家。在全球化浪涛滚滚的今天，世界大格局中的基本行为主体依然是国家，国家间的竞争首先是战略创新的竞争。国家是钱学森所说的开放复杂巨系统，中国是其中规模最大、最复杂的一个。作为国家整体行为的战略性创新也是开放复杂巨系统，一般开放复杂巨系统的特征在战略创新中应有尽有。

4.4.1　国家战略创新的开放性

今天的国家行为都是在经济全球化大背景下展开的，任何国家的战略创新都离不开这个充满矛盾的大环境。一方面，强劲的全球化趋势使资源、信息、技术、知识、人才、资金等要素在全球范围流动，谁善于吸收、利用、重组、改造这些要素，谁就能走在战略创新的前头。这是中国通过战略创新实现现代化的必经之路。另一方面，西方国家数百年殖民统治和推行霸权主义，造成极不合理的国际秩序，知识产权被滥用，公开的或隐蔽的封锁、压制、破坏无所不用其极，使我们极难利用国际有利条件搞创新。这种对立统一为我们的国家战略创新造成巨大复杂性。国内不同系统的相互开放也很重要，但市场经济驱动下不同单位各自追求利益最大化，致使相互封锁、挖墙脚、信息保密等恶劣风气盛行，自己的新思想宁可告诉外国人，也不愿意让国人知晓。这类现象远非一端，着实令人惋惜。

4.4.2　国家战略创新系统的巨型性

规模巨大是系统产生复杂性的必要条件之一，只有巨系统才可能具有钱学森所说的复杂性。国家这个系统有巨量的组分和分系统，层次极多，它们都有创新问题。国家战略性创新是一种巨系统行为。大有大的难处，规模增大必然带来系统整合和管理的困难，规模巨大意味着系统的惯性巨大，启动慢，制动也慢，必然增加整合和管理的困难。

4.4.3　国家战略创新系统的组分异质性

国家战略性创新不是简单巨系统，而是复杂性巨系统，涉及的是性质迥异的社会组织、部门、领域、方面、行业、个人，面临的问题千差万别。现代化意味着个性的解放，大大增加了个人作为创新主体的差异性。传统社会的本质是结构单一、匀质，现代化的本质特征是社会基础结构经过一系列的分化和重组，产业、产权、职业越来越多元化、多样化，社会分工高度发达①。中国社会正在经历这种变化，改革开放以来社会结构不断分化和重组，社会分工越来越细，内部关系的多样性、组织管理的多层次性急剧扩展，都是我们正在亲身感受着的，大大增加了社会系统内在的异质性。

4.4.4　国家战略创新系统的非线性

社会系统的非线性要比自然系统更发达，更难对付，目前还缺乏系统的认识。国家战略性创新涉及社会系统的所有分系统，如科学、技术、工程、教育、文化、经济、法律、政治、军事、社会保障等。这些分系统之间的相互关系，不同软硬要素的相互作用，都呈现非线性形式，且花样翻新，异常突出。投入与产出、举措与效果的非线性关系大量表现在创新中，如科研经费和条件的显著改进并未带来原始性创新成果的增加，大学教育改革的某些举措导致教育腐败，一些为发展学术采取的举措带来的却是学术腐败，诸如此类的非线性现象在今天司空见惯，严重阻碍创新人才的培育。陈佳洱所说的"拉丁美洲陷阱"②，就是社会经济发展中的一种非线性现象：人均国民生产总值 GDP 与经济增长方式呈非线性关系，GDP 小于 1000 美元时非常有效的模式，在 GDP 达到 1000～3000 美元时继续采用它不仅不再有效，甚至可能导致灾难性后果。这是一种拐点式非线性，广泛存在于社会实践的不同领域，创新问题亦然。根据系统学原理，系统要素之间、分系统之间的关系本质上是非线性的，它们的集成整合必定造成异常巨大的结构复杂性，结构复杂性必然带来系统行为模式的复杂性和行为过程的曲折性。滞后、饱和、过犹不及等，这些非线性现象都会出现在国家战略性创新中。

4.4.5　国家战略创新系统的动态性

国家战略性创新是状态随时间而变化的动态系统，而且是非线性动态系统。非线性和动态性是造成系统复杂性的主要内部根源。非线性动态系统常呈现时延、失灵、震荡、瓶颈、分岔、路径依赖、稳定性交换、非线性放大、敏感依赖性等奇异特性，它们在国家战略创新系统中应有尽有。我们仅粗略论及一点。非线性动态系统具有路径依赖性，现在成功运行的模式是沿着特定路径演变而来的，不问具体路径如何，随意把 A 系统的模式简单照搬于 B 系统，是要失败的，

---

①　毕道村. 现代化本质研究. 北京：人民出版社，2005：184～195.

②　陈佳洱. 在北京大学现代科学技术与哲学研究中心举办的"创新与复杂性探索研讨会"上的报告. 2006-01-16.

甚至会酿成大祸。俄罗斯休克式改革也是它的设计者作为重大创新而提出的，其巨大的破坏性早已昭然于世。究其根源，在于把西方在数百年间沿着特殊路径发展起来的那一套照搬于本国。今天的不少中国人十分向往美国社会，认为只要把美国成功的经济、政治、科技、文化模式照搬过来，中国就会迅速现代化。这就是企图以简单引进代替自主创新。殊不知美国模式是在美国独特的自然和历史环境中沿着美国特有的路径发展起来的，其中有些条件具有历史的唯一性，只有美国有幸取得之。不顾这一切，把美国模式照搬到自然环境、历史、文化极大不同的现代中国来，其悲剧性后果将比俄罗斯大得多。唯一可行的做法是自主创新（越是重大问题越需要自主创新），承认中国现代化的特殊复杂性，依据中国国情自主地、稳步地、坚持不懈地创新，不断积累，最终定能创造出适宜于中国自己的经济、政治、科技、文化发展模式。

4.4.6　国家战略创新系统的不确定性和风险性

非线性动态系统的一大特点是永恒的新奇性（恒新性），未来有不可预料的一面，出人意料的新东西层出不穷，因而将内在地生发出这样那样的不确定性，如混沌性（内随机性）、灰色性、模糊性、信息不完备性等。外部环境总有不确定性，特别是（外）随机性。如此这般的不确定性都会出现在国家战略创新系统中，再加上创新过程固有的不可逆性，导致国家战略创新常有巨大的风险性。

按照钱学森的说法，所谓复杂性，就是开放复杂巨系统的动力学特性[①]。开放性、巨型性、组分异质性、相互关系的非线性、动态性、不确定性、风险性等汇集整合在一起，就是复杂性。国家战略性创新作为系统无疑具有这种复杂性。开放性、巨型性、异质性、非线性、动态性、不确定性、风险性、复杂性都是价值中性的，既可成为妨碍创新的阻力，也可成为推进创新的动力。大不仅有大的难处，也有大的好处，规模效应是人们追求的系统效应的必要组成部分，中国社会尤其需要也能够发挥自身的巨大规模效应。组分的异质性显著，通过合理的组织管理而使它们互激、互应、互促、互补、互惠，乃是系统具有创新活力的内在根据。内在差异越小，系统的活力就越小。社会系统的组分异质性主要指行为主体的个性千差万别，创新需要个性，理论创新尤其是富有个性者的个人劳动，依靠个性千差万别的创新主体去抓住千差万别的创新机会。非线性是一切创造性之源。对于线性系统而言，太阳底下没有新东西；对于非线性系统而言，太阳底下新东西层出不穷。创新，尤其战略创新，需要发挥系统的非线性放大作用和非线性变换作用。即使时间滞后这种非线性，只要你真正认识并善于驾驭它，就可能

---

① 钱学森. 创建系统学. 太原：山西科学技术出版社，2001：456，466.

借以促进创新。不确定性、风险性都有两重性，存在不确定性才有创新的空间，创新要有机遇，机遇总伴随风险，大风险伴随大机遇，战略创新需要冒险精神。所以，只要利用得好，开放性、巨型性、异质性、非线性、动态性、不确定性、风险性，总之复杂性，都是有利于创新的积极因素。相反，如果不能正确认识和对待，这些特性都可能成为阻碍创新的因素。例如，创新者的错误也可能被非线性地放大或变换，成为破坏社会进步的因素。

总之，国家战略性创新的成败取决于能否把一切内外有利因素整合集成起来，尽量把各种不利因素屏蔽起来，以产生最高最佳的系统效应。一句话，国家战略性创新需要学会驾驭复杂性，而做到这一点离不开系统思维。

4.5   国家创新体系的复杂性

在当今时代，创新意识随着现代化、全球化之风劲吹而迅速、广泛地传播，从事创新活动的不仅有各种科研院所、高等学府，而且越来越多的企业花大力气搞新技术开发。如果放任不管，不同单位各自为政，创新成果将大打折扣。新的形势要求在国家范围内把它们组织起来，形成国家创新体系，把各方面的创新需求、条件、力量、智慧整合起来，以获得特有的整体涌现性。所以，如何建立和运用国家创新体系是创新的战略问题之一。

1999 年世界科学大会《科学和利用科学知识宣言》有言："革新已不再是由单一的科学成就引起的线性过程；它是一项系统工程，其中包括许多知识领域之间的合作与联系，以及各方人士相互不断的交流。"①《宣言》指出创新是一种系统工程，主张应用系统科学的思想和方法，是一个进步。但仅仅这样讲是非常不够的，因为系统思想和方法的具体内涵多种多样。现实情况是，创新体系本质上是非线性系统，却常常被当做线性系统去建设和运营；创新体系本质上是动态系统，却常常被当做静态系统去建设和运营；创新体系本质上具有不确定性和风险性，却常常被当做确定性系统去建设和运营；创新体系本质上是开放系统，却常常被当做封闭系统去建设和运营。总之，创新体系本质上是复杂系统，却常常被当做简单系统去建设和运营。国家战略性创新已不是通常意义上的系统工程（如企业系统工程、计量系统工程等），而是钱学森所说的开放复杂巨系统工程，即从定性到定量综合集成工程。创新体系的建设和使用应当遵循开放复杂巨系统理论去认识，按照相应的方法去组织管理。钱学森对此已有所论述，这里不再涉及。

---

① 林坚．创新整合论——科技创新与文化创新的整合机制研究．北京：光明日报出版社，2009：9.

本节拟针对中国目前的现实情况谈谈创新体系建设和运营的复杂性问题。把非系统的群体整合为一个系统，原本是为了获得系统特有的整体涌现性。但整体涌现性有正负之分，把非系统的存在整合为系统，有时可能事与愿违，出现"系统病"，实际效果还不如非系统。所谓"一个和尚挑水吃，两个和尚抬水吃，三个和尚没水吃"，说的就是这种情况。系统的整体涌现性取决于四种效应：要素效应，规模效应，结构效应，环境效应。所谓系统的整体涌现性，实际是这四种效应的综合效应。每一种效应均有正负之分，综合效应更有正负之分，出现负效应可能使系统患上要素病、规模病、结构病、环境病。规模效应无须详谈，环境效应留给下节，我们只就要素和结构作些讨论。

国家创新体系的构成要素（这里指作为实体的组分）无非是科研人员和科研单位。要素的优劣必定要在系统整体涌现性中表现出来，这就是要素效应。要素不具备必要的品性，便无法构建优质的系统；要素严重不健康，系统必呈病态。创新者的知识储备不够可以在创新实践中补足，急功近利、浮躁成风、化公为私、损人利己、以邻为壑之类的恶劣思想作风，必定使创新体系扭曲。从目前情况看，问题是比较严重的，必须设法改变这种局面。

创新项目的确立，创新资源的分配，创新过程的协调，创新成果的评审和推广，反映的是创新体系的结构效应。实事求是地说，目前的情况相当严重。创新体系结构效应的重要检验器之一，是它的人才选拔机制。在现实生活中，一些才干平常但善于逢迎者被指定为学术带头人，或跨世纪人才。据说，某些院士也是走后门的结果。如此这般的腐败现象，并非罕见。以某著名高校的一次人才评审为例，评审班子由该校多位一级教授组成，一个受审对象被否定的理由竟然是"他搞的是混沌哲学，太专"。看来，放行不太专的"大路货"，淘汰"太专"的"非自己人"，已成为一条潜规则。说穿了，掌控人才遴选大权的许多人自己就是大路货，他们并非靠真正的学术创新登上高位的；物以类聚，自然要打压那些与己异类的人才。长此下去，我们的人才选拔机制将蜕变为人才排斥机制。

创新资源的分配，创新成果的评审，是创新体系结构效应的另一个重要检验器，目前同样是问题多多。许多项目的评审班子，除了吸收少数真正的学术权威装潢门面外，大多数是无心研究学术、喜好出头露面的人，极善拉关系、搞等价交换。他们争项目的目的不在于出高级创新成果，而在于借机掌控创新资源，以求自己先富起来。经过20多年的苦心经营，这些人已经建构起一个评审网络，稳定地掌握了评委的多数，相互关照，这次你投我的票，下次我投你的票。所以，在某些高校很容易看到，拿到新项目和成果获奖的，包括博士优秀论文奖，基本上总是那几个人；而最终拿出来的所谓成果，几乎都是"大路货"，成果验收、获奖之日，就是扔进废纸篓之时。

造成这种状况的原因之一，在于我们的教育和科研越来越行政化和市场化。行政化是旧体制遗留的弊病，市场化是新体制不成熟造成的弊病，两者并存，奇特地结合为一体，成为一种顽症，积重难返，这给创新体系的运行带来巨大的人为的复杂性。从思想方面说，一个重要原因是错误地鼓吹个人利益最大化。在社会系统中，个人或单位的利益最大化只能靠化公为私、损人利己、以邻为壑来实现。这是早期资本主义奉行的原则，现代资本主义已有若干修正，更不能用之于社会主义市场经济。当然，创新需要有激励机制，构成创新体系的各组分都应该通过创新获得丰厚的回报，但不能提倡个人利益最大化，应当强调的是整个体系的利益最大化。这就是矛盾，必定产生特有的矛盾复杂性。

创新的重要推动力是创新体系要素之间的竞争，或称博弈。一个成熟的社会应该是共赢博弈居主导地位的系统，它不可能建立在个人利益最大化的思想基础上。囚徒悖论的相关研究告诫人们，博弈双方都能利益最大化的状态（局势）是不稳定的，没有持存性；系统能够稳定持存的是所谓纳什均衡，一种双方都远离利益最大化的系统状态。放大范围看，两个囚徒的利益同时最大化恰恰最不利于社会系统整体的状态，最有利于社会整体的也是双方颇不满意的纳什均衡。这些结论原则上也适用于创新体系。

我国创新体系目前存在的弊病，根源也在于社会系统本身及其改革开放过程固有的复杂性，在一定程度上是难以完全避免的。也正因为社会是开放复杂巨系统，克服这些弊病不存在立竿见影的办法，也只有通过不断深化改革去逐步克服。

4.6 驾驭战略创新复杂性需要建设创新型国家

国家创新体系作为系统，是以国家的经济、政治、文化为环境依托而运行的，欲使国家创新体系有效运行，生发出高质量的整体涌现性，必须最大限度地发挥环境从经济、政治、文化诸方面对创新体系的支撑作用。而能够做到这一点的前提是国家作为系统在经济、政治、文化各方面都有利于创新。要驾驭战略性创新的复杂性，就得建设创新型国家。

4.6.1 什么是创新型国家

何谓创新型国家？学界提出用综合创新指数来衡量：国民经济发展中科技进步贡献率在 70% 以上，研发投入占 GDP 的 2% 以上，对外技术依存度在 30% 以下等①。在当今世界近 200 个国家中，满足这一标准的约有 20 个，中国显然不在

---

① 金振蓉. 建设创新型国家：从振兴到强盛的必由之路. 光明日报，2006-01-11（1）.

其中，而且还有相当的差距。

仅仅从数量指标去理解创新型国家这个概念还有点肤浅。一个系统可以从外部观测计量的定量指标反映的是它的内在定性特征，即系统固有的质的规定性。什么是创新型国家内在的质的规定性？区分创新型国家与非创新型国家，目的是要指明一个国家的社会和经济发展可能秉持的两种基本模式。在经济全球化、社会信息化、技术发展日新月异的现时代，任何国家都会有所创新，但有所创新的国家和创新型国家有重大区别。型者，类型也，模式也，式样也。所谓××型和非××型，指的是对象之间类型（模式、式样）的区别，即定性性质的区别，而非程度、范围或表现形式的不同。创新型国家必须具备以下定性特征。

其一，创新意识成为民族文化的基本成分。重守成，轻创新，鄙视和嘲笑标新立异，是我们民族传统文化的消极因素，中国在建设工业文明过程中历史地落在世界后面，与此有极大关系。现代化建设亟待清除这种保守意识，代之以既重守成、更重创新、敢于标新立异的民族新文化。美国学界流行一种说法：宁可使用别人用过的牙刷，也不使用别人用过的术语。尽管言辞粗俗，有失斯文，却反映出美国人创新意识何等强烈。我们必须向美国学习，尽快使创新意识普及到各个部门、领域、层次，使个人、家庭、学校、企业、军队、政府都乐于讲创新，真心想创新，自觉搞创新，在创新上相互攀比，进而使创新观念渗入民族的潜意识中，成为无意识的习惯。国人要以创新为荣，绝不可嘲笑创新努力的失败者，在创新问题上，要有"跌倒算什么、爬起来再前进"的气概。

其二，形成国家创新意志。在全球化的现阶段以及今后一个很长的历史时期内，世界范围的经济、政治、军事竞争还是以国家为基本主体而展开的，其中起主导作用的是国家间科技创新的竞争，其关键又是科技创新能力和创新意志的竞争。国家科技创新能力是社会系统的整体涌现性，而非各部分创新能力之和。社会大众和基层单位的创新意识只能导致微观（至多是中观）的创新活动，相互之间只可能建立起短程关联，还形不成国家范围整个社会的宏观长程关联，也就无法建立能够有效运转的国家创新体系，形不成国家整体的创新意志。只有经过强有力的科学的整合和组织，使创新成为整个国家行为的指导思想和根本战略，成为全国必须执行的方针大计，亦即形成国家创新意志，才可能在世界范围的激烈竞争中立于不败之地。

其三，创新型国家作为系统，其结构（体制制度、组织形式、运作机制、"游戏"规则等）已优化到能够自动地保障、支持、促进创新。创新作为一种社会行为方式，总是在一定的系统结构框架内进行的，社会系统的体制制度、组织形式、运作机制、"游戏"规则等既可能成为创新的保障和促进因素，也可能成为创新的制约和阻碍因素，这是创新型国家与非创新型国家的根本差别之一。经历了20世纪的百年奋斗，中国社会的系统结构已经发生极为深刻的变革，不利于创新的因素大为减少，但离创新型国家的要求还有很大距离，尚需进一步深化改革，完善各个层次、领域、方面的体制制度、组织形式、运作机制、"游戏"规则，以保障、支持、促进创新，才能使中国初步进入创新型国家的行列。所以，提出创新型国家的概念，制定建设创新型国家的战略方针，不仅是我国科技、经济、社会发展战略的重大进步，也给理论战线提出崭新的研究课题，值得学界认真关注。

4.6.2 中国建设创新型国家的必要性

建设创新型国家这个命题的提出首先是新中国几十年来自身建设经验教训的总结。在现代化征途上，中国是后发追赶型国家，尽可能从发达国家引进先进技术是十分必要的，过去如此，将来也如此。但在过去一段时期内有一种影响广泛的见解，认为重大技术创新的代价太大，不发达国家搞自主创新不合算，引进才是唯一可行的最佳路径。随着中国国内市场的开发，用市场换技术的谋略又流行起来，以为发达国家为了进入庞大的中国市场，必定会转让关键技术给我们。这两种做法曾经取得某些效果，却削弱了中国人的创新自觉性和主动性。我国高新技术产业在整个经济中所占比例不高，产业技术的一些关键领域存在较大的对外技术依赖，与此不无关系。改革开放以来30年的事实证明，核心技术、关键技术是花钱买不来、市场换不来的，上述极具片面性的指导思想带来的负面效应已不容忽视。引进技术只能是辅助的，在现代化道路上，中国要么命运永远操之于他人之手，要么走自主创新之路，把自己建设成为创新型国家，舍此别无他途。

中国必须建设创新型国家绝非权宜之计，从更深层次看，这是由我们所处的特定国际环境和时代背景、特殊的国情和独特的现代化道路共同决定的。既然当代世界还是由相互间激烈竞争的国家组成的系统，新技术的知识产权就具有强烈的国家性，谁也不能立足于享用他国的新技术来发展自己。众所周知，以色列是美国的铁杆盟友，还常常派技术间谍到美国活动；日本甘心充当美国推行霸权主义的马前卒，对美国的帮助不可谓不大，但它至今无法靠美国转让技术而成为航天大国。事实表明，盟友只不过是一种暂时的政治军事关系，维护唯一超级大国地位才是美国的最高国家利益，再听话的盟友也只可购买它的产品，不要指望转让关键技术，更何况非盟友！

在西方国家特别是美国眼里，中国是另类国家，不仅坚持社会主义道路让他们如芒在背，而且独特的民族文化和悠久的历史总使他们别有一番滋味在心头，让这样一个大国利用西方技术迅速发达起来，显然同他们数百年来统治世界的历史惯性和浓厚的欧美中心论情结相抵触。中美建交以来的30多年中，美国一直以最严厉的标准管制中美技术交流。技术创新上的竞争、垄断和封锁是当年美苏冷战的核心环节之一，美国积累了丰富的经验，形成异乎寻常的国家意志，建立起一整套严厉的制度。为阻止中国获得先进技术，美国有时不惜践踏公认的国际关系准则和外交惯例。随着中国经济的快速发展，美国已经把中国当成唯一可能挑战其超级大国地位的潜在对手，对技术交流的限制将进一步收紧。因此，无论维护社会主义，还是使中华民族平等地屹立于世界民族之林，中国只能走自主创新之路，建设创新型国家，任何其他主张都是幻想。

西方发达国家是在充分实现工业化以后才开始向信息化、生态化和可持续发展方向转变的，中国则是在工业化远未完成的情况下又开始搞信息化和生态化，只有探索一条新型工业化道路，把工业化和信息化、生态化结合起来，才能达成现代化。这两种发展模式之间存在巨大差别。因此，无论西方当年搞工业化的技术，还是现在搞"去工业化"即信息化、生态化的技术，总体上都不可能完全适合今日中国的需要，中国可持续发展所需技术一定要适合中国独特的国情，它们原则上不可能首先由西方国家创造出来。所以，即使发达国家愿意出卖技术，也未必能够满足中国的独特需要，自主创新才是解决问题之道。加之中国内部差异特别悬殊，不同地域、不同类型、不同问题所需技术不同，乃是西方发达国家未曾遇到过的复杂事情，因而这方面的关键技术不可能由他们首先创造出来。越是向前发展，这种差异就越明显。只有中国人自己最了解这些差别、特点和需要，最有可能创造出适合自己需求的新技术。各种交叉领域的新技术，特别是各种社会技术，都带有时代的或地域的或民族的鲜明特征，更不可能通过引进来解决问题。

中国是社会主义大国，历史要求我们对世界做出较大贡献，创造新的发展模式，为广大发展中国家闯出一条现代化新路子。作为社会主义大国，我们正在推行睦邻、友邻、富邻的对外政策，随着国力的进一步强盛，我们还将把这一政策推行到世界范围，帮助更多的发展中国家走向富裕。要做到这一切，绝不能仰仗别人的技术，必须把中国建设成创新型国家，逐步成为世界高技术领域创新的领头羊之一。

更进一步说，一切系统的生命力都在于能否不断自我创新、自我变革和自我完善，不可能靠引进其他系统的创新来发展自身，社会作为系统尤其如此。像中国这样的大国实现现代化没有现成的模式可资借鉴，建设社会主义更没有别国的成功经验可以引进，一切要靠自己摸索、试探和创造，科技创新则是开路先锋。

4.6.3 中国建设创新型国家的可能性

新中国60多年来艰苦卓绝的奋斗，业已从经济、政治、科技和文化诸方面为我们建设创新型国家奠定了初步基础，这是有目共睹的。但仅仅如此认识是不够的，还须对世界系统的历史、现状和未来走向加以考察。

西方列强凭借工业化发展起来的巨大实力，通过推行殖民主义把世界所有民族整合在一起，成为一个再也无法分开的整体，同时又是一个结构极不合理、运行极不稳定的巨系统。在这样一个系统中，以殖民地或半殖民地的身份被整合进去的国家都不可能搞自主创新，20世纪前半叶的中国就是证明。世界反法西斯战争胜利是一个分水岭，它开启了世界殖民体系全面瓦解的政治历史进程，经过近70年的发展，世界巨系统的结构发生了深刻变化；再加上冷战结构解体、主要国家都走向市场经济，终于使世界作为系统的一体化程度迅速提高到一个前所未有的水平，形成钱学森所说的"世界社会形态"①。在这个世界社会系统的现有形态下，一方面，发达国家和不发达国家这两个分系统之间存在巨大的文明势差，即现代文明与传统文明的势差；另一方面，殖民体系和冷战结构的解体在清除这两个分系统之间进行交流的巨大制度性壁垒方面迈出了决定性的步伐。这两方面结合起来，立即释放出一种无法抗拒的巨大力量，使得世界范围的经济、政治、文化交往空前活跃，知识、信息、人才、资金、资源等创新要素在全球快速流动。单项新技术专利可以封锁，新技术思想很难封锁，知识产权无法阻挡新科技革命向全世界扩展渗透的总趋势。这就给包括中国在内的发展中国家在科学技术方面学习、引进、自主创新提供了空前的历史机遇。

今日中国正在以一个世界系统积极建设者的姿态，从经济、政治、科技、文化上全方位地参与世界事务，全面向世界开放，主动与世界接轨，积极同一切民族交朋友。这就从主观方面基本扫除了向外界吸取先进思想、理论、科学、技术的自身障碍，具备了抓住这次难得历史机遇、把自己建设成创新型国家的主观条件。

粗略地说，科技创新有三种基本模式：在引进消化基础上的再创新，集成性创新，原创性创新。从国外引进的技术在本国的具体应用中总会暴露出这样那样的不足，透露出如何依据自身需要和条件加以改进的线索和信息，只要认真总结经验，再吸收新的科学原理和技术思想，就可能自主地进行技术革新，创造出有一定自主产权的新技术。这就是在引进消化基础上的再创新。创新过程和创新产品都是系统，人们期望的新技术性能乃是经过对诸多部件整合、集成、组织而涌现出来的系统整体特性，而非部件性能的简单相加。系统的整体涌现性来源于组分特性、结构特性和环境特性，一般情况下，决定性的是结构。现行的各种技术是针对各种不同的需要分别发明出来的，如果找到一种新的技术思路，能够把它

---

① 钱学森. 创建系统学. 太原：山西科学技术出版社，2001：456，466.

们综合集成为一个新系统，就会产生出前所未有的整体涌现性，形成一种崭新技术。每一种技术系统都有本征功能和非本征功能的区分，满足特定需要的价值追求体现于该技术的本征功能上，而非本征功能必然受到忽视和屏蔽。如果按照新的技术思想和方案将它与别的技术重新整合，就可能把那些非本征功能释放出来，转变为本征功能，产生新的整体涌现性。技术发展史上不乏这样的事例：每个部件都不是新的，但整机具有超乎寻常的优越性能。把几种分别使用的技术整合集成起来，形成一种新技术，就是所谓集成性创新。在现代中国，实施这两种创新模式的基本条件均已具备，问题主要在于是否具有创新的自觉性，能否坚定不移地把创新意志付诸实践，以及如何组织管理。

最重要也最困难的是原创性创新。一个国家如果没有一定的原创性创新能力，仍然算不上创新型国家。与工业化时代相比，现代技术发展的一大特点是对科学理论的依赖越来越大，高新技术都是在新的科学原理指导下开发研制出来的。技术上的重大原创性成果都可以在科学理论的原创性创新成果中找到它的源头。原创性新技术的理论源头不一定必须是本国创立的。新技术可以被封锁，用法律禁止转让，但科学无国界，科学思想永远是全人类可以共享的。一种符合新科学原理的技术实现途径一般不是唯一的，几种原理的组合方式也不是唯一的，别人选择这种途径和组合方式搞出这种原创性创新，我们可以选择别的途径和组合方式搞出另一种原创性创新。就是说，在原创性创新上，仍然可以奉行毛泽东倡导的方针：你打你的，我打我的。总之，在目前状况下，我们需要而且能够利用世界科学前沿的已有理论成果独立自主地搞原创性技术创新。

作为文明传承从未中断的古国和坚持社会主义方向的现代大国，中国不能把原创性创新的理论源头都定位于利用别人的基础研究成果之上。但在传统的带头学科中，中国跟世界科学前沿还有不小距离，在一段时期内总体上还无法走在世界科学前列，很少有可以充当原创性创新的理论源头的自家成果。所幸天无绝人之路。20世纪40年代在人类社会发展史上的特殊地位，还在于它开启了科学技术发生新的革命性转变的文化历史进程，生命科学逐步占据主导地位，信息科学、系统科学、生态科学、环境科学、非线性科学、复杂性科学等新兴科学相继兴起。科学整体作为系统的这次历史性转型的基本特点是：宇宙观从机械论转向有机论，方法论从还原论转向系统论，主要研究对象从简单性转向复杂性。任何历史性转型都会缩小原形态的领跑者和原形态的追赶者之间的差距，领跑者因巨大成功可能背上包袱，追赶者因长期落后可能轻装前进。科学技术的历史性转型给各国人民自主创新提供了极大的可能性空间。如果我们摒弃以培养诺贝尔奖本土得主为标准来部署学科发展重点，而是以支撑发展、引领未来、转变增长方式、以信息化生态化带动工业化为指导思想，重视扶植新兴学科，就可能在不太长的时期内在新兴科学领域取得一系列突破；以它们为理论源头，就可能开发出一批实现可持续发展所需要的原创性技术创新。

任何科学原理的技术实现（科学思想转化为新技术）总是发生在一定的人文社会环境中，人文文化对科技创新有不可低估的影响，未来社会尤其如此。单就实现工业化和机械化来看，中国传统文化似乎全是消极面，"五四"精英们极端反传统的言行有其历史的合理性和必然性。若就社会信息化和环境生态化来看，传统文化的消极面固然需要继续清除，但它的积极面正在日益凸显出来。古希腊文明为西方建立还原论科学培育了宝贵的基因，即原子论、形式逻辑、公理方法。传统文化缺乏这种基因则是中国未能建立还原论科学的重要原因。然而，在必须超越机械论和还原论之局限性的今天，中国人面临的思想阻力显然小于西方，而中华文明中包含建设新型科学所必需的宝贵基因，即整体论、有机论、天人合一、顺应自然、阴阳互补、和谐共生等观念，又是西方文明所不及的。对于发展循环经济，建立节约型社会，实现可持续发展，实现社会和谐、世界和谐，这些都是极其宝贵的思想资源。只要形成国家创新意志，实施科学的组织管理，就可以充分发掘利用这些资源，使它们成为我们建设创新型国家，特别是搞原创性创新得天独厚的条件，枉自菲薄是没有道理的。

4.7　驾驭战略创新复杂性需要自组织与他组织相结合

如何建设创新型国家是一个大题目，包含诸多子题目，其方法论思想几乎涉及系统科学原理的方方面面。此处必须讨论的问题之一是，创新型国家的创新活动应是他组织与自组织的有机统一，正确处理他组织与自组织的关系是创新战略的重要课题。

在系统科学中，不论生命领域还是无生命领域，不论自然界还是社会领域，结构无序的群体称为非组织，结构有序的群体称为组织，后者又分为自组织和他组织两类。系统生存运行需要外部环境提供资源，又无法避免环境的制约甚至压迫，环境的支持、制约、压迫本身就是对系统的一种他组织作用，显著压缩了系统自我组织的可能性空间。一切系统都离不开外部环境的这种支持－约束型他组织作用，生命系统、社会系统尤其依赖于环境。但本节不讨论这种情况，只考察系统内部组织者与被组织者界限分明这种他组织。复杂系统的内部组分出现分化，少数组分构成特殊的分系统，获得发号施令、指挥调度的地位，其余绝大多数组分只是被组织者，必须服从指挥调度，这样的系统广泛存在。凡是在长期演化中形成调控中心的系统，这种调控中心就是系统的内在他组织者；在演化中形成等级层次结构的系统，高层次对低层次也有某种他组织作用。人类社会就是这样的系统，其特点是还存在有意识的他组织者，这个他组织者作为分系统，依据一定的理论、方针、计划去指挥管理被组织者，用纪律、戒律等约束被组织者的行为，以维持系统作为整体的存续运行。

既无外在的组织者，又无内在的调控中心，没有统一的指挥调度，系统所有组分的地位大体相同，但在不同组分的互动互应、组分与环境的互动互应中形成一只"看不见的手"，能够协调组分的行为，足以保证系统整体地存续和发展，就称这种系统是自组织的。自组织系统的基本特点是组分行为的自发性、盲目性、局域性，组分不了解也不顾及系统的整体目标和需求，不掌握系统及其环境的整体信息，只是从各自的本性、特殊的目标和需求出发，依据所获取的局部信息采取行动，并同其他组分（主要是相邻的组分）相互交往、相互作用、相互制约、互动互应，既合作，又竞争，最终导致系统在宏观整体上形成有序运动。

人类社会原本是生物世界自组织进化的产物，自发运动是社会系统与生俱来的客观现象。以足够大的历史尺度看，社会变迁永远是不以人的主观意志为转移的自组织运动，在每个时期回眸过去，都会看到这样那样的自发性现象和运动。另一方面，由于人是具有自觉能动性的存在物，一旦认识某种社会发展规律，人们就要付诸行动，自觉干预社会进程，充当他组织者。不同层次的社会团体对其组分都具有他组织作用，国家机器则是社会自组织进化过程中产生出来的、处于最高层次、最强劲的他组织者。所以，社会系统天然是自组织与他组织的对立统一体，社会系统的一切行为、趋势都是在自组织与他组织的互动互应中发生和展开的，创新活动也不例外。整体地看，人类的创新活动是自组织地发生发展的；若就每一项具体创新成果看，都是创新者有计划的创造活动这种他组织的产物。

自组织与他组织都具有两重性，既有积极的一面，也有消极的一面。社会系统的活力来自基层（微观）组分的自发性行为，微观运动的自发性具有非常积极的意义。但自发性必定联系着盲目性，不能充分利用系统的整体信息，趋达系统目标依靠的是随机碰撞，自组织运动难免要走很多弯路，时或还可能导致系统剧烈动荡，付出太多的代价，甚至使系统解体。但是，自发自组织如果有他组织介入，充分收集、处理、利用有关系统整体的信息，从宏观层次上对微观组分的行为施加适当调控，至少作必要的诱导、规范，就可能克服盲目性，避免走弯路，确保系统稳定运行。但他组织也有消极面：其一，他组织的自觉性可能违背客观规律，误将主观愿望当成客观规律，结果把社会发展引向歧途；其二，他组织本应是为系统的所有组分提供服务的，由于物欲和权力的诱惑，它可能异化为追求权势的压迫者，那样就会扼杀社会的自组织机能，使社会失去活力。所以，他组织必须建立在自组织的基础上，组织者必须接受被组织者的监督制约。他组织的功能首先应是培育、保护、发展系统的自组织机能，然后才是在此基础上对自发自组织进行整合、集成、管理、调控，形成系统整体层次的认识和行动计划。总之，一切复杂巨系统，包括创新活动在内，只有把自组织与他组织辩证地统一起来，才能确保系统整体上健康有效地运行和发展。

提出建设创新型国家，考虑的中心自然是如何发挥国家的他组织作用。要在短期内把中国建设成创新型国家，进行国家范围的规划、部署、安排并监督实施是完全必要的。代表国家意志的机构出面组织某些重大创新活动也十分必要，在现代化建设中后发追赶型国家尤其需要如此，这也就是通常所说的发挥社会主义优越性，集中力量办大事。但不可把国家战略性创新的主体部分当成由国家部门组织指挥的工程项目，由国家包办创新。创新型国家的根基在于社会系统具有强大的自组织创新能力，主要表现有二：一是广大群众具有浓厚的创新意识，社会形成创新习惯和创新风气；二是搞好社会作为系统的自身建设，包括组分建设、结构建设和环境建设，特别是结构建设，使社会的体制制度、组织形式、运行机制、"游戏"规则等结构要素能够自动培育、保护、发展系统的自组织机能，靠系统结构自动实现对创新意志、思想、智慧、力量的综合集成。

创新型国家的国家创新体系是一种多元化的、层次结构的、自组织与他组织有机结合的巨系统。所谓多元化，不仅指包括科学界、技术界和工程界，以及鼓励不同风格、不同学派、不同团队并存和竞争，而且涉及教育、文化、经济、法律、政治各种要素，是整个社会同心协力运作的产物。国家科技创新体系由个人、企业（以及学校、研究机构等）、地区和国家四个层次构成，关键是企业层次的建设。就企业自身看，它是高度集中管理的他组织，以利益为导向，一切由企业领导说了算。但企业是以个性、知识、兴趣、经历各不相同的人才个体因自谋职业而相互竞争这种自组织为基础，在市场导向下，自主地选择、整合、使用人才，形成强有力的创新团队。若放在社会大环境中看，企业即复杂适应系统理论所讲的行动者（agent），是市场经济运行机制的自发演绎者，即社会经济自组织运动的担当者。数不胜数的企业从各自的经营理念和目标出发，依据各自掌握的局部信息制定策略，以市场为导向，相互之间既竞争又合作，构成创新型国家坚实的社会基础。所以，提出"建设以企业为主体、市场为导向、'产学研'相结合的技术创新体系"[①]，既符合系统科学原理，也被现有创新型国家的成功经验所证明。

自组织的自发性往往表现为在系统整体视野之外冒出不可预见的新现象、新事物、新力量、新模式，如同竞技体育界所说的黑马。在科技创新方面，社会自组织的自发性、盲目性常常表现为新的创新人才在国家部门或上级主管的视野之

---

① 胡锦涛. 坚持走中国特色自主创新道路　为建设创新型国家而努力奋斗——在全国科学技术大会上的讲话（2006-01-09）．北京：人民出版社，2006：14.

外涌现出来。最具说服力的典型是，华罗庚和爱因斯坦早期都是生活在底层的社会成员，远离科学界主流的视线，后来却在科学创新上做出了巨大贡献。国家自组织创新的机能是否健康发达，一要看能否让科技创新的黑马不断冒出来。这取决于是否有适宜的政治的、文化的环境，鼓励人们敞开思想，自由思考，勇于做可能没有出头之日的科技创新黑马；二要看黑马一旦冒了出来，能否从社会大环境中平等地获得成材的机会和条件。这取决于系统他组织机制是否健康有效，包括用人制度、资源分配制度等。如果有申报权、特别是能够获得资金资助的总是那几张老面孔，黑马们总是受到怀疑和歧视，无法平等竞争，老面孔们也将由于没有竞争者而创新意志退化，创新思维失去灵性。这样一来，所谓建设创新型国家就只能是一句空话。

近年来，国内学界出现了一个多少带点贬义的新词汇"民间科学家"。按照汉语习惯，民间科学家的对应概念是官方科学家，大概所有科学家都不愿给自己如此定位。准确的说法应是专职科学家和业余科学家。在这些用语未被学界采用之前，我们仍沿用已有的说法。民间科学家的出现是一个国家科技创新自组织运动的结果，很多科技创新的黑马就是从他们中产生出来的，民间科学家越多，表明社会系统科技创新的自组织机制越健康发达，鄙视、排斥、压制他们不仅没有道理，而且极其有害。要把中国建设成创新型国家，我们的社会、尤其学界必须清除科学贵族心态，给民间科学家留下充分的活动空间，承认他们在科技创新上的"小打小闹"，同时为他们中的成功者转变为专职科学家创造条件。一句话，建设创新型国家必须处理好自组织与他组织的关系，最大限度地发挥自组织与他组织各自的长处，屏蔽各自的短处。

优化的创新体系，真正的创新型国家，它的建设都是一个曲折复杂的包含试错的过程。不断地总结经验，不断地调整系统结构，不断地试用新模式、新机制，不断地吐故纳新，只要我们坚持不懈，中国未来的情形必将大不一样。

5 论传统与创新

张超中　武夷山

从梁启超开始，我国学术界逐渐把中国与古印度、古埃及和古巴比伦一起并称为四大文明古国。国际学术界公认的文明古发源地则有五个，按照美国威廉·麦克高希（William McGaaghey）《世界文明史》的说法，世界上的五大文明发源地分别是古巴比伦、古埃及、古希腊、古印度和古中国①。虽然东西方学术界对中国文明的发源时间存在争议，但是大家皆无异议的是中国文明的传承和发展没有中断，最为系统完整。不过，在世界性的"现代化"过程中，中国经受了"现代性"的洗礼，伴随这个过程，中国文明的系统性和完整性也遭受巨大冲击，文明古国发生了"千年未有之大变局"，时至今日，中国仍然处于这个"变局"之中，只是同样求"变"，随着发展阶段的不同，"变"的对象和目标也会随之产生差异。对当代中国来说，随着加强自主创新、建设创新型国家成为国家发展战略的核心，中国传统作为一种创造未来的优质资源的意义正在日益显现，而中国传统一旦被解放，中国将进入一个崭新的发展时期，中国文明也将获得新的发展。本章将重点探讨中国传统获得解放的思想基础，并以现代性向原创性的转型为核心，讨论国家创新战略的生成路径。

5.1　近世中国尚待完成的文化任务

中国作为文明古国，其文化精神的创造力已经彪炳史册。如何在新的历史发展阶段重新焕发其创造力，中国本土的思想资源是否具有内在优势，并引领中国开创可持续发展的未来，这些问题一直伴随着近现代中国的转型发展过程。从《论语》之"思无邪"的文化直觉出发，"周虽旧邦，其命惟新"的命题屡次在需要兴利除弊的时代被提及，并在时下的社会环境中被赋予促进解放思想和中华民族伟大复兴的文化意义。当然，从文化心理上来看，复兴的提法符合被压抑已久的传统重新被肯定的愿望，只是历史发展的辩证法也同时要求，"其命惟新"的"新"肯定不是盲目追求的"新"，而是时代和处于该时代的人所自觉选择的

---

① 〔美〕威廉·麦克高希. 世界文明史. 北京：新华出版社，2003.

"新"。因此，如果就发展来说，在文化多样性条件下的"文化自觉"成为共识，重新自觉选择传统是一种趋势，那么，传统能否反过来促进越来越多的人的自觉选择呢？在回答这个问题之前，我们需要从文化转型的角度对发展趋势进行定性判断。在西方中心主义的幻象逐渐被打碎之后，正如第二次世界大战后的民族独立运动进程所揭示的，各种原创性的民族文化也逐渐从以现代性为特征的具有殖民特征的文化统治之下解放出来。种种迹象表明，当代世界正在经历从"现代性"到"原创性"的转型，而这种转型的实质则是要求恢复看待世界的整体观念，并创建整体观指导下的世界新文明。正是在这样一种背景下，中国传统基于"原创性"而获得了一种新的意义，使得"接着讲"成为可能。

一般来说，我们现在理解的"现代性"是指启蒙时代以来的"新的"世界体系生成的时代，一种持续进步的、合目的性的、不可逆转的发展的时间观念[1]。在这种观念下，传统与创新基本上呈现出一种对立而不是对待的关系。但是，自然、文化、社会和人本身在现代性关于发展观念的绝对性倾向下逐渐被奴役，"再启蒙"的要求使"原创性"成为挣脱"现代性"枷锁的密匙。在理论上，"原创性"是指宇宙自然的创生性质和能力及其对文化和实践的规定性，是整体论和生成哲学的核心范畴。按照王树人先生的研究，"原创性"之"原"有"源头"、"根本"和"原本"三个意义，"创"则有"始造与开创"之义，但也包含着"伤害与惩戒"之义。人类的原创文化在西方包括古希腊文化、古罗马文化、基督教文化，在东方则有中国文化、印度文化、伊斯兰文化。无论现代社会的文化多么色彩斑斓，但追根溯源，它们的源头活水、本原"基因"和母本，都可以回到上述的原创文化[2]。在"现代性"给世人重新戴上枷锁之后，如何回到文化的原创源头、重建与自然的直接关系、通过人的精神性回溯来重新认识传统的价值成为解决发展问题的关键。可以认为，文化的自由发展已经成为人自由发展的前提，而这正是传统的基本特质，也是传统与创新能够"相得益彰"的理论内涵。

5.1.1 "相得益彰"的文化融合观

考察传统的现代价值既离不开对中国历史发展特征的研究，也离不开关于西方文明对中国文明发展影响的研究，这符合近现代中国学术研究的基本特点。就通过文化史的研究来整体把握中国历史的特征方面，柳诒徵的研究具有代表性。他根据精神文化之独造、融合、再融合的特征，把中国历史分为上古、中古和近

---

① 陈晓明. http: //baike. baidu. com/view/95603. htm.

② 王树人. 《周易》的原创性及其思维特质//杨适. 原创文化与当代教育. 北京：社会科学文献出版社，2003：286，287.

世三期，并以此为纲目编著了《中国文化史》。上古时期是中国文化传统的形成时期，上溯远古，下迄汉代，基本上与司马迁《史记》的记述跨度相合。从魏晋至两宋为中古时期，其中最大的文化事件是中国文化与印度文化的成功融合。近世则从元明至今，以西方文化的传入与融合为基本特征，而中国文化能否成功融合西方文化，这是目前仍在进行探索而尚未完成的重大文化任务。

近现代的中国知识分子对上述文化任务进行了多方面的思考、阐释和实践，其中不乏真知灼见者，他们的共同特征是保持中国文化传统的持续和完整，柳诒徵也不例外。他从文化发展和融合的历史经验和规律出发，认为精神文化的"盛衰"殊难避免，但只要不自暴自弃，最后仍然能够通过变通的方式获得新的发展和复兴。其中最关键的是要保持中国精神文化的连续性，肯定其"卓然自立"的价值，只有这样，文化融合才能"相得益彰"。因此，他对分期做出如下解释："此三期者，初无截然划分之界限，特就其蝉联蜕化之际，略分畛畔，以便寻绎。实则吾民族创造之文化，富于弹性，自古迄今，缡缡相属，虽间有盛衰之判，固未尝有中绝之时。苟从多方诊察，自知其于此见为堕落者，于彼仍见其进行。第二、三期吸收印欧之文化，初非尽弃所有，且有相得益彰者焉。"[①]

在确立"相得益彰"的文化融合观之后，柳诒徵从两个方面具体表达了这种观点：一是在史料的选取方面遵守"通则"与"独造"相统一的原则；二是对不同历史分期中国文化的面貌进行了对比分析。在史料选取上，他的原则是"凡所标举，函有二义：一以求人类演进之通则，一以明吾民独造之真际"[②]。柳诒徵认为，"通则"与"独造"之间并不矛盾，而他的《中国文化史》着力表现的则是后者，亦即通过精神文化的"独造"来彰显中国的特殊性。为了表述这种"特殊性"，他一方面"于帝王朝代，国家战伐，多从删略，惟就民族全体之精神所表现者，广搜而列举之"[③]，力求化繁为简，究其精神之通达。另一方面则列出三个中国的"特殊之现象"：第一，"幅员之广袤，世罕其匹"[④]；第二，"种族之复杂，至可惊异"[⑤]；第三，"年祀之久远，相承勿替"[⑥]；三者加在一起，使得"中国具有特殊之性质，求之世界无其伦比"[⑦]。柳诒徵认为，正是端赖乎文化之力，才会出现这种空间大、时间长、多元一体的格局和气象。那么，怎样才能在新的时代认识和发挥中国文化的融合功能？柳诒徵指出，首先要以

---

① 柳诒徵. 中国文化史. 上卷. 上海：东方出版中心，1988：1.
② 柳诒徵. 中国文化史. 上卷. 上海：东方出版中心，1988：1.
③ 柳诒徵. 中国文化史. 上卷. 上海：东方出版中心，1988：7.
④ 柳诒徵. 中国文化史. 上卷. 上海：东方出版中心，1988：2.
⑤ 柳诒徵. 中国文化史. 上卷. 上海：东方出版中心，1988：3.
⑥ 柳诒徵. 中国文化史. 上卷. 上海：东方出版中心，1988：4.
⑦ 柳诒徵. 中国文化史. 上卷. 上海：东方出版中心，1988：2.

"认识中国文化之正轨"为基础，而且只有"学者必先大其心量以治吾史，进而求圣哲、立人极、参天地者何在"①，才能明了中国文化之"宗主"，并进而"以企方来之宗主"②。也就是说，只有把握住了"宗主"即"传统精神"的内蕴，才能开展面向未来的文化建设，并从中发展出新的时代精神。由此可见，"宗主"在"独造"时期形成的精神底蕴与其在后期的发展变化密切相关，而如何看待和评价"传统精神"则直接决定着其在当代和未来的显现和发展。

具体来说，在整个上古时期，中国文明从起源到发展，其"独造之真际"基本上以"究天人之际"为特征，从《易经》到诸子百家，再到西汉初期的"文景之治"，其间虽然经历了春秋战国时期的学术大分裂，但"古之道术"仍然为各家所宗所主，既体现出中国文化传统的整体性特征，又同时表现出文化形式的多样性。钱穆认为，概括来说，"天人合一"的理念是中国文化对世界的最大贡献，而基于这一理念所形成的传统实际上就是"民族文化历史生命体"，唯有统而观之，才能了解其全貌，体会其精神活力。在中古时期，由于固有文化的"发荣滋长之精神，较之太古及三代、秦、汉相去远矣"③，佛教的传入促进了中国文化的积极变化，并成为中国化的佛教，所以柳诒徵认为："吾民吸收之力，能使印度文化变为中国文化，传播发扬，且盛于其发源之地，是亦不可谓非吾民族之精神也。"④ 也就是说，在完成佛教思想的中国化之后，民族文化的精神得到了新的发展。但是，在中国历史进入近世之后，与上古、中古历史相比较，柳诒徵认为其区别有三：第一是中国文化没有特殊进步，在西学输入之后渐趋保守，新局面之开创大抵皆与西学有关；第二是中国历史置身于世界各国之列，开始了实际上的全球化过程；第三是从大陆之历史变为海洋之历史，开放性增强⑤。这种文化保守与疆域开放的并存造成了诸多的社会历史问题，至今仍然处于巨大的争论之中，其焦点就在于如何在吸纳西方文化的基础上发展出新的中国文化精神。而从历史经验来看，只有消除对中国文化保守性的误解，充分认识和发挥中国文化的开放创造精神，才能根本改变旧的被动格局，达到"相得益彰"的共赢效果。

5.1.2 "究天人之际"的文化启示

进入近世之后，特别是近代以来，由于中国受到西方国家的武力压迫，中国

---

① 柳诒徵. 中国文化史. 上卷. 上海：东方出版中心，1988：3.
② 柳诒徵. 中国文化史. 上卷. 上海：东方出版中心，1988：3.
③ 柳诒徵. 中国文化史. 下卷. 上海：东方出版中心，1988：345.
④ 柳诒徵. 中国文化史. 下卷. 上海：东方出版中心，1988：345.
⑤ 柳诒徵. 中国文化史. 下卷. 上海：东方出版中心，1988：647.

文化与西方文化的融合在整体上表现出被迫性质，使得传统精神一直受到压抑，渐成防御之势而显得偏于保守。不过我们应当看到，中国传统的保守形象只是特殊历史时期的特定表现而已，无论是追溯过去还是前瞻未来，中国文化的"独造之真际"并非保守，而是直指自由与开放。这种文化精神实际上与"现代化"的精神意识并不矛盾，在现代性是当代主导意识形态的环境下，无论是周恩来代表我国政府提出的"四个现代化"的主张，还是邓小平给景山学校的"面向现代化，面向世界，面向未来"的题词，都可以理解为策略性的国家发展战略。及至把"现代化"放在文化层面来讨论，我们看到，国学大师钱穆先生并不避开对"现代化"的探讨，他强调的是如何在中国文化精神的指导下实现现代化。

深入认识中国文化的精神，应当对我国的史学传统有基本性的了解。钱穆认为："中国史学乃为集大成之学，而人为之本。"① 在传统社会中，德性为做人之本，而"德性则只分高下，并不能分新旧"②，因此，若从做人来看，中国传统的保守性是不成立的，而许多不明此理者恰恰是忽略了对历史的研究。为矫正此弊，钱穆指出："故求深切体会中国民族精神与其文化传统，非治中国史学无以悟入。"③ 而在"悟入"之后，他对传统与创新的关系做出如下概括："新必依于旧，乃成其为新。"④ 肯定了传统是创新的基础。推而论之，"能掌握传统，始能有现代化"⑤。认为传统也是实现现代化的基础。

怎样认识和界定传统的基础作用？可以说，这个问题一直是历史发展的核心问题，中国史学在解释和把握这个问题时也形成了一个传统，亦即司马迁所说的"究天人之际，通古今之变，成一家之言"。而在中国的现代化进程中，西方科学的传入加快了中国的历史转型，但是东西方思维方式的碰撞使得文明的融合性质更趋复杂，"古今之变"也一直未"通"。因此，要在当代中国建设国家创新体系，并通过创新促进新文明的出现，从战略上看需要首先解决"古今之变"的问题，并在此基础上对传统精神进行重新评价。当代学者季羡林认为"'天人合一'可以救世界（天下）"，从"究天人之际"的传统提出了解决"古今之变"问题的道路。其实，由此上推，我们认为其他类似的提法也源自于同样的传统。例如，现代著名道教学者王明提出了"半部《老子》革天下"⑥ 的看法，清代魏源提出《老子》为"救世书"，宋代赵普提出"半部《论语》治天下"，其精神实质皆直抵中国文化"独造之真际"，认为传统具有解决每一代人当时面临

---

① 钱穆．现代中国学术论衡．北京：生活·读书·新知三联书店，2001：126.
② 钱穆．现代中国学术论衡．北京：生活·读书·新知三联书店，2001：113.
③ 钱穆．现代中国学术论衡．北京：生活·读书·新知三联书店，2001：106.
④ 钱穆．现代中国学术论衡．北京：生活·读书·新知三联书店，2001：143.
⑤ 钱穆．现代中国学术论衡．北京：生活·读书·新知三联书店，2001：143.
⑥ 王明．道教与传统文化研究．北京：中国社会科学出版社，1995：31.

问题的潜力。

当然，上述看法并未取得共识。不过，在新的历史条件下，从"天人合一"的思想出发致力于解决现代社会问题，不仅具有重大价值，而且也具有创新意义。就本章的主题来说，解决"古今"问题的理路有助于对中国近现代历史上存在的"中西"问题和"科玄"问题建立新的视野，提出新的见解。之所以从"合一"出发，是因为当代世界很多根本性问题的产生就是源于失去了"一"，即整体性。柳诒徵强调，要通达古今，必须"多方诊察"，避免以偏概全。他说："实则凭短期之观察，遽以概全部之历史，客感所淆，矜馁皆失。欲知中国历史之真相及其文化之得失，首宜虚心探索，勿遽为之判断，此吾所渴望于同志者也。"[①] 因此，要接续和创造新的历史，还是需要回到"天人之际"，即文化创生的原点上。从性质上看，中国文化传统来源于"天"的启示，所谓"宇宙寥廓，肇基化元"，"天垂象，圣人则之"。而从文化功能来看，圣人以"神道设教"，其文化原型仍然离不开对"天"的意旨。因此，钱穆说："明天人之际，即求明自然与人文天道与人道之异同分际也。明天人之分际，乃可以通古今之变。纵有变，而仍有不变者存，故曰'鉴古知今'。此为中国史学之大纲领所在。"[②] 以史为鉴，正是传统所能发挥的真实作用。这种涉及人类精神成长与发展规律的传统，已经越来越成为创新的启示。

5.1.3　被解放的传统及其可能发展

一般来说，创新是对传统的超越与否定，但是也存在另外一种创新方式，即对传统的不断解释。而从创新性质来看，前者基本属于基于实验的科技创新，后者则属于人文创新。多年来，人们之所以对传统与创新、进步与落后、停滞与发展之间的复杂关系难以厘清，基本原因就在于受西方世界二分法思维方式的影响，没有认真区分创新的多样化源头，并因此很难在当代语境下界定中国文化传统的性质，传统也基本上处于被闲置甚至被压抑的状态。对未来创新与发展来说，如何解放传统同样也是一个"难题"，所谓"解铃还需系铃人"。

作为中国人民的好朋友，李约瑟博士对中国科学技术与文明的开创性研究成就甚大，架起了一座西方了解中国的桥梁，不过"李约瑟难题"也昭示出这座桥梁尚未通达中国文化"独造之真际"。我们看到，至今为止，关于中国科技与文明的性质及其发展路径问题仍然众说纷纭，现任国际科学技术史学会主席刘钝甚至为此创造和使用了"李约瑟情结"（Needham complex）这个词，用以表达"难题"之"难"及其对民族心理和情感的影响。他认为："如果对此不闻不问，

① 柳诒徵.中国文化史.上卷.上海：东方出版中心，1988：1.
② 钱穆.现代中国学术论衡.北京：生活·读书·新知三联书店，2001：134.

小则模糊了李约瑟这幅肖像的色彩，大则有碍学术和中国文化建设。"① 一方面，他看到"今天还有很多中国学者前赴后继地投身于'李约瑟难题'，企图对中国古代何以没有产生近代科学这一古怪命题给出一个特解"②，以求发现"'落后'的症结之所在，为当代中国科学技术的发展提供有益的指导"③；另一方面，他认为"李约瑟问题"其实"是一个启发式（heuristic）的问题"，"李约瑟工作的意义早已超出了'中国古代'和'科学技术'的范畴"④，"SCC（中国的科学与文明）的意义之一就是，在处理文明演进史时以中国为例阐述了非西方传统的贡献，从文化多样性和科学普适性的高度对长期流行的'西方中心主义'给予毁灭性的一击"⑤。受其影响，"越来越多的国外学者（包括西方的和非西方的）已从人类文化多样性的视角重新审视李约瑟工作的意义，印度、日本、韩国、伊朗、埃及的科学史家都在考虑他们本国的'李约瑟问题'，美国人则编辑出版了大部头的《非西方文明中的科学技术与医学史百科全书》，该书主编在'致谢'中说：'从某种程度来讲，今天我们在西方与非西方科学传统之沟通上的所有工作都来源于李约瑟博士的启发'"⑥。

国际科技史界深受李约瑟博士的影响和启发，已经通过行动将多样性的思想转变为越来越大的力量。2001 年 7 月在墨西哥城召开的第 21 届国际科学史大会的主题是"科学与文化多样性"，继之而来的在中国北京召开的第 22 届大会主题则为"全球化与多样性——历史上科学与技术的传播"，与之相关，2009 年 7 月在中国昆明召开的国际人类学与民族学联合会第 16 届大会则把主题设为"人类、发展与文化多样性"。总的来看，进入 21 世纪以来，在联合国教育、科学及文化组织（简称联合国教科文组织）的推动下，文化多样性正获得越来越多的讨论、尊重和实践。2001 年，《文化多样性宣言》在联合国教科文组织第 31 届大会上得到通过。2005 年 10 月 20 日，在第 33 届大会上，联合国教科文组织通过了《保护文化内容艺术表现形式多样性国际公约》，为全球性的文化发展奠定了基

---

① 刘钝，王扬宗．中国科学与科学革命：李约瑟难题及其相关问题研究论著选．沈阳：辽宁教育出版社，2002：2.

② 刘钝，王扬宗．中国科学与科学革命：李约瑟难题及其相关问题研究论著选．沈阳：辽宁教育出版社，2002：3.

③ 刘钝，王扬宗．中国科学与科学革命：李约瑟难题及其相关问题研究论著选．沈阳：辽宁教育出版社，2002：4.

④ 刘钝，王扬宗．中国科学与科学革命：李约瑟难题及其相关问题研究论著选．沈阳：辽宁教育出版社，2002：4.

⑤ 刘钝，王扬宗．中国科学与科学革命：李约瑟难题及其相关问题研究论著选．沈阳：辽宁教育出版社，2002：18.

⑥ 刘钝，王扬宗．中国科学与科学革命：李约瑟难题及其相关问题研究论著选．沈阳：辽宁教育出版社，2002：19.

础。正是在这种发展趋势下，传统，特别是中国传统，正在逐渐从单一化的科学认知模式的压抑和统治下解放出来，通过文化多样性的视野获得了新的价值和意义，影响甚至决定着中国现代和未来发展的道路和样态。

那么，中国传统的解放将意味着中国文化的重新解放，并通过这条"天人合一"的途径，使人也从目前当道的这种科学技术发展思想的束缚中解放出来，反过来促进科技创新。在历史上，人文主义精神的复兴使欧洲从中世纪的神学统治下解放出来，而今中国传统文化的精神也具有使全人类从现代科技的统治下解放出来的功能。要实现这种功能和可能性，应当首先承认中国传统相对于现代科技的独立性，正是它的不同才使其不仅具有基础性的价值，而且具有促进新时代个性解放的意义。已有学者指出，事实上，在欧洲历史上，文艺复兴时期"个人主义"的流行曾经导致传统观念的匮乏，"传统"也逐渐与原创性（original）、创造性（creative）、天才（genius）等概念对立起来，成为束缚个人才能的贬义词。但是，英国诗人艾略特在《传统与个人才能》一文中重新赋予"传统"以积极的、开放的、动态的意义，从而使文化的延续性和创发性、稳定性和变革性构成了一种既紧张又和谐的关系。而这篇文章在中国70多年的传播过程中所经历的话语翻译、文化误读、现代主义争论，也恰恰反映了现代与传统、新诗与古诗、个人创新与历史意识等矛盾命题在中国具有典型意义的发展演化，并可以看做西方文明对中国文明影响的缩影①。因此，传统的解放具有两重基础性的意义：其一是中国文化获得了相对于西方文化的自觉发展，其二是重新确立了人的发展相对于科技发展的优先权，前者是历史性的，后者则是个人性的。中国传统既具有将历史性与个人性高度统一起来的原创潜力，也是完成历史文化任务、实现"相得益彰"的基础。

5.2 "相得益彰"的理论与实践

通过上述探讨，我们认为，要恰如其分地评价传统，摆正传统与创新的关系，就要突出人的因素，不能陷入技术主义的窠臼。而在以往的评价标准中，由于感到"技不如人"，使得"师夷长技以制夷"的策略长期居于战略上的主导地位。作为特定历史时期的生存之道，以上选择无可厚非，这样做对提升我国的综合国力和发展水平也起到了关键性的推动作用。但是，我们也应该看到，这种以技术引进为导向的做法已经逐渐显示出来自己的局限性，其中最大的问题是传统在被边缘化之后逐渐式微，失去或者弱化了一个国家和民族自主创新和发展的根

① 刘燕.《传统与个人才能》在20世纪中国的"旅行".外国文学评论，2006，(3).

基。特别是对于中国这样一个传统没有中断的文明古国，如果人们不再用激进的做法毁灭传统，而是积极借鉴、吸收历史上和国际上的成功经验，具体探索使传统由弱转强的路径，并使之上升到国家创新战略的层面，那么，假以时日，中国发展的新气象将会慢慢生成，呈现不同文明间"相得益彰"的多元发展格局。

借助于人与技术关系的探讨，能够在理论上增进对"相得益彰"实现原理和路径的理解，而其中的转枢取决于人对于技术的主动或被动关系，推而论之，就是要恰当把握精神传统与物质发展的关系。中国文化主张"人惟求旧，器惟求新"，把对传统的继承和发展寄望于人，实际上这个原则属于通则的范畴，只不过人的类型不同，所发展出的事业也不同。按照这个通则去分析和把握文化发展和融合的经验教训，从中体会传统的基础性作用，有利于对近百年中国文化问题和社会问题做出诊断，并把面向未来的创新发展置于稳固的基础之上。

5.2.1　文化与社会的多元平衡发展

考察传统的文化和社会功能，可以看到传统所代表的核心价值具有相对的稳定性。从这个基本点出发评价传统的作用，对历史上的经验进行总结，可以看到传统能够对一定时期的创新发展起到促进作用，对不利于人类可持续发展的创新最终起到纠偏作用，并开创新的稳定发展的历史阶段。下面分别从三个事例来说明传统的基本创化功能。

5.2.1.1　佛教的中国化及其启示

根据柳诒徵等文化学者的看法，印度文化与中国文化的融合非常成功，从中可见中国文化具有极强的吸收消化外来文化的能力。解析这样一个重大的文化事件殊非易事，但下面两个问题能够有助于深入了解当时的历史背景：其一是"吾国文化何以中衰？"其二是"印度文化何故东来？"[①] 对于前者，柳诒徵认为大致包括三个方面的原因：一是"自汉以来，增进文化之力，恒不及摧毁凿削之力之强"[②]；二是"人民止知尚利禄，而不尚道义"[③]，教育之力转弱；三是国家政治教育不能代替宗教信仰，一般的社会流行文化则只能够"足以惑下愚而不足以启上智"[④]。此三种原因导致中国固有文化的创造力减弱。至于后者，由于地理便利，佛教的传入和传播弥补了当时文化和社会的不足，不仅改变了中国文化的格局，而且产生了积极的社会影响。

---

① 柳诒徵. 中国文化史. 上卷. 上海：东方出版中心，1988：345.
② 柳诒徵. 中国文化史. 上卷. 上海：东方出版中心，1988：345.
③ 柳诒徵. 中国文化史. 上卷. 上海：东方出版中心，1988：347.
④ 柳诒徵. 中国文化史. 上卷. 上海：东方出版中心，1988：349.

从汉代末期直至现在，佛教在中国的存在并没有弱化固有的传统，反而进一步激发了文化的创造力，原始儒学再变而为宋明理学，原始道教变为宫观道教，并发展出新的全真道教，除了佛教固有的各宗派代有传承之外，至唐代则实现了佛教的中国化，禅宗在六祖慧能的开示下大兴于中土，而其间已经历了五六百年，并数代人的传法、译经、取经、修持和创造。当然，这种文化上的融合和创造转化也是在文化冲突的历史过程中发生的，简要说来则包括"华夷之界"、"伦理之争"、"宗教之歧"等数端，佛教也经历了政治上支持和毁禁的变化，但总的来说，中国社会从"增一释氏之民"、"奉他国之宗教"的风俗之变到举国奉行的精神认同，直至成为佛教世界化的策源地的整个过程中，中国传统一直保持和发挥着开放性的功能，而佛教能够在中国稳定发展的根本原因则在于它的精神文化也是独立的，在增加了中国社会精神多元性的同时，也达到了"和而不同"的平衡发展。可以说，这种中国文化发展第二期的经验将对第三期的发展具有根本性的启示意义。

5.2.1.2 西方社会传统下的科技发展

进入近世以来，中国文化与西方文化的冲突和融合也成为文化大事件，如何评价传统的作用直接关系到发展道路的选择。随着时代的变化，特别是在当代社会，人们对传统的看法已经超越了"五四新文化运动"对传统全盘否定的激进，而逐渐转入一个以延续传统为主要任务的建设性时代，使得"科教兴国"的基本国策即将呈现出新的意义，也就是说，对传统的"补课"是未来创新发展的基础。

从历史发展的实际情况来看，同样作为西方文化的重要组成部分，近现代科技对中国的影响超过了西方宗教，这不仅体现在国家意识形态层面，而且也体现在中国人对本土甚至外来科研人员的认同远远超过对传教士的认同方面，这种关于"世俗化"和"神圣化"的区别可能是暂时的，如果按照第二期关于佛教中国化的经验，未来中国的"科学家"和"牧师"、"神父"本土居多，"基督教"和"天主教"等西方传统宗教也会实现相应的中国化，成为中国文化精神的一部分。但就眼前所讨论的问题而言，中国传统能否和如何在西方文化的激荡下显示出新的价值和意义？要深入探讨这个问题，需要如上所言对西方文化进行细分，要看到虽然近现代科技产生于西方社会，但是相对于西方传统而言，近现代科技属于新兴的传统，而在其传统与创新之间存在着长期的、激烈的冲突，并且随着科技的不断发展，西方的文化与宗教传统不仅没有断裂，反而实现了阐释性的创新，并由此影响到当代哲学、文化的创新，使西方社会在肯定传统的基础上实现了整体性转型，从另外一个层面提供了值得中国借鉴的发展经验。

我们看到，在这个漫长的历史发展过程中，宗教信仰在科技发展的进步意义上经受住了怀疑和质疑，科学家本身的职业和信仰之间并没有太大的冲突和矛盾。当然，在科学发展史上也出现过许多冤案，其中最著名者当属伽利略。这位意大利著名的物理学家和天文学家在 1632 年发表了《关于两种世界体系对话》，支持和发展哥白尼的日心说，于 1633 年被罗马教廷圣职部判处终身监禁，后改为软禁，直至 1642 年去世，终年 78 岁。而在蒙冤 360 年后，伽利略终于获得梵蒂冈教皇的平反。梵蒂冈教皇约翰·保罗二世于 1992 年 10 月 31 日指出，当年处置伽利略是一个"善意的错误"，并希望"永远不要再发生另一起伽利略事件"。很多人把这个事件看做是科学的胜利，但是人们也可以从另外的角度发现，教皇的解释也同样显示出宗教的原则性及其伴随着科技发展而不断生成出对社会的统治力。不仅宗教原则是这样，即便从哲学角度来看的伦理价值原则也是这样，这些表现出保守形态的传统常常对科技发展持批评态度，如对生命科学领域有关生命的克隆研究等。可以说，这些批评是善意的，而一旦批评的力量与发展的力量取得了适当的平衡，在民主原则下，科技的发展就可能转变为在人文原则引导下的可控制性发展。

除了宗教之外，其他文化传统也对科技发展起到了不只是促进同时也是制衡或者平衡的作用，其中最显著的当属于人文主义传统。我们看到，在西方文艺复兴时期，对人的个性发展和思想解放的提倡复活了古希腊的哲学和艺术传统，人本主义代替了神本主义，不仅促进了自然科学的发展，并为近代技术的兴起和发展奠定了文化基础，而且其所诱发的经济和政治变革也奠定了推动技术进步的社会基础，使得科技发展成为人本主义的时代标志。但是，当科技理性一旦变成工具理性而成为人的个性发展的束缚时，人本主义反而对科技的有限性进行了无情的批判，认为科技的无限制的发展成为人和社会发展的问题之源。因此，人本主义传统要求打破对科技的崇拜，并促进实现科技与自然、社会和人的协调发展。

事实上，与以科技发展为基础的经济全球化发展潮流并行的，还有另一股文化多样性发展的潮流，后者引发了以回归传统为特征的"文化自觉"。而从性质上看，科技创新本身离不开工具性的价值，而实现工具性价值背后的人文价值还是需要传统的介入。相比之下，由于科技内生于西方社会传统，科技的发展并没有破坏其人文传统，两者之间的张力反而起到了相反相成的作用。如何在科技的革命性与传统的保守性之间取得平衡，达到相得益彰的建设性效果，这将是西方的历史经验对中国未来发展的启示。

借助于金周英教授所提出的"软技术"概念能够深化对上述经验的理解。金教授观察到作为一般科技范畴的硬技术正在出现软化的趋势，而在经过广泛考察这种现象之后，她认为："软技术是人类把其在经济、社会、人文活动中发现或总结出来的共性规律，而且是对客观和主观世界实践改善、适应、控制有指导意义的规律和经验，加以'有意识地'利用和总结，转变成了各种解决问题的规则、制度、机制、方法、程序、过程等操作性体系。"① 这种技术体系具有重视人和文化的作用、根植于意象世界和非价值中立等特点，"是围绕人的思维、思想、情感、价值观、世界观以及人和组织的行为、人类社会进行创造和创新的智力技术"②，因此，软技术在性质上既可以看做是人文主义的技术体现，也可以看做是社会传统的技术性转化。如果把传统看做是软技术，其所具有的促进社会稳定的功能不仅是硬技术不可取代的，而且也是实现硬技术创新的基础；如果认为软技术是一种新兴的传统，那么它将在促进未来科技发展的过程中不可或缺。总结 20 世纪中国科技发展正反两方面的经验和教训，对传统的"补课"应当成为下一步创新的基础。

5.2.1.3　文化创意产业兴起的意义

正当我们对传统的态度仍然处于踌躇之中、信心不定的时候，文化创意产业在全球的兴起为传统的现代解放开辟了一条新路，这种发展形式本身就非常符合传统。不仅是中国传统宗教，也可能是所有宗教的一个现世特点，就是在其增进信仰之初，除了突出终极关怀之外，也注意从人之常情出发，先许之以现实利益，诱之入教，之后则广开教化，提升境界。在当今的市场经济时代，与经济的关联度也是一种非常实际的价值衡量标准，而当经济的发展需要文化深度介入的时候，传统的出场使创新的形式发生了变化。

2008 年，由联合国五大机构——联合国贸易和发展会议（UNCTAD）、联合国开发计划署（UNDP）南南合作局、联合国教科文组织（UNESCO）、世界知识产权组织（WIPO）和国际贸易中心（ITC）联合完成了《2008 创意经济报告》，这是联合国首次对这一新的发展趋势发表观点。报告认为："当今世界，一种新的发展范式正在出现，它连接了经济和文化，在宏观与微观层面上涵盖了经济、文化、科技和社会的发展。这一新发展范式的核心就是——创意、知识与信息逐渐被人们认识到是全球化的世界中推动经济增长、促进发展的强大动力。"③ 不过这种新的范式不仅离不开传统知识，而且以其为基础，"任何国家的创意产业都是建立在传统知识的基础上，而这些知识存在于其创意表达的独特形式之中，

---

① 金周英．软技术：创新的空间与实质．北京：新华出版社，2002：99.
② 金周英．软技术：创新的空间与实质．北京：新华出版社，2002：100.
③ 埃德娜·多斯桑托斯．2008 创意经济报告．张晓明，周建钢等译．北京：三辰影库音像出版社，2008：3.

即属于这块土地及其人民的特有遗产，如歌曲、舞蹈、诗歌、故事、图像和符号等"①。正是在这种基础之上，一条新的服务于文化和经济目标的价值链建立起来：一端是传统知识，而另一端是最终消费者②。

应当说，创意经济就其概念本身的意义是指一种以"创意"为基础的经济，其在性质上与基于一般科技创新和应用的工业经济不同，直接与创新的本源及其文化传统联系起来。虽然人们对创意是个人属性还是原创观念产生的一种过程存在争论，但是"想象力"作为创意的基本概念使创意经济有可能跳出人类已经沉溺其中的经济发展模式。就其本质来说，想象力是一种产生原创观念，以及能用新的方式阐释世界，并用文字、声音与图像加以表达的能力，与科学创造相比，其中蕴涵着更为普遍的关于创造的共性规律。因此，如果能从更基本的层面考察创意经济，人们对它加剧文化与技术分化的方式及其被夸大的重要性的担忧和怀疑就会减少③。事实上，要促进创意经济的健康发展，不能只看到新技术促进创意产业发展成为当今工业化世界经济中富有活力部门的作用，也不能仅仅局限于对市场扩展的关注，而应该把文化和经济发展作为一个整体进程来理解④。而只有坚持发挥文化在经济发展中的独立作用这个原则，才能避免走"文化搭台、经济唱戏"的老路，使"文化"的核心内涵与创意经济的价值取向并行不悖。

对于发展中国家而言，从价值观的变化趋势来看，作为一种以传统知识为基础的技术化发展形式，创意经济还可以看做是向传统的回归。这种虽然着眼于经济价值但却离不开传统文化价值的产业，它的发展同时具有促进社会凝聚力、文化多样性和人类发展的作用，并显示出暂时的经济目的与传统价值不可分离的新经济发展模式。而在以传统为核心的观点来看，也许下述评论需要换一种表述方式。联合国的报告认为："由于经济模式并不能在孤立的环境中发挥作用，时代要求已经超越了经济发展的范畴，需要寻求一种更能全面发展的，兼顾不同文化认同、经济愿景、社会差异和技术劣势的方法。发展战略也必须为了应对我们的社会中正在进行的深远的文化与技术转变而随之更新。世界需要通过将与文化、

---

① 埃德娜·多斯桑托斯.2008创意经济报告.张晓明，周建钢等译.北京：三辰影库音像出版社，2008：35.

② 埃德娜·多斯桑托斯.2008创意经济报告.张晓明，周建钢等译.北京：三辰影库音像出版社，2008：35.

③ 埃德娜·多斯桑托斯.2008创意经济报告.张晓明，周建钢等译.北京：三辰影库音像出版社，2008：3.

④ 埃德娜·多斯桑托斯.2008创意经济报告.张晓明，周建钢等译.北京：三辰影库音像出版社，2008：185.

技术相关的问题融入经济发展的主流，从而适应这个新的环境。"① 这种表述比较符合主流观点，但其中也蕴藏着另一种可能，即在超越了经济发展的范畴之后，经济模式的革命在本质意义上就是一种文化复兴，并表现为传统的复兴。因此，考虑到新技术在创意经济中的关键作用，传统的新技术表达既是技术的创新，也是传统的创新，这种形态使得发展战略必须兼顾传统与技术，在更长远的意义上，传统比技术更成为主导性的创新因素。

近几年，我国非常重视文化创意产业，采取了积极扶持的态度，创意经济得到长足发展。但是从产业发展的原创能力来看，由于从业者的中国传统文化素养存在整体性的不足，整个行业的创新尚达不到解放传统的实力。作为应当吸取的教训，联合国提醒有关方面，"创意经济非同寻常的组织特性，要求各国采取针对自身特点而非一般的政策主张"②。而在对传统的认识存在偏颇的情况下，从一般性到针对性的转变尚需要漫长的过程。对中国来说，传统地位的提升本身就是一种根本性的创新，而这种关乎"中国模式"内涵的创新却多少处于"模糊"创新的阶段。不能确立传统的主体地位，世界眼光则难以聚焦，新技术也将会六神无主。由此反观近现代科技发展的历史经验和教训，可以看到，传统的边缘化状态对全球发展未必有益，而以传统为基础的创新将深刻改变主流创新的面貌和结构。

5.2.2 "同则不继"的历史教训

就传统本身的基本特征来看，判定其价值大小的一个通则是它的历史悠久性及其随之而生的稳定性，这种特征是科技创新所不具备的，也是在现实层面不被鼓励的，甚至在相当长的时期内被贬低为保守和退步。当然，在科技创新促进发展的时代，由于价值范畴不同，日新月异的科技发展难以与《中庸》所提倡的"日日新"之人文体验砥砺沟通，但是，既然当今时代是一个昌明民主价值的时代，那么用这个通则来衡量，也许科技至上的发展道路可能有悖于时代的主流价值观。保守主义哲学家切斯特顿指出，传统是"作古之人的民主"，强调活着的人应该尊重他们的先辈以自己积累的经验和智慧所投下的"选票"，这些独特的选票是历史、习俗、传统、实践、良心和智慧相结合的政治要求，也是政治决策者不能以任何理由可以忽视的社会发展基础。如果在理论上重视传统的价值，那么我们长期以来所极力推进的决策的科学化和民主化尚有不足之处，没有充分考

---

① 埃德娜·多斯桑托斯. 2008 创意经济报告. 张晓明，周建钢等译. 北京：三辰影库音像出版社，2008：v（前言）.

② 埃德娜·多斯桑托斯. 2008 创意经济报告. 张晓明，周建钢等译. 北京：三辰影库音像出版社，2008：185.

虑到传统的要求。在性质上，传统属于人文的范畴，并在最实质性的意义上属于人性的范畴。由于忽视了人性的存在，决策的科学化不尽完善，民主化的原则也不丰满，以至于人性本身不是从"善端"发展出来的。因此，决策的人性化原则是以传统为基础建构未来的基本原则。科学趋同而人性"独化"，如何"相得益彰"，需要基于历史的经验和教训从长计议。

5.2.2.1 全球发展的人性危机及其应对策略①

受近现代科学研究方法的制约，由科技进步所推动的社会发展比较偏重技术性的发展，在这种思维惯性的作用下，人们也自然把解决科技发展所带来的社会风险的办法寄托于新科技的发展。未来学家和不同的未来学派在系统考察了科技风险的性质后认为，围绕人性来寻找化解风险的可行方案，并把人性发展作为人类未来发展的基础，可能更符合人类文明发展的方向。

1）未来学家把科技与人性的失衡看做当代社会的重大问题

未来学家吉尔费兰认为，未来学者"是研究未来整体文明的人"，他们应承当作为"人"的责任，促使未来文明造福于人类。这种带有人文倾向的观点具有未来研究的转折点意义，并与未来学家托夫勒的看法相一致。在世界未来学会1986年7月在纽约召开的一次会议上，托夫勒指出，在经过20多年的成功发展之后，未来研究已经取得了很多标志性的成功，并促进了企业和政府对未来发展的研究。但是，以后未来学研究的重要问题将是科技发展和社会变化所带来的痛苦、剧烈的冲突和深刻变化中的个人挫折感等，特别更应当研究的是那些发生率虽然小但对人们的生活方式极具冲击力的未来事件。

从重视一般科技和社会发展到重视人的发展，特别是在"未来冲击"引起人的适应性障碍的情况下，重新看到文化和价值对发展的作用和意义，这种变化事实上既可以作为总结过去发展缺失的一个视角，也可以作为观察和评价未来发展的一个基线。托夫勒在总结工业化时代发生的社会变化时认为，在短暂性、新奇性和多样性的变化面前，越来越多的人正遭受未来的冲击，由技术变化而引起的社会变化不仅使人感到"茫然的迷惑"，并有可能会使人类陷入危险而不可自拔的境地。这种危险来自于技术中心主义，而避免危险则需要"计划者的人性化"，充分考虑科技发展与人本身之间的关系。

罗马俱乐部的系列研究报告促进了人类对发展问题的反思和共识的形成，认识到为发展而发展不是可持续的发展。在寻找解决未来发展问题的思想时，该俱乐部主席奥尔利欧·佩奇指出，当代人民整体感的丢失是造成全球发展问题的总

---

① 本小节内容原以"科技与人性的平衡发展"为题发表于《学习时报》第422期，后由《新华文摘》全文转载（2008年第7期）。

根源。而全局观念和普遍和谐，应当是哲学思想和精神的组成部分，也是一种科学的态度，现代社会不仅应该恢复这种观念，更应该看到恢复人类的责任意识对未来发展所具有的至关重要的作用。在这方面，布达佩斯俱乐部也同样呼吁人类的"意识革命"，为开创人类自己的未来奠定基础。

未来学家奈斯比特认为，科技发展并不等于人的发展，相反，人类在追求科技发展的同时更需要文化的发展，求得高科技与高思维之间的平衡。他在访问了东方和西方许多思想家之后指出，在加入人性因素之后，科技的性质发生了变化，其作为巨大推动力的作用，只有在人们的需求和人性之间达到平衡的时候才能发挥出来。如果科技进步的速度仍然远远超出文化发展的速度，它们之间的距离变得越来越大，那么社会问题将会层出不穷。正因为这个原理，他把"科技始终来源于人性"作为所有定见的基础和归宿。

从人和人性的角度出发考虑解决科技发展带来的社会问题，这种要求反映出科技与人文的关系问题已经不是一个单纯的理论问题，更是一个决定未来发展道路和人类命运的选择实践问题。但是，无论是理论还是实践，必须解决科技与人文的不平衡发展问题，具体体来说就是科技与人性的失衡发展问题。

2) 未来科技的发展应当是基于人性的整体发展

未来学家在考虑解决发展问题时非常重视人类自己的主导权。托夫勒认为，在众多可供选择和参考的应对措施中，可以从各种不同的文化形态中，通过"自觉性的选择"，使未来社会不再是无计划发展的社会，而是我们能够控制其发展规模、方向和性质的社会。通过这种被称为"社会的未来主义"可以应对未来的变动，创造一种比目前更合乎人性、更具远见且更民主的计划形式，不仅可以超越技术主义，而且可以避免人类成为进化的牺牲品，并进而成为进化的主人，"这是人类历史性的转折点"。

罗马俱乐部通过提倡创新型学习，并通过考察三个实例验证了这种方式对改善人类意识、对付全球问题的有效性。事实证明，他们提出的创造新的能源选择机会、为科学技术的应用重新定向和尊重文化特性确实已经成为今天全球的核心问题。他们指出，那些认为科学甚至技术能够转移或购买的人，只看到了它的最后产物，而没有控制其影响。科学实质上是一种内生过程，肯定不能转移。它的作用、定向和分配归因于人们的学习能力、价值体系和文化基础。如果学习是依靠自己有效进行的，那么许多与科学技术有关的问题就会消失。因此，人类的自主发展是解决全球问题和人类发展前景的基本准则。

我们考察科技发展带来的问题，发现在相当长的一段时期内，指导科技发展的原则不是"应该"做什么，而是"能够"做什么，不是以合乎人类的需要为准，而是以"什么是可能做到"的为准，即不是基于价值观，而是基于一种没有价值约束的发展观，这是詹姆斯·博特金等人对发展问题的评价。这种没有价值约束的发展观的确立来源于西方有关进展观的讨论，并成为 17～18 世纪人类思想重要转折点的标志。如今这种发展观已经暴露出自己的局限性，正是由于科技推动下的社会发展忘记或忽略了价值和人性的作用，奥尔利欧·佩奇先生认为，现代人并不先进，而是远远落后于现实。基于这种认识，罗马俱乐部提倡创新型学习，从而"弥补人类的缺陷"，缩短"人类的差距"。

这种"差距"虽然是指在日益增长的复杂性和我们对付这种复杂性的能力之间所存在的距离，但是与以前时代的复杂性主要来自于大自然不同，当代的复杂性大多是由于人的活动引起的，并大多数是由于科技活动而引起的。因为随着科技日益取得进展，人们对这种进展可能带来不同的后果缺乏预见，而认识上的差距只能带来更多的问题，并带给人们极大的不安。事实上，这种不安的感觉就是一种"缺陷"和"差距"，反映出在科技发展面前人性的相对"退化"。基于人性需要发展的事实，奈斯比特指出科学与人文、可行性与人性的剧烈碰撞很可能会动摇诸如伽利略和达尔文时代人们的基本信仰和价值观，从而使人类思想的面貌发生变化。

这种变化在性质上是基于一种整体观的变化，从而有可能改变科技发展的基本方向。我们看到，这种改变关键在于恢复和保持人的整体感，消除科技对人类社会以及自然环境所带来的负面影响。人性进化实际上也是方法的进化，使方法回归人性，建立"人的科学"。因此，科学发展观的内在要求必然是"以人为本"。

3）科技与人性的平衡发展是未来发展的基本准则

我们考察和评论近现代科技发展的历史，可以认为其在方法上经历了从打破整体到回归整体的转变，而整体意义的突现必须有待于人的参与。事实上，经典科学时代的科学家也曾经预测到要回归整体的变化。例如，培根在晚年意识到他的"新工具"所产生的知识是带有"知识的缺陷"的知识，并期待由整体哲学指导的科学的产生。而在埃德加·莫兰看来，关于人的科学尚未诞生，其原因就在于科学无法研究人性，从而导致"迷失的范式"。他认为："其实科学并未处于它的最后发展阶段，它还有待重新开始。它并未带来超越宗教、形而上学和政治的教条的绝对真理，它还没有解决有关真理、伦理学和与社会目的的关联这些基本问题。"为了寻求科学的新规范及其变化方式，人们需要从人的角度出发，在超越技术中心主义的基础上，重建对系统完备性的理解，弥补系统的"基本缺陷"。

只有"人"才能够弥补形式系统的"基本缺陷"，这个基本原理为未来科技发展奠定了方向性的基础，并改变了科技评价的一般标准。我们看到，科技与人文的协调发展已经成为未来发展的基本趋势。《老子》认为"执古之道，以御今之有"，说明人性之道具有统宰技术发展的能力和作用。种种事实表明，在应对未来的变化时，我们需要学习古人的整体智慧，从促进文明发展的整体思想和方法中开创以人性引领的未来科技发展道路。

5.2.2.2 精神疾病的时代

作为探讨创新战略的专门著作，对未来社会发展趋势的定性非常重要。按照董光璧教授提出的社会中轴转换原理，人类经历了道德社会、权势社会和经济社会，正在进入智力社会，并将继续走向情感社会。上述看法已经从社会性质的发展变化中预示了向传统社会形式上的回归。但是，即使在情感社会尚未实现的时候，传统在当代社会中的价值已经日益凸现。实际上，发现传统的价值需要通过反向视角的观察，这种思维方式能够进一步加深和丰富对当代和未来社会的认识。

澳大利亚《普罗米修斯》杂志 2008 年 12 月号发表英国纽卡斯尔大学商学院的 Joanne Roberts 博士和英国诺森比亚大学艺术和社会科学学院的 John Armitage 博士合写的文章《无知经济》（*Ignorance Economy*）。他们认为，知识经济的概念早已炒得火热，但是必须看到，知识经济同时又是无知经济，因为随着越来越多的知识被编码化，进入了数据库和知识库，这些知识能够获得更多的查询和应用。可是，那些不易被编码的缄默知识就面临被弃置的危险，而对缄默知识的无知必然会损害知识经济。另外，很多组织都越来越强调知识管理，但是，在重视知识管理的同时，却忽视了对无知的管理，而真正重大的创新性成果的起点，往往需要人们忽视现有的范式，要跳出框子进行思考（think out of the box），换句话说，有时无知反而促成了创新，拥有知识反而成了探索的障碍。上述例子充分体现出《老子》关于"有无相生"的论断，而传统作为一种"无"，不仅能够促进创新，而且能够诊断出创新的缺陷。

诊断和正视社会的缺陷也属于医学的范畴，中国文化传统有"良相即良医"之说，认为人在临床上表现出的某些疾病能够通过社会发展得到根本解决，而医生对人这个复杂的开放巨系统的诊断与治疗的思路及经验，也能给国家与社会（同样是开放的复杂巨系统）的治理带来启发。这种思路与当今寄望于科技发展消除疾病的模式不同，因此其对创新的看法也就难免显得"保守"，落入"传统"的旧路。事实上，如果从国家创新体系构建的层面来看，兼顾传统不仅是走出"鸵鸟政策"的要求，而且也是促进创新、使创新显得更美好的必要条件。我们看到，正当人们在为逐步进入知识社会而努力创新的同时，世界卫生组织提醒全球人类也正在步入精神疾病的时代。也就是说，创新的另一面则是创新带来的苦恼，而传统资源的精神类型则能够缓解和消除这些苦恼。

　　精神疾病由来已久，并不是现代社会所特有的，而精神卫生已经成为一个突出的社会问题则是现代社会的主要特征。一般来说，精神疾病包括认知、情感或情绪，包括行为方面的异常，或者这些异常情况的组合，致病因素则包括生物、心理和社会文化因素等诸多方面。在传统社会，传染病居于威胁人类生命的首位；而随着科学技术的发展和社会水平的提高，生活方式病逐渐进入疾病谱的高端，成为危害人类健康的慢性杀手。随着精神疾病发病率的不断提高，抑郁、焦虑、强迫等精神疾病已经成为常见病和多发病，严重威胁到人类的生命质量。为了提升人类对精神疾病的重视，世界卫生组织把 2001 年定为"精神卫生年"，提醒人类社会我们目前正在无情地进入"精神疾病时代"。为了应对这种发展趋势，世界卫生组织发表的《2001 年世界卫生报告》全面阐述了精神疾病产生的原因和全球应当采取的策略和行动。报告指出，全世界的每 4 个人中就有 1 人在其一生中的某个时段产生某种精神障碍，而目前全世界有心理疾病的患者已经高达 15 亿，其中焦虑症患者为 4 亿，抑郁症患者为 3.4 亿，人格障碍患者为 2.4亿。而在我国，世界卫生组织调查显示，各类精神障碍患者已经超过了 8300 万。另据 1999 年底中国 - 世界卫生组织精神卫生高层研讨会中我国卫生部的统计资料显示，按照评估疾病社会负担的新指标"伤残所调整的生命年限指标"（disa-bility-adjusted life years，DALY）来评价各种疾病的总体社会负担，精神疾病在我国疾病社会总负担的排名中位居首位，精神疾患约占疾病总负担的 1/5，在我国疾病总负担的排名中居首位，已超过了心脑血管、呼吸系统及恶性肿瘤等疾患。进入 21 世纪后，我国各类精神卫生问题将更加突出，在 2020 年的疾病社会负担预测值中，精神卫生问题仍将排名第一。虽然问题严重，时间紧迫，但是全球仍然没有找到应对的良策。为此，2009 年 10 月 9 日，即第 18 个世界精神卫生日的前一天，联合国秘书长潘基文发表致辞，呼吁国际社会携手应对精神疾病，为精神疾病患者减轻痛苦。

　　不可否认的是，精神疾病产生的重要源头实际上是社会和文化的不断的、过快的变迁，特别是近两个世纪以来，随着工业化和城市化的快速发展，大量移民从农村迁往城市，由种族、文化、宗教、语言差异带来的偏见导致了人际冲突和不安全感的泛滥，特别是由于价值观的现代变化和转型，这种对传统的偏离影响到了人们的认知，并继而影响到精神疾病的许多方面。除此之外，现代社会的生活节奏明显加快，社会竞争明显加剧，人们的精神压力明显上升，而这一切变化皆源于与科技创新分不开的经济快速发展和社会快速变化，精神疾病时代的到来反映出人类从整体层面表现出对上述发展趋势的不适应，并将危害人类健康和社会的可持续发展。由此可见，科技创新及其累积效应是引起和促进精神疾病时代到来的客观原因，而未来学家提出的应对策略是实现"高科技与高思维的平衡"，从某种意义上说，这是把解决问题的希望寄托在了传统身上。

传统社会基本上是一个慢节奏的社会，现代社会中提倡慢生活方式和简单生活方式的人们自然是传统社会的向往者，当他们所倡导的生活方式成为潮流甚至时尚之后，精神疾病问题就会迎刃而解。我们看到，印度瑜伽、中国太极等传统健身术风靡全球的一个基本原因就是源于它们对压力的有效缓解作用。这种传统的健身实践要求达到身体和心灵的有机结合，实际上在求得一种心灵和精神的解放。正是这样一种精神发展的原理，使得那种以促进科技的创新发展来应对精神疾病的思路相形见绌，因为如果依旧沿着"系铃"的办法，那么精神疾病不仅不会随着创新而减弱，反而将会越来越严重。之所以产生这种错觉，根本原因是人们深受现代科技思维方式的影响，混淆了自然科学与人文社会科学的界限。约翰·塞尔指出："以社会和心理的学科为一方，自然科学为另一方，双方之间的根本中断根源于社会和心理学科中心灵的作用。"[1]

当然，现代心理学从理论到实践也存在很多不足之处，仅仅依靠对精神的分析并不能从根本上解决心灵的康复这个时代问题，倒是文化和宗教的力量略胜一筹。从汶川地震之后采取的危机心理干预效果来看，中国本土心理学因为强调要从通变出发，直面灵魂，使当事人看到了未来生活的希望，而不是反复强调心理倾诉，其实践效果相对较优。而北川当地政府在恢复重建的过程中，第一次把宗教建设列入解决精神心灵危机的重大举措。由此我们看到，各种文化传统的内核意旨是阐明精神心灵的止歇之理和归宿之路，从而实现精神的完整性，并在此基础上，达到对精神的自我主宰。相比之下，创新总是阶段性和过程性的，并且总是与精神的整体性若即若离。正是在这样一种状态下，越是提倡和鼓励创新，就越是需要强调精神的整体性，使之出现"相得益彰"的发展格局。但是令人遗憾的是，人们在开始阶段并没有认识到传统的这种精神价值，及至人类进入了精神疾病的时代，也不是所有的人就能够幡然悔悟。我们看到，人类需要走出精神疾病时代，传统精神资源及其创新应当成为未来人类精神发展的基础。

5.2.2.3 中医药的未来镜像

2006 年，"整体论对未来科技发展的影响"被列为当年的我国软科学计划研究课题，经过有关专家学者的共同努力，该课题在确定最后的结论时基本上达成下述两点共识：一是整体论能够根本影响世界第一流科学的发展，促进第一流科学家的成长；二是成熟的整体论能够促进未来科技与文明的发展。其中第一条共

---

[1] 〔美〕约翰·塞尔. 心、脑与科学. 杨音莱译. 上海：上海译文出版社，2006：67.

识是基于科学发展的历史经验，第二条则是基于中国传统特别是中医药的价值而做出的未来预测。在 2006 年 12 月召开的一次课题评述会上，董光璧教授对该课题所论述的传统与未来的关系进行了纲领性的评论，提出在此之前，特别是 20 世纪，中国的传统基本上必须经受现代科技的评判，是者为是，非者则非。而在整体论的视野下，未来科技发展可能要进入一个需要中医药镜鉴的新时代，而其理论意义则是科技发展必须接受人文价值准则的引领，失去了这个原则，未来发展的不确定性则陡然增大。

我们认为，无论就其理论意义还是实践效果而言，中医药确实具有这样的作用和价值，只是要提升中医药在当代和未来社会中的地位，需要对其概念进行贯通性和普及性的转化。这种转化在性质上根本不同于长期以来存在的所谓"废除中医"的宗旨，也不同于多年来所谓的使中医药"现代化"的努力，而是基于中医药的不可替代性所蕴涵的原创潜力，从而使中医药的发展进入一个价值优胜的新时期。我们看到，在此之前，中医药的"存废"争论也具有各自的阶段性特征，并表现为科学化为主导的"西化"、"现代化"和"国际化"。在新中国建立之前，大多是西医借助于政治话语权主"废"而中医主"存"，其目标表现在西医要消除中医这个"西化"的最大障碍①；而在新中国成立之后，这种特征逐渐演变为在新政治话语权下的中医"自废"，或称"蜕变"②，其目标表现为消除中医现代化进程中的文化障碍；而最近发生的所谓"告别中医"的建议则既不是西医的主张，也不是中医的主张，而是一种基于科学实在论的哲学主张，可以说是中医存废特征的新变化，目标在于消除中国发展与"国际接轨"的障碍。上述各个阶段既反映出一个国家的学术在时代变化中的表现，也反映出中国传统价值的失落。如今看来，这种失落就是整体价值的失落，而整体价值的复兴则在本质上就是传统的复兴。

追求整体是传统的核心价值，也可以称作是主流价值。这种价值表现在文化、宗教、科技、社会等方方面面，形式丰富多样，就其本质来讲是以人为核心实现人与自然和社会之间的综合平衡发展。虽然这种传统价值代有变迁，但是其所追求的价值导向是不变的，所以就人或者是传统社会中的杰出人物的思想来看，其精神特征的共同类型是指向和回归整体，并表现出多元化的样态。及至近现代科技兴起之后，工具理性和价值理性之间的差距使得社会发展不能跟上科技的发展，而为了取得新的平衡发展，人文精神的创新虽然一直不断，但其基本态势却是科技促进传统的"创新"（有时可以读作"抛弃"），而不是反过来传统规定下的科技创新。中医药的现代转型基本上就是上述"促进"的一个例证，只

---

①　张效霞．无知与偏见——中医存废百年之争．济南：山东科学技术出版社，2007：96．

②　张效霞．无知与偏见——中医存废百年之争．济南：山东科学技术出版社，2007：167．

是从实践效果来看，至今为止，这种转型仍然没有完成，其根本原因就在于没有考虑到中医药的人文性质。对于现代科学体系而言，创新的对象主要限定于物质层面，几乎没有人文要素，这种"新"具有内禀价值，新的学说总是蕴涵旧的学说，使旧学说成为新学说的一个特例；而对于中医药为代表的传统知识体系而言，既研究物，又研究人，充满人文要素，"老"反而具有内秉价值，新的学说一般不是推翻老的学说，而是在老学说基础上翻新，并在其他新元素的刺激下发生蜕变，蜕变后并不改变基本形貌。这是创新方式的一阴一阳，人类社会的发展需要这样的阴阳互补而不是替代。因此，从思想方法来分析，中医药的创新之所以没有达到预期的效果，是因为现代社会的主流价值不足以替代传统价值，在"扬弃"传统文化的同时"迷失"于寻寻觅觅之间。

这种"迷失"的一种特定表现是背离了传统价值的"和"的精神，以"对抗"的方式进行"扬弃"，结果是"两败俱伤"，使传统与现代之间产生了割裂性的关系。李约瑟说过一句话："中国文化是令人眼花缭乱的金矿。"事实上，中医药的含金量在中国传统文化中应该是最高的，但是多年来的"扬弃"却把它炼成了一般的石头，只成为铺路的角色。在理论上，"扬弃"仍然是一个"相得益彰"的问题，而中医药"现代化"的实践在客观上既没有促进西医学的创新，也使自身的创新陷入了进退维谷的境地。中医学要是按照自身的创新发展规律做出适应现代社会的转变，其教育模式应当是传统与现代兼备，正如传统宗教不仅没有式微，反而传播更广一样。可是现实情况却是大多数人仍然以猎奇的心态希望中药能够不断创造"奇迹"，根本顾及不到中医药理论原则的日常性，甚至是作为潜移默化的"人文化成"的软性力量。实际上，这种高不成低不就的尴尬局面使得现有知识产权制度颇费踌躇而无计可施。我们看到人类发展的大趋势，是越来越强调自我：自我设计、自我服务、自我决定、自我诊断等，个性化将成为一个潮流。作为个性化的典型理论和知识体系，中医药恰恰具有突破既有知识产权制度、促进知识应用解放的潜力，只是人们认不清分不开中医药的知识性质，因此错把"精华"当"糟粕"，使人文精蕴堕落为物质实体。明朝的中医思想大师张景岳有两句话说："故物理之易犹可缓，身心之易不可忽。"相比之下，长期以来，人们把"不可"作为"可"，因此使得中医经典的"微言大义""黯而不彰"。当然，精华和糟粕是一个历史性的概念，在目前看来是糟粕的东西，在将来的某个时候也许又被视作精华，而这也与柳诒徵所谓"多方诊察"的思维方式是一致的。若按照现代学科的发展来分析，"多方"实际上大致相当于"跨学科"的概念，但由于古今不同，其意义自然也不一样。在古代传统的意义上，"多方"与"整体"是统一的，而在现代，"跨学科"与"整体"是割裂的，而且至今找不到"跨过去"的方法道路。因此，现代所谓的"跨学科"

研究，迄今实际上处于完全"不成熟"的状态，这与《黄帝内经》集诸家知识之大成的完整体系不可同日而语。德国学者满晰博教授多年前就认为"中医学是一门成熟科学"，今日来看，这种论断深具历史智慧。

常言道，历史是一面镜子，而作为历史的集大成者，传统更具有"鉴古知今"的价值。我们考察中医药的近现代发展历程，可以认为所谓的"现代化"并不是按照"和而不同"的道路开展的，而"趋同"的实践后果就是"同则不继"，急速萎缩。可以说，中医药发展的危机既是全球发展危机的缩影，也是精神疾病难免发生的写照，而对上述危机的反思及其解决方法当然也成就了中医药的发展机遇。如果说这种机遇是对"现代性"的超越，那么，我们需要用"原创性"的视野全面审读。人们常说，创造是一门艺术，而真正的艺术则来自原创，表达创意。台湾艺术大师赖声川通过自身的体会非常认同建筑师高狄（Antonio Gaudi）的经验，认为原创性就是回到源头[1]。同样，中医大师们也总是回到《黄帝内经》这一源头去寻求启示。只有回到源头，才能人性复朴，人心澄明，通达自然，建功社会。只有回到源头，才能融科技与艺术于一体，传统与创新不相悖，启蒙与发展永相伴，过去与未来总相宜。

5.3 原创性：永恒的传统与创新

自西方文明特别是近现代科学技术传入中国以来，"现代性"仿佛真有一种魔力，驱使着中国传统逐渐远离自己的"原创性"，并引发了中国传统社会的现代变迁。由此，文明古国的政治、经济、文化、社会等发生了千年未有的大变化，随之而来的则是"新""旧"之争不绝于耳。这种争论在文化上的表现就是"中西体用"之争，至今依然。但是，我们也看到，就在这种激烈争论交锋的过程中，文明间的融合也不断深入，及至文化多样性的合理性逐渐被认同之后，以往的"矛盾"则在面向未来发展的时候也逐渐转化为建设性的资源。这种全球性的变化所带来的影响使得进一步认识中国传统、重新评价它的价值成为可能。应当承认的是，西方文明的力量与影响从曾经的不可抗拒到现在的多元变迁并不是中国传统影响的结果，而是根源于其自身的反思力量及其纠错能力，从而表现出自我发展下的"返魅"和"文化自觉"。但是，这种变化使得中国传统不仅获得了自主发展与创新的信心，也为它的全球发展提供了可能。一旦我们认识到中国传统的基础性价值、作用和意义，加强自主创新、建设创新型国家的我国核心发展战略就获得了新的时代力量。不可否认的是，提出这一战略时的基本心态仍

---

[1] 赖声川. 赖声川的创意学. 北京：中信出版社，2006：240.

然是"现代性"的,是被迫应对而不是"自主创新"。事实上,即便是这样,这一国家战略的核心精神能够直接与传统沟通,为"原创性"的登场提供了基础性平台。

5.3.1 中国传统的"现代性"迷失

自中国社会发生近现代的转型以来,中国传统的衰落是有目共睹的,很多学者甚至用"断裂"一词来指谓这个历史事实,认为"新轨"与"旧道"之间没有接合,如何实现"新瓶装旧酒"的目标也一直成为创新传统的任务。作为精神文化的一种特定表达方式,中国传统与西方文化的相接首先发生在宗教领域,随之而来的则是科学技术及其创造的物质文明,特别是后者,其对中国的影响远远超过西方宗教。李泽厚先生从"西体中用"的角度指出西方物质文明对中国的影响:"中国现代的历史,首先是人的日常生活的大改变,把西方文明方式、生活方式、生产方式、汽车、飞机、电话、计算机以及工业社会结构小家庭等带入中国,这才是根本,无论是中国表述,还是亚洲表述,都很难不承认西方对中国的这个根本影响。"① 正是在这种"普世价值"的影响下,中国传统的文化精神渐渐淡出中国人的社会生活,现代理念则越来越多地占据了中国人的心灵。可以说,正是这种"世俗化"的发展使得中国传统是否具有"现代性"成为疑问,问而不能辩答,则其理越来越少人认同,及至引入物质科学来阐释精神文化,则越来越乖离,直至"迷失"。

这种"迷失"在本质上与现代化过程中人的"现代性"迷失具有内在的关联性。国内外的许多学者都对上述现象进行过深入探讨,认为总的来说,"现代性"虽然是"现代化"的后果,是科学技术、经济生产、社会转型等这些现代化过程的推动,才产生了作为现代社会"属性"的现代性,但是,与"现代化"的事实性范畴不同,"现代性"则主要是一个哲学范畴,从哲学的高度审视与批判文明变迁的现代结果,着眼于从传统与现代的对比上,抽象出现代化过程的本质特征,着眼于从思想观念与行为方式上把握现代化社会的属性,反思"现代"的时代意识与精神②。在哲学上考察现代性的建构,这个过程是通过对人、对其理性与自由的本性理解实现的,而这种建立在理性的主体性哲学上的现代性的自我确证及其人的理性本质观念,却随着"现代化"过程逐渐显示出对人本身的"奴役和支配",现代精神由此陷入一种价值体系崩溃的"虚无主义",已经"无药可救"③。正是在这种情势下,对现代性的解构成为后现代思潮的主流,但是,

---

① 李泽厚,刘再复.存在的"最后家园"——对谈录.读书,2009,(11):27.
② 陈嘉明.现代性与后现代性十五讲.北京:北京大学出版社,2006:36,37.
③ 陈嘉明.现代性与后现代性十五讲.北京:北京大学出版社,2006:43,44.

人对社会的反思同样存在风险，因为这类反思的正确与否决定着对社会的控制与操作的后果。因此，能否集中社会的理性与智慧，提高社会反思与预见的正确性，从而确保社会历史进程的合理性与确定性，这在任何多元纷争的社会里，都是极为必要的①。在这种情况下，对中国传统"迷失"的反思不仅具有思想建设的意义和价值，同时也能够使中国传统成熟的历史智慧资源贡献于未来的中国和世界发展。

加拿大哲学家查尔斯·泰勒（Charles Taylor）在《现代性的隐忧》中批评后现代的"解构"学说忘记了真实性的整体性要求，只突出它的创造性的非道德主义，而忽视了人与人之间的对话环境，丢弃了对"有意义视野的开发"②。而从整体性出发来看待中国传统正是超越"现代性"以回归"原创性"的基础性视野。一般来说，现代性带来的是短暂感、破碎感和失落感，这些感觉正是只注重时间的当下性而未能与其永恒性相联系的结果，也是只注重器物层面的创新而忽视人文精神的传统的结果。中国传统对道德的看法历来存在两种内涵，除了关于社会的伦理意义之外，更重要的是其"与天合德"的要求，而且这是直指宇宙自然创生本源与生命相合的基本命题。如果未能基于这种创生性来看待发展的意义，仅仅依赖人的理性去分析观察，制作创造，那么"人为"的重复组合只能带来"人性"的迷失，达不到"参赞天地之化育"的精神高度。李泽厚先生有下述认识："20世纪是科学技术高度发展的世纪，尤其是技术。但不是人文充分发展的世纪。我一直觉得，在人文方面，包括哲学、历史、文学、艺术，20世纪均不如19世纪。"③这种感觉应当来源于科技进步而人文衰退的历史事实，而中国传统的衰落也正是物质文明的"普世价值"传播的直接注脚。应当看到，基于人性与信任是建立共同价值的基础，中国传统在当今文明间的对话中应当能够促进人性的回归，以"自然理性"的发扬启蒙未来科技发展，使之进入新的境界。

5.3.2　原创性的启蒙和生成

在我国以往的学术研究及其政策实践中，基于原创性的视野来重新确立传统的当代和未来价值并没有得到应有的重视，也就是说，中国传统仍然处于被"现代性"所阐释并希望被其所肯定的阶段。不过，也有学者认为提倡原创文化研究能为研究传统文化提供一个基本的考察方式。杨适指出："我们主张如实地把传统看成是一个活的历史的有机生命体，既然所谓传统本是在把原创文化智慧运用

---

① 陈嘉明. 现代性与后现代性十五讲. 北京：北京大学出版社，2006：353.
② 陈嘉明. 现代性与后现代性十五讲. 北京：北京大学出版社，2006：346.
③ 李泽厚，刘再复. 存在的"最后家园"——对谈录. 读书，2009，（11）：25.

于后来的历史实践中使之演变而成，那么它的最深厚的活力必来自原创；而当新的历史性挑战和机遇来临的时候，传统能否有资格继续存在下去并得到新生而担当起它应承担起来的新的文化使命，就要看它是否能够正确对待它自己。除了现实条件的刺激推动，其资源和深厚依据也还是原创。人们常常说惟有'返本'才能'开新'，讲的正是这个意思。"① 在此基础上，以何种方式回归原创仍然是一个根本问题。我们看到，自近代特别是 20 世纪"五四运动"以来，由于西方话语通过教育、科学、思想、文化在中国取得强势地位后，对于中国传统思想文化的研究，就一直处于在概念思维方式下的切割状态，其结果是多半冲淡甚或失去了原味的中国文化。为了根本改变这种被动局面，王树人先生认为必须"回归原创之思"，超越概念思维，进而回到"象思维"的视角，重新体悟和领会中国传统文化的基本范畴，而其中最重要的，必须承认中国思想文化中的最高理念，诸如"无"、"道"、"德"、"太极"、"自性"等范畴与西方形而上学的实体性范畴根本不同，而是属于非实体性范畴②。正是由于存在这种根本性的区别，返回中国传统需要有自己特定的路径。

多年以来，中国学术界一直在努力打通中西文化，但苦于找不到恰切的方法。因此，当季羡林先生看到金吾伦教授关于生成哲学的研究成果时，希望这个哲学体系能够打通科技与人文，从而为中国"天人合一"的思想方法做出系统的理论确证。在提出这样的希望之前，中国学术以"新"释"旧"的道路虽然在一定程度上取得了进展，但是在整体层面上尚存隔膜。寻其原因，则正如钱穆先生所说："文化异，斯学术亦异。中国重和合，西方重分别。民国以来，中国学术界分门别类，务为专家，与中国传统通人通儒之学大相违异。循至返读古籍，格不相入。此影响将来学术之发展实大，不可不加以讨论。"③ 而在读不懂中国古籍的情况下，不仅回归传统成为空言，而且能否实现真正的创新也成疑问。即便有创新，也难免受到"现代性"的羁绊，达不到以"原创性"为基础的"中国化"。在这方面，钱穆先生确实做出了榜样。他的《现代中国学术论衡》一书，虽然貌似分科，但其分科讨论的基础却是"通识"，可以说他的经验体会抉破了传统与创新的关键性环节。他说："余曾著《中国学术通义》一书，就经史子集四部，求其会通和合。今继前书续撰此编，一遵当前各门新学术，分门别类，加以研讨。非谓不当有此各项学问，乃必回就中国以往之旧，主通不主别。求为一专家，不如求为一通人。比较异同，乃可批评得失。否则惟分新旧，

① 杨适. 原创文化与当代教育. 北京：社会科学文献出版社，2003：8, 9.
② 王树人. 回归原创之思："象思维"视野下的中国智慧. 南京：江苏人民出版社，2005：2（导言）.
③ 钱穆. 现代中国学术论衡. 北京：生活·读书·新知三联书店，2001：1（序）.

惟分中西，惟中为旧，惟西为新，惟破旧趋新之当务，则窃恐其言有不如是之易者。"[①]

由此可见，"通人"应当成为原创性启蒙与生成的起点和基础。从历史来看，这是事实，也是传统；从未来来看，这是回归，也是创新。中国传统讲究"人能弘道，非道弘人"，又说"苟非其人，道不虚行"，这是在文化意义上对"通人"的肯定，因为没有"通人"，不仅"天意"难明，而且百姓也难以发蒙，做不到"道法自然"。从这层意义上说，文化的原创来自于"通人"，在其早期为巫，在其成熟期则为圣，称号虽然不同，但他们对自然的原创性的解读并没有实质性的区别，只存在"绝地天通"之后的身份性差异。而在文化普及之后，之所以产生出"谋事在人、成事在天"的成语，从原创性的角度来看，只有"通人"才能担当"天命"，实践"天意"。因此，《易传》有言："穷则变，变则通，通则久。""久"的传统必然以"通"为基础，是"通人"贯通和连接了自然、文化和实践的原创性。没有"通人"，创新必"穷"。这既是制约当代创新的症结，也是促进"文明对话"的关键。对话固然能够增进理解，但其本身并不能根本解决分歧，只有返回到自然的原创性，才能消弭人间的纷争。《老子》说："化而欲作，吾将镇之以无名之朴。"因此，返回到文化的原创性，回归传统，才能找到多元平等的基础，才能确立传统对于创新的启示性价值。

以原创性的视野看待传统，既能够对传统的生成及其价值进行历史性的发现，也能够对传统的未来发展做出前瞻性的预见，而其基础就在于对"现代性"的超越。如果说是启蒙精神哺育了现代性的产生，使理性精神居于现代社会的统治地位，那么要克服甚至避免理性的缺陷及其带来的社会后果，应当重新打通"天启之路"，开展以原创性为基础的再启蒙。我们看到，欧洲启蒙运动以打破宗教的神学统治为人性张扬的起点，而基于原创性的启蒙则是以道法自然为人性发展的基础。在文化意义上，前者推崇"专家"，后者成就"通人"。唯有提倡"通人"精神，才能真正拉起再启蒙的序幕。

5.3.3 补课——回归传统的原创发展

目前，加强自主创新、建设创新型国家已经成为国家发展战略的核心原则。围绕这个原则开展对传统的研究，我们发现传统精神与自主创新精神具有内在的一致性。一般来说，自主创新包括原始性创新、集成创新和引进、吸收再创新等内涵，相比之下，其中亟待加强的核心环节是原始性创新。而从中国文化"独造"时期的思想方法来看，加强原始性创新是一个两极相通的问题，即传统的优

---

① 钱穆. 现代中国学术论衡. 北京：生活·读书·新知三联书店，2001：6（序）.

势在未来的显现，这也是整体论对未来科技发展的影响。在这种基础上，实现科学技术的中国化实际上成为中国文化现代创新的一种表现。因此，传统需要自主创新，而自主创新也需要传统，两者"相得益彰"。

在性质上，传统表现出一种文化范式，其在内涵上与现代科学技术不同，如何处理二者之间的关系，这既是创新文化建设的核心，也是引领未来的关键。如果我们深入研究二者之间的内在联系，就可看到在"自觉"的层面上能够打通科技与人文的关系，亦即科学精神与人文精神同样具有整体性的特征。在当今时代，一般情况下，人们已经很难区分什么是科学知识什么是科学精神，而对科技与人文之间的差别相对比较了解。在已经提出的促进自主创新的各项措施中，文化创新的任务尚未完成，并已成为制约创新的最薄弱的部分。因此，解决好科技创新与人文创新的关系问题，使之"相得益彰"，这将是制定未来国家创新战略的基础问题。

可以说，文化创新问题一直是中国文化面对西方文化，亦即"第三期"中国历史的核心问题。在以往的研究中，绝大多数学者认为在科学昌明的时代，中国文化的创新必须解决如何与科学相融合的问题，结果是至今没有确切的路径，这直接影响到自主创新的路径选择。但是，越来越多的迹象表明，当今世界在各种困境的逼迫下正在向"文化时代"转型，而这种转型则为中国文化的创新开辟了新的路径。保罗·谢弗认为："文化的综合能力提供了走出这种困境的途径，因为当文化在整体概念下被思考和定义的时候，它具有把整体的各个部分结合成更紧凑、更令人信服、更和谐的整体表现的潜力。"[1] 他引述文化历史学家约翰·赫伊津哈的看法，证明如果以文化引导未来发展，就能够达到"相得益彰"的效果，因为"经济生活、力量、技术的现实和一切有助于人们物质福利的现实必须通过大力发展精神、智慧、道德和美学价值以达到平衡"[2]。因此，为了创造一个更具活力的未来世界，应当奠定以下基础：对文化和各种文化形态的中心性和整体性质的认识，对文化长期杰出的智慧传统的运用，对历史的文化诠释的采纳，文化作为一种独特学科的确立，文化作为一种最高、最具智慧以及最具持久力的价值和理念的肯定，要为文化发展和政策腾出一片重要的空间[3]。因此，对未来中国的发展来说，为传统的发展创造切实可行的政策空间，应当成为建设创新型国家的基本原则。

---

① 〔加〕保罗·谢弗 D. 文化引导未来. 许春山，朱邦俊译. 北京：社会科学文献出版社，2008：272.

② 〔加〕保罗·谢弗 D. 文化引导未来. 许春山，朱邦俊译. 北京：社会科学文献出版社，2008：273.

③ 〔加〕保罗·谢弗 D. 文化引导未来. 许春山，朱邦俊译. 北京：社会科学文献出版社，2008：269.

也许人们会担心提倡对传统的学习将使人渐趋保守，刺激"民族主义"的形成，不利于开放创新，甚至会阻碍建设创新型国家。事实上，中国传统精神提倡的"和而不同"正是对开放创新的鼓励和肯定，即要培养一种包容"非共识"的精神，以"义"和而不是以"利"合。回看 20 世纪，中国向外看的时期太长，而忽视了自己的创新潜力，及至认识到释放原始创新潜力的重要性，但是由于与传统隔膜已久，最关键的一步难以迈出。我们搜索各种所谓的传统阻碍创新的例子，最后发现那些"传统"基本上都是"死掉"的传统，即与原创性精神相违背的形式上的"传统"，或者是现代人基于不同的知识背景难以理解传统而带来的对传统的"误会"。我们看到，即使是"五四运动"的主将，他们所取得的成就也是基于对传统的深厚修养，只是时代价值取向不同，他们以"现代性"的启蒙代替了"传统"，但是并没有解决"原创性"启蒙问题，而这正是"传统"的现代价值。因此，按照"简易、变易、不易"的传统三要素来重新看待当代创新，应当看到优良的传统恰恰能够促进和生成创新，一旦割断与传统的联系，创新将不可持久，而不可持久的根本原因就在于失去了生生不息的"原创性"。

在本章即将结束的时候，我们认为，要构建国家创新体系，有效实施国家创新战略，首先需要在思想认识和具体方法上完成从现代性到原创性的转型。这种转型本身既是创新的重大课题，也是未来发展的基础。一旦完成这种转型，中国将显得理性而又成熟，自信而又质朴。如果说 20 世纪的中国转型属于"现代性"，那么 21 世纪的中国转型将属于"原创性"。为了促进"原创性"的启蒙和生成，应当回归传统，实现"文化自觉"。我们看到，正是对中国传统的"补课"使得费孝通先生在晚年提出了"文化自觉"，他的这个经验不仅是"原创性"的，而且具有启示性的意义，使得中国科技界的"补课"问题成为促进"科学自觉"的关键。多少年来，我们一直都在试图改造传统，可是历史经验和未来发展趋势表明，传统过去是创新的基础（如佛教的中国化），现在是创新的基础（如西方社会传统下的科技发展），未来也仍将是创新的基础（如文化创意产业兴起的意义）。为了奠定创新的基础，中国的千百万科技人员需要重新学习传统和理解传统。惟其如此，才能开辟中国特色的自主创新道路，使原创发展成为自主创新的主旋律。我们期待中国实施"补课"工程，这是加强自主创新、建设创新型国家不可或缺的系统工程。

中篇　制度创新理论

6 国际创新理论的新进展

葛　霆　吴晨生　周华东

创新作为国家竞争力的核心，各国对此的研究都不遗余力。尤以美国和经济合作与发展组织为最，投入了大量的人力和物力，把创新研究提高到了国家战略的高度，卓有成效，取得了突破性进展。笔者一直致力于创新理论的研究，本文是对国际上创新理论最新进展的研究。

近20年来，鉴于国际社会对创新研究投入了大量的人力和物力，创新理论取得了重大的进展。国际创新理论的新进展突出体现在，彻底摆脱了传统的技术创新论和线性模式的羁绊，全面肯定并接受系统论及动态的非线性交互（interactive）型创新模式。进入新世纪，依据创新理论的这些新的进展，各国都纷纷制定了各自新的创新战略。代表性的有美国的"创新美国"（Innovate America）计划、欧盟的"新的创新行动计划"（Innovate for a Competitive Europe—a New Action Plan for Innovation）、日本的"创新25"（Innovation 25）计划、英国的"2004～2014年研究与创新投资框架"以及芬兰的"把芬兰造就成为引领创新的国家"（Making Finland a Leading Country in Innovation）计划等。

同时，据此国际社会也研究制订了新的创新测度的方法和标准。分别有经济合作与发展组织2005年公布的《奥斯陆手册》（第三版），美国商业部2006年成立"测度创新21世纪经济顾问委员会"（Measuring Innovation in the 21st Century Economy Advisory Committee），美国国家科学基金会2006年召开的"促进创新的测度"（Advancing Measures of Innovation）研讨会等。

技术创新理论又称为技术推动论。它认为，创新是一个先有发现然后由发现到发明、由发明到产品再到商业销售的直线性的过程，又称为创新的线性模式。按照技术创新理论，从政策角度推动创新主要靠增加研发的有效投入。对于技术创新论及其线性创新模式的质疑早在20世纪80年代就已经产生，人们发现创新的线性过程仅仅是个案而并非普遍规律。首先，创新是技术的推动和需求的拉动之间复杂的交互作用的过程，并且需求往往起着决定性的作用；其次，盲目增加研发的投入经常对促进创新成效甚微，甚至无效。其间学术界也曾提出了包括需求拉动的线性模型在内的一系列创新模型，都不成功。1994年，著名的创新环链模型的提出人之一罗森伯格就曾经断言："众所周知，线性模式已经死亡"①。自从 20 世纪 80 年代后期，伦德瓦尔（B. A. Lundvall）提出"国家创新系统"②的概念以后，国际社会开始了用系统论的方法来看待和研究创新。经历了近 20 年来大量实证性研究，创新系统方法、知识流理论和动态的非线性交互型创新模式逐渐被国际社会接受并成为共识，各国都以其为制定新的创新战略的理论指南，把关注点从创新的结果转向创新系统，把注意力从全力优先向研究开发投资转向让市场来加强技术的迁移，鼓励协同和网络，激励群集发展，促进知识向新生产业的流动，推动体制的变革，提高企业家的主体地位以及改善市场导向的金融系统等。

国际创新理论的新进展主要有以下几个方面。

6.1　对创新概念的重新认识和再定义

"创新"的概念原本是奥地利经济学家约瑟夫·熊彼特 1934 年在他的著作《经济发展理论》（*Theory of Economic Development*）中首次提出的。他定义"创新"是"某些新事物，如新产品、新的流程和生产方法、新的市场和供应来源、新的商业或金融组织形式的商业或工业应用"③，它推动了经济整体的变革。

新世纪各国对创新概念有代表性的再定义如下。

（1）2001 年，经济合作与发展组织的报告"在学习型经济中的城市和地区"（Cities and Regions in the New Learning Economy）的定义："创新理解为被组织采用产生了经济意义的新的创造（creation）。"④

（2）2004 年，美国竞争力委员会（Council on Competitiveness）向政府提出的"创新美国"计划的报告"国家创新倡议"（National Innovation Initiative）的定义："创新是把睿智（insight）和技术转化为能够创造新的资本市值、驱动经济增长和提高生活标准的新的产品、新的过程与方法和新的服务。"⑤

---

①　Rosenberg N. Exploring the Black Box: Technology, economics and history 8 Critical issues in science policy research. Cambridge University Press Cambridge, 1994.

②　Freeman C. The "National System of Innovation" in historical perspective: According to this author's recollections, the first person to use the expression "National System of Innovation" was Bengt-Ake Lundvall and he is also the editor of a highly original and thought-provoking book (1992) on this subject. 国内误传为"国家创新系统"的概念是弗里曼提出的。

③　U. S. Development of Commerce's Technology Administration 2006 ~ 2007. Innovation Vital Signs Project. Defining "Innovation": A New Framework to Aid Policymakers.

④　OECD. Cities and Regions in the New Learning Economy, 2001: 12.

⑤　U. S. Council on Competitiveness. National Innovation Initiative, 2004: 11.

（3）美国商业部 21 世纪经济顾问委员会的"测度创新"（Measuring Innovation）的定义："旨在为企业创造新的消费价值和财政回报的新的或改进的产品、服务、过程方法、系统和组织模式的设计、发明、开发或实施。"[①]

（4）2006 年，美国国家科学基金会（NSF）召开的"创新与发现研讨会"的最终报告的定义："创新作为创造的子集，除了新观念的创造，还包含了它的实施、采纳和转化。创新与发现把睿智和技术转化为能够创造资本市值和社会价值的新的产品、新的过程方法和新的服务。"[②]

（5）欧盟的"新的创新行动计划"提出："必须对非技术创新给予和技术创新同等应得的关注。"[③]

（6）2005 年，经济合作与发展组织的《奥斯陆手册》（第三版）的定义："创新是在业务实践、工作场所或外部关系中实现产品或服务的新的重大的改进、新的营销方式或新的组织方法。创新活动是指所有现实或打算实施创新的科学、技术、组织、财政和商务阶段。"[④]

（7）日本主管创新的国务大臣 Sanae Takaichi 在介绍日本的"创新 25"计划时说："我们在'创新 25'中使用的词'创新'不是狭义的'技术创新'的概念，而是指也包括社会系统和框架在内的广泛的'创新和更新'的概念。"[⑤]

创新概念的再定义有以下几个特点：其一，所有的定义都是在熊彼特理论基础上的发展；其二，全面拓展了创新概念含义的范畴，把创新从狭窄的技术创新的窠臼扩展到了包括营销、组织、体制、社会系统甚至艺术等在内的非技术领域，形成了广义的创新概念；其三，特别强调了创新的价值实现。

对于创新概念的重新认识和再定义意义重大，反映了面对当前世界经济日益深化的知识化和越来越广泛的全球化的挑战，准确把握创新概念的基本要义成为世界各国制定各自的创新战略和相关政策的关键。

创新概念的重新认识和再定义使得创新的概念更加全面，更加深刻，更加明晰，更加切合现实创新活动的本质。其一，现实的创新的驱动并非完全是技术的推动，而需求的拉动起着至关重要的作用，有时甚至是决定性的。现实中，大量的工业创新源于用户。其二，现实的创新活动有相当量的不是技术性的，特别是服务业的创新。其三，经验研究表明，大量创新并不是从研发开始的，尤其是许

① U. S. Development of Commerce's Technology Administration 2006～2007. Innovation Vital Signs Project. Defining "Innovation"：A New Framework to Aid Policymakers.

② U. S. NSF. 2006，Final Report from the NSF Innovation and Discovery Workshop：The Scientific Basis of Individual and Team Innovation and Discovery.

③ European Commission. Innovation for a competitive Europe—A new Action Plan for Innovation，2004.

④ OECD. Oslo Menuel（3rd Edition）. 2005.

⑤ http：//sciencelinks. jp/content/view/169/33/.

多小企业没有能力开展研发活动，他们照样活跃在创新的前沿。他们大多靠引进技术（购买或合作），这些技术往往也不是最新和最高的，同时通过改进自身的生产方法、组织形式或营销方式实现创新；或用已有的传统技术和产品，通过生产方法、自身组织形式或营销方式的改革实现创新。显然，传统狭隘的技术创新概念已经无法准确反映现实创新中如此丰富的内涵。

创新的价值实现尤其应是创新的核心要义。创新必须要强调"新"，但"新"不是创新的唯一标准。对于创新，"新"是必要的前提条件，但仅仅有"新"不充分也不完备。其一，创新必须形成体现为新的产品（包括物质和非物质的产品）、新的过程方法（技术和非技术的、市场和非市场的）等具体的成果①。其二，必须能够实现其（包括睿智、观念、发现、技术和非技术性的创造等）经济和社会价值，否则一切发明创造将无所施其技，人们的创造性将无所作为，进而蕴藏在社会中的巨大创造力行将泯灭。其三，事实上不是所有的新事物都是好的和有益的，许多新事物是消极的甚至是有害于社会的，如新的毒品和兴奋剂、网络上新的不良信息和垃圾信息等。是否具有可实现的经济和积极的社会价值是检验所有新事物的最为重要的标准。创新的价值实现，正是检验一切新事物是否具有经济和积极的社会价值的最重要的过程和方法。其四，创新的价值实现体现了创新是一个过程，这个过程由多个环节构成，有多个行为主体参与，具有多层次的特征。

综合起来，"创新"是把睿智和创造（技术和非技术的）转化为具有经济和社会价值的新产品（物质和非物质的）和新方法（技术和非技术的、市场和非市场的）的过程。

迄今为止，国际社会和学术界有关创新理论的发展以及创新战略的制定都是围绕这个创新价值实现的过程而展开的。只要解决好创新的价值实现的途径、方法和环境，蕴藏在社会中的巨大创造力必将喷涌不竭，创新型国家指日可待。

就此而言，创新概念的重新认识和再定义对我国也有着十分重要的现实意义。我们把 innovation 译为"创新"后，对于中文"创新"的词义我国社会上往往是按照字面的意义来理解，即"创造新的东西"。这种字面的意义的理解淡化甚至有时忽视了"创新"概念中最重要的内涵——价值实现。准确的理解和把握创新的本质性内涵可以使我们科学和客观的研究分析自己（从国家到地方、到企业）的创新能力和薄弱环节，让我们进一步明确建设创新型国家的战略要点和主攻方向，保证我们相关政策措施的准确性和有效性。

---

① 创新的分类在后面有专门详细的论述，这里的非物资产品应该包括服务和其他的精神文化产品。

6.2　从线性创新模式到动态非线性交互型模式

彻底摆脱技术创新论的线性模式，全面接受动态非线性交互模式是国际创新理论进展的最基本特征。

创新的价值实现表明创新不是一个点而是一个完整的价值实现的过程，这是多个要素组成的过程，由多个层次（有全球的、国际的、国家的、产业的、地区的和企业的等）和多个环节（有科学发现、技术开发、工程设计、组织管理、市场营销、制度体制、社会经济结构等）构成，有多个内外的行为主体（个人和团体、大学和科学机构、研发机构、企业、政府、服务业部门、客户和消费者、供应商等）的参与。由睿智产生的新发现、新观念或新思想可以首先出自于其中任何一个参与主体和相应的环节，并在其他环节和参与主体的交互作用下引发整个创新过程。这就是创新的非线性的概念。

创新过程中各层次、各环节以及各参与主体之间发生着复杂的交互作用，是个复杂的多要素交互作用的过程。它不仅仅是各环节和参与主体之间的相互影响和协同合作，更重要的是其中复杂的多重的反馈机制。就拿供给推动和需求拉动之间的交互作用来讲，它们之间大多并非简单的相互影响，而常常是要经过多次多重反复的反馈，在这种交互反馈过程中找到创新的焦点。实际上创新过程中的交互反馈常常不是两两之间一对一的过程，而是多层次、多环节、多参与主体间极其复杂的一场"混战"。这就决定了创新过程的动态特征。它们大多不像技术创新理论的线性模式所描述的那样"驯服"、那样"规范"、那样"准静态"。

对于这个过程的认识，经历了半个多世纪。直到 20 世纪 70 年代开始的大规模的实证性研究，特别是 20 世纪 90 年代对于知识经济的讨论以后才逐渐明晰。与创新理论相伴的就是创新模式问题。

20 世纪 70 年代以前，技术创新理论一直占据了创新理论的主导地位。技术创新论也就是技术推动论（有人又称之为科学推动论）。与之相伴的创新过程的模式就是所谓的线性模式，它认为是先有科学发现，然后由研究到发明，由工程到产品，由制造到营销。传统的第一代线性创新模型（图 6-1），它是 1934 年由"创新

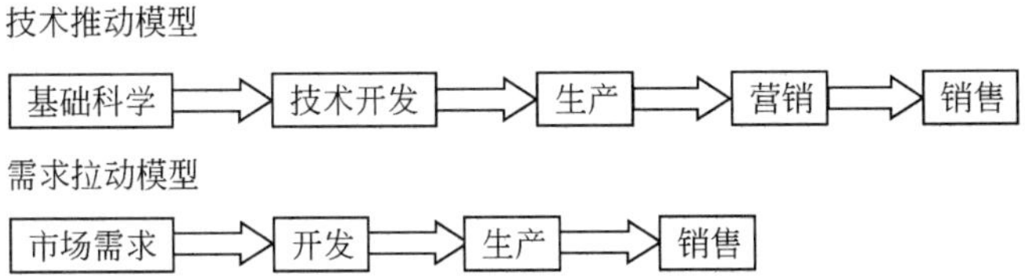

技术推动模型

基础科学 ⟹ 技术开发 ⟹ 生产 ⟹ 营销 ⟹ 销售

需求拉动模型

市场需求 ⟹ 开发 ⟹ 生产 ⟹ 销售

图 6-1　创新过程线性模型

理论"的创始人熊彼特提出来的。这是市场和消费者被动地接受技术推动的结果。

然而，许多事实证明市场或需求对创新发挥着重要的拉动作用。美国的一项研究表明，500个重要的工业创新中，超过3/4的部分归因于用户的建议甚至是用户的发明，只有1/4是来源于先进的技术上的思想。另外的研究表明，科学仪器创新当中的81%和工艺创新中的60%都来自于用户①。所以认为需求的拉动是创新最根本的驱动力。从而20世纪60年代施穆勒（Schmokler）提出了第二代线性创新模型，又称为需求（或市场）拉动模型。它以需求（或市场）为起点，由研发到产品，再由制造到销售（图6-2）。他认为营销应成为同消费者密切交互而产生的新观念的发起人；消费者的需求是模型的主动方，而生产者和制造厂商是对这些日益增长的利润的被动的响应者。有人又称之为以客户为基础的创新。

以上的两种模型统称为线性创新模式。

20世纪70年代创新活动的复杂性逐渐显露，已不能被简单的线性模型所能

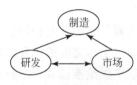

图6-2　创新的同步耦合模型

描述，从而出现了第三代创新模型，同步耦合模型。认为创新过程是营销、研发和制造三方面活动的交互作用的知识耦合的过程。由此，创新可以来自其中任何一种活动。这些活动（即技术与市场）分别但同步发生，并非有序。创新是这些活动同步耦合起来的结果（图6-2）。

20世纪80年代，技术创新论的线性模式倍受质疑，线性创新只是个案，而大量创新并非遵循线性路线。克莱恩和罗森伯格（Kline and Rosenberg）指出"创新既不平顺，也不是线性，更不是按部就班"。2005年，Hobday从6个方面归纳了线性模式的6点问题：①创新很少呈现线性模式那样的连续性；②没有反映创新过程中前后环节的反馈机制、参与过程的行为主体间的交互作用以及过程的各环节间的相互依存关系；③不能体现创新过程中的许多行为经常同时发生，并且各行为和部门间常常交叉重叠；④大量证据不支持通常线性模式所说的那些步骤；⑤没有把企业的广阔的外部环境作为创新投入的资源来考虑；⑥低估了创新过程的混沌性，把创新过程描绘成为理性有序的过程。

1986年，克莱恩和罗森伯格首先提出了创新的交互式环链模型（图6-3），又被称为第四代模型。该模型把技术的推动和需求（或市场）的拉动结合在一起对线性模型进行了修正。其观念的产生基于组织的能力、市场需求和科学技术三个基本要素。该模型把创新看做逻辑有序的能够分为功能清晰但相互交互作用的若干阶段的过程，尽管它们不必连续。它反映了企业内部及企业与周围的科学

---

① 〔美〕保罗·麦耶斯. 知识管理与组织设计. 蒋惠工等译. 珠海出版社，1998：145.

技术系统之间复杂的关联和反馈机制。

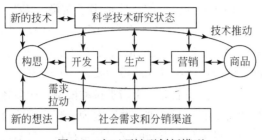

图 6-3　交互环链型创新模型

　　然而，正如 Hobday 指出的创新过程逻辑上并非一定是理性有序的。由此产生了所谓的第五代模型，代表性的是网络模型（图6-4）。该模型在参照同步耦合模型和环链交互模型的基础上，把创新的三个功能要素改为营销、研发和业务计划等三个组织功能，突出了外部环境的影响以及内外部环境有效的交流沟通。

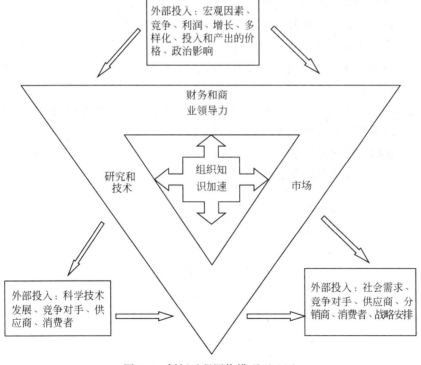

图 6-4　创新过程网络模型（trott）

　　以上的模型尽管后来有的已经考虑到技术推动和需求拉动的复杂的交互作用，考虑了创新的各个环节间以及内外部的关联和反馈机制，但仍然保留了先前模型的基本思想，基本上仍然是技术创新的理论模型。

另外，也有人对于构建创新模型的目标提出了质疑。1988 年阿特贝克（Utterback）提出"没有一套可以使用的单一不变的模型"。1991 年阿尔索·弗莱斯特（Also Forrest）认为"创新表现出高度的情景关联和排单一理论的特征"。确实，存在某个模型对某个确定的产业比起其他的模型要好一些。例如，简单的技术推动模型对于医药业就比较适合，食品业更适用需求拉动模型，而多数组织则是两个的混合。但是，仅就供给和需求的交互来讲，并不因为医药业更适合技术推动和食品业更适合需求拉动，它们的供给和需求间的交互就不存在，只不过相对弱些或暂时处于隐性状态。正如《创新美国》所指出的最终起决定性作用的还是需求的拉动。

几十年来技术创新的理论一直占据了主导地位，影响着各国政府相关战略和政策的制定，各国仍然把加大研发投入、推动创新作为主要的创新策略。

20 世纪 90 年代，随着世界经济的全球化和知识化的发展，知识成为创新的核心，创新过程中多环节、多行为主体的参与和多层次等特征凸显了出来。特别是，非技术性创新的作用日趋明显。例如，发达国家已经占到 70% 以上的服务业，那里的创新大多不是技术性创新。人们发现创新过程远比技术创新论的描述要复杂得多。大量事例表明，创新的成果并不与研发的投入同步上升，有时甚至盲目的研发投入还会适得其反。最典型的事例就是铱星计划和日本的高清晰电视技术研发的失败。

现今动态的交互式创新模式已经被国际社会普遍接受。但是反映广义创新概念的模型，由于理论上的不成熟，目前还没有一个完全能够清楚表现动态的交互式创新模式的模型。目前可参考的是《奥斯陆手册》（第三版）中的模型框架（图 6-5）。图中的所有连线都代表创新关联，其箭头的双向，标志交互是双向互动的。

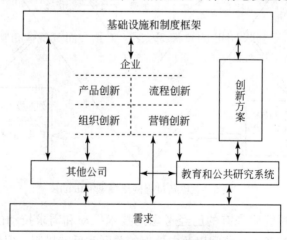

图 6-5　创新活动的模型框架

6.3 创新的非技术形态与非技术创新

承认"非技术性创新",并将其放在与技术性创新同等地位给予高度重视是国际创新理论的重大进展之一。"非技术性创新"的概念形成于20世纪末[①],是在对服务业创新的研究过程中提出来的。

发达国家,仅服务企业创造的经济价值已经占到经济整体的近70%。而就服务性的职业占总劳动力的份额来看还要大,因为在其他企业和产业也存在大量的服务性职业,如制造业的客户服务等。

服务业的创新数量可观。经济合作与发展组织的统计显示服务业的研发已经平均占到了各国研发总量的1/3。美国非制造业的研发占到了全国研发总量的37.8%。

服务业创新的影响力巨大。就美国的金融创新而言,20世纪90年代发展起来的信用衍生产品,造就一波有史以来以最大的以华尔街为中心的全球性的金融创新浪潮。正是这次金融创新给美国带来了从20世纪80年代中期到次贷危机爆发近15年的持续繁荣。美国靠其经济繁荣,20世纪80年代不费一枪一炮拖垮了苏联;20世纪90年代美国尽管股市也经常大起大落风风雨雨,但经济仍然保持了持续的一高两低(高增长、低通胀、低失业率);21世纪初网络泡沫破灭,"9·11"事件后,美国经济很快恢复并继续保持繁荣。撒切尔夫人承认,在金融创新方面,欧洲落后了美国10年。

服务业创新的价值惊人。在最近的这次世界百年一遇的金融风暴当中备受责难的,占衍生产品市场交易总额59%的信用衍生产品——信用违约掉期(CDS)的年交易额,从2000年的6300亿美元增长到2007年62万亿美元,增长了近100倍,超过了当年全球GDP的总额59万亿美元。而其资本市场市值更是达到680万亿美元,相当于全球GDP的11.5倍。其中一半在美国,即300多万亿美元,是当年美国GDP的15倍。

对服务业创新的研究是创新理论研究不可或缺的重要内容,而对服务业创新的研究发现:

其一,形形色色的服务创新存在于企业和组织的服务功能中。除了典型的供给主导的服务企业自我发展的创新以外,由客户推动的(又称为以客户为基础的)新产品的意向或维护更具创新性。这些创新也大量存在于专业的服务型企业之外,其中就包括制造业的营销、售后服务、新业务的开发等。大量的制造品是

---

① OECD. Innovation and Productivity in Service,2001:10.

同形形色色的创新服务一起打包销售的，典型的就是手机。

其二，（den Hertog）把前面所述的许多服务创新更被贴上了所谓"软"创新的标签，而非"硬"的纯技术的创新。关于创新的"软"的侧面，直到 20 世纪 90 年代中期有关知识经济的讨论后被广泛认同。

创新的"软侧"是一个非常含糊的概念，它们不仅存在于服务业当中，而且普遍呈现在全部的经济与社会的各个领域当中，并且在创新过程中扮演着极其重要的角色。

第一，尽管技术创新在企业绩效中起了至关重要的作用，但组织模式、管理实践和工作方法的新形式更是经常有效运用技术的先决条件。

第二，特别要提的，创新的价值实现过程中营销、交易更是市场成功的关键，新的营销方式和交易方式常常会造就更大的市场。芬兰的诺基亚公司的网络销售使它占据了飞速发展的市场的前沿。把创新过程同需求联系起来，品牌和商标成为越来越重要的战略，旨在分割市场以创造市场焦点性产品和服务的优势所必需的差异。一个品牌意味着一种重建的创造性的创新和生产的过程，带领了一系列产品和服务的开发和营销。电信和农业食品两个产业部门的品牌的重要性是大消费量市场中典型的公司案例。消费者的需求倾向极大程度地影响着这些企业创新过程的动态状况。虽然供应商的设备也是重要的知识来源，但同消费者面对面的连锁反馈机制在整个创新过程中显现了至关重要的作用①。

第三，新的组织模式往往能够有效地降低成本和提高效率。最经典的事例就是泰勒制使得福特公司一举成为当年汽车工业的老大。

第四，大量小企业并没有自行开展研发的能力，他们也在创新。他们的创新往往是采取引进技术和产品，采取工艺、组织和营销的新方式和新策略实现的。

第五，制度经济学明确提出"制度胜于技术"。制度创新的作用往往至关重要。我国的"改革开放"应该是当代最大的创新，也是当前世界上最重要的创新。它不仅造就了我国经济已经连续近 32 年的高增长（我国的有关研究指出未来我国经济还将继续保持高速平稳的增长），更重要的是世界公认我国的发展已经成为带动世界经济增长的最重要的火车头。

其实，许多理论创新也是重要的非技术性创新。

2004 年赫尔道格（den Hertog）建议把创新的"软侧"区分为"创新的非技术形态"（non-technological aspect of innovation）和"非技术创新"（non-technological innovation）。显然，明确区分"创新的非技术性形态"和"非技术性创新"在创新研究和制定创新政策当中十分必要。创新的非技术形态是指创新过程

---

① OECD. Dynamising National Innovation Systems. 2002：24，25.

中的非技术的条件和能力的保证，如共同的期望（vision）和目标、适当的组织结构、关键人物的作用、有效的团队工作、教育和培训、高度宽泛的创新参与、畅通的沟通交流、创造的文化氛围等。非技术创新是指该创新自身的性质，即其自身是非技术性的，如交易的创新、组织（制度）创新、营销创新、业务概念的创新和服务业中新的信息链、新的联合、新的客户协同反馈机制等。创新的非技术性形态和非技术性创新概念的形成对创新政策的制定提出了更高的要求，要求决策人的眼界不能够只放在技术层面上，更要注重非技术的层面。经济合作与发展组织提出了创新政策要有连贯性，特别要考虑更宽泛领域政策的协调，保证相关政策无缝且平滑的衔接，为创新营造有利的政策环境。

毋庸置疑，非技术性创新概念的形成以及对其重要性的肯定是对创新理论最重大的修正之一，极大拓展了创新的视野，全面概括了创新的内涵，准确反映了创新的本质。非技术性创新概念提出后得到世界各国的高度重视，成为各国新世纪制定新创新战略的重点内容[1]。

6.4 创新生态论

创新生态论，又称为创新生态系统论，是21世纪创新理论的又一大进展。

国际创新理论的发展进程大致可以分为两个大阶段和四个小阶段。两个大阶段是技术创新论到创新系统论。技术创新论时代又有线形论到动态交互论；创新系统论又有创新系统论到创新生态论。

这里要强调的是从技术创新的线性理论到创新生态论，是一个理论演化的过程。每个阶段间既有紧密的承继关系，又有突破性的进展。各发展阶段间有时还有一定的交叉重叠。关于线性创新论同动态交互论在第二节已经作了论述。而动态交互创新理论已经用了系统分析的方法，同时创新系统论又承继了创新过程动态交互的特征。关于创新生态论，也有人认为创新生态系统就是创新系统的一个子系统。

动态交互创新理论有关交互反馈的分析就是建筑在系统方法基础上的。但是它们，从交互环链模型到网络模型，与线性模型和同步耦合模型一样，理论体系都是关于技术创新的理论模型。

伦德瓦尔（B. A. Lundvall）提出国家创新系统的概念，开辟了研究创新过程的新的系统方法的思路。其后经过弗里曼（Chris Freeman）、博尔特（Porter）、尼尔森（Nelsen）、埃德奎斯特（Edquist）等人以及经济合作与发展组织的大量

---

[1] Japan 2007. http：//sciencelinks. jp/content/view/169/33/.

研究形成了创新系统论。创新系统论认为，创新是一个集体性的事业，创新的组织同在特定的制度安排下的其他组织互动交互；创新在组织和制度是关键要素的系统中发展；创新不是个别和孤立的行为，单个的企业不可能孤立地创新，它必须依赖外部的合作关系，其关联（linkage）程度决定了创新成果的大小乃至成败。创新系统论是一个整体的多学科的理论。创新系统理论的精髓不在于体系，而在于系统方法，在于用系统论去分析、研究、评估现实的创新系统的有效性，及时采取相应的政策，保证系统内外创新关联的畅通，提高创新效率，避免系统失效。

进一步的研究表明，创新是个动态性极大的交互过程，存在极大的不确定性。正当我们还在为到底是"开放创新"还是"自主创新"争论不休时，国际创新理论界早已明确了开放性是创新系统的最重要属性。其实，"开放创新"与"自主创新"之间并无矛盾。创新必须自主，不自主就不能称为创新；但自主创新不等于要封闭，热力学定律告诉我们封闭系统最终必然要走向热寂。然而，随着当代世界经济全球化和知识化进程的加速，更加剧了开放的创新系统的动荡和变异。创新过程中系统内、外部层次之间、环节之间和参与主体之间的关联关系在随时发生变化。这种动态变化不单表现为创新关联的畅通与否和关联的紧密程度，还表现为关联的两端随时改变着的主客体地位。更是由于创新过程中的各参与主体的行为倾向并不天生趋同，在创新的过程中时常会发生目标相背和利益冲突，从而造成创新关联的阻塞降低创新的效率，甚至堵塞而造成系统的失效。经济合作与发展组织在总结其"国家创新系统计划"后提出了《动态的国家创新系统》的报告。鉴于创新系统显著的动态特征，报告提出："不提倡设计庞大固化的创新政策体系。"

鉴于此，创新生态论应运而生。2004年和2005年，美国竞争力委员会在"创新美国"中和日本产业结构委员会在"创新25"中相继提出了"国家创新生态系统"的概念，建议把政策着力点从技术政策转向基于"生态系统概念"上的创新政策。关于创新生态系统国际社会和学术界还没有一个统一严格的定义。图6-6是美国竞争力委员会在"创新美国"中的一个形象化的图示。创新生态论是在创新系统论的概念基础上发展而来的。它充分考虑了创新过程和创新系统的高度动态特性，把创新要素间的动态的复杂交互型的关系组合看做一个有"生命"活力的生态系统。这个系统中包容了所有构成创新过程的环节和参与主体，包涵了他们之间的关联关系以及它们之间复杂的动态的交互过程；在愈加复杂动态的开放的世界经济环境中系统整体具有自适应、自平衡、自修复、自生长能力，系统内各要素共生存（co-existence）、共适应（co-adaptation）和共进化（co-evolution）（或共生、共适、共进，又一个3C），从而不断创新，创造新的繁荣的创新型经济。建设国家创新生态系统已经被美日两国列为新创新战略的重点。

创新生态论刚刚落地，这个理论体系尚在发展中，近年来有关的研究不断。

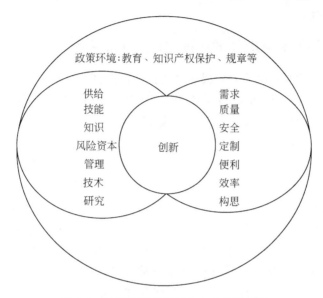

图 6-6 美国的国家创新生态系统示意图

6.5 创新的分类

创新分类的研究始终是创新理论研究的重点内容之一。新的理论要求新的分类，新的分类将推动理论和实证的研究。近年来，随着创新理论的进展，创新分类也有重大的发展。这些发展不仅直接推动创新理论的研究，更重要的是使得创新测度产生突破性的进展，为创新评测的指标体系及其指标的设计提供了有效的工具。

目前，主要有四种比较重要的创新分类的方法：一是按创新影响规模的分类；二是按创新影响深度的分类；三是按创新内容从创新理论角度的分类；四是按创新内容从创新测度角度的分类。

6.5.1 按规模（影响范围）的创新分类

基本分为四个层次：全球级、产业级、国家级和企业级。全球级的创新往往是革命性的，会引导全球经济社会带来全面的变革。经济合作与发展组织又称之为普遍性创新（general innovation），并认为自工业革命以来主要有三次普遍性创新：纺织机、电气化和当前正在发展的信息化（国际社会称 ICT，信息通信技术）。也有人把国家级放在第二层次，但我们认为还应该是产业级，因为大产业的创新的影响是全球性的。还有人在国家级前面增加一个区域级，在国家级后面再加一个地区级。

6.5.2 按影响深度（创新程度）的创新分类

早期，熊彼特时代就主要分成两大类：渐进型创新（incremental innovations）和激变型创新（radical innovations）。渐进型创新，顾名思义是渐进的和连续的小规模的创新，一般是指对现有的产品、服务和过程方法的不断地改进，达到提高质量、降低成本、保证市场占有率和提高收益率等。渐进型创新是企业不断改进自身的竞争力，预防落后，保证长期生存的助推剂。激进型创新，顾名思义是有突破性的创新，不经常发生，一般指采用全新的产品、服务和过程方法替代原有的。成功的激进型创新往往会创造新的绩效基础、新的竞争力和新的业务模式，从而导致企业的再造或产业的升级。2007 年 Paul Wright 在渐进型创新和激进型创新中间补充了一级坚实型创新（substantial innovation）其为企业创造更好的附加值和商业机会，提高产业领先的竞争优势（图 6-7）。Gallouj 和 Weinstein 于 1997 年提出了 6 种类型，在渐进型创新和激进型创新以外又增加了改进型（放在渐进型创新和激进型创新之间）、特定型（ad hoc）、重组型（recombinative）和公式化型（formalisation），我们认为，这些细分意义不大。

6.5.3 创新过程的分类

按创新内容从创新过程研究角度进行的分类最具有代表性的是经济合作与发展组织的（图 6-7）[1]，把创新共分为两层，第一层分为两大类，即过程创新和产品创新；第二层把过程创新又分为技术（包括工艺）创新和组织创新两类，产品创新又分为货物产品创新和服务产品创新两类，共 4 类。这里的每一类又反映了创新过程中相应的环节。过程创新是指创新是怎样产生的；而产品创新是指创新产生了什么。技术过程的创新和商品的创新是以商品形式产生的物质成果（在这一点上它们符合广泛认同的作为内生技术的创新理论）。组织的创新和服务产品的创新是无形的，尽管无形但十分重要。与奥斯陆手册不同的是，由于是理论性的，这里的组织（orgnization）是个广义的概念，它包括了生产、营销、管理等的组织模式，也包含了体现这些组织模式的机构、体制和制度等。而这里的管理包括政府的管理，机构、体制和制度包括了行政体系的机构、体制和制度。

---

① OECD. Cities and Regions in the New Learning Economy. 2001：12.

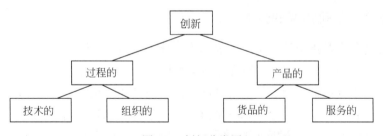

图 6-7　创新分类图

过程的分类具有较强的理论研究性质，同其他的分类（如测度的分类）的不同之处在于必须体现各子类间的解析关系。就创新而言，要体现创新过程的复杂性。首先，各类创新之间关系复杂。如产品和过程之间，常常互为因果。有的时候，新产品本身就需要新技术。例如，新的集成电路要求更小的线距离，就需要新的印刷电路技术。而有些情况下，新产品也可以用老的技术制造出来。又如，一种新型的机械泵就可能在原来的工厂里生产出来，甚至机床设备都是旧的。同时，一件同样的制品一开始可以是产品创新，然后就转换为过程创新。再如，工业上用的机器人，首先是产品创新，当汽车工业采用时，引发了过程创新。其次，技术过程的创新和组织过程的创新之间的关系密切。当一个新的技术过程创新被采用时，它经常必然会导致工作组织的变革。组织创新经常需要得到技术创新带来的生产力效益的支持。一个最知名的例子就是所谓的"索洛（Solow）悖论"。信息技术的采用对于生产力的影响，在一长段时间内，比预计的要小得多。这已经被公认为是由于组织不能有效地适应技术变化，也就是说，是由于组织创新的缺失造成的。只是到了 20 世纪 90 年代的中期，随着新经济的出现，组织的内涵才开始"追赶"这些技术的创新。这也就是国际学术界所说的技术需要被组织"学习"以后才可能形成创新的概念。这也许就是为什么那些实施新技术的企业要比不实施的企业有更多的培训班和更多员工参加培训的原因。例如，超大规模集成电路的生产要求极其严格的净化环境及相应的生产组织，从而引发了一系列超净技术的创新。最后，非常明显，新商品和新型服务之间的关系也同样非常密切。这里的一个例子就是移动电话系统与移动电话呼叫服务之间的关系。如果一项创新必然伴随另一项创新的话，它们就有明显的解析关系。反映这种解析上的特征不仅有利于对复杂过程的理解，而且也有助于发展有效的政策倡议。这些创新子类间的解析关系本身反映了创新过程的动态交互关系。图 6-7 所示的创新活动的每一个环节的创造都可能成为创新的起点。新的创造可能随时产生在其中的任何一个环节上，出自与这个环节中的某个行为主体，在其他环节和相应的行为主体的协同下，有时还需要它们创造相适应的新的创造，从而引发并进而完成整个创新过程。

6.5.4 创新测度的分类

测度的分类是指导评测用的，要作为设计评测的指标体系及其相应的指标的指南。它与其他分类的最大区别在于分类要明确，类别定义要十分准确，类别之间的界限要十分清晰。当前，最新且理论体系完整并已经成为创新评测逻辑指南的只有经济合作与发展组织 2005 年公布的《奥斯陆手册》（第三版）。以其为指南，欧盟开展的 2004~2006 年的第四次"共同体创新统计调查（CIS-4）"的指标体系就是按照《奥斯陆手册》（第三版）设计的。最近正在数据处理当中，并且为准备 2008 年度的 CIS-5 已经开始新的指标体系修订工作。

《奥斯陆手册》（第三版）完全建立在交互性创新模式的理论基础上，考虑到非技术创新，把创新分为四类：产品创新、流程创新、营销创新和组织创新。它定义产品创新：使用性能和特征上全新的或显著改进的产品（商品和服务），即产品创新包括全新的产品和显著改进的产品两类。流程创新：采用全新的或显著改进的生产或传输方法，它包括技术、装备和软件上的显著改进，即流程创新包括生产方法改进和传输方法改进两类。营销创新：采用新的市场营销的方法，包括产品设计或包装、产品分销、产品推广和定价的显著改进。组织创新：是指采用新的商业操作、工作组织、外部联系的组织方式。作为指标体系设计的指南，它特别对四类创新作了严格的界定。

6.6 创新的测度

创新的测度又称评测，始终是各国和企业最关心的问题之一，也是理论界重点研究的问题。自从对于技术创新理论以及以其为理论基础的线性模式提出疑义以来，新的创新测度方法一直是各国政府支持理论界探究的重点。特别是从彻底摒弃技术创新理论后，新的创新测度更成为热点问题。动态交互性创新模式和非技术创新的肯定，那些占据主导地位的以技术创新为基础的所有创新测度的方法和体系显然不能够全面、准确的体现现实创新的本征，创新测度的方法和体系面临着严峻的挑战。新创新测度方法的研究已经成为创新研究的热点。创新测度的理论正在形成一个新的学科，"创新计量学"（innovation metrics）。

经济合作与发展组织把传统的创新测度的基本方法分为 3 类。第一类是重大技术创新，代表性的有英国 Sussex 大学科技政策研究所（SPRU）的数据库，美国的"US Small Business Administration"数据库等。第二类是企业层次的创新活动，有德国的"The IFO Innovation Survey"，意大利的"CNR-ISTAT Survey"，荷兰的"SEO Survey"，挪威的"Nordic Surveys"，美国国家科学基金会的《科学与工程指标》和耶鲁大学的"Yale Surveys 1&2：USA，Japan，Europe（PACD Survey）"等。第三类是技术计量学的（technometrics）产品的技术含量（technical attributes of products），有德国卡尔斯鲁厄大学的"ISI"等。

米尔伯格斯和沃诺尔塔司把创新计量的发展分成四代[①]。第一代主要反映的是线性创新的概念，统计的投入有研发投资、教育支出、投入资金、研究人员、大学研究生和技术密集程度等。第二代补充投入指标有科学技术活动的中间产出，如专利数、科学出版物、新产品和新流程、高技术等。第三代把基于现有可利用的政府的调查数据和创新指标综合成为一套更丰富的数据，但主要的困难是国际数据对比和服务业调查数据的有效性。他们把现在正在设计的称为第四代。

另外特别要提的是欧盟和经济合作与发展组织合作的创新测度工作。这就是在经济合作与发展组织制订的"技术创新数据采集和解释指南"《奥斯陆手册》指导下的"欧盟创新调查"（CIS）。到目前为止已经开展了四次，即1990年的CIS-1，这是第一次区域性创新数据的采集，涉及13个国家；1992年《奥斯陆手册》（第一版）出版，它仅涉及制造业的技术创新，1994～1996年开展了CIS-2，增加了4个国家；1997年修订增加服务业指标后出版《奥斯陆手册》（第二版），1998～2000年开展了CIS-3，扩展到更多的国家，并依据《奥斯陆手册》（第二版）的要求增加了专门面向服务业的指标，调查扩展到服务业；2004～2006年的CIS-4，仍然依据《奥斯陆手册》（第二版），数据正在处理分析当中。CIS的结果全部记入欧盟的《欧盟创新记分版》数据库并开展对比研究。

所有这些传统的创新测度都还没有摆脱技术创新理论的阴影，包括即便是考虑了服务业指标的《奥斯陆手册》（第二版）。它们的共同问题是：①缺乏反映非技术创新的内容，不能够全面准确反映现实创新的真实面貌，典型的就是不能够反映已经占据了许多国家70%以上经济份额的服务业创新的准确状况，许多统计中，服务业不能反映他们实际创新成果的收入数据。②仅用专利登记和出版物的数量不能够表明它们的实际效果，美国的研究指出真正被商业化的专利只占到全部专利总数的10%，其中只有千分之七收到投资，千分之一产生回报，而成千上万的专利陈年躺在大学、研究机构和私营公司的档案柜里。③许多技术创新没有专利或不申请专利甚至根本不发表。④关于教育的产出中大量科学技术专业毕业生包括研究生并没有从事技术领域的工作，而服务业（如金融业）中有大量科学技术专业的毕业生，他们为服务业创新做出的贡献在现有的统计中根本无法反映。⑤特别是没有反映创新的交互活动的状况，其中最重要的就是创新过程中各个环节、各个行为主体内外交互活动时起关键作用的创新关联（innovation

---

①　Milbergs E，Vonortas N. White Paper Prepared for "National Innovation Initiative" Innovation Metric：Measurement to Insight，2004：4.

linkage），学术界有人把这些称为"关系资本"（relational capital），如与客户、供应商和其他利益相关者（stakeholders）的关联（linkage）。

为此，近年国际社会在创新测度方面特别加强了研究。2006 年 6 月，美国国家科学基金会召开了"促进创新测度研讨会"，主题是"知识流，商业计量和测度策略"。2006 年，为了研究如何排除加速创新的测度障碍，美国商业部技术署和美国国家标准局联合 100 个商业和贸易机构，召开了 15 次国家标准局和产业界的研讨会，前后 1000 余人对美国的计量统计系统进行评估，于 2007 年 2 月提交了"对美国计量评测系统的评估：排除加速创新的测度障碍"的报告。同时，为制定更符合新创新理论的创新测度和评估，由商务部牵头制订了一个名为"创新生死攸关的标记"（innovation vital signs）的宏大计划，目前正在执行中。

最值得注意的是经济合作与发展组织 2005 年的《奥斯陆手册》（第三版），对前两版做了根本性的修改。从手册的名称中一举去掉"技术"一词，为"创新数据采集和解释指南"。同时，数据内容也进行了重大的修改。主要是：①在创新分类上扩展了非技术性的创新，由原来仅有产品创新和流程创新两类，改为产品创新、流程创新、营销创新和组织创新四类（见"创新的分类"）；②鉴于创新的非线性交互模式，增加了创新关联的内容，提出三种关联类型，为开放信息源、通过购买货物和服务产品获取知识和技术、合作创新。关于创新分类在前面"创新的分类"中作了简单介绍。具体可以看原文，或参看我们的另一篇文章《构建以创新关联为中心的企业创新测度的立体模型》。关于三种创新关联的设计反映了三种不同的关联程度（或深度），第一种是最松散的，第二种比较密切些，第三种十分密切。欧盟的"欧盟创新调查"按照《奥斯陆手册》（第三版）重新设计了指标体系（问卷），为 2008 年的调查作好了准备。

《奥斯陆手册》（第三版）完全摒弃了技术创新的概念和理论，为创新研究开创了一个全新的工具和平台，必将为创新的研究带来突破性的发展。从这个角度讲，《奥斯陆手册》（第三版）在创新研究上具有里程碑意义。也正如他们自己承认，由于创新过程如此复杂，还存在一些明显的不足，还有许多内容没有能够涵盖在内，如没有政府的创新数据、关于流程创新和组织创新的变化存在难度以及创新交互过程的数据不够精细等。此外《奥斯陆手册》（第三版）是针对地区和国家规模的创新活动的统计指南，它没有内部创新关联的内容，因此不能用于企业创新的测度。

应该说《奥斯陆手册》（第三版）为新视角的创新测度方法的研究开了个头，许多课题还需要深入的研究。

2004 年，美国的米尔伯格斯和沃诺尔塔司（Egils Milbergs and Nicholas Vonortas）建议的第四代创新计量方法的指标内容有：①知识指标，保留机械、钢铁、交易以及博士和专利的数量外，要增加创造知识以及开发扩散知识途径的指标。②网络，如战略伙伴、知识产权许可、类似跨组织的个人工作关系形成的非正规的协同和知识交换等。③促进创新的环境，如经济需求、公共政策环境、基础结构环境、社会态度和文化等。

关于创新计量测度的研究已经成为国际社会创新战略研究和创新理论研究的重点和热点。有关的研究正在催生一门新的学科——创新计量学。

7 国民自主创新意识的源泉

——儿童早期自主创新教育

李文馥

构建创新型国家已经成为我国持续发展的国策，培养国民的创新意识是根本性的战略思想。

创新是一种复杂而又普遍的能力，放眼未来，着眼于创新型国家的持续发展，必须从眼下开始对国民进行坚定不移的、持续不懈的创新教育，把对国民的自主创新教育纳入公民教育体系中，致力于培养全民自主创新意识。只有树立全民的自主创新意识，才能构建自主创新型国家的底蕴。培养全民的自主创新意识，要把自主创新意识逐渐地、深深地嵌入到国民的心灵深处。

坚持创新发展，更重要的是放眼于子孙后代。从自主创新型国家的可持续发展的前景而言，最重要的是抓好儿童的自主创新教育。没有对儿童的良好自主创新教育、树立起国民的自主创新意识，自主创新型国家的可持续发展就会成为无源之水、无本之木。而对儿童进行自主创新教育必须从娃娃抓起，开发创新潜能，奠定创新意识，为培养创造型人才打下良好基础，在一代又一代的儿童身上建立起深厚而又持久的创新观念，使其成为创新型国家全体国民自主创新意识的源泉。为此，必须从儿童早期开始进行自主创新教育。

7.1 创造力概述

创造力是一个复杂而又广泛的话题，创造力对个体、对社会都非常重要。对于人类个体而言，解决问题的能力与创造力强弱密切相关；对于社会而言，创造力可以导致科学发现、技术发明、新的艺术革命和新的社会变革。创造力对于国家经济发展更是至关重要，为了增强和保持国家核心竞争力，为了适应急速变化环境的需要，无论是个体、组织还是社会都需要提高创造力。尤其是现今，我国正面临开发新技术、开创新产业、提高国际竞争力的极其重要的时刻，超越式创新能力的培养应成为我国持续发展的战略思想。

创造力是什么？至今众说纷纭，创造力的研究者均提出了创造力的含义[①]。

许多学者从不同角度界定创造力[②]：从创造性的想法角度，"一个创造性的想法就是那种独特又能适用于发生的环境的想法"。"创造力可以被定义为产生新颖而且合适的作品的能力"。从创造性能力的角度，"创造力就是那种想出大家觉得有意义的新事物的能力"。从解决问题的方法，"研究创造性过程、个人和产品的心理学家和哲学家在创造性是什么的问题上达成一致，认为那就是新颖而适用的问题解决方法"。还有人认为，"创造力是生成既新颖又有价值的想法"。

创造力研究者比较一致的观点：当一些人创造出独特且有用的产品时，创造力就出现了。在《创造力手册》中，对创造力提供了为大多数学者都赞同的引导性定义，大家一致同意这样的想法："创造力意味着产生独特而有用的产品。"[③]

从上述多种论述可见，创造力最显著的两大特征：新颖性和有效性。新颖性，主要指新异、独特和原创性，即出于自我，与众不同，前所未有。或者说，在所处的时空环境中独出心裁，别无二致。有效性，主要指用途，有用性，适合性和有价值。价值可以改变文化的时代性，可以对社会进步具有价值，也可以对个人的发展具有重要意义。

所谓创造力意味着产生新颖且有效的创造性活动的产物，并具有物质形态和观念形态。它不是停留在头脑中，而是要被他人所理解和接受，又能被操作和应用。其中的产出有形式和过程的不同：对于产出的形式而言，按领域的不同，可以是科学发现、技术发明，也可以是作品创作；而对于产出的过程而言，可以认为创造力是认知过程的特征，倾向于关注创造性思维过程中的步骤。

以上说明，对创造力的基本定义取得了较为一致的意见，创造力的主导定义认为："创造力包括新颖的和有用的产品的创造。"这其中势必涉及创造力是人的特征、创造过程的特征和创造产品的特征。从上述主导性的定义可以得出："创造性的人就是那些创造有用的新产品的人，而创造性认知过程则发生在有用的新产品被创造的过程中。"[④] 由此可见，创造力包含多种要素和特征，而这些又是结合在一起的。

---

① 〔美〕罗伯特 J 斯腾博格. 创造力手册. 施建农等译. 北京：北京理工大学出版社，2005：369.
② 〔美〕罗伯特 J 斯腾博格. 创造力手册. 施建农等译. 北京：北京理工大学出版社，2005：369.
③ 〔美〕罗伯特 J 斯腾博格. 创造力手册. 施建农等译. 北京：北京理工大学出版社，2005：369.
④ 〔美〕罗伯特 J 斯腾博格. 创造力手册. 施建农等译. 北京：北京理工大学出版社，2005：370.

7.2 创造力理论

尽管在研究创造力是研究什么的问题上，取得了基本一致的意见，然而在许多重要问题上，创造力研究者仍然存在着不同的看法。比较突出的观点：创造力是人们普遍具有的，还是少数人所特有的；创造力是先天具有的，还是后天获得的。

7.2.1 狭义创造论和广义创造论

7.2.1.1 狭义创造论

狭义的创造从社会范围来考察，是指能导致产出前所未有的新颖独特、具有重大社会价值的成果的活动，如重要的科学发现、重大的技术发明、著名的文学艺术创作，或者形成认识世界和改造世界的新思想、新方法。显然，狭义创造论认为创造是天才的专利，把创造性思维看成是非常稀有的，只有很少的、独特的人群才具有的能力。

持这种观点者认为，创造力研究的目标在于了解创造人物的独特特征及创造性事件发生的特殊条件。许多学者把狭义理解的创造称为特殊才能的创造力。

7.2.1.2 广义创造论

广义创造论从个人的活动来考察，是指相对于自己而言新奇而又独特的创造。尽管对社会、相对于他人来说，不具有新颖和原创性，但对个体发展却是有意义的创造。

对创造的广义理解，说明创造的普遍性，社会中的人都具有创造性。教育家陶行知曾说，在人类社会中，"人人是创造之人"；吉尔福特认为，"几乎所有的人都会有创造性行为，不管这种创造性行为是多么微妙或罕见……被公认具有创造性的人，只是拥有比我们所有人所拥有的更多一些而已"[①]。这进一步引申出创造性潜能的普遍性。人本主义心理学提出，"所有人与生俱来都有创造的潜力"。学者们把广义理解的创造称为自我实现的创造能力。人本主义心理学精神之父马斯洛认为，自我实现的本质特征是人的潜在能力和创造力的发挥。这就是说，潜在的创造能力人人皆有，这种潜能在后天的适宜的环境条件下得以实现。同样，儿童生来就具有创造潜能。儿童创造心理学研究表明，就儿童总体而言，

---

① 张永宁，杜金亮. 创造力研究与创造性人才培养综述. 中国石油大学学报（社会科学版），2002，(6)：92~95.

创造心理的发展具有一般的、共同的规律和趋势。但其发展趋势并不是随年龄增长而匀速前进的，呈现着发展的不平衡性。创造的表现从孩童就已开始，儿童的创造心理发展具有明显的年龄特征，不能以整齐划一的同一尺度来衡量。儿童创造心理的研究结果说明，婴儿期就有自发性的创造表现；幼儿期具有强烈的好奇心和想象力，思维中的创造想象成分十分活跃；随着年龄的增长，小学儿童的创造性特征也逐渐变化，不断增长，呈现出螺旋式上升的复杂动态发展进程。

把创造力视为普遍现象的研究者认为，创造性思维是认知活动的一个普通的方面，把这类研究的目标视为考察普通人在解决创造性问题时的认知过程。

7.2.2　"先天"与"后天"创造论

人的创造能力源自于先天，还是出自于后天，在创造心理学的早期就有争论。

7.2.2.1　"先天"创造论

高尔顿在《遗传的天才》一书中提出，创造力是遗传特性，天才来自遗传，"人的能力得自遗传"。实际上，主张创造力是先天素质的自然显现。

弗洛伊德把创造力视为人的潜意识本能的升华，人的创造性是本能，强调创造力受早期经验和人格特征的影响。

先天创造论强调，天才总是与生俱来的先天才能。天才人物的创造活动并不需要学习高难技能，而是自有捷径，无须经过有意识的努力就会发生并日益显现。

7.2.2.2　"后天"创造论

简·沃姆斯利和乔纳森·马尔戈利斯早期的观点，强调后天因素对创造力的作用。他们提出"温室儿童"概念，认为在儿童早期给孩子以深入细致的基本技能训练，孩子就会表现出优异的早熟能力，即这类优于同龄普通儿童的能力来自于"温室"环境的培育。这种观点似乎在说明，任何一个儿童，只要得到早期的经验和技能训练，就都可以获得优异才能。

持"后天"创造论和夸大"温室"派观点的学者认为，智商和其他能力都具有极大的可塑性，从很小的年龄开始进行培养，就可以使任何儿童通过学习获得惊人的成就并成为天才。

上述的两种截然不同的观点分别代表了先天、后天教育之争的两个方面。关于这种争论，迈克尔·豪（Micltael Howe）评价得很有分寸，他说："两者各自都说对了一点，但各自都仅说对了一点。"研究表明，人们在某一领域内努力获得优异成就，这既需要天生才能也需要丰富刺激环境。其中教育的作用正如迈克尔·豪所说："父母尽心促进早期基本技能的获得，这能够加快儿童的发展。而且，如果父母的支持和鼓励并未在幼年期后突然终止，那么这种促进发展的作用将长期不断积累。"①

7.2.3　社会文化环境对创造力的导向作用

社会文化环境对人的创造能力的发展具有重要的作用，包括从多方面对创造力产生影响，简要概括为对创造力的导向作用。由于对创造力理解的不同，对导向作用的理解也有明显的区别。

在很长时期内，心理学家把创造力作为一种个人的心智过程进行研究。20世纪后半叶以来，一些学者日益关注系统观对创造力研究的重要意义。他们注意到，创造力是心智事件，与此同时也是文化和社会事件。通常而言，文化和社会事件指的是创造者所处的社会文化环境。在创造力研究领域，把这类环境界定在两个方面：一个被称为"专业"，这是指文化（或符号）的方面；另一个被称为"领域"，这是指社会的方面。于是，这些学者承认文化和社会应该像创造者个体一样包含在创造力的结构中，并以此观点进一步地认识创造力的本质特征。所以有学者指出："创造力的出现并不只是有多少天才的一个函数，而且也是各种符号系统可理解性如何，以及社会系统对新观点的反应性如何的一个函数。不是唯一地关注个体，更有意义的做法是关注那些可能或不可能培养天才的社会。归根结底，是社会而不是个人使创造力显现出来。"②

许多关于社会、文化、教育与创造力的关系的论述是指天才人物而言的，这是属于特殊创造才能，又多半是指那些产出对时代、对社会有重大贡献的发明创造者。这些杰出的创造者们，在他们大有作为之前，也总是通过广泛的训练，艰苦的努力，才能掌握创造技能。而这些人物也往往出自那些为其提供了丰富的早期发展机会的家庭，更需要社会文化环境的有力支持。日本学者汤浅光朝关于世界"科学中心"转移的研究，证实了一个国家的科技战略和人的创造活动有密切的关系。按他的统计，从16世纪至今，世界上出现五次科学中心的转移：第一次在意大利（1540～1610年）产生了伽利略、达·芬奇、拉斐尔和米开朗基罗；第二次在英国（1600～1730年）产生了牛顿、玻意耳、哈雷；第三次在法国（1770～1830年）产生了拉瓦锡、库仑、安培、拉马克、居维叶；第四次在德国（1810～1920年）产生了凯库勒、赫姆霍茨、普朗克、希尔伯特；第五次在美国（1920年至今）产生了费米、李政道、杨振宁、哈勒、维纳等大批杰出

---

① 朱莉娅·贝里曼等. 发展心理学与你. 陈萍等译. 北京：北京大学出版社，2000：160，161.
② 〔美〕罗伯特 J 斯腾博格. 创造力手册. 施建农等译. 北京：北京理工大学出版社，2005：276.

人才①。美国心理学家认为，"某种文化要比其他文化更能促进创造力的发展"②。

社会文化环境对创造力的影响是多方面的，它可以影响创造力的形式和创造力的专业，也可以把创造力局限在一定的社会团体内。一定的社会文化可以鼓励人们在某些场合发展创造才能，或者激励人们对某些主题进行创造；但是在另外一些场合、对另外一些主题，却限制或打击人们的创造性。可见，社会文化环境对创造力的导向可以从正、反两个方向施加影响。

从广义理解创造力的意义上，环境教育对创造力的影响，与狭义理解有所同，也有所不同。广义理解是基于人人都有创造潜能的认识上。同理，"人人都是创造之人"之意也是基于人的创造潜能的普遍性。而创造潜能并不是随时随地都可以自发地显现出来的。它的实现需要环境和教育的唤醒、激发和培养，"它所呼唤的是一般公众的创造精神"。正如陶行知所说，天天都是创造之时，处处都是创造之地，也正在于呼唤社会、学校和家庭的创造教育。这样的创造教育与狭义理解创造力的天才教育并不相同。迈克尔·豪也曾说："父母花费大量的时间、耐心和精力致力于儿童早期基本技能的获得，这的确加快了儿童的发展，而且这种收益是长期的，但这绝不是说所有儿童都能获得异乎寻常的才能。"③

7.3　创造力研究方法论

如何研究创造力是创造力问题的一个非常重要的方面，纵观几十年来研究创造力的主要方法的变化脉络，基本上是从单一方法论向综合方法论过渡和转移。

7.3.1　创造力研究的多种方法

7.3.1.1　经典研究方法

1）心理测量法

这种方法把创造力视为可以量化的心理特征。典型的测验是创造性思维测验，如以吉尔福特为首提出的发散性思维测验和创造力水平高低的比较测验。

2）实验法

这种方法把研究的重点指向创造性思维的认知加工过程。实验法突出关注三个方面，即"顿悟"、"差异"和"学习"。格式塔（gestalt）心理学注重创造性思维活动在解决问题过程中思维的不连续状态，突然接通的顿悟现象。实验法进

---

①　段继扬. 创造性教学通论. 长春：吉林人民出版社，1999：294.

②　阿瑞提. 创造的秘密. 沈阳：辽宁人民出版社，1987：388.

③　朱莉娅. 贝里曼等. 发展心理学与你. 陈萍等译：北京：北京大学出版社，2000：160.

一步注重在创造性思维活动中提取已有知识和经验，寻找潜在性功能的生成过程（generative processes）和探索过程（exploratory processes）。创造性思维的差异性研究注重创造性思维和非创造性思维的认知过程的比较研究。实验法研究学习和创造力的关系，主要目的在于考察促进或阻碍创造性思维的因素，以及如何学习运用创造性思维的策略以提高解决创造性问题的能力。

创造力研究的心理测量法和实验法这类研究范式都存在控制情境的固有问题，若想达到一般化的效果，就要求在真实情景中进行研究。

3）传记法

这种方法的主要特征就是在各种真实环境中进行研究。心理测量法和实验法属于量化测量，而传记法则依赖于质的描述。传记法研究始于高尔顿对天才人物的纵向追踪研究。对创造性人物的质的传记性研究主要是对个案人物历史事件的详细描述，对一定数量的创造性人物历史的共性的定量传记研究，以及致力于探讨能够促进创造性人物发展的事件和在群组案例中对促进创造性人物发展事件的定量总结。相比之下，传记法可以描述创造性人物的活生生的真实生活事件。所以它具有丰富性和真实性的优势。但是这种研究范式毕竟缺乏控制，又缺乏代表性，难以从一个或少数个案中得出一致性的创造力理论，这便是传记法的缺憾。

7.3.1.2 现代研究方法

1）生物学法

这种方法注重考察人们在从事创造性思维时的大脑活动，其显著特点在于关注生理测量。

2）计算法

运用计算法研究的基本观点认为，"创造力就是心理计算"[①]，认为采用人工智能技术可以把人的创造性思维变成计算程序，通过计算机模拟为创造力研究提供客观检验。

3）情境法

这种方法的基本观点在于，创造力不能与其社会的、文化的或进化的情境分离，其显著特征是关注创造性活动的情境，而不仅仅注重个体的创造性思维。情境法拓展了创造力研究的范围，但这种研究方法较为缺乏精确的数据。

综上所述，从创造力研究的历史看，心理测量法、实验法和传记法，三种经典研究方法各有优缺点，而随着创造力研究的进展，"需要有一种能把心理测量法和实验法的科学的可尊重性与传记法的真实性相结合的方法"[②]。这些方法主

---

① 〔美〕罗伯特 J 斯腾博格 . 创造力手册 . 施建农等译 . 北京：北京理工大学出版社，2005：377.
② 〔美〕罗伯特 J 斯腾博格 . 创造力手册 . 施建农等译 . 北京：北京理工大学出版社，2005：379.

要有生物学法、计算法和情境法。这些都是近些年来研究创造力的比较新的方法。

这些研究方法先后出现和应用，反映着创造力研究的进展及其中的困难。这些方法各有关注的重点，按其间的主要异同可以区分为以下几种：研究中注重创造力的创造性思维活动，还是注重创造性人物经历的生活事件；是定位于创造力的定量研究，还是强调定性研究；在研究中运用情境控制方式，还是采取真实环境条件下的研究方式。这些研究方法从不同的角度对推进创造力研究都做出了相应的贡献，但又都存在明显的弱点。至今没有哪一种研究方法能够单独提供较为完整的创造力理论。

7.3.2 创造力研究的综合方法

创造力是一种综合性的能力，需要将不同的研究方法予以创造性的整合，才能应对创造力研究的独特需求。在现今综合创新时代，面对解决复杂的综合问题的需要，要求创造力研究的各种方法融合。成中英教授在《交叉科学研究方法的重要性》一文中强调，不同研究方法的"融合可以是对立互补，可以是同中生异、异中显同"，进而又强调，不同观点不同方法的交叉和集中使用"要求我们有更清晰的方法意识以及对所涉及的概念与范畴系统有更深的理解"[1]。

21世纪对创造力的研究，对创造力心理学的研究，对创造教育的研究都会有日益加强的需求。今后，创造力研究将面临非常重要的挑战：需要进一步明晰创造力的定义；需要以研究方法论的创造性应用为基础，集中关注经得起实践检验的创造力理论；需要综合采用各种研究方法，在方法上进行创造性的汇合或融合；探索应对培养建构自主创新型社会所需要的创造性人才的行之有效的自主创新教育的新途径。

20世纪80年代以来，许多关于创造力的著作都强调"创造力的发生是多因素影响的结果"。它们认为，创造力是一种综合性的能力，是以心理的各要素为基础的最高水平的综合能力；创造力是多维度的结构，并且是多维度之间相互作用和汇合的结果。

斯滕博格和陆伯特（Sternberg & Lubart）提出创造力资源理论。他们认为创造力需要特征分明且彼此关联的资源，而这些资源的汇合很重要。共有六种资源，分别为"智力能力、知识、思维风格、个性、动机和环境"，各个成分要汇合，各成分之间具有复杂的相互作用。奇克森特米海伊（Csikszentmihalyi）等提出三个维度模型，包括"个体、专业和领域"，三个维度构成一组动态的交互影

---

① 刘仲林. 现代交叉科学. 杭州：浙江教育出版社，1998：281.

响因素，进而认为，"一个个体从某个专业获得信息，通过认知过程、人格特征和动机把这些信息加以转换和扩展"①。领域对新的想法进行评价和选择，专业承担着保存并传递创造性产品的责任。

我国有学者提出创造力构成的三大因素，即认知因素、动力因素和导向因素。认知因素指创造性思维能力、想象力，发散思维和集中思维能力及其间的协调，直觉能力和分析能力及其间的协调。动力因素包括热情、勤奋、专注、坚持等心理品质的支持作用。导向因素主要指社会文化环境。

总之，创造心理学有一个合理的目标，它能够整合认知、社会、动机和人格因素，这能帮助人们理解创造力是如何成为可能的，甚至能够理解它是如何培养和促进的。创造力研究者越来越需要创造性的合并和融合，以应对创造力研究的独特要求。

7.4 儿童早期创新教育

儿童期是人的一生中最有创造性的阶段，创造力具有发展性，在儿童期创造力处于急速发展中，而任何心理过程和能力在其发展最迅速的阶段，也正是进行教育效果最好的时机。因此儿童期是对人生进行创新教育的重要阶段。

对儿童进行创新教育的着眼点在于儿时的创新思维、创新经验和习惯与成人期创造力的关系。也有学者认为，学前儿童的创新教育对少年期的创造性能力发展具有明显影响。可见，对儿童，特别是儿童早期进行创新的预备性教育非常关键。

进行儿童早期创新教育的理论和实践研究，首先必须以创造力研究方法论的最新趋势——汇合理论为指导思想。需要选择早期教育的最适宜年龄；选择适合儿童早期年龄阶段的良好方式，特别是选定承载这种创新教育的最佳载体；预测儿童早期创新教育的最重要环节等。

7.4.1 儿童早期创新教育方法的综合性

如前述创造力是综合性能力，现代创造力理论与研究方法论都趋向于汇合论。儿童创新教育的综合性体现在学科综合、内容整合和教育领域的综融等方面。

7.4.1.1 儿童创新教育的学科综合

儿童早期创新教育涉及多种学科，有儿童教育学、儿童发展心理学、儿童艺

---

① 〔美〕罗伯特J斯腾博格．创造力手册．施建农等译．北京：北京理工大学出版社，2005：11.

术学和儿童创造学。这些学科共同构成了复杂的学科交叉。因此可以认为儿童早期创新教育，在学科上属于交叉学科。这种学科交叉，在一定意义上，也可被视为元学科。"元学科比其研究对象有更高一级的学科层次。由于元学科研究涉及对象学科的内在因素，又涉及影响对象学科的各种外在因素和社会因素，因此它们表现为有跨学科的性质。"①

7.4.1.2　儿童创新教育的内容整合

创新教育内容包含的创造性思维、知识、智力技能、情感动机、教育环境支持等内在因素和外在因素必须整合为一体。

7.4.1.3　儿童早期创新教育的领域融合

按幼儿园教育指导纲要，学前教育内容相对划分为健康、语言、社会、科学、艺术等五个领域。幼儿教育的内容是全面的，各领域的内容可以相互渗透，从不同角度促进幼儿全面和谐发展。幼儿教育是系统工程，遵循着整体性、动态性、层次性和相干性等系统方法论原则。儿童早期创新教育更属系统工程，根据年幼儿童心理发展特点和培养创新能力的要求，依据系统方法论原则，我们以主题综合教育为主导方式。主题综合教育的着重点在于教育方案的设定，按年龄层次确定不同主题，将幼儿园教育的五个领域以主题为核心，并综融到主题活动中，使整个教育活动成为丰富多彩的、富有童心童趣的、活生生的创新教育。

上述各方面综合、汇聚的焦点是创新。主题综合教育方式是幼童创新教育的主导方式。

7.4.2　儿童早期创新教育的适宜年龄

儿童早期进行创新教育，年龄范围的选择可以依据具体情况和条件而确定，我们认为，比较适宜的年龄范围是两岁至六七岁，一般而言选择 3~6 岁幼儿阶段，也称为学前儿童。对这个时期的儿童进行创新教育的适宜性表现在如下几个方面。

7.4.2.1　人生发展的快速阶段

人的一生的心理发展分为不同的阶段，各个阶段的发展速率并不平衡，有的阶段速度快，有的阶段速度慢。婴儿和幼儿阶段属第一发展加速期，是快速发展阶段。在生理和心理发展的快速期，对外界刺激的影响，对来自环境的教育最为

---

① 刘仲林．现代交叉科学．杭州：浙江教育出版社，1998：273．

敏感。所以这个阶段儿童正是接受创新教育的敏感期。

7.4.2.2 自主能动人格表现最鲜明时期

人格系统的本质特性是自主能动性，人不是机器，主观能动性是人与动物的本质区别所在。现代心理学突出强调了三大特性：人的认识活动的主动性、人的创造性活动、人的个性特征表现。在心理学各大学派中，新生学派几乎都强调人的主动性。皮亚杰的认知发展学派强调，心理发展的过程是主体自我选择、自我调节的主动建构过程；新精神分析学派的代表人物艾里克森认为，个体人格的发展过程是通过自我调节作用及其与环境的相互作用而不断整合的过程；新行为主义代表人物班都拉的社会学习理论也把人的自我调节能力置于突出的地位，他认为，人是具有自组织、自调节能力的积极塑造者，人本身就是改变自己的动因。

儿童，特别是儿童早期自主能动人格的表现最为"旗帜鲜明"。他们对大千世界、对周围环境和事物的好奇心最为强烈，对什么都要探究，可以说最具探索性，所以有的学者把幼儿期称为探索期。我国教育家陶行知在《陶行知全集》第三卷中讲过一事。朋友的妇人对陶行知先生说，她狠狠地打了儿子一顿，原因是孩子把她刚买的金壳表拆得乱七八糟。对此，陶行知不无动情地说了一句："你枪毙了一个中国的爱迪生。"儿童的这种自主能动活动是好奇心和求知欲的驱动，是明显的探知、探新的主动活动。因此说，刺激并不在惰性的系统中引起变化过程，而只有在主观能动的系统中促进发展变化进程。儿童早期的主观能动性源自于自生成、自发展的心理动力，只要具备适宜的外界刺激、良好的教育环境，他们的创造性潜能就会得以显现和发展。

7.4.2.3 幼儿期是人生最早的符号创新阶段

符号是使用者赋予意义或价值的事物。对于符号，人和动物具有本质差异。动物可以接受、获得符号的意义和价值，而人则能创造和赋予符号以意义和价值。类人猿具有通过模仿而学习的能力，也能够使用和欣赏文化符号。研究表明，类人猿显示了发明创造的能力和重新安排改变环境的能力。这些符号能力是人和动物所共有的。在儿童早期，儿童和类人猿类同，都能通过预测和理解，在头脑中形成解决问题的方案，进而能解决所面临的问题。这属于理性活动过程，这样水平的符号能力虽然有理性含义，但是它是以神经、感官、肌肉活动为特征的，是受外显经验局限的非连续性的心理过程。而只有人类的符号活动是以词语为中介，由词构成的观念，使经验内化为主观性的、具有内在连续性的心理符号活动。连续的持久的心理符号活动造成经验的积累，有了这种程度的进步，才能使人类物质文化成为可能。在儿童早期，属于掌握符号能力变化的转折期是幼儿阶段，到了3～6岁的幼儿阶段，他们参与社会文化活动的方式是通过符号进行的，也正是在这个年龄阶段，掌握符号的水平开始从接受新意义和价值，向创造符号并赋予符号以价值和意义转化。

这个时期，儿童对符号非常敏感：年幼儿童是获得和掌握词语符号最迅速的时期，每天平均能获得3～4个新词，甚至更多。4岁左右是掌握图形符号的敏感期。有人认为，人类文明始于壁画。我们认为，儿童的文明始于儿童画。儿童的绘画造型是从最初的原型开始的，他们的涂鸦画是以各种近似、类似圆的形状来涂画的，这被称为"曼陀罗"。"曼陀罗"原为梵文中所指的圈式的魔环，在荣格心理学中，称其为"原型"，后被引申为一切向心排列的图像。这些图像都有一个中心，具有圆的或方的外形轮廓，其形态呈放射状、花朵状、车轮状、十字状等（图7-1）。

图 7-1 儿童绘画原型结构示意图①

———————————

① 李文馥. 幼儿美术教育. 北京：中国劳动社会保障出版社，2006：90.

　　"曼陀罗"并不表示物化性形状，而是代表着无意识的原型性的秩序，它不依赖于个人知觉所获得的种种事物的意象，而是儿童发现和创造的形状，以体现并用以表现事物的"圆形性"。这表明"在儿童的心目中存在着一种发生在意识层次以下的心理活动或过程。这种活动总是倾向于去组织和改造那些被儿童看到的形象或听到的音响（即使这些形象是粗糙的，这些音响是零乱的），将它们组织成和谐有序的式样"[①]。

　　实质上，曼陀罗式的原型是抽象的形式，它所抽象的是物体"圆形性"的整体结构特征，这恰恰是物体形状的符号。这类符号具有先天的形式，属自然获得而且具有普遍性，为不同民族、不同国度的儿童所共有。它超越时空、为古今中外儿童所共通，属于儿童早期自生成、自发展的共性符号。这些符号正是儿童创造性符号发展的基础，是培养儿童创新能力的符号原型。

　　这种内在于人的、与生俱来的曼陀罗式的抽象符号，可以引入到可塑性状态的秩序。儿童涂鸦期的种种物体绘画表现是以原型符号为基础、经过演化而发展出来的（图7-2）。

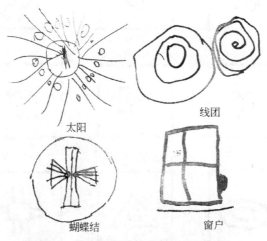

太阳　　　　　　　　　　线团

蝴蝶结　　　　　　　　　窗户

图7-2　儿童早期的符号创新（3岁半）

　　这批画正是儿童在曼陀罗式原型的基础上，新获得的、新创造的和新使用的绘画符号。其发展秩序同样是先天排定的，具有普遍性。

　　到幼儿期，涂鸦画逐渐向儿童画的特有模式转化，如突出重点内容的夸张性，表现高矮、长短、大小的比例不协调性，表现空间透视关系的透明性、放射性画法，以及在一定阶段内固守的概念画画法等。图7-3（a）和图7-3（b）是表现儿童画的夸张性和透明性特征。

---

① 刘晓东. 儿童精神哲学. 南京：南京师范大学出版社，1999：220.

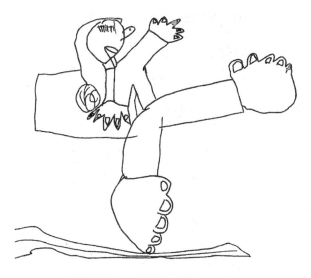

(a)踢掉了被子(突出脚的作用的夸张画法)　　　　(b)妈妈肚子里的宝宝(透明画法)

图 7-3　概念画①

这些模式画体现的是儿童画符号特征的发展变化，其发展遵循着自生式、自发展的自组织规律，具有基本的规律性的特点。一旦突破这些儿童绘画概念画的范式，儿童画就会进入崭新的创新绘画阶段。

儿童绘画符号表现特点或模式，随年龄增长呈不同的发展阶段性。

7.4.2.4　活跃于童话世界中的形象思维

幼儿期儿童思维的典型特征是具体形象思维，它把已获得的感知动作图式内化为表象系统，具有了符号功能。皮亚杰把两岁至六七岁儿童划分为前运演阶段，可以说成前逻辑思维阶段。因此，他们的思维不容易受逻辑思维规则的局限。这个阶段儿童的思维具有"自我中心性"，在认知上不会从他人立场和角度考虑别人的感受和想法，并把自己的感受和想法投射到他人身上。这个阶段儿童思维活动带着"泛灵论"的特点。他们会认为外界各种事物都是有生命的，都会和人一样有思想、情感和欲望。图 7-4 是 6 岁儿童画，是汶川地震灾害图，图画的名称是"孩子，别哭！我们帮助你"。

从画面上可以看到，面对受伤的儿童，两位阿姨痛哭流涕，更看到太阳和满天的云都极其悲伤，天亦有情，泣涕如雨，涕泪滂沱。小画者讲述他的图画："太阳和云看见受伤的小朋友，它们都哭了。这时候来了一辆救护车和两个护士

---

① W. L. プテン. 幼児の造形と創造性. 黒川建一監言尺黎明書房，1979：198.

图7-4　孩子，别哭！我们帮助你（6岁）

阿姨，她们也很伤心，她们说'孩子，别哭！我们帮助你'。"图7-4明显地反映出幼儿期儿童运用拟人化的手法表现他们泛灵论的思想。

　　具体形象思维是被内化了的形象之间的联系、组合和变换，表象可以被扩张和夸大，可以被压缩和简约，可以移花接木，可以情绪化、拟人化。这种种形象变换给儿童提供了发展创造性思维的广阔空间，使他们可以自由地表现自己心目中的形象，在童话世界中展翅飞翔。

　　图7-5是一幅漓江山水的简约图画，小画者把画中的每一景都给出了名称，

图7-5　爸爸妈妈带我游漓江（简约而有序的漓江山水，4岁9个月）

以从左至右为序，第二是"象鼻山"，第三是"五指山"，第七是"青蛙跳江"，第八是"九马山"，第九是"月亮山"，右下是"美女照镜子"。李白的一首诗中曰："名工绎思挥彩笔，移山置海在眼前。"这幅画的小画者正画出了诗中的"排山倒海"的大气魄。她把耸壑昂霄、巍若仙居的桂林山水抽象为"简单"，把纵横错落的群山峻岭排列得和谐有序。

图7-6是一个5岁女孩画的《漂亮妈妈》。这幅画反映出年幼儿童的形象性抽象概括能力。我们分析这张看似非常不美的图画中却凸显着众多时尚美的符号，如长长的波浪发型，五彩缤纷的短裙上还镶着女孩最爱的飞边，再看鸳鸯裤，那高跟鞋还是鸳鸯色的。这就是一个儿童用各种时尚美的形象符号集成的"大美人"。

图7-6　漂亮妈妈（时尚美的形象符号，5岁）

以具体形象思维为特征的年幼儿童能够做到把繁杂化为简单，把无序变成有序，能够抽象出时尚美的形象符号，并通过符号组合创造出新颖形象。显然，这两幅画就是符号创新，它反映着儿童早期思想中就蕴蓄"大道至简"的符号创新能力。

上述幼儿期儿童所特有的各种年龄特征，使之非常符合实施早期创新教育。

7.4.3 儿童画是儿童早期创新教育的重要方式

儿童绘画是一种属于儿童的特殊艺术，是对儿童早期实施全面和谐发展教育的重要学科，是促进幼儿整体素质发展的良好途径，更是对儿童早期进行创新教育的重要方式。之所以把儿童绘画作为开发儿童创造潜能、对儿童进行自主创新教育的重要手段，是因为儿童画是儿童的自我表现，儿童绘画的本质特征就是求新求异，儿童画的发展也取决于不断创新。

7.4.3.1 儿童画是年幼儿童自我表现的重要方式

人的生活质量重在自己的价值，价值要表达于社会和公众面前。儿童同样具有强烈的自我表达欲望，艺术则是年幼儿童自我表达的主要园地。儿童画是儿童的心理活动、知识经验、情感欲望、认知活动的自我表达，这恰恰说明儿童画本身的特性使其成为年幼儿童自我表达的重要方式。

1）儿童画的形象性

这里所说的形象性是感知、动作、外界事物的具体样像内化为表象系统。形象性，突出的是形象概括性。故而，具有形象性特征的形象不会拘泥于原物的呆板具象，而是可以被压缩、被简化、被变形，可以具有某种不确定性、不清晰性和易变性。比如图 7-7 是一个 6 岁女孩画的《大花医生给小花输液》。表现的是孩子们对输液的恐惧情绪。事后画的情景，是"痛定思痛"的泪淋淋的感受。画中的姿容美艳、令人赏心悦目的大花和令儿童痛不堪忍的输液情景结合在一

图 7-7　大花医生给小花输液（儿童画的新颖独特形象，6 岁）

起，通过情感化改变花的功能，又透过花儿的美丽，让痛苦和恐惧中渗透着某种温馨。她说："大花医生告诉小朋友，'别害怕，输完液病就会好起来的'。"如果从形象性的观点出发，再往深层解读，实际上，这幅画是融合了痛苦之恐惧与治病之爱心，爱和痛交织在一起。从整个画面看，这幅画是具有代表性的形象概括的典范。

　　2）儿童画的操作性

　　操作是按照一定的程序和技术要求所进行的活动。好动是儿童的天性，活动是儿童发展的需要。艺术—美术—绘画都富有操作性，总是年幼儿童的最爱。绘画又是表现自我、留下美好成果的操作性活动，给儿童以成就感。所以绘画为大多数儿童所喜欢。

　　3）儿童画的愉悦性

　　艺术的愉悦功能与儿童的情绪情感特征共鸣。艺术中蕴涵的丰富情感通过审美中介感染着儿童的心灵。年幼儿童的情感易于激发、易于表露，对喜怒哀乐容易共鸣。绘画是情感艺术，孩子们总是以强烈的情绪去迎合图画中蕴涵、流露出的热烈感情。孩子们在绘画活动中投入饱满的热情，灌注丰富的情趣，品味付出中完成的作品，使他们欢快、愉悦、欣喜若狂。

　　图7-8《和灾区小朋友一起过年》。他说"过年了，我把灾区小朋友请到了我的家，和我们一起快快乐乐地过年。我们一起唱歌，一起跳舞，高兴极了！"从画面上看到，他是用美味佳肴、鲜花美酒、举杯同庆的情节来表现与灾区小朋友共度幸福时光，表达对他们的爱心。我们解析这幅画，能领悟出这出自童心的爱中蕴涵着"笑"、"福"、"家"三个字。"笑"，所有的小朋友都在笑逐颜开，

图7-8　和灾区小朋友一起过年（5岁半）

这笑发自于内心深处的欢喜;"福",红艳艳的桌布上方悬挂着一帧醒目的"福"字,这应被称为"点睛"之笔,点出了孩子们和灾区小朋友心连心,共同庆祝新春佳节,共享幸福的时光;"家",家给孩子以爱,给孩子以温暖,给孩子以保护,给孩子以安全感。家是幼小孩童幸福美好的安身之处,把小朋友接到"我"的家中来过年,是想还给他们本来应有的家的温暖,给他们以心灵的抚慰。欢乐、幸福、家庭三个词凝聚着这幅画的主题思想,蕴涵着小画者心中那无限的爱。而他自己也从中获得分享幸福的愉悦。

4)儿童画的宽容性和开放性

艺术接纳不同智力水平的儿童,给他们提供表现自我、尽其所能发挥自我才艺、各自特长的均等机会。无论对一般儿童、超常儿童和智力落后儿童都"一视同仁"。儿童绘画更能包容个性,包容个体差异,不限制,不歧视,珍惜每个儿童的智力资源。作为儿童表现自我的绘画,没有对与错的界限,甚至不会强调好与坏的评价,是"各有其美,各美其美"(费孝通语)的典型表现。可见儿童画非常富有宏大的宽容性和开放性。

儿童画的特性迎合着幼儿的童心童趣,给他们提供了广阔的自我表达的天地,从而成为儿童早期自主创新教育的重要方式。

7.4.3.2 儿童画是年幼儿童表达情绪情感的重要手段

年幼儿童的绘画富有艺术所蕴涵的情感表达功能,他们常常用图画表达自己的喜怒哀乐。图7-9表现儿童对打针的恐惧:那针管大于孩子的身长,那针头宛

图7-9　打针(儿童对打针恐惧的夸张)(4岁)

如枪筒，那小小臀部的硕大血泡，那鲜血在流淌着，红色的血液浸漫着……不禁令人感到毛骨悚然的惊恐和痛楚。

儿童画作为情感表达和交流的形式，也能够表现出心灵深层隐藏着的某些意味。一位幼儿园教师以"我的爸爸妈妈"为主题，要求孩子们画人物画。下课时，孩子们陆续把画交给老师，其中只有一个小朋友坐着不动，踌躇不交。教师走近她时才发现这孩子满眼含泪，低头不语。她的画只画了一个妈妈，没有画爸爸。这时教师才恍然大悟，这个孩子来自单亲家庭。这个绘画主题在不经意间让她稚嫩的心灵承受了无形的压力，她会感到无依无助、孤单和自卑。她不愿意交画时，那委屈的童心又添上一层怕被羞辱的担心，怕被批评和瞧不起的苦痛！这个时候她最需要的不仅是同情、呵护和安慰，更需要的是理解和鼓励。幸好，我们这位教师富有教学经验，她抚摸着孩子的肩头，轻轻地说："老师喜欢你的画，请你把它送给我，好吗？"又灵机一动地告诉这孩子说："下次我们去春游，每个小朋友可以带一个家长，欢迎你带妈妈去，然后咱们还要画一幅春游画。"

"打针"图和这个事例都说明儿童画是幼小孩童可以利用来表达自己的童心、表现自己的情绪、同时也是与人们进行心灵对话和情感交流的良好方式。

7.4.3.3　儿童画的空间认知特点

1）空间认知特点局限着儿童画的空间特征

空间比例失调是儿童画的普遍现象，这是受儿童自身空间认知特点的局限，是源于空间认知的直觉性。处于这个阶段，正是空间认知发展特点和绘画发展特征的"交织"期，是绘画发展过渡性的"自稳定期"。年幼儿童的这种空间认知特点维持着绘画系统现实存在的保护性作用。了解这一点，对指导儿童画具有重要意义。

2）空间转换能力对儿童画的维度转换的重要作用

儿童绘画发展过程中的维度"转译"能力是儿童绘画心理的重要因素。在儿童认知过程中，维度转换认知要经历从一维经过二维再到三维的升维过程。儿童识图能力的维度转换发展的心理过程从自我中心反应经过利用标记反应，最后达到运用心理旋转反应。这为解释儿童绘画的维度表现能力提供一定的心理学理论基础。

3）空间表象的发展水平影响儿童绘画的心理表征

熟悉因素在儿童的绘画空间表象中具有强影响作用，物体的鲜明特征是幼小儿童赖以发展绘画空间表象的重要依据。这对解释儿童画的结构特点具有指导意义。

7.4.3.4 图形和颜色认知标识儿童画形式美和情感丰富性

图形是儿童绘画表现的"筋骨",提高图形认知能力是改进儿童画结构和形式美的主要途径。教育干预可以显著提高儿童的图形认知水平。

颜色和图形一样,都是绘画的媒介,颜色是图画形式美和情感表达的色彩标识。年幼儿童颜色认知难于图形认知,儿童的颜色爱好有不同于成人的特殊倾向性,且有年龄阶段的区别。适宜的教育干预同样可以提高儿童的颜色认知水平。这些研究结果对解读儿童画、指导儿童绘画都具有理论意义和应用价值。

7.4.3.5 年幼儿童语义概念和儿童画互动发展

幼儿期是词汇发展最迅速的时期,是习得母语基本语法的重要阶段,也是发展口语表达能力的具有关键性意义的时期。总之,这个阶段是掌握符号系统功能的最基本阶段。就词汇量而言,3岁左右,平均能掌握约1000多个词汇,六七岁儿童,平均能掌握3000~4000个词汇。他们所掌握词汇的外延和内涵,随年龄增长而不断确切和深化,即逐渐向把握词汇概念的本质特征深入,也就是逐渐达到皮亚杰所强调的"守恒"。词语概念的量和质的变化与绘画表征的发展具有密切的关系。图7-10和图7-11是4岁儿童对词汇概念理解的形象表现。图7-10画的是长头发的人,因为头发是长在脑袋上的,所以在孩子的画笔下就变成了儿童画所特有的如小单生长一样的"生长型"。图7-11画的是"汗流浃背",表现孩童对该词汇理解的形象性概括水平。

图7-10 "生长型"头发(4岁)

图 7-11　　汗流浃背（对词汇理解的形象表述，4 岁）

儿童画是年幼儿童知识、思维、情感、意志的形象表现，通常在绘画形式的"背后"隐藏着丰富的内涵。这深层次的内涵，对儿童往往是内隐的。如果引导儿童进行图画讲述，可以把隐性的内涵转化为显性，因为语言讲述具有对图画设计思想的组织功能，并能升华创造性思维水平。词语概念和绘画表征两种符号系统的发展是相互制约、"共同进步"中的互动关系。

儿童画的自我表现不仅仅是客观事物形象的写照，而且是内在心理活动的表达；不是静态的反映，而是动态的表征；不仅是绘画结果的表现，而且更是绘画活动过程的承载。因此，所谓儿童绘画是儿童的自我表现，其所指不仅仅是从心理到画面的单向表现，同时还指绘画活动的表现过程反过来也影响孩童的心理活动。所以，儿童的绘画活动和心理活动过程是相互影响、相互作用的互动过程。儿童画对儿童自我的认识、知识、经验、情感和欲望的表现，就是在这种互动过程中体现的。

7.4.4　创造想象是创新教育的关键环节

7.4.4.1　年幼儿童最富想象力

对年幼儿童进行创新教育的一个重点就是培养和发展儿童的创造性想象能力。心理学对想象的定义是：想象（imagination）是人脑对已有表象进行加工改造而形成新形象的心理过程，是思维活动的一种特殊形式。想象是一种意向性的反映，可以在无意间发生，或者有意地进行想象。因此把想象分为不随意想象和随意想象。不随意想象是没有预定目的、不由自主地产生的想象。随意想象是按一定的目的、自觉地进行的想象。不随意想象是在词语指导下进行的形象思维过程。

随意想象，按其形成过程和想象的创新程度的不同，又可分为再造想象和创造想象。

再造想象是指在已有经验的基础上，或根据词语描述在头脑中形成或再现与这些事物相符合或相仿的新形象的过程。

创造想象是不依据现成的描述而独立地在头脑中形成新形象的过程。就思维范畴而言，创造想象是产生科学假说不可或缺的心理条件，凡是创造性思维过程，均不能无创造想象的参与。可以说，创造想象是创造发明的设计师。丰富的想象力是任何发现、发明等创造的不可或缺的必要条件。儿童早期的创新能力更是同他们极其富有的想象力紧密结合在一起的。年幼儿童的想象活动，不受知识经验的局限，不受各种清规戒律的束缚，他们是最富想象力的人群。

图7-12《蛋壳雨伞》出于5岁儿童的美妙想象，他说："鸡妈妈的孩子正要从蛋壳里爬出来，忽然天上下起了大雨，鸡妈妈说，'孩子们！别出来，快把鸡蛋壳举起来当雨伞，跟妈妈回家'。"这是多么美好的想象画。

图7-12　蛋壳雨伞（新颖独特的创造想象，5岁）

图7-13《漂亮安全的防震房》也是充满想象的儿童画。她说："玉树的小朋友没有家了，我给他们设计最漂亮最安全的房子。我设计的房子建在玉米和花朵

上，不在地上，就不会有地震。"按她的理解，地震在大地上发生，离开地就会安全。那多彩的玉米结结实实，那绽开的葵花笑颜常开。这是孩童以丰富的想象力表达对地震灾区小朋友的心灵奉献。

图 7-13   漂亮安全的防震房（美妙的创造想象，5 岁半）

7.4.4.2   培养超越世界一切的创造想象

年幼儿童极富想象，有研究者提出，人们平均每天约有四成的时间用于想象，孩子们会更多。幼童随时都会出现不随意想象。随着年龄的增长，随意想象日益增加，其中以再造想象最常见，创造想象得以迅速发展。

创新的关键在于创造想象，因此创新教育需要将儿童的再造想象提升到创造想象水平。这要求升华创造性思维的水平，丰富知识和经验，培养观察能力、审美能力，通过讲述图画培养言语表达能力与创作的设计能力等。经历从三岁到六七岁的系统教育和连续积累，到幼儿末期会出现从再造想象向创造想象的飞跃发展，从而也会促成幼儿期末出现奇迹般的创新突变。

促进幼儿的创造想象是培养创新能力的关键环节。激发创造想象、培养重新组合能力和超越现实能力是促进创造想象所不可或缺的。

1）激励想象

通过游戏和故事，激发儿童的兴趣和好奇心。兴趣是动力，好奇心是对大千世界各种各样新鲜事物的惊奇要素和奇妙变化的原因的探求。面对大量"为什么"的问题时，孩子们经常自己尝试着解惑释疑，实际上这便是创造意向。创造意向就是创造想象的启动器。想象是一种精神自由活动，促进想象必须给儿童创设精神自由氛围。幼童的思维最活跃，他们可以任意空想，思维在大脑的信息空间中自由地跳跃，并无拘无束地漫游。

2）培养重新建构新经验、新形象的能力

想象是人在头脑中把已有的表象进行加工改造成新形象的心理过程。重新建构是新颖组合，是设计新模式。威廉·詹姆斯这样描述创造想象的错综复杂性："不仅沿着习以为常的建议一个接着一个地耐心地思考具体的事情，而且是最意外地中断和从一个想法到另一个想法的跃迁……元素间最闻所未闻的结合，最微妙的类比联想；一句话，好像掉进了沸腾的想法的火炉中……在那里，时刻发生着结合或者解散，没有踏车般的例行公事，而出乎意料看来是唯一的法则。"[1] 诚然，儿童的"天马行空"的想象能力并非凭空而来的。想象是一种融汇知识情感、表象、符号及它们之间相互交织所构成的动态的精神活动，而知识和经验是它的源头活水。因此，儿童的创新教育，重新建构的创新能力的培养，必须奠基于丰富他们的知识和经验以及大量表象的累积，才能建构新颖经验和新颖形象。

图7-14 正是这种重新建构的创作。这幅画是在学习《种子》主题下创作的。画的是芸豆种子用电脑监测豆苗生长的态势。小画者说："芸豆种子们在地下，小苗长出来了，他们看不见自己的小苗长得什么样，就用电脑'监测'。"解读

图7-14　芸豆种子用计算机监测豆苗生长（知识和经验的重新建构，6岁）

---

① 〔美〕罗伯特 J 斯腾博格. 创造力手册. 施建农等译. 北京：北京理工大学出版社，2005：23.

该画，可以了解，这孩子懂得种子的纵向发展特点和规律，懂得芸豆种子有掌握自己生长发展态势的欲望，会利用新技术的操纵功能。这样，他便把种子、电脑、自己三方的特点、功能、欲望透过创造想象重新组合成新颖形象，建构出新结构。

3）重新建构的创新能力的培养还必须进行认知加工能力的训练

即使是创造想象也并非就是创造，创造需要信息加工和问题解决的智力组织，需要经过认知加工。这首先要注重培养发现能力、发散思维能力和向扭纽集中（向事物之间联系的中心环节聚焦）等创造性思维能力。要注重引导学习符号转换能力，使学得的知识和习得的技能内化为个体的经验，在面对创新课题时，能够将已内化为己的各种经验再外化为创作内容和操作技能。

4）培养超越一切的创造想象

爱因斯坦认为，想象可以超越世界上的一切。年幼儿童的思维蕴蓄着极其丰富的想象潜能，经过良好的引导和培养，的确会迸发超越自我、超越现实、超越时空的想象。

图7-15《在太阳上建防震楼》。孩子说："我把房子建在太阳上，天永远不会黑，永远不会有地震。我的太阳是蓝色的，不会太热。"太阳上建房子意旨不会有地震，这幅画是小小心灵的奉献。画中的想象超越了现实，超越了时空，给人以心灵感悟的启迪。当儿童要表达强烈的欲望而又力不从心时，多半会运用超

图7-15　在太阳上建防震楼（超越现实的创造想象，6岁）

自然的神奇力量。

7.5　自主性绘画是儿童早期创新教育的最佳载体

儿童画富有多种教育功能，且具有良好的创新教育功能。然而，在我国，长久以来被一种模仿画教学所扭曲。模仿画的特点是突出绘画技能技巧、临摹示范画、以画得与示范画或与实物"像不像"为评价标准。它抑制想象、扼杀儿童的创新，使儿童画失却了多重教育功能，在儿童自主创新教育中不能发挥重要作用。为了适应儿童早期创新教育的需要，经过探索和研究，我们提出了"儿童自主性绘画"新概念。我们进行了 20 多年的儿童创新教育研究，研究结果证明，儿童自主性绘画是儿童早期创新教育的最佳载体。

自主性绘画是引导儿童依自己的意愿、按自行选择的绘画方式、表现自我、不断创新的绘画活动。

自主性绘画具有与其他绘画形式不同的几大特征：

第一，自主性绘画体现"我的绘画我做主"的自主能动性，它是儿童心理发展和创新教育相结合的良好结合点。

第二，在教育教学过程中，它强化儿童自身的内动力，优化教育的外动力，使内动力和外动力。紧密结合，相互作用，形成促进儿童创新能力发展的真正动力。

第三，注重儿童的主体性，同样注重教师的主导作用，教师在自主性绘画中进行策划、组织、选择和引导，使自组织力和他组织力保持必要的张力。

第四，在指导方法上，注重转化和"授人以渔"，引导儿童将所学的知识重新建构成绘画创作的新内容、新形象，并将已习得的认知技能重新整合成绘画创作技能。

第五，自主性绘画的导向作用主要是：激活性启迪；选择性和引导性助长；适度挑战性干预；在遭遇困惑和处于发展的转折点时，及时地给予朋友式的启发和帮助。

第六，把幼童的再造想象引升到创造想象，作为创新教育的一个重要环节，将儿童的创造性思维引向超越，超越自我、超越现实、超越时空。

第七，幼童的创新活动也存在惰性。当他们创做出新颖独特的作品，受到表扬和奖励后，很容易不自觉地"躺在功劳簿上"，不断重复已有的作品，以享受成就感。这种情况下，要用"破坏性创新"的方式打破惰性，促进不断创新。"破坏性创新"是协助儿童持续建构创新能力的必要支架。导引儿童不断打破已有创新模式，继续建构新模式。

图 7-16 和图 7-17 是两幅环保画，《请爱护小树》是小学三年级学生所画，从画面上很难看出画者的意图和他要表现的内容。这是模仿画的形式遏制了想象

和创新的结果。《不许砍小树》是幼儿园 6 岁儿童所画，画中的砍树者用刀砍伤了小树，小树在流血，小姑娘为小树包扎伤口。另一个小女孩在制止砍树的行为。两棵大树和天上的云彩都在愤怒指责砍树人。这表现出一派"天人合一"、共同与破坏环境者进行斗争的场面。这样一幅原创画，既新颖又独特，很富创新性。这两幅画的区别就是自主性绘画和模仿画的鲜明对比。

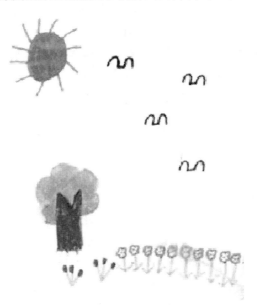

图 7-16　请爱护小树（模仿画，9 岁）

图 7-17　不许砍小树（自主性绘画，6 岁）

20 多年的创新教育研究的实践证明，自主性绘画是儿童早期创新教育的最佳载体。运用自主性绘画对年幼儿童进行创新教育，在发展创新能力和促进认知能力发展方面都获得了显著的效果。

7.6 任童心翱翔——童心幻想的未来指向性

创造想象的性质是科学思想发展的前奏。今日儿童的种种看似怪诞的想象很可能会导致明天的科学幻想。创造想象有理想性特征，它潜在地指向未来的方向性。想象中的幻想形式很可能属于人类科学思想发展的前奏，往往科学思想来自于幻想思维发展的直接结果，成为将来发明创造的先导。

7.6.1 幼童的创新设计与最先进的技术创造"并驾齐驱"

为了培养儿童的创造想象，我们以"未来的汽车"为主题，设计主题综合教育。经过一系列教育活动，打开了孩子们的创造性思路，他们设计并绘画出各种异想天开的新样式汽车。如《西瓜汽车》，那是带有一排大西瓜籽轮子，鲜红西瓜瓤的大汽车，车上有许多吸管，开车人随时可以吸西瓜汁喝。还有树上结汽车的画："我的汽车是树上结的果子，车果子熟了就摘下来开，就不用买车了。"图 7-18 是《我设计的三用汽车》，他说他的车能在地上跑，能在水里游，能飞上天空。这幅儿童绘画创作和美国 AVX 飞行器公司设计出的一款能够飞行的汽车（图 7-19），在设计思想上何其相似。这正表明，童心幻想可以成为未来科学幻想的前奏。

图 7-18　我设计的三用汽车（幼童设计的图画，5 岁）

图 7-19　会飞的汽车（美国最新设计图）
资料来源：引自美国《大众科学》网站（2010）

7.6.2　孩童的房屋设计与现代建筑学"齐眉"

住宅建筑是人类利用物质材料创造出来的居住场所，以满足人们对生活环境的实际需要。建筑艺术是人们通过住宅的形体、结构方式、内外空间的组合以及质料、色彩、雕塑和绘画等审美处理，创造出一定的空间形象，以体现人们审美观的综合艺术。它被称为象征性艺术的代表。因此，创新教育中引导儿童创想、设计和绘画建筑造型艺术就成为培养创造想象和创造性能力的重要手段。

"建筑是使结构表达思想的科学艺术"[1]，建筑设计师可以自由地想象任何建筑。所以儿童的建筑造型艺术的创意和绘画表现是衡量他们创新水平乃至于思想中迸发出的科学艺术火花的良好评价准绳。建筑设计的题材也为我们创新教育提供了一个有效的途径。

我们以"我是小小建筑设计师"为主题进行了一系列的创新教育活动。它与其他主题设计一样，帮助儿童展开想象翅膀，在广袤无垠的创新天地中自由翱翔。"我是小小建筑设计师"这一设计方案的主导思想在于，怎样把儿童的建筑设计思路从"箱子建筑"引入到"箱子的破坏"。"箱子建筑"是传统住宅建筑，都是由立方体、长方体等组成的箱体式造型。"箱子的破坏"是改变通常建筑物的内部空间和外部世界隔开的传统箱子式设计。取消箱子的手段是使内外空间汇合成一体，使空间得以流动，可以改变，或缩短，或伸长，或被重新分割与加添。这种建筑，在建筑学上称为"有机建筑"，其本质特征是使空间在建筑结构

---

① 〔美〕西奥妮·帕帕斯. 数学的奇妙. 陈以鸿译. 上海：上海科技教育出版社，1999：261.

内外自由移动。我们的意图在于如何运用自主性绘画将儿童的想象力引向超越现实建筑物设计的新的"科学艺术"，并企图进一步将儿时的创新引申到对未来的科学幻想。

设定这个主题是要以设计、绘画房屋为媒介进行自主创新教育。主题中的"我"，凸显儿童自身的主体性、自主性；"设计师"，要求孩子发挥充满灵感的想象，突出自主能动的创造性。

通常的幼儿绘画教学，如果以房屋建筑为绘画对象，多半是让孩子临摹现成的示范画，或者要求他们观察有关建筑物或画本，凭记忆表象画"我的家"、"我们的幼儿园"、"天安门"或当地的特殊建筑物。画后，再以"画得像不像"为标准进行评价。这种教学方式把孩子置于被动状态：让我画，我就画；让我画什么，我就画什么；要求我怎样画，我就怎样画。整个绘画过程，难以体现出"儿童画是儿童自我表现"的特点。其最大的弊病是抑制儿童的想象力，扼杀儿童的创造潜能。

自主性绘画教学，与上述教学法的主要不同在于采用主题综合教育方式，确立一个大的主题，围绕主题再设定几个密切关联的小题目，按步骤进行启发引导。

1）各种各样的房屋

第一个小主题的目的在于引导儿童绘画出建筑物的基本结构、色彩美和多样性。

主要方法是：通过讲述有关建筑物的故事，激发兴趣；通过室内外的环境布置，烘托学习氛围；引导儿童参观周围环境中的各种不同的建筑物，观察、了解房屋的基本结构；通过图片欣赏，丰富视觉表象；通过师生或亲子之间的交谈、言语描述，启迪并活跃孩子的思维和想象……在这个基础上，请孩子各自绘画自己设计的房屋。因为孩子们已经习惯于独立设计，他们的画是不会模仿或抄袭他人的，不会千篇一律。从画面上，从建筑物的外观上，能够看到各种各样的房屋。这就达到了要求孩子了解建筑物的基本结构、不同样式和掌握运用已经习得的多种图形和几何体组合成建筑物的绘画技能的目的。

2）新颖独特的房屋

设定第二个小主题的目的是把儿童绘画引向新颖独特的创新水平。

仔细分析孩子们的"各种各样的房屋"画，会发现在多种外观的差异之下，各种房屋的基本结构图画大多没有离开方形或长方形的上方加三角形的平房，以及不同几何图形叠加的"高楼大厦"。显然尚缺乏新颖独特的设计。而启发新颖独特性是第二个环节的教学任务。例如，在北京，组织孩子们参观中华民族园，让孩子了解具有民族特色的建筑；参观世界公园，了解世界著名建筑；引导孩子观看国内外经典建筑物的视频、影像，指点查阅图书、画片积累新异建筑物的形象。在这些教学环节中，成人要为孩子们指出并讲解这些建筑物的新颖设计之处。

为了要提升儿童设计思路的新异性，一定要把前述绘画各种各样房屋的再造想象提升到创造想象的新层次。这需要利用特殊形态的奇特设计给予形象启迪，如选择匹兹堡市的"流水别墅"、洛杉矶的"宇宙飞船"式建筑和画家诺门塔娜的如同巨大的纸折玩具飞机样式的住宅等。与此同时，更要重视探究性问题的启发，如要求孩子们给最可爱的小动物设计"有香味的房子"。对此，孩子们兴高采烈地设计出"香喷喷的蛋糕房子，小动物可以天天过生日"，"碗房子，碗房子可以装好多好吃好香的饭和菜，碗房子是香的"，"蝴蝶房子，蝴蝶天天采花，蝴蝶房子是有香味的"。这些房子的设计和绘画已经改变了原有建筑物的结构特征，是把住宅建筑的功能和具有香味功能的物体结构重新组合，通过创造性想象而获得的新颖独特的创造性作品。

3）神奇变幻的房屋

设定这第三个小题目的目的在于将儿童的想象引向超越。只有超越自我、超越现实、超越时空的想象，才能产生重大的发明和创造。"建筑师具有想象任何建筑的自由"，孩子们作为小小建筑设计师，同样享有想象超越世界上任何建筑的自由。

在汶川和玉树的抗震救灾过程中，引导孩子们参与国家大事件，从中受教育。在重建阶段，孩子们的参与任务是为灾区小朋友设计安全、舒适的房屋，让他们远离地震灾害，过上愉快幸福的生活。

主要引导方法是通过看电视、有关图片、各种课件，特别是教师的讲述，还有地震灾害、救灾举动、全国人民的捐助行为，以及小朋友自己捐款、捐物的行动等教育工作，使孩子们对灾区小朋友的遭遇感同身受，深入童心。要求孩子们为灾区小朋友设计房屋需要把握的基本点是：不再遭受地震，环保，有幸福的家园和愉快的生活。作为精神铺垫，教师和家长要给孩子们讲神奇住宅的童话故事和神话故事，给孩子以情感和心灵准备，引领他们的想象超越现实建筑物。经过一系列的铺垫和启发，孩子们画出的建筑物神奇而又浪漫。例如，百变飞碟房："像飞碟一样，不住人时能收缩变小，住人时变大，地球不再拥挤，住得很舒适，也不怕大地震。"充气屋："房子像城堡一样，回家就用打气筒充气住进去，上班把气放掉，折叠起来不占地方。地震了它会自己飞到天空，人和房子都安全。"

图7-20是6岁儿童设计的防震建筑，他说："房子两边有两个浅蓝色的大翅膀，一边长着秋千，还有一个往下能露出饮料的管子，上面有沙发和椅子。房子下边有两个像弹簧一样软软的垫子。房子中间的窗户上有很多手是送饭用的。房

顶上弯曲的管子可以吐出许多泡泡，泡泡能预报地震，有地震了，房子马上飞上天空。房子上面还有电视和灯光。下面的三个门，一个是大人进的，一个是小朋友的，一个是宠物的。"

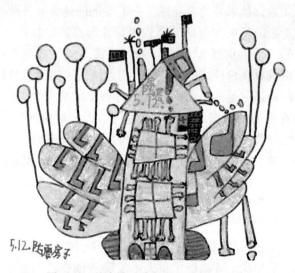

图 7-20　孩童设计的智能性建筑（6 岁）

　　如前所述，创造力研究者们一致认为，创造力是产生新颖性和有价值的产品的能力。对年幼儿童而言，产生新颖独特产品的能力就是衡量他们创造性能力的最显著的标准，这可归结为新颖性。皮亚杰认为，解释新颖性是他的认知发展理论的最高目标。实际上创造力理论研究是与发展研究难解难分的，而创造力的实践研究又是与创新教育研究紧密结合在一起的，都是非常具有挑战性、长期的和非常有价值的研究工作。正如《创造力手册》所说："虽然我们对创造性进展做出充分解释还有很长的路，我们已经把它作为一个丰富的探索理论，开始了漫长而又艰辛的历程，去了解伟大的工作是如何产生的，并且是由谁，又通过什么发展过程产生的。因此，更好地理解创造力的发展，乃是人类在未来的几十年中凭借全部的创造性能力所热切渴望达到的、更具挑战性的、长期的和更有价值的目标之一。"①

---

① 〔美〕罗伯特 J 斯滕博格．创造力手册．施建农译．北京：北京理工大学出版社，2005：149.

8　中国高等教育思想创新及改革思路

王长乐

8.1　中国高等教育系统存在着深刻的制度和文化危机

经过 30 多年的改革开放，我国的教育事业在"恢复十七年"教育水平的基础上取得了巨大的成绩，建立了规模巨大、门类齐全的教育体系，在普及九年制义务教育和高等教育大众化方面都有非常重要的进展，使教育在总体上达到了较高的水平。这些成绩是历史性的，也是应该充分肯定的。然而，由于我们在教育发展的基本理念上存在着重要的理论和精神缺陷，因而在教育的发展过程中，出现了许多与教育天然本质和宗旨相悖的现象，例如，中小学教育的应试化现象，高等教育中的过度功利化现象，各种教育中的乱收费现象，教育领域中的庸俗化、官本位、负教育现象等。这些现象与教育本真的"使人成人"宗旨明显抵牾，与教育应然的纯洁、高雅、文明、神圣品质截然对立，致使教育品格低下、精神委琐、功能褊狭，处于思想和精神的危机之中，需要进行精神救赎。本文拟陈述笔者对此问题的一些思考。

在此需要说明的是，在教育事业的评价方面，教育行政机关往往会拿出一些显示自己政绩的数据，得出与研究者们截然不同的结论。作者对此问题的看法是：正如航天飞机上一个极其细小的裂纹，虽然在技术的意义上问题并不大，但却可能导致机毁人亡的重大事故，教育领域中的任何问题可以说都是教育事业发展的隐患，是不容忽视的。对其漠视、掩饰、辩解，不但无助于教育的进步，反倒会使问题膨胀和严重，以至于积重难返，成为制约教育进步的重大障碍。教育行政机关出于对自身利益的考虑，对教育成绩进行肯定和宣扬固然可以理解，但不应该用成绩来掩饰问题，因为这种做法所造成的消极影响和重大损失我们曾体会深刻。综观世界上许多发达国家或地区对于教育的态度，可见他们往往视取得成绩为自然而然的事情，不大惊小怪，反而是对教育的危机和停滞现象保持高度的警惕，经常发出危机警告，其直面问题的自觉意识和勇气值得我们诚实地学习。本文正是基于这样的认识，对我国教育中存在的问题和危机进行分析，以期引起人们的注意，以便将危机消弭在危害最小的阶段。

8.1.1 教育系统危机的基本内容

14 年前，在学术空气还很沉闷、虚假理论还非常盛行的时候，国家教育委员会的周贝隆先生就在其《从"危机"禁忌谈到中国的教育危机》的文章中质疑：在"世界各个国家都在惊呼教育危机、并且积极应对教育危机的时候，而有些人却以'净化语言'的理由禁止谈论教育危机，难道唯独中国的上空就不存在教育危机的幽灵"？[①] 周先生的文章在《科技导报》发表后，曾被多家刊物转载，可见教育危机问题一直是许多有良知、有理智的学者们所共同关注的问题。根据《现代汉语词典》的解释，"危机"为"发生危险的祸根"[②]，预示着灾难或严重问题的发生。教育危机作为教育灾难发生的祸根，我们不可掉以轻心。而要研究教育危机，则应该了解教育的本质和规律，了解教育与社会政治及经济的应然关系及其意义。

依据在世界范围内人们普遍认同和践履的思想和文化原理，政治为社会的公共事业，其主要职能是维护社会的公共秩序，其目的是落实人类思想史上所探索得到的公平、正义、自由、平等、民主、博爱、文明等各种先进的价值观念。政治活动的目标，不在于要创造出什么先进的文化或思想，而在于把思想家们已经探索出来的，被实践证明为文明、先进的思想落实到社会的公共领域中，让公众享受到思想家们创造出的、先进的文化和思想成果，实现社会在整体上的（以国家为单位）公平、正义、和谐、民主、平等。由于进行政治活动的人力资源和思想资源都主要来自教育，因此，教育是政治的重要精神和人力支柱，没有先进的教育，就不可能有高水平的政治人物和政治思想，当然也不可能有高水平的政治。

经济的功能可以说非常明确，就是为社会创造尽可能多的物质财富，并以尽可能公平的方式分配这些财富。经济在宏观领域中追求社会的平衡发展和可持续发展，以及国民经济的最大化及物质财富的最大程度丰富，在微观领域中追求企业利润的最大化，以及经济行为的规范和文明。经济在分配领域中的公平需要"好的"政治制度的支持和保证，而分配在经济活动中的极其重要的作用，则决定了政治对经济具有非常重要的影响。所以，经济既是政治活动及制度的基础，又是被政治严重决定和影响的活动。当然，经济也需要教育为其提供高素质的人才和高水平的经济理论，否则，经济的进步和发展也就没有可能。

与政治和经济相比，教育的目标从近期看是软性的，从长期来看则是根本的。一方面，教育需要为社会培养具有文明、科学素质的各方面专业人才，组织

---

① 周贝隆. 从"危机"禁忌谈到中国的教育危机. 科技导报，1994（4）.
② 中国社会科学院语言研究所词典编辑室. 现代汉语词典. 北京：商务印书馆. 1980：1180.

和推动社会各方面的活动；另一方面，教育需要为社会提供文明、科学、理性的价值观念和文化思想，提升社会整体性的文化、科学、道德素养和品质，引导社会向文明、科学、民主的方向前进。教育引导社会文明进步的途经主要有两条：一是通过培养"领袖群伦"的高水平人才来影响社会；二是通过传播、创造先进的文化及风气来影响社会。教育为了履行提升社会道德和文化水平的使命，不但需要传播、整理、保存人类社会的优秀文化成果，而且需要创造具有超越意义的新的思想和文化成果。因为诉诸社会现实，教育用以影响社会的各方面思想和理论资源，不可能从教育之外的任何领域中得到，只能从人类文化的宝库中开掘，从人类社会的历史和实践中提炼和探索，亦即只有通过教育自己的努力才能得到。而这些文化和思想成果的产生，需要教育是一个具有法律和文化尊严的、具有独立自主能力、意识、情绪的组织或机构。教育只有作为一个独立自主的机构，才能依据自己的职业自豪感，焕发出文化和科学创造的欲望和热情，才能在对世界历史和文化，以及社会现实的探索中，形成体现教育自己本质和特性的主体思想和职业精神，才能在教育的实践过程中凸显自己的逻辑和品格。

在教育思想的形成过程中，教育理论家们之间肯定会有争论，有对立，有超越，但这都是发生在教育内部，是教育在发展过程中的正常现象。而教育家们正是通过这种争论，才使教育理论不断丰富、发展、进步、完善。而由于参与创造教育理论的思想家们所生活的时代不同，因此他们未必就是以教育理论研究为职业的纯粹的教育家，但由于他们所参与讨论的问题是教育在发展过程中需要解决的问题，因而都理应被称为教育家。另外，由于教育与文化在许多时候都既同根同种，又同道同性，亦即教育的源泉和载体都是文化，其目标和目的也包含了文化；而文化不仅在高端层面上立足于教育，而且在普遍的基础上也依赖于教育来保存、整理、传播和创造，因而人类历史上的教育家们往往都是文化大师，而文学家、文化大师们又往往都是教育家。苏格拉底、亚里士多德、康德、黑格尔、海德格尔是这样，孔子、孟子、朱熹、蔡元培、鲁迅、陶行知也是这样。正因为有这样的历史和文化关系，在以现代思想和文化观念支撑的民主体制中，国家的领导者们似乎都有自知之明，他们都不敢不自量力地视教育为自己思想的领地，好为人师地指挥教育家们这样做或那样做，而是秉承教师为"万世之师"的文化传统，视教育为自己思想的导师和智库，到教育界去聘请教师来做自己的顾问或专家，帮助和指导自己处理国家大事。他们聘请来的这些部长、顾问、助手，虽然在职务上低于总统或首相，但他们在专业上却是权威，发挥着指导总统制定内外政策、处理国内外事务的重要作用。而且他们还往往会以自己的人生信念为依据，采取"合则留、不合则去"的态度，表明专家与政治是相互合作、相互依赖的关系，而并非是"率土之滨，莫非王臣"的臣属关系。

　　仔细审视教育的历史和规律，可见教育在人才培养方面，是有自己源远流长的目标体系的。这个体系既显示着教育本质和目的的发展过程，又体现着教育内在思想的完整、丰富、神圣程度。教育的目标体系既源于教育，又成长于教育之中，并体现着教育的理想和追求、本质和宗旨。它在国外有许多流派，在国内也有"育，使子始作善也"、"大学之道，在明明德"、"教育以养成学生的完善人格为目的"、"千教万教，教人求真；千学万学，学做真人"等极其丰富的内容。当然，不管国内外的教育家们在表述教育目的时文字上有什么差别，但九九归一，教育的本真目的还是如康德所言，为"使人成人"，亦即使受教育者成为一个高尚的人、有道德的人、文明的人、智慧的人，一个对自己负责也对社会负责的人。在此特别强调的是，教育的"使人成人"、"教人向善"的目的，不是教育外部的社会要素强加于教育的，而是在教育自己的活动本质及内在逻辑中产生、成长并成熟起来的。而教育目的的内生性质，使教育在本质、目的、规律等方面都区别于社会中的其他要素，成为社会所必须又不可替代的专门性的活动。因为教育培养人高尚和善良品格的作用，是任何社会正常运行和发展都不可缺少的精神性要求。谁能想象在一个没有文明意识主导的社会中，人的生命和尊严将会怎样被凌辱，其混乱和颓废的程度将会是什么样子？所以，在文明的社会中，人们已经离不开作为文明源泉和加油站的教育了，而教育也正是在这个意义上成为人类社会中最为神圣和高贵的事业。因此，教育在其社会性的活动过程中，虽然与社会其他要素紧密合作，相互支持，但绝不以失去自己的本质和宗旨为条件。因为缺少自己核心价值的教育，已经不是真正意义上的教育。而非真正意义的教育，是无法产生教育文明社会、提升社会品质的作用的。任何对教育本真宗旨和精神的破坏，都不单是对教育正常秩序及健全品格的破坏，更是对社会平衡、和谐生态的破坏。本文所拟论述的教育危机，就是教育主体性被严重忽视、教育本质被严重遮蔽，而我们尚不自觉或自觉了但没有行动的现象。

8.1.2　教育系统深刻危机的表现

　　如上所述，教育是"使人成人"的事业，是教人诚实、高尚、理智、自尊、自强、文明、智慧的活动。教育"使人成人"中的"成人"，一般并不指向政治或经济，而是指向文化和道德，也就是强调要培养受教育者的高尚品德和良好的文化修养，使他们成为一个对社会有积极作用的人。教育"使人成人"的重要意义在于，通过消除人天性中的许多动物性特征，代之以由社会文化传承的文明、理智、高尚性特征，达到"使人成人"。然而，我国教育经过多年的发展，在教育规模扩大和教学条件改善的同时，却越来越偏离"使人成人"的目标。尤其是在近些年来，随着市场经济的发展，这种偏离越来越严重，导致学校作为应该倡导真、善、美，教人高尚和文明的地方，却引导学生追求功利，崇尚当官发财，效仿势利投机，形成了教育品质和精神方面的严重危机。这些危机既表现在教育的现象方面，又表现在教育的制度方面，还表现在教育的思想和观念方面。

8.1.2.1　现象层面的危机

1）功利主义的教育目的

趋利是人的天性，符合社会规则的趋利行为是人生活中的合理内容，也是社会发展和进步的条件和动力，是应该支持和肯定的。然而，趋利若超过一定的限度，亦即违背社会规则的趋利行为，或者过于强烈、极端的趋利行为，就会伤害人的天性，泯灭人的良知和善良，诱发或膨胀人的贪婪和恶性，产生极其严重的后果。社会中的许多侵财案件，如杀人越货、谋财害命、贪赃枉法、营私舞弊等现象，都是人良知泯灭、贪欲膨胀所致。而教育领域中的趋利主义，就是有些教育机构在市场经济的大潮中没有坚守自己的道德底线，对物质或经济利益的追求超过了自己应该得到的限度，使功利性追求成为教育活动的主要目标。

在教育的趋利行为中，有显性和隐性两种。其中的显性行为为直接的趋利行为，如一些学校中的乱收费及"创收"现象。其中最为恶劣的是一些大学中出卖高级文凭的现象，特别是向党政官员出卖文凭，亦即"权凭交易"的现象。隐性行为为间接的趋利现象。比如，一些中小学追求升学率现象的背后，是学校以及地方政府管理部门的利益追求。一些大学的追求"政绩"现象，其目的也在于这些"政绩"能够带来利益。另外，教育中的趋利现象，还可分为集体趋利和个人趋利两种。其中的集体趋利是以集体名义追求利益的行为，如一些中小学校中的巧立名目乱收费现象，一些大学中的利用公共财产"创收"现象，为了各种私利的弄虚作假现象等。个人趋利是一些个人追求利益的行为，如一些教师的剽窃论文、学术造假行为，以请客送礼、拉关系方式"公关"职称、评奖、科研项目等方面评委以达到各种特别目的的现象等。另外，一些人对领导投其所好，进而谋求某些经济利益的行为，也属于个人趋利现象。由于这些人的行为是以伤害教育本性为条件的，而且他们的趋利成功还往往会产生强烈的示范效应，助长和引起腐败和庸俗风气的蔓延，因而其影响已超出个人的范畴，成为严重的社会问题。

2）应试教育现象

教育的功利主义目的膨胀对教育最大的影响，就是支持和巩固了中小学校中的应试教育，使其合法化和正常化。而在这种功利意识的驱动下，现在不光中小学中通行应试教育，就是有些大学也为了适应学生的应试性学习习惯，实行与应试教育一致的统一备课、统一教材、统一考试等期望以考试约束学生学习的教学方式。而在应试教育的制度和文化中，应试不仅是手段，而且也是目的。教师为考试而教，学生为考试而学。学校中的一切工作都围绕考试来运转，考试成绩成为学校工作中的基本目标和方向。纯洁、高尚、神圣的教育过程，被简化为学习考试的过程；丰富、生动的教育内容被演化为机械应对考试的内容，"上级"要求考什么，教师们就教什么；丰富多彩的教育方法被演化成学习考试的技术，学生接受教育不在于是否修养了良好的人格品质，而在于是否掌握了考试的技术。教师的教育水平也被演化为教会考试、应对考试的能力，而拥有崇高教育理想、期望遵循教育规律的教师，则极可能因与应试教育的精神格格不入而被排斥或边缘化。应试教育将学生的学习方式教条化，学习目标简单化，人格修养偏执化。师生的精神生活中已经没有了教育工作神圣、高尚、纯洁、愉快的概念，没有了引导学生追求人生远大理想、修养高尚人格的概念，有的只是在考试中的竞争及平时的死记硬背。而单纯依靠考试结果评价学习的标准，形成了考试优胜者就是成功者、考试成绩不高者就是失败者的结论，从而既使考试成绩不高的学生容易产生厌学情绪，也使学生无法学会以独立思考为特征的自主性学习，就是只得到了"鱼"，而没有得到"渔"。应试教育在现实的教育中形成了这样的逻辑链：在教育的过程中，一切以考试为目的，教育"百年树人"的宗旨没有了，学生宽阔的知识视野无须培养了，良好的人文素养无须培养了，教育管理变成了一种谋略和技术。教师的良好知识修养被视为无用，教师的良知在某种程度上成为教育工作的包袱，出现"劣币驱逐良币"、优秀教师负淘汰的现象。而这给其他教师的启示是：顺从领导，顺从潮流，支持和积极参与学校的应试教育，为保护自己的明智选择。而在应试教育观念和制度被强化的同时，学生的精神塑造和人格培养工作却相应地被虚化或被忽视了，学生需要被强化的健康人格和高尚品格，在应试意识强化的过程中被忽视了。这就是为什么有学生表达的理想是做大官、挣大钱的原因，而没有学生将理想确定为工人、农民等体力劳动者的原因。

3）教育的伦理底线被突破，教育的品格和精神出现危机

教育作为专门育人的事业，其育人的资本是自己品格的高尚和文明。然而，由于在现实的教育活动中，教育在根本上偏离了自己的方向，不以培养学生的高尚品德为宗旨，却极端地崇尚功利原则，用应试教育代替了以科学、文化、道德素养养成为核心的素质教育，使教育失去了不可丝毫后退的基本原则，导致许多在传统教育中被视为禁忌，至是水火不相容的行为堂而皇之地出现在教育领域之中，如"吃喝风"、"关系风"、"考试作弊风"、"学术腐败风"等。近些年来，媒体对于教育的批评可以说非常严厉，曝光的内容五花八门，几乎包含了教育的所有领域，从大学书记校长双双受贿到学院院长嫖娼，从教授与考生进行性交易

到博士生导师论文剽窃等，可以说凡是社会上有的丑闻，在教育领域中都可以找到相应的例子。教育与社会在堕落的范围和程度上几乎没有什么区别，我国文化传统中的教育为社会"文明灯塔"、"世俗教会"等光辉的历史和声誉，已经在教育持续的堕落中黯然失色。在愈演愈烈的趋利浪潮中，教育的传统道德底线被全面突破，历史上曾经是高洁而清廉的大学，逢年过节，所在地周围的饭店几乎都被"聚餐"的师生们"占领"。一些城市的中小学尤其是一些重点中小学校的教师，也已经熟稔公款吃喝及学生家长请吃之道。而运用自己掌握的教育权力（班主任的权力也被充分开掘）进行各种交易，一些教师也似乎驾轻就熟。为了追求个人利益，不少教育中人都通晓"公关"之道，弄虚作假、请客送礼、"共同发财"、"实现双赢"，大家不觉得有什么不妥或不对，更不会为此而内疚或脸红。然而一个不可辩驳的事实是，这样的风气无疑使教育离自己高尚的本性越来越远了，教育中原本不可缺少的刚正之气没有了，正直敢言的仁人志士稀少，甚至在有些学校中已经绝迹了。

教育近些年来的现实表明，一些大学已远远不是人们心目中高贵而纯洁的神圣事业了，它们在许多时候更像是一个出卖知识、出卖文凭的"学店"；一些中小学也不是人们想象中的能够让孩子们"学好"的地方了，在许多时候它们倒像一个考试能力的培训中心。总之，"病态教育"、"病态结果"成为当今教育给人的深刻印象。这种教育熏陶出的学生，陈丹青的感觉是"有文凭没文化，有知识没修养，清纯而非常世故，热情而熟稔，人前一套、人后一套"[①]。周国平的印象是"有文凭没知识，有学历没职业道德，身为医生却极其冷漠和不负责任"[②]。熊丙奇的看法是"大学中的许多青年教师和学生，都习惯于看着领导的脸色说话和做事，非常熟悉'为人处事'的技巧"[③]。而趋炎附势、逢迎拍马、巴结权贵、金钱至上等描述人品行低下的行为，不但不被一些教师和学生拒绝，反而被作为人生哲学予以尊崇，并且被当成时髦而广泛效仿。

由于没有道德底线，有些人对利益的追求已经达到疯狂的地步，论文剽窃、学术造假、行贿受贿，其行径与小偷骗子毫无二致。为了得到利益，系主任可以与教师一起欺骗学校；学校中的专业部门可以与教师合伙欺骗学校以外的"上级"；大家似乎都敢于欺骗，也不在乎欺骗的后果。腐败在教育中具有普遍的心理基础，因为有些腐败就是由学校领导主导并运用组织的力量制造的。由于没有了道德底线，教师的道德品质几乎被完全忽视，道德丑闻在大学中也司空见惯，如教师的学术论文抄袭问题、嫖娼问题、行贿受贿问题、婚外情问题、聚众赌博

---

①　一格一格"降"人才. 南方周末，2004-07-22（14）.

②　周国平. 医学的人文关怀. 方法，1998，（4）：27.

③　熊丙奇. 大学最深刻的危机：体制化. 科学时报，2007-04-24（B1）.

问题等。而发生于香港大学的研究生扬静行贿被判刑的事件，在国内的大学中一般是不会发生的。因为国内大学中的人，一般不认为这是个问题，而教师道德底线缺失对学生的影响却是直接而深刻的。现在大学中的不少大学生已经没有基本的道德准则，他们不以考试作弊为耻，男女生之间的亲昵行为，可以发生在校园中人来人往的十字路口，可以发生在众目睽睽的教学楼道中，男学生大白天背着女学生在校园里招摇过市，女学生坐在男学生的自行车前架上展览爱情，而因为婚外同居、恋爱纠纷而纠缠厮闹，则更是许多大学中的日常剧。一些学生的不以为耻或许并不奇怪，遗憾的是大学中的教师、领导也对此熟视无睹，无动于衷。而没有伦理准则的学生，放纵、堕落的学生，其被用人单位拒绝和蔑视可以说是自然而然的了。

8.1.2.2 制度层面的危机

制度作为人类在长期的社会活动中、经过检验或评价而凝固的活动规则，理应积聚社会各方面优异的内容。然而，如果制定制度的依据或标准错了，那么制度的片面可能是无法避免的。另外，制度与现象之间，存在着密切的逻辑关系。一方面，"不好"的制度会滋生不良的现象；另一方面，不良的现象也会通过种种原因凝固成制度，使不良现象制度化、合法化。教育制度层面的危机，是教育制度由于种种原因，并没有反映教育的本质性要求和特征，没有体现教育的专业性、自主性品质和精神主旨，使教育制度缺乏内在的合法性及相应的权威，以其规范的教育活动，在很大程度上偏离了教育的理性方向，成为简单化、片面化的教育。教育制度层面的危机，主要集中在教育与外部关系的领导体制和处理教育内部关系的管理制度方面。

1）教育领导制度的行政性质，使其缺乏专业方面的合法性

我国教育领域目前通行的领导制度，是一种显著的行政管理制度。在这种制度中，教育是被作为行政机构进行管理的。管理的依据、管理的原则、管理的方式、管理的目标，可以说都是行政性的。而之所以会产生这种现象，是因为在决策者的心里，并没有意识到教育是一种具有独特价值观念和文化目标、独特原则和活动规律的专门性事业，是需要遵循其专门的活动规律的；而是将教育与许多普通的社会事业一样，既看成是自己革命胜利的"战利品"，可以任由自己摆布，又看成是由自己控制的驯服工具，可以随意地指使其为自己服务。显而易见，他们没有认识到教育是一项自主性的事业，而不是他主性的事业，是不能任由教育之外的人们随意指拨的，否则，教育将变成一种无效的活动。此时管理的力度越大，负面的影响就越大。所以有学者研究中国的大学，认为其发展最好的时期，恰恰是政府管理最为松懈的时期。

由于教育领导制度在本质上的行政性质，其授权得之于通过革命取得政权的政府，而不是产生于体现教育主体性的教师们的选举，因而缺乏理论逻辑方面的合法性。这种制度衍生的外行领导内行趋向，没有教师自觉自愿服从和支持的思想性基础，其造成的常见性结果是教师们要么放弃自己的教育信念，自觉自愿地做行政需要的工具；要么坚守自己的教育信念，与现行制度貌合神离，以消极的态度表示自己的不满。而由于这种制度以往所作的许多决策都属于缘木求鱼，造成教育事业的许多失误，在人们心中缺乏权威，因而一部分人在内心对其疏离也很自然。而这种意识的发展，更使人们普遍地漠视教育本性，对教育事业不负责任，滋生被雇佣感和无奈感。

由于社会管理教育的行政机构习惯于将自己的自利需求强加于教育，严重地扭曲了教育的本质和宗旨，使教育失去了自己引以为荣的品格和精神，变得猥琐和庸俗。政府对高考的主导是这样，对大学的直接管理也是这样。例如，教育行政机构在普通教育中推行的重点学校制度，对应试教育推波助澜，造成了教育机会和权利的不公平，使教育的畸形发展越来越严重。而高考由政府组织，更是明显地越位。它既使政府管着自己不该管的事情，又使中小学校、高等院校的职能窄化，无法全面履行自己的职责。而一些大学被定为副部级的做法，让人感觉大学与官场差不多。这种行为凸现的行政特征，以及在各级教育机构中强化的主要对上负责的行政原则，造成普遍忽视教师声音的现象。因而有教师抱怨，过去的校长还普遍尊重教师，会时常到教师中间征求意见，而现在的校长则普遍高高在上，基本上不用考虑教师的要求和意见。而教育领域中许多深层次矛盾形成的主要根源，可以说就是行政性的领导制度。虽然现在的许多大学校长都声称在思考大学的改革问题，但他们思考的改革，往往是在现行制度框架内或基础上的改革，他们所要加强或完善的大学制度，是董云川先生所说的"现在大学制度"，而不是我们期望追求的"现代大学制度"。他们所追求的大学制度，在本质上没有突破、没有超越，大学依然没有在法律层次上的自由和独立权利，而这是我国大学制度改革最为核心的问题。由于没有独立、自由的法律地位，大学不能按照自己的意志和要求来选择具有教育家素质的校长，没有具备教育家素养的校长，大学的活动就没有合理的核心，大学的实质性进步和发展就难以实现。

2）教育内部管理制度的简单化和行政化，造成教育领域中的种种乱象

教育管理制度层面的危机，主要表现在两个方面：一是简单化的数字管理，一是显著的行政化倾向。由于许多教育机构都采用简单化的数字性管理，因而诱发了教育领域中的许多功利化现象。大学现实中的各种制度，充满了"量"的标准，一切追求"量"的指标，教学制度貌似严格，但实际上是什么事情都难

有人管，教师的授课在很大程度上是完全依赖自己的教育良知。行政主导体制在剥夺了教师许多权利的同时，也解除了他们的不少教育责任，使不少人尤其是水平低的人感到大学中确实"好混"。很多本来应该极其严格的事情，在现在的大学中却无人过问，因为现在大学中的人员基本是只进不出，而隔膜于教育内在逻辑的行政化制度，又根本达不到使教职工权利和责任对等的程度，无法发挥激励先进、鞭策后进的作用，致使庸俗、投机的风气如鱼得水，春风得意。而有抱负、有理想的教师却不胜其烦，倍感不适。"陈丹青事件"、"贺卫方事件"、"张鸣事件"，反映的都是这个问题。所以，如今大学给人的突出印象是该管的没有管好，不该管的却要来管，并且附之以行政权力，使人难以宁静。例如，国外大学中非常重视的招聘新教师问题，在国内的有些大学中却显得极其随意，一是决定是否录用新教师的权力主要在行政机关及行政领导手里；二是在录取过程中往往是关系重于水平、利害重于需要。而一些不合格教师的进入，对教师们心理的消极影响将难以计量。又如，对大学活动有极其重要导向作用的教师职称评定，往往没有严肃、认真的专业性讨论，一些本行业的专家评定又由于"关系"等因素而流于形式，其真正起作用的标准却是一些机械的论文数、项目数、获奖数等数字。所以，有人说，现在的职称评定，根本无须什么专家，只要找几个细心的本科生，将职称标准与申报人的材料仔细对照一下就可以了。这种简单化的标准，诱发了包括刊物版面费、期刊公关费、评委公关费等在内的涉及金钱交易的许多腐败现象。所以，虽然现在的一些大学中教授、博士数百上千，若过江之鲫，但大学中的重大成果却屈指可数，大学中的风气却江河日下，越来越缺少大学的意味。还有一个引人注目的事实，即大学中的许多领导人，只要不是特别自觉，虽然学术造诣平平或几乎没有，但都可以得到"教授"、"博导"等学术头衔。而由他们带头的投机取巧、弄虚作假行为的副作用，则使正直的人对社会公正失去信心，对制度的作用失去信任，对自己工作的懒散态度心安理得。

众所周知，教育制度与社会上的任何制度一样，其内在的合法性是建立在公正、文明、合理、公开的价值观念基础上的，而如果缺乏这些特征，制度的合法性就会受到质疑，制度的作用就会被无形中减弱。而我国教育领域中行政化的管理制度，使管理者与教师、学生之间的协作关系，变成管理者与被管理者之间实质性的"上下级"关系，管理者可以通过多种途径向教师发号施令，甚至要求教师们要对他们的权威表示敬畏，而教师们却几乎没有质疑和反对的余地。也就是在这种情况下，有些教师为了办事顺利而不惜屈尊称行政部门的人为老师，而一些行政部门的人也自觉自己权倾一方，而放肆地训斥或任意地摆布教师。可以说正是我们长期秉持的行政制度抑制和掩盖了学术制度，造成了行政权力至上的结果。而行政原则至上的结果，又在很大程度上消解了教师的责任心。现在教育行政机构的许多非学术的教育或教学评价，得不到教师发自内心的呼应和肯定，造成教师们在内心忽视这些评价，导致评价流于形式。而如果运用教师们信服的理论逻辑来审视我们当下的教育活动，则会发现太多的不合理现象，比如，教师职称为什么要由政府来组织评定？难道高校不应该具备评审教师职称资格的能力？而没有能力的高校，难道不应该通过实践来学习？大学的校长（包括学院院长、系主任等）为什么不按国际惯例或我国大学传统在全国或全世界公开招聘，或者由教师和学生及职工代表直接选举？为什么要在大学设立单独的政治教育组织，难道教师们的教学活动中不包含政治教育？然而，人们对于教育制度的种种质疑，却属于自言自语，因为没有哪个机构会来为人们提供答案。可见，的确"改革大学制度刻不容缓"①。

8.1.2.3 思想、观念层面的危机

1）缺乏先进的合理的教育理念

由于我们曾经被一些虚假的理论欺骗和愚弄，因而在现实的社会思想和文化习惯中，人们虽然并不明确表示反对理论的作用，但是在人们的内心深处，似乎存在着一个非常固执的观念，就是崇尚和重视实际，而轻视或不相信理论。不相信外国显现着文明和理性光芒的理论，不相信我们卓越的先辈们创造的并被实践证明为正确的理论。我们曾经批判过陶行知，批判过蔡元培，批判过孔子和武训，也批判过杜威和赫尔巴特。这些批判表明我们曾经固执地拒绝过理性。而我们从上而下的行政性教育制度，则具有阻碍教育理论通达教育实践的功能，使现实的学者们的教育理论成果，很难通达到教育的决策人那里。所以，在我们的教育框架中，对教育发展做出重大贡献的往往是政治家，是国家高层的决策人物。恢复高考是这样，大学扩招也是这样。国家的教育方针也往往是他们的语录或讲话。然而，在国家高层显示高瞻远瞩胸怀的同时，广大的教育理论研究者们却显得失语或无声。而这种定于一尊的个人式决策方式，无疑不符合现代社会的科学、民主决策原则，是一种"其成也忽焉，其败也忽焉"的现象。这样的决策一旦出现失误，教育系统将很难有条件终止或纠正。如果错误的制造者没有意识到自己的错误，别人也无法改正他们的错误。而决策者们的政治家身份和素养，使其很难具有既切近世界教育潮流、又融汇中外及历史教育精华，还包含文明和理性意蕴的教育思想，从而使我们的教育领域缺乏理性、文明的教育思想和理论资源。而我们"为尊者讳"的文化传统，对于出自领袖口中的即使是权宜性、情绪性的话，也会将其尊为真理。只是这种做法会强化他们在教育认识上的片面

---

① 杨东平.大学体制改革刻不容缓.南方周末，2007-04-22（14）.

性，使教育理性、文明思想贫乏的现象长期存在。而看一下我们现在的主流教育话语，就会印证我们的这种判断。而现代教育原理表明，具备科学、文明的教育理论，对教育而言是十分重要的。虽然有了先进的理论我们未必一定能达到先进水平，但如果没有先进的理论，教育的进步则是绝对不可能的。因为没有理性、文明理论指导的教育，是一种盲目的、没有信仰和灵魂的教育，它可能时而为政治服务，时而为经济服务，时而为文化服务，但自己的精神却无处寄托，信念没有源泉，传统无法养成，其历史和精神是一堆零乱的碎片，是一个精神流浪者。

2）封建思想的幽灵到处飘荡

由于我国在推翻了封建制度之后，没有进行过彻底的清除封建思想的活动，因而封建的文化和观念，并没有随着封建制度的垮台而完全地退出社会领域，而是寄托在新制度的各个角落，影响人们的思想和精神。在教育领域中，这种封建思想的影子就非常显著。比如，在教育基本思想和方针的确定上，就沿袭了传统的政治功利主义思想，遵循了政教合一的思想传统，强调教育必须为社会的直接活动服务；而完全排斥了"为知识而知识"、"为学术而学术"的主知主义观念，抑制了教育提升社会文明品质的基础性价值和意义，将教育完全确定在功用、事功的层次，使教育失去在更高的思想和文化层次上为社会服务的机会，失去建立自己主体性的思想和理论依据。在教育制度的设计上，我们更是沿袭了封建制度中"从上到下"的"大一统"、"学在官府"的教育体制，秉持统一管理的集权式管理观念，以一种标准规范全国所有的学校，形成"千校一面"的现象。教育领域中许多本属于教育自己的事情，都要由教育行政主管部门来主导或组织。对全国各个方面影响深远的"高考"是这样，对教育品质影响深刻的大学管理也是这样，甚至连大学生的英语四、六级考试也要由行政机关来主持。这种"大一统"的封建思想，导致教育行政主管部门对谁都不信任，之所以不让大学全面的自主招生，是因为害怕大学把关不严而导致教育秩序混乱。但美国一直是大学自主招生，我国台湾省也实行大学自主招生，我国20世纪三四十年代时也实行大学自主招生，何以我们现在的大学就会不顾声誉而"徇私枉法"呢？而教育集权式管理所形成的症结遍布各个方面，成为教育进步的难题。这种思想所导致的制度顽症，造成了人们在教育价值观念方面的混乱，致使一些从事教育工作的人并不信仰教育宗旨，视教育为纯粹谋生的活动。由于没有教育信仰，在教育领域中，流行着"双重人格"的现象。人们要解决某个问题，首先想到的就是找关系，因为现实给人们提供的参考是，没有关系确实很难办成事情。这种现象使人们不乐"道"，而信"术"，也造成教育中普遍的"两张皮"现象，普遍的服从性、投机性人格及庸俗风气。所以，教育虽然在理论上讲是应该教人心灵美好的，但在现实的教育活动中，人们却是普遍地不说真话，有的教师在课堂上面不改色地说假话，甚至教育学生也要说假话。尤其是在上级来检查工作或参与各种评比活动的时候，这种现象就尤其普遍。而在一些普遍性的造假活动中，正直、正派的人反倒成为不合时宜的人。在现实生活中，光明正大、正派耿直、不会溜须拍马的人也往往被视为"傻瓜"。这样，正直的人、正派的人、高尚的人，不但不会成为学生学习的榜样，反倒可能成为学生揶揄的对象，从而深深地刺伤他们的教育信念、信仰和信心。而教师放弃正直人格而崇尚实用主义人格的态度，崇尚投机取巧和趋炎附势价值观的态度，能够给学生提供什么样的人格示范？我们国家和社会的希望又将来自何方呢？

3）缺乏文明的价值趋向

文明是人类社会在发展过程中被证明为"好"的意识和行为，文明在世界范围内具有通约性，是世界各国人民都可以理解和接受的。文明是既符合理论逻辑又符合历史逻辑的意识和制度。在当今世界，以法制、民主、自由为特征的社会制度和文化就是文明的表现，以专制、暴力、愚民政策为特征的制度和文化就是不文明的表现。文明原则在教育中体现为尊重人才、尊重知识、尊重教育规律。而不尊重人才、唯官是从、以官为本、强调官大学问大、官就是真理的制度和文化，就是不文明的表现。文明的核心是对人尊严、权利、价值的尊重，教育的逻辑是追求文明，追求知识，追求知识人的尊严和权利，但以官为本的教育制度却破坏了这个逻辑。而教育之所以缺乏文明趋向，是因为人们对教育的性质认识不深，或者是被私利蒙蔽了眼睛和心灵。比如，在教育目的的设计上，是针对大多数人还是一部分人，是面向全国所有的人还是只面向一部分"自己人"或服从自己的人，这是区分教育是否文明的标志。现代国家的核心是民主、法制、自由，公民是现代国家的最基本概念，而公民是指所有的人，而不是一部分人。现代国家中每个公民在地位和权利上都是平等的，教育不应该厚此薄彼，只培养一部分人，而不培养另一部分人。教育作为全民纳税支持的活动，应该为全体人民服务，不应该宣称只为这个阶层服务，而不为那个阶层服务。以此原理评价我国以往的教育目的，可见其规定是缺乏文明意识的。而我国在相当长的时期内所实行的阶层差异教育政策，或许并非故意，但却造成事实上的城乡教育差异，而在有些时候曾经实行的干部子女特殊教育政策，更是与现代文明的精神背道而驰。

这种不文明的制度和文化对教育的影响是，不少教师和学生都以直接的功利取向为目的，在这种情况下，学生的学习不是为了修养自己良好的人格和品行，以"修己为人"，而是为了获得一张文凭，找到一份好工作，有一份较高的收入；教师的工作目的不是为了发展教育和文化，不是为了传授知识和创造知识，而纯粹是为了谋生；而为了谋生，首要的原则就是要保住"饭碗"；而为了保住

"饭碗"，自然地要学会"生存"，学会"生存"的各种"技术"。教育是非、教育原则、教师道德底线，都要让位于自己的利益。这就是为什么有的教师成为"乱收费"的同谋、成为"应试教育"的积极参与者的原因。他们在这种背景下的积极教学，如同有些狂热追求政绩的干部一样，其本意并不在教育本身，而是为了自己的谋生，为了自己的体面工作和不菲收入。在为"生存"或谋生奋斗的过程中，不少教师都学会了"顺应潮流"的请客送礼，学会了讨好和巴结领导，然而，这种违背人本性的行为显然不是他们的本意，他们显然都是愿意堂堂正正地活着的，而且谁也不愿意无缘无故地向别人送礼或行贿的，他们的很多做法都是顺应潮流的"身不由己"。他们这种被制度扭曲的真性情，在私人场所或私密场合就会爆发性地释放出来，从而形成许多人的人前、人后表现不一的双重人格。而这样的教育人文和基础环境，怎么能支撑起现代教育的大厦？

4）对教育缺乏应有的价值观和精神信仰

教育深刻危机的背后，是我们长期以来一直秉持的权宜性或功利性的国家观念。综观世界和中国教育史，可见教育家们普遍认为教育的目的应该是培养具有理性品质的国家公民或文明、理性、品质高尚的人。然而，教育的这种本真的目的和本质，却时常被社会功利性、权宜性的需要所排挤，往往被代之以社会需要的目的。我国自晚清以来的许多仁人志士都在深刻的反思中倡导建立文明的教育，以便使国家真正强盛起来。但是这种认识并没有成为全社会持续性的共识，尤其是被决策者们所完全接受，只是被断断续续地利用。因为教育本真的培养目标，是具有自主意识和精神的国家公民和理性人，这显然与有些领导人所期望的"顺民"文不对题，因而被他们拒绝或抑制是不足为奇的。在这种情况下，作为当权者附属的教育当局对教育本性的忽视和排斥也是情理之中的事了。从张之洞的"中体西用"，到蒋介石的"党化教育"，再到"革命事业接班人"，这些出自决策者的教育目的，无不蕴涵着深刻和强烈的政治功利意识，可见其与教育本真目的的分歧是一以贯之，而且是本质性的。对于具有长期误识教育历史的教育行政管理部门而言，其误识既有历史合理性，又有现实合理性，因而是理直气壮的，甚至是天经地义的。我们今天的困难在于，这种历史与现实连接起来的合理性，使我们徘徊于现代教育的大门之外，已经成为我们建设现代教育的思想障碍，成为我们国家和民族普及文明的障碍，我们应该以对文明的自觉和勇气，走出这样的历史误区，融入世界文明的潮流。

以上陈述的教育危机三个方面的内容，是相互联系并相互影响的，其共同反映的教育深刻危机是：教育在长期的活动过程中，并没有形成体现自己意志和本质、精神和品格的主体性力量，没有获得能够保护自己权利和精神的法律地位，还仅仅是不同名目的社会要素的工具。这样的教育可以说不是自己的，不是教育家、教师、学生的，而是政治、经济、文化（世俗）的，是政府的，在有些地方甚至成为官员谋利的工具。作者得出这个结论的原因，是因为在我们目前缺乏民主监督机制的情况下，一所学校的校长意志极容易被等同于这所学校的意志，而有些校长在面对媒体时，所表现出的"我就是学校"的傲气和自负，就足以证明这个问题。而教育品格和精神在教育最基础的一些中小学校中被虚置或排斥，则使教育最基础的部分精神残缺，这样的结果可以说是非常严重的。因为我们现在不得不面对大量的假冒伪劣商品、大面积环境污染、日益严峻的治安形势、严重的权力腐败、公共机构的服务态度淡薄等各方面社会问题，很难说与教育的基础性精神残缺没有关系。而行政当局像告诫小孩子一样提醒国人出国时要保持基本文明行为的做法，也从另一个侧面说明国民素质问题的严重性。作者也正是在这种认识的基础上来探索教育危机问题的。作者探讨教育危机问题受到的启发是：把教育还给教育，让教育依据自己的本质和逻辑活动，自然地产生教育的文明意义和功能，是我国教育进步必需的理性选择。这个结论并非是作者的独创，而是蔡元培、陶行知、潘光旦等老一代教育家们早就提出来的思想，只是这些思想被尘封太久了，因而人们感到陌生。温家宝总理曾说，"要支持教育家办教育"，"大学中要有一些仰望星空的人"，而这些美好的期望如何在教育中实现，则是对我们教育境界和智慧的严峻考验。

8.2　我们应该秉持什么样的大学教育目的

大学的教育目的是什么？应该说是一个极其简单的问题。然而，在现实的教育活动中，这却是个比较复杂的问题。因为，一方面，大学教育目的具有应然和实然两种形态。其中，应然的大学教育目的，是指大学基于自己的性质和宗旨所追求的目的，是由大学内部自然产生，并在大学长期活动中凝聚、沉淀而成的。大学应然的教育目的，由于体现了大学产生、延续、发展的原因和理由，因而被认为是本真的大学教育目的。而实然的大学教育目的，是指现实的大学教育活动中所依据或遵循的教育目的。它往往不是产生于大学活动的内部，而是由大学外部社会方面的某些要素赋予或强加的，内含明确的社会性要求。其对大学教育活动的主导，可能在大学的思想领域造成混乱，使大学的基本制度设计在价值取向上出现偏差，使大学的功能和效果受到抑制，无法发挥其应有的价值和意义。另一方面，大学教育目的在不同国家、不同地区、不同历史时期的内容是不一样的。在一般情况下，大学教育目的都受大学所在国家、地区及社会各个历史时期政治、经济、文化的影响，具有明显的国家、地区及历史特征，其对大学教育的深刻影响，形成了历史和现实中大学的复杂形态。我国大学目前所存在的问题及在转型时期所表现出的复杂形态，都源自于我国大学在确定教育目的时所依据的政治、经济、文化水平，以及因此而选择的价值取向及活动方式。所以，对我国大学教育目的及其背后所依据的教育观念及行政化模式进行分析，有利于促进我国大学教育目的更加合理和进步，有利于我国大学的发展和进步。

8.2.1 大学教育目的的模糊性使大学缺乏教育性方向

毋庸置疑，大学作为专门传授人类文化知识和文明观念的知识圣地，在人类社会发展的相当长时期内，都为人们所敬畏和仰慕。大学生们作为"天之骄子"和社会精英，也一直被人们看成是社会文明和道德的化身。即使在文明和文化备受摧残的"文化大革命"时期，大学教师和学生也依然作为知识、文明、道德的符号，深受处于社会底层人们的尊敬和照顾。显而易见，人们对于大学师生们的这种超乎寻常的尊敬和爱护，既来源于我国源远流长的尊师重教文化传统的影响，也来源于现实社会中大部分大学教师及学生在他们担当的社会工作中所表现出来的群体性的较强的专业工作能力和较为高尚的人格水平和道德品质。然而，随着我国高等教育规模的扩大，大学及大学生数量的急剧扩大，表现在大学及大学生身上的问题越来越多，问题的程度也越来越严重。诸如有些大学中普遍存在的学术腐败问题，学风浮躁和极端功利性问题，校风奢靡、浮夸、庸俗问题，有些大学生的考试和论文作弊问题，男女学生在一些公开场合过度亲密甚至滥情问题，大学中学位贬值尤其是高学位的媚权、媚官及寻租等问题，使人们对大学及大学生们的状态感到忧虑，并且发出"大学有问题"的批评。人们质疑，为什么在教育大环境普遍好转、大学经费普遍增加、大学校园普遍扩大、大学教学设施普遍改善、教师收入普遍提高、高校内部管理制度普遍改革的情况下，大学的校风、学风、教风却没有相应地提高，大学的品格和精神却没有表现出特别的高洁和尊贵，大学的形象和声誉却没有明显的改善，大学没有创造出引导和推动社会进步的卓越思想和理论，没有为社会文明和道德水平的提高产生特别的推动作用，反而受到社会各方面的指责和批评。那么，大学的问题到底出在什么地方呢？

检阅近年来我国学术界关于大学研究的报告及结论，可见我国大学中存在的问题不是某个微观领域中的具体性问题，而是宏观领域中涉及制度、文化、观念、成员素质、内外关系、学校结构、思想传统等方面的复杂性问题。而其中最为核心和基础的问题，则是处于大学思想、观念、制度基础位置的教育目的问题。因为大学教育目的作为大学教育本质和宗旨的体现，是大学制度和文化的思想基础和精神依据，是大学之所以为大学的标准和条件，是大学所有制度及活动的"纲"，"纲举目张"，大学中的所有制度及活动，可以说都是在教育目的的主导下形成和进行的，大学教育目的的层次决定了大学品格、境界、灵魂的品位和水平。而大学在教育目的方面存在的问题，则主要是在大学的基本价值取向上背离了大学的教育规律，使大学失去了作为专门学术组织的特征和功能，异化为一个准行政机构，导致大学的教育实践活动经常处于盲目、无序和庸俗的状态。而在大学教育目的的内涵和精神实质上，起码有以下一些问题值得探讨。

首先，是我国长期以来关于大学教育目的的规定。比如，"培养具有社会主义觉悟的、德、智、体全面发展的社会主义事业建设者和接班人"[1] 的表述，可以说是一种典型的政治性表述，即教育目的表达的主要是社会政治的要求和需要。这种由政治主导的大学教育，其主要凸现的是政治特征，而不是教育特征。这样的教育目的规定，由于其过强的政治性内涵，与教育立足知识熏陶和追求人心灵真、善、美的健全人格的教育机制难以契合，在教育的结构中显得机械、模糊和空疏。因为政治和教育作为社会领域中两种具有不同内涵、承担不同职能的要素，其性质和目标是完全不同的。比如，教育是求远效的，而政治往往是求近效的；教育是立足于关照人的终生的，而政治则一般是追求时期性目的的；教育是绝对追求理性的，而政治则为了自己的目标既可能诉诸理性又可能诉诸武力；教育是绝对以文明、理性、关爱为行为原则的，而政治则可能为了某种目的而不择手段，甚至有时运用的手段还是非道德的。总之，以政治决定教育，极可能使教育丧失自己的本质和特性。由政治主导下的教育，其文明、道德和理性原则可能难以得到充分保证。另外，这些规定在现实的社会结构中，缺乏与社会其他方面制度和政策的相通性和一致性。比如，"接班人"如果是指广义的青年人，那么我们就不能说作为公民的哪个青年人不是"接班人"，而既然大家都是"接班人"，将其作为教育目的就没有意义；如果仅指作为领导干部培养对象的大学生，那一则作为大学教育目的就缺乏针对性，二则与干部选拔制度相矛盾，缺乏理论和文化方面的科学性和合理性，导致教育实践往往对其"敬而远之"和"名尊实疏"，难以产生真实的教育效果。

其次，我国长期以来对于大学教育目的的表述，显然是计划经济时期的产物，体现的是计划经济的思想和特征，具有显著的时代特征和历史局限性。这种状态中的大学教育，从名义上讲是有教育目的的，但一则这种教育目的由于缺乏向教育实践"迁移"的"共同要素"，而只能停留在口头或书面上；二则这种名义上的教育目的由于不是从教育的历史和实践中产生的，缺乏教育的规律和思想

---

[1]　余立. 中国高等教育史. 上海：华东师大出版社，1994：152.

基础，因而是"非教育的"，不能发挥真正指导教育的作用，无法变成现实教育活动的真实指导方针，致使大学在现实中表现为无方针、无目的。而文件或法规意义上的教育目的与现实教育活动的关系，则如同高清海先生所言，是"论坛哲学"和"实践哲学"①的关系，双方之间虽有联系，但却没有融合为一体。而"非教育"目的主导下的大学，由于脱离了教育规律的束缚和规约，因而变得缺乏责任和规范，成了随波逐流、反复无常的精神流浪者，既无尊严和权利，又无品格和气节，在本质上成了社会政治的附庸。然而，没有权利便没有责任，没有品格便没有自律，有的就只是自己的利益。而对利益的追求，则使大学既陌生和隔膜于自己的本质，也懈怠和消极于社会的指令和要求，变成一个表面上温文尔雅而实际上唯利是图的投机者。所以，教育在实践中遵循的工具性、权宜性、时期性的目的和方针，与文件和法规中依据的政治性、长期性、全面性的目的和原则难以对接，形成了二者的貌合神离的状态。而相对于教育实践活动的稳定性、连续性、价值性、逻辑性而言，传统大学教育目的的多变性、权宜性、功利性特征，往往使大学教育处于互相矛盾、没有标准、缺乏品位的处境，使大学不像大学。而教育应然的本质和宗旨、精神和品格，都在对政治的顺应和服从过程中被遮蔽或抑制了。

再次，我国传统的以政治精神为主导的大学教育目的，可以说是站在社会或国家的立场上对大学提出各种要求或指令，要求大学必须按照国家或社会的利益和需要进行活动。其内含的意志和精神都是国家或社会的，而没有立足于大学教育规律或活动逻辑的精神和意识，大学只能被动地执行来自国家或社会的指令或要求，因而只是国家或社会实现自己目的或目标的工具。这种强烈的政治意识，使大学一直处于政治附庸的位置，作为观念中的政治工具及社会结构中政府教育行政机构的下属，以政治的需要为目的，以政治的意志为准则，以政治的指令为活动内容。而来自"上级"的一个接一个的行政性、政治性指令的执行及落实，占据了大学活动的大部分时间和空间，使大学几乎没有时间和精力来营造属于自己的制度和文化。这样的现象贯穿了中国现代大学活动的始终，从清末出现的我国第一所现代大学——北洋公学至今，大学都没有脱离这种环境。而这些立足于国家或社会立场的大学教育目的，虽然具有理智的文字表述，但其内容往往在教育学意义上缺乏科学性和合理性，亦即不符合教育规律，与大学应然的本质和宗旨相抵牾，致使大学对其只能要么"阳奉阴违"，要么以消极的态度"敬而远之"。我国许多大学在20世纪前半期，就以这样的态度对付当时的北洋政府教育部、国民党政府教育部，以争取大学按自己规律活动的空间，要么不得已放弃自

① 高清海. 哲学的命运与中国的命运. 新华文摘. 1998，(8)：31.

己的立场和意志，放弃自己的宗旨和理想，完全按照国家或社会的要求或指令来活动。我国建国后的大学基本上就处于这种状态。然而这样活动的结果便是大学失去自己的特色，成为国家某个机构的附庸，大学应然的价值和意义则无从产生。大学也因此不像大学，倒像生产标准产品的工厂，像狂热追求经济利益的市场，像习惯于随波逐流、趋炎附势、通行等级制度的官场。出现权力腐败、学术腐败、学位寻租、职称寻租、入学机会寻租等正常大学中不该有的怪现象。

最后，教育实践在对本土实然的教育目的"敬而远之"的同时，却对异域的"大学通例"心驰神往，人们言之于口、践之于行的都是"教学、科研、社会服务"等大学基本职能。然而，这被称为世界大学基本职能的三种活动，其内含的大学活动的三种不同取向，却使现实的大学经常处于一种精神分裂和思想混乱的多难处境之中。比如，一所大学，到底是以优秀人才培养为中心，还是以科学和文化创造为中心，抑或是以社会服务为中心；表现在大学的具体活动中，到底是以教学为中心，还是以科研为中心，抑或是以"产学研"结合为中心，都是对大学境界和智慧的检验。而研究外国教育史，会明白这三种基本职能在外国大学中是自然形成、自然发展、自然结合的，不是人为安排的。其对于大学职能的追求，是立足于自己的教育理念和办学宗旨的，而不追求统一或进行简单化的攀比。然而在我国的大学中，由于缺乏大学自然、理性发展的历史，缺乏与"大学通例"有机融合的制度和文化，因而在三种基本职能的借鉴方面，往往采取非此即彼的选择方式，难免显得僵硬或机械。由于是在矛盾的状态中机械性地学习，因而大学中应然目的与实然目的相互抵牾，转化为大学深层次的观念和制度矛盾，使大学倾向任何方面的选择，都会招致其他方面的批评。大学虽然可以对外部的批评和指责"不以为然"，但不能无视来自内部的批评及消极和冷漠态度。这种来自大学内部的关系不畅、气氛不爽的压力，使大学经常处于焦虑、紧张、压抑的气氛之中。可见大学教育目的中过强的政治性内涵，扰乱了大学的基本理念，应该进行厘清和修正，确立符合教育规律和逻辑的科学的教育目的。

8.2.2 大学教育目的中内含的"有用性"取向使大学过于功利和庸俗

关于大学教育目的，古今中外的教育家及思想家为我们创造了非常丰富的思想资源。在世界领域内，早期有英国纽曼的"大学是传授普遍知识的地方"，是"一切知识和科学、事实和原理、探索和发现、实验和思索高级保护力量"，"大学讲授的知识不应该是对具体事实的获得或实际操作技能的发展，而是一种状态或理性（心灵）的训练"①。中期有德国洪堡的"大学是进行科学探索和学生个性与道德修养的地方"，"大学应该独立于国家的行政管理系统"②。费希特的"大学是理性发展得以连续不断进行的机构"，"进入大学者即为学者，而学者绝不能视科学为追求其他目的的手段，科学本身就是目的"③。雅斯贝尔思的"大学是公开追求真理的场所，所有研究机会都要为真理服务，在大学里追求真理是人们精神的基本要求"④。怀特海的"大学的理想，与其说是知识，不如说是力量，大学的任务在于把一个孩子的知识转变为一个成人的力量"⑤。近期有美国原芝加哥大学校长赫钦斯的"大学的目的是培养睿智、至善、理性的人"，"职业教育主义会导致浅薄和孤立，它剥夺了大学唯一的生存理由"⑥；哥伦比亚大学校长利瓦因的"大学是人类文化的保管者，是人类理性进程的监护人"⑦。

在我国的教育历史上，许多杰出的教育家和思想家，都在大学教育目的问题上有非常精彩的论述。从远处说，有《大学》开宗明义的"大学之道，在明明德，在新民，在止于至善"。从近处说，有蔡元培先生的"大学是研究高深学问的场所"，"大学是培养学生健全人格的机关"⑧。有梁启超先生的"养成健全之人格"及"研究高深之学理，发挥本国之文明，以贡献于世界之文明"⑨。有竺可桢先生的"大学教育不止是教人做人，做专家，而是要做士——承当社会教化和转移风气之责任的知识分子"⑩。梅贻琦先生的"以通识教育造就健全人格之新民"⑪ 等。在这些古今中外的教育家和思想家们对于大学的理解和设计中，我们可以感受到这样一个趋向，就是他们几乎都认为，真正的大学是一个国家及民族的文化、思想、精神基础，是社会文明的策源地和加油站，是立足于培养作为国家、民族、社会基础的人的精神、品格、思想的。大学的着眼点是"道"而不是"器"，是"理"而不是"用"，是"学"而不是"术"，是求"远效"而不是求"近功"的。其目的是追求受教育者的高素质而不是具体的职业能力，是追求教育对受教育者的整个人生"有意义"，而不是简单化地追求对其求职、就业、升迁或经济收入的"有用"。

① 〔英〕纽曼．大学的理念．杭州：浙江教育出版社，2001：2.
② 陈洪捷．德国大学观及对中国大学的影响．北京：北京大学出版社，2002：37.
③ 陈洪捷．德国大学观及对中国大学的影响．北京：北京大学出版社，2002：37.
④ 〔德〕雅斯贝尔思．什么是教育．北京：生活·读书·新知三联书店，1991：169.
⑤ 〔英〕怀特海．教育的目的．活页文选，1998，(1).
⑥ 〔美〕赫钦斯．美国高等教育．杭州：浙江教育出版社，2001：23.
⑦ 张维迎．大学的逻辑．北京：北京大学出版社，2004：43.
⑧ 杨东平．大学精神．沈阳：辽海出版社，2000：334.
⑨ 刘琅，桂苓．大学的精神．北京：中国友谊出版公司，2004：4.
⑩ 杨东平．大学精神．沈阳：辽海出版社，2000：44.
⑪ 杨东平．大学精神．沈阳：辽海出版社，2000：69.

这些古今中外先贤们对于大学目的及精神的理解和界定，显然与我国在社会中心观念支配下所设计的大学教育目的是有明显差别的。我们承认在社会发展变化的情况下，大学与社会的关系也发生了非常巨大的变化，大学中的教育活动与社会实际联系密切，大学由传统的知识和文化创造机构，转移到了社会的中心，成为国家文化、科学、思想、道德的标志，成为国家发展的核心力量和思想库。大学与国家的利益也密切地融为一体，成为国家发展的软力量和社会发展水平的标志。而在大学与社会、国家的密切结合中，出于国家、社会对于大学的"有用"企求也越来越强烈。对此，虽然大学出于自身的尊严和权利，在尽力地与社会保持距离，保证自己品格、特性、精神的独立性和完整性，但是，大学与社会融合的潮流，已经被社会纳入自己的活动系统，成为国家、社会系统中的一个附庸机构。使其对社会、对国家能够直接有用。而美国在19世纪中期推行的"赠地运动"中所衍生的大学为社会服务职能，则推动了大学中实用性观念的合法化和普及化，成为社会控制大学、干涉大学活动的理由和理论依据，使世俗和功利观念进入大学成为必然。当然，立足于社会及政府的立场，教育不仅应该有用，而且必须有用。因为如果没有用，那人们为什么组织和支持教育呢？而人们之所以重视和发展教育，就是因为认识到社会的发展和进步需要教育，没有教育国家就不能发展，社会就不能进步。所以，当今世界无论是哪个国家，都把教育放在非常重要的位置上给予重视，尤其是那些经济、文化、科学非常发达的国家，更是将教育视为社会文明和进步的加油站或策源地，视为国家强大和富裕的核心发展力和竞争力，使教育成为国家和社会完全依赖的基础事业和重要部门。

另外，世界历史的发展也充分证明，教育是国家发展的"利器"和根本，重视教育是国家发展和进步的必由之路。无论是富敌天下的美国，还是"人间天堂"的北欧五国，可以说都是在教育的基础上立国和发展的。对于个人而言，教育的作用更是显而易见。无论是我国古代社会底层的"仕子"通过读书而"跃登龙门"，还是当今世界许多国家的"平民子弟"通过读书而成为国家的政界显要，可以说都是依靠教育的作用。我国目前所推行的高等教育大众化运动之所以进展迅速，许多经济积聚并不富裕的群众之所以宁愿背负极其沉重的经济负担，却坚定不移地借钱供子女读书，就是立足于这样的认识和思想基础。可见无论是在理论上还是实践上，教育的有用性观念都有极其雄厚的意识和制度基础。显而易见，教育的有用性是得到人们的充分肯定和承认的，也是具有极其客观的正向作用和积极意义的。然而，大学教育与一般教育的不同之处，则在于既要有用，又不能纯粹为了有用，或者将有用作为唯一的目的。否则，大学与市场有什么区别？

众所周知，大学的目的是育人，而育人的最高准则或境界则不仅在于工具层面的"有用"，而且在于使人的生活有意义，在于使人的尊严、人格、权利、自由得到保证。可见大学的有用性目的必须限定在一个恰当的程度；否则，有用便会成为毁灭大学根基的灾难。而教育有用性目的在高等教育中的误识，则造成大学整体品质的下降和大学精神的堕落。表现在学校的层次上，就是功利性的"政绩"目标代替了大学应然的目的和宗旨，造成了大学活动中的功利性、工具性、庸俗性现象。这种现象在高校中的突出表现，就是将教育的有用性视为必须对学校的利益和影响扩大、声誉提高有用。而在这种认识的引导下，高等教育领域中不仅出现了"升格热"，而且出现了"公关热"，亦即项目评审需要"公关"，各种评奖需要"公关"，申报重点学科、博士点、硕士点、开办新专业等都需要"公关"。除此而外，许多高校中还存在着"创收热"，"读学位热"等。这些"热"既使高校中充满了浮躁、功利、庸俗的气息，又使那些专心治学的教师备受压抑。有些高校，由于不正之风盛行，出现了"优汰劣胜"、"伪币驱逐真币"的现象，难以发挥培育人才、发展文化和科学、为社会的文明和进步服务的作用和功能。

由于高等教育是社会精神和品格的核心和源泉，高等教育对于世俗功利的追求，不仅使社会不良风气的纠正缺乏资源和力量，而且使世俗功利气息随着高校学子流传到全社会，使社会中的逐利之风愈益强劲，而高洁和尊贵之气则愈益微弱，有道而无德，有律而无格，社会丑恶现象及腐败、犯罪现象消除之日无望，达不到大学引领社会文明和高尚的目的。教育有用性目的在学生成长层次上的误识，将大学生接受教育的目的确定为获得一张"文凭"，并由此而换来一份"好"工作。为此，在高等教育的领域中，出现了强烈追求热门专业、追求各种资格证书（其中以外语和计算机证书为甚）、追求各种时髦和时尚的风气。由于以追求就业和找"好"工作为目的，因而有些学生的学习也以此为标准进行取舍，亦即对于将来就业或工作有用的课程就认真学习，而与就业或工作无关的课程就冷落和逃避。在这样的功利性学习过程中，那些虽然是学生美好心灵和人格修养生成必不可少的人文教育课程，由于被学生视为无用而被冷落或者忽视，从而造成了现在有些大学生"有学历没人格、有知识没文化修养"的现象。这样的学习对于学生而言，造成了对人生珍贵的发展和提高机会的浪费。

事实上，教育作为"使人成人"的事业，其对学生发展和提高的促进和影响，既表现在促进学生通过在学校中的学习能够掌握许多使自己"成人"的自然和社会科学知识，由一个无知或者寡知的人，成长为一个有知或者博学的人；又表现在学生通过在学校中的学习，能够生成和培养出高尚的品德和健康的人格，成为一个有责任感、有良好的道德和文化素质、有良好的心理和情感素质、有理想和抱负的高素质人才。而且学生良好道德和人格水平的修养，对于学生而言非常重要。因为纯粹的知识和文化是一个人在许多条件下都可以学习和掌握的，况且是"学无止境"的，亦即需要终生进行学习。但品德和人格的修养却不相同，它需要在一种特定的环境和条件下才能完成，亦即需要在学校这种专门的教育环境中才能完成。换句话说，学校是学生修养高尚人格和道德的最佳场所，因为只有在学校的环境中，才具备学生修养高尚品德和人格的最佳条件。所以，学生如果不抓住在学校学习的机会积极地加强人格和品德修养，一旦走出校门，就再也不会有这么好的机会了。然而，现实大学活动中的有用性（功利性）追求，却使学生失去了在学校中修养高尚人格和品德的最好环境，使其可能成为知识水平和人格水平并不平衡的"半面人"，没有实现由自然人向健全社会人、道德人的转化。近年来经常出现的大学生、研究生犯罪现象，大学生、研究生自杀或躲避就业的现象，都反映了学校在学生健全人格和高尚品德养成方面的缺陷。而这样的现象不仅给这些学生的成长留下不可弥补的缺憾，也给教育本身造成了失误甚至耻辱。

8.2.3 确立以培养学生健全人格为基本内涵的大学教育目的

基于唯物主义的立场，我们承认社会现实的力量是巨大的，也是复杂的。社会实践活动的复杂性在于社会活动中既需要真理、规律等理性的理论和思想，也同时在滋生、繁衍甚至张扬着非理性的力量和逻辑。而在大学教育目的的问题上，社会也既弘扬着经过历史长期检验并且被证明为"真理"的"大学通例"，也包容着以政治功利主义和经济功利主义主导的功利主义教育目的。依据"存在的就是合理的"原则，我们理解这些现象的存在是"事出有因"，但不能因此就模糊是非的判断，更不能因此而放弃对于文明和真理的追求。而笔者之所以"犯忌"，对大学的目的进行梳理和探析，就是期望能够为合理的大学教育目的的确立提供理论依据。

众所周知，学校是培养人的机构。培养什么人？首先是好人，是不危害社会，并能够为社会文明和进步做出贡献的好人。其次是能干的人，亦即智慧的人。他们能够为社会创造财富，能够推动社会各方面事业的进步。在好人和能人之间，好人是基础，在好人的基础上培养能人，这就是我们平时所说的德才兼备，他们的人格是健康且健全的。他们对他人亦宽亦善，对自己亦严亦高。只有创造财富的人是好人，他们才能将创造的财富贡献给社会，促进社会的公益事业（当然，这其中不排除他们也从中获得好处，因而过好日子），也才能保证他们在创造财富的过程中遵循的是文明的规则，做的是纯粹有益于社会的事情。如果反过来，那就有问题了。我们之所以在上节对国内外先贤们的大学观念进行烦琐的引用，就是因为大学的教育目的涉及大学是什么的问题，亦即有什么样的大学观就会有什么样的大学。而大学原初的育人目的（培养学生健全人格）虽然可以被扩大，被丰富，但不能被改变。因为大学的原初目的，是大学的灵魂和本质，是大学之所以为大学的标志。如果抛弃了大学原初的目的或传统，那大学就已经不成其为大学，而成为别的什么组织或者机构。

大学的发展历史也证明，大学只有在保持自己原初目的的情况下，大学的意义和价值才能够实现。因为大学应然的目的是经历了社会历史长期的检验和磨炼，之所以能够经久不衰和历世延续，并且不断被发扬光大，其内在的合理性和普世性是毋庸置疑的。任何对大学传统目的的背离、抑制和遮蔽，都只能使大学的功能和作用消失或者缩减，使大学对于社会的贡献和促进意义减少或流失，从而迟滞社会的发展速度和进程。大学目的在基本的价值范畴中，一般有知识和道德两个方向，亦即大学既需要向学生传授知识，又需要向学生倡导道德。在知识的传授方面，大学需要履行的职责是，向学生传授人类社会发展中积聚的先进文化和科学知识。由于人类所面对的自然和社会知识非常浩森博大，加之人类对于知识的不断开掘和发展，任何学生的有效学习、任何学校的有效教学都无法穷尽知识的所有方面，所以，学生在学校中的学习，重要的不是学习和掌握一些具体的知识内容，而是学习和掌握学习知识的方法和意识，亦即要学会学习、终生学习。

由于大学中的学习是一种学生健全人格养成的全面性学习，因此，学生在学校中的学习，既是一种纯粹的知识学习，也是一种健康人格、良好心智修养、高尚道德品质的学习，是知识和做人的双重学习。学习知人、知世、知事，学会处人、处事、处世。显而易见，大学教育的目的不仅是培养学生的职业能力、社会发展的适应能力，尤其是培养以人格健全为基础的高素质人才。他们在品德上应该高尚而不自私，在思想上追求理性而不随波逐流，在处事中能够诚实、善良、自尊而不狡诈、虚伪。因为如果人的素质不好，在政治上就会导致权力腐败、买官卖官、徇私枉法等现象；在经济上则出现商业欺诈、偷税逃税、假冒伪劣等现象；在文化上则出现粗俗、低劣、滥情和负道德现象等。所以，大学在自己活动目的的确立上，不能持无所作为或任其自然的态度，而应该有所作为。如果说在过去比较艰难的环境中大学还勉为其难的话，那么，在现在社会政治环境比较宽松的情况下，大学应该为社会承担起文明、理性的普及责任。

因为大学毕竟不是历史上的匆匆过客，它有曾经辉煌和尊贵的历史，有深厚丰富的文明和儒雅资源，有不甘被埋没和抑制的个性，有高贵、清雅的基因，有对人类文明和高贵品质的敬畏和仰慕之心，有仁人志士们潜移默化的引导，所以，一些对大学心怀期望的人们，即使在大学处境极其恶劣的时候，也还是努力地表现大学的本质和特征，以阻止和避免大学的堕落和沉沦。他们顽强保存大学本质的努力，延缓着大学被异化的速度和程度，也自然地形成了大学实践活动中的许多矛盾现象。而大学的教育目的到底是服从于社会的政治需要，还是服从于教育的本质和规律，则是对人们精神境界的检验。大学发展的历史和实践表明，大学的特色和精神，只能在教育家及大学师生们的共同艰苦努力下创造出来，而不可能由作为大学上级的教育行政管理部门主导出来，亦即政府的教育管理部门，永远不可能"管"出名牌大学来。所以，我国长期秉持的行政部门管理大学的观念和制度，只能保证大学像好孩子一样不出差错，或者对其差错进行纠正或惩罚，就像我们以往管理的那样，但永远不可能"培养"出真正优秀或杰出的大学。

对此，国家的决策者们应该给予充分的理解和支持。这是德国查理六世皇帝的明智之处，是他支持洪堡建立了具有完全自由权利的柏林大学；也是美国开国元勋华盛顿的明智之处，他在倡导建立国家级大学的提案被否决后，心平气和地接受了全国大学"自由化"的现实，使美国的大学自由传统没有任何压力和障碍，从而奠定了美国大学"天下第一"的基础。众所周知，大学之所以为大学，大学之所以能够作为一种社会活动及专业机构，在人类上千年的历史中完整地保存下来，就是因为大学所从事的事业，是人类社会永远需要的，就是因为大学能够在人类社会的发展过程中，永远张扬自己的独特个性和生命魅力，使其成为人类文明的一部分。本质的大学并不以社会的功利性、权宜性需要为目的，而是以人的发展、人的心灵美好、人的精神和品格升华为目的。大学是真正面向人的，是人的精神、品格升华需要的"永恒性"维护了大学组织的"永恒性"。所以，大学不能离开人的培养来谈价值、谈目的、谈功能、谈意义。正是基于对大学本质的理解和尊重，世界上几乎所有被称为著名的大学中，都有立足于自己独特个性的大学精神。他们在其中张扬的都是高尚的信念和信仰，而非事功和私利。他们几乎都坚决地与世俗和功利保持着距离，谨慎地处理大学与社会、与政府的关系，谨慎地处理大学教育信念与经济收益的关系，以避免陷入世俗、功利的泥淖。

就大学的目的而言，现代大学最早的以培养健全人格为核心的教育目的，后来虽然得到了扩大，发展到"二中心"、"三中心"，但是，培养学生健全人格的教育思想始终没有被改变，依然为教育的核心思想和价值取向，舍此则大学便不成为大学。所以，大学的本真的、天然的、绝对的教育目的，仍然是培养人格健全、道德高尚的人。而在成熟的大学中，教学、科研、社会服务是有机地统一于学校活动之中的，不是对立、分裂或非此即彼的。因为教学有培养有文化、有教养、高素质人才的职能，科研有发展和创造知识、文化、科学的职能，其客观结果都是为社会的品质提高服务的。教学中培养的高素质人才，科研中创造出的科学和文化成果，都会在社会中发挥作用，为社会进步和发展服务。这是一种客观的逻辑现象，是不以人们的意志为转移的。作为世界"高尚区域"的北欧各国，其优良、和谐的社会生态，可以说正是良好教育对他们的惠泽。大学意义上的社会服务，既是一种立足于人才意义的服务，也是一种立足于文化、知识、科学、道德意义的服务，若没有大学的教学和科研为基础，社会服务只是一句空话。

当然，大学传统的三重职能已经在"全球化"、"地球村"的背景下密切地融合为有机的整体，人们无法离开教学而谈科研和社会服务，也无法离开科研和社会服务而谈教学。大学中的培养高尚、智慧、文明、理性人才的目的，既为科研提供了坚实的人才基础，也能够提高社会服务的品质和水平。而教学、科研、社会服务有机融合的观念及模式，其影响也远远地超出了国家及地域的界限，成为全世界都可以享用的文化、科学、思想和精神资源。

值得一提的是，避免大学教育目的的政治化，并非是漠视或排斥政治对于大学的影响，只是认为这种影响不能覆盖大学活动中的一切方面，而是应该限定在适当的程度。在政治与教育的关系中，一方面，我们承认政治是社会系统中最为重要的部分，其稳定、文明、理性与否对社会的稳定具有直接的作用和意义。然而，文明、先进的政治不是从天上掉下来的，而是由文明、健康的文化、思想、理论滋养和培育出来的。滋养政治的一个重要的资源，就是大学的教育及其活动。另一方面，大学的发展和进步，也不能没有政治的支持。人类历史上所有的大学，都是在政治的宽容、理解、支持的条件下生存发展的，文明的政治是大学发展、壮大的重要原因。所以人类历史上许多有作为的政治家，都在支持大学的独立权利和发展方面采取了明智的态度。

我们理解集聚了社会主导权力的政治要求大学为政治、社会、政府直接服务的思维逻辑及充分理由，但是这种逻辑和理由显然只是一种"独语"。因为由政治主导的大学，政治的意志和权力极容易被无限制地放大，从而遮蔽或淹没教育的本质和特性，无法形成教育的作用和意义。虽然由政治主导的大学教育目的中，也包含有培养大学生健全人格的内容，然而，以政治需要为前提的健全人格，与建立在文化涵育和熏陶基础上的健全人格，在本质上是不一样的。诉诸社会现实，政治作为社会主要权力和资源的控制者，似乎并不缺乏服从者和忠诚者，但是却缺乏具有理性资质的开拓者和创造者，而这些人只有在自由的大学教育中才能培养出来。对于广大的大学生而言，许多针对性调查的结果都表明，他们对现实政治的归属感和依附感都很强，但是却普遍缺乏健全的人格和良好的道德修养，缺乏承担社会责任的健康情感和坚强毅力，而在大学生们良好的道德修养和健康人格素质中，无疑也包含了对于文明、理性政治的向往和渴望，包含了建设文明、先进政治的理想和责任，所以，大学生的健全人格培养可以说与社会政治的价值取向是一致的。而大量的高素质、高境界、高品格人才的培养，则不仅是社会文明和发展的基础，也是政治稳定和进步的基础。因为任何先进的政治组织或政党，都会积极地吸收品德高尚、人格高洁的社会精英、社会贤达、仁人志士为其组织的成员，希望集聚他们的智慧和力量来成就大业。然而这样的社会贤达和仁人志士，也只能来自自由且先进的教育，特别是大学教育。从这个意义上说，政治对于大学的宽容和支持，其实就是对自己组织和事业的支持，也是自己事业内容的一部分。所以，促进自己国家大学的进步，也是政治的责任和职责。而以大学生的健全人格为大学教育目的，既是符合大学活动逻辑的，也是符合政治的原则和利益的。

8.3　中国大学改革目标：去行政化

大学行政化既是一个基本的事实，也几乎是教育理论界的共识。而原中国科学技术大学校长朱清时院士在受聘到新成立的南方科技大学任校长后，所提出的要在该校管理中"去行政化"的思想，则将我国公立大学中严重存在的"行政化"、"官本位"问题，又一次摆在人们面前，引起了社会各方的思考和热议。审视我国大学行政化现象形成的前因后果，以及大学目前的制度和文化形态，笔者以为大学行政化的形成原因是复杂的，影响是深刻而普遍的，消除也并非是一件简单的事情，而是一项带有整体性、革命性的系统工程。以下谨陈述笔者对这个问题的一些思考。

8.3.1　大学行政化现象形成的复杂原因

仔细审视我国大学中的行政化现象可知，其形成原因是复杂的，具体表现在两个方面。从历史的角度看，可以说我国的大学不是在本国文化和教育的历史中自然生长出来的，而是从国外移植进来的舶来品，因而无论是在大学的理论和思想方面，还是在大学的制度和文化方面，都存在着缺乏本土思想和文化理解、支持的先天性缺陷。在对大学本质的认识方面，我国的教育决策层就从来没有形成过"大学是研究高深学问的场所，大学应该以培养学生健全人格为宗旨"的国家意识。在对大学组织性质的认识方面，社会各方面就从来没有达成过"大学是学术共同体"或"学者共同体"的思想共识，因而在我国的高等教育发展中，虽然曾经涌现过许多献身教育，并在大学发展中做出过巨大贡献的教育家，但除蔡元培先生外，几乎很少有人认识到应该在国家的层次上，制定保证大学能够永远拥有完全自主权利和独立地位的法律，并使之传诸世。反倒是出现过许多强调大学必须服从国家利益、削弱大学自主权利、限制大学独立地位、要求大学成为社会工具的方针和政策，比如，清末的"中体西用"方针，国民党统治时期的

"党化教育"方针,新中国成立后的"教育为无产阶级政治服务"的方针等。因而即使在我国大学享有自由比较多的清末民初及"抗战"时期,都是在传统的"经世致用"思想支配下,将大学仅仅视为国家"富国强兵"的工具,确定大学的宗旨为"中体西用"及"信仰及服从领袖"(国民党时期的党化教育宗旨)等。在对大学的管理方面,由于最先创办大学的一些人主要是清政府的官员,因而其基本的思路还是"官办官管",大学校长需要由政府任命或委派,教育部握有对大学全面的主导和管理权。而这样的制度传统,一直延续至今。

这样的在国家层次上的大学观念及领导体制,决定了大学中的具体体制只能是一种行政化体制,从而自然地造成行政权力为大学活动中的主导力量的现实,没有为大学完全地实行"教授治校、大学自治"制度提供可以依赖的制度和思想空间。而我国大学在此时之所以还能够发展的原因,显然不是得力于这种行政化体制,而是得益于其时一些教育官员及大学校长卓越的见识和努力,以及当时动荡的社会环境。一方面,无论是在大学刚刚起步的清末民初时期,还是在大学相对快速发展的北洋政府时期和民国时期,社会基本上都处于动荡时期,无论是北洋军阀政府还是国民党政府,都没有在事实上完成国家的统一,其意志在全国各个方面还难以"贯彻执行",从而为大学的自由发展提供了空间。所以有学者研究表明,我国大学发展最好的时期,恰恰是政府对大学不管或管得少的时期。另一方面,其时无论是政府中主导教育的官员(主要是一些教育部长),还是不少著名大学的校长,都是教育的内行,对教育的"专业性"有基本的认识,对教育的性质和意义有相当的敬畏精神,政府对大学的干预也都往往是"适可而止"。特别是一些大学校长,对大学的使命和宗旨有执著的坚持,能够全力维护大学的精神和尊严,因而虽然从国家的角度而言,大学仍为行政化体制,但在具体的大学管理活动中,却尽量地消除了行政化制度的消极性,使其不至于伤害到教师的尊严、权利及学术自由的环境。当然,其中的一个非常重要的原因,是当时的大学校长人选基本得当,他们中有些人本身就是国内学术和教育界的领袖人物,如被称为"永远的北大校长"的蔡元培先生,声誉卓著的梅贻琦、竺可桢先生等,是他们用自己的人格力量和社会影响力,抵消了国家在大学制度设计方面的缺陷,使行政化制度的副作用保持在人们可以接受的程度。而中国早期大学正是在他们的带领下,才达到了与世界先进大学同步的水平。

遗憾的是,我国大学的这种良好态势在历史的转折时期,并没有被细心地保留下来,反而在新时期的教育调整中被彻底地废弃了。肇始于1952年的大学"院系调整",彻底改变了我国大学的结构和形态,也中断了大学中的管理传统和管理方式。当时的学习苏联教育运动与"根据地"大学中的革命意识相结合,使大学成为与社会其他行业没有区别或区别不大的准行政机构。大学作为行政机构的下属，需要参与社会中的所有政治及经济活动，其特殊性一步一步被消解。当时的大学，以及以后的"文化大革命"中的大学，都完全地推行行政化体制，使以革命意识为灵魂的行政权力，覆盖了高校活动的一切方面，对人们的心理产生了深刻的影响。行政权力中"只能服从、不能违背"的强制特征，使习惯于"说理"与讲求"以理服人"的大学教师们，产生了沉重的压抑感。但当时之所以没有形成像如今这样气势磅礴的"官本位"风气，一则是因为当时的大学经历了一个接一个的政治运动，而历次政治运动中对"当权者"的整肃及批判，使权力的优越性受到削弱，许多当权者还不敢在权力的行使上，表现出像如今的一些当权者所表现的那种不可一世。另外，当时人们的社会地位和身份往往处于不确定的变化之中，因而还没有产生出像如今这种对权力极端向往和崇尚的普遍性心理。二则是当时社会的总体经济数量有限，人们的经济收入基本上只有工资一条渠道，贪污腐败的机会比较少，贪污腐败的胆量也比较小，"当官"也没有多少明显的优越性，因而没有激发起校园中趋官、求官的风气。所以，虽然当时的大学体制仍然为行政化体制，但并没有形成像如今这种"权力通吃"、"权钱交易"、"竞相求官"的"官本位"风气和行政化现象。而行政化现象在大学中比较突出的显露，则是在 20 世纪 90 年代中期，特别是社会领域中的市场经济潮流汹涌之后，一些大学经过"创收"积聚了一定的体制外资金，一些大学中的部门也在"创收"中建立了自己的"小金库"，而当这些学校及部门的领导者开始有了支配"自由"资金权力的时候，其"当官"的优越性也开始显露出来。另外，随着高教体制的改革，高校的"用人权"也逐步下放到了高校，这些下放到高校、但在高校内部却缺少监督和约束的权力，在很大程度上转变成了有些领导者个人的权力，他们在运用这些权力时的"自利"倾向，自然地显示了担任行政职务的优越性，从而引发了大学领域中的崇官、趋官、求官现象。曾出现于南方某高校中的 44 名教授竞争一个处长职位的行为就是这种现象最典型的例子。

8.3.2　大学去行政化是一项类似于高教观念和制度革命的系统工程

综上所述，可见大学行政化形成的原因是复杂的，深刻的。行政化的弊端虽然表现在当下，但其根源却在历史的深处，在社会制度和社会意识的深处。而行政化现象的长期存在，则对高教领域的制度、文化、传统、风气产生了极其深刻的影响，不仅形成了大学决策活动中的制度和思维惯性，而且形成了一般大学人行为和处事中的"路径依赖"，具有相当深厚的文化及心理基础。因而在大学中的"去行政化"活动，是一场涉及教育观念、制度、利益的深刻的思想和制度革命。另外，由于我国的大学制度不仅与整体的教育制度密切联系，而且也与社会的政治制度密切联系，因而"去行政化"的活动，还涉及整体教育制度的改革以及社会政治制度的改革。具体思路如下。

（1）"去行政化"的前提是国家级决策者们对大学本质认识的改变。"去行政化"活动不仅是对现行大学制度的更新和超越，而且是对新的、体现大学本质和宗旨的大学制度的建立，为此，社会需要首先改变对大学本质和宗旨的认识。前已述及，我国的大学制度是在世界大学职能和意义转向之后才从德国、美国、苏联等国引进的，我国对世界大学制度和思想的移植，只是注重了其思想的后期阶段及制度的形式，亦即大学发挥科研职能以及为社会服务职能的思想，而缺少了大学弘扬基督教普遍精神和提升人生意义培养有教养的人的思想，因而人们在观念上总是将大学视为实现社会目的的工具，而没有意识到大学存在和发展本身就是一种有意义的目的，进而忽视了大学对社会文化革新和改造的提升和引领作用，忽视了大学文化的创造及对人高贵灵魂的塑造作用。而大学对社会的精神引导作用及对大学本身意义的重视，一般是需要经过大学自己的努力、再与社会达成妥协来完成的。然而这样的条件我国目前的大学并不具备，需要由大学之外的社会力量来推动。而纵观我国大学的历史，可见大学制度的每一次变动，基本上都是由外力推动完成的。恢复高考制度是这样，大学收费制度制定及大学合并、扩招活动的发生也是这样。又由于我国的大学制度，本质上还属于政治制度，因而必须得到国家政治方面的支持，而在目前的情况下，要完成大学制度的"去行政化"，则必须得到国家高层的理解和支持，并由他们中的"克理斯玛"式人物主导来完成。所以，国家高层对大学本质、意义、作用认识的改变，是大学"去行政化"的思想和精神前提。

（2）"去行政化"的关键是国家的高教决策层对大学中党政关系本质理解的改变。我国现行的大学制度，与社会其他行业结构一样，是一种典型的党政"二元"结构。其渊源一是苏联的民主集中制，一是"根据地"大学中的党委领导制。这种结构与我国早期大学从国外移植的大学制度差异明显，对大学活动的影响也大相径庭，因而一直是新中国成立后关于大学制度争议的焦点。在1957年的"反右"运动中，许多人就是因为对这种体制提意见而被打成"右派"的。为了解决大学中的体制问题，我国在20世纪80年代中期的教育体制改革中，曾经在100多所大学进行过党政分开的改革试验，期望能够在大学领导的党政关系问题上有所突破。而笔者之所以提出需要重新理解党政关系的问题，是因为我国大学中的行政化现象，不仅与大学的行政管理制度有关，而且与大学中的党委领导体制有关。由于大学校长是在党委领导下工作的，如果不涉及党委领导体制的改革问题，极可能是治标不治本，行政化问题也无法从根本上解决。我国现实大学中的党政双重领导结构，不仅使大学中的领导和管理机构繁多，非教学人员数量庞大（一般为教学人员的 2 倍），使大学承受着巨大的经费压力和内耗行为的干扰，而且使大学中官员的数量庞大（社会上传说的"校级干部一走廊，处级干部一礼堂，科级干部一操场"可以说毫不夸张），出现一个掌握了大学财、物资源的行政管理集团，他们中有些人的"自利"行为，自然地引发了大学中的权力腐败和学术腐败现象。而大学中的行政化现象及"官本位"风气，则在很大程度上就是由这种党政双重领导体制引起的。所以，要在大学中"去行政化"，就首先必须考虑改革这种体制。但要改革这种"二元"体制，就必须提高决策者们在这方面的认识，对大学中的党政关系进行深刻理解。在此问题上，笔者以为党作为一种组织和观念，并非需要专门人员来代表，同样是人，为什么只有党委书记能够代表党，而校长就不能代表党呢？党委所属机构的功能为什么就不能由行政机构代行呢？事实上，有些高校的党政领导职务由一人兼任的现象，不正说明党的意志是可以由行政领导者同时完成的，而党委所属机构的功能也是可以融入行政机构的职能中的。总之，对大学中党政关系的重新理解，是大学"去行政化"的关键。否则，任何"去行政化"的设想，都可能只是一种空想。

（3）"去行政化"的基础是建立现代大学制度。制度是社会各种组织活动的规范和标准，也是一种组织和规范体系。制度依一定的思想、观念、理论为前提，既是这种思想、观念、理论的反映，又是这种思想、观念、理论的载体。制度对事业或活动有非常大的引导和规范作用。好的制度可以促进事业成功，取得胜利；坏的制度可以使事业衰落，风气败坏。而大学中的行政化现象表明，我国现实的大学制度，并不是一种合理的制度，需要进行革新或置换。而要"去行政化"，就必须对现行体制进行革新，建立反映大学本质和宗旨的现代大学制度。审视世界大学的制度形态，可见保证国外大学之所以为大学的现代大学制度，既是一种历史的产物，又是一种教育和文化机构的现实存在，其基本内涵反映了大学活动规律、融汇了大学先进思想、体现了大学本质和精神、能够保证大学师生教育和学习权利的"学术自由、教授治校、大学自治"等内容。这种制度之所以能够在世界范围内通行，是因为大学是一种普世性事业，所有国家的大学在本质上都是一样的，不以国别、地区、民族的差异为转移。而大学的这种性质，则表明大学制度也同样具有普世的性质，世界上其他国家的大学制度，也同样可以被引进成为我国的大学制度。事实上，我国早期大学的成功，就是得益于张百熙、蔡元培、张伯苓等教育家对世界其他国家大学制度的移植和引进。所以，我国大学中的"去行政化"活动，必须以建设现代大学制度为基础，否则，打破了旧的制度，却没有新的制度予以补充，大学的活动将失去制度的基础。其行为会像没有河床的水流，既漫无边际，又给人类造成灾难。

（4）"去行政化"的突破口是对大学校长实行教授委员会选举或公开选聘。

大学"去行政化"是个系统工程，需要从观念、制度、风气、人员素质等多方面进行努力。但立足于我国大学的实际，一个最合理的突破口就是校长的公开选拔和聘任。由于校长是大学的核心要素，是大学名正言顺的领导者，也是大学应然意义上的统帅和灵魂。一个大学的办学是否成功，全在于校长的人选是否得当。我国的大学是这样，外国的大学也是这样。世界上任何一所著名大学，其历史上肯定都有过一任或几任杰出的校长，世界著名大学的历史，也在很大程度上就是著名大学校长的历史。而我国大学要"去行政化"，其首要的工作无疑应该是选拔出具有教育家素养和情怀的大学校长。然而，审视我国目前的大学校长选拔机制，还是一种典型的行政领导干部的选拔方式。其所选拔出的大学校长，在很大程度上就是行政化现象的制造者或推动者，若期望由他们来进行"去行政化"，无疑只是一种奢望。所以，要"去行政化"，就应该改目前的由"上级"委派大学校长的方式为由大学中的教授委员会公开选举或由教授委员会公开聘任大学校长的方式，变以往的大学校长只对上负责为既对上负责又对下负责，变以往的注重追求政绩为追求教育本质和宗旨、追求大学的品格和精神。近些年来，不断有学者呼吁应该对大学校长选拔体制进行改革，说明公开选拔或选聘大学校长已经具有了一定的民意基础。若教育决策者们能够下定决心，改大学校长的委派制为公开选聘制，那一定能够得到社会各界的好评和支持，也能成为大学体制改革的突破口，带动大学体制的革新和超越，促进大学制度的实质性进步。

显而易见，上述的"去行政化"条件是不容易达到的，但如果没有这些条件，"去行政化"的目标则是难以实现的。这正是我国大学目前面临的困境：不变革，大学将面临深刻的危机，遭受社会严厉的批评和诟病；要变革，我们却往往缺乏决心和勇气，不敢打破既有的权力和利益格局，使改革失去合适的机会。所以，社会的大学"去行政化"诉求，正在考验决策者们的智慧和勇气。

9 论科技创新的政策和制度

吴乐山　　王松俊

新中国成立以来，一贯重视科学技术的发展和规划，制定了一系列配套的科技政策与法规，形成了比较完整的科技体制，有力地推动了科学技术的发展。改革开放以来，依靠科学技术促进和加速经济和社会发展的观念已深入人心，科学技术已成为社会发展变革的核心要素，科技创新能力已成为国际竞争的核心能力。我国的科技政策和制度对于促进科学技术进步，以及经济和社会全面发展做出了重大贡献。加速科技创新，推动经济发展，转换经济增长方式，提高经济增长质量，促进以人为本、全面、协调、持续的政治、经济、科技、文化和社会的科学发展，已成为我国社会发展的战略共识。科技创新不仅需要科技自身发展战略的调整，而且需要相关政策和制度的改革创新。

9.1　科技创新的政策和制度需求

9.1.1　科技创新要求相应的制度保障

9.1.1.1　制度的内涵

制度是为人们的相互关系而设定的一些制约，包括正式规则、非正式规则和这些规则的执行机制。正式规则，即正式制度，是政府、国家或统治者按照一定的目的和程序，有意识创造的一系列政治、经济规则、契约等法律法规，包括政策和法律；非正式规则是人们在长期实践中无意识形成的、具有持久生命力、并构成世代相传的文化的一部分，包括价值信念、伦理规范、道德观念、风俗习惯及意识形态等；执行机制是为了确保上述规则得以执行的相关制度安排，也是制度结构中的关键环节。这三个部分构成完整的制度内涵，是一个不可分割的整体。

政策是指国家或政党为实现一定时期的路线和任务而规定的行动准则[①]。国家科技政策是指在一个国家内，为实现一定历史时期的经济、社会发展路线和国

---

① 辞海编辑委员会．辞海．上海：上海辞书出版社，1986.

家建设任务在科技领域内采取的行动和规定的行动准则，包括科技资源（科研人员、科研投入、科技装备、信息资源等）配置、科技成果评价与应用、科技体制（组织结构及相应的管理制度）改革、国际科技交流及其相应的国家法律、部门法规和各种条例。由此可见，科技政策是科技制度的一部分。政策具有历史阶段性特点，法律具有相对稳定性特点，二者共同构成制度的正式规则。

9.1.1.2　政策和制度与科技创新的关系

广义而言，制度创新是创新内涵的拓展；狭义而言，制度是科技创新的环境。20世纪80年代以来，创新的内涵已在熊彼特理论的基础上，从狭义的技术创新扩展到非技术创新的领域。其中经济领域中的非技术创新即经济创新，包括营销创新、组织创新和服务创新；经济创新外的非技术创新即社会创新，包括管理创新、制度创新和观念创新。科技创新是创新在科学技术领域的发展，不仅从技术经济关系上包括熊彼特提出的技术创新的内涵，而且重视科学知识发现对技术发展和经济结构转变的推动作用。从某种意义上讲，科技创新与经济领域的知识创新的概念有类似之处。

科技创新要求国家科技政策的指导、科技战略规划的部署和国家创新体系的支持，要求相关政策和制度的改革和完善，这些都属于社会创新的范畴。德鲁克指出："社会创新很少是由于科学技术产生的，但它们却对社会和经济甚至有着更为深刻的影响，事实上即使对科学技术本身也有着深刻的影响。"可见，从创新理论的发展来看，制度创新是社会创新的一部分；而就科技创新而言，相关的政策和制度是其发展进步的环境。所谓相关的政策和制度，不仅指科学技术方针政策与制度，而且包括与科技相关的经济、政治、文化等方面的政策和制度。

9.1.1.3　制度创新是科技创新有序化的保证

科技制度是一个系统，应该包括科技方针、政策和法规等正式规则，科学技术观、科技价值观、科技伦理道德、科技行为规范等非正式规则，以及保证科技活动实施的执行机制。科学创新与技术创新既紧密关联又各具特征，普遍的规律是，技术的基础是科学，科学的基础是教育，教育取决于机制，机制取决于体制，体制取决于思想观念。社会发展的本质是创新，包括科技创新和制度创新。在科技创新和制度创新的主从问题上，是"技术决定论"还是"制度决定论"仍是科学社会学的一个有争议的问题。"技术决定论"强调制度的滞后性，认为科技决定了制度创新的上限，进一步的制度创新需要依赖新的知识和技术增长；"制度决定论"则强调制度是前提，认为制度决定了科技进步的上限，在既定的制度框架内的科技创新总是有限的，总有一天会被遏止，而制度创新正是科技创新的前提。其实，两者必须同步并重、相互促进，才能推动社会的进步。在社会转型期，制度创新往往成为科技创新的主导和前提；而在社会稳定期，科技创新往往是制度创新的动力和条件[①]。改革开放以来我国所经历的企业制度创新和技术创新的前所未有的喜忧皆存的丰富实践最能生动地说明这一问题。

科学技术与政策和制度的关系，是生产力与生产关系、经济基础与上层建筑的对立统一。一般来说，科学技术是社会进步的根本动力，但当相关制度已制约科技发展时，制度创新就成为科技进步的关键。我国目前正处于社会转型期，有关科技发展的政策和制度也处在改革完善的阶段。市场经济背景下，如何既培育企业成为技术创新主体，又确保事关国家安全与社会公益的重大项目研究和基础研究，形成强大的自主创新能力；既发挥科技促进经济发展与结构转型的作用，又使科技发展与社会人文、历史传统协调融合，形成符合国情的可持续发展态势等，都有待相关政策和制度的创新。

9.1.2 政策和制度对科技创新的功能与作用

9.1.2.1 科技政策的功能

如果将科学技术工作看做一个系统，科技政策对科技创新的功能是：引导科技系统内部运行机制高效，加速科技系统外部环境优化，促进科技系统内外连接机制协调。根据政策的功能，我们试将科技政策划分为三个结构域，即内部运行政策、外部环境政策、连接协调政策（图9-1）。

引导科技系统内部运行机制高效功能包括：科技投入水平提高，科学活动比例合理（指基础研究、应用研究、发展研究、产业化市场化研究协调），科学活动规范（含价值观、科学规范、科学家行为规范等），法律法规健全（含知识产权立法、相关法律、法规），科学共同体组织管理高效（含科学行政、行政科学、制度化管理）。

加速科技系统外部环境优化功能包括：人文科学化（指倡导具有科学精神和科学素养的人文，提升全民的科学意识和科学精神），科学人文化（指倡导具有人文精神的科学，更加注重科学、技术与社会的协调，强化科学和科学家的社会责任），科学知识普及，改革优化科学和技术教育体制。

促进科技系统内外连接机制协调功能包括：科学技术与经济发展相协调，科学技术与社会发展相协调，科学技术与国际竞争相协调。[②]

---

① 王大洲，关士续. 制度、技术和创新——技术创新研究迫切需要开拓一个新视野. 自然辩证法通讯，1996，(6)：24~30.

② 王松俊. 关于创新的科技政策问题的思考. 创新科技，2007，(11)：14~19.

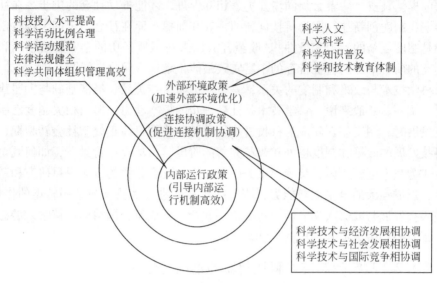

科技投入水平提高
科学活动比例合理
科学活动规范
法律法规健全
科学共同体组织管理高效

科学人文
人文科学
科学知识普及
科学和技术教育体制

外部环境政策
(加速外部环境优化)

连接协调政策
(促进连接机制协调)

内部运行政策
(引导内部运
行机制高效)

科学技术与经济发展相协调
科学技术与社会发展相协调
科学技术与国际竞争相协调

图 9-1   科技政策的三个结构域

9.1.2.2   政策和制度的作用

科技政策和制度是国家在科技领域内采取的行动和规定的行动准则,它对科技创新的作用,本质上是生产关系和上层建筑对生产力的反作用,可将其表述为目标导向作用、利益激励作用、规范制约作用和协调整合作用。

各国科技政策法规都明确规定发展科技的目标,这对政府、企业、院校、科研机构的科技规划制定、重点发展领域选择与部署、资金投向和资源配置等,具有重要的指导作用。

为推动科技创新,各国都制定相关的财政、税收、投资、知识产权和人才培养等方面的政策法规,建立、健全有关实施办法与评估制度,从利益吸引或平衡角度,激励企业、院校、科研机构以及科技人员创新的积极性。

政策和制度中有关科学研究、技术开发、技术转移、知识产权保护和技术应用准入等行为规范与管理规章制度,都是对科技、经济活动中所有参加者行为的规范制约,起到促使创新行为有序化、合法化的作用。

制度中正式规则与非正式规则的协调、各类规则与执行机制的衔接,可使有关科技政策与经济、政治政策配套,科学技术与人文历史相融,科技活动与环境生态建设协调,形成整合各类资源、和谐发展的环境。

9.1.3 科技政策的执行环境与政策本身同样重要

科技政策的执行环境，包括科技政策执行机制和实施的经济、政治、社会与文化环境。政策执行机制不完善或实施环境不相容，相关的经济、政治、社会与文化观念跟不上、政策不配套，都会表现为国家目标和人民需求的政策贯彻不力，实施不彻底，甚至难以落实。早在新中国成立之初，就曾提出了"科技与经济结合"的科技工作基本方针；开展过广泛的群众性的"技术革新"和"技术革命"运动；强调过对企业的技术改造；开展过设计革命，并总结出了"研究、设计、试验、制造、检验、安装、使用"七事一贯制的设计方针；也很注意技术引进与自主创新的关系；重视生产现场，实行过"现场中心主义"；注重专业化生产和协作，发挥规模经济效益；提倡过传统技术与高新技术的结合等。可以说，几乎所有关于技术创新的重大问题都在改革开放前就曾有所涉及。但是由于政治导向、行政干预及自相矛盾的技术观，才使科技与经济的有机结合成了一句空话。我国早在1986年就提出了关于科研院所进入企业的政策，但由于缺乏强有力的执行手段而没能够进行下去。1999年，国家经济贸易委员会所属242个院所执行"限时转制、转了再说"，院所转制与产权改革没有同步进行。我国科技与经济的脱节是长期形成的，计划经济导致了计划科技，同时，计划经济思维也成为改革的一大障碍。例如，科研院所改制时，应重新设计产权结构，而不是简单划拨产权归属①。这些都充分说明，科技政策的执行环境与科技政策本身同样重要。

9.1.4 科学社会学是政策和制度创新的基础

科技创新的相关政策和制度，本质上是社会生产关系和上层建筑性质。因此，仅从政策和制度的定义出发，还远不能满足构建科技政策和制度内涵框架的需要。科技创新的政策和制度研究属于科学社会学的范畴，必须从学习和研究科学社会学中去寻找科技政策和制度体系构建的依据和要素。科技创新政策的科学社会学的研究范畴包括：科学思想体系的性质及与其他思想体系的关系；影响科学发展的各种社会因素，如引领科技任务的社会需要、经济基础、政治结构、宗教及价值观、教育体制等；科学发明的过程和科学信息的传播交流；科学家的社会角色和培育科技人才的行为规范；规范科技活动的体制机制和形成科学精神的道德准则；科学成果的评价和激励科技创新的政策法规；避免科学造成的伦理和社会问题等。科学社会学是用社会学的观点和方法研究科学和社会的相互关系。

---

① 王大洲，关士续. 制度、技术和创新——技术创新研究迫切需要开拓一个新视野. 自然辩证法通讯，1996，（6）：24~30.

从科学社会学的视野看，研究我国的科技政策和制度创新问题涉及：什么样的科技政策和制度才能引导构建正确的科学思想体系？影响我国科学技术发展的各种社会因素（社会需要、经济基础、政治结构、宗教及价值观、教育体制等）如何？什么样的科技政策和制度才能强化积极影响、消除消极影响？什么样的科技政策和制度才能引导形成符合科学精神的科学和科学家规范，实现科学和科学家的社会功能？什么样的科技政策才能保证我国的科学信息传播交流、科学成果评价与奖励制度高效、公正、激励？什么样的科技政策和制度才能最大限度地避免科学造成的社会问题？

科技创新的政策和制度的研究与制定问题，是以科技政策和制度为出发点、以科技创新为目标的过程。因此，"科技政策和制度应包括哪些具体内涵、科技创新又有哪些需求，科技政策和制度的这些内涵又怎么能够与科技创新的这些需求相对接"等问题，必须从科学社会学的研究与我国实际结合中寻求答案。

9.2　国内外科技创新的政策比较

9.2.1　有关国家科技政策的特点

我国是一个发展中的大国，正处于体制转型时期。作为大国，必须建立相对完整的科技与经济体系；作为发展中国家，必须寻求创新跨越发展的道路。因此，选择科技创新政策和制度的参照系，不仅要借鉴发达国家的成熟经验，而且要重视后起的创新型国家跨越发展的新鲜经验。

9.2.1.1　美国的科技政策特点

美国是具有独特地理优势，资源丰富，科技、经济、军事最发达的国家。其科技政策特点是：主导思想是保持科学知识前沿全面领先优势，以保持美国的全球领导地位，确保国家安全，保持经济繁荣，改善人民生活与健康；内涵广泛，包括从知识发现到经济实现，从科技运行到相关环境和条件，从造就优秀科学家到提高公众素养，形成了完整的体系；国家主要通过制定导向性科技政策并依靠科研经费分配制度，实现对科学技术发展的调控；在科学领域广泛投资，将基础研究经费主要投向大学，将教育和研究相结合；以提高整体生产力和国际竞争力、促进经济增长为目标，政府与企业共同投资于关键技术的创新；突出国防技术装备研究开发，促进军民工业基础一体化，以军事技术研究和转化带动整个科学技术发展。

9.2.1.2 欧盟的科技政策特点

欧洲具有传统的科学精神和悠久的历史文化，欧洲强国通过科技、经济、政治一体化提升国际竞争力，以实现成为世界上最具竞争力和活力的知识经济社会的目标。欧盟的科技政策特点是：主导思想是注重欧盟国家间的合作、协调与整体实力，联合参与国际竞争与合作并占重要一席；重视优先发展领域的预测和选择，以及科学技术全方位的长远战略部署；突出强调科学、技术与社会的关系，要求所有的研究活动都必须遵守基本的道德原则。

9.2.1.3 日本的科技政策特点

日本是亚洲最先实现现代化的国家。其科技政策特点是：重视科技的经济功能，第二次世界大战后通过技术引进、转化，提高了产品国际竞争力，走上复兴之路；面向 21 世纪，又提出"科技创新立国"的战略，加强自主独创的基础研究及其与开发研究的结合与衔接，以实现其科技大国进而成为政治、军事大国的目标；强调优先发展领域的预测、选择和促进科技成果创造、利用科技系统改革；由于其领土狭窄、资源贫乏，重视发展环境友好型和资源节约型的科学技术与循环经济；强调与人文、社会科学的融合，重视科技与人类、科技与社会的正反两方面关系。

9.2.1.4 俄罗斯的科技政策特点

俄罗斯是具有特有科学和文化传统、国土辽阔、资源丰富的大国。苏联解体后，俄罗斯在体制转型后力图重振科技、军事、经济大国地位。其科学技术政策特点是：主导思想是使国家逐步走向创新之路，实现快速和超越式发展；涵盖社会、经济、科学、教育、文化、国防和国家安全、人民生活等全方位内容，重视发展基础科学和最重要的应用开发研究；强调建立国家创新体系，完善科技发展的国家调控；采取促进科技创新的国家激励措施，提高科技成果利用率；在保持军事技术发展的同时，促进军民技术与知识转移，实现经济增长；科技教育一体化，完善高素质科学家和工程技术人员的培训机制。

9.2.1.5 印度的科技政策特点

印度既是有悠久历史文化的东方文明古国，又是发展中的大国。其科学技术政策特点是：突出科学、技术与社会人文融合的理念，强调充分利用现代科学技术保护、发展和利用悠久的历史文明；将科学技术信息普及和提升公众科学素养作为首要科技政策目标；明确国家创新体系不仅包括科学和技术，而且包括法律、金融等社会和经济运行方式的创新；强调必须用科学精神和科学方法来研究和制定科技政策，在重要领域打下人力资源基础，为所有学术和研发机构营造学术自由的创新环境；强调利用国际科技合作与科技进步，提高国际竞争力，实现国家的战略和安全目标。

9.2.2 国外科技政策的启示

各国的科学技术政策除在主导思想、重点发展方向和领域方面不同外，内涵有很多相同之处，在科学技术政策制定的宏观把握上值得我国研究、学习和借鉴。

9.2.2.1 突出国情和战略目标需求

各国都强调从国情出发，通过科技创新为实现国家战略目标服务。国情不同导致发展科学技术的主导思想不同，或是"全面领先"，或是"自主独创"，或是"重点超越"，或是"交流整合"，都是为了提升本国或国家集团在世界上的发展能力和地位。国家的战略目标需求，往往是选择优先发展领域和国家关键技术的重要依据。

9.2.2.2 强调科技与经济相互促进

各国都强调科技创新要提高本国的国际竞争力，促进经济增长和经济结构调整；同时，十分重视经济对科技发展的支持。一方面，通过立法规定国家科技投入保持一定强度，支持涉及国家安全和社会公益的研究；另一方面，运用科技经费分配和市场机制对科技工作进行调控。在国家创新体系建设中，大量应用经济政策的调整来激励科技创新。

9.2.2.3 尊重科技自身的发展规律

各国都十分重视基础研究和重要的应用技术研究开发。科学和技术具有各自的发展演化规律，因此，科学政策与技术政策有区别。科学发展主要是知识发现与积累过程，具有很大的不确定性，科学与经济、社会的关系，更多表现为非线性相互作用。因此，基础科学研究需要长期、稳定的支持，科学政策目标粗放导向。技术发展是科学知识转化或已有技术集成的过程，技术与经济、社会的相互关系往往表现出线性特征，技术可直接转化为经济效益。因此，技术政策注重目标实现，技术开发或技术集成工程强调严格的组织管理。

9.2.2.4 科技教育人才培养一体化

各国都认识到，创新包含科技、经济、社会的众多领域创造、改革和演进。

在构建国家创新体系中，将人才培养教育、创新团队建设、全民科学普及等任务，纳入科技教育一体化的改革进程。从某种意义上讲，国家的科技制度和政策就是国家和科学家之间的互动关系调整。对此 Etel Solingen 通过结构分析和实证描述，将国家与科学家的互动关系按照科学家的自治程度与其所承担的义务责任的比值从大到小的顺序，给出了"幸福的融合"（happy convergence）、"被动的抵触"（passive resistance）、"仪式的对抗"（ritual confrontations）、"致命的遭遇"（deadly encounters）四种模型①。可见，"人才是自主创新的关键"已成为国际共识。

9.2.2.5　重视科技与社会人文的关系

有关国家的科技政策都相当重视科学技术与社会人文的融合，而不是将自然科学技术与人文科学分割。欧美国家很重视科研的伦理问题，印度则更强调"充分利用现代科学技术保护、发展和利用悠久的历史文明"。波普尔认为，阻挡科技进步的最大障碍是社会因素。在经济方面，贫穷往往是个障碍，但近年来愈来愈清楚，富裕也会成为障碍，科学精神会陷入危机，"大科学"可能毁掉伟大科学，刊物激增可能扼杀思想。

9.2.3　我国科技政策和制度的缺陷

我国科技政策和制度已有一定的基础。我国关于科技创新（含科技成果转化和生产力促进）的政策和制度已经"面很广、点很多"。《国家中长期科学和技术发展规划纲要（2006—2020 年）》配套政策包括：科技体制改革相关政策法规，科技管理相关政策法规，税收优惠政策，金融与信贷支持政策，科技计划与重大项目管理，科技立项相关政策法规，科技成果评估与验收考核相关政策法规，科技奖励政策，科技成果转化与推广相关政策法规，技术经济与科技市场相关政策法规，科技企业相关政策法规，国际合作与科技对外贸易相关政策，知识产权相关政策法规，科技人才相关政策，科技信息档案管理相关政策法规，科学技术普及相关政策法规，高新技术产业开发区相关政策法规，以及国家级示范生产力促进中心认定和管理办法等。但是，政策法规体系的形成有一个过程。在这个过程中，出现了许多问题，即使是现在，我国政策法规体系尚不够完善，执行机制还存在不够通畅的问题。

9.2.3.1　正式规则中方针摇摆和系统缺失

过去相当长一段时期内，我国的科技方针在学习引进与自主创新关系上，左

---

① 国家科技政策与科技体制. http://hi.baidu.com/adamtopking/blog/item/9e3497521774690e0df3e37e.html.

右摇摆。

20世纪50~70年代，由"重点发展，迎头赶上"到"自力更生，迎头赶上"的方针，从强调全面学习苏联经验到强调自主创新。《1956—1967年科学技术发展远景规划纲要》提出："我国发展科学必须执行'重点发展、迎头赶上'的方针。""应该首先掌握世界现有的先进科学成就，尽量避免重复研究国外早已解决的问题。"当时科学技术界全面学习苏联，甚至排斥西方科技界的学术观点。苏联撤走专家时，西方国家保持着对华技术封锁，迫使我们走自力更生的道路。《1963—1972年科学技术发展规划》强调："动员和组织全国的科学技术力量，自力更生解决我国社会主义建设中的关键科学技术问题。"……自主创新终于搞出了"两弹一星"，极大地提高了中国的国际地位。

20世纪80~90年代，单一突出经济需求，强调技术引进为主。《1986—2000年科学技术发展规划》规定："我国科学技术发展总的战略方针是，经济建设必须依靠科学技术，科学技术工作必须面向经济建设，科技与社会、经济协调发展。"但是，在实施中，科技与社会协调发展实际上被忽略了，能否取得经济效益往往成为选题的唯一依据，面向社会公益的基础研究和国家安全与国防需求的重大应用研究，得不到支持。该规划还规定："本世纪内，以至二十一世纪初，我国国民经济所需的主要技术宜以引进国外先进技术为主。""由以全过程的自行研究开发为主，转移到实行技术引进与自行研究开发相结合的方针，将消化吸收国外先进技术作为我国技术开发的主要内容，并充分用引进技术推动科研，提高国内科研工作的起点。"这里严重地忽视国际政治斗争和科技、经济竞争的严酷事实，放弃了自主创新的方针，致使我国核心技术受制于人的局面长期得不到改变。

"十五"计划以来，重新认识自主创新，调整并提出"自主创新、重点跨越、支撑发展、引领未来"的方针。《国民经济和社会发展第十个五年计划科技教育发展专项计划》提出："按照有所为、有所不为，总体跟进、重点突破，发展高科技、实现产业化，提高科技持续创新能力、实现技术跨越式发展的指导方针。"《国家中长期科学和技术发展规划纲要（2006—2020年）》又明确："今后15年，科技工作的指导方针是自主创新、重点跨越、支撑发展、引领未来。"终于又回到了正确的道路。但是，几十年来在自主创新方针上的重大摇摆，使我们走了很长的弯路，丧失了许多重要的历史机遇，基础研究整体水平落后，经济、军事领域重大核心技术长期得不到突破。

科技政策肩负的使命，除实现国家的意志和目标外，还包括对科学共同体的行为进行规范和引导。这种使命主要通过经费资源（经济）、荣誉资源（文化）和权力资源（政治）的分配进而体现利益分配的方式来实现。

我国的科技政策和制度存在的系统性缺陷包括：空间上缺失，主要是人文科学对科学和技术的引导严重缺乏，在科学精神、科学道德、科技行为规范、创新精神、创新教育、创新文化、人文导向、科技普及、科技管理等方面都存在严重缺位，并因此滋生了严重的科技浮躁、弄虚作假、科技腐败、科技犯罪等丑恶现象；科学普及、教育体制等都没有纳入科技政策视野，因而科技部、教育部、文化部等都管、都不管、都管不好的问题难以有效解决。时间上滞后，与同期世界各发达国家或地区的科技法研究和立法相比，我国无论是科技法的研究，还是科技立法的进度、进展都极为缓慢；在应对信息安全、网络安全、生物安全、环境安全、公众健康安全、能源安全、经济安全等一系列重大问题方面，我国的科技立法研究和行动都非常滞后，亟待加强；"我国科技法域中还存在大量法律空白，有些立法过于原则而缺乏可操作性，有些由不同部门颁行的法律之间还存在相互矛盾"①，需要继续完善。科技创新的立法尚不足以支撑国家科技创新体系，制度创新和管理创新尤其薄弱，我国的科技投入在逐年加大，但产出却差强人意，在投量的法律依据、投向的科学性和合理性、投入资金和资源的使用效度等方面，法律管束都存在不足，因而规划落空、决策失误、投入无效、资金低效、资源浪费、管理失范等屡见不鲜，亟待纠正。至今科研院所法仍然缺失，导致国内科研院所无章可循，科研竞争混乱无序，有些科研性质几乎完全相同的院所只是由于隶属国家的不同部门而获得的资金支持竟有天壤之别，国家科技资源的占有、使用和配置等明显不公，严重破坏了科学技术活动的公正性，挫伤了科技创新主体的积极性，急需纠偏。系统缺失，表现在政策不成体系，未覆盖创新全过程。技术创新政策缺位，建国初期只有科学研究政策，没有技术转化政策和产业技术政策；全国规模以上企业开展科技活动的仅占25%，研究开发支出占企业销售收入的比重仅占0.56%，大中企业仅为0.71%，只有0.3‰的企业拥有自主知识产权②。科技创新政策不全，缺乏培育科学创新和技术创新主体的政策，如公共财政科技投入政策、保护战略技术产业自主创新的政策、鼓励创新的风险投资政策、支持小企业创新的投入政策、协调各部门集成创新的政策、规定消化吸收再创新的政策、鼓励创造自主知识产权的政策、培育创新人才的教育与科普政策等。

9.2.3.2 非正式规则中错误观念干扰影响

新中国成立以来，特别是改革开放以前，"左"倾政治思潮干扰严重，外交

---

① 罗玉中. 科技法律制度. 全国人大常委会法制讲座第三十讲. http：//www. people. com. cn/GB/14576/15097/2369628. html. 2004-03-02.

② 万钢. 科技进步法（修订草案）说明. http：//www. npc. gov. cn/npc/zt/2008-02-23/content_1494731. htm. 2007-08-26.

上的"一边倒"政策被荒谬地用到科技界,科学上的学术争鸣被压制,生物学的"基因论"和化学的"共振论"等都被有组织地批判;基础理论研究,甚至应用基础研究都被斥为"脱离实际"。这不仅造成我国科学技术原始创新能力明显不足,而且使我国在许多科学领域中拉大了与世界先进水平的差距。在这种错误观念指导下,科技教育制度受到严重干扰,人才队伍的成长受到严重影响,这也是现今科技大师级人才缺乏的原因之一。

而"文化大革命"以后,受"市场万能"思潮影响,将"科技产业化"泛化至"教育产业化"和"科学市场化",致使基础与公益性研究滑坡,诸如人类基因组这样的基础研究一度得不到支持,许多涉及国家安全与公共利益的研究得不到资助。因为"面向主战场"而将科学自身规律、教育自身规律丢弃;将"第一生产力"理解为"唯一生产力";科技得到强调了,人文却被忽略了。它还导致浮躁科研作风泛滥,急功近利,不愿自主创新,科研质量下降。几十年来各种错误观念的影响,使我国重大核心技术与基础研究,以及科技人才培养受到严重干扰,对我国的科技创新产生过并还将长时间存在不利影响。

仅片面强调"科学技术发展要面向经济建设主战场"的一个重要表现是,我国基础科学研究在相当长时期内都未能得到应有的重视,基础研究投入的强度和比例不合理。从基础研究投入的绝对值看,我国 2007 年为 174.5 亿元,排在美国、日本、法国、意大利、韩国之后,仅为美国的 1/28,日本的 1/8,法国的 1/5。从基础研究投入的相对值看,我国 2008 年基础研究投入(200 亿元)约占当年研发投入总量(4570 亿元)的 4.4%,2004~2007 年分别为 6.0%、5.4%、5.3%、4.9%,基本维持在 5% 左右,在 24 个公布数据的国家(美国、日本、法国、意大利、韩国、西班牙、俄罗斯、丹麦、以色列、挪威等)中处于最低水平,这些国家中大多数基础研究投入的比例为 20% 左右,比例较低的俄罗斯达到 15%,最低的日本也超过 10%。从基础研究、应用研究、试验开发的比例看,我国基本保持在 1∶3∶14,而美国 1∶1∶3,法国 1∶1∶2,意大利 1∶2∶2,日本 1∶2∶5,基础研究的不足,难以为国家的科学和技术创新提供知识、人才、学科、团队等创新要素。

9.2.3.3 执行规则中规定乏力和管理单一

我国科技政策和制度规定乏力,政策太原则,缺乏可操作性,且易误解,如"必须防止理论脱离实际的倾向"的提法,曾导致基础理论研究被贬低。政策法规多为倡导、支持、鼓励性,缺乏强制性。例如,科技投入政策方面,《中共中央国务院关于加速科学技术进步的决定》提出 2000 年研究开发投入要占 GDP 的 1.5%,《科技进步法》规定研发投入要达到 GDP 的 2% 等,但都缺乏可操作的执行机制与具体办法，因而时至今日均未达到。

管理办法单调，立项评审千篇一律，均以评审专家的共识程度作为取舍标准。用管理工程的方法管理科技，"曼哈顿计划"、"阿波罗计划"实际是技术创新的大工程，粒子加速器是高投入的大装备，而人类基因组计划则是序列测定的大协作，将这些需要大规模投入的项目统称为"大科学"是不准确的表述。"大科学"的误会混淆了科学与技术，"大科学"实质是大系统工程项目。工程规模确有大小，而科学研究是追求真理，科学何来"大小"？"大科学"的认识，导致"大投入的大项目必出大成果"的误解。而科学创新需要的是长期稳定的投入，重大科学理论成果往往不是预先选择和规划出来的，而是"无为而治"的结果。

我国的科技评价还存在严重问题。科技法的激励功能虽得以较充分的体现，但制裁功能存在不足，致使科技领域的虚假、腐败现象屡禁不止，败坏了科学风气。科技奖励发挥了积极作用，但科技奖励的科技功能、经济功能、社会功能，科技奖励的公正性、公平性、公开性，仍是科技界贬多于褒的重大问题。20 世纪 70 年代末以来，我国政府建立了一套自上而下的科技奖励制度。改革开放初期，这套奖励制度体现了国家对科学技术的重新认识、高度重视和政策导向，促进我国科学技术活动的迅速发展和科学技术共同体的成长壮大，发挥了积极的作用。现在，政府奖励制度拨乱反正、推动科技创新的历史任务已完成，反而暴露出越来越多的问题：强势的政府奖励，弱化了学术同行的科学评价和市场对技术创新的价值回报作用；奖励评价标准忽略了科学技术的远后效应和科学的人文价值，使政策的导向作用发生偏差；科技奖励制度衍生的利益效应，也是当前科技界浮躁的重要原因之一，科技成果奖励评审的结果（国家级一、二等奖）与院士评选挂钩，院士评选由个人申报和单位推荐，院士头衔与行政待遇挂钩等，客观上为滋生学术腐败提供了可能，已引起越来越多的科技和社会副作用。政府部门虽然已经认识到这样的问题，并开始采取修正措施，近年来已逐步压缩一些政府和部门的奖励数量和类别，并有目的地加大对科技创新成果转化为社会生产力的科技奖励，但是，目前我国的政府科技评审和奖励制度对科技活动的价值取向、创造效率、活动效能、社会效果等，存在着很大程度的负面作用，仍然没有从根本上回归科技奖励，"实现公众对政府科技管理的公信力，激发科技共同体的创造力，科学技术对社会发展的贡献力"的原旨。

我国的科技评价虽然也包括科学技术计划评价，但是不少行业的科技发展战略规划制定，往往是由国家现行主管部门委托"著名专家"（通常是院士）牵头论证，组织"笔杆子"起草，从调查研究、专家论证到起草、反馈、修改等都还缺少企业界和社会学家的参与，缺乏严谨的程序、严密的逻辑、严格的监督，既没有体现科学规范，也缺乏科学信用。其直接原因是"牵头专家"个人难以代替

"行业学会"组织的功能；更重要的原因是我国还缺乏针对科技发展战略的科技评价，国家极为重要的各行业的"科技发展战略"研究制定的科学性、严肃性、规范性等，都缺乏科学规范、严格监督和公众信托行政的科学问责。正如巨建国先生所说："国家掌管科技投入的相关部委都制定了相应的管理办法，为什么国家财政科技投入产出效率低下？据我不完全统计，国家部委级有97个相关文件，达80多万字，但这些管理办法全部都是管理科研单位的，没有一条针对部委应负什么责任的。"①

科技评价法规和制度建设未能与国际接轨，在评价活动中缺乏国际同行参与的评价机制。科技评价多头评价、过繁过频，影响科技评价的严肃性和科学性，占用了科研骨干大量科研时间，影响了科研工作。过分夸大科学引文索引（SCI）论文数量在科技评价中的作用，滥用 SCI 和 IF 评价研究机构或团队，评价论文或学者的现象比比皆是。一些高等院校和科研机构出现了不恰当的激励措施和评价导向，将科技人员的科学研究价值观引向追求 SCI 论文，而不注重科技活动的创新价值和实际贡献②。

事实上，我国基础研究论文的数量与质量很不相符。《科技日报》（2009-09-16）提出我国"基础研究进入活跃期"的主要根据是：我国发表的 SCI 论文数快速增长，2007 年达到近 10 万篇，居世界第 3 位；论文被引次数升到世界第 8 位（1998～2003 年被引居世界第 15 位，2001～2005 年居世界第 10 位，2003～2007 年居世界第 8 位）③。而汤姆森路透集团的研究报告称，中国发表的 SCI 论文数量从 1998 年的 2 万篇升至 2008 年的 11.2 万篇，已居世界第 2 位，10 年的增幅为 460%；而同期美国虽仍居世界第 1 位，但论文数量只是从 26.5 万篇升至 34 万篇，10 年的增幅仅约 30%。2009 年 9 月 12 日，"SCI 之父"加菲尔德博士在北京针对中国科技评价中 SCI 滥用问题反复强调："SCI 只是一个文件检索工具而已，并非论文水平的权威评估标尺。"

评价制度不健全、评价体系不完善、评价方法不规范。具体表现在：①科技评价分类不明确，用同一标准评价不同类型的科技活动，不能客观、真实、准确地反映不同评价对象的实际情况。②科技评价重形式走过场，重数量轻质量，评价结果使用不当，助长了急功近利、浮躁浮夸的风气。③专家语言制度和信誉制度不完善，存在重人情、拉关系、本位主义，影响评价的客观性与公正性。④对"非共识"项目缺乏科学合理的遴选机制，不利于一些创新项目的立项，不利创

---

① 巨建国. 科学发展观、牛顿定律与国家标准. 科学时报，2009-02-20.

② 张先恩. 科学技术评价理论与实践. 北京：科学出版社，2008：203.

③ 科技部. 基础研究进入跃升期. 科技日报，2009-09-16（1）.

新人才的发现和成长①。

9.2.4 我国科技政策和制度问题的成因

9.2.4.1 科技发展战略受经济基础明显制约

在新中国成立后相当长的时间内，我国综合实力不足，科技投入长期不足，科技资源严重匮乏。因此在科技发展部署上，只能强调经济和国防急需的应急研究，难以全面部署。对于原始创新极为重要的基础研究，既有认识不到位的问题，更有力不从心的问题。

改革开放以来，尽管经济得到巨大的发展，但我国还处在社会主义初级阶段，市场经济体制还不够完善；重要领域的重大应用研究，还需要政府财政投入，企业还没有成为自主创新的主体。在构建科技创新体制中，我们还不善于应用经济立法和政策创新来促进和调控科技发展。

9.2.4.2 科技政策制定缺乏科学社会学研究

科技政策制定实施的科学性不够，缺乏对创新理论和科学社会学的系统研究，制定过程唯领导意图；科技评估奖励均由政府主导，忽视学术和社会、市场的作用；对科学技术发展规律和特点尊重不够，在科技发展动力上，注重社会、经济需求推动作用，忽视科学技术自身驱动作用；在科技与社会、经济关系上，重视技术对经济的线性推动作用，忽视科学对社会、经济发展的非线性作用；在科技规划和评估上，强调技术工程项目的可预见性，忽视科学研究的探索性和不可预见性；强调科学和技术的自然科学属性，轻视科学和技术的社会科学关系和人文价值认识；重视基础理论的技术经济价值，轻视科学理论对科学自身发展的作用；忽视科学创新对形成科学世界观和科学精神的作用。

此外，我国的科技政策研究"重社科、轻自然"，也是科技政策缺陷的根本成因之一。国家哲学社会科学"八五"重点研究项目"政策科学研究"报告提出，"政策产生的历史过程是：社会问题、社会目标、行为规范、政策"；"政策是以体系的方式存在，并在与社会环境的相互作用过程中发挥作用的"；"政策的作用有正效力和负效力"等精辟观点，值得参考。但是，"政策研究有时需要一些必要的自然科学知识，但其研究的主要问题是社会问题，需要大量运用社会科学研究方法"的观点，很值得商榷。我国的政策研究之所以落后于时代发展，一些科技政策之所以发生重大失误，重要原因恰恰是：从思想上说，我们已将自

---

① 程津培. 科学技术评价理论与实践序言. 载：张先恩. 科学技术评价理论与实践. 北京：科学出版社，2008：i~ii.

然科学与社会科学粗暴武断地割裂开来；从教育上说，我们已将哲学系远离了自然科学而置于大学之一隅；从"政策科学"研究上，我们已经基本"忽略"了自然科学；从具体政策的研究制定上，我们已经将自然科学视为"有时需要一些"而不是"非常需要充分的"自然科学知识基础。也许正因为如此，我们的教育政策才在左一个"面向"、右一个"面向"之后，恰恰忽略了教育的自身规律；科学和技术研究忽略了自身的科学规律。

9.2.4.3 科技政策研究实施受文化弊端影响

传统文化的中庸保守和趋同思维，在科技界也有深刻影响。表现在科技政策研究与实施中，对国际竞争中自主创新缺乏认识和勇气；在引进技术问题上，缺乏对国际政治、军事斗争和经济竞争的准确政治判断，以为西方发达国家会像对待日本、韩国那样，无偿或低价出让高新技术，造成重大失误；在自主创新问题上，缺乏勇气和决心，导致核心技术研发决策上的一误再误；科技主流界在现有的科学理论体系前，缺乏质疑的勇气和思路，甚至对敢于挑战者不屑一顾。

中国历史上的"学而优则仕"的"官本"观念，导致科技发展决策中的"唯领导意图"，忽视学术界对科学的评价和市场对技术的评价作用。权力干预学术，造成政府职能错位。根源于计划经济的科技管理部门，集评价的管理者、组织者、监督者于一身的"行政化"偏向，是导致科技评价产生诸多弊端的直接和内在原因，容易诱发腐败（2006 年全国"两会"时相当数量的代表、委员的意见）[①]。

汉朝"罢黜百家，独尊儒术"的一统思想，对中国社会几千年的发展产生了正反两方面的深刻影响。新中国成立以后，这种思想对国家政治、经济、文化体制的影响仍难以消除。使科技创新需要的学术自由和自治环境，始终难以构建；"百花齐放，百家争鸣"的方针，在科技界始终难以落实。

9.3 我国科技政策与制度创新的改革建议

9.3.1 科技政策和制度创新是他组织系统的演进

9.3.1.1 政策和制度对科技创新发挥他组织作用

我们应该从系统科学来观察政策和制度对科技创新的作用。相关的政策和制度作为科学技术系统的发展环境，与科学技术系统通过耗散运动相互作用。科学

---

① 邹华．科技评价论．沈阳：东北大学出版社，2008：164，174.

技术系统作为一个复杂适应性系统，通过学习不断适应相关政策和制度创新带来的环境变化。相关政策和制度创新对科学技术系统的作用是一种他组织作用，它通过科技系统内部诸子系统之间的相互作用，对科技系统自身的演化、变迁和创新，发挥他组织作用。

9.3.1.2 政策和制度系统演化的序参量转换原理

如果将政策和制度作为一个系统，政策和制度的改革创新，就是该系统自身的演进变迁。政策和制度系统也是一个复杂适应性系统或开放的复杂巨系统，包含诸多经济、政治、社会和文化要素。政策和制度系统的演进与变迁的终极动因，在于其内部各要素、各子系统与各层次之间的相互作用。与科技相关的政策和制度系统的演进的中轴或序参量，随着国家科技、经济的发展也有一个转换过程。

在科技、经济落后的国家，经济是科技发展的决定因素。经济发展的需求、经济的支撑能力和经济体制对科技运行机制的影响，决定性地影响着科技发展战略、科技资源配置和科技管理制度。因此，经济政策和制度的创新对科技相关政策和制度系统的演进变迁，起着序参量的作用。日本在第二次世界大战后的科技政策，我国在改革开放以后的科技政策与战略，都证明了这一点。

当国家综合实力有了很大增长，科学技术在模仿创新基础上达到相当水平后，科技的自主创新能力逐步变成了科技发展的决定因素。因此，日本自 20 世纪 70 年代提出"科技创新立国"战略以来，把自主独创放在突出地位；韩国也在 2000 年公布的《2025 年构想：韩国科技发展长远规划》中，提出要改变"建立在物质投入要素和引进国外技术基础上"的国家发展模式，"需要以知识和基础技术为基础，为国家发展探索新的道路"。这就需要摒弃依赖、吸收别国基础研究成果、忽视基础研究、偏重应用研究的科技发展战略。此时，科技政策自身的研究与创新，在相关政策和制度系统的演进变迁中，起着序参量作用。

当国家科技、经济都得到高度发展后，相关的经济、科技政策和制度环境的构建也相当成熟了。人们将更加关心科学技术与社会人文的关系，更加重视科技发展中的伦理问题，更加关心科技对本国历史文明与环境生态的影响。此时，重视科技政策中的人文伦理内容和制定与科技有关的社会人文政策，将成为科技相关政策和制度进一步完善的重点，文化要素将有可能成为相关政策和制度演进变迁的序参量。创新型发达国家的科技政策，已经暗示了这一点。

9.3.2 制度创新促进科技发展要遵循自组织原理

9.3.2.1 尊重科学发展和技术进步自身的规律和特点

相关的政策和制度创新总是要通过与科学技术系统的相互影响才能发挥作

用。具体来说，相关的政策和制度与科学发展的有关因素相互作用，才能促进科学理论创新；相关的政策和制度与技术进步的有关因素相互作用，才能促进技术发明创造；科学与技术之间的相互作用与影响，也推动科学技术的创新。科学发展各要素之间、技术进步各要素之间、科学与技术诸多要素之间的非线性相互作用，通过竞争协同呈现系统整体的涌现性，表现为科技创新，本质上是科学技术系统的自组织。因此，与科技相关政策和制度的研究制定，必须尊重科学发展和技术进步自身的规律和特点，尊重科技发展的自组织原理，"有为有不为"，才能真正推动科学发展和技术进步。

同时，科技创新的主体是科学家及其团队，科技政策和制度创新要适应科学家个人创造心理学规律和团队知识创新的规律，才能真正激励科学家个人与团队的创新积极性。从 V. 布什在《科学——永无止境的前沿》中提出线性创新模式，到司托克斯的巴斯德象限模式；从美国国立卫生研究院（NIH）医学研究路线图提出转化医学概念与建立支持交叉学科人才的政策，到欧盟支持基础与应用研究紧密结合的前沿研究的政策，都是在尊重学科交叉融合与科学技术整体化发展趋势基础上的政策和制度创新。

9.3.2.2 重视科技与经济社会之间的非线性相互作用

科技政策要注重系统效应，避免线性思维。我国传统的条块分割、各自为政的格局，是影响政策发挥系统效应的障碍。科技体制改革中的政策措施不配套，使得某些科学、合理的单项改革政策也难以奏效，或者难以取得理想结果。同时，由于改革政策的系统效果不理想而不断地改革单项政策，又给政策执行者和政策对象造成"政策多变"的印象，甚至对政策制定者产生不信任或抵触情绪，从而影响改革进程[①]。例如，缺乏创新激励，就诉诸产权明晰；创新有风险，就搞风险投资公司；强化中间实验，就建中试基地；企业技术能力弱，就组建研发机构；要使高技术产业化，就搞科技工业园区……最后都免不了优惠政策。事实上，产权明晰并非激励机制形成的唯一条件，模糊产权也能带来动力；风险投资公司只能解决有限的"激进创新"的风险分担问题，而大量的渐进创新和工艺创新（这些对中国尤为重要）却不一定要风险投资公司的介入；中间实验是创新的必经环节，但我国的不少中试基地已将其"实体化"为一种与初衷相悖的以自我为中心的封闭式结构；不少企业建立了研发机构，但并未能发挥相应功能，引进了科技人才，但企业的科技人才却闲置；不少高技术园区，真正热门的却不是高新技术；不少冠以"产学研"一体化、"技工贸"一体化名称的机构，

---

① 张九庆. 关于我国当前科技政策与体制改革评价的十点思考. 科学与科学技术管理，2002，（2）：8～10.

并未能真正实现了一体化，体现其社会分工的专业化效益①。上述问题说明我国现行技术经济体制改革中，"头痛医头，脚痛医脚"的线性思维，尚不能带来强大的创新激励。因此，制度创新重视科技与经济、社会之间的非线性相互作用尤为必要而迫切。

9.3.2.3 区别科学探索与技术工程政策及其评估制度

科学政策与技术政策应有所区别。科学的根本动力是好奇心，其结果在本质特征上是难以预知和充满风险的，因此，科学的工作难以规划；同时，又因为科学研究系统相对独立而简单，科学的工作易于管理。技术的结果尽管也存在风险，但通常是可预知或可规避的，因此，技术的工作易于规划；但是，技术实现的风险主要是来自技术自身之外的组织、社会环境因素，因此，技术的工作又难以管理。科学政策与技术政策相比，其改革的可操作性相对更容易些②。

从我国"建设创新型国家"、"科教兴国"、"人才强国"的大政方针看，现阶段更多关注重点改革技术经济政策是现实、合理的，但不应因此忽视相应的科学、教育、文化政策的改革。科学、教育、文化政策的改革首先要解决观念转变问题，这是一个可操作性较好但过程艰难的变革，大量涉及自主创新的主体——人才及其团队的培育建设政策创新。

鉴于科学探索与技术工程的不同特点，对科学与技术、科学政策与技术政策的评价，应建立健全既有共性又有区别的评估标准和制度。根据科学与技术的密切联系和相互转化的关系，科学与技术的评价政策和对政策的评价具有共性；而科学探索的不确定性和技术开发的可预见性、技术与经济关系的线性特点，要求科学和技术制定不同的发展战略、不同的评价标准和对相关政策不同的评价制度。

9.3.3 我国科技政策和制度创新的思考

我国科技创新的政策环境仍需继续优化。《科技日报》（2009-09-15）提出，我国"科技创新政策环境不断优化"。其主要根据是："70多项政策细则"文件已经发了；"31个省、区、市的科技创新大会"已经召开了；"170多项地方政策"已经出台了；"从5000多家变成3000多家科研院所"，数量已经减少了；"1300多家开发类科研院所"已经改制了；"中央级转制院所下属企业全面完成公司改造并有20多个企业"已经成功上市了。而与此同时，我们也可以从学术

---

① 王大洲，关士续. 制度、技术和创新——技术创新研究迫切需要开拓一个新视野. 自然辩证法通讯，1996，(6)：24~30.

② 张九庆. 关于我国当前科技政策与体制改革评价的十点思考. 科学与科学技术管理，2002，(2)：8~10.

期刊以及互联网等媒体上注意到，对于科技创新的政策环境进行批评和抨击性的评论也更多了，正如 2009 年 9 月 17 日科学技术部党组书记李学勇在国务院新闻发布会上所说，目前"我国的自主创新能力、科技进步对经济社会发展的贡献率、科技投入水平、科技体制机制创新以及优秀拔尖人才等方面，与创新型国家还有不小差距"，我国"自主创新的政策法制环境还要不断优化"。

9.3.3.1 科学和技术政策的根本目标

发展科技必须为提高国际竞争力和经济增长服务，但这不是唯一的目的。促进科学技术自身发展，促进科学技术转化为社会生产力，促进人类文明进步，并使科技与经济、政治、社会、文化和生态协调发展，才是我国科技政策的根本目标。其中，科学技术发展是过程，促进社会生产力发展和促进人类文明进步是归宿。从科学和技术政策促进科学技术转化为社会生产力的归宿看，应引导科学和技术创新走向创新经济思想的轨道，才能形成促进持续创新的新循环经济。从科学和技术政策促进人类文明进步的归宿看，应引导社会形成有利于科学和技术创新的思想、文化、政治、经济、法律、教育等环境。

9.3.3.2 明确科技创新政策的改革方向

科技政策的改革是对科技在整个社会中的地位和作用的再认识，是对科学和技术体系结构中侧重点的调整。国家的科技政策对科技能力及其社会作用的影响极大，既能削弱、窒息、扼杀社会的科技能力，也能发酵、催化、强大社会的科技能力。科技政策的改革，必须明确定位政府在改革中的职能是过程催化（增加动力、创造条件）还是目标引领（制订方案、组织实施），因为这关乎改革的动力。前者是为了达到科技组织机构"我要改"的目的，而后者则产生国家或政府"要我改"的效应。前者的改革动力源于科技主体自身，这种动力发生缓慢，但可能更加持久；而后者的改革动力源于政策研究者和制定者，这种动力发动快速，但可能难以恒久①。

无论是让科学充分自治的多元分散型科技体制，还是对科学实施计划控制的集中型科技体制，都不可否认其各自的优劣。现代科学技术的发展趋势对科技管理体制提出了双重要求，即自由与计划相结合的科技管理体制，既要保证大部分科学技术活动的充分自治，又要对重大科学技术项目实行控制和管理。科技政策研究需要弄清什么科技活动应自治、什么科技活动应控制，通过什么样的科技政策来实施有效的自治和控制。由于不同国家的经济、政治、文化和社会环境不

---

① 张九庆. 关于我国当前科技政策与体制改革评价的十点思考. 科学与科学技术管理，2002，（2）：8～10.

同，所以科技体制也不可照搬照抄。一个国家的科技体制必须与其自身的经济体制相一致，才能实现"科技是生产力"的合理逻辑；必须符合科学技术及其组织体系发展的客观规律，才能实现科技活动自身的基础研究、应用研究、发展研究、产业化、市场化、社会化的平衡发展，以及科技与经济、教育、文化和社会的协调发展。

在国家科技政策和制度改革中，科技组织（通常包括政府科研机构、企业科研机构、高校科研机构和非营利性科技机构四类）结构调整、科技管理法规、科学选择（通常包括优先领域、重大问题、重点学科、关键技术等选择）、科技发展计划、国家科学技术基金、科学技术评价等，都是极其重要的研究内容。

9.3.3.3 研究制定创新科技政策的策略

坚持"社会进步依靠科学技术"无疑是正确的，不宜只强调"科学技术必须面向经济发展"而忽略科学技术面向社会发展和科学技术自身发展的规律。在中国目前的从刀耕火种到信息经济的复杂层次经济形态下，强调创新经济思想为知识经济的主导的同时，仍不能忽略经典和传统经济学思想的基础。在方向上，解决科学技术创新与社会协调、持续发展（科学发展）的矛盾，即科学技术的社会责任问题（"GDP 不代表幸福指数"——罗伯特·肯尼迪）。在内涵上，从科技政策研究到市场化战略的全面创新（尤其是我国的创新经济与科技创新管理的研究非常缺乏）；研究从文化环境到操作层面的全方位的科技政策，注重科技政策的实施与实现。在时间上，继承发展，立本求新。在空间上，学习借鉴（"师夷之长技"）＋自立原创，避免"引进—落后—再引进—再落后"怪圈。在部署上，重视可持续的不断完善，避免朝令夕改。在布局上，科学政策与技术政策、工程政策相区别。

9.3.4 我国科技政策和制度创新的要点

9.3.4.1 完善科技创新的政策法律制度体系

科技活动与人类的其他社会活动一样，必须是在一定的法律制度环境下。科技法是指调整科技活动领域社会关系的所有法律规范，包括专门的科技立法和其他立法中有关科技的法律规范。科技法律制度不仅调整科技活动范畴内的社会关系，而且调整科技与经济、教育、文化、政治等社会关系，协调科技活动与人类、自然、社会的关系。科技立法是国家用法律制度的形式保障和促进科技进步的需要。科技法是连接科技与社会、科技与经济的桥梁，不仅要明确和规定科技发展的基本原则、方针政策、组织体制，更必须充分反映科技自身的发展规律。

因此，科技立法的科学技术性很强，需要科技专家和法学家的通力合作。我国自20世纪80年代提出"科技法"的概念并着手科技立法工作以及在十五大提出"依法治国"的方略后，科技立法也全面启动，不仅在宪法、民法、行政法、刑法等传统法域中确立了大量科技法律规范，而且启动了科技领域内的专门立法，目前仍然生效的科技领域专门法律、行政法规和规章、地方性法规和自治法规、军事法规等已有1000余件，包括科学技术进步法、技术合同制度、科技成果产权保护和科技奖励制度、环境和生态保护与自然资源保护制度、国际科技交流与合作协定等若干方面，对于激励科技创新、加速科技进步、促进经济和社会发展做出了积极贡献①。

9.3.4.2 建立以专家为主体的科技决策体系

政府不应是科学研究的发号施令者，而是维护秩序和保障运行的服务者。绝大多数伟大的科学发现或发明从来都不是政府"计划"出来的，而是根植于学术自由的土壤。饶毅教授曾直言我国的科技决策过程存在很大问题，在科技界引起了广泛共鸣："中国科技决策重大项目和方向，有些不是由科学内容和发展规律决定，而是由非科技专家感兴趣的热点来决定；选择的科技方向和国家重点支持是不能用科学技术的内容和价值来解释的。在中国的重大科技决策过程中，科技专家的影响是很有限的。国家整体、国务院和有关部委并没有可以起关键作用的专家委员会，这些层面的行政领导也不能制度化地咨询有关专家，重大决策仍然取决于少数几个人或一人，有些科技人员就揣测领导的喜好，而不是完全从科技本身的发展规律来计划未来的研究方向。国家也没有逐渐筛选出一批既有学术专长又有公益心的人来参与重大科技方向决策。许多年度报告和科技计划，写和执行几乎分开，不能起到应有的作用。科技领域普通的行政人员，在其他国家应该是给专业领导和专业人员做辅助工作的，而在中国却常常能领导和指挥专家，中下级行政人员和作为国家栋梁的专家关系较为扭曲……不全面建立以专家为主导的科技决策体系，中国的科技就不能避免重复出现同样的问题，就会使中国的科技发展受到阻碍，使国家在科技上的投资得不到应有的使用。"② 国家建立常设的、以专家为主体的科技决策体系，研究制定科技发展战略和政策、制度，本身就是政策和制度的创新。

我国科技政策制定的科学性仍需进一步加强。我国1956年制定的《1956—

---

① 罗玉中. 科技法律制度. 全国人大常委会法制讲座第三十讲. http：//www. people. com. cn/GB/14576/15097/2369628. html. 2004-03-02.

② 饶毅. 海外学者坦陈中国科技体制弊端. http：//www. southcn. com/news/international/bjbg/200210170990. htm. 2002-10-17.

1967 年科学技术发展远景规划纲要》至今仍被视为中国科技政策的"路标"与"里程碑"，其中一个很重要的因素就是科技政策制定的科学性。今天，"一方面，中国科技事业以更快的速度迅猛发展，另一方面，科技质量出现明显下滑"，"目前蔓延的各类学术不端行为，就是科技质量下滑的一个标志"，"现在投入虽然多了，但是资源配置不合理，效率严重低下"。新中国"第一个规划时期，我们用少量的投入就取得了一系列奠定中国大国地位的科技成就，而今天，我们投入这么多，并拥有世界上最大的人力资源储备，却没有取得多少标志性成就，这是很值得深思的问题"。"遗憾的是，我们今天的科技政策制定模式仍然没有很好地区分科学、技术与工程的差别"，"应该大胆改革"①。即使在非常强调科学和技术政策制定的科学性、被视为世界各国科学和技术政策"标杆"的美国，其国会两党专家委员会也仍然呼吁，要"让科学在政策制定中发挥更加纯洁的作用"②。

9.3.4.3 构建科学合理的科技评价制度

我国亟待加强对科技评价的深入、系统研究，例如，世界科学技术共同体共同遵循的、科学技术发展规律固有特征所要求的科技评价理论和方法，到底是什么？科学精神、科学道德、科学规范等基本人文问题，在科技评价中应该如何体现？科学原则、科学理论、科学方法、科学行为、科学监察等，通过何种评价指标才能真正体现？我国科学技术发展的社会阶段特征，对科技评价到底有什么样的需求？社会公众作为公共管理的主人对科技评价有什么样的诉求？我国科技评价到底存在什么问题，症结何在？科技评价的期望目的、改革方向、发展目标、基本准则、理想体系、运行模式到底是什么？我国科技评价都有哪些不同的评价目的，不同的评价目的都应该由谁来评价，评价什么，怎么评价？科技评价中政府、科技共同体、社会公众的各自职能是什么？科技评价的对象——科技项目、科技成果、科技人员、科技团队和机构等，又对科技评价有何要求？这些重要问题，都需要在科技评价制度创新中逐一解决。

科技评价制度创新还包括对政策和制度本身评价制度的建立和完善。政策评价包括对政策本身的评价（着重政策的科学性、合法性、理论可行性的评价）、对政策执行情况的评价（着重政策的现实可行性、实践性、过程性评价）、对政策执行效果的评价（着重政策的结果利弊、效用性评价）三个方面。政策研究的精神是创新；政策评价的精神是批判与怀疑。我国现行的科技政策评价体系是，政策制定者通常是资助评价者，实施评价者通常是政策研究者。这种评价实

---

① 李侠. 中国科技政策的路标与里程碑. 科学时报，2009-09-18（A3）.

② 王丹红. 美国会两党专家委员会呼吁：让科学在政策制定中发挥更加纯洁的作用. 科学时报，2009-08-18（A4）.

际上是一种"体制内认同评价"或者"自我认同评价"，而非独立于政策制定者和政策研究者之外的"体制外、公正、客观评价"①。对科技政策和制度的评价，应建立独立于政策研究者和制定者之外的社会评价机构，建立健全客观、公正的评价制度，制定并完善评价制度的执行机制和具体办法。

9.3.4.4　改革创新的人才政策和学术环境

科学是人类认知未知世界的创造性劳动，这种创造性来源于人类精英分子的创造性思维。从科技人才学的角度看，国家科学技术创新的根本在于，拥有一批最优秀的科学家并能够最大限度地发挥其聪明才智。美国科技政策研究专家暨研究中国科技政策的美国专家、宾州州立大学的西蒙教授说："你们中国有最优秀的人才，但你们自己管理不了这些人才，我们能管理好。所以一流的人才来美国，二流的人才去应聘你们的'千人计划'。"他的话虽显主观、随意、调侃，但更应引起我们深思。现在不断有优秀人才"海归"，但国内的学术环境不改变，很难让他们自由地发挥长处②。改革科技创新的人才政策和学术环境，也是我国政策和制度创新的核心内容。

中国科学院北京基因组研究所党委书记杨卫平研究员考察、比较了中美两国的科技人才政策和学术环境后指出："学术自由和学术民主是精英们的最爱。""从制度层面看，美国的学术自由主要体现在以独立决策的学校或科研院所董事会为基本决策模式、以开放流动的全球精英人才政策为保障、以终身教授制度为核心、以严格设计的同行评议为资源分配依据。""中国科学研究领域的制度设计还存在着限制科学家自由思想、自由科研的三大弊端：一是我国科研机构和大学的科研工作尚过多地被各种社会生活和经济利益所影响；二是存在着日益教条和近乎粗暴的科研绩效考核体系；三是过多权威、派系和行政权力参与到科研资源分配体系当中。""我国的院士制度在许多情况下，能对学术自由和学术民主发挥更好的影响。改善中国科研环境，应先从改革中国的院士制度做起，还院士制度以应有的和本来的面目。"

学术环境的最直接体现是科技资源分配政策。广义的科技资源包括经费资源（经济）、荣誉资源（文化）和权力资源（政治）。科技资源的分配必须以科技评价为价值基础。"科学的评价只能由学术共同体内部具有相同领域的背景和研究的科学家根据自己的主观判断来实现，即同行评议。我国的科技评价有同行评议的形式，但缺乏同行评议的精髓，即没有任何利益关系的纯粹学术评价。一是企

---

① 张九庆．关于我国当前科技政策与体制改革评价的十点思考．科学与科学技术管理，2002，（2）：8～10．

② 杨卫平．从美国的科研环境看中国的人才政策．科技日报，2009-12-23（A3）．

图用间接同行评议取代直接同行评议，而且间接同行评议的标准摇摆不定，如从机构到个人、从教授到研究生以 SCI 论文评价，虽然促进了中国科研规范与世界接轨，却扼杀了科学的真谛。二是评议的指导思想违背科学规律和价值错位，我们评价体系的初衷和结果是：防止出现差的，不鼓励出现好的。频繁、简单、量化的评价体系和办法，在督促'懒惰'科学家勤奋工作的同时，使得最有潜力成为优秀科学家的人才疲于应付，放弃了对科学发现规律的应有遵循。我们在不容忍平庸、懒惰和失败的同时，放弃了对杰出的渴望。三是国内机构评审失去公信力，缺乏保证其中立性和客观性的政策和制度。应呼唤独立的非政府隶属的专业评价机构，其评价结果必须接受市场检验，其客观性就是其存在的生命线。"

9.3.4.5 创新健康的科技文化体制

中国科学界的相互关系，目前还没有形成一种普遍的、以科学利益为最高原则、以学术标准为根本基础的科学文化。在缺乏这种优良科学文化的情况下，一些人在海外能够遵从科学文化道德，但回到国内却把专业标准放得很低，把行为规范置之脑后，对中国的科技文化也有不良作用①。因此，构建健康的科技文化体制，对中国科技政策和制度创新极为重要。

要培植创新之源的科学人文。科学人文是启迪科学思想、激发创造热情、培植科学精神、引导社会科学价值、孵化创新科技政策之源头。科学人文要求强调科学研究过程中的人文精神，如实事求是、淡泊名利、敬业、奉献甚至牺牲精神等。人类之所以要进行科学研究，是人类探索未知的天性使然。科学本身即是美，对于真正的科学家来说，科学探索过程即是对他们最好的回报和褒奖，而并非名利、地位和金钱。但科学工作者不可能脱离社会，也就不可避免地受到各种利益机制的影响，这就需要正确的人文导向。

要加强行政科学研究，即要用对待科学的态度来看待行政、认识行政、研究行政、从事行政。在我国科学技术领域，行政科学的发展还很不尽如人意，关于科学社会学的研究非常不足，何为"政"、如何"行"还在"摸着石头"，形成长官意志代替科学决策、行政干预代替政策调整、领导审批代替专家听证的风气，随意代表随机、典型视为实验、失误作为对照等问题在所难免。因此，科技政策和制度执行机制的改革，要以行政科学研究为依据。

要倡导科学行政实践。科学行政是指遵从科学规律的行政，尤其是遵从科学、规律性地管理科学和技术研究工作。科学行政就是要在科技政策研究与实施、科技活动管理与监督等方面，都需要按科学规律办事，避免将科技政策研究

---

① 饶毅．海外学者坦陈中国科技体制弊端．http：//www.southcn.com/news/international/bjbg/200210170990.htm.2002-10-17.

异化为长官意志体现，将科技政策实施异化为行政命令干扰，将科技活动管理异化为思想运动，将科技活动监督异化为权力管制。

要努力清除"学而优则仕"的"官本"观念对科技人员的影响，培育诚信、严谨、创新的科技文化和价值观；要努力贯彻"百花齐放，百家争鸣"的方针，真正营造学术自由争鸣、有序交流的科技文化环境；要努力实现科学技术工作决策的科学化、民主化，创造学术权利实施的良性机制，营造科技工作发展和科技人才成长的良好环境。

10　创新的文化阻滞力

韩庆祥　张艳涛

阻滞国家创新的障碍，可从传统的社会结构、制度和文化三个层面来分析。

传统文化不宜一概否定，继承优良的传统文化是人类社会进步的必要阶梯。然而，传统文化也具有一定的负面作用。一些传统的制度、规矩、道德、观念等，尤其是传统的社会层级结构，经常会禁锢人们的头脑，束缚人们的手脚，阻滞社会的创新。因此，创建国家创新体系，首先必须有效地应对阻滞创新的传统因素。解决问题之可能路径：按照"能力本位"理念，改造传统社会层级结构；从权力获得的方式、权力获得的根据、权力行使的方式和权力行使的方向四个方向努力；确立"能力本位"的文化理念，培育独立人格；按照"能本管理"进行合理的制度安排。中国传统文化所形成的超稳定社会结构直接影响着国人的创新意识和创新能力。破除这些消极因素的影响，是摆在国人面前一项艰巨而长期的历史任务。创新不仅是推动人类文明进步的主要因素，而且是保护和传承文明的主要动力。历史经验表明，在寻求富民强国的征途中，一个民族的文化是否具有创新能力，往往决定了它造就的社会兴衰和国家强弱。一个民族如果没有创新能力，既无法在激烈的竞争中谋得生存和发展，同样也无法保护和传承本民族优秀的文化传统。可见，创新是一个民族的灵魂，是一个国家兴旺发达的不竭动力。构建创新型国家正成为许多国家的自觉选择，靠自主创新强国已成为我们国家的发展战略。

10.1　创新的文化阻滞力分析

一般而言，阻滞国家创新的障碍通常有封建遗毒、权本位的价值观等。但从社会结构、制度和文化层面来分析，主要有三个因素：①权力至上的自上而下的"金字塔"式的传统社会层级结构和"权本位"的传统政府权力运作机制；②官本高于民本、人治高于法治、集中高于民主、权力高于一切的传统制度和体制；③依附、服从有余而独立个性不足的传统人格。

10.1.1　社会结构层面

从分析中国超稳定的传统社会层级结构入手，我们认为，中国传统社会内在的抑制超越和创新的文化阻滞力的根基和寓所，主要是权力至上的自上而下的"金字塔"式的传统社会层级结构和"权本位"的政府权力运作体制。这种传统社会层级结构与政府权力运作体制具有五大特征：下级对上级的依附；民众对权力的畏惧；政府对民众的管制；能力对权力的服从；权力对社会的控制。一句话，权力配置与支配一切资源。

改革开放以来，权力至上与市场经济的负效应相媾和是产生一切负面问题的总根源。这里，我们看到了封建集权文化的某种存留。诚然，在以层级为特征的权力体系中，上令下行本是保障权力正常运作的基本规则。然而，由于各级官员不是真正意义上选举出来的，而多是上级任命的，所以一些人多对上负责、对下不够负责。在官员的任命、升迁等过程中，人情、金钱等非能力因素常常起着重要的作用。加之对权力缺乏有效的监督，对权利缺少必要的尊重，往往导致一些权力的拥有者高高在上，滥用权力，脱离群众，不负责任。权力与责任的不对称，也纵容一些官员的舞弊行为。公共领域与私人领域的混淆加之权力至上，往往造成社会公共管理的缺位与越位以及权力对权利的某种践踏。权力过分集中，官僚主义盛行，影响了一些正直官员积极性的充分发挥，不利于形成创新的局面。

当代中国深厚的"权本位"思想对创新具有巨大的阻滞力。所谓权本位，主要是指由自上而下的权力结构和权力运作方式所形成权力至上的价值取向。这是造成依附性人格有余而主体性人格、创造性人格不足的根本原因。因为权力至上的自上而下的"金字塔"式的传统社会层级结构和"权本位"的传统政府权力运作机制强调的是束缚人和控制人而不是解放人和开发人。在这种传统体制下，道德压制能力、能力服从权力、关系大于能力、权力践踏权利的现象时常出现。这与马克思主义的"能力思想"是相悖的。马克思主义的"能力思想"可作如下理解：从历史观上看能力，人类历史是个人本质力量发展的历史，是人的生产能力发展的历程①；从价值观上看能力，每个人能力的全面而自由发展是最高价值目标②。

我们认为，当代中国迫切需要但又十分缺乏的主要是能力理念。如果我们追问：为什么中国缺乏自主创新能力？显然与依附性人格有余而主体性人格、创造性人格不足有关。再进一步追问：为什么依附性人格有余而主体性人格、创造性人格不足？其主要原因恐怕就是传统社会与文化过于对人进行控制与约束，而不大注重对人的解放与开发，而后者显然与权力至上的自上而下的"金字塔"式的传统社会层级结构和"权本位"的传统政府权力运作机制及其对人的控制有关。毕竟，有怎样的权力结构就会有怎样的权力运作方式。在这种传统社会层级

---

① 马克思，恩格斯．马克思恩格斯选集．第1卷．北京：人民出版社，1995：124，294.
② 〔英〕乔纳森·沃尔夫．当今为什么还要研读马克思．段忠桥译．北京：高等教育出版社，2006：41.

结构与权力运作体制中，往往是重权力轻能力，重依附轻独立，重控制轻开发。可见"权本位"的价值观容易助长排斥"人力"依赖"天命"的"前定论"、"给定论"和"命定论"，导致民族创新能力不发达和自主创新能力不足，进而导致中国经济、科技的不发达。

我们身边的社会环境在某种程度上存在着阻碍人才健康成长的因素，致使有些人不是积极努力去"琢磨事"，而是全身心去"捉摸人"。为促进中国人才资源的开发，我们必须努力营造一个鼓励人才干事业、支持人才干成事业和帮助人才干好事业的氛围与环境，这就要用一种机制和价值导向，保证那些凭能力干事业、干成事业、干好事业的人才不仅能脱颖而出，充分发挥作用，而且得到尊重和回报。总之，我们要构建的和谐社会应是一个人尽其才、才尽其用、各尽所能、各得其所的社会，是一个尊重劳动、尊重知识、尊重人才、尊重创造的能力社会。

10.1.2 制度层面

人治大于法治、鞭打快牛的制度和体制，是影响自主创新能力提高的第二个因素。

中国人大多不是把国家民族的兴旺寄托在制度上，而是系于所谓的公正勤恳的执政者身上，于是呼唤清官，渴望明主。也就是说希望清官执掌更大的权力，老百姓依赖清官的公正享受公平的社会福利。事实上，圣人的思想有其社会历史的根子，这个根子深扎在特定的社会结构中，而且这种思想已经成为一种自主的力量，阻滞创新。严复认为，中西"关键性的差别不是一个物质问题，而是一个能力问题"[①]。

一个社会制度合理不合理，主要看其能否激励每一个人的创造性，能否保障每一个人的创造性。从某种意义上讲，制度创新就是制度的变迁过程，在此过程中，势必会引起各种利益主体关系的调整。因利益调整的多元化，对制度创新形成的阻滞力也就成了必然。诚然，坚守道德，是任何国家和社会所倡导的，中国更是如此。问题主要在于在坚持道德的前提下以怎样的态度和方式对待能力：重视和正确利用能力就会强大，而轻视和排斥能力就会落后。我们认为，当代中国，应从道德与能力统一的视角重新理顺个人与政府的关系。用好行政权力，不要让权力伤害公正，其重要性不言而喻。作为政府、作为领导干部，他们担负着为人民服务的重要职责，掌握的权力是服务人民、造福人民的，滥用公权为自己谋私，或不维护公理正义，反而伤害公正，那样的权力就会变"质"。然而"权

---

① 〔美〕本杰明·史华兹. 寻求富强：严复与西方. 叶凤美译. 南京：江苏人民出版社，2005：238.

力市场化"正重创社会公正。所谓"权力市场化",是指在这样一个资本逻辑泛滥的时代所形成的"权力金钱化",即用权力搞钱。"权力市场化"的所有表现形态,都必然导致掌权者获益和百姓利益受损。前者让权力成为一种"生产要素",通过疯狂的交换和非法的获利,在葬送权力合法性的同时,也必然丧失了权力的公信力;而后者让既无权又无钱者成为"权钱联盟"的剥夺对象。可见,"权力市场化"不仅加剧了权力与人民联系的断裂,使人们对权力怀疑多于信任,而且也加剧了社会内部的断裂,使社会仇恨滋生蔓延。

研究表明,公正的程序是现代法治的重要基石,也是法治区别于人治的重要标志。人类法治文明发展的历史表明,没有程序的公正,就没有实体的公正。公信力是指在社会公共生活中,公共权力面对时间差序、公众交往以及利益交换所表现出的一种公平、正义、效率、人道、民主、责任的信任力。公信力既是一种社会系统信任,同时也是公共权威的真实表达,属政治伦理范畴。公信力既是一种执政信任,又是一种政府权威。当代中国社会,现代意义上的政治权威主要来自于民主、公共性、公正和执政能力。如吉登斯所指出的:在当代社会,"无民主即无权威"[①]。我们还可以接着说,在当代中国,无公正、无执政能力、无公共性和无民主,即无权威。社会公正和权力公正是评判公共权力及其公信度的两个基本准则,这就意味着公共权力要建立执政信任,就需要两个基本方面的支撑:一是公众的认同,二是公正的决策。因而执政信任包括政治信任和能力信任两个方面。政治信任是能力信任的合法性基础,而能力信任则为政治信任提供支撑。要使公众对制度真正产生信赖、服从和遵守,不仅需要公共权力机构及其公务人员做到"权为民所用"、"权为民所控"和"权为法所规",还需要克服"能力恐慌",使之具有严格规范且灵活多样的操作能力和创新能力。只有这样,才能做到"权为民所用,情为民所系,利为民所谋"。

一般而言,传统中国是一种集权制(国家—个人)二元结构,而西方是分权制衡的(国家—公民社会—个人)三元结构。国家是公民的领域,在政治上获得解放的国家里,我们都是平等的公民,在法律面前一律平等,是权利的持有者。然而,在公民社会的层面上,即在日常经济活动的层面上,就不同了。我们每个人都追求自己的利益,竞争和剥削都成为必需。因而,我们每个人都过着一种双重的生活:平等的社会的公民生活和原子化的私有的个人生活。由于"我们没有经历高度发展的资本主义阶段,封建主义政治传统大量存在,在政治领域反对封建主义专制传统的任务十分繁重,十分艰巨。我们的高度集权的政治体制,不利于个人自主性的确立,不利于个人自由意志的发挥,相反却很容易泯灭人的

---

① 〔英〕安东尼·吉登斯. 第三条道路:社会民主主义的复兴. 郑戈译. 北京:北京大学出版社,2000:70,73.

独立性和个性，容易造成人的依附性、奴隶性"①。

10.1.3　文化层面

在文化层面，依附性人格有余而主体性人格不足，较注重对人的控制而不够注重人的解放，是影响自主创新能力提高的第三个重要因素。

封建文化没有完全随新社会的诞生、旧社会的灭亡而消亡，反而以新的形式潜入新社会之中。这里所言的封建文化，不是泛指所有封建文化，而是特指"权"大于法、"情"大于理、"关系"大于能力、"依附"大于自立的封建文化。一些有识之士早已揭示出近代中国社会发展缓慢的深层原因，认为主要是漠视人的创造能力而过于看重人情关系。正如费孝通以中国家庭和社会的"差序格局"描述人情社会特征时所深刻揭示出的："在西洋社会里争的是权利，而我们却是攀关系、讲交情。"② 无独有偶，林语堂也同样看到了中华民族传统文化势力之强大，从而断言"人们的基本生活方式将会永远存在。即使发生共产主义掌权这样巨大的社会变革，中国人的那些性格特征：宽容、折中、中庸等古老的传统将会毁掉共产主义，把它改头换面。而共产主义那种社会的、不受制于个人感情影响的、严格的世界观则很难毁掉这个传统，情况一定会是这样。"③ 或许林语堂的结论有些悲观，但一定程度上触及"中国问题"的核心。这正是一些在西方行得通的先进理念引进到中国来往往"走样"和"变形"的深层传统文化根源之一。

无疑，构建创新型国家，离不开文化创新。文化创新首先在于观念创新。然而，中国传统文化中有一些阻滞创新的陈旧观念。破除这些束缚创新的陈旧观念，需要经济、政治、文化和社会的协同作用。当代中国迫切需要通过个人能力的开发，以整合凝聚成集体性的能力。如今，人的知识和创新能力已成为决定性的生产要素和实现经济增长的主要驱动力。人力资源已成为一个国家经济和社会发展最主要的战略资源。哲学作为时代精神的精华，主要是通过先进理念引领社会进步而实现其功能的。我们认为，当代中国社会发展的核心理念就是能力本位。

不可否认，在现实生活中，依附性人格有余而平等人格、独立人格和主体性人格不足屡见不鲜。这是我国文化领域存在的一个根本问题。显然，这与中国传统文化过于注重对人的控制而对人的解放与开发明显不足有直接关系。总体来讲，中国封建社会也关注人，但其关注人的目的主要不是如何有效地解放人和开

① 阮青. 中国个性解放之路. 上海：华东师范大学出版社，2004：362，363.
② 费孝通. 乡土中国生育制度. 北京：北京大学出版社，1998：27.
③ 林语堂. 中国人. 上海：学林出版社，1994：17，18.

发人，而是如何用道德、权力、情感和组织有效地控制人和约束人，结果"人"字越写越"小"，直接造成了中国人的依附性人格，缺乏创新个性和创新能力，这正是阻碍中国社会发展的深层原因之一。此外，对历史的迷恋、对权威的迷信、对教条的迷从，也不同程度地导致国人的保守倾向。身份层级、绝对性思维、"中庸"思想、不敢越"雷池"一步、"枪打出头鸟"、"出头的椽子先烂"、"木秀于林，风必摧之"等，这些观念已渗入中国社会意识底层，成为"集体无意识"，甚至作为"主流社会心理"、思维方式、语言方式和行为方式，时时处处左右着人们的头脑。所有这一切造成一些人奴性十足、个性缺失、重天命、轻人力的生活态度、思维方式和生存方式。在此种心态之下，人们容易小富即安，不思进取，缺乏自主创新意识和能力，长此以往，人们不愿、不敢甚至不能创新。

文化作为"软实力"恰似一种酶，它对创新不是促进就是阻碍。当今中国的政治背景可以从不同方面来把握，但最深层的是封建文化对当今我国政治活动深远的消极影响。文化即人化。正如衣俊卿所言：文化不是与经济、政治、科技、自然活动领域或其他具体对象并列的一个具体的对象，文化大体上属于人类超自然的创造物，是历史的积淀的类本质的对象化，主要是指文明成果中那些历经社会变迁和历史沉浮而难以泯灭的稳定的深层的无形的东西。文化是历史凝结成的稳定的生存方式。在此意义上，文化并不是简单的意识观念和思考方法问题，它像血脉一样，熔铸在总体性文明的各层面和社会存在的各个领域中，自发地左右着人的各种活动。无论是胡适把文化界定为"人们生活的方式"，还是梁漱溟把文化定义为"人类活动的样法"，都是意在表明，文化所具有的普遍性和深层次性决定了它对人的各种活动乃至社会运动的深层次的制约作用。所以，文化也是深藏在实践活动之中的人的活动机制、图式。

竞争力的源泉是自主创新能力。由于现代意义上的创新风险高、代价大、竞争激烈，所以，营造良好的创新文化与社会氛围、鼓励创新、包容失败至关重要。然而我们的传统文化通常是不宽容失败和失败者的，常常是"谁升起谁就是太阳"、"胜者为王败者为寇"、"以成败论英雄"，而不是以能绩论英雄。其实，"宽容失败"本身也是一种观念创新。一种适宜创新的观念文化，不仅尊重创新，鼓励创新，还要宽容有限失败，宽容失败者，更要极力保护创新的幼苗，为创新之树的成长提供肥沃的土壤。进言之，鼓励创新，既要有创新成功的激励机制，更要有创新失败的宽容机制，使成功者舒心，失败者安心。硅谷的企业普遍推崇的价值观是"允许失败，但不允许不创新"，"要奖赏敢于冒风险的人，而不是惩罚那些因冒风险而失败的人"，以致有人认为，"失败是硅谷的第一优势"。微软的哲学也是"最大限度地允许失败"，微软现在的财富是由少数成功的项目带来的，其中失败的尝试不计其数。反观中国的文化，喜欢对成功者褒奖有加，而对失败者冷嘲热讽，这从一个方面阻滞了创新风气的流行。

10.2 解决问题之可能路径

在分析完阻滞中国创新的主要因素"是什么"和"为什么"之后，遵照分析问题的一般逻辑，接下来就是"怎么办"的问题，主要是探寻问题解决之可能路径。

10.2.1 按照"能力本位"理念，改造传统社会层级结构

所谓改造"社会层级结构"，简要说就是把政府权力至上的一种力量分化为相互制约并相辅相成的三种基本力量，以此改造权力至上的自上而下的"金字塔"式的社会层级结构。这三种基本力量是：第一，作为"无形的手"的市场经济的力量，它主要通过平等竞争解决经济领域的效率问题。第二，作为"有形的手"的政府的力量，它主要从政治权力合理合法运作的角度解决社会领域的公平、公正和公共性问题。第三，作为体现并提升市场经济的内在积极精神，且与政府平等、协商、合作的公民社会的自主力量，它主要从公民民主的角度解决公民的基本需求、合理诉求、合法权益和独立人格的实现问题。

"能力本位"的提出有其特殊的历史背景。"能力本位"主要是反对"权本位"和"金钱本位"的文化价值观，倡导以"能力充分正确发挥"为基础和核心的现代价值理念。这里主要应处理好三种基本关系：政府与市场的关系；政府与公民社会的关系；政府自身内部的根本关系。其中，权利与权力的逻辑关系和现实关系是最核心、最本质的，因为它直接关系权力获得的方式、权力获得的根据、权力行使的方式和权力行使的方向四个根本问题。

其一，权力来自于人民，必须用来为人民谋利益，保护人民群众的合法权益。权力的逻辑是打天下、坐江山，民主的逻辑是选出来、举上去。自由而公正的选举包括：由选举制逐步代替任命制（不排除一定程度上的任命）；由任期制代替终身制；由能力本位代替权本位。当代共产党人自觉加强执政能力建设便是对时代精神的理性回应。这就要求中国共产党人不断增强执政为民的公仆意识、执政兴国的发展意识、居安思危的忧患意识、与时俱进的创新意识，以及科学执政、民主执政、依法执政的责任意识。

其二，近代西方政治伦理的主要形态是建基于"规范人性"基础之上的"契约伦理"。与此不同，中国的传统政治伦理是建立在"家国同构"基础上的"感性伦理"。世界历史对党的执政能力提出新挑战，迫使它由"权力导向"向

"功能导向"转变。因为在"权力导向"下，自上而下的权力"金字塔"式结构与只对上负责的管理体制，有很多与新的历史条件下党的执政能力不相适应的地方。其中，从革命党到执政党的角色转换，对党的执政能力是一种考验。苏联共产党由于没能顺利完成这一转变，把革命党建设的成功经验神圣化、教条化去指导建设实践，结果垮了台。这给我们提供了深刻教训。

其三，权力的行使必须是合法的。一般而言，权力的合法性来源于人民的认同，权力的必要性突出表现为对社会公正的维护，权力的价值主要在于对弱者利益的眷顾。因此，任何"权力市场化"都是堕落和腐败，都是不能被容忍的大恶。因此，如何监督公权的运用，便是一件大事，在这方面，普通百姓是无能为力和力不从心的。权力的有效监督与有力制约，自由而独立的媒体，强大且活跃的公民社会，是从权力运行上构建公正与效率机制的关键。

其四，权力是一把"双刃剑"，用好了能造福百姓，用不好则会祸国殃民。如果权力不能公正地使用，那么受伤害的就是无权无势的百姓，以及正义和公正。我国宪法虽然规定权力属于人民，但是公共权力在具体运用上却需要个别部门和个别人去行使。不管人的待遇在法律中多么单纯和平等，歧视却仍深深植根于日常生活中。因为任何宪法和法律都不能包括所有的可能性。

总之，当今中国社会发展的总趋势，就是从以权力为本的发展框架，经过以物为本的发展框架，再逐步走向以能力为本的发展框架。走向能力社会具有历史的必然性。

10.2.2 按照"能本管理"进行制度安排

把能力本位运用于管理上，就是要求当代中国必须实行以能力本位为核心理念、以对人的能力管理为核心内容的"能本管理"。在中国，"能本管理"是人本管理发展的新阶段。能本管理在具体操作上，就是要实行"能级制"。所谓"能级制"，就是通过在组织内部确立一种科学的、公认的、可行的能力测评标准体系，采取行之有效的方法，对组织成员的能力进行客观而合理的评定，给予合理的岗位定位定级，并建立起与行政职务阶梯相匹配的且同等重要的、适当的、有序的、开放的、流动的和有活力的业务（技术）能力阶梯，据此赋予组织成员以不同的责、权、利，从而有利于管理人员和专业人员各尽其能、各尽其才和各尽其用，调动各自的积极性，有利于组织达到有序并富有活力的一种管理机制和方法。马克思认为，社会实践的发展，生产力的提高，社会关系的丰富，最终应转换和提升为人的能力的提高，能力的全面发展成为目的本身，能力的增强构成人的本质的丰富。现代市场经济本质上是能力经济，与自然经济不同，它要求人的主体性和创造性的巨大投入，要求人们不断超越已有的观念和成果，不断变革和更新。同时，市场竞争实质上是能力竞争，这意味着有"为"才有"位"，实力影响地位。这要求我们要自觉地加强能力建设。

所谓"能力建设"，就是主体通过各种行之有效的方式与手段，把人口资源转化为人力资源，再进一步地转化为人才资源，从而形成能力和人力资本的一系列能动活动过程。确立"能力本位"的核心理念，实行"能本管理"，目的在于建构"能力社会"。"能力社会"是与知识经济相适应的一种社会形态，主要是从价值角度来讲的。能力社会是以能力正确发挥为文化价值导向和制度选择目标模式的社会。建构能力社会，就要把"能力本位"作为当代社会发展的核心文化理念，就要建立以能力建设为核心内容的发展观，就要使社会发展和人的发展按照能力为本的理念来运作和设计，就要进行制度创新、组织创新和文化创新，就要采取能本管理等有效方式和对策。

当代中国，"调动积极性是最大的民主"①。因此，制度和体制要为人的能力的充分发挥提供机会与平台、政策与规则、管理与服务。当代我国社会现实最需要的，但又最缺乏的，就是人的能力充分正确的发挥。能本管理的理念是以能力为本，具体包括以下四点。

（1）它对文化价值观建设的要求是，现代形态的文化价值观，应建立在能力价值观的基础之上。要以能力价值观为主导来支撑和统摄其他价值观（如利益、效率、个性、主体性、自由、平等、民主、创新等）；而且当"权位"、"人情"、"关系"、"金钱"、"年资"、"门第"、"血统"同"能力"发生冲突时，应让位于能力；在市场经济、知识经济和现代化建设条件下，人生的一切追求、一切活动首先应围绕如何充分正确发挥人的能力旋转；人要依靠能力来改变环境，依靠能力立足，并实现个人价值，依靠能力来为社会工作；在对组织和成员的行为表现进行评定和奖惩时，应首先看其能力发挥及其为社会做出贡献的状况。

（2）它对组织和成员之间关系的要求是，组织既倡导每个人通过充分正确发挥其创造能力，为组织、国家、社会以及人民多作贡献，实现个人的社会价值，也要求组织为每个人能力的充分正确发挥提供相对平等的舞台、机会和条件，还要引导把员工个人的发展目标、岗位技能的提高同组织目标统一起来，使组织和成员形成一个"责、权、利"统一的命运共同体，且在其中都有一种危机感、责任感、主体感和成就感，从而促进个人和组织共同发展。

（3）它对组织的特征、形态和目标的要求是，努力消除"人情关系"、"权本位"和"钱本位"在组织中的消极影响，积极营造一个"能力型组织"及其

①　邓小平．邓小平文选．第3卷．北京：人民出版社，1993：242.

运行机制，使组织的制度、体制、管理、运行机制、发展的战略目标和政策等，都要围绕有利于充分正确发挥每个人的能力来设计、运作；努力消除维持型组织，建造一个创造型组织，逐步实现文化创新、制度创新、组织创新和技术创新；努力消除经验型组织，将组织改造成一个学习型组织，即从组织结构、形态和制度设计到组织成员的理念、价值观、态度、心理、思维和行为，都应具有强烈的自我组织、自我调整、自我发展和自我完善的能力，使成员具有主动地驾驭组织的目标和任务，并能适应外部环境变化的意识和能力，而这些能力形成的一个重要途径，就是组织对其成员的教育和培训，使成员在组织中能得到"终身学习"和"持续培训"。

（4）它对组织成员的要求是，各尽其潜，各尽其能，各尽其才，各尽其长，各尽其用，通过自觉学习和实践不断提高和发展自己的能力，通过工作实绩确证自己的能力。

能本管理的制度是其理念的外在表现，也是能本管理中较具实质性的部分。一般来说，主要体现在用工制度、用人（人事）制度、分配制度和领导制度四个方面。

（1）能本管理在用工制度上的要求，就是必须尽力打破身份界限、特权门第和人情关系对用工的干扰，凭个人的才能进入用工，确立用工问题上的才能观，即"不拘一格降人才"，根据才能选人才，按照人的特点用人才。

（2）能本管理在用人制度上的要求，就是力戒在少数人圈内根据人情关系、领导印象和主观好恶用人、选拔人，主要根据德才兼备和政绩用人，把有能力有业绩的人推到重要的、合适的工作岗位上。

（3）能本管理在分配制度上的要求，就是在工资制度上，实行"按能绩分配"，根据人的学历、能力、岗位贡献分配工资或收入；在岗位安排上，要善于把具有挑战性的工作安排给那些最具实战能力的人；在奖惩上，实行各尽所能、多劳多得的原则，根据贡献大小实行不同层次、不同程度的奖励。

（4）能本管理在领导制度上的要求，就是进入领导班子成员的人，必须是有能绩且是重能绩、凭能绩进入的人；领导班子的结构组成要注重能力互补原则；领导班子成员作为管理主体，必须具有管理的能力，其中包括对组织中的人的认识、理解和把握的能力，对事物和问题的观察、分析、判断、选择、决策和解决的能力，对组织的发展目标、发展战略、发展方式、发展政策、发展措施的分析、选择、决策和实施的能力，对组织内部人、财、物、信息等复杂要素的综合应对和把握能力；管理组织领导核心，要有能力建立一种使每个人的能力得到充分正确发挥的机制，从而使班子领导成员能尽心尽责发挥其能力，使下属能各尽其能，凭能力在组织中立足；对组织中的不同层次的管理者进行相应的能力强化和培养。

10.2.3　确立"能力本位"文化理念，培育能力型人格

人类历史实践证明，一个国家、民族的前途命运，不仅取决于其国库之殷实，而且越来越依赖于其国民的文明素养。特别是在日益逼近的知识经济时代，具有创新能力的人才将成为国际竞争的焦点，其中，文化力将成为核心竞争力。文化是人的"第二生命"，它对人的影响是根本且长远的。比较而言，中国文化传统，重"自律"而轻"他律"，重"道德"而轻"能力"、重"私德"而轻"公德"、重"做人"而轻"做事"，重"人情"而轻"契约"，这些都是困扰传统文化创造性转化的现实障碍。

文化在个体社会化过程中通过塑造人格，直接影响人的内在精神世界，因而，文化建设的根本是人的素质和能力的提升。能力本位落实在文化建设上，就是要提高人的素质，培育能力型人格。培育能力型人格必破除占有型人格。占有型人格是导致"官本位"与"金钱本位"的重要原因之一，同时也是"能力本位"的现实阻碍之一。事实上，重占有和重生存两种生存方式都植根于人的本性之中，是两种可能性，在这两种可能性中，究竟哪一种占主导地位，就主要由社会的结构及其价值观和规范来决定①。中国传统文化在"创造性转化"过程中，必须从过度控制人走向解放人和开发人其中主要包括：人人平等；尊重个人及其个性；维护个人的合法权益和独立人格；注重个人的内在实力。正如新教伦理对于资本主义发展而言，绝不是前提性的东西，恰恰相反，它本身不过是资本主义经济关系的产物，中国传统文化的"创造性转化"同样需要相应的社会条件与经济基础，市场经济恰恰提供了这些条件和基础。市场经济本质上是能力经济，市场竞争本质上是能力竞争，它客观上要求每个人能力的充分发挥。

总之，当代中国最需要但又最缺乏的就是能力理念。确立"能力本位"核心理念，实行"能本管理"，根本目的在于构建一个人尽其才、才尽其用、各尽其能、各得其所而和谐相处的"能力社会"。建构能力社会，实质就是要从人身上寻找创新和发展的新动力和新方式，就是要充分、有效发挥人的积极作用和独创个性，实现能力主导社会和能力运作社会，从而推进社会和谐与人的自由全面发展。

---

①　〔美〕埃里希·弗罗姆. 占有还是生存. 关山译. 北京：生活·读书·新知三联书店，1989：107，112，113.

下篇　文化创新

11 知识主义引领未来

胡 军

本文强调，求知是人的本性之一，是人类区别于动物的根本属性。知识是人类认识世界的产物，人类文明的进步源于人所具有的认知能力，每一进步都表现为知识的进步和发展。当然，人的认知是有限的，但是人本能地具有认识无限的冲动，这种冲动同样源于人的求知本性。知识在人类发展的历程中的作用越来越重要，越来越起着主宰的作用。鉴于知识在现代社会和世界中这一巨大作用，我们可以断言，未来的社会可以称之为知识主义社会。知识更是中国社会未来发展和繁荣的新的原动力。为了促进中国社会不断走向繁荣和富强，我们要加强知识的研究，要积极提倡知识主义。

11.1 求知是人的本性

求知应该说是人的本性之一。古希腊哲学家亚里士多德正是这样来规定人的本性的。在其《形而上学》一书的开头，他就说："求知是人的本性。"可以说，这一思想最好地概括了西方哲学关于人的看法。它也正好可以用来说明为什么在西方哲学史上知识论的研究似乎成为显学，竟出现了如此众多的知识论著作，几乎可以说是汗牛充栋。在古希腊，即便是与知识似乎没有什么关系的人的德性，苏格拉底也要将它们紧密地联系在一起，他就曾说过这样的话："美德即知识。"其实，美德未必就是知识。知识可以传授。一个人的美德虽然可以感人至深，但却与知识的递相授受有着本质上的差异。然而在此，我们也不得不承认，"美德即知识"的命题却也清楚地反映了苏格拉底等先哲试图从学理的层面来讨论人的美德这样的问题。这一讨论催生了伦理学。伦理学的讨论似乎可以有完全不同的两种进路：一种是学理性的理智的进路，另一种则是直觉的悟入。古希腊走的似乎是后一种路。

中国古代的荀子也说出了类似于亚里士多德的思想。他说："凡以知，人之性也。可以知之，物之理也。"（《荀子·解蔽》）这两位哲学家生活在完全不同的文化环境中，但却表达出了如此惊人相似的思想。这难道是无意的巧合？不！应当承认，对人性的深刻共识促使他们表达出了这一共同的观念。但荀子的看法在中国古代的思想传统中似乎始终没有得到应有的重视。于是，儒家思想过于强调人性中道德伦理层面的立场得到了长足的发展，而没有充分认识到理性知识在德性涵养中的作用，而且更由于在表述思想时不刻意运用形式化的方法和艺术，所以中国古代思想在一开始就走上了一条不同于古希腊哲学的哲学思考的道路。

求知是人的本性之一，这是人与动物之间的本质差异。从牙牙学语的孩提时代起，人类就不断地询问"为什么?"从现象上看，这种询问最初似乎仅仅反映了人类特有的好奇的本性。然而对知识要素的分析告诉我们，正是这种"为什么"询问及对之所作的回答才构成了知识要素中最重要的部分。知其然不是知识，知其所以然才能构成知识。这种形式的询问冲动是形成知识的根本动力。显然，它本身还不是知识。然而正是这种形式的询问表现出来的好奇的本性才是人类所具有的自我意识的表现，因为只有处在自我意识中的人才能发出这种询问。可见，正是这种形式的询问意识倾向才最终在人与动物之间划下了一道不可逾越的巨大的鸿沟。

人与其他动物似乎都具有情感和意志。但其他动物在知性的发展方面却乏善可陈，我们在它们身上几乎找不到求知的蛛丝马迹。与此不同，人的理性能力在漫长的历史上得到了高度的发展，有时简直可以说是发展得非常迅速。知识在急剧膨胀，迅速传播。甚至在今天，知识已经成为主宰整个社会、整个世界的最主要的力量。我们人类的知性在今天已经发展了可以运用知识的理论将关于人的情感和意志方面的种种等等编织成知识的体系。例如，本来是与人的感觉或感性密切相关的美和审美意识都可以运用知性的力量将其提升为知识的体系。人是知、情、意的综合存在，但人的知性的过度发展在很大程度上改变或扭曲了人本来就有的情感和意志。人的知识体系有可能使人的情感更细腻、更深沉，使人的意志更坚强、更坚忍不拔，或者相反。不管怎样，人类的知识体系越是发展，它对人类的影响也就越大，这是不可否认的历史事实。

从表面上看，"为什么"的询问仅仅是人的好奇的本性。然而深入的分析却揭示出，这种好奇的本性实质上是人类求得生存的生而具有的能力。动物天生就具有许多的技能，一个儿童必须靠学习才能掌握，但其中有些本领远远不是人类所能掌握的。就是人类所能掌握的那些技能，在一定程度上也可能永远达不到动物所具有的灵巧、快速的程度。但是，人的这种缺陷却被只有人才具有的另一种天赋所弥补，即人有求知的能力。正是这种求知的本性为人类开辟了通向也只有人类才能拥有的知识领域的道路，开辟了人类文明生活的全新方向。人不只是凭借本能、感官的功能去生活，而主要是凭借理智来适应环境以争取生存的机遇。人类适应环境的主要手段是根据不同的环境而相应地调整和完善自己的知识结构。知识结构越完善、越有普遍性，人类就越能适应环境、改造环境。知识结构的不断完善是人类不断进步的标尺。因此，可以毫不夸张地说，人类的每一重大发展都是知识结构的调整和完善的结果。知识是人的产物，而知识又反过来塑造、诱发人的更多的需要。动物的生存完全依赖于自然形态的物体，人类却有能力根据自己的知识系统按照自己的需要去加工自然形态的物体来满足自己生存和发展的需要。然而，在现代社会，只停留在对自然形态的物体加工已越来越不能满足人类发展的需要，于是合成材料应运而生。新材料的出现完全是人类知识系统的物化，它们是知识产品。它们与自然形态的物体、与对自然形态的物体加工后得到的产品已有性质上的不同。人类不仅要生存，还要发展，而人类求发展的可能性完全依赖于知识系统完善的程度。人类文明的发展都是知识结构更新的直接结果。人类的发展完全是智力型的，不是感官经验性的；而动物发展（严格说来，动物没有发展，有的只是种的延续）的标志却主要是体格的强健有力、感官的灵敏发达、经验的丰富多样化。人在主动地适应环境以求得发展，而动物只是在被动地适应环境。由此而言，任何种类的活动或活动类型本身都不足以区别人与动物。

根据上面的分析，我们可以给人下这样一个初步的定义：人是知识的存在。这样的定义确实有以偏概全之弊病。但是在此我们必须要注意的是，人之为人，或者说人与动物的本质区别主要在于人有理智而动物没有，或者说动物至少不具备只有人才具有的高度发展了的理智。因此，人类才能够创造文化，走进文明之中。正是因为有了理智，人类的情感、意志等也就与动物的有了本质的区别。当然，在此，知识不仅仅指自然科学知识，也指关于伦理、艺术、神话、宗教等方面的知识。

知识不是感性直观的产物。任何知识都是以命题语言表述的符号系统。因此，知识系统乃是关于自然、社会和人自身的普遍性原理。人是根据知识系统去生活、发展的。不同的知识系统赋予人不同的价值观和意义理论。

正是由于人所特有的知识系统，我们可以说，在一定的范围内，人就是知识的存在。因此，人生活在知识系统之内，而不像动物那样直接生活在物理世界之内。人类在思想和经验之中取得的一切进步都表现为知识结构更为系统、精巧和细致。而人的知识系统进展多少，自在的自然世界也就相应地退却多少。人是通过知识系统来看待一切的。人通过知识系统来看待外部世界时，实质上是在同自身打交道；人在自省时，实质是在运用已有的知识系统来认识、分析自我。因此，人不能直接地认识自然，也不能直接地达到那个赤裸裸的自我。除非凭借知识这个中介，否则我们就不能看见或认识任何东西。在这种意义上，我们可以更进一步说，我们所掌握的知识系统的性质决定着我们对自然的性质和自我的性质的看法。一个无神论学者所看见的一切显然要不同于一个虔诚的基督教徒所看到的世界。由于人注定要通过一定的知识系统来看待自然和自我，所以对人的自我本性的研究也就必须以知识的本性为基础、为转移。

当我们来到这个世界时，我们并不是走进了一个空无一物的真空世界。毋宁说，我们走进了知识系统的世界。理性的成熟只不过意味着我们已自觉地意识到我们已生活在一定的知识网络之中，只不过意味着我们已能自如地运用既定的知识系统来看待一切。当我们意识到自身理性的成熟时，我们已不可自拔地深陷于知识系统的网络之中。

自由是人的本质之一。其实，自由只不过是人自觉地运用知识系统来说明自我及外在的一切，并超越自我的种种限制和割断外在的一切束缚的能力的实现。自由并不是意志的任性。自由实现的程度完全依赖于我们所掌握的关于自然和自我的知识系统的深刻性和普遍有效性。一个毫无知识的人（如果有这样的人的话）是绝对享受不到真正的自由的。人的本性倾向于最大限度的自由，这种良好的愿望，实质是由我们关于人的本质的知识系统所激发起来的，并且似乎也只有通过知识才能获得。由于知识的作用越来越重要，我们简直可以这样说，人类需要通过知识获得自由，通过知识获得解放。当然，知识在人的自由的获得上也有可能有着否定的作用，限制人的自由。

然而，任何人在现实中所真正能享受到的自由都不是绝对的自由，因为我们所拥有的知识系统永远也达不到尽善尽美的程度，人类的知识系统处在永远的进化途程之中。这个进化的途程绝无终点可言，因为任何关于终点的知识都是一个有限的事实。而且我们只能凭借知识来获取某种程度的自由的情况也决定了任何自由都是有条件、有限度的。只要是人，我们就不得不生活在知识世界之内。这就是人类的不自由。然而，我们注定要在知识世界之内探讨生活这一事实并没有从根本上否定人有选择知识系统的自由。这种对知识系统选择的自由也是源于既定的知识结构的。人类所拥有的知识使自身从自然、自我获得了解放和自由，但同时我们又被层层地束缚在知识的网络之中。人可以自豪地说自己是知识的主人；但又不得不承认，人同样也是知识的奴仆。

任何知识都是人的知识，知识不是任性的产物。知识系统的命运决定于它对外在世界及自我的适用性。如果一个知识系统缺乏普遍的适用性，它就将被具有更广泛、更普遍的适用性的知识系统代替。因此，知识系统并不是一成不变的。

就人类能够形成知识系统以适应自然与社会发展的需要而言，西方社会与中国社会并无多大差异。中国古代社会积累的知识的丰富和广博并不亚于西方社会，甚至可以说远远地超过了后者。因此，说中国古代哲学中的认识论思想不丰富是没有道理的。认识是人类生存与发展的主要手段之一。认识的结果就是知识。但认识不只是局限于对对象的认识，而主要是对认识主体自身的认识。从这后一方面说，中国古代哲学不关注对认识本身或认识过程、认识结果的反省、研究。什么是知识？知识的逻辑结构是什么？知识增长的规律是什么？获得知识的主要途径是什么？检验认识成果真伪的标准是什么？知识是有确定性的吗？上述问题并未普遍地引起中国传统哲学的关注，因此它们不构成中国传统哲学的内容。与此不同，古希腊的哲学家们却对这些问题给予了更多的关注与讨论。例如，柏拉图在《泰阿泰德》篇中便提出了如下的知识论的主要问题之一：知识和真或正确的意见之间的区别是什么？正因为这个理由，所以"什么是知识"的问题也被称为"泰阿泰德问题"。显然，提出这一类问题的哲学家自身的知识并不见得要比那些未提出这类问题的哲学家的知识丰富和渊博。但是，这一问题的重要性又恰恰在于它为形成一个新的哲学部门——知识学或知识论奠定了基础。在西方，自柏拉图以来，许多哲学家都试图回答柏拉图的这一问题，正是这一问题刺激了知识论系统的逐渐建立。

然而，在西方哲学史上，知识论成为哲学的核心，成为各门科学的基础这一转向也并非始于柏拉图或其他的古希腊哲学家们。虽然他们讨论了什么是知识之类的问题，但其关心的重点仍在宇宙论、形而上学、伦理学等方面。一般认为，在西方哲学史上，认识论转向至少可追溯到笛卡儿的《沉思录》和斯宾诺莎的《知性改进论》。但真正自觉地把知识论看成是哲学的核心，看成是数学、自然科学和形而上学的可靠基础的第一个哲学家是康德。任何哲学体系和科学体系都将是不可能的，除非它们能够经受得住知识理论的检验和裁决。这一看法在哲学领域本身内的革命性变革的结果便是形而上学或本体论不再是根本的了。知识论不是它们的一部分；相反，形而上学、本体论要以知识论为基础、为核心。试问，本体论所讨论的"实体"问题如不以知识论为基础，它们又能有什么意义呢？贝克莱、休谟不正是从这一方面讨论了本体论或形而上学的可能性问题吗？他们的讨论已摧毁了旧形而上学的体系，而康德则进一步把形而上学纳入到知识论的结构之中。形而上学是否不能从别的方面而只能从知识论领域找到答案？康德认为，旧形而上学已经过时，我们需要新的、未来的形而上学。哲学的重要性不是由于它是"科学的科学"这个崇高的位置，而是由于它为别的哲学部门和一切自然科学提供知识论的基础。康德之后，尤其是在新黑格尔主义的影响消失之后，"我们的知识如何可能"这一问题成了哲学家们普遍关心的最重要的哲学问题。几乎每一位有影响的哲学家都试图在这一哲学领域施展自己的身手，一展自己的才华，发表自己的宏论。不谈知识论似乎没有资格做一名哲学家，于是，知识论的著作大量涌现。这一哲学的发展趋势也大大地影响了在英美留学的金岳霖。可以说，他在知识论方面下的工夫最多，花的精力也最多。

从中国现代哲学发展史来看，在 20 世纪的 20 年代和 30 年代中国思想界着重引进和介绍了西方哲学的各大主要流派。到了 30 年代末、40 年代初，中国哲学则逐渐走上了一条比较成熟的道路，其标志就是一些哲学家在融会贯通了中西哲学的基础上，创建了自己的哲学思想体系，其中影响较大且有自己思想体系的哲学家当数冯友兰、熊十力和金岳霖。《贞元六书》代表了作为哲学家的冯友兰的思想体系，其主题为形而上学、人生境界说等，而熊十力的《新唯识论》则是典型的人本哲学的代表作。他们作为哲学家从未涉足知识论或认识论领域。由此着眼，可以说，他们仍主要是中国传统哲学意义上的哲学家。他们两人特别是冯友兰，受到西方哲学的影响较大。用西方哲学的眼光看，他们的形而上学体系从本质上仍属于康德之前的旧形而上学的范围，即他们并未将知识论作为其哲学体系的基础或核心。不但如此，他们也并未对知识论领域投以哪怕是匆匆的一瞥。因此，在中国哲学中，知识论领域仍是一片无人耕耘的处女地。当然，也并不是没有人窥视过她。在此应该提到张东荪。他曾于 1934 年发表了《认识论》一书。该书是中国最早的认识论专著，但它仍以介绍西方的认识论思想为主，且照搬得较多，又缺乏严密的逻辑方法，思想前后颇多不一致之处，所以不能自成一家之言。他自己也承认他只是个折中论者或杂家。真正填补中国哲学知识论领域空白的应是金岳霖的《知识论》一书。此书在思想的深度、论证的严密细致、理论的创造性方面，都是张东荪一书所不能比拟的。

　　《知识论》一书使金岳霖成为中国知识论领域的开拓者，而不是中国哲学的认识论转向的奠基者。理由是，金岳霖并不像康德那样，把知识论看做哲学的核心。相反，他却仍然沿袭康德之前的哲学传统，认为本体论或玄学是哲学的核心，是知识论的基础。他指出：玄学是"统摄全部哲学的"①。但不管怎样，《知识论》一书毕竟是中国哲学史上第一部系统的知识论巨著。同时，我们也应看到，金岳霖的《知识论》大体上反映的只是西方哲学在 20 世纪二三十年代关于知识理论的研究成果。而这之后，知识理论有了新的长足的进展。特别是在 20 世纪中叶后，知识已全面渗入到政治、经济及科技等社会各个领域，发挥着日益巨大的作用。然而，遗憾的是，在中国哲学界，自金岳霖之后，却很少有人倾心于知识论的研究。在本文下一节，笔者将概要地论述知识在现代经济、政治等领域中所发挥的革命性的作用，意在指出，随着知识在世界范围内所起的日益巨大的作用，加强知识论的研究已成为我国哲学界和学术界刻不容缓的任务。

11.2　知识社会的兴起

　　现在，似乎很少有人会对英国哲学家培根的哲学思想感兴趣了，因为它毕竟

---

　　①　金岳霖. 知识论. 北京：商务印书馆，1983：98.

是过去时代的思想产物。但是，他的"知识就是力量"的口号现在却已成为家喻户晓的至理名言，出现在各种通俗杂志与书刊中。应当承认，培根的这一口号确实揭示出了知识在人类进步与社会发展中的重要作用。越来越多的人已充分地意识到了知识的作用。但一般情况下人们只是从个人利益出发而意识到知识在谋取理想的职业、求得更高的社会地位方面所起到的决定性作用。他们未必能认识到培根这一口号深刻的哲学的和社会的意义。

"知识就是力量"这一思想无疑是正确的。但用现代的眼光来看，它似乎已过于宽泛，不够准确，因为它已不能充分地揭示出知识在当今及未来的世界的政治、经济、社会及文化生活中所能够起到的日益巨大的作用。在现代社会中，知识的作用不只局限在个人的生活方面，不只局限在对个别学科的影响方面，知识也不仅仅是培根所了解的是主宰自然的力量。现在，知识已成为了在经济、政治乃至整个社会中引起巨大的、根本性变革的主导因素。

全球化的浪潮席卷着整个世界，没有一个国家能够置身其外。我们正处在一个充满着剧烈而深刻变化的世界之中，一切看上去似乎都格外混乱、格外无序。但是明眼人从这混乱与无序的世界之中却看出了一个极其引人注目的事实。那就是，新知识体系的迅速产生，旧知识体系的飞速淘汰，借助于计算机和网络技术知识在全球范围内急剧膨胀和极其迅速地传播。知识已渗透、蔓延到社会的各个方面，并把触角伸展到未来的世纪之中，已经非常迅速而深刻地在改变着这个人类居住的地球。

首先注意到这一巨大变化的似乎是美国新制度经济学的代表人物加尔布雷斯。他在20世纪的六七十年代就注意到了知识在现代西方社会经济结构中所发生的权力重新分配过程中所起的决定性作用的事实，因此提出了著名的"权力分配论"，其主要内容有如下几项：①权力转移论；②公司新目标论；③生产者主权论；④企业与外界关系转变论；⑤阶级冲突变化论。上述诸项理论的基石便是他的权力转移论。

加尔布雷斯独具慧眼地指出，引起企业公司内部权力转移的根本性的革命因素不是别的什么，而恰恰便是知识。

为什么呢？

加尔布雷斯分析道，在任何社会中，权力总是与"最难获得或最难替代的生产要素"联系在一起的。历史表明，不管在什么时代或在什么地方，谁拥有或掌控了这种生产要素的供给，谁就自然地拥有了权力。谁拥有或掌控的此类要素越多，他拥有的权力也就越多。无疑，在封建时代，土地是最重要的或最难得的生产要素，地主当然是这一要素的供给者，因此地主便拥有权力。农民没有土地，也自然没有了权力。到了资本主义时代，资本代替土地成为最重要的生产要素，于是权力也就相应地转移到了资本家的手里。工人缺乏这样的生产要素，除了自己的劳动力，他们一无所有。

而在现代社会中，由于工业的不断发展和科学技术的迅速进步，需要的专门知识越来越复杂，专门知识已成为企业成败的决定性生产要素。于是，权力就从资本家手中转移到了一批拥有现代工业技术所需要的各种知识、技能的人手中。这些人被称做"技术结构阶层"，它包括经理、科学家、工程师、工厂经营管理人员、律师等。由于权力的这种转移，现代公司的内部结构发生了重大的变化。上述的技术结构阶层由此掌控了公司企业的权力。对于现代公司、企业极其需要的新知识体系一窍不通的有钱人由此不得不退居权力结构的外层，靠手持股票、吃红利来谋生。

公司、企业内部的此类权力转移又进一步引发了如下几个带有根本性意义的变化：①现代公司的新目标在"技术结构阶层"掌权之后，已从过去追求最大限度利润的目标转变为追求"稳定"、"增长"和"技术兴趣"等目标；②为了实现"稳定"这一首要目标，商品生产已由过去的"消费者主权"理论转变为"生产者主权"的理论；③"技术结构阶层"掌权后，企业与银行、国家、工会、科技界的关系发生了重大的变化，如工业资本与银行资本不再融合，企业与工人的关系日益密切，企业与国家融为一体，等等；④与上述变化相适应，社会阶级关系也发生了变化，加尔布雷斯指出，现代资本主义的社会冲突，已经不是穷人和富人之间的对立，而是有知识者和无知识者之间的对立。最后一个变化的意义在于，如果在一个正常合理的社会状态下，穷人想急于改变自己的生活状况并不在于诉诸社会的较大的变动，而只在于设法使自己从无知转变为有知，那么他最终也会变得富有。任何较大规模的社会变动都隐含着更大的社会隐患。

加尔布雷斯的"权力分配论"的新颖独到之处在于，他能够从"知识"这一全新的视野来清醒地分析资本主义社会中企业内部结构所发生的重大变化，因为他看到了知识是现代社会中"最难获得或最难替代的生产要素"。

从目前看，新制度学派的理论未必都是正确的，有些说法显然很值得我们进一步地推敲、分析。但加尔布雷斯分析、讨论西方社会变革的视角是正确的，是深刻的，富有极大的启示意义。

加尔布雷斯的理论在 20 世纪八九十年代不断得到来自不同学术领域的学者的回应。一时间，以"知识"为核心范畴来描述、分析现代世界范围内的政治、军事、经济、科技，以"知识"来构想未来世纪的社会总特征成了一种特别受人青睐的全球化的趋势。例如，在 20 世纪 80 年代，日本学者堺屋太一的《知识价值革命》一书就是运用"知识价值"一词来描绘未来社会的总体特征的，而且他干脆把即将到来的未来社会称之为"知识价值社会"。"知识价值社会"是由"知识价值革命"引起的。他认为，这种"知识价值革命"在日本、美国是由 80 年代计算机技术和通信技术有了突飞猛进的发展和广泛的普及而引起的。他指出，"知识价值社会"是比起物质财富的生产来说更加重视创造"知识与智慧价值"的社会。在这样的社会里，将会减少对物质财富的数量方面的需求，而会增加对取决于社会主观意识的"知识与智慧的价值"的需求。在这样的时代里，产品的价值完全取决于其所蕴涵的知识含量。知识含量越高，无疑其价值也就相应地越高。传统社会里，当年没有能够销售出去的产品，可以囤积在仓库里，第二年照样可以卖出去，说不定还可以卖出更高的价钱。但是在知识价值社会里，由于知识的更新换代，卖不出去的产品很有可能永远被淘汰出局。

到了 20 世纪 90 年代美国著名的未来学家托夫勒在其《权力转移》一书中，则完全从"知识"出发分析和描绘现代及未来社会或世界中的政治、经济的和军事等方面的总体特征及其走向。

托夫勒认为，传统的政治权力概念有两大要素，即暴力和财富。在古代社会中，暴力在政治生活中起着主导作用。在一定意义上，权力即暴力。但遗憾的是，暴力有着极大的弊端，即暴力的运用只能产生新的暴力。于是，暴力因此陷入了轮回之中而不可自拔。它的另一缺陷在于暴力只能用来进行惩罚，而不能用来奖励或劝说。因此，以暴力为基础的权力在任何时候都是低质量的权力。与暴力不同，财富则创造了大大优于暴力的权力，因为它既可用于威胁或惩罚，也可以施以奖赏或鼓励。因此它也就比暴力灵活得多了，其弊端也就相应地减少。然而，真正高质量的权力则源于知识的应用，因为知识可用于惩罚、奖励、劝说甚至化敌为友。知识也可以充当财富和暴力的增值器，它可以用来扩充暴力或增加财富，也可以减少为达到某项目的所需要的暴力数量和财富数量。知识本身不仅仅是高质量的权力之源，而且它还是暴力和财富的最重要的组成部分，即知识从暴力和财富的附属物变成了它们的精髓。此外，物质的力量和财富都是有限的。同样的财富，如果你占有了，我就一无所有；反之亦然。而知识却不同，同样的知识可以同时被无数的人占有、运用。更为奇特的是，知识的运用却可以产生更多的知识、更新的知识。可见，知识具有无限的延伸性。更为重要的是，知识是最民主的权力之源。武力和物质财富往往为强者和富人所垄断，而劳苦大众则一无所有。知识的真正革命性特征则在于，知识从来就不为具有社会地位和物质财富的贵族所独占。只要你具有相当的智力，即便是弱者和穷人也可以掌握知识。只要你掌握了丰富的政治学的知识，而且具有相关的实际经验，在民主政体下，你就可能执掌国家政权。相反，根本不具有现代政治学知识的权贵们很有可能淡出政坛。显而易见的是，从现代政治学概念来讲，暴力和物质财富也变得越来越依附于知识，缺乏相关的知识者唯一的选择便是离开政坛和暴力机关。

由于高科技知识在军事领域内的大量运用，依靠着集团军方式取胜的传统军事理念已经完全过时。现代化战争获胜的关键就是相关知识体系的超前性、唯一性和尖端性。

托夫勒看到，由于知识在经济生活中的全面渗入，现代的经济生活也出现了革命性的变革。随着服务及信息行业在发达国家中的增长及制造业本身的信息化，财富的性质也随之发生了很大的变化。尽管那些投资于落后工业行业的人仍将工厂、设备以及财产目录这样一些"硬资产"视为决定性的因素，但那些在急速增长的最先进的行业中投资的人却依赖于完全不同的因素（知识或信息）来保证其投资效益。现在，知识成了新的资本形态。以实物形态表现的传统资本的一个最显著的特点是它的时空有限性。传统的资本一旦为某一人占用，其他人只能是望洋兴叹，一筹莫展。知识资本却不同，它具有无限的延伸性。同一种知识可同时被许多不同的使用者应用。而且运用知识的同时也是创造知识的时候，知识既不可穷尽，也无法独占。这就是知识资本的革命性特征。由于知识减少了人们对原料、劳动、时间、空间和资本的需要，知识已成为先进经济行业的主要资本。随着这种状况的发生，知识正在不断地升值。正因为如此，争夺知识和人才的信息战到处爆发。

经济的知识化或知识经济又被称为"超级信息符号经济"。其特点之一是知识密集性行业取代了那些主要依赖于原料和劳动力的制造业的地位而迅速崛起。我国 30 多年来的经济增长主要依赖于制造业。其负面效应便是，资源逐渐枯竭，环境遭到破坏，工人身体健康状况下降。这就明确地表明，我国现有的经济发展模式主要的问题是，知识含量过低。我们面临的选择就是，必须尽快走出传统的过度依赖于制造业的增长模式，而迅速地并且有规模地转向知识经济。

知识经济的另一显著特点是，知识增长率和淘汰率以超速递增的速度同步运行。所以，知识经济是一种快速运转的经济。在当今世界，资本以前所未有的速度运转，财富以惊人的速度递增，时间成了越来越重要的生产要素。这就使得经济不发达的国家必须在发展知识经济方面努力实现与发达国家同速运转。货币也日益信息化。正如过去金、银代替实物交易，纸币取代金、银行使交换职能一样，储有大量信息的信用卡正在取代纸币的职能，纸币正迅速地退出流通领域并将永远退出历史舞台。总之，"知识是现代经济，特别是 21 世纪经济增长的关键因素"这一看法已成为世界范围内的政治家、经济学家、企业家和新闻决策人物的共识。

随着知识信息通过越来越庞大的计算机网络、电视媒介、电话通信设备在全球范围内迅速传播，不但经济出现了飞速的运转，而且也加速了政治变革的速度。任何人想要通过封锁、控制来推迟民主的实现，实行专制统治，都注定是要失败的。

　　知识在社会生活中全方位地渗透已使社会发生了极大的变化，并将发生愈益巨大的变化。知识在现代及未来社会中的巨大作用，是培根所始料不及的。可以断言，在现代社会中，知识已不仅仅是力量，它也是权力，是财富，是资本。知识成了全球范围内的 K 因素（知识在英文中为 knowledge）。要在未来的世纪中立于不败之地，求得更大的发展，我们就必须不失时机地掌握世界范围内不断更新的知识系统。

　　这种关于知识社会的图景，也越来越使一些哲学家对之给予更大的关注。这表现在知识论研究领域内便是知识这一概念的内涵在不断拓宽。人们现在更为关注实际渗透于政治、经济及科技活动中的知识现象。传统观念认为，知识是真的信念，知识是以真命题表达的；而现在，一些哲学家却从信息的意义上来定义知识，认为知识就是正确的信息①。这就使知识论的研究具有现代的意义。

　　但中国哲学界却对知识论历来不感兴趣，所以对知识的社会作用也不给予应有的热情的关注。不少人热衷于对认识论作思辨的宏观研究，倾注了大量的时间和精力去讨论认识主体、客体及其相互间的关系。应该说，这些宏观的思辨的讨论是必要的。但是，要使我们的认识论现代化，现在更需要重视对知识理论作微观的研究。笔者认为，知识论或认识论与哲学其他的分支的一个显著的不同点在于，它从来不是，也不应是脱离实际的纯思辨的讨论。

11.3　从知识社会迈向知识主义社会

　　笔者坚信，知识在未来社会中的作用越来越重要。可以预见，在未来的社会中知识必将成为主宰社会的决定性因素。国内学者对此也有深入的研究。例如，1987 年，董光璧在《传统与后现代》一书中提出了"社会中轴转换原理"，用以说明社会的历史发展。他指出，社会的形态取决于社会的中轴结构。社会中轴结构的转变使社会从一种形态变为另一种形态，呈现社会的阶段性发展。如果从社会诸因素相互作用的角度来理解人类社会历史进程，我们可以选择道德、权势、经济和智力作为社会的要素。自形成人类社会以来，正是它们之间的相互作用的结果使它们之中的某一因素成为社会结构的中轴，并且这种相互作用也是中轴转换的根源。由此可见，若某一基本因素起着支配作用，就形成了维系社会的"中轴"，并因各因素相互作用而不断地围绕着中轴转换，从而形成社会系统的变迁：依次以道德为中轴的道德社会，以权势为中轴的权势社会，以经济（财富）为

---

①　Lehrer K. The Theory of Knowledge. Westview Press，1990.

中轴的经济社会，以智力（科学）为中轴的智力社会。因此，董光璧指出，社会历史的发展基本上是沿着如下的线索演变的，即从道德中轴、权势中轴、经济中轴逐渐地演绎为智力中轴的社会。所谓智力中轴原理并不是排斥道德、权势和经济，只是说，科学的社会功能在这样的社会中成为基础性的功能，社会发展和进步原动力来自于智力的发展和进步，我们将要以各种知识的进步来作为社会进步的标准。

今天，在知识时代，全球都在研究知识的巨大意义。最早，罗伯特·E. 莱茵采用了"知识社会"这一术语。接着，许多学者都提出了类似观点，其中美国著名管理学家彼得·F. 德鲁克认为，后资本主义社会是一个知识社会，以知识为主的社会，但"知识社会仍然是资本主义社会"，后资本主义社会不会是一个"反资本主义社会"，也不会是一个"非资本主义社会"，资本主义的制度、机制将会继续存在。迄今，对资本主义社会后的社会，有多种思想、构想及其相应的称谓，如"后资本主义、后工业社会和后现代主义"等。但是，不管类似的称谓有多少种，其本质上都是在维护资本主义制度，而且也没有真正提出未来合理的总体社会制度，即社会形态。

因此，李喜先在《国家创新战略》一书和《构建知识主义社会》一文中强调，"知识社会" ≠ "知识主义社会"。知识主义是知识阶级（knows）的整个思想和理论体系，它坚持以知识为基础才能建立起更加合理的、合人意的知识主义社会。而且，只有知识阶级才有能力取代资产阶级等的地位和作用，从而建立起高于以"资本"为基础的类资本主义社会或工业社会（主体上，包括资本主义社会、多种社会主义社会和混合经济形式的社会等，如市场社会主义和民主社会主义等）的知识主义社会；只有知识主义社会才能真正地优于、胜过和代替类资本主义社会；只有通过"共知识"才能科学地、全面地构建知识主义总体社会制度，即崭新的社会形态，包括合理的社会制度、文明的政治制度、有序的经济制度、高度的知业文明和持续的生态文明。

12 中华文化创新与第三种文化探索

刘仲林

李大钊在《新纪元》一文中说："人生最有趣味的事情，就是送旧迎新，因为人类最高的欲求，是在时时创造新生活。"[①] 对中华文化而言，21 世纪最有趣味的事情，就是送旧文化理论，迎新文化理论。伟大的"五四新文化运动"，迄今已 90 多年，在这期间，学术界对旧文化的批判不少，新文化理论建设却不多。实践表明，新文化理论建设比对旧文化批判更为复杂艰难，因为中西融会、文理交辉、古今通贯，绝非浮躁的心态、急功近利的目的所能达到的。令人遗憾的是，由于种种原因，"新文化运动"距今已 90 多年，而新文化理论建设的高潮迟迟没有到来。

如今，时代已经迈入准备迎接"五四新文化运动"百年的时序，中国学术界能不能把反映时代精神的新文化理论，奉献给新世纪和新世纪的中国人呢？这是一个富有挑战性的议题，也是中国改革事业深化发展必须回答的问题。

12.1 文化：从论战到建设

近百年来，文化的批判和论战一浪高过一浪，但一直缺乏理论创新和建设的高潮。这里我们从三次文化大论战谈起。

第一次论战发生在"五四"前后，从 1915 年《新青年》与《东方杂志》就东西方文化问题展开论战开始，争辩延续十余年，先后参与者数百人，发表文章近千篇，专著数十种。当时论战内容十分丰富，涉及议题相当广泛，但焦点集中在东方文化与西方文化、科学与玄学的问题上。这场论战直到 1927 年，因思想战线上争辩的焦点转到社会性质等问题上去，方才告一段落。这场论战的影响至为重大，仅就文化思想而言，也是很深刻的，在中国文化发展史上，形成了前所未有的新局面，它从思想上启发了"五四运动"，并随着"五四运动"得到更加深入蓬勃的发展，故被人们称为"五四新文化运动"。有的学者指出："'五四新文化运动'是一场规模空前的思想解放运动，它超出了洋务运动、戊戌变法和辛亥革命的眼界，

---

① 李大钊. 李大钊文集（上）. 北京：人民出版社，1984：606.

把民族的振兴与向西方的学习,第一次提升到隐藏在直接功利背后的思想观念层面,使中华民族走向现代化的努力从经济、政治转移到思想观念领域。"①

"五四新文化运动"也有其缺陷,其中最主要的一点是未能正确对待传统。特别是代表"新文化运动"方向的主流派,在激烈批判传统的同时,未能从更深的层次上揭示传统的本质,进一步改造和革新传统。换句话说,"五四新文化运动"火药味足,而建设味少。当然,论战初期,两军对垒,激烈的火药味是可以理解的,但随着论战深入,注意的焦点应逐步转向新传统新文化的建设上来,用新传统"范式"取代旧传统"范式"。林毓生认为:"自由、理性、法治与民主不能经由打倒传统而获得,只能在传统经由创造的转化而逐渐建立起一个新的、有生机的传统的时候才能逐渐获得。"可惜,由于种种原因,"五四新文化运动"未能对传统进行创造性的转化。"五四人物,不是悲歌慷慨,便是迫不及待,很少能立大志,静下心来做一点精神严谨的思想工作,当我们今天痛切体验到文化界、思想界浮泛之风所产生的结果之后,我们应当在这个时候领略一点历史的教训了。"②

有的学者不同意林毓生的观点,指出:中国旧传统中最重要最核心的是以皇权为核心的专制主义。这套专制主义发展得极为丰富、极为完善,它的意识形态集中表现为儒家纲常名教思想,它几乎渗透到社会生活、家庭生活的各个方面,所以它是起支配作用的。这套思想和相应的制度,在造就中国古代高度文明中起了很大的作用,并曾经是颇有自我调节能力的理论和制度。但任何学说、任何制度,没有永恒不变的,到了清代后期,原有的专制制度,原有的规范人伦的礼教,处处表现出不适应新时代的需要。"五四"时代的新文化,主要就是针对传统中不适应新时代需要的这一方面展开批判,意在解放人心,吸收新文明,改造旧文明,推动中国社会的进步。因此,所争论的真正焦点不在于对孔子如何认识,而是究竟应该继续提倡专制主义还是批判专制主义、是禁锢人心还是解放人心的问题。所以,"五四"时代"反传统",其实质、其要害是反专制,是为了解放人。这一点,很有些类似西方的文艺复兴。文艺复兴是把人从神权笼罩下解放出来,"新文化运动"是把人从专制主义(在国家为皇权,在家族为家长)之下解放出来。解放了的人,仍然需从中国传统中吸取滋养,借鉴外来的新文明,创造中国的新文化,关键是先要解放人,要解放人,就必须批判专制主义旧传统。所以"五四新文化运动"批判旧传统是时代的需要,是使中国文化进入现代发展阶段必不可少的一步③。

---

① 王元明. 近代中国走向现代化的历程. 天津师范大学学报, 1992, (6):46.
② 林毓生. 中国传统的创造性转化. 北京:生活·读书·新知三联书店, 1988:149.
③ 耿云志. 五四新文化运动的历史地位. 中国文化研究, 1999, (4):9, 10.

　　20 世纪 80 年代以来，一场新的文化大论战又在中国内地燃起，虽然时间比 20 年代论战要短，但气势更为磅礴，参与的专业刊物、普及刊物、大学学报等共达数百种，丛书数十种，论文数千篇。这场论战和先期在我国港台地区和海外展开的中西文化论战相汇合，不仅观点交锋，而且人员交流、国际学术讨论频频，颇有世界性大气魄。这场论战，很像是要完成 20 世纪 20 年代论战没有完成的目标，既是 20 年代论战的继续，又是进一步深化和发展。这场论战是在我国由"以阶级斗争为纲"转入"以经济建设为中心"的新形势下产生的，是在冲破了"极左"思想长期禁锢以后开展的，其时代意义更为深远，涌现了"综合创新"、"儒学复兴"、"全盘西化"、"中体西用"、"西体中用"、"中西互为体用"等各种各样的主张，但系统的新文化理论探索和建设仍旧十分薄弱，西学与中学、科学与人文的隔阂依然严重。

　　进入 21 世纪以后，西学与中学、科学与人文的大论战再次在中华大地燃起烽火。科学与伪科学之争、废除与保卫中医之争、科学文化与反科学文化之争、科学主义与反科学主义之争、全盘西化与国粹主义之争、传统思维与科学思维之争等此起彼伏，观点尖锐对立，辩论激烈异常，甚至，有的当事人提出要与对方进行"文明的生死对决"，有的辩论双方支持者提出要用武力"单挑"。对此，有文章慨叹："科学辩论会何以成了武术散打擂台赛？"[1] 伴随着现代信息技术的发展，高学历普及，网站迅猛发展，社会娱乐化，网民和粉丝纷纷参与，论战双方丝毫没有和解的意思，火药味十足的论战，也成了一种时尚的斗嘴"热闹"。

　　一个完整的新文化运动应包括论战和建设两个阶段，如果只有论战而没有随后的建设，就如同只开花不结果一样，即使批判的火力再猛，旧文化仍会以伪装的形式、时髦的语言卷土重来。傅铿在评述社会学家韦伯的观点时指出："破除一种传统必须同时创建一种更合时宜和环境的、也更富于想象力的新传统；只有在新传统的克理斯玛（超凡魅力）力量压倒了旧传统的习惯势力之后，旧传统才会逐渐地退出历史舞台，新传统才会赢得人们的广泛支持，才会深入人心。否则的话，凭空是不能破除传统的。没有更好的、更具克理斯玛的传统，旧传统就会死灰复燃。所谓'不破不立'，作为一种规律，事实上应该倒过来，即'不立不破'，因为创造传统要比破除传统困难得多。"[2] 新传统取代旧传统，用美国科学哲学家库恩的观点说就是"一个范式"取代另"一个范式"，他说："一种范式经过革命向另一范式逐步过渡，正是成熟科学的通常发展模式。"[3] 单纯的分

　　① 李月明. 科学辩论会何以成了武术散打擂台赛. http：//hlj. rednet. cn/c/2007/01/03/1083031. htm. 2007-01-03.

　　② 傅铿. 论传统. 上海：上海人民出版社，1991：序.

　　③ 库恩. 科学革命的结构. 上海：上海人民出版社，1991：10.

析或批判，并不能自然产生新范式，只有经过艰苦的创新和细致的理论建构，新的范式才能逐渐清晰和明朗。令人遗憾的是，"五四新文化运动"后90多年来的三次大论战都未能及时转入中国哲学与文化的"新范式"建设，与大论战规模相匹配的新理论建设高潮始终未能形成。

面对激烈的国际竞争和不断深化的国内改革，如果中国固有哲学与文化的发展只停留在口号争辩、琐细论证的层面，或陷于娱乐炒作、钱权至上的境地，不能为改革时代的文化的变革提供实实在在的新观点、新理论，我们就不能完成中华民族新旧观念的历史转换，就会严重制约经济改革和其他领域改革的深化发展。只要看一下目前社会上存在的拜金主义横行、娱乐至上泛滥、怀古复旧蔓延、引进模仿昌盛、空洞说教依旧的现象，每一位有责任感的中国人都会感到中华文化传承与创新的理论建设何等重要！

"五四新文化运动"的大论战是从科技与人文（即科玄论战）开始的，其深层是西方现代文化和中国传统文化的论战，90多年来虽然形式和口号不断变化，但论战的主旨没有变。把势不两立的两大文化论战，转化为兼容并蓄的文化创新建设，是一个漫长、艰巨的观念转换过程，不仅在中国，即使在西方，这一转换也很曲折。下面我们从斯诺的"第三种文化"说起。

12.2 科技文化与第三种文化

1959年5月7日，著名英国学者斯诺（Charles Percy Snow，1905～1980）（图12-1）在剑桥大学作了题为"两种文化与科学革命"的演讲，尔后以"两种文化"（图12-2）的书名结集出版。他认为人文学者与科学家好比生活在两个星

图 12-1　斯诺　　　　　　　12-2　斯诺的《两种文化》

球上的人，彼此之间存在着一种难以弥合的文化割裂，斯诺称之为"两种文化"。斯诺观点犹如一个火种，点燃了"两种文化"激烈论辩的熊熊烈火，"不可阻挡地在国际间传播开来"，"其范围之广，持续时间之长，程度之激烈，可以说都异乎寻常"①。

在《两种文化》1963年的第二版中，斯诺加入了一篇名为《再论两种文化》的短文，乐观地提出了一种新文化，即"第三种文化"。这种文化将浮现并弥合人文知识分子和科学家之间的沟通鸿沟。第三种文化的提出，将针锋相对的两种文化论辩，引导到融合和建设的方向上来，逐渐成为文化讨论的新焦点，出现了关于第三种文化的各种构想，不仅涉及科学文化和人文文化关系，而且延伸到西方文化和中国文化关系，成为文化跨学科综合研究的热门话题。

在我国，由于从中学起就文理分科，科研教育的学科体制僵化，一方面，科学与人文、中国文化与西方文化之间的论辩不断升级，不和谐的势不两立之声不绝于耳，有的讨论甚至到了要大打出手的境地；另一方面，了解第三种文化来龙去脉的人不多，关注其建设的人更少。这一热一冷，从一个侧面反映出我国两种文化隔阂之深，以及在文化跨学科综合研究上的落伍。因此，关注国外第三种文化研究新发展，结合中国文化发展实际，致力于科学文化与人文文化、中国文化与西方文化会通研究，对推进两种文化和谐发展和中国新文化建设有重要的理论意义和实践意义。

第三种文化是斯诺首先提出来的，他说："说第三种文化已经存在可能为时尚早。但我现在确信它将到来。当它来的时候，一些交流的困难将最终被软化，因为这一文化为了能发挥作用必须要说科学术语。然后，如我所说，这场争论的

图12-3　《第三种文化》
（英文版）

焦点将转向对我们所有人更有利的方向。有迹象表明这正在发生。"② 斯诺虽然为科学文化和人文文化的融合指明了方向，但对第三种文化的具体内涵和理论基础，并没有在他的著作中给出明确的答案。我们不妨称之为"第三种文化第一步曲"。

1995年，美国出版代理人布洛克曼（John Brockman）出版了一本书，那是他花了三年时间采访23位知名科学家兼作家后，编辑访谈内容而写成的，他直接用《第三种文化》（图12-3）作为书名，显示出他对斯诺提出的议题的高度关注，推进了第三种文化的具体化研究，我们可以称之为"第三种文化的第二步曲"。

① 〔英〕斯诺 C P. 两种文化. 陈克坚，秦小虎译. 上海：上海科学技术出版社，2003：1，2.
② 〔英〕斯诺 C P. 两种文化. 陈克坚，秦小虎译. 上海：上海科学技术出版社，2003：59，60.

科学家直面大众，是布洛克曼第三种文化的中心议题，但和传统的科普并不完全相同。第三种文化的主要特点是：①哲理的深刻性。第三种文化由这样一些科学家和思想家组成，他们用自己的工作和阐释性写作，向人们揭示了"人生的意义"、"我们是谁"、"我们是什么"这些深邃的问题①。从第三种文化诞生出了一种新的自然哲学②。②跨学科综合性。上述深邃的问题，不是传统的单学科研究可以完成的，必须依赖多学科交叉的综合性研究。代表第三种文化的学者"不是典型的科学家，而是那些在某种程度上涉猎领域更广泛的人，他们发现自己正在研究的问题并不符合本专业的课题结构"③。③大众文化性。第三种文化展现的前景是，科学家直接参与大众文化，大众文化增添新的自然哲学观。"第三种文化的思想家就是新兴的大众知识分子。"④ ④广义进化观。李·斯莫林认为，第三种文化的第一主题是"这个世界不是静态的，也不是永恒的，它一直在进化"⑤。进化、自组织、复杂性是这一文化的关键词，他们不仅认为生物是进化的，而且整个宇宙都是进化的，广义进化观是新世界观的核心。

布洛克曼的第三种文化，并不是斯诺眼中的两种文化的融合。布洛克曼坦言：

> 虽然我借用了斯诺的这个名词，但我描述的第三种文化并不是斯诺所预言的。人文知识分子并没有与科学家沟通，而科学家正在直接与一般公众进行交流。传统知识媒介过去在要直上直下的把戏：新闻记者往上写，而专家往下写。今天，第三种文化的思想家们试图摆脱中间人，并努力以一种可接受的方式向理性的读者或公众表达他们最深层的思想⑥。

从这个层面看，布鲁克曼并没有实现在科学文化和人文文化之间架桥的使命。对此，我国台湾学者李国伟评价指出：

> 布洛克曼的这本《第三种文化》就是一个新企图、新运动的誓师，科学家不再等待人文学者的结盟，他们干脆转向大众直接诉求。布洛克曼虽然借用了斯诺第三种文化的称呼，而且也只有映照着斯诺区分两种文化的背景，才能恰当地评鉴他所宣扬的新取向。然而无论如何，此第三种文化已非彼第三种文化，这是科学文化的延伸，是以科学的思维与价值，进军传统上人文的擅场。隶属第三种文化的科学家，除了传达科学新知外，更进一步对人类的终极关怀：宇宙的起源、心灵的作用、生命的意义等等，抒发他们的

---

① 〔美〕约翰·布罗克曼. 第三种文化. 吕芳译. 海口：海南出版社，2003：1.
② 〔美〕约翰·布罗克曼. 第三种文化. 吕芳译. 海口：海南出版社，2003：5.
③ 〔美〕约翰·布罗克曼. 第三种文化. 吕芳译. 海口：海南出版社，2003：11.
④ 〔美〕约翰·布罗克曼. 第三种文化. 吕芳译. 海口：海南出版社，2003：3.
⑤ 〔美〕约翰·布罗克曼. 第三种文化. 吕芳译. 海口：海南出版社，2003：15.
⑥ 〔美〕约翰·布罗克曼. 第三种文化. 吕芳译. 海口：海南出版社，2003：2.

见解。就像布洛克曼在本书前言里所说的，从第三种文化里浮现出的是一种新的自然哲学①。

有的学者在评价《第三种文化》时认为：

其实，他（布罗克曼）讲的"第三种文化"，本来是不可能脱离开斯诺原来理想中的将科学文化与人文文化相融合形成的"第三种文化"的语境的。但他所谈的第三种文化，实际上完全是另一回事。在书中，他将来自与一般公众直接进行交流的科学家们的思想和工作与"正在浮现的第三种文化"相联系。

事实上，布罗克曼所讴歌的方式，其实也就是国内科学界所说的"高级科普"而已，要从这上面"浮现"出"第三种文化"来，确实是极为困难的②。

自从布洛克曼重倡第三种文化以来，这种观点很快被人捕捉到，再作进一步的发展。比较有意思的说法来自凯利（Kevin Kelly），他是目前谈网络文化最有影响的 Wired 杂志的执行编辑。1998 年美国科学促进会成立 150 周年，在该会著名的《科学》周刊上，开辟了一个《科学与社会》的专栏，遍请各国各行业的意见领袖发表他们的谠论。凯利在 2 月 13 日那期发表了一篇以"第三种文化"为题的文章③。与布洛克曼把"第三种文化"重心放在复杂性科学及其世界观上不同，凯利把重心放在了高新技术与时尚文化的结合点上，显得更加新潮和世俗化。我们不妨称之为"第三种文化的第三步曲"。

凯利对第三种文化的着眼点是"基于高新技术的新潮文化"。他风趣地说，音乐家受尊，小说家时髦，电影导演酷，而科学家像呆子。凯利用"呆子变酷"来形容第三种文化的特点，意思是说本来刻板、严谨著称的技术，一旦与社会时髦时尚的需求结合，就会产生出一种依赖技术、源于技术的流行文化。例如，对于玩电子游戏的年轻人来说，技术就是他们的文化。第三种文化（凯利趣称为"呆子文化"）与电子计算机密切相关，网络、通信、游戏机、电视、虚拟现实系统等新技术都是这种文化的推动者，而科学是这些技术的源头。可以说，这些技术是科学的子女，是时尚文化的基础，它们代表了第三种文化的特质。

第三种文化的重点不是追求真理，而是追求新奇；不是求得表达，而是亲身体验。凯利指出："科学的目的是追求宇宙的真理，艺术的目标是表达人的状态，

① 李国伟. 跨越两种文化的鸿沟，走出第三条路. 载：布鲁克曼. 第三种文化. 唐勤，梁锦鋆译. 台北：天下远见出版股份有限公司，1998：导读.
② 江晓原，刘兵. 今日中国之"第三种文化". 文汇读书周报，2003-07-04（10）.
③ Kelly K. The Third Culture. Science, 1998, 279（5353）：992, 993.

第三种文化与上两点都不同。呆子文化深深地以科学方法的严格性为荣，但其主旨不是追求真理，而是追求新奇。'新'、'改进'、'不同'是这种技术文化的关键属性。同时，呆子文化承认人是出发点，但它希望的不是表述，而是经历。对于这种新的文化，虚拟现实的体验比记诵普鲁斯特①更有意义。"②

凯利认为第三种文化特别关注制造"新奇"的行为，他说："第三种文化产生新工具比新理论更快，因为工具导致的新奇发现要比新理论更迅速。第三种文化并不看重科学证书，因为证书可能意味更多的理解，但不意味更多创新。如果能带来选择自由和潜在价值，第三种文化将赞同非理性。新的体验胜过理性证明。"③

什么是真实？什么是生命？什么是意识？自然哲学家和科学家已经提出了许多世纪的问题。凯利认为，第三种文化运用计算机对这些古老而引人注目的问题给出了新的回答，这一回答不是重复柏拉图的工作，也不是进行精细的受控实验，而是尝试制造一个人工现实、人工生命、人工意识，然后置身其中。第三种文化给出了回答这些终极问题的哲学、科学以外的第三种方式。

总的来说，斯诺首先确立了科学文化与人文文化会通的"第三种文化"议题；布洛克曼站在科学立场上，以复杂性科学和进化观的大众化为中心，建构了布氏第三种文化理论；凯利站在技术立场上，以计算机和虚拟技术的大众化为中心，建构了凯氏第三种文化理论，由此构成了以科技大众化为中心的"第三种文化三步曲"。

这三步曲不是第三种文化探讨的结束，而仅仅是一个开端。布氏和凯氏理论各有其积极意义，同时也各有其不足。其最大不足，是局限于科学或技术立场考察问题，虽然重视大众化、流行化，但不是与人文文化融会，而是与人文文化争大众之宠、时尚之宠，因而不完全是斯诺提出的第三种文化。怎样建设真正由科学文化和人文文化双方参与的第三种文化呢？

12.3　中华传统文化与第三种文化

董光璧从两种文明的视角对布罗克曼第三种文化的缺陷进行了评述：

40 年前斯诺的见解可能是对的，而当今的布罗克曼洞察则可能是错的。在我看来斯诺的两种文化冲突本质上是工业文明与农业文明的冲突，人文的文化是农业文明文化的延续，而科学的文化是随工业文明而兴起的文化。斯

---

① 普鲁斯特（Marcel Proust, 1871～1922），法国小说家。
② Kelly K. The Third Culture. Science, 1998, 279 (5353)：992.
③ Kelly K. The Third Culture. Science, 1998, 279 (5353)：993.

诺意义上的第三种文化是农业文明与工业文明冲突与融合中产生的新文化，而布罗克曼的第三种文化仍然属于科学文化。布罗克曼不是超越斯诺，而是从斯诺向后退。

像工业文明产生于游牧文化与农耕文化的冲突与融合一样，未来的新文明也必然通过工业文明与农业文明的冲突与融合而产生。中国悠久的农业文明为这种融合准备了丰富的人文文化资源，保存和清理中国传统文化资源并从中鉴别和挑选出能与当代科学文化融合的成分，无论是对世界的未来发展还是对中华民族的振兴，应该说都具有十分重要的意义①。

中华文化要素加入到第三种文化的讨论中，会产生哪些新奇的变化呢？这是一个令人感兴趣的问题。2007年，新加坡一科技公司副总裁陈春辉在《人文与科学的割裂和融会》②一文中提出了科学与人文会通的新见解。他认为：

布洛克曼的第三种文化是科学知识通俗化和普及化的文化，而凯利的则是科学知识技术化和产品化的文化。科普作品与科技产品成为第三种文化的核心资源。不管是斯诺的两种文化，或布洛克曼、凯利的第三种文化，他们的基调都是重视科学多于人文。然而，科学知识固然重要，却也不能忽视人文关怀。科学对人类是福是祸，关键在于应用科学知识与科技产品的人。而人的抉择，则取决于他的人文修养。

陈春辉的文章，首次针对斯诺、布洛克曼、凯利的"三步曲"提出了整体性批评，他指出：问题的关键在于产生两种文化割裂的现象是基于西方文化中根深蒂固的"二分对立"思维模式。"这种思维模式有以下几种特征：①切割式，科学和人文被明确地分科，泾渭分明，互不侵犯；②平面性，科学和人文分科后被摆在同一个平面对比，众说纷纭，各说其是；③精细化，科学和人文本身进一步分科，学科越分越专门，内容越来越精细。"③他分析道：

结果是，科学和人文知识犹如细胞分裂，其广度与深度都在迅速扩展。于是人类进入一个知识爆炸的时代，现代人穷其一生也无法尽窥全豹，只好求助于各领域里的专家。专家们也不能停止脚步，必须在各自的领域中不断进修，与时俱进，不然就会被时代所淘汰。

随着全球化的大趋势，西方文化与其思维模式也跟着传遍世界的许多角落。现代人都被卷入旋涡中，脱不了身，终日忙忙碌碌，为生活打拼。工余之暇还要进修，美其名为"自我增值"，其实只是在增加自己的卖点，把自己变成工具，搞到精神紧张，情绪波动，使自己和身边的人倍感压力，到最

---

① 董光璧. 何为第三种文化. 科学时报，2003-08-14.
② 〔新加坡〕陈春辉. 人文与科学的割裂和融合.（新加坡）联合早报，2007-08-08（言论版）.
③ 〔新加坡〕陈春辉. 人文与科学的割裂和融合.（新加坡）联合早报，2007-08-08（言论版）.

后不知所为何事。英文的 rat race 一词，非常传神地描述了这种现象。

在这种现象之下，科学和人文知识分子在各自的领域中都自顾不暇了，又何来余力进行对话与交流，更谈不上互相理解与融合了。科学和人文这道鸿沟，竟然如此难以逾越。要想融合科学和人文，我认为还需要回到中国文化中寻求出路①。

要想融合科学和人文，陈春辉认为，还需要回到中华文化中寻求出路。汉语中的"人文"一词出自《易经·贲卦·彖辞》："观乎人文，以化成天下"，就是以人文教化天下的意思。中国的人文教化包含"人"与"文"两方面：一方面是内在的人格修养，另一方面是外在的文化学养。这两方面不是二分对立的关系，而是综合互通的。人除学习各种文化内涵之外，还要在其生命中修行体会所学，如此知行合一，下学上达，才能体现中国的人文精神。此处的文化乃泛指人类所创造的各种精神财富，因此我们可视科学为人文的一环。对比于西方文化，中国的人文不再是和科学同处一平面的学科，而是提升到更高的层次上，即人文涵摄科学。科学在人文教化的框架下加以发展，科学家的发明和产品更具有人文价值，如此的人文与科学的融合，展现了中国文化一种综合式、层次性、和谐化的整体思维观。

上述观点打破了西方文化视界的局限，将科技与人文两种文化关系的讨论延伸到东方文化与西方文化会通的大背景下，令人有"柳暗花明又一村"的感觉。实际上，早在 1631 年，明代徐光启（1562～1633）在给崇祯皇帝的奏折中就提出了"欲求超胜、必须会通"的观点，被誉为"中西文化会通第一人"。西学东

图 12-4　钱穆（1895～1990）

渐的过程，既伴随着两种文化激烈的论战，也伴随着两种文化的会通探索。例如，钱穆（1895～1990）（图 12-4）在 20 世纪 40 年代就指出："唯我敢深信，中国传统文化中之道德修养，其精神决不与西方现代科学之探讨精神相违背。故一位理想之现代科学家，同时极易成为中国传统文化中所理想之道德完人，而实唯科学与道德之二途会一，始可为将来人类创造新文化。"②钱穆还提出了两种文化融会在一个框架下的具体思路。他提出，可以把中国文化和科学都提升到"格物致知"的层面进行思考，形成格物、格心、格天的三"格"层次。西方科学重点在"格物"，中国

---

① 〔新加坡〕陈春辉. 人文与科学的割裂和融合. （新加坡）联合早报，2007-08-08（言论版）.
② 钱穆. 中国文化与科学. 中国交叉科学. 第 1 卷. 北京：科学出版社，2006：57.

文化重点在"格心"，两者同时向"天"的方向逼近，又形成"格天"之学。格物、格心和格天，既都属于中国文化的理想追求，又都属于现代的科学精神，由此，中国文化与西方文化、人文文化与科学文化获得了高度和谐的统一。

以上两位学者的观点有一个共同思路，就是通过术语概念的新诠释，拓展中国文化的内涵，将人文和科学包容其中，以实现两种文化的会通融合。但是，两种文化体现的是一古一今、一西一中、一科一文，差别如此之大，能够结合在一起吗？这种融合具有可操作性吗？一些对中国文化情有独钟的中外科学家对此进行了探索。下面我们分析两个具体例子。

1975年，美国理论物理学家、系统论专家和作家卡普拉（Fritjof Capra）（图12-5）出版了一部国际畅销书《物理学之"道"》，该书多次再版，已销售百万册以上，并被译为12种语言。该书论述的主题是"近代物理学的主要理论所导致的宇宙观与东方神秘主义的观点有内在的一致性，并且完全协调"①。经典物理学代表的是"机械宇宙观"，近代物理学（量子论、相对论等）代表的是"有机宇宙观"，而后者与东方文化的宇宙观有着惊人的相似性，卡普拉对此进行了深入比较和论证。卡普拉的著作实现了一个看起来难以实现的梦：将现代物理学前沿与古老的东方文化熔为一炉。与布洛克曼纯西方文化背景下的第三种文化相比，卡普拉探索的则是东西方文化会通与兼容。

图12-5　卡普拉

1991年，我国学者董光璧出版《当代新道家》②。该书的第一章共三节，较完整地呈现了该书的整体思路。第一节从斯诺"两种文化的分裂"谈起，然后引申出"两个世界的隔阂"（第二节），指出："当代人类文化的严重危机不仅表现在人文文化与科学文化的分裂上，更表现在东方与西方文化的隔阂上。"③ 第三节的题目是"道家思想的复活"，将落脚点落实在"当代新道家"的阐述上。两种文化—两个世界—当代新道家，脉络非常清晰。董光璧称英国科学史家李约瑟、日本物理学家汤川秀树和美国科学思想家卡普拉为"当代新道家"，认为三人的新科学世界观和新文化观的哲学基础早已蕴涵在道家思想中，三人自觉不自觉地塑造了当代新道家的形象。董光璧把新道家思想的现代形式归纳为四个基本

---

① 〔美〕卡普拉. 物理学之道. 朱润生译. 北京：北京出版社，1999：292.
② 董光璧. 当代新道家. 北京：华夏出版社，1991.
③ 董光璧. 当代新道家. 北京：华夏出版社，1991：14.

论点：道实论、生成论、循环论、无为论。

总之，将现代科学思想与古老的中华传统思想结合，既产生了"物理学之道"，也产生了"当代新道家"，使科学与人文、东方文化与西方文化双方受益，这是一个很精彩、意义深远的"对立"变"融会"的探索案例。可惜，由于长期势不两立的论战模式的影响，这些有前瞻意义的探索，并没有引起我国科技、人文、教育、管理等领域人士的重视，董光璧列举的"当代新道家"，竟然都是国外的科学家，没有一个中国本土科学家。

12.4　中华文化变革与第三种文化

以上，我们分析了探索第三种文化的两路大军，一路偏好西方和科学，另一路偏好东方和人文。在这里我们要继续追问：还有第三条道路吗？如果有，这条路将是什么样子？换句话说，我们想探讨更深层意义上的第三种文化。

我们从对第三种文化的批评意见谈起。冯黎明认为："科学强调客观地、精确地观察世界，其主体功能是认知；人文强调意识主体的自我体验，其主体功能是游戏。要想把这两种东西捏合在一起几乎是不可能的。"[1] 尽管在古代这两种东西曾经是一体的，但随着近代文明的发展，"古典整一性文明把认知真理的职责交给各种专业知识，又把表现生命经验的职责交给各种文化活动之后光荣地退休了"[2]。

冯黎明列出了这样一个泾渭分明的图像：①科学为客观、观察、认知；②人文为主观、体验、游戏。因此，二者不能融合。总的来说，这一观点看到了科学与人文的区别，但没有看到二者的联系和互动。事实上，不管是布洛克曼的新自然哲学观、卡普拉的物理学之"道"都不是传统的科学观，而是包含有强烈向人文观趋近的成分，凯利的"呆子变酷"更有科技与艺术一体化的内涵。

冯黎明观点对第三种文化建设的启发是：在同一平面上融合科学和人文是困难的，必须提升到更高的层面思考这一问题。当然，钱穆通过"格物、格心、格天"统领科学和人文，陈春辉通过"视科学为人文的一环"，使"人文涵摄科学"，构思虽很巧妙，但对人文都有"拔苗助长"之嫌，恐难得到科学一方的认同。由此可见，第三种文化突破的关键，不是科学和人文互争高下，而是在更高层面探寻融会二者的契合点。

美国科学史家萨顿（George Sarton，1884～1956）早在1930年就断言"新的

---

[1] 冯黎明．"第三种文化"与艺术的转型．文艺研究，2004，(5)：154.
[2] 冯黎明．"第三种文化"与艺术的转型．文艺研究，2004，(5)：155.

启示可能还会，并且一定还会来自东方"①。萨顿的话，令中国人感到自豪，同时也感到汗颜，中华文化为发展世界性的第三种文化作好准备了吗？众所周知，谈到西方文化，有古希腊罗马文化，也有文艺复兴以后飞速发展的现代西方文化。布洛克曼和凯利推荐的第三种文化不是前者，而是当代前沿科学和技术支撑的现代西方文化。反观中华文化，虽有古今之分，但缺乏一个与西方"文艺复兴"相媲美的变革和加速发展时期，近现代以来的中华文化自身理论建设薄弱，没有完全摆脱传统的经学范式，没有在继承传统文化基础上形成足以引起世界关注的学理和学派。如今我们贡献给第三种文化建设的资源往往仍然是古老的中华传统文化，推荐的是孔子、老子等几千年前的思想。

这样就形成鲜明的反差：一方面，布洛克曼等提出了"洞察世界的新途径"；另一方面，我们却没有相应提出"洞察人生的新途径"，别人出的是现代牌，我们打的是古代牌，阵势强弱，一目了然。所以，中华文化要为世界第三种文化发展作贡献，首先要做的，是这一古老文化自身的变革和创新。笔者深信，只有在中华传统文化自身的现代转型得到实质进展，才能获得与西方文化共同推进第三种文化发展的平等地位。正像西方有"文艺复兴"的历史阶段一样，中国文化的大变革，也必经一个"中华文化复兴"的历史时期。

12.4.1　中华文化的复兴

中国新文化建设，是和中华文化复兴密切联系在一起的。东方和西方都曾有过灿烂的古代文化。近代以来，西方以文艺复兴（图12-6）为转折点，产生了"人类从来没有经历过的最伟大、进步的变革，是一个需要巨人而且产生了巨人——在思维能力、热情和性格方面，在多才多艺和学识渊博方面的巨人的时代"②。而在中国，近代以来，文化虽然发生了很大变化，但与西方文艺复兴相当的文化复兴却迟迟没有到来。中华文化复兴有无可能发生？什么时候发生？以什么方式发生？这一直是20世纪牵动亿万人心灵的话题。

法国学者富尔（P. Faure）指出："文艺复兴（renaissance）一词，按最初含义，属于宗教词汇。就其本义而言，它指的是圣母奇迹故事（14世纪）

图 12-6　反映文艺复兴的书籍

①〔美〕萨顿. 科学史和新人文主义. 陈恒六，刘兵，仲维光译. 北京：华夏出版社，1989：87.
② 恩格斯. 自然辩证法. 北京：人民出版社，1971：7.

以来，死去的上帝再生。它照搬了希腊神学的'再生'这个词。这词并不意味着复活，也不意味着轮回，而是指在新的基础上重新开始。""通过圣宠、净礼（受洗或忏悔），甚或通过苦行，人可重获另一更美好的生命：人再生了。"①"可以确信，加尔文（J. Calvin, 1509~1564）同时代的人沉浸在哲学、文学、艺术等大发现的热忱中，他们相信自己亲临的是一次精神的新生。"②展望中华文化复兴，由于东西方文化传统不同，东方文化"复兴"，自然不是"上帝"再生，但肯定是一次精神的新生。

几千年封建社会，给中华民族留下了小农经济、专制制度和经学文化三位一体的枷锁。百年历史表明，打破有形的枷锁固然不易，清除无形的枷锁更难。后者涉及传统转化、思维变革、精神新生，这正是中华文化复兴的实质所在。

在经济、制度、文化改革的长链中，文化变革处于一个从"形下"（有形有迹可见的变革）转入"形上"（无形迹可见的精神变革），进而以"形上"深化"形下"的重要环节。从总体上说，经济改革是基础，政治改革是保障，文化改革不能脱离基础和保障孤立进行，但它也不是经济改革或政治改革的附庸或随从，而是使改革得以深化和飞跃的前导，它有着自己的特点、规律和方法。目前，社会上对改革的关注仍停留在"有形"的层面，文化改革处在钱与权的巨大光环笼罩下，心态浮躁，理论滞后，并没有形成改革的先导力量，因而从总体上制约了改革的深化。但是，一场有深远意义的改革，不能永远停留在"形下"层面，一旦其向"形上"层面展开，中华文化复兴必将成为全民族关注的议题和参与的事业。唯有"形下""形上"齐努力，才能成就改革千秋大业。

12.4.2　中华文化复兴的传承实质

西方文艺复兴中"复兴"一词，含有"再生"之义，按最初含义，是和"上帝"再生，亦即是和人再生密切联系在一起的。中华文化复兴中"再生"的将是什么呢？不是别的，正是被今人几乎忘记而古人锲而不舍、孜孜不倦追求的"道"。从实质上说，"道"的再生，亦即"心"的再生，人的再生。

将中华文化复兴和"道"的再生联系在一起，多少会使人觉得意外，但只要深思熟虑、细细品味，又会令人感到在情理之中。中华文化复兴，不是在闭关自守的环境中自我从头开始，而是在改革开放的大背景下，与世界文化进步同行。显而易见，自文艺复兴以来，世界文化在非常广阔的领域飞速发展，在众多的知识学科领域，都有人以科学的态度探索，这里似乎不需要再"复兴"什么。引人注目的，是在跨学科跨专业的"究天人之际，通古今之变"的综合领域，

---

① 〔法〕保罗·富尔. 文艺复兴. 北京：商务印书馆，1995：1.
② 〔法〕保罗·富尔. 文艺复兴. 北京：商务印书馆，1995：2.

亦即涉及人的整体领悟和心灵境界的层面，今人尚缺乏深入的研究和探索，而正是在这一难分难解的层面，蕴涵着东方文化潜能、中华文化精华。这一层面的认识结晶就是"道"。当然，这里所说的"道"，不是狭义的道家之道，而是全人类皆有的广义"大道"。

道，是整个中华文化的最高追求，也是通贯诸子百家的一条主线。著名中国哲学家金岳霖先生指出："中国思想中最崇高的概念似乎是道。所谓行道、修道、得道，都是以道为最终的目标。思想与感情两方面的最基本的原动力似乎也是道。"①

什么是"道"？"道"在汉语中有非常丰富的含义，这里我们谈其中几个主要含义。"道"原初含义是"路"，如宽阔的路叫"大道"，狭窄的路叫"小道"。"道"还用来形容人的品德，如秉公执法是"公道"，尊敬老人是"孝道"。"道"进一步用来表示事物的规律与方法，如物理学讲物质运动之道，教育学讲教书育人之道。

以上"道"的三个层次，可以分别称为"道路"、"道德"、"道理"，其层次由具体到抽象，由有形到无形，逐层升高。我们要探讨的中华文化之道，虽与上述三个层次都有联系，但并非这三个层次所能包括的，而是追求更高层次的道。这一最高层次的"道"，可以称为道"境"，即求道人所达到的一种极高境界。

这样，我们就得到了由低到高"道"的四个主要层次。在最底层次上，是道路的意思，是有形可见的东西，不是中华文化追求的目标，属有形的范围。除最底层外，其他三个层次都属无形范围，但水平高度不同。其中"德"离社会实践较近，现实感很强，其核心表现是善；"理"较抽象，较难直观把握，其核心表现是真；"境"是最高层次，是指在"德"和"理"的基础上达到的一种更高的精神状态，是真善美的统一，其核心表现是美。这是一种物我两忘、天人一体的境界（图12-7）。

图 12-7 道的含义的主要层次

---

① 金岳霖. 论道. 北京：商务印书馆，1987：16.

什么是"道"？经过多年研究和实践体验，笔者对境界之道作如下界定：

道，是通过对事物的整体领悟，而在实践上达到的境界。①

"道"是一个无法分析、无法言传的整体，古人称之为"一"。"道"的整体境界虽然难以用语言表达，但是可以在实践中、在现实生活中感悟和体验，其真知妙义，只有亲身经历才能明了。譬如学习骑自行车，其中也有"道"。无论会骑车的人怎样讲授骑车方法，阅读多少骑车要义，初练的人总要摔跤，原来把握车子整体协调和平衡的方法是无法用语言表达清楚的，只有经过多次实践，学车的人才能掌握要领，骑车自如，以至达到"车人合一"的境界，这就是骑车之道。

当然，中华文化追求的"道"，不是骑车、打球、学习、工作等的小道，而是通过对天人的整体领悟而在实践上达到的境界，是觉悟宇宙人生的大道。《四书》之一，《大学》开宗明义第一句话就说："大学之道，在明明德，在亲民，在止于至善。"说明"大学之道"是以修人生大道为宗旨，以"彰显人的光明德性、造就心灵高尚的新人、达到最高善的境界"为要义。

中华文化复兴的实质是"道"的再生，即新生。这里所说的"道"的新生，不意味着古代传统之道的复旧，而是在时代基础上新的开始。其核心是人的再生，精神的新生。通过"道"在精神和实践中的新生，人觉悟到自身的最高本质，领会到人生真谛，由此重获另一更美好生命：人再生了。西方"上帝"的再生和东方"道"的再生，从形式上看是两码事，但从实质上说，西方的"上帝"和东方的"道"有着深刻的共性，即都是人的本质和理想在不同文化背景下的显现。"上帝"是人的本质和理想的化身，"道"是人的本质和人生至境的化名，"上帝"和"道"的再生，自然同是人的再生，人的精神新生。或许，一个人永远达不到上帝的至伟、道的至高，但他的追求和实践过程，同样可以使他成为有至高至伟精神面貌的人。

"道"是中华文化复兴的传承方面，其创新方面是什么呢？换句话说，中华新文化在修道途径方法上与传统诸子百家有何质的不同？

12.4.3 中华文化复兴的创造实质

西方文艺复兴有许多内涵，其中最根本的内涵，是人的创造力和创造精神的全面觉醒和爆发。"上帝"就是人们心中最高的创造者（creator），他开天辟地，创造了人和万物，成了人类仿效的榜样和楷模。中华文化复兴有许多内涵，其中最根本的内涵，也是人的创造力和创造精神的全面觉醒和爆发。"道"的最高意

---

① 刘仲林.中国文化综合与创新.天津：天津社会科学院出版社，2000：75.

义就是人在创造中达到的"天人合一"境界。天为本，人为至，由本到至为自然创造，由至到本为自觉创造，"创造"将本、至连为一个有机的整体，即是动的"天人合一"。从文化复兴的意义上说，上帝的再生就是 creator 的再生，道的再生就是 creating 的再生，二者在本质上是一致的。

有这样一则小故事，名字叫"是谁创造了万物"：

一日，某教会学校的老师在课堂上厉声问学生："你们说，是谁创造了世间万物？"教室里鸦雀无声，大家屏住呼吸，不敢出大气。老师严肃地盯着一位学生："你说！"那位学生抖抖瑟瑟地站起来说："老师，不是我！"

这是一则幽默。倘若真要严肃地问：是谁创造了世间万物？从科学的角度回答，应是大自然。正是自然界由简单到复杂、由低级到高级的进化，造就了姹紫嫣红、气象万千的世间万物。人类亦是自然进化的创造结晶。人类与自然其他创造物的区别，就在于人类不仅是自然创造的结果，而且能够能动地改造自然，创造符合人类需要的新自然（人工自然）。换句话说，由于既是被创造者又是创造者——人的出现，大自然也就有了既是创造者又是被创造者的双重角色。

看一看我们身边生活的一切，房屋、教室、课桌、黑板、窗台、电灯、仪器、设备、书籍、课本，甚至老师和学生的穿戴，哪一样不是人类的创造？现在，在城市里找一件纯天然的东西已经很困难了，以至于空气中都渗透着人类创造物留下的痕迹。马克思指出："通过实践创造对象世界，即改造无机界，证明了人是有意识的类存在物。"[①] 这就是说"创造对象世界"，即改造自然、创造新事物，是人类区别其他动物的本质特征。

创造，如果只作为一个词汇理解，其意义是简单有限的，但作为人本质力量理解，作为人类改造自然过程理解，其意义则深远而无穷。人类的创造本性是在千万年的进化中形成的，早已有之，但人类对创造本性的自觉，却经历了漫长而曲折的过程，特别是对中华民族和中华文化而言，这一过程显得格外沉重艰难。传统文化的变革，首先要打破传统经学思想的禁锢，解放中华民族的创造本性，自觉投身创造实践。今日世界，是一个竞争世界；今日时代，是一个创新的时代，专长守势的文化精神是无法站到世界和时代前列的。所以，中华传统文化的变革，说到底，是创造人生观的变革。

一提起中华传统文化，社会上许多人首先想到的可能是"三从四德"的礼教、"天下归仁"的道德。两千年来贯彻"述而不作、信而好古"的经学思想，其基本观念似乎与创造观南辕北辙，风马牛不相及。

但是这一见解是片面的，是由于对中华传统文化"只知其一、不知其二"

---

① 马克思，恩格斯．马克思恩格斯全集．第42卷．北京：人民出版社，1979：96.

造成的。这就是说，我们要深入了解中华文化与创造的关系，首先要溯本求源，重新认识中华传统文化。的确，中华传统文化有沉重的消极面，束缚着中华民族的创造力和创造精神；同时，也有其向上的积极面，是鼓舞中华民族奋斗创新的思想源泉。要了解后者，需要从《诗经》谈起。

三千年前，《诗经·大雅·文王之什》云：

文王在上，于昭于天。

周虽旧邦，其命惟新。

大意是：周文王禀受天命，昭示天下。周虽然是旧的邦国，但其天命在革新。用今天的语言说，大意就是，中国虽然是一个古老的国家，但其使命、本命在于创新。"周虽旧邦，其命惟新"一语，蕴涵丰富的哲理，引起古代先哲的高度重视。儒家经典《四书》中有两书就直接引用了这句话。《大学》还引经据典，进一步发挥指出，早在商汤时期，"盘铭"上就刻着"苟日新，日日新，又日新"的字句，提示求新是一个持续不断的过程；《尚书·康诰》篇云"作新民"，强调要造就一代自新的人。这就是说，无论从时间和空间、个人和民众来说，"变革求新"都是中华民族不懈的追求。

而后，《易传》从天人合一的角度，作了更高层面的哲理概括。《易传·系辞上》云："一阴一阳之谓道。""富有之谓大业，日新之谓盛德。生生之谓易。"这是一个层次分明的理论纲要：道是由一阴一阳运动体现的，它们相互交合易转，形成生生不已的大化过程，气象万千，丰富多彩可称为"大业"，日新月异可称为"盛德"，生而又生就是"易"的体现。在这个观点体系中，"阴阳"是源泉，"生生"是核心，"日新"是面貌，"富有"是成果。

唐代著名学者刘禹锡有名句"以不息为体，以日新为道"，高度概括了易家（《易传》）的基本精神。该句出自《问大钧赋》，其中的"钧"，本意是制作陶器的转轮，因其能塑型造物，故古人用来比喻天、自然或造化之神。刘禹锡之所以要问"大钧"，就是希望天能够给自己振作的勇气和施展才华的机会。"大钧"则激励刘禹锡要"以不息为体，以日新为道"。

当古人得出"天地之大德曰生"（《易传·系辞下》）的结论时，显然是对天地变化的一个精湛概括。"生生日新"与"创造"两个观念直线距离只有一步之遥。捅破这层"窗户纸"，一种新的文化观和人生观就会诞生。但是，由于小农经济、专制制度和经学文化等因素的束缚，这层"窗户纸"竟两千年也没捅破。

经过近代西学东渐过程，直到"五四新文化运动"，"创造"的观念才在中国渐渐受到关注。许全兴等学者认为，"五四新文化运动"最本质的东西就在于一个"新"字，时时创新，时时前进。创造是"五四"精神的灵魂。"五四"的爱国精神、民主精神、科学精神、奋斗精神若失去了创造精神，那就失去了灵魂①。我们只要读读陈独秀、李大钊、胡适等"新青年派"的文章，就能强烈地感受到一股破坏旧世界、创造新世界的气息扑面而来，就会被他们带着炽热感情的文字鼓动得热血沸腾，奋不顾身地去创造新思想、新文化、新文学、新国家、新社会。陈独秀说："新文化运动要注重创造精神。创造就是进化，世界上不断的进化只是不断的创造，离开创造便没有进化了。"② 李大钊在 1919 年写的新年祝辞《新纪元》中说："人类最高的欲求，是在时时创造新生活。"③ 由此，我们看到了"新文化运动"带来的中华民族创造观念的觉醒，"创造"一词不再埋没在千千万万的普通词汇中，而如异军突起，成为思想文化领域一个热点。这是中华传统精神向现代转化的一次有深远意义的飞跃。

在这一背景下，一些中国文化学者开始用创造的观念审视《易传》的"生生日新"思想，挖掘并阐发其中蕴涵的创造思想资源，拉开了由"生"向"创"的观念提升的序幕。著名中国文化学者熊十力（图 12-8）和张岱年（图 12-9）的观点，就是其中的代表。

图 12-8　熊十力（1885～1968）

图 12-9　张岱年（1909～2004）

熊十力认为："夫生命者，恒创恒新之谓生，自本自根之谓命。"④ 张岱年提

① 许全兴. 弘扬五四创造精神. 中国社会科学, 1999, (4)：19.

② 陈独秀. 新文化运动是什么. 载：陈独秀. 陈独秀文章选编（上）. 北京：生活·读书·新知三联书店，1994：516.

③ 李大钊. 李大钊文集（上）. 北京：人民出版社，1984：606.

④ 熊十力. 新唯识论（语体文本）. 载：熊十力. 熊十力全集. 第 3 卷. 武汉：湖北教育出版社，2001：358.

出："世界是富有而日新的，万物生生不息。生即是创造，生生即不断出现新事物。"① 张岱年"生即是创造"一语，言简意赅，对中华文化的创造性转化，确有画龙点睛之妙、一语破之之功。总结以上学者的观点，可以看出有三个明显特点：①继承了《易传》天人合一、生生日新的思想，转化出广义创造观；②反映了时代精神；③汲取了现代西方文化优秀成果。

对中华文化而言，"创造"的真正含义，不是浅薄的口号和诱人的产品，而首先是一个与现存观念和习惯决裂的痛苦的思想转变过程。事实上，今日我们能容纳"创造"的心胸和眼光仍很狭隘、浮浅，许多人愿意享受创新的产品，却不愿意容纳宽松的创造环境和有个性的创造人才，我们的心理尚经受不起创造大潮的冲击。不经过一番脱胎换骨的转化，不经过知行合一的理论与实践深层"范式"变更，我们就无法获得创造精神的新生。

12.5　中华新文化理论建构

著名中国哲学家冯友兰将"周虽旧邦，其命惟新"这两句诗简化为"旧邦新命"，并认为："这四个字，中国历史发展的新阶段足以当之。阐旧邦以辅新命，余平生志事盖在斯矣。"（《康有为"公车上书"书后》）他又说："中华民族的古老文化虽然已经过去了，但它也是将来中国新文化的一个来源，它不仅是过去的终点，也是将来的起点。将来中国的现代化成功，它将成为世界上最古也是最新的国家。这就增强了我的'旧邦新命'的信心。新旧结合，旧的就有了生命力，就不是博物馆中陈列的样品了；新的也就具有了中国自己的民族特色。新旧相续，源远流长，使古老的中华民族文化放出新的光彩。现在我更觉得这个展望并不是一种空想、幻想，而是一定要实现的，而且一定能实现的。"② 这里，"旧邦"指源远流长的传统文化，"新命"指新文化的建设，"旧邦新命"代表了中华文化的传承和创新。

12.5.1　以"创造之道"为核心的新文化理论

下面简介我们尝试回答中华新文化理论建构的思路。如果说布洛克曼等回答了"洞察世界的新途径"，那么，中华文化首先要回答的是"洞察人生的新途径"。我们借用"画龙点睛"比喻中华传统文化的现代转化。简言之，这个"龙"就是"道"，代表中华文化道统的传承；这个"睛"就是"创"，代表中华文化价值观和思维观的更新。

---

① 张岱年. 张岱年全集. 第5卷. 石家庄：河北人民出版社，1996：228.
② 冯友兰. 三松堂全集. 第1卷. 郑州：河南人民出版社，2000：313.

孔子说"志于道"（《论语·述而》），"道"是中华文化诸子百家的共同追求，以儒家为代表的中华传统文化价值观主要是一种泛伦理观，认为"仁"具有最高的价值。其主要缺陷是：忽视人的创造本性，忽视人对自然和社会的创造实践。从以"仁"为核心的价值观向以"创"为核心的价值观的转换，是中华传统文化向现代转换的关键环节。由此可以说，通过人生实践，觉悟"创造之道"，是中华新文化的精髓。通过上节讨论，我们可以说："道"是"旧邦"的文化结晶，"创"是时代"新命"的体现，二者融会而成的"创造之道"是中华新文化的理论核心（图12-10）。

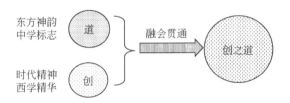

图 12-10　中华新文化理论的核心

下面，我们尝试用图 12-11 将"创造之道"表达出来。

在图 12-11 中，自然代表物质世界，包括无生命与有生命的自然界物质。自然界物质位置在最底层，表示物质是基础，是万物（包括人类）的本源。第二层是社会，代表人类世界，它来自自然界，又与通常的自然物有区别。最大的区别就是自觉的、主动的社会实践。第三层是人，即张岱年说的人的心知（智）、心灵的智慧、认识世界的能力。人正是通过心灵的智慧来认识世界、改造世界，并由此达到道的境界的。

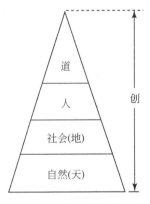

图 12-11　中华新文化之道

在图 12-11 中，"创"贯穿于天、地、人之中，这里的"创"是广义的，既包含人的创造，也包括天地自然的创造。通常我们所理解的创造，是一种狭义的创造，创造主要是对人而言的，似乎这个世界上只有人才能谈得上创造。但若放宽我们的视野，仔细体察我们身边的万事万物，特别是地球上生机勃勃、五彩缤纷的生命，我们就会惊叹：这是多么精美绝伦的大自然的创造！天地的创造和人的创造合在一起，称为广义的创造。我们对中华新文化理论的建构，就从广义创造开始。

当然，天地的创造和人的创造有本质的不同，前者是自发的，后者是自觉的，一个属无意识的自然创造，一个属有意识的实践创造。初看起来，似乎自然的创造很像人的创造，因而宗教设想了人化的全能上帝，主宰天地的创造过程。实际上，这是一个本末倒置的观点，就如同说妈妈长得像女儿一样。应当说，女儿长得像妈妈，亦即人的创造很像自然的创造。因为人本身是天地创造的最高成果，打着自然的烙印，尽管人的创造表现得非常自由，似乎不受自然局限，但归根结蒂仍打着自然印记。创造是天地大自然进化而赋予人的一种"道"。天地创造，进化生人；人类创造，改造天地。所以"创造"是天人合一的最高境界。

人类的创造，是以自然的创造为基础的，没有自然界发展的创造性飞跃，就没有人类自身，但人类的出现和有自觉意识的创造形式，又把创造提高到一个新的阶段，使自然创造升华到实践创造，天借助自己的创造物获得自觉。天人的合一正是在创造接力中的合一。

由下而上，贯穿自然、社会、心智的是一个"创"字，通过创造感悟人生的最高境界，这就是"创造之道"，亦即新文化之道。

孔子说"志于道"，这句话说出了中华传统文化的总追求。为了认识和领悟无比崇高的大道，古代圣人哲人想尽了各种方式方法，如儒家的"天下归仁"、道家的"道法自然"、佛家的"慕灭修道"，确实把人们带入了相当高的境界，其中淀积着中华文化的精华。然而，儒家泛伦理，道家溺虚静，佛家耽空寂，忽视了"创造"在天地自然中的作用，不见自然和人类的创造本性。易家（主要指以《易传》为代表的思想）以"生生日新"为主旨，最接近创造观念，但与创造本意仍有一层隔膜。人类对创造的认识和理解是一个漫长曲折的过程，其真面目只有在科学与文化高度发展的大工业社会才能看清。如今几乎人类社会的各领域都进入了创新的时代，中华文化以"创"为焦点的转化时机正在形成。这一转化，不是抛弃传统文化，而是对其继承、批判、深化和发展，从新的视角实现先哲"志于道"的理想。

在图12-11中，我们以张岱年的"综合创新论"思想为基础，进一步发挥，给出创造之道线路图。这一思想源于《易传》的生生哲学，是其弘扬和发挥，同时又注入鲜明的时代精神，使古老的生生哲学发生质的飞跃，从而展现出与传统儒、道、佛、易不同的求道、修道、证道的途径和方法。这一方法的核心是"创"，即以"创"为中介，通过体悟天人的创造历程，达到道的人生最高境界。新文化之道强调了修道的物质基础，即以"自然（物质）"为修道之本，物质第一，精神第二，"道"并非心灵的随意想象，而是由物质开始的创造进化使然；接着在"社会"层次，进一步强调了修道的社会实践性，道并不是一个人关在屋子里编造出来的，而是社会创造实践的产物，只有在丰富多彩的现实生活创造实践（即古人说的"行"）中，我们才能发现并亲证之。

新文化求道法的另一个鲜明特点，即求道的关键环节，不是儒家的"仁"、道家的"自然"、释家的"灭"，也不是易家的"生"，而是反映时代精华的"创"，即认为只有通过"创"，人才能够达到道的最高境界。天地人之大德曰"创"，这一由传统到现代的转向，使求道和修道建立在坚实的实践基础之上。

张岱年指出："人生意义由创造出，且在创造中。"① 这是对新文化修道方法最精练的概括。

12.5.2　中国当代两种文化：如何平行变交会

近年来，我国有两个文化动向格外引人注目：一个是以科技为背景的"创新文化热"；另一个是以人文文化为背景的"传统文化热"。

第一个动向偏重科学文化方面。科技领域"创新文化"建设在我国科技界受到高度重视，被列入国家中长期科技发展规划战略研究，成为创新型国家建设的重要环节。例如，中国科学院 1998 年开始的知识创新试点工作，将文化创新（创新文化建设）与科技创新、体制创新、机制创新、队伍建设并列为五大创新工程，专门成立创新文化研究课题组。10 多年来，创新文化建设取得了显著进展。

当前，科技创新文化正在朝"向深里去，往高里提"的方向发展，研究和实践的重点正在从器物层面向制度层面特别是观念层面深化。国家中长期科技发展规划战略研究指出：价值观念是创新文化的核心，在借鉴国外先进文化理念的同时，要重视充分利用本土的知识资源和文化养料，梳理我国文化传统，凝炼出传承中华优秀文化、体现先进文化前进方向的创新价值理念，构建有中国特色的创新文化价值体系。由此，创新文化自然触及传统文化层面。

第二个动向偏重人文文化方面。近年中华大地兴起"国学热"，各种传统文化讲座此起彼伏，普及出版物一波连一波，大学国学研究院成立、祭祖祭孔升格、现代私塾、各类国学培训班不断出现。同时，中国哲学创新发展问题重新引起学界关注。比如，当代新儒家研究不断深化，熊十力的"新唯识论"、冯友兰的"新理学"等许多学者的成果得到重视和进一步研究。又如，张岱年于 70 年前提出的"综合创造论"得到进一步发展，马克思主义哲学、中国哲学、西方哲学互动引起热议，方克立提出"马魂、中体、西用"建设中国新哲学的主张等。

引人注目的是，在传统文化的现代转化探索中，无论新儒家观点还是综合创新论观点，都十分重视《易传》的"生生日新"、"天行健，君子以自强不息"

---

① 张岱年．张岱年全集．第 1 卷．石家庄：河北人民出版社，1996：380.

等观念，并由此转化出"生就是创造，生生即不断出现新事物"的创造观，由此，变革中的"传统文化"与"创新文化"有了在价值观上的共鸣。

由上可见，随着创新文化的深化和中国传统文化现代转化的发展，两种文化关注的议题出现了某些接近动向。但是，由于我国长期的文理割裂，两种文化发展未能融会贯通，文化建设各有偏颇。一方面，受西方经济价值创新观的影响，科技创新文化建设偏重"成物"方面，注重大项目、大基地的创新成果，较为忽视科技人员的文化底蕴和和心灵境界提升，没有摆脱"急功近利"思想的困扰；另一方面，受中国传统泛伦理观的影响，中国传统文化变革偏重道德方面，偏重"成己"的心性修养，忽视科技创新和创造社会实践，没有摆脱传统文化"经学范式"的束缚。

这两个文化动向，可谓各有千秋。美中不足的是，它们分属人文文化和科技文化两个不同领域，各自平行发展，很少交汇，且大多数人都习以为常。但提升到"第三种文化"的层面思考，这种各自平行的发展方式是有欠缺的，一定程度上影响了各自的深化和中华文化整体创新。如何实现"以科技为背景的创新文化"与"以人文为特色的传统文化"的会通，是一个中国式的"第三种文化"问题，也是中华传统文化现代转化和新文化建设不可回避的重要议题。

如何寻找科技文化与人文文化的接榫点呢？我们从"成己""成物"的关系谈起。"成己"、"成物"是中华传统文化中的一对重要概念，比较系统地出现在《中庸》中，书中说："诚者，非自成己而已也，所以成物也。"认为"诚"不仅有成己的含义，也有成物的含义，成己体现的是"仁"，成物体现的是"智"，把二者结合起来，方能"合内外之道"。

著名中国哲学家梁漱溟传承并发展了古代"成己"、"成物"的概念，把这一对概念创造性地运用到对"创造"的认识上，认为"任何一个创造，大概都是两面的：一面属于成己，一面属于成物"①。意思是说，任何一项创造，都有两方面内涵：一方面属于成就自己；另一方面属于成就事物。"成己"就是在个体生命上的成就，主要指创造者自己知识丰富、身心境界提高；"成物"就是做出创造性成果（作品），对社会有创造性贡献。

简单地说，"成己"着重身心境界，"成物"着重物质成果；前者重内，后者重外，一内一外构成了创造的"内外之道"。从社会实践上说，创造之道本无内外之别，创造就是一个既"成己"又"成物"的过程。然而，由于人的认识和社会发展的复杂性受诸多因素影响，在现实中常常出现二者割裂的偏向。以现实来说，受物质至上的思潮的影响，许多创造急功近利，出现了过度重"成

---

① 梁漱溟. 梁漱溟全集. 第 2 卷. 济南：山东人民出版社，1989：95.

物"、轻"成己"的倾向。创造本来是一项纯洁、崇高、受人尊敬的事业,在功利化大潮冲击下,弄虚作假、投机取巧、华而不实、拔苗助长、重量轻质等纷纷出笼,严重干扰了创造实践的健康发展。创造之心被污染了!现实对创造见物不见人的例子很多。许多媒体报道,只重成物,无视成己,报道起来都是经济效益数字一大串,国内外影响一大片,创造者职务头衔一大堆,过五关斩六将,意气风发,但创造者经历创造的心路历程、"成己"道路的千难万苦、对人生的独特体验,被无情地忽视了。创造发明教育,只讲创造技法,只盯创造成果,过度看重奖项,忽视创造素质培养和创造境界体验。科学研究,只看论文发表篇数,刊物级别,不管质量和创新程度。例子数不胜数。

梁漱溟还把创造"成己"、"成物"的观点应用在教育上,认为教育的目的不是单纯传授知识,目的是帮助人创造。梁漱溟20世纪30年代的讲话,这个看起来简单的道理,我们教育界许多人几十年也没有搞清楚,出版的教育学著作无数,就是未能悟到"教育是帮助人创造"的主旨。韩愈说:"师者,所以传道受业解惑也。"(《师说》)认为老师有三大责任:传道、授业、解惑。过去谈传道,一般解释为道德品质教育、儒家思想教育等。在21世纪,按"教育就是帮助人创造"的观点,应当传的是"创造之道"。这应该是梁漱溟思想给我们的最大启示。

传授创造之道,不是单纯的传授创造知识或方法,而是传授既"成己"又"成物"的"合内外之道"。这里的"道"是"通过对事物的整体领悟而在实践上达到的境界",只有从身边的创造小事做起,不断在实践中品味其中奥妙,不断提升自身"成己"的境界,才能真正觉悟创造之道。

当然,创造不是凭空而来的,各行各业的创造都需要一定的知识基础,越是大的创造,越是需要大量的知识积累,我们不应轻视知识的学习,应该把学知和创造融为一体,知识是创造的基础,创造是知识的飞跃,二者唇齿相依,不能割裂。从知识向创造的飞跃过程,就是最好的感悟创造之道的过程,如果眼中只有创造成果,没有觉悟创造之道,那就是得到了"成物",忘掉了"成己"。

目前,科技界的创新文化偏重"成物",需要向"道"的境界层面提升;人文界的传统文化偏重伦理"成己",需要向"创"的价值观转化。将两者变革有机结合起来,着力克服"创新文化建设缺乏人文文化底蕴,传统文化变革缺乏科技文化引领"的不足,探索以"创造之道"为核心、融"成物"与"成己"为一体的中华新文化理论,是我国当前文化创新发展的战略选择。

具体来说,中国当代两种文化的交融会通的中华新文化理论建设研究大致可以分为相互关联的四个层面:

第一,研究科技创新文化由器物层面、制度层面向观念层面深化问题。拓展文化视野，改变创新文化建设与中华传统文化无联系状态，汲取传统文化精华，特别是"道"的精髓，探索创新文化向"创造之道"核心层面深化的步骤和方法。

第二，研究中华传统价值观转化问题。探寻创造观的中华传统文化思想渊源，梳理20世纪以来，特别是"五四新文化运动"和改革开放以来创造价值演化变迁过程，探索中华文化核心价值观从"仁义"到"创造"转化的途径和方法。

第三，以"创造观"为纽带和核心，向思维观、人生观、认识观等层面拓展，深入探讨"创新文化深化"与"中华传统文化转化"过程中的聚焦点，探索以"创造"为核心的中华新文化价值和思维体系。

第四，陶行知说："处处是创造之地，天天是创造之时，人人是创造之人。"（《创造宣言》）以"创造之道"为核心的中华新文化建设，不仅是个理论问题，更是个实践问题。需要以创新社会建设为目标，以全民族的创造觉醒为方向，以全社会的实践亲证为落脚点，从"成物"、"成己"互补的两个方面，探索面向科学、文化、教育、管理及社会大众普及的道路和方法。

以上内容，可以用图 12-12 简示。

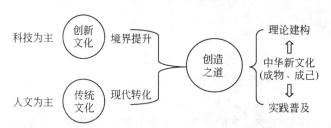

图 12-12　中国当代"两种文化"的交汇

12.6　传道中华新文化

一个新文化理论的社会实现，一半在理论，一半在实践。对一个长期"经学"流行、文理分家的国家，"创造之道"观念的确立，是一个非常艰难和曲折的历程。为此，笔者进行了20年的理论探索和社会传播实践，其中的酸甜苦辣，只有亲身经历，才能深刻感受。

笔者自20世纪80年代以来的研究可以简称"三点一线"。"三点"：一是以科技创造发明过程为中心的创造认识、创造思维、创造美学等"创造学"研究；二是以"跨学科"问题为中心的跨学科科研、跨学科教育、跨学科方法等的"跨学科学"研究；三是以上述研究为基础，在张岱年先生指导下的中国哲学与文化综合创新理论探索。起于创造研究，展于跨学科视野，悟于中国文化大道，"三点"会"通一线"，一个以"创造之道"为核心的中国新哲学理路豁然展现。

1999 年笔者出版了"古道今梦"丛书（由《新精神》、《新思维》、《新认识》三卷组成），对以"创造之道"为核心的中华新文化理论进行了系统探讨。梦寐追求，执著努力，一旦化成十分漂亮的理论结果，其震撼心灵的激动难以言表。但在功利至上、伪善流行、假学泛滥、学科割据的社会大潮冲击下，一个文理学科交叉点上孕育出的成果，如何能找到自己的立足点和生存空间？加之高校教师任务与教学课时、论文发表数量等挂钩，身不由己地进入拼课时、拼论文数量的忙碌循环中，直忙得心力交瘁。等到当了教授，带了研究生，回首以往，才发现无论是人生之悟还是学术之果，都没有形成真正的社会实践价值。自己仿佛掉进一个庞大的急功近利的社会漩涡中，失去了自我。

笔者深知，一种跨学科的新文化、新哲学理论，固然需要学术界认可，但真正的检验者是社会实践。从综合创新哲学理论探索开始，笔者就倾心于大众普及问题。20 世纪 90 年代中期以来，笔者的新理论实践普及探索涉及研究生、大学生、中学生以及教师、企业家、职员、城镇农村干部各层面。在笔者的引领下，许多学员，带着对中国哲学与文化的强烈渴望，踏上了尝试品味"人生之道"滋味的崎岖山路。在新文化理论传播和普及方面，笔者近年出版了主编的《中华文化人生亲证》、《中华文化精修入门》、《亲证中国哲学大智慧》① 三部书籍。《亲证中国哲学大智慧》，凝聚了笔者在中国科学技术大学 8 年的教学心血，3000多名理工科大学生先后进行了悟道尝试，从孩提游戏到上学读书，从衣食住行到琴棋书画，从课堂学习到科研实验，到处留下了学子们悟道的足迹。书中 111 篇感悟实例，就是从 3000 多篇学子亲证中选编出来的。

另外，拙作《中国创造学概论》② 从创造学视角，对以"创造之道"为核心的中华新文化理论和实践进行了探索。《中国创造学概论》共分三篇，代表由浅入深的创造三个层面：技法（着眼创造成果）、思维（着眼创造过程）、境界（着眼创造之道）。其中，第一篇概括国内外创造技法四大门类，第二篇对创造思维的两大思维方式（概念思维、意象思维）及其逻辑（形式逻辑、审美逻辑）进行了探讨，第三篇对创造的最高境界——"道"进行了探讨。中国传统文化谈道不谈创造，西方创造学谈创造不谈道，拙作将两者融会贯通，以"创造"促进传统文化转化，以"道"提升创造学境界，有中国特色的创造学由此呼之而出。

总之，创造是人的最高本性，科学文化与人文文化都是人类创造的产物。当

① 刘仲林. 亲证中国哲学大智慧. 北京：中国科学技术大学出版社，2009.

② 刘仲林. 中国创造学概论. 天津：天津人民出版社，2001.

我们仅从静态成果考察，科学与人文差别巨大；而当从动态的创造过程来考察，两者的本质一致性就充分呈现出来。这就是笔者以"创造"为焦点探索"第三种文化"的基本理路。让我们用李大钊的话来进一步体会之："老子有言：'一生二，二生三，三生万物。'故'第三'之境，实宇宙生生之数，人间进步之级，吾人当雄飞跃进以向'第三'。"①

---

① 李大钊. 李大钊全集. 第 1 卷. 北京：人民出版社，2006：173.

13　论精神文化

李喜先

"文化"一词源于拉丁文 *cultura*，经过长期的演变，其含义有了很大的拓展。在不同时期、不同国家中，对文化概念的理解和界说虽有 100 种之多，但抽出共同点，大体上还是趋于一致的。

文化系统是由人类创造的物质要素和精神要素构成的一个复杂系统。在这个系统中，精神文化主要包括哲学、科学、技术、宗教、文学、艺术、伦理道德和价值观念等，并可归为科学文化与人文文化。这两种文化是最有活力的要素，犹如系统中的"软件"一样，它可以"外化"为器物和制度，"内化"为价值规范。

在文化系统中，精神文化，特别是价值规范，即价值观念和行为规范，起着核心的作用。价值观念是存在于人们内心中评价行为和事物所做出的判断，而行为规范则是价值观念的具体化。

在精神文化中，先进的科学文化和人文文化对社会的进步起着整合和导向的作用，而滞后的部分则总是社会发展的桎梏，在社会变迁中往往呈现出文化堕距现象，并发挥着负功能。

在人类漫长的历史长河中，科学文化与人文文化总是在互动中发展着，并正在朝着相互交叉和融合的方向演进，以致融为一体，形成崭新的科学人文文化。只有精神文化的创新、融合和扩散，才能实现人类完美的理性化和人性化，才能真正代表人类社会进入高等文明的方向。

13.1　科 学 文 化

在文化系统中，科学是最精致、最成熟的结晶，其主要由科学知识、科学思维方式和科学精神三部分构成，总称为科学文化。科学文化是在认识自然的精神活动中形成的精神文化，是一种理性文化，而且也是愈益重要的高尚文化。

13.1.1　科学知识的文化属性

科学研究是人类最基本的精神活动或精神"生产"，其产品是精神产品，即科学知识。科学从本质上认识自然，并以概念、定理、理论和学科等抽象形式来揭示自然规律，从而显现出精神文化的本性。爱因斯坦也强调，科学是"高尚的文化成就"①。

13.1.1.1 构成科学文化的基础

科学知识是科学文化的基础，离开了科学知识，科学文化就无从谈起。离开了科学知识，科学文化就无从积累和进化。人类在认识自然界中获得了系统的科学知识，这是确立正确的自然观、宇宙观、世界观和科学观的坚实基础，由此，才能正确地认识人类自己及其在宇宙中的地位。

在古代（上古时期，即大约公元前4000年至公元5世纪；中古时期，大约为5~15世纪）科学时期，几个文明古国已在经验科学乃至理论科学上取得了重大的成就，尤其是以古希腊科学为代表的理论科学取得了辉煌的成就，亚里士多德建立了由哲学、逻辑学、心理学、伦理学、政治学、历史学、美学、力学、物理学、数学、天文学、气象学、植物学和动物学等学科构成的庞大知识系统，进行了第一次科学的大综合；而在中古时期，欧洲科学发展缓慢，几乎处于停滞状态，而古代中国、古代印度和古代阿拉伯世界的科学有了很大的发展，并在世界上处于遥遥领先的地位。正是有了古代科学知识，人类才抛弃了兽性，摆脱了愚昧状态，开始认识自然界，从而建立起古代朴素的自然观、世界观和古代的科学文化。

在近代（约15~19世纪）科学时期，科学得到了比较全面的、系统的发展。这时，科学极有力地打击了宗教神学观念，并引起了一场反对宗教神学的革命。哥白尼首先发表了《天体运行论》，就是写给神学的挑战书，也是科学采用了实验、观测和数学方法而取得独立的宣言书。后来，牛顿建立了经典力学体系，进行了第二次科学的大综合，从而形成了机械论的自然观、世界观和近代科学文化。

在现代（19世纪末~）科学时期，尤其在20世纪里，科学发生了革命性的变化，形成了四大基础理论：相对论、量子力学、基因理论和系统理论；对自然系统的描述，建立了五类基本模型：宇宙演化的大爆炸模型、深层物质结构的标准模型、遗传物质DNA双螺旋结构模型、智力活动的图灵计算模型和地壳构造的板块模型。这样，现代科学加速发展成为一个层次纷繁、纵横交叉、极端复杂的知识体系，从而形成了有机的、系统的整体自然观、宇宙观、世界观和现代科学文化。

---

① 爱因斯坦. 爱因斯坦文集. 许良英等译. 第3卷. 北京：商务印书馆，1979：197.

13.1.1.2　构成人类最直接的共同"语言"

科学知识具有文化属性的显著特点还在于科学知识不受地域、国家、民族、阶级的局限，能被全人类普遍地接受、使用，成为人类最直接、最重要的共同"语言"，沟通人类的感情、思想和观点，从而最具有开化力、解放力。因此，科学知识所具有的文化属性可以充分地发挥出文化功能，成为构筑人类现代文明的载体。科学知识又是建立科学观（对科学形成基本的、总的观点）的可靠基础。在科学的幼年时期，科学知识贫乏而粗浅，因而不可能形成完整的科学观。在近现代科学时期，已形成了严密的科学知识体系，可以从多视角、多维度对科学进行反思，或称之为科学的"自我认识"，从而才可能对科学形成基本的、比较正确的观点，即比较完整的科学观。这种观点应是理论化、系统化的高度抽象，是认识的"升华"。随着科学知识的进化，与之相伴的科学观也将发生变化。

13.1.2　科学思维方式的文化特征

科学知识虽然是构成科学文化的基础，但科学知识还不能等同于科学文化。在科学文化的深层结构中，科学思维方式则处于较高层次，并具有多种文化特征。为要求真和不断地扩大正确无误的知识，必须采取正确、有效的思维方式，而科学思维方式就是这样的思维方式，其主要特征是理性思维，包括逻辑思维、数学思维、概念思维、系统思维和创造性思维等。周昌忠在其著作《科学思维学》中，详细地论及了科学思维学与思维科学之间的关系，其中论述了科学思维的规定和方式等①。

13.1.2.1　逻辑思维的精密性

逻辑思维既是对事物间普遍的必然联系的思维复现，又是思维用以把握和揭示这种联系的方式，而且与数学思维相结合构成了科学思维的基本方式。逻辑思维的工具是逻辑，而现代逻辑（即数理逻辑或符号逻辑）已发展到更高的抽象性、精密性、形式化和理论化水平。现代逻辑首先把数学方法引入逻辑，从而形成了形式化，包括符号化和形式系统：前者是运用人工语言，用符号标示概念、构成命题，使命题间推理成为公式的推导等；后者则是用人工语言构造的公理化系统。现代逻辑使科学思维达到精密性，产生了更大的逻辑力量。

13.1.2.2　数学思维的可靠性

数学思维是从"形"和"量"来认识事物和事物间逻辑联系的科学思维方

---

① 周昌忠. 科学思维学. 上海：上海人民出版社，1988：49～97.

式。数学是科学思维的工具，数学思维的发展极大地推动着科学认识的发展。数学是定量地刻画自然界的逻辑即规律性的工具，而发现这种规律性的原理存在于数学思维之中，因而数学思维就成为科学发现的原理，并使科学知识更具可靠性。数学思维与逻辑思维相结合，使数学思维具有逻辑的本质，使逻辑思维具有数学形式。

13.1.2.3 概念思维的抽象性

概念思维是通过形成新概念、改变旧概念进行认识活动的方式。概念思维具有突出的创造性和科学发现的力量。概念思维与数学结合以保证科学思维的精密性，以区别于哲学思维和艺术思维。概念思维具有抽象性，因而促进科学发现、自由创造、推动科学认识的进步。

13.1.2.4 系统思维的普遍性

系统思维是在现代科学中形成的主要思维方式，主要是在现代系统概念、系统科学和系统观的基础上形成的崭新的科学思维方式，从而成为当代最普遍的思维方式，以至进入一切科学领域，渗透到日常思维、大众媒体中成为最时髦的思维方式。系统思维蕴涵着运用逻辑思维，并把逻辑思维作为系统思维的一种特殊情形加以运用，这就犹如牛顿力学之于相对论。当系统元素间动态相互作用微弱，以至可忽略不计时，逻辑思维似乎就成为系统思维的一种极端情形，这时系统思维即可归结为逻辑思维。

13.1.2.5 创造性思维的自主性

创造性思维主要在于修正旧概念、发展新概念。概念的产生要经过发生、形成和制定阶段，而其中发生和形成这两个阶段的思维既有逻辑又有非逻辑两方面，后者则是创造性思维，在实际认识中从属于概念思维，并只在概念发生和形成这两个阶段中起主导作用。在制定阶段，要含有数学和实验操作因素，以保证创造性思维的确定性和科学性。但与制定阶段相比，发生和形成这两个阶段才是真正创造新概念的过程，主要是运用直觉、灵感和非语言思维来实现的。要深入地揭示自然界的奥秘，必须借助理性思维的力量，充分地发挥人类特有的理论思维的能力。恩格斯一再强调："一个民族想要站上科学的各个高峰，就一刻也不能没有理论思维。"

在本质上与科学思维方式不同的还有两种思维方式，即思辨的、先验的思维方式和直观的、经验的思维方式。一般地，在思维中并不排斥合理的感性经验和思辨，但作为古代占主导地位的经验的、直观的思维方式已越来越与科学思维方式相悖了，而思辨的、先验的思维方式用主观臆想、虚构代替客观事实来构筑科学大厦则更荒谬了，因而都应摒弃。

13.1.3　科学精神的文化价值

科学知识构成科学文化的基础，科学思维方式在科学文化结构中具有较高层次，而科学精神，包括科学精神气质，在科学文化结构中上升为最高层次，从而具有巨大的文化价值。科学精神不仅在科学社会中，而且也要在整个人类社会中普遍发扬光大。科学精神更具有广泛的含义，概念更精深，主要包括求实精神、质疑精神、自由探讨精神、创新精神、谦虚精神、无偏见精神、不诉诸权威精神，以及真诚合作精神等。因此，可以说，科学精神是科学文化中最精髓的部分，应通过教育、教化和弘扬遍及整个人类社会。

13.1.3.1　科学精神的巨大文化价值

1）求真唯实精神

科学家和科学家团体的最终目的就在于揭示出隐藏在客观世界中的规律，回答物质性和精神性认识客体是什么？为此，他们必须坚持最有效的科学方法，采取严密的态度，对观察、实验必须求实，不虚构未获得的科学数据，才可能在追求真理的征途中不断前进，才可能在崎岖的道路上不畏艰险，直到攀上科学的顶峰。

追求真理是科学家人生唯一要追求的目标。德国启蒙运动的思想家、诗人莱辛（G. Lessing，1729~1781）有一句名言：对真理的追求比对真理的占有更为可贵。许多科学家为追求真理、坚持真理而献身，这种精神是一种自觉地面对困难和艰险的勇敢行为。为了追求真理而献身是科学家崇高的道德表现，这正如马克思所说："在科学的入口处，正像地狱的入口处一样，必须提出这样的要求，'这里必须根除一切犹豫；这里任何怯懦都无济于事'。"布鲁诺为坚持"日心说"而殉身；塞尔维特为坚持血液循环理论在日内瓦被处以火刑，而且被活活地烧了两个小时。科学家在坚持真理的同时，还要善于修正错误，而且还要快速地摒弃谬误，才能更好地坚持真理。

2）质疑精神

在科学研究中，要有质疑精神或怀疑精神，也可视作怀疑的方法，即对于已有的科学学说、科学理论和观点，不应盲目信从，特别是，要善于修正和批判，从而增进科学的发展。胡军在其著作《知识论》中，对怀疑论的积极和消极作用进行了系统的论述："一切学术的进步发展却似乎要依赖于怀疑的精神和方法。如果对一切都熟视无睹，习以为常，那么思想就会陷于停顿，变成一潭死水。为学贵在于有疑。疑则有进。这种怀疑精神当然是哲学研究的必要条件。没有怀疑精神，就不可能有真正的哲学思想，就不可能有真正的学术研究。"①

3）自由探讨精神

科学问题要自由探讨，自由争辩，才能产生出思想的火花。在讨论过程中，切忌将自己的观点强加于人，在学术面前要以人人平等的姿态与他人探讨，以形成优良的学术环境。

4）创新精神

对客观世界的探索，最主要地在于坚持创新精神。要勇于和善于提出目前尚未提出的或尚未解决的问题，特别是重大科学难题。在科学上，只有创新，才可能产生新知识，从而才能使知识不断地增长。

5）谦虚精神

在科学研究中，必须持谦虚、诚实的态度。科学家当取得成就时，必须谦虚、谨慎地评价自己的成就。在长期从事科学研究中，科学家总要觉得，"我所知甚少，而未知则无穷"。

6）无偏见精神

在科学研究中，科学家对所研究的问题，尤其是有争论的问题，持不抱偏见的态度，因为"偏见离真理更远"。

7）不诉诸权威的精神

科学家并不因自己有了某种程度的学术成就，就以权威自居，尤其是切忌滋生学霸、学阀作风。

8）真诚合作精神

在科学研究中，要真心诚意地与同行合作，才能互补互进。实际上，在科学家认识客体时，只有同行之间产生密切合作的关系，才能面对认识客体，并与客体发生关系。

13.1.3.2 科学精神气质是科学精神的具体体现

科学精神气质是科学精神的重要组成部分，是科学精神的具体体现。在人类大社会中，嵌着一个小"科学社会"，它在科学发展的漫长时期里，逐渐形成了自己的精神气质，构成了科学精神的重要部分，是科学精神的具体化。这个小科学社会是人类的特殊社区，1942 年，英国科学家和哲学家坡兰依（M. Polanyi）在《科学的自治》一文中，首先将其称为"科学共同体"。美国 20 世纪著名社会学家罗伯特·金·默顿（Robert King Merton，1910～2003）进一步建立了科

---

① 胡军. 知识论. 北京：北京大学出版社，2006：1.

学社会学。1942 年，他在《科学的规范结构》一文中，第一次把科学的精神气质概括为四种道德规范；1968 年，他在增订版《社会理论和社会结构》一书中进一步地强调，技术规范和道德规范的全部结构都是为了贯彻科学制度的最终目标，即扩展被确证了的知识，并明确地提出："四项制度性的规则——普遍性、共有性、无私利性、有条理的怀疑主义——构成了现代科学的精神气质。"① 其后，对其作了详细的解释，虽未得到普遍的接受，但也受到了广泛的重视，产生了深远的影响。

1）普遍主义

普遍主义（universalism），即科学的国际性、非个人性；深信科学真理的普遍性，而且只有民主文化才能容纳科学的普遍性；任何声称是真理的学说进入科学体系，并不依赖于个人属性和社会属性，即与其种族、国籍、宗教、信仰、阶级以及个人品质无关。民族中心主义与普遍性是不相容的，特别是在发生国际冲突时，科学家要坚持普遍主义就会与民族中心主义发生冲突，例如，在 1948 年，苏联强调俄罗斯民族主义，并开始坚持科学的"民族性"的观点。笔者认为，科学，包括自然科学、社会科学、哲学、数学科学等构成的知识系统，都是人类共同创造的精神产品，本身并不存在着阶级性、民族性，而只是在实际应用时各有所取。

即使在逆境之下，科学家们都直言不讳地坚持普遍主义标准。巴斯德说："科学家是有国度的，科学没有国度。"普遍主义在民主的精神气质中仍然是一个居支配地位的指导原则。一个社会达到了民主的程度，就会为科学的普遍主义标准的实施提供广阔的天地。

2）共有主义

共有主义（communism）强调，科学上具有重大意义的真实的发现都是社会协作的产物，任何科学成就的获得都与前人或他人已有的成就有联系，因而应归全社会所有，这是科学精神的构成要素。实际上，科学的已有成果已构成了一种公共遗产，科学家的研究工作总是对其产生依赖的。牛顿就曾说过："如果说我看得更远一些的话，那是因为我站在巨人的肩上的缘故。"科学家对于自己的"智力"财产，要毫无保留地将其公布出来，使之能在科学社会乃至全社会中得到必要的交流。一个用人名命名的定律或理论并不能成为其发现者和他的继承人的专有物，或赋予处置的特权。但是，科学家对公共知识增长的贡献应得到承认和尊重，如哥白尼体系、玻意耳定律等就成为一种记忆和纪念方式了。在科学上发现的优先权的争论就比较复杂了，原则上应由科学规范和科学法做出详细的

---

① 罗伯特 K 默顿. 社会理论和社会结构. 唐少杰，齐心等译. 上海：译林出版社. 2008：712.

规定。

3）无私利性

无私利性（disinterestedness）表明，科学家要坚持不谋私利的精神，强调求知的激情、无拘束的好奇心，以及对人类利益的无私关怀。

在科学史上，科学活动很少有欺骗行为，这可以在科学自身的某些独特的性质中找到：由于要求科学研究的结果具有可证实性，因而就处于同行专家的严格检查之下；科学的公开性和可检查性构成了无私利要求的坚实基础。但是，当同行专家施加的控制结构失效时，专家权威的滥用和伪科学的炮制就会应运而生，非科学的学说就会盗用科学的权威为自己增加声望。

4）有条理的怀疑主义

有条理的怀疑主义（organized skepticism）与科学精神的其他要素之间有着各种各样的相互联系。它强调，应有分析地而不盲目地接受任何东西，坚持学贵有疑的精神。科学探索不受其他社会规范的束缚，科学家要勇于向涉及科学对象的各方面的事实提出疑问，探索真理。在现代极权社会里，反理性主义和制度控制的集中化都会限制科学活动的范围。

13.2 人文文化

13.2.1 人文文化的形成

科学文化是在人类面向外界、面向自然界的认识活动中所形成的精神文化，而人文文化则是人类在认识自我、发展自身的价值、求得精神的自由、追求人类自我的发展、寻求人类的和谐和内心美的活动中所形成的精神文化。这主要包括宗教、文学、艺术、伦理、法律、哲学和价值观念等要素；主要关注社会人群、以人为中心的精神文化。同样地，人文文化的形成、演变虽经历了漫长的时期，但其核心观念是人文主义或人道主义。近代人文文化是在近代文化时期形成的。在西欧文艺复兴时期，即14～17世纪，人文精神首先发源于意大利，后遍及整个欧洲，并向美洲乃至全球传播。恩格斯评价说："这是一次人类从来没有经历过的最伟大的、进步的变革。"① 人文主义是新的世界观，它变革人类的精神生活，净化、升华人类的精神境界。

13.2.2 人文文化的价值

按现代的观点，凡客体的属性能满足主体的需要就具有价值。人文文化的属

---

① 马克思，恩格斯．马克思恩格斯选集．第3卷．北京：人民出版社，1973：445.

性能满足人类的多种需要，包括能推动社会进步，引导社会走向文明，使人类具有崇高的精神境界，从而最具有伟大的精神价值。要使人类社会进步，尤其要达到高等文明的理想社会，不能光靠科学文化，而必须要有人文文化，必须以人的价值为所追求的最高价值。最高的价值标准必须是以人为中心，离开了人，无所谓价值标准，也谈不到价值取向。人文文化强调，求"真"要受到至善至美的约束。只有追求真、善、美的统一，才能达到人类理想的境地。

13.3 精神文化功能

凡系统都具有功能，并往往具有多种功能。系统在内部联系和外部联系中表现出来的特性和能力，称为系统的性能，它是功能的基础。系统性能有多样性，每种性能都可用来发挥出相应的功能。精神文化系统具有多种特性，因而也能发挥出多种功能，主要表现出正、负功能。

13.3.1 先进的精神文化发挥着正功能

在人类历史上，西欧文艺复兴是在精神文化中开启人类智慧的一场革命运动，它具有伟大的世界历史意义。文艺复兴运动从 14 世纪开始，以意大利为中心，一直到 17 世纪遍及欧洲其他国家，形成了近代文化。这场运动在主体上是精神文化创新，包括哲学、科学、文学艺术等领域的创新，发掘、光大古希腊文化，树起理性主义和人文主义大旗，引起科学革命、宗教改革、政治和经济制度变革，从而导致了整个欧洲的繁荣。文艺复兴开创了人类历史长河中的一个光辉时代。

文艺复兴的指导思想是人文主义。它以人为中心，使经受了长达 1000 年之久的宗教禁锢和封建束缚的人在思想上得到解放，从而人的智慧才能可以充分地发挥出来，创造出空前的精神文化和物质文化。

13.3.2 滞后的精神文化发挥着负功能

先进的精神文化对整个社会起着整合和导向的作用，而滞后的精神文化在社会变迁中会引起一种文化堕距现象，它总是社会发展的桎梏，发挥着负功能。如在欧洲中世纪，即公元 5~15 世纪，在史书上习惯称为欧洲的"黑暗时代"。在这长达千年的漫长黑夜里，宗教神权和封建专制结合，导致了政教合一。基督教神学被定为最高和最后的真理，其他科学、哲学都充当了它的婢女或工具，为它服务，一切不合教义的思想都被禁止，反对教会权威便成为"异端"。在与落后的、反动的精神文化作斗争的过程中，许多科学家、法学家被监禁和惨遭杀害。

这样的环境禁锢了欧洲整个社会的精神文化，神学成为占统治地位的思想体系，致使欧洲长期处于衰落状态。

在中国，封建制度（包括领主制和地主制）始于公元前 11 世纪，一直延续至 20 世纪，长达 3000 多年之久。在世界范围内，中国进入封建制最早，持续时间很长，结束时间大约比欧洲晚几百年。在古代，中国虽创造了灿烂的文化，但由于长期存在着封建文化，致使在近代文明时期就走向衰落。特别是在精神文化中，封建文化具有独特的功能。自秦汉建立了统一的封建帝国之后，形成了特殊的封建文化，其中儒学文化在封建文化中占据中心地位。特别是自汉武帝实行"罢黜百家，独尊儒术"政策以来，儒学就上升为官方正统哲学，以致演变为具有保守性的国家意识形态。以"仁"学为中心的社会伦理文化，必然贬抑和排斥探讨自然奥秘的哲学学派，如道家、墨家等，导致缺乏理性自然观这种科学精神的精髓，形成了依附于封建社会结构的极端实用型科学体系，以致直接为皇朝服务，而不能开拓无限的自由思考空间，不能导致普遍的科学理论。这也是中国古代科学不甚发达、近代科学不能在中华大地上产生的认识根源。其实质，在深层次上就是文化根源。长期的封建文化内化的价值观念和行为规范引导到"内圣外王"、"学而优则仕"的方向，鼓励潜心于研习"君臣之礼、善恶之道"。这种封建文化是导致全面思想僵化、麻木不仁的专制文化，是窒息人类智慧的精神枷锁。这种专制文化致使中国长期地停滞在封建制的"静态"之中，在近代文明过程中三次失时：其一，伴随宋代的"文艺复兴"出现近代化第一次萌动，后因"靖康之难"而中断；其二，在明中叶以后，发生了资本主义萌芽，在"甲申鼎革"的打击下而夭折；其三，在清中叶，随着西方科学入传，出现了一场有限的科学革命，又因"虎门销烟"而告终。封建文化根深蒂固，导致中国社会长期的、全面的落后，以致在封建制的基础上又沦为半殖民地。

20 世纪以来，许多志士仁人在中国风云激荡的漩涡中，敦请"赛先生"和"德先生"来华参加救国大业，但发展十分艰难。这种状态映射到精神文化中，则表现为对与科学、民主为伍的内在机制缺乏认识。辛亥革命虽推翻了帝制，但未完全达到革命的目的。这样，后来直接引发了"五四运动"，包括"五四新文化运动"，这与"文艺复兴"有类似之处，涌现了一批有思维能力、充满激情的巨人。这些巨人也如同恩格斯谈论的启蒙运动中的那些伟大人物一样，"本身都是非常革命的。他们不承认任何外界的权威，不管这种权威是什么样的。宗教、自然观、社会国家制度，一切都受到了最无情的批判；一切都必须在理性的法庭面前为自己的存在作辩护或者放弃存在的权利。思维着的知性成了衡量一切的唯一尺度。那时，如黑格尔所说的，是世界用头立地的时代"①。因此，"五四新文化运动"的目的在于要引起民族心态的更新和国民性格的重塑，即要创造崭新的精神文化，使中华民族复兴。然而，"五四新文化运动"从诸多文化要素的创新上远不及文艺复兴运动。加之中国封建文化的超稳结构并不亚于中世纪欧洲的神学封建文化体系，特别是封建文化的深层结构，如价值观念、行为规范是最不易变更的部分，它是长期形成的民众心理积淀，以至演变为道德、风俗、习惯，而且往往被统治者所强化而嗣续绵延。它也不是只要发生像推翻陈旧制度那样翻天覆地的变化就能奏效，它盘根错节，形形色色，依然漫延。封建文化的价值取向，引导中国人的聪明和意志完全集于做官了，任定成在《在科学与社会之间》一书中指出："历史上，做官成了中国人人生的最高理想与追求，一个人要想富贵尊荣，唯一的途径是做官。拜官主义使中国人的精力涌入宦海，科学技艺自然就发展不起来。民国以来，拜官之风未减，官员有人奉承，科学家遭受冷落，根本消除此风气，必须使官吏真正成为人民的公仆，而不是人民的宰治者，使他们在人民眼里是和常人一样，而不属一个特殊尊贵的阶级，这即是非彻底实行民主政治不可，在民主政体之下，官不是唯一尊贵的职业，而是百业之一种了。"②可见，自 20 世纪以来，中国的志士仁人也早有觉醒，并认为中国几千年的文明没有产生科学，接受西方文化洗礼近百年，科学仍不昌明，其深层根源在于被旧的封建文化熏陶着的人，在于像"紧箍咒"般束缚着人的创造性的社会文化环境。

13.4 精神文化创新

人类要不断地创造崭新的科学文化与人文文化，才能推动社会的进步，进入新的高等文明。

13.4.1 创造崭新的科学文化

科学的目标就是扩充正确无误的知识，因而在人类历史上，它总是起着积极的作用，包括使人类摆脱愚昧，带来物质文明等。笔者在《21 世纪生命伦理学难题》一书中提出："在本质上，科学在于求真。在伦理上，科学虽可以至善至美，但科学本身不能至善，它并不研究科学对社会的影响。若要至善，则取决于技术中介。一旦科学通过技术中介进入社会应用，将引起好坏两种后果，必然产生正、负两面效应，即具有'双刃刀'的社会功能，形成了两种不同的社会价

---

① 马克思，恩格斯. 马克思恩格斯选集. 第 3 卷. 北京：人民出版社，1973：404.
② 任定成. 在科学与社会之间. 武汉：武汉出版社，1997：128.

值。在道德上，科学至善至恶主要取决于人类应用科学的目的，以及科学发展水平、科学的历史条件、科学与其他社会领域的边界条件等多种因素。"① 在现代科学时期，特别是在 20 世纪 40 年代之后，人们已察觉到科学通过技术引起的危害，存在着科学技术的异化现象，如核污染、环境污染、生态破坏、资源匮乏等。这应归因于人类局限于追求狭义的利益，盲目地把追求本身当做目标，而不应归咎于科学本身。科学的初衷是为人类谋利益，人类将不会失落主体意识，会受到目的性的吸引，并在反思中正确地选择价值准则。"真"是为善的基础，只有高度地发展科学，真正全面地深入地认识自然规律，才能趋利避害，达到至善的目的，如发展绿色化学、绿色能源、"白色"农业（基于微生物学创建无环境污染的新农业）等。科学既为人类带来物质文明，同时，更主要的是发挥着文化功能。创造新的科学文化，着重是创立崭新的科学方法、科学观和自然观，如系统方法论、系统认识论、系统思维方式和科学系统观等。

创新是要重新创造出现实尚不存在的新事物的人类活动，是一个非常复杂的思维过程，它最能充分地体现出一个人或一个国家的主观能动作用。创新活动不仅限于个人先天的气质和动因，而且还涉及复杂的社会和文化背景。

当代世界各类国家的创新各有其特征，尤其是美国的创新具有全方位的特征，形成了能包容多元文化、鼓励自由思考、独自创新的社会环境系统，因而其创新能力是空前的。以犹太人为主要人口的以色列，一直具有创新传统，如在14 岁以上的人口中，人均每月读一本书，在人均拥有图书和出版社及每年人均读书的比例上成为世界之最。在犹太人社会里，这一理念世代相传：书是甜的，智慧是抢不走的，学者的社会地位是最高的。犹太人不仅非常重视知识，而且更加重视富有创新性的才能，认为学习应以思考为基础，思考必须有怀疑精神，怀疑需要发问，知道得越多，就越会发生怀疑，最终寻求解答，从而智慧和创新迭起。

科学创新主要表现为科学发现。在科学认识活动中，最重要的是要对客观事物及其规律的揭示，包括事实的发现和理论的提出。西尔瓦诺·阿瑞提（Silvano Arieti）在《创造的秘密》一书中提出："当一个科学创新使一个新等级或者一个体系得以形成时，它的重要性就超出了直接发现的本身。它最终导致发现隐藏在这一等级或这一体系当中的另外一些性质。"② 这是对发现的超越，如门捷列夫对元素周期律的发现可以被看做是这种超越新发现的典型例子。重大的科学发现，特别是重大理论的提出，往往引发某一学科以至整个科学的革命，标志着科学的真正进步。科学发现特别是理论上的发现是创造性思维的结果，不仅是逻辑

---

① 倪慧芳，刘次全，邱仁宗. 21 世纪生命伦理学难题. 北京：高等教育出版社，2000：262，263.
② 阿瑞提 S. 创造的秘密. 钱岗南译. 沈阳：辽宁人民出版社，1987：352.

上归纳和演绎的统一,而且也是其实际发生、发展上的理性因素和非理性因素(灵感、直觉、顿悟等)的统一。因此,科学发现在科学发展总进程中必然合乎规律,具有自己的"逻辑"。

13.4.2　创造崭新的人文文化

创造崭新的人文文化就是创立远高于近代人文文化、现代人文文化意义的未来人文文化。其中后现代主义(postmodernism)思想和后现代精神对创造未来人文文化将产生极其复杂的影响。"从某种程度上可以说,'后现代主义是有史以来最复杂的一种思潮'"①,"后现代主义是在20世纪60年代左右产生于西方发达国家的泛文化思潮……其影响几乎波及全球……后现代主义哲学是后现代主义思潮的理论基础"②。

在创造新的文化中,东西方文化仍存在着差异。现在,人们对后现代主义褒贬不一。归总起来,有建设性和激进性两种后现代主义,它们有共性和差异。前者更富有建设性,它积极寻求超越现代性的局限,重新建构人与世界、人与人的关系,重建一个美好的新世界。它启迪人类反省20世纪两次世界大战给人类带来的巨大灾难,想一想人类生存于其中的病态世界,不仅表现为自然生态环境的破坏,而且还表征出精神文明的衰落、人的心灵的被荼毒。它提出了崭新的后现代思维方式,促使人们重新思考人与自然、人与人、思维与存在、物质与意识的关系,以倡导以人性与自然的"同一性"为旨意的后现代世界观,使人们走向"完美的人性"。可以说,后现代思维,能拓展我们的视野,激活我们的创造性思维,论及了创造崭新的人文文化和科学文化的前景。任何一种新思维一出现,总会引起我们去思考、批判和修正,特别是对后现代思维更应如此。尽管未来还会出现多种思潮,但新的人文文化的趋同效应将成为大趋势。人类必须以最高的智力水准、泛爱的责任感,和衷共济,平等发展,才能可持续发展。借此规范人类自己的行为,形成人类共命运的全球价值观,创造更加人类化、完美理性化的崭新的人文文化。

13.4.3　我国要创造崭新的精神文化

在新世纪,要在中华大地上创造崭新的精神文化是十分复杂而艰巨的崇高事业。这既要继承传统文化的精华,祛除使思想全面僵化的封建专制文化,更要创造出前所未有的崭新文化。要创造这种精神性客体,必须要有持续创新的思想自由空间和冷静地进行理性思考的时间。创新活动必须要受到价值观念、心理要素

---

① 大卫·格里芬. 后现代科学. 马季芳译. 北京: 中央编译出版社, 1995: 1.

② 赵光武. 后现代主义哲学述评. 北京: 西苑出版社, 2000: 1.

的支配，必然存在着触发它的动因，如入迷的志趣、强烈的事业心、高度的责任心、自觉地为国家和人类进步而奋斗不息的伟大精神。因此，创新活动是一个非常复杂的过程，它必须激发人的想象力、自由探索精神和质疑精神。在精神文化的创新中，要大力地创造科学文化和人文文化，使这类新的元素或文化丛不断积累和迅速增加，以推动社会的加速发展。实质上，科学文化与人文文化是至真至善的人类文化，两者互相影响：当涉及历史的、心理的动力和价值观念时，科学文化要以人文文化为基础；而当涉及价值规范的实现、完善和演进时，则人文文化又不得不依赖于科学文化了，因为科学文化导致的逻辑思维、求真的纯洁性更合乎理性。爱因斯坦曾说："科学研究的最高境界和对科学理论的普遍兴趣具有巨大的意义，因为它推动人们更正确地评价精神活动的成果。"这表明，科学文化与人文文化的最高精神境界具有一致性。在新时期，中国在再创造新文化过程中，要着力于重构科学文化与人文文化，以建构新的文化系统。科学文化是现代精神文化的主导部分，它对人类进步最具有开化力和解放力；对于跨越不同地域的文化模式和不同时代的文化层面最具有趋同力；向人文文化的一切方面渗透，向母体文化系统扩散，从而推动着人类整体文明的发展。先进的精神文化所起的整合和导向作用能推动社会进步。因此，要全面地发挥科学文化的多种功能，而不能满足于外化在器物层次上，即局限在生产力层次上。特别是，不能单纯地把科学作为知识成果的静态叠加，而要作为精神文化的结晶，大力弘扬科学精神，按照科学态度行事，塑造中华民族的优秀品格、气质和创新精神，特别是元创新精神。

纵观人类史，可以把人类社会发展的规律归为智力发展的规律。眺望未来，人类只有在高等智力和精神文明的基础上才能建立起更高级的人类文明。世界上许多欠发达的国家，包括中国在内，之所以如此，不仅仅在于自然资源匮乏，而主要是智力资源未得到充分的开发，以致与发达国家之间形成了很大的差距。中国"新文化运动"和"文学革命"的倡导者胡适曾感叹："在欧洲曾经和我们一样，欧洲过去的光荣，我们都具备着，但是欧洲毕竟是成功，这种原因，我认为我们比它少了两样东西，就是少了一个大的和附带一个小的，大的是科学，小的是工业。我们素来是缺乏科学，文治教育看得太重。我们现在把孔子和其同时的亚里士多德、柏拉图来比一比，柏拉图是懂得数学的，'不懂数学的不要到他门下来'，亚里士多德同时是研究植物的，孔子较之，却未必然吧？与孟子同时的欧几里得，他的几何至今沿用，孟子未尝能如此吧？在清代讲汉学的时候，虽说是有科学的精神，却非伽利略用望远镜看天文，用显微镜看细菌，以及牛顿发明地心吸力可比，所以中西的不同，不自今日始，我们既明白了这个教训，比欧洲所缺乏的是什么?"① 人类文明史也一再地表明，没有任何一个民族能永居于最前列，例如，在近现代史上，一些国家善于抓住机遇，成为当时世界上最发达的国家，其中落后近一个半世纪的德国，在 19 世纪下半叶后，在教育上充满活力，是当时世界上教育最发达的国家，并以其他社会从未表现过的那些信心和精力发展科学，把科学方法用于工业和社会发展，从而在较短的时期内兴起。归根结蒂，这就是建立在高等智慧基础上的，即创造科学文化，包括科学、技术，特别是产生巨大作用的哲学革命，使德国实现了超越而在世界上崛起。美国仅经历了一个半世纪左右，就从殖民地超越发展到超级大国，其智力也源于欧洲。这表明，科学文化为西方在智力方面的优势提供了牢固的基础，使西方在许多方面拥有世界的霸权成为可能，并在很大程度上决定了这一霸权的性质和作用。在未来世纪里，中国要变为繁荣昌盛的国家，绝不能亦步亦趋，必须趁事物发展不平衡之机，迎头赶上。最强大的战略库就是知识库，知识具有无穷的力量，是取之不尽、用之不竭的资源。因此，我国必须迎接智力的挑战，坚持基于高等智力的超越发展战略是最佳的战略抉择。从本质上，这一战略应化为大力地发展教育和科学，创造高度的科学文化和人文文化，极大地提高中华民族的科学文化素质，从整体上达到高等智力水平，攀登智慧之巅，才能实现超越发展战略。

13.5 精神文化融合

在人类历史发展进程中，由于存在着地域和时代的差异而形成了不同的文化模式和文化层面；因地域特征差异，形成了诸如中国文化、印度文化、阿拉伯文化等不同模式的文化；又因随着时间的推移、变迁，呈现出古希腊文化、古罗马文化、中世纪基督教文化、近代理性主义文化，以及现代多元文化等不同层面的文化。不同文化元素都将从其发祥地通过多种媒体向外传播、扩散，遍及全球。

13.5.1 在不同文化之间发生接触

在接触中，一种或几种文化元素随之消失或改变其形貌，然后演变为一种新文化体系。在这一过程中，在物质文化上，或在器物层次上，是不会相互排斥的。因为器物形式的文化来自先进的科学和技术，总带有极其强烈的实用性，这对任何民族和国家，特别是对那些落后的民族和国家，无疑具有极大的吸引力，它们都热衷于享受先进的物质文化，特别是西方物质文明。

---

① 何乃舒. 实用人生：胡适随想录. 广州：花城出版社，1991：220.

13.5.2　存在着撞击和筛选过程

每种文化都顽强地表现自己、排斥他种文化，在制度层次上发生着撞击，以至拒斥，如徐辉在《科学论》一书中指出："在清代末年，有人试图引入一些西方文明，但在架设电线时，竟遭到顽固派以'清流舆论者'的身份强词夺理地反对。他们声称'电线之设，深入地底，横冲直贯，四通八达。地脉既绝，风浸入灌，是使民不顾其'祖宗丘墓'，不利于'尊君亲上'。"① 这是因为先进的科学技术能触犯受社会制度保护的上层阶级的利益从而产生的"过敏反应"。在整个撞击过程中，终归先进文化的优越性会被验证，必然导致社会选择，即选优汰劣。

13.5.3　发展到整合阶段

一般地，整合是要经过很长的历史过程才能形成的阶段。在整合阶段中，唯独在精神文化层次上，尤其在价值规范层次上最难实现整合。在精神文化的深层结构中，价值规范是极其坚韧的内核。它的变化要比文化的其他层次慢得多，如中国几千年来的封建文化积淀在人们心灵深处的价值观念及其外化的行为规范，往往对外来的先进精神文化本能地做出强烈的排斥，以致顽固地牵制、延缓、阻碍中国社会的发展。但是，任何民族文化中的糟粕和滞后要素终究会受到筛选而被抛弃。

在人类史上，不同民族、国家、地区之间发生的多种形式的冲突，发生绵延不断、残酷的战争，归根结蒂，就是不同文化差异导致的结果。因此，文化融合，是人类社会发展的必然趋势，精神文化内部的科学文化与人文文化，将融合为科学人文文化；不同地域文化，如东西方文化和广泛的多元文化，都将趋同，乃至融为一体。文化融合真正代表了人类社会的进步，而共同的先进精神文化融合则指明了人类进入高等文明的方向。

---

① 黄顺基. 科学论. 开封：河南大学出版社，1990：327.

14 对文明可持续性的另类思考

王中宇

14.1 失衡的"主流文明"

我们这颗蔚蓝色的星球，其赤道半径为 6378.1 千米，在它的表面有一圈薄薄的生物圈。陆地最高处为珠穆朗玛峰，海拔 8844.43 米，海洋最深处在马里亚纳海沟，深 11.034 千米，生物圈就存在于这不到 20 千米厚的表层之内。如果把地球假设为半径为 5 厘米的苹果，人类生存的海拔范围不超过 0.165 毫米，仅相当于苹果皮的厚度。人类不过是依附在苹果皮上的细菌。从宇宙的角度看，人类是极为脆弱的物种，只能生存于自己的摇篮中，也就是生物圈中。人类社会系统事实上寄生于自然生态系统中，两者耦合成为一个大的动态系统。这个大系统能否持续生存，决定了人类社会系统能否持续生存。

14.1.1 "生态足迹"的视角

人类的生存，需要产自生物圈的各种物质资料；人类的废弃物，要靠生物圈来消纳。人类的索取/废弃行为，在生物圈中留下了自己的脚印。数万年来，这类行为的强度低于生物圈的生产/消纳能力，生物圈可以包容人类这个物种的各类怪异行为。然而，当这种力量对比出现了逆转，人类的索取/废弃行为超出了生物圈的生产/消纳能力，其整体后果是什么？

加拿大不列颠哥伦比亚大学规划与资源生态学教授威廉·里斯（William Rees）在思考这个问题，他于 1992 年提出了生态足迹（ecological footprint，EF）的概念。1996 年他的博士生 Wackernagel 将其完善为一种测度的方法，以衡量人类对自然资源利用程度以及自然界为人类提供的生命支持服务功能。

索取方面，一个人的衣、食、住、行来自耕地、牧场、森林、渔场和建筑用地；废弃方面，由能源消耗排出二氧化碳和核废料。学者用生态系统的面积来衡量这种索取/废弃行为的强度。比如，一个人的粮食消费量可以转换为生产这些粮食所需要的耕地面积，他所排放的二氧化碳总量可以转换成吸收这些二氧化碳所需要的森林、草地或农田的面积。

为了使不同性质的地表具有可比性，学者们创造了专门的衡量单位：全球公顷（gha）。比如，水田的生产能力是世界上土地平均能力的 4.4 倍，那 1 公顷就相当于 4.4 全球公顷。由此，学者们可以定量评估全球生态承载容量与生态足迹，两者间的差异即为生态盈余或生态赤字。

《2006 地球生命力报告》中，给出了 1961～2003 年的全球生态承载容量与生态足迹，并预测了在现有的趋势下，生态平衡的前景（图 14-1）。

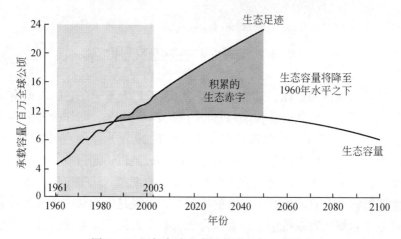

图 14-1　历年全球生态承载容量与生态足迹

数据显示：1987 年以前，全球的生态足迹尚在生态承载容量的范围内，人类的第一个生态超载日是 1987 年 12 月 19 日；这一天，人类已经消耗了生态系统的全年产能，出现了生态赤字。此后，生态赤字逐年扩大，直至 2003 年的 25.6%。

从历史数据的趋势看，人们看不到生态足迹回到生态承载容量的范围内的前景。如果人类依然故我，学者们看到的是：长期积累的生态赤字，势将损害生态系统的生产能力，使生态承载容量萎缩。生态足迹与生态承载容量的此长彼消，其后果令人不寒而栗——别忘了，生态系统是人类得以存在的先决条件。

李铁松、薛娜则分析了中国的历年数据，所得结果见图 14-2。可见，中国的生态容量持续下降，而生态足迹则持续上升。自 20 世纪 70 年代末期起，生态足迹超过生态容量，这意味着自然生态系统当年的产出已不敷社会系统之索取。我们在靠吃老本、消耗子孙后代的生存空间来"谋发展"。到 2003 年，我国的生态压力已达 2.12，这意味着当年社会系统对自然生态系统的索取已经达到了其生产能力的 2.12 倍。

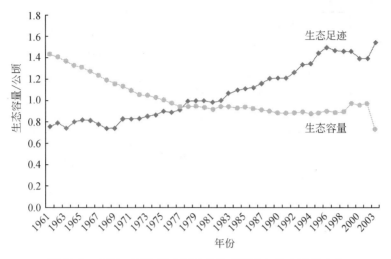

图 14-2　1961～2003 年中国人均生态足迹与生态承载力①

14.1.2　平衡与稳定的视角

在漫长的进化过程中，无数的物种相生相克，达到了一种平衡状态，每一物种都为其他物种提供食物和生存环境，共同造就了大气、空气、土壤的成分，并且维持着适宜的气温和各种元素的循环。一旦这种宝贵的平衡受到了干扰，就会引发多重的负反馈机制以恢复平衡，这在系统动力学中被称为稳定性。没有稳定性的平衡不过是演化进程中的一颗流星。

这是金观涛的思想。他从稳定性的角度讨论"存在"。"存在"被哲学家阐述得很神秘，很难捉摸。金观涛认为，"存在"不过是散布在"可能性"的汪洋大海中具有稳定性的历历孤岛。换句话说，世界的可能组合是多种多样的。而一种组合之所以能"存在"到足以被我们感知，是因为它具有某种稳定性。

图 14-3 是科学家们利用卫星数据和考古数据研究的大气中温室气体浓度的数据。大家讨论最多的就是二氧化碳，我们发现在过去的 65 万年里，生物圈始终将二氧化碳的浓度维持在一定的范围内。每当接近上限就会下降，接近下限就会上升，这意味着生物圈里存在着稳定机制。但是进入工业文明后，短短的瞬间就突破了 65 万年形成的上限，并且远远超出了过去的波动范围。这告诉我们，这种稳定机制遭到了破坏。

自 20 世纪 60 年代卡逊的《寂静的春天》出版以来，有关生态保护的文章和

① 李铁松，薛娜．中国生态足迹的区际与时序差异研究．西华师范大学学报（自然科学版），2006，27（3）：254.

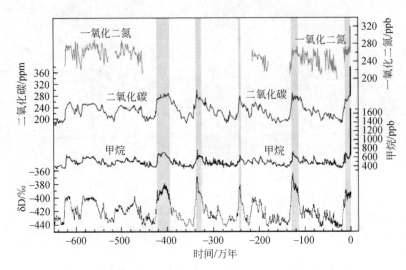

图14-3　65万年来的温室气体浓度

资料来源：政府间气候变化专门委员会（IPCC）第四次评估报告

书籍爆炸般地增长，全球的生态破坏在这一时期却变本加厉。从事环保工作的人们都有切身的感受，如果让企业去做环保，它确实缺乏动力。在很多地方，这些企业的污染行为还能够得到政府的保驾护航，而环保工作往往被视为"捣乱"。

问题的症结到底在哪里？

14.1.3　中国：两难的选择

2007年笔者到了舟山，当地从事环保工作的朋友带笔者去看了很多地方，图14-4所示的场景触目皆是。

舟山是一个港口，它对着的大陆就是宁波，宁波也是一个港口，现在规划两个港口合并成一个港口，这个规划已经被批准了。根据《宁波—舟山港总体规划》，以后这个巨型港口要大力发展船舶工业、石化工业，舟山计划建设成为最大的国家石油战略储备基地。所以现在舟山到处都是工地，照片上的这些场景到处都是，公路甚至修进了舟山的核心保护区里（图14-5）。

和当地从事环保的朋友讨论问题的时候笔者陷入了困惑：我们到底是要建设还是要生态？比如说石化工业，它毫无疑问是一个不可避免污染的行业，造船业尤其是拆船业，也是一个不可避免污染的行业。

我们能不能不要这些工业？当今的"主流文明"道路不是中国人自己选择的，是鸦片战争、八国联军、甲午战争、日本侵华战争等一连串外敌入侵迫使中国人走上了这条道路，以求"富国强兵"。看看美国遍布全球的军事存在，想想

图 14-4　舟山：建设中的岛屿

图 14-5　舟山：公路正修进核心保护区

英国曾横跨半个地球为马尔维纳斯群岛打垮了阿根廷海军,听听日本军国主义者几无消停的"狂吠",我们敢不要这些工业吗?

那我们把它们放在哪里?

2005 年松花江发生了一次很严重的污染事件,在反思中人们发现,我国 20 世纪 50 年代的重工业都是沿河沿江建设,为什么呢?因为工业需要水,后果就是给沿江河的生态造成了威胁。为了减少污染的危害,相关企业就只能往下游摆。图 14-6 取自国家海洋局的海洋环境公报,我们可以看到,舟山已经是最下游了,且舟山所在的海域是全国最脏的。

图 14-6　2007 年污染海域分布示意图

资料来源:国家海洋局《2007 年中国海洋环境质量公报》.

我们的困境根源何在?让我们来观察"主流文明"的核心机制。

14.2　"主流的文明"核心机制观察

14.2.1　利润极大化

"主流文明"的核心机制是资本利润极大化。图 14-7 描绘了资本利润极大化的作用机制。

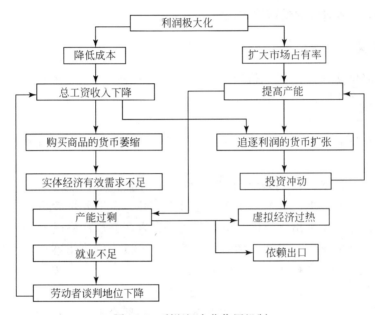

图 14-7　利润极大化作用机制

利润极大化一方面要求降低成本，另一方面要求扩大市场占有率。前者导致社会工资总额相对于国内生产总值下降，社会公众购买力不足导致产能过剩、现有生产能力开工不足和就业机会不足，这又直接造成劳动者谈判地位下降，从而进一步降低社会的总工资收入。这形成了一个使劳动者地位不断恶化、社会购买力相对于产能不断萎缩的正反馈回路。后者导致产能提高，资本利润扩张，试图"以钱生钱"的货币剧增，产生了强烈的投资冲动。它强力刺激所有竞争性行业的产能大幅扩张，形成了一个导致产能扩张的正反馈回路。

正是这两个正反馈回路，造成了三大失衡：社会生产能力与社会购买能力失衡；工资性收入与资产性收入失衡；试图"以钱生钱"的货币与需要购买商品并祭献利润的货币间失衡。并且，这种失衡将持续恶化，导致劳力与资本的"双过剩"。在这样的基本格局下，过剩的生产能力只能靠海外市场维持，而找不到出路的逐利资金只能投入赌博性的"虚拟经济"。

以上只是逻辑分析，可怕的是，大量的报道和统计数据证实了图 14-7 中每一框描述的现象①。

为应付上述三大失衡导致的危机，逻辑上唯一可行的对策是向不足的有效需求额外注入资金，而这些注入的资金在经济循环中同样会渐次沉淀为逐利资金，于是，为使经济系统能维持运行，这种注入行为必须持续进行，结果必然导致第四个失衡：货币供应量与社会真实财富失衡。

下面我们来具体观察这四大失衡。

14.2.2 社会产能与有效需求失衡

早在 2000 年 6 月，国家机械工业局就公布 20 种机械产品生产能力过剩，此后，国家发展计划委员会（现国家发展和改革委员会）不断发出各行业产能过剩的警告，且愈演愈烈。

2009 年 3 月 26 日，世界银行在《中国经济季报》中担忧中国产能过剩风险开始抬头。

2009 年 1 月 6 日，《医药经济报》称：中国维生素年产量超过 30 万吨，占世界份额的 60% 以上；青霉素年产量超过 5 万吨，占世界份额约 90%，原料药销售中有超过 60% 是出口消化。2008 年，青霉素产能预计将达 85 000 吨，产能利用率又降至 68%；如果加上随时可以互换生产的青霉素潜在产能，预计接近 10 万吨，按此计算产能利用率仅有 50% 多。

2009 年 1 月 22 日，《中国工业报》报道，中国船舶工业行业协会预测，2009 年船舶价格可能会有一定幅度下滑，部分造船企业将出现产能过剩，企业之间的竞争会日趋激烈。

2009 年 3 月 6 日，中国化工资讯网称：中国未来两年将新增炼油能力 5000 余万吨，产能过剩局面可能持续。

在 2009 年"两会"上，原国家统计局局长李德水指出："中国目前的电力总装机容量 8 亿千瓦，英国、法国、德国、意大利、日本五国加起来才六亿八，从这种形势看，我国的发电装机量不能说完全过剩，但也确实比较多了。反过来说，我们的经济结构太不合理。"

2009 年 3 月 19 日举行的第七届钢材市场和贸易国际研讨会上，中国钢铁工业协会名誉会长吴溪淳指出：中国国内钢铁市场需求下滑严重，国内粗钢消费从 2008 年 8 月开始进入负增长阶段。2009 年的国内钢材市场，既有扩大内需投资计划增加

---

① 王中宇. 利润极大化与滞胀. 科学时报，2007-12-30（5，6）.

钢材需求的因素，也有房地产市场景气度下降、出口大幅回落等需求减少的因素，但总体预计，增加因素难以弥补减少因素，国内粗钢消费量将低于2008年。

2009年4月1日召开的2009中国国际水泥峰会上，工业和信息化部原材料司建材处处长吕桂新说："从前三个月情况看，水泥工业仍在延续2008年底（持续下行）的局面。"

2009年4月24日，《21世纪经济报道》称，2007年全国乙烯总产量为1050万吨。根据中银国际收集的资料，国内福建炼化、广州石化、天津炼化、镇海炼化、武汉石化、抚顺石化、独山子石化、四川乙烯、大庆石化等一大批乙烯新建和扩建项目将相继于2009~2010年建成投产，合计达780万吨的规模，可见产能将扩张74.3%。

2009年4月26日，中国化工资讯网发文指出："我国草甘膦行业产能合计在50万吨左右，占全球草甘膦产能的60%~70%，行业出现产能过剩局面。"

…………

类似的报道俯拾皆是，可见产能过剩的情况正在恶化。

14.2.3 资产性收入与工资性收入失衡

在《中国统计年鉴》中我们未找到对全社会资产性收入的统计数据。鉴于资产性收入的主要投向是投资，是追逐"以钱生钱"，同时投资规模本身也影响到资产性收入，可用投资总额的走势来间接表征资产性收入的走势。

为了便于比较，用表征经济规模的GDP作统一尺度来衡量投资总额与职工工资收入（图14-8）。

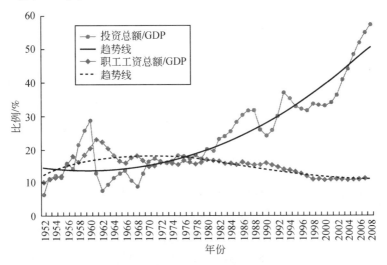

图14-8 投资总额与职工工资收入对比

数据显示，在 1978 年以前，两者大体维持均衡，许多年份职工工资总额大于投资总额。1979 年后，两者间的差异持续放大，职工工资总额降到 GDP 的 10% 附近，而投资总额/GDP 却显出指数增长的态势。到 2008 年，已达 GDP 的 57.3%。

在转入"救市"后，2009 年 1~3 月，城镇完成固定资产投资比去年同期增长 28.6%，超过了进入 21 世纪以来的最高增幅（2003 年，27.7%）。随着 4 万亿大单的陆续投入，图 14-8 显示的"剪刀差"看不到缩小的趋势。

14.2.4 逐利资金与消费资金失衡

《中国统计年鉴》提供了农村居民、城镇居民和政府的消费统计数据，它们的和就是全社会追逐商品与服务的资金。在购买商品与服务的同时，它为逐利资金祭献利润，是各种利润的国内总源头。

在央行的统计口径中，货币供应量被分解为"流动中的货币"（M0）、"活期存款"和"准货币"三类，其中的"准货币"包括除活期存款外的各种存款，银行必须为其支付利息，因而必须用它来赚利润。它是各种逐利资金的国内总源头。

图 14-9 为两者比例的演变。

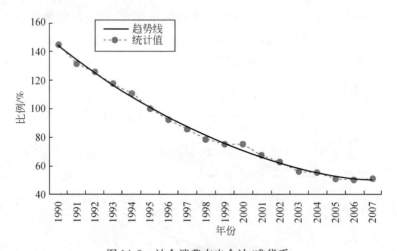

图 14-9 社会消费支出合计/准货币

数据告诉我们，对单位逐利资金而言，从 1990 年到 2007 年，它对应的获利空间已经收缩了 65%。事实上每一个生意人都感到，现在赚钱比当年难多了。

至于展开救市后的走势，由于统计局没有公布消费额的月度统计数据，笔者只能观察逐月的社会消费品零售总额/准货币（图 14-10）。其缺点是，它只包含了商品，未包含服务。不过短期内，商品与服务在消费中的构成不大可能有明显的变化，从这个角度仍可观察演变趋势。

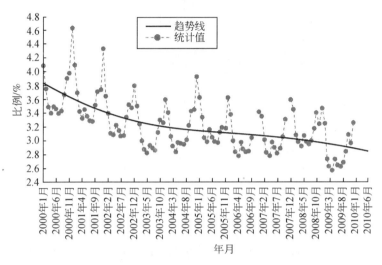

图 14-10   社会消费品零售总额/准货币（月度数据）

在月度数据的尺度上，我们观察到周期性的年度波动，但其趋势线表征的平衡位置仍然显出下行的态势，无论是波峰还是波谷，大趋势都是下行。自 2008 年 12 月的波峰后，下行幅度明显超出了前两年，到 2009 年 4 月，更下行到前所未有的低点。可见这一失衡非但未因救市而缓解，反而有强化的征兆。

14.2.5   货币供应量与社会真实财富失衡

货币用于度量可交易的财富，并扮演交易的媒介。以不变价格计算的 GDP，表征社会每年生产的可交易真实财富，以不变价格计算的固定资产总存量则表征社会积累的真实财富。笔者找到的货币供应量数据自 1990 年始，将此年的各项数据均定为 1，三者的演变见图 14-11。

到 2008 年底，以不变价格计算的 GDP 增长为 5.81。

笔者找到的统计数据只能计算到 2007 年的固定资产总存量，历史数据可用多项式很好拟合，由多项式外推 1 年，到 2008 年，固定资产总存量不会超过 1990 年的 8.5 倍。

社会真实财富相当于 1990 年的倍数，应为 GDP 和固定资产总存量两者倍数的加权平均值，因而 2008 年只能在 1990 年的 8.5 倍以下。而货币供应量的同一倍数为 31.07。

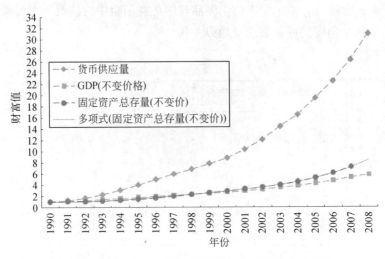

图 14-11　货币供应量与社会财富的比较（均以 1990 年为 1）

"救市"之后，这一失衡是否开始缓解？中国人民银行网站公布了自 1999 年12 月开始的月度货币供应量，据此计算的货币供应量年增长率见图 14-12。

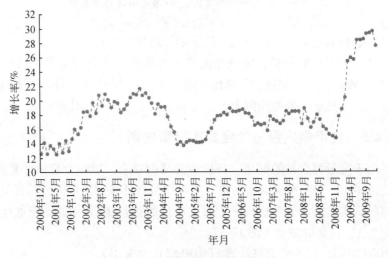

图 14-12　货币供应量年增长率

数据显示，自 2008 年 11 月起，货币供应量急速增长，到 2009 年 11 月已高达 29.64%，为进入 21 世纪以来所仅见。而同期的 GDP 增长仅 8.7%，可见这一失衡亦因救市而恶化。

14.2.6　"投资拉动"与"出口拉动"

正是上述四大失衡，使经济体系不得不高度依赖投资与出口。

我们曾说投资冲动是计划经济的顽症，事实上，现在的投资冲动比计划经济时代要强得多。计划经济最热的时候，投资总额也没有占到 GDP 的 30%，而到 2008 年，国民创造财富的 57.3% 都转化为固定资产投资，追逐着未来的利润（图 14-13）。

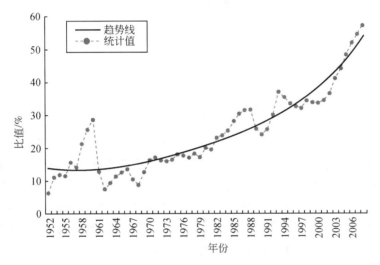

图 14-13　社会固定资产投资总额/GDP

在这样的背景下，由于生产过剩和投资冲动，我们的经济就不可避免地过热。由于经济过热，国内需求不可能满足产能，我们就只能依靠出口。2006 年以后，出口已占到国内产能的 35% 以上（图 14-14）。

于是我们看到劳力与资本双过剩，均落入恶性竞争的陷阱。在这样的环境中，所有的企业和社会的所有成员都生存于无法减轻的压力中，所以人们不择手段地攫取资源、降低成本，否则就只能在竞争中被淘汰。这是一场输不起的战争，别说保护生态平衡了，人类社会自身的平衡都无暇顾及。

14.2.7　马汉的教诲

马汉是一位军事学家，美国海军军官，他的著作《海权论》，从事军事工作的人都很熟悉。在这本书里最关键的就是这句话："一个有机体绝不可能自己养活自己，它要消化、吸收、分配那些得自外部的东西，而这些不可或缺的外来养分就等同于政治或经济团体的对外商业活动，它使国家获得外部资源的支持。"

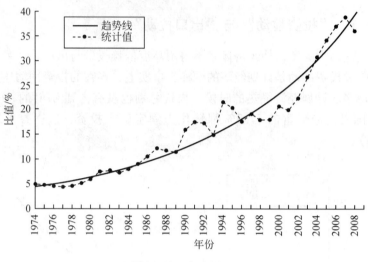

图 14-14　出口/GDP

从我们经历的现实看，只要在主流的机制下运行，第一需要外部资源，第二需要外部市场。经济史告诉我们，构成这些外部资源的有非洲的黑奴，墨西哥的白银，东南亚的香蕉和香料，印度的鸦片，中国的丝绸、瓷器、茶叶，这些都是大家耳熟能详的东西。因此在马汉看来，海外贸易是决定国运的，要用海权来保护。海权保护的不是边界安全，而是安全边界。马汉认为哪里涉及国家利益，海权就要覆盖到哪里。这本书所有军事层面的分析都是为此服务的。

由此我们方能理解一个半世纪以来列强对中国、对广大第三世界国家的态度，那不是因为它们特别"邪恶"，那是主流文明经济机制导致的必然行为。主流的文明是一个赢家通吃、弱肉强食的文明，它只能容纳少数的人口建立起文明富足的社会。我们想想，为什么这些少数人能够把自己的环境保护得那么漂亮？因为他们有能力消费、享用全球的资源，有能力把污染留在别人的土地上。这些少数人的富足是以多数人的愚昧无知为必要前提的。

这套模式让美国、日本、加拿大、英国、法国、德国、意大利7个西方大国建立起"文明"的社会。这些国家共有7.14亿人口，它是不是还能容纳13亿中国人也进入这样的"文明"社会呢？而今天的中国、印度、巴西、俄罗斯都是人口大国，都试图融入主流文明。这四国人口加起来超过25亿，如果它们也建立同样的文明，它们的扩张空间在哪里？

资本利润极大化将人类卷入一切人反对一切人的战争，人类战胜自然的战争，这是输不起的战争。在这场战争中，优胜劣汰，强权即真理，胜者写历史。在战争中，一切都对象化了，换句话说，都需要把握它、征服它、利用它、奴役它。人类社会内部是这样，对大自然更是这样，这种心态已经成为这个"文明"

的主流心态。这场战争的结果将是毁灭人类赖以生存的社会与自然环境，这显然是一个不可能持续的文明。

即使仅从经济系统看，目前的趋势也无法维持。图 14-13、图 14-14 显示出投资与出口呈指数增长的态势，如果维持目前的趋势，其前景如图 14-15、图 14-16 所示。到 2020 年，投资将占到 GDP 的 100%，即社会生产的财富全部用于投资；而出口将占到 GDP 的 85% 以上，即社会生产的财富绝大部分用于出口。这显然是不可能的。换言之，在此之前，社会经济系统必然发生重大变化，现有的经济运行机制已不可能维持下去。

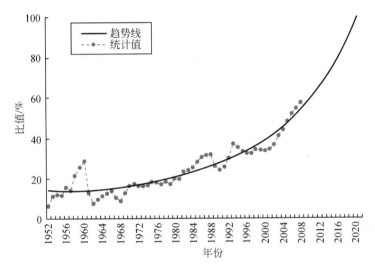

图 14-15　投资扩张的前景

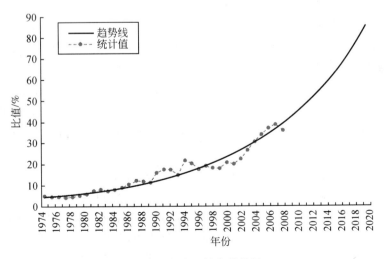

图 14-16　出口扩张的前景

然而，有什么文明能够替代当今的"主流文明"？

14.2.8　文明：思考与借鉴

历史学家、社会学家们从不同的视角区分"文明"。有的从生产方式的视角区分出"采集、狩猎文明"、"游牧文明"、"农耕文明"、"工业文明"；有的从生产关系角度区分出"原始共产主义社会"、"奴隶社会"、"封建社会"、"资本主义社会"、"社会主义社会"、"共产主义社会"。这两类角度的隐含前提是：各"文明"是随着时间演进而更替的。

也有人不认同这个隐含前提，如亨廷顿就从宗教的角度将"文明"分为基督教文明、伊斯兰文明、儒教文明和其他一些较小的文明。以笔者有限的阅读，始作俑者似乎是汤因比。他把6000年的人类历史划分为21个成熟的文明和5个中途夭折停滞的文明。在成熟的文明中，埃及、苏美尔、米诺斯、古代中国、安第斯、玛雅等6个直接诞生于原始社会，是第一代文明；赫梯、巴比伦、古代印度、希腊、伊朗、叙利亚、阿拉伯、中国、印度、朝鲜、西方、拜占庭、俄罗斯、墨西哥、育加丹等15个则由第一代文明派生出来。

在汤因比看来，文明社会最多只不过三代，时间不过刚刚超过6000年，与至少已有30万年的人类历史相比，"文明"的存在不过一瞬间，所以，在他心中，所有文明社会都是同时代的。需要关注的是导致各"文明"成、驻、坏、空的共性因素。

尽管学者们视角各异、见解相左，却有一个共同的基础：人类能否持续生存下去不在考虑之中。而今，人类的持续生存成了一个哈姆雷特式的问题。假装这个问题不存在，驾轻车走熟路，继续演绎争雄称霸、合纵连横、一统江湖、赢家通吃的"文明戏"，显然轻松而愉快。而如果要正视这个哈姆雷特式的问题，却会发现，自己面对一个前景莫测的颠覆性的工作——反思整个人类文明史，而这反思的基础与立足点又是什么？

历史学家、社会学家们在讨论"文明"时，对准的是一些存在或存在过的社会。恰如画家画一座山，由于画种不同，可以画出水墨画、油画、浮世绘；同一画种，不同的画师，亦画得各有千秋，且为此相互褒贬。然而，哪里存在一座可画之山，却是共同的前提。

当我们正视一个尚未存在也不知是否将会存在的"文明"时，面对的难题不是"写实"，而是"思索"——探寻其基本理念与机制。

这个"文明"与一切人类文明一样，首先是一个生命体，无数脆弱的部分耦合在一起，却能长期持续地生存下去。当今"主流文明"不过存在了几百年，中国进入这"主流文明"充其量不过一个半世纪，就已经暴露出其不可持续的宿命。未来的文明应当遵循哪些理念与机制，方可能持续生存？能对此提供借鉴的有两个对象：生物圈与躯体。

14.3 生物圈的智慧

生物圈的每一个部分都无法单独生存，在严酷的外部环境面前，它们都是极端脆弱的。然而生物圈存在了数十亿年，30 亿年前出现了原始细菌；20 亿年前出现了能进行光合作用的固氮生物，释放出氧气，并在约 16 亿年前形成了含氧的大气圈；12 亿年前出现最早的真核细胞；7 亿年前出现了多细胞生物；5 亿年前出现了海洋无脊椎动物；4.5 亿年前生物登上陆地；近 2 亿年前哺乳类动物出现。

在长期的试错和淘汰过程中，生物圈积累了宝贵的生存经验和智慧。对比生物圈和当今"主流文明"，笔者注意到几组相互对立的理念。

14.3.1 竞争与共生

在现代文明中，竞争显然是最强势、也是最基本的价值准则，它表现为物竞天择，表现为强权即真理，表现为成王败寇。在竞争的价值之下，社会关系的主流是单向支配关系，它导致等级制，导致控制、支配与奴役，导致谄上骄下，这是强者支配弱者的机制。其整体效果则是"马太效应"、"赢家通吃"，这种正反馈作用的效果是破坏社会的稳定。在这样的机制下，社会底层的心态是"时日曷丧，予及汝皆亡"（《尚书·汤誓》），"帝王将相，宁有种乎"（陈胜），"彼可取而代之"（项羽），是绝望而殊死反叛的心态，在今天我们看到的就是恐怖主义。

事实上在生物圈中更基本的关系是共生，它的作用深刻得多。工商文明造成的分工深化使得"我为人人，人人为我"成为基本现实。我们的工作几乎都不是直接为自己做的，我们的生活、消费所需通常是由别人提供的，这就是共生。共生在我们当今社会里比竞争处于更重要的位置。相互依存已经成为人类社会的基本关系。在人类与自然的关系中，人类是大自然的寄居者，破坏大自然就等于自杀。达尔文强调了生物圈中竞争与演化的相关性，却忽视了物种间的相互依存关系。事实上，物种的竞争与共生同时存在，是共生决定了生物圈的稳定性。

然而，在主流文明中，"物竞天择"站在科学权威的位置上，"相互依存"的理念最多只存在于伦理领域。前几年，一些科学家、社会学家在香山科学会议上讨论生态伦理。而在我们的主流文明中，伦理相对于科学的弱势是显而易见的，事实上我们"主流文明"唯一承认的，一是利益，二是实力。

14.3.2　集中与分散

我们能看到很多的集中，如人口向城市集中、权力向"一把手"集中、财富向富豪集中、土地向地产商集中、军事力量向大国集中、生产能力和市场份额向跨国公司集中……在生物圈中，看不到如此普遍的集中现象。

"抓大放小"、"做大做强"、"行政垄断"、"提高产业集中度"，这类政策导致资源向大企业集中。

提高中心城市的"首位度"、创建"××城市"、限制"低素质人口"，这在北京很明显。很多省的"十一五"规划都将提高省会城市的"首位度"当做目标，盛极一时的"市管县"改革则被基层讥讽为"市刮县"。所有的大城市都在讨论限制低素质人口进入，这些政策造成的结果就是资源向大城市集中，向居住其间的精英群体集中。

"减员增效"、"优化组合"、"亲商"、"政策优惠"、"划拨"、"特事特办"、"三零政策（用零资金、零税收、零地价招引外来客商）"等，这是很多地方都在实施的政策，所有这些都促使社会资源向由前官员转化的商人集中。

集中导致垄断，集中导致事实上的人身依附关系和身份社会。集中的过程在历史上就是盛世展开的过程，也是内应力积聚的过程，其结果必然是导致系统的崩溃。在中国历史上，土地是最重要的生产资料，每一个王朝都经历了土地兼并的过程，这一过程几无例外地导致盛世的辉煌，而这辉煌其实是王朝的丧钟。

在自然生态中几乎看不到人类社会习以为常的集中现象，生物圈的稳定性是由无处不在的负反馈机制完成的。这种机制建立在物种间相生相克的基础上，不存在集中的权力中心。

2008 年的雪灾给我们带来很深的思考。关于中国的能源结构，有两种不同的观点，一种是"建立坚强的国家电网"，换句话说就是把所有的电网都控制在国电公司手中，甚至包括原来县以下农民自建的小水电。这一政策引起了各地小水电与电网公司的激烈矛盾。另一种是能源网的首席执行官（CEO）王晓平介绍并由国外引进的"分布式能源供应"，就是指用最合理的、因地制宜的方法解决当地的能源供应。尽可能地使能源供应立足本地，不使各地在能源上相互依赖太重，避免一个地方出了问题大家都遭遇困难。雪灾把几条干线弄垮了，大面积的地区长期停电，陷入困境，显示了集中带来的问题。

14.3.3　有限与无限

人类生存必需的各种要素空间都是有限的，包括水、大气和土壤。但无限扩张的"主流文明"信仰"人定胜天"，不在意这种客观存在的有限性。

生物圈中的各种循环本身是有抗干扰能力的，但是它们的抗干扰能力也是有限的，一旦干扰超过某个限度，生物圈将丧失其稳定性。现在大气的抗干扰能力就已经受到了威胁。

在生态系统的演化中往往形成顶级群落，它靠充分发育的内部循环来降低对外部环境的索取、依赖与干扰，这是顺应有限空间的结果。而主流文明则放任、刺激无限的物欲，追逐无限的扩张，并且视之为"进步"。而这"进步"最辉煌的形态就是战争。

14.3.4　整体与个体

我们的主流文明置个体于整体之上。自 20 世纪 80 年代起，我们的文学艺术作品中、社会学理论及相关的文章中，都在提倡个体主义、自由主义，强调张扬个性，注重自我设计、自我实现。我们的古人讲经济是"经邦济世"，而我们经济学家说的经济是如何配置资源，实现资本利润极大化。

所有这些的背后都有一个基本理念——置个体于整体之上。一些社会学者撰文宣称，我们之所以要有政府，之所以要有社会，之所以要有整体，仅因为它们在为个体服务。

而我们在生物圈中看到的是各物种相生相克，维持生物圈的平衡与稳定。单个物种不管是疯长还是灭绝都威胁着生物圈，系统整体稳定是个体生存的前提。这是两种完全不同的视角。古人说："覆巢之下安有完卵？"罗斯福在美国大萧条的时候发表了感慨，他说："我一直认为，我们近来经历的大部分困难，是在政治上未能掌握这种经济上互相依赖的事实的直接结果。""我们寻求的是经济制度中的平衡。"肯尼迪是罗斯福政策思想的继承人，他说："如果自由社会不能帮助众多的穷人，就不能保全少数富人。"肯尼迪不是穷人的代表，他出生于富豪家族，他从全局的角度看问题得出这样一个结论。

西方有句谚语："人人为自己，上帝为大家。"也就是说谁在对整体负责，谁就是在履行上帝的职责。那上帝在哪里？尼采说"上帝死了"，认为在我们的主流文明中，不存在对整体承担责任的主体；毛泽东说"六亿神州尽舜尧"，他希望每一个人都来关心整体，都来承担责任，都来为整体尽心尽力。

有个体无整体的价值观，在社会中必然导致个体间肆无忌惮的争斗，最终破坏整体的生存。在人类与生物圈的关系上，必然表现为人类无所顾忌地毁灭其他物种的生存条件，最终毁灭自己的生存环境。

14.3.5　动态与静态

20 世纪 80 年代茅于轼先生写过一本名气很大的书《择优分配原理》。这本书把经济学归结于怎样分配有限的资源以达到最优。从数学上看，这是一个约束条件下的极值问题。约束条件就是有限的资源，而需要寻求极值的目标叫做效用函数，由此推出了我们主流经济学奉为经典的大多数观念和理论。

然而，这是一个静态模型，我们的社会系统是一个动态系统，用静态的模型不可能探讨动态系统的可持续性问题。生态系统同样是一个动态的系统。经过数亿年的演化淘汰，选择出来的是生存智慧。只有从这个角度，向生物圈借鉴，才有可能讨论可持续性问题。

凯恩斯主义本质上是一个短期、应急主张，在提出之初就受到了批评。而凯恩斯的回答是："从长远看我们都是会死的。"可见我们的主流理论是不考虑长远的。

14.3.6 正反馈与负反馈

正反馈是使系统的变化日积月累，逐渐加强。在生物圈里就是演替群落，在一片荒地上最早出现了苔藓，然后出现草类、灌木，然后出现了森林。但是，当生物占满了所有的空间无法扩展的时候，就不得不演变成顶级群落，尽可能减少对外部资源的依赖，增加内部循环的有效性，尽量减少对外部环境的破坏。这里面起主导作用的就是负反馈，以维持原来的平衡。

老子在《道德经》里讲："天之道，损有余而补不足；人之道则不然，损不足以奉有余。"

"天之道"就是负反馈机制；"人之道"就是正反馈机制。在主流文明中，我们看到的是：杠杆效应、指数增长、赢家通吃、强者更强、马太效应等，是强大的人之道，脆弱的天之道。这让我想起了张献忠的话："天生万物以养人，人无一德以报天！"

邓小平同志讲过："大道理管小道理。"从系统持续生存的角度看，大道理就是"天之道"，就是负反馈机制，"天之道"管住"人之道"，是系统持续生存之根本。

14.4 躯体的智慧

1929 年夏季是美国的盛世，道琼斯指数攀上了历史的最高点。然而，10 月24 日，大萧条（great depression）发生了，到 1932 年，道琼斯指数从历史最高点下降了 89%。就在这一年，一位美国生理学者坎农（Walter B. Cannon）出版了他著名的《躯体的智慧》。

坎农关注着一个令无数学者不解的问题：生命体的每一个部分都如此脆弱，

却为何能在严酷的外部环境下生存数十年之久？长期的研究使他意识到："我们长期以来的工作就是从事自动系统在维持稳态方面的作用。"[①] 将生理学研究抽象到"自动系统在维持稳态方面的作用"，使他能够超越本专业的视野，为认识论、方法论提供新的见解，同时将由生理学研究得出的洞见，用于观察社会经济系统——在某种意义上，这同样是一个生命体。"在富于思考和有责任的人们的心中存在着一个信念：用于解决社会不稳定的人类智慧能够减轻因工艺进展、无限制的竞争和利己主义私欲的相对泛滥所带来的种种困难。"[②]

面对日渐积累的人类社会集体生存经验，回到生理学家坎农当年的视角，别有启示。

14.4.1　分工与液床

除了表皮，躯体的所有细胞都生活在含有盐类并被蛋白样或胶样物质变稠了的水溶液之中，坎农将其称为"液床"。与高度不稳定的外部环境相比，液床为机体的细胞提供了高度稳定的生存环境。正是在这共同的"内环境"中，细胞们组成各种器官，为整个躯体提供各种功能。而维持躯体生存，最基础的工作就是维持液床的稳定性。

由此，躯体给我们的第一个启示是：为所有社会成员提供稳定的共同生存环境——"内环境"。在这样的环境下，分工才有可能让各位成员各展其长、各专其能。

在社会中何为"液床"？坎农注意到了运输系统和商业系统："从机能意义上说，在一个国家或一个民族里，最接近于动物肌体中的液床的，就是它分布在一切方面的分配系统——运河、河道、道路和铁路，包括船只、卡车和火车，它们像血液和淋巴那样承担公共运输者的作用；而批发和零售粮商代表着该系统的固定部分。"[③]

在躯体中，液床的核心功能在于为每一个细胞提供养分、运走废料，使之能无虞生存而专注于自己的功能。在社会中，分配物资必须有运输系统，然而更重要的是物资分配机制。正如坎农所指出的："在现代社会关系的复杂状态下，全局性的支配作用似乎更多地存在于商品分配手段及贸易和货币流动之中，而不是存在于制造、生产方面。我们的躯体生产装置提示，反映社会和经济危机的早期警告信号可能要在反映商业系统变动的敏感指示器中发现，虽然这些波动的原因

---

① 坎农 W B. 躯体的智慧. 北京：商务印书馆，1980：3.
② 坎农 W B. 躯体的智慧. 北京：商务印书馆，1980：198.
③ 坎农 W B. 躯体的智慧. 北京：商务印书馆，1980：193.

可以在工业生产中找到。"①

现实社会中最广泛存在的机制是商业交换，而推动商业交换的是利润极大化。逻辑分析、统计数据和社会观察都证实：这样的机制不可能为每个社会成员提供共同的"内环境"；相反，它的长期作用是使社会财富高度集中于控制流通环节的人，而将生产财富的环节和群体置于困境。至于社会成员对生存资料的需求，则被支付能力过滤为"有效需求"与"无效需求"两类，并视后者如无物。于是，直接生产财富的大多数社会成员的生存环境，远不可以与躯体内液床中的细胞类比。

另一类分配机制依赖于行政力量，如果各级官员是"特殊材料做成的"大公无私者，如果他们能够明察秋毫，理论上可以让全体社会成员生存于共同的"内环境"中。但这两个前提经不起实践的检验，人们在历史与现实中看到的，是等级化的特权体系。

于是，在现实的人类社会中，分工的作用远不限于各展其长、各专其能，它与社会地位、阶级分野密切相关。位高者攫取巨量的财富和权利，还动辄就想砸别人的"铁饭碗"，一有机会就想将液床中的公共财富据为己有。对此，国人有切身的体验，而苏联则为之崩溃。

由此，液床的性质决定了社会经济系统的性质，液床能在多大程度上保障社会成员的生存，决定了这个系统抵御外环境扰动的能力。孔子的理想是"少者乐之，壮者用之，老者安之"，讲的其实是液床应具有的功能。而一切社会变革的思想，都是对液床的重新设计。社会中人们对分工的态度，可以作为液床完善程度的度量。面对分工时，考虑自己的才能与兴趣越多，液床越完善；考虑经济与社会地位越多，液床越不完善。

14.4.2 失衡与稳定性

躯体是如何保持液床的稳定性的？坎农在其书中用大量篇幅描写了液床的稳定机制，包括水、盐、糖、蛋白质、脂、钙、氧等成分，包括体温、血压等连续作用。坎农将这种稳定机制归结为"拮抗机制"，即一对作用相反的调节机制：当某个成分的浓度低于平衡位置时，机体内会发出各种信息，将储存的"物资"释放到体液中，同时形成饥渴感、冷热感，驱使机体去补充缺乏的物资；反之，则将体液中的该成分转化为储存物资，或者排出体外。显然，这就是系统动力学所称的负反馈机制。

在系统动力学里，与负反馈机制对立的是正反馈机制。如果负反馈机制的作

---

① 坎农 W B. 躯体的智慧. 北京：商务印书馆, 1980: 196.

用在于消除偏差，恢复系统的平衡，那正反馈机制的作用就在于逐步放大偏差，最终改变系统的结构、性质直到使系统瓦解。

在我们社会经济系统的液床中，主流的要素配置机制是利润极大化。逻辑分析与统计数据证实，它导致了两个正反馈回路：一个使劳动者工资下降，社会有效需求萎缩；另一个使财产性收入上升，投资冲动增加，产能扩张。由此造成三个不断扩张的失衡：有效需求与产能失衡、工资性收入与财产性收入失衡、追逐商品的货币与追逐利润的货币失衡。这势必导致经济危机，应对危机的主流对策是靠增发货币，而这又导致第四个失衡：货币发行量与真实财富失衡。

在社会经济系统的液床中，货币系统扮演着关键的角色。在这个系统里，充满了所谓的"乘数效应"、"杠杆效应"，它将一切微小的波动放大为巨额利润的幻象，驱使资金在各个市场、各个地区间狼奔豕突，在液床内制造内生的不稳定。无论是 3/4 个世纪前的大萧条还是当今的全球经济危机，都是金融精英们利用"乘数效应"、"杠杆效应"创新的成果。

目前，唯一能遏制这种正反馈机制的是政府行为。但事实上，许多地方政府在"亲商"、"改善投资环境"的大旗下加入了追逐利润的行列，结果短短二三十年，我们就积累了人家用几百年才积累起来的失衡。

逻辑上另一个遏制这种正反馈的途径是发展合作经济。现代合作运动本质上是弱势的劳动者联合起来，抵抗资本剥削的组织，在"空想共产主义者"欧文的合作经济思想影响下，1844 年 8 月，英国兰开夏郡罗奇代尔镇的 28 名纺织工人，成立了罗奇代尔公平先锋社（Rochdale, Society of Equitable Pioneers）。从此罗奇代尔原则就成了识别合作组织的基准。其组织原则是入社自愿、退社自由；一人一票，民主管理。这区别于资本组织的一股一票，更不同于官僚组织的"官大一级压死人"。其经营原则是：公平买卖，概不赊欠。这是本小利微的弱者联盟的生存之道，一旦放任某些人拥有特权，可以强买强卖，可以赊欠，这个组织就不再是集体合作的组织，而是地头蛇盘剥劳动者的工具。其资金管理和分配原则包括共同集资、盈余返还。这必然要求财务公开，决策民主。

虽然罗奇代尔原则相对于利润极大化原则从来都处于极端的弱势地位，但它多少能制约一下利润极大化原则导致的正反馈机制，从而缓解液床的失衡。然而以罗奇代尔原则衡量我们的各种"合作组织"，有多少名副其实？

2007 年 12 月 10 日，监察部、国土资源部通报了 10 起土地违法违规典型案件，各地方政府相关部门也随之通报本地的"N 起典型案件"。很多案例中都有一类角色：农村集体组织，如村民委员会等。望文生义，这类组织大约会在事件中站在农民一边，保护"基本农田"，抵制外来势力的跑马圈地。而事实上，它们往往以"集体"的名义，强行收回农民的耕地乃至宅基地，并堂而皇之地

"代表"农民,将土地卖、租给圈地者。于是,在公开报道的案例中,受到处分乃至移送司法处理的人中,人数最多的是村长、村书记、村委会主任、村会计们。由此可见我们的"合作组织"与罗奇代尔原则的距离。

液床中正反馈机制亢奋、负反馈机制失效,是我们所有失衡得以积累的根本原因。

14.4.3　大脑皮质与自主神经

坎农在研究时发现:"值得注意的是,在躯体性的机体中,这种储存或发放物资储备、加速或阻延连续作用的力量并不是由具备适应性智力的大脑皮质来操纵的,而是依靠其低级中枢,后者是在接到特定信号通知时以自动方式来发生作用的。"[①]

维持液床稳定,目的是使整个机体从应付各种失衡和干扰的繁杂工作中解放出来,去从事那些必须由思考和判断方可完成的工作,如寻找猎物、躲避危险、发现机会乃至审美和研究。事实上,人每天对水、盐、糖、蛋白质、脂、钙、氧、体温、血压等的调节工作何其繁杂,但又有哪一次进入了意识层面,由大脑皮层完成?一些特异功能者似乎能由意志控制自己的某些生理参数,如血压等,然而如果这一层面的工作都需要由大脑皮层来完成,这个人的思想自由度就可想而知了——他时刻都在努力应付各种失衡,根本没有可能思考任何深刻的问题。

以此观察社会,如果将各国的中央政府视为躯体的大脑皮层,我们看到它们最显眼的工作正是"调控"。社会中繁杂的平衡关系似乎都需要由中央政府来调控,而这种调控往往显得异常吃力。

躯体是靠自主神经系统来实现稳定的,调控中心沿脊髓分布,从脑到胸、到腰、到骶,一个器官发出的神经冲动往往被多条神经纤维传递到多个中心,结果引起一组复杂而又相互协调的反应。因为一处失衡往往带来连锁反应,只有各方协同应对,才可能有效恢复平衡。

2008年雪灾证实了这种结构的必要性。在降雪造成公路难以通行时,大量的人群转向了被认为相对安全的铁路,结果造成了铁路系统的拥挤,其后果就是女大学生冷静被挤下站台遇难。然而这只是开始,大雪进而压断了高压线,使电气化的京广线中断,同时多条高速公路中断。运输系统中断导致物流、人流中断,救灾物资无法送达;供电系统中断导致通信、供水、照明、生产系统的障碍,一些城市在十几天内成为孤城;一些交通枢纽则聚集了数万、数十万的旅客,饮食、休息乃至"方便"都成了难题,随时可能爆发严重事端;高速公路

---

① 坎农 W B. 躯体的智慧. 北京:商务印书馆,1980:196.

上堵着几十公里长的车辆，饥寒交迫的司乘人员困在冰雪中束手无策，一些车辆因燃油耗尽而冻坏……

可见，一次失衡的牵动范围有多广，恢复平衡需要多少方面的共同努力。如果这些工作都需要大脑皮层来处理，则意味着这个机体时刻挣扎在生死线上。

这里，躯体的智慧体现在两个方面：其一，失衡信息同时被送达多个方面；其二，多个方面立即按上万年演化中形成的预案协同工作，根本无须等待"中央"的指令。事实上，恢复交通、恢复供电、保障供水、保障治安、安定人心、保障特殊群体的基本生存条件等都是非常专业化的问题，中央根本不可能替代这些工作。如果相关专业部门不能立即拿出应急预案，不能自动协调，就只能坐失时机。

这方面，我们有两个致命的弱点：其一，各部门、地区都力图限制本部门、地区信息外流，使其他相关单位很难及时了解情况，结果无法协调配合；其二，部门、地区间的协调没有中央出面几乎无法实现，而面对千差万别的"调控"任务，中央根本不可能及时而深刻地把握要害，做出决策。

近20年，对神经系统的研究成了热门，然而其目标却集中于人工智能。其实对社会整体利益而言，最重要的方向应是社会失衡的管理：社会失衡可分为哪些类别？各类失衡的整体处置方案如何？失衡信息应经由什么渠道送达哪些单位？相关单位如何协同动作？相关决策由谁根据什么准则、程序做出？

躯体是在漫长的演化历程中学会这些的，社会同样需要学会这些。坎农在他那个时代发现："生物机体还提示：稳态的破坏有其早期的征候，这种征候只要注意寻找是能够发现的。这种警告信号在社会机体中还几乎不为人们所知道。"[1]

3/4个世纪过去了，看看当前的经济危机，看看2008年的雪灾、汶川地震，坎农似乎是在描述今天人类社会的管理："只是在具备高度进化的其他表现的生物种类中，我们才能看到能够迅速而有效地进行工作的自动化的稳定作用。""社会的构成难道也和低等动物的构成一样，仍然处在其发展的初级阶段吗？看来文明社会有实现稳态的某些需要，但它似乎还缺少其他方面的条件，正因为如此，它还在遭受严重的、本来可以避免的痛苦。"[2]

当年邓小平说我们处于"初级阶段"，看来是一语中的。然而，读了坎农的文章才知道我们到底"初级"在哪里，应当向什么方向努力。

14.4.4　效率与安全

躯体的生存环境相当严酷，从赤道到极地、从沙漠到沼泽、从海平面下的洼

---

① 坎农 W B. 躯体的智慧. 北京：商务印书馆，1980：195.
② 坎农 W B. 躯体的智慧. 北京：商务印书馆，1980：192.

地到青藏高原都有人类生存。即使同一个人，他经历的寒来暑往、艰难困苦也往往变化极大。无怪乎坎农对于人能存活几十年之久感到"不可思议"。

面对这样的环境，安全与效率哪个更重要是不言而喻的。"生物机体提示：稳定是首要的，它比节约更重要。"①

为了应对各种意想不到的干扰，躯体为水、盐、糖、蛋白质、脂、钙、氧等物资建立了储备系统，随时可以释放储备以缓解失衡，而当它们超过储备需要时，则将其排出。躯体的"设计"中留出了难以想象的余量。各脏器遭到明显损伤后往往仍能维持躯体正常生存，大多数器官内所具有的活动组织大大超过这些器官正常机能的需要，某些器官中这种多余量达到实际需要量的 5 倍、10 倍甚至 15 倍。如此巨大的余量从经济学的角度看显然是低效率的，然而正是这些"低效率"的设计使躯体得以经历巨大的危机而生存下来。

社会经济系统同样生存在巨大的干扰和风险之下。雪灾、地震、滑坡、海啸、旱灾、水灾、虫灾、风暴……几无休止的自然灾害时刻在威胁着人类社会。

除了大自然，外部市场和资源同样具有巨大的不确定性，这些年日益增多的贸易保护主义、反倾销诉讼、日渐不稳定的石油、矿产价格就是案例。另一个更巨大的不确定性来自战争，人类文明史上，战争几乎没有中断过，进入工商文明后更是以其巨大的规模检验着各国社会经济系统的生存能力。

2008 年 1 月 22 日《环球人物》杂志《能毁灭地球的"气象战教父"》一文报道了美国、英国、德国在气象战方面的努力。

越南战争期间，美国在越南实施大规模人工降雨，造成洪水泛滥，桥梁、水坝、道路及村庄被冲毁，使北越（越南民主共和国）军队的补给线——"胡志明小道"泥泞不堪，严重影响了北越军队的作战行动。据统计，美军人工降雨给越南造成的损失，远比整个越战期间飞机轰炸所造成的损失大。

1970 年，美国对古巴展开了"干旱之战"，美军在古巴周边国家实施人工降雨，使这些国家发生洪灾；而临近的古巴却出现了反常的持续干旱。

一份向五角大楼提交的报告《让气候成为一种力量倍加器——2025 年掌握气候》中称："气象战技术将在今后 30 年里逐渐成熟。它将使美军拥有改变气候的能力……届时，美军将能通过实施人工降雨，使敌军阵地洪水肆虐；制造干旱，使敌人淡水匮乏；制造飓风，使敌国城市变成废墟；利用激光制造闪电，以击落空中的敌机或使其无法起飞；利用微波把热量传到大气中，干扰敌军的通信及雷达系统……"

我们就生存于这样的环境中，安全毫无疑问应优于效率。

---

① 坎农 W B. 躯体的智慧. 北京：商务印书馆，1980：195.

然而，"效率优先"却是我们长期的指导方针，人们热衷于"四两拨千斤"、"有水快流"、"杠杆效应"、"金融创新"，这一切的背后是"发展主义"的灵魂，而缺乏对整个社会经济系统安全的重视。无怪乎 2008 年雪灾后有网友质疑："铁路是大动脉，提速了；公路是小动脉，高速了；电网是神经系，改造了。可一场雪，竟然就把大小动脉给堵塞了、硬化了，神经也弄偏瘫了。为什么?"

14.4.5 躯体器官与社会成员

任何类比都有局限性，坎农将社会与躯体类比，其隐含的假设是将社会各组织、机构与躯体的器官相比。正是在这个层面上，我们看到了社会与躯体的根本差别。

在躯体遭遇干扰时，生理学家们看到的是各器官立即协同反应，共同应对危机。而在 2008 年雪灾时，直到 1 月 29 日中央政治局会议后，社会才看到各部委的协同动作，而此时距 2 月 12 日雪灾开始，已经过了 17 天。

电煤博弈已经持续了多年，我国火电占可供电力的 80% 左右，基本上是燃煤机组；而发电占煤炭消费的 40% 左右，为第一大客户。这两个行业一个已经市场化，而另一个还是垄断性的计划体制，它们偏偏又如此密切地相互依存。已经市场化的煤炭在节节涨价，而仍然被政府控制的电价却不敢上涨。结果煤、电双方在电煤价格上总也谈不拢，造成电厂储煤远达不到安全供电所必需的水准。

铁道部门相关负责人接受记者采访时介绍，截至 2008 年 1 月 22 日，全国 355 家主要由铁路供应煤炭的电厂存煤已逼近库存警戒线，仅可维持 8.8 天。湖北、贵州、浙江、宁夏、安徽等省份煤炭库存不足 3 天，全国库存低于 3 天的电厂已增加到 60 多家。

这次雪灾将电煤危机清晰地摆到了社会面前，储煤不足的电力行业根本无法应付危机。煤电博弈则展示了社会各"成员"与躯体各器官的根本差异。

或许，躯体的"成员们"在上百万年的演化过程中达成了对整体利益的"认同"，而社会要达到这样的程度还需要漫长的经历。由此我们看到，如何达成对整体利益的认同，如何使之成为各部门、各社会成员的本能行动，是我们在每一次灾难后都应该反思的。或许，这一次次反思与改善的长期积累，能将我们的社会带入一个更加和谐、稳定、可持续的状态。

如果我们不自限于某个特殊集团的私利，不自限于某种理论，而从已经存在过的各种社会形态中寻找集体生存经验，并与已经演化了千百万年的生命系统、生态系统相参照，或许可让我们社会的"液床"渐趋稳定，社会经济系统渐趋合理。

14.5　反　思

14.5.1　物欲 VS 精神

对主流文明与生物圈、躯体进行对比，引发笔者思考物欲和精神的关系。

"最大限度地满足人们的物质需求"，这是人们对理想社会的主流期待。然而有限的生态容量和难填的欲壑注定这是一个地道的乌托邦。

物欲是主流文明的核心动力，"理性经济人"是主流文明的基础，它以发现、激励、制造各种非分的"需求"为原动力。所以要理解我们的主流文明，重点是去读管理学，而不是经济学和社会学。管理学中有一个很有意思的案例，就是"把冰卖给爱斯基摩人"，生存在北极圈的爱斯基摩人根本不需要买冰，而"主流文明"要把冰做成爱斯基摩人的欲望，发现、激励、制造并且去满足它，从而获得利润。

一个理想的社会能够建立在"物质财富极大丰富"的基础上吗？如果我们从时间这个参照系来看，我们今天的物质财富比起 150 年前是不是极大丰富？我们今天拥有的东西当时连想都想不到。那问题解决了吗？没有。另外一个参照系就是欲望。如果将欲望作为参照系就更加清楚了，"欲壑难填"，财富越多的人，欲望就越多，放大得越快，越贪婪。所以从这两个参照系上看，"物质财富的极大丰富"不是建立一个理想文明的基础。

我们的社会把满足物欲当做自己的价值核心，实际上，谁的物欲能够被满足呢？我们看看我们的能源消费，2007 年的能源消费与 1953 年的相比，完全不在一个数量级上（图 14-17）。换句话说，物质财富极大丰富了，谁的欲望被满足了呢？

再从国际上来看，图 14-18 是各国的碳排放量图，代表了我们对物质财富的满足程度。横轴是累计的人口比例，纵轴是人均碳排放量，注意，纵轴用的是对数坐标系，两条相邻主刻度线间差一个数量级，之所以这样，是因为如果用常用坐标系，除了欧美各国外，其他国家在图上都会缩到底线附近，看不出它们之间的关系。

通过比较，除了一些人口极少的小国，人均碳排放量最高的是美国和加拿大，它们的人均碳排放量超过了全球平均值的 4 倍，其物欲能够得到最大程度的满足。中国处于人均值和 1/2 人均值之间，我们的碳排放量低于全球平均水平。碳排放量低于全球平均值的人口，超过了总人口的 70%；低于全球平均值一半的人口，占将近总人口的一半。他们的物欲怎么满足？

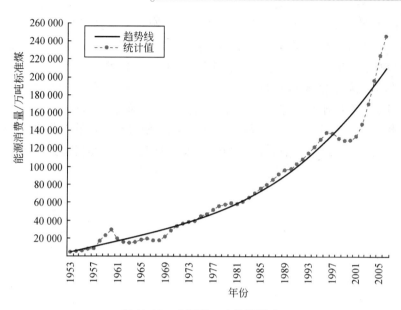

图 14-17 中国的一次能源消费

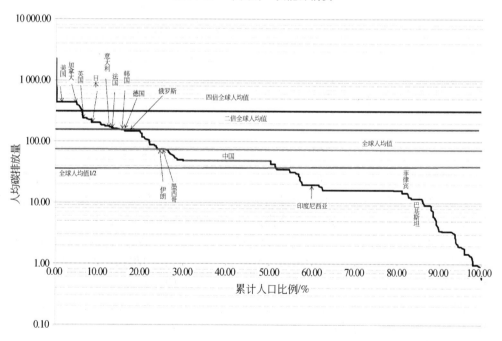

图 14-18 1980~2004 年各国的碳排放量①

————————

① U. S. Energy Information Administration (EIA). International Energy Annual 2004. http：//www. eia. doe. gov/2007.

各国内部同样存在巨大的差异。以中国为例，笔者做了另外一条曲线（图 14-19），将中国各个人群的能耗放在全球的背景下观察。《国际能源年鉴》中提供了城市和农村的分组收入水平，将中国人口分成 28 组，其中城市 8 组，农村 20 组，假设人们的能源消费与收入是成正比的。比较发现，中国的城市第 8 组已经超过了日本的平均水平，处于全球最高水平，而农村的第 11 组以下处于全球的最低水平。可见，在一个国家，真正有能力使自己的物欲得到满足的只是人口的极少数。在主张满足物欲的社会中，大多数人的物欲是得不到满足的。

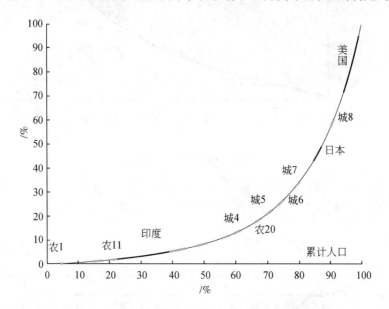

图 14-19　210 个国家 2004 年的一次能源消费分布①

观察宗教可发现，所有的大宗教都将克制物欲作为自己的基点。《老子》说："不尚贤，使民不争；不贵难得之货，使民不为盗；不见可欲，使民心不乱。是以圣人去甚，去奢，去泰。"这是我们的先哲对人类集体生存经验的反思。

而资本主义工商文明以物欲作为社会价值观的基点，资本主义工商文明的起步伴随着宗教改革，它的胜利导致"上帝死了"，学者们将这一过程称为"祛魅"（disenchantment）。结果精神追求被视为非迂即伪，而沉溺于物欲反被视为"理性"而获得尊重。连吸毒这类行为都能得到学者的辩护，称其为"个人的选择权"。经济学家公然宣称经济学"不讲道德"。科学则沦为"工具理性"——为有支付能力的需求提供"解决方案"

---

① U. S. Energy Information Administration（EIA）. International Energy Annual 2004. http：//www. eia. doe. gov/2007.

于是我们看到，"主流文明"宣扬的价值观放在生态系统中，是疯长的物种；放在躯体中，是癌细胞。

14.5.2　理性与疯狂

很多学者在争论各种文明的优劣，事实上，评判优劣与否、先进与否，取决于评判者的立场，并无客观标准。客观观察，我们只能看到各文明间"强势"与"弱势"的差异。

在传统的中华社会中，游牧文明与农耕文明长期并存，历史上看不到两者间明显的强弱之别。工商文明入侵后，两者均沦为弱势文明。

图14-20是中国人口密度分布图，图中的黑线是"胡焕庸线"，它将中国分为东南和西北两大部分，多于90%的人口在其东南部，几十年都没有改变。人口多的地方，农耕文明占主导地位，人口少的地方游牧文明占主导地位，人们都适应了自己的生存环境。"胡焕庸线"附近是两个文明的交界、混杂处，发生了无数的冲突和历史事件，同时这里也是生态很脆弱的地方，也是大多数江河的发源地，这里还是我国贫困县的主要分布地。

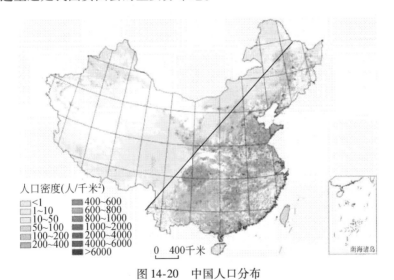

图14-20　中国人口分布

工商文明在一个半世纪里不但瓦解了农耕文明和游牧文明，也将我们脆弱的生态弄得千疮百孔，这种加速的破坏已经显出了失控的态势。工商文明的核心是张扬个体的欲望和经济理性，这是它之所以强势的根本。所谓理性就是在冷静、科学、不受感情干扰的分析的基础上，选择最有效的手段，去达到自己眼前的目标，而这一点是东方文明缺乏的。

从金融海啸我们可以看到，工商文明内部的个体理性导致了整体的非理性。

无数的生态灾难让我们看到，在人类与生态环境的关系中，个体的理性导致了整体的非理性。我们看到的很多破坏生态行为的背后，当事人的行为都是高度理性的，完全可以用"理性经济人"假设做出有说服力的解释。西方有句谚语：上帝想要谁灭亡，必先使其疯狂。莫非工商文明的强势背后就是疯狂？它推崇的理性实质是疯狂的理性？

14.5.3　迫在眉睫的选择

资本主义工商文明，这个所有扩张型文明中的最强势者，已经将所有潜在的扩张空间填满，其无休止的扩张本能已经威胁着整个人类的生存。大量的事实告诉我们，生态危机是现实的危机，不是虚构的危机。

而今人类已经将自己从众多物种"相生相克"的生物圈中拔了出来，拥有了我们祖先心目中"上帝"才有的力量，但人类具有"上帝为大家"的襟怀吗？

与演化了数十亿年的生物圈相比，与演化了上亿年的躯体相比，人类文明不过是个婴儿。在生物圈与躯体上，我们能看到造化的智慧。如果人类想持续生存下去，除了由此学习造化的智慧，难道还有别的途径？从生物圈与躯体上，我们看到了人类主流价值观的浅薄与短视，看到了造化的嘲讽。

可见思考文明的可持续性，不是项目问题、技术问题、资金问题、政策问题，而是核心价值观问题，是灵魂问题。这是一场真正意义上的革命。与之相比，历史上无数被称为"革命"的宏大事件，不过是轮回中的一个环节。

15 构建知识主义社会

——面临现代社会系统加速变迁的战略选择

李喜先

在本文中笔者对重大经典社会学理论，包括马克思社会学中的一些理论，进行了长期思考，提出了当代新的社会学理论，认为：只有知识①阶级（knows）才有能力代替资产阶级等的地位和作用，从而建立起高于以"资本"为基础的类资本主义社会或工业社会（主体上含资本主义社会，其次含多种形式的混合经济形式的社会等）的知识主义②社会。据此，人类社会应依次分为五大社会形态：原始社会、奴隶社会、封建社会、类资本主义社会和知识主义社会。

许多国家都在面临现代社会系统加速变迁时进行战略选择，中国国家创新战略必须采取非线性发展模式，即着眼于超越式地构建知识主义社会。

社会变迁比社会发展、社会进化有着更为广泛的含义，它包括了一切社会变化，特别是某一特定的社会整体结构的变化。因此，必须从多维度洞察社会系统何以围绕着"中轴"③或"序参量"（order parameter）变迁的大趋势，更合理地理解和选择未来社会的发展方向。

在人类文明进程中，出现了三次极盛时期，也出现过迟滞时期。在社会系统变迁过程中，必然有其动力和阻力：各民族之间、各国家之间的相互作用会导致进步；而社会系统的超稳结构必定成为遏止领先的内在机制，中国在近代的衰落已成了一个例证。

在解释社会系统变迁上，主要存在着两种宏观和一种微观的经典社会学理论：结构功能主义理论、冲突理论和相互作用理论（互动论）。本文不涉及后者。实际上，结构功能主义（功能主义）理论与冲突理论是并存互补的关系。

社会系统变迁的现代理论，即"社会系统变迁的中轴转换原理和社会系统变迁的序参量和伺服原理"，将更有其合理性和科学性；而当代理论则更能解释当

---

① 知识是人类精神活动形成的系统化、符号化信息。知识系统是精神活动形成的符号化信息系统。

② 知识主义是知识阶级（knows）的整个思想和理论体系，它坚持以知识为基础才能建立起更加合理的社会制度，并只有通过"共知识"才能构建起高于类资本主义社会的知识主义社会制度。

③ 在系统科学中，"序参量"是协同学的核心概念，也是精髓之所在。它阐明，在大量性质不同的元素组成的复杂巨系统中，只要抓住了长期起支配作用的序参量，就掌握了系统演化的本质。

下存在的社会现实，阐明正在发生着的社会系统变迁及其大趋势。根据社会系统变迁的大趋势，唯有新生成的代表先进生产方式或社会前进方向的第三大阶级知识阶级，以先进的思想、"知识的力量"和"智慧的视野"，才有能力领导和聚集广大民众的力量，最终代替资产阶级等的地位和作用，从而建立起高于类资本主义社会的知识主义社会，进而上升到智力社会。

中国国家创新战略就是要加速地、超越式地建立知识主义社会。为此，要坚定战略思想，聚集力量，采取战略举措，特别是向全民知识化、智力化方向进行战略性投资，以尽可能在不长的历史时期内，在总体上和单位人均知识含量、智力水平上都进入世界前列，中国就必然成为基于智慧的世界强国，并创建智业文明和生态文明，引领人类社会发展方向。

15.1 社会系统变迁的经典理论

15.1.1 结构功能主义理论

在社会学中，结构功能主义理论指出，社会是以系统方式结合为类似人类机体的有机整体，各个组成部分也都具有一定的功能，有助于整个社会系统的稳定。各关联部分都必须合作、和谐一致、协同行动，为维持社会秩序、社会稳定做出一定的贡献，才能使社会机体生存和发展。

15.1.2 冲突理论

冲突是社会互动的方式，人与人、阶级与阶级之间存在着多种形式的冲突，这归因于权力、财富和声望等的不平等。

德国社会学家达伦多夫则将社会冲突集中在"稀有资源"权力的争夺上。

以马克思为代表的社会学冲突理论集中在阶级冲突和阶级之间在经济资源的争夺上，进而强调，阶级斗争会导致社会进步，革命是历史前进的"火车头"，并进一步阐明，在资本主义社会中，无产阶级与资产阶级的冲突只有通过社会革命才能解决，最终前者推翻后者，实行"生产资料公有制"，实现共产主义。由此，人类社会就依次分为五种社会形态：原始社会、奴隶社会、封建社会、资本主义社会和共产主义社会。

15.1.3 经典理论的局限性

从多维视角判断，在所有的社会中，和谐与冲突、秩序与混乱是永恒的同时存在着的现象，只是在某一特定时期里，和谐显现而冲突隐含，或者相反。因此，功能主义理论与冲突理论，都只能论及复杂社会现象的一面，而忽视另一面。因此，它们都是有局限性的社会学理论。

15.1.3.1　功能主义理论表述长期现象

人类在久远的历史时期中，必须建立起合作、和谐一致的社会关系，才能形成生产关系，进而才能与自然界发生关系。在一个相对长的历史时期里，总体上和谐起着支配作用，由此建立的功能主义理论就有其合理的存在性。

15.1.3.2　冲突理论表述短期现象

在相对短的时期里，在不同的集团、阶级间，特别是在对立的基本阶级间，当冲突演变到激烈的程度时，即进入社会革命时期，必然引起社会系统变迁，由此建立的冲突理论也有其合理的存在性。

概言之，和谐与冲突是同时存在着的社会现象，只是在特定的历史时期主要表现为某一特定现象，因而功能主义理论与冲突理论是相得益彰的、互补的关系。因此，只有坚持和谐与冲突之合力才能共同地推动社会进步的观点，应融合功能主义理论与冲突理论，才能比较全面地揭示社会系统变迁的普遍现象。

15.2　社会系统变迁的现代理论

15.2.1　中轴转换原理

对于社会系统变迁，丹尼尔·贝尔提出了"中轴原理"，即以社会某一因素为"中轴"来说明社会系统的结构特征，以建立概念性模型。

1987 年，董光璧在《传统与后现代》一书中提出了"社会中轴转换原理"，用以说明社会的发展："社会的形态取决于社会的中轴结构，社会中轴结构的转变使社会从一种形态变为另一种形态，呈现社会的阶段性发展。如果从社会诸因素相互作用的角度来理解人类社会历史进程，我们可以选择道德、权势、经济和智力作为社会的要素。自人类社会形成以来，正是它们之间的相互作用的结果使它们之中的某一因素成为社会结构的中轴，并且这种相互作用也是中轴转换的根源。"①

由上述可见，若某一基本因素起着支配作用，就形成了维系社会的"中轴"，并因各因素相互作用而不断地围绕着中轴转换，从而形成社会系统的变迁，

---

① 董光璧. 传统与后现代. 济南：山东教育出版社，1996：8.

依次是：以"道德"为支配力量的原始社会，以"权势"为支配力量的奴隶制和封建制社会，以"资本（金钱）"为支配力量的资本主义社会，将以"知识"为支配力量的知识主义社会。

未来学家托夫勒在《权力的转移》（*Power Shift*）一书中，也论及了武力（权势）、财富（金钱）和知识三要素转移的关系。他认为，权力是一种有目的地支配他人的力量，由武力、财富和知识三要素构成"权力金三角"：在工业革命前的社会，武力是权力的象征；在工业社会里，金钱是权力的象征，金钱高于一切；在未来的世纪里，谁拥有大量的知识，谁就能在未来的世界中获胜，丘吉尔曾说"未来的帝国是建立在脑力上的"。

15.2.2 序参量原理

任何系统的存续能力都是有限的，其结构、功能等都在发生着变化。社会系统变迁的终极动因在于内部各元素之间、子系统之间、层次之间的相互作用，即社会个体之间、集团之间、阶级之间的合作与竞争以及和谐与冲突，从而导致社会系统变迁，即从一种社会形态即总体社会制度，变为另一种社会形态，不断自觉地趋向于更高级的、合目的性的社会形态。

15.2.2.1 序参量的支配作用

1969 年，协同学创始人哈肯（Hermann Haken，1927 ~ ）提出了协同学概念，并建立了理论框架。其中，序参量概念和伺服概念是协同学的中心。序参量是宏观参量，可以是物理量，也可以是某种抽象量，其大小表示系统有序程度的高低，主宰着系统整体演化过程。尽管现实的繁多系统都由完全不同性质的、大量的成分、要素（如物质系统、社会系统、生命系统等的不同元素）所组成，但都由相同的原理所支配，而这种普适性原理就是系统科学中协同学的基本原理，特别是"序参量和伺服原理"。因此，我们认为，这种普适性原理也自然地更能有效地适用于复杂的社会系统，科学地揭示社会系统变迁的规律。哈肯在《高等协同学》一书中强调："协同学的序参量和伺服原理的概念可以应用到未完全数学化的和很可能从来还没有数学化的科学中，如科学发展理论。"[①] 在由纷繁众多的元素、子系统组成的复杂社会系统中，抓住了描述系统宏观有序度的序参量，也就把握住了系统变迁的动因。在社会系统中，一定的阶段会存在着少数几个序参量，各决定一种宏观结构和对应的微观组态，而这些序参量之间的协同、合作与竞争，最终将导致只有一个弛豫时间很长的慢变量成为主宰系统变迁

---

① 〔德〕哈肯. 高等协同学. 郭治安译. 北京：科学出版社，1989：335.

的序参量。

15.2.2.2 序参量的判定

在极其复杂的社会系统中，存在着多种要素可能起着序参量的支配作用，如社会的生产方式和社会"中轴"中的道德、武力、资本、知识等都可能充当。但是，在每一个社会系统中，它们都同时存在着，谁能起着序参量的支配作用是合作与竞争的结果。

在封建制社会中，虽然生产方式、经济基础总是存在着，道德、武力、金钱或资本、知识也都同时存在着，但经过竞争，武力将支配一切，有了武力就可以称霸一方，以致"枪杆子里出政权"，武力控制着整个社会系统，而有了道德、金钱、知识也都无济于事。因此，在这种社会里，只有武力才能起着序参量的支配作用。

在资本主义社会里，金钱取代了武力，武力转变为法律，金钱"万能"，资本支配一切，资本也支配着生产方式，资本导致了社会繁荣，因而在诸多要素中，只有资本才能起着序参量的支配作用。

在知识主义社会里，知识取代了金钱，知识优于资本，知识胜过资本，武力会知识化，财富也要知识化，知识可以代替多种形式的资源，从而知识支配着生产方式，进而决定着生产什么、如何生产，知识必然成为权力的象征，因而唯有知识才能长期地起着支配社会系统的序参量的作用。

15.2.3 趋同原理

社会系统变迁是极其复杂的现象，许多要素都会引起社会变迁：①自然环境，如地震、火山灾害，水灾等；②人口变化，如人口剧增、迁移等；③科技发展，如科学革命、技术革命等；④文化价值观改变，如意识形态、宗教的影响等；⑤经济发展，如农业化、工业化和智业化进程；⑥知识系统的应用和扩散等。除了自然环境变化外，其他要素的变化都是由人类活动引起的，都可能导致社会系统的变迁。

从根本上说，人类共同创造、共同享有的全部社会产物——文化，即物质文化和非物质文化（精神文化），特别是文化塑造的价值观，会引导社会系统变迁的方向。文化人类学家和社会学家考察了广义的文化，其定义虽多达 100 多种，但在 1952 年，美国文化人类学家克罗伯（Alfred Louis Krober）和 K. 科拉克洪下了一个为许多学者所认同的定义："文化存在于各种内隐的和外显的模式之中，借助于符号的运用得以学习和传播，并构成人类群体的特殊成就，这些成就包括他们制造物品的各种具体式样，文化的基本要素是传统（通过历史衍生和由选择得到的）思想观念和价值，其中尤以价值观最为重要。"① 尽管文化塑造的价值观尚有差异，但人类群体间每时每刻都在发生相互作用，尤其是频繁的符号相互作用，会导致文化趋同，从而致使社会发展趋同，最终将趋向知识主导的知识主义社会。

15.2.3.1　文化功能的导向作用

文化功能（cultural function）对社会系统具有整合作用和导向作用。人类社会的进化越来越显现出主要是文化系统的进化，特别是其核心的精致部分——知识系统的进化，而不是天然的生物进化。这正如戴拉·德夏丹所指出的人类具有反射性意识能力，即有增加自己智力的自觉性能力②。人类的才能部分是由遗传造成的，但更主要地应归功于其文化的发展。在现代生物圈发展到现阶段所形成的人类圈中，信息流比物质流和能量流更为重要，因此我们强调，人类圈的进化主要就是文化的进化或信息库的进化。世界文化的进化正通过各种途径以空前的规模和速度进行着，由此必然导致世界文化的同质性日益增强，从而显现出文化功能或文化价值（cultural value）对社会系统的整合和导向作用。

15.2.3.2　世界文化的趋同性

当代社会系统由于大众传播、文化交流、国际贸易和经济全球化等，特别是人类全面地进入信息时代和知识时代，文化变迁必然引起社会系统变迁，文化整合（cultural integration）产生导向作用，就使得社会系统变迁朝向知识主义社会具有一致性，世界文化具有趋同性，必然导致社会系统变迁趋向越来越相似的观点，而知识主义社会就是趋同的目标。特别是，现代人类关于社会系统变迁的认识在不断地深入，从中得到的知识也在不断地增长，就越来越有能力按照自己希望的方向塑造知识主义社会。

15.3　社会系统变迁的当代理论

15.3.1　知识系统加速发展及其文化价值

经过古代、近代和现代时期的演变，知识经由个体发育和系统发育，现在已生成为极其复杂的知识系统，并正在以空前的规模加速地增长着。其中，自然科

---

① 中国大百科全书总编辑委员会《社会学》编辑委员会. 中国大百科全书·社会学. 北京：中国大百科全书出版社，1991：409.

② 陈静生，汪晋三. 地学基础. 北京：高等教育出版社，2001：2.

学、自然技术，数学科学、数学技术，社会科学中的经济学、政治学、社会学，哲学中的科学哲学，以及若干大跨度、内外交叉的交叉科学，如环境科学等，都在加速地进入前沿领域，尤其是生命科学、认知科学、生物技术、信息科学、信息技术、伦理学或价值科学、环境伦理学、哲学人类学等，对社会发展产生着深远的影响，对社会进步起着巨大的推动作用。总之，知识系统是一个有机的整体，是人类精神活动的产物，即人类创造的精神文化，包括科学文化和人文文化，具有极大的文化价值，从而对社会产生整合和导向作用，引领着人类朝正确的方向发展。

15.3.1.1　知识系统加速发展导致社会系统加速变迁

在现代社会，知识系统已经成为一个种类纷繁的庞大系统，而且越来越显现出加速发展的特性，其中创新起着关键性的作用。

在各类创新活动中，知识创新占有极其重要的地位，起着其他创新所不及的关键作用。同时，知识创新本身具有复杂性和艰巨性。而且从知识创新的特殊性和规律性中我们发现，知识加速创新存在着增殖效应。

在知识时代，世界上许多国家都在各个领域进行着大规模的创新活动。尤其是通过知识加速创新，产生了大量的高质量的知识，而知识又胜过了资本，资本实现了信息化，形成良性反馈，再提高了更新信息的速度，从而增强了经济增长的加速效应，同时又加大了社会系统变迁的速度。由于拥有高质量的知识，尤其是精致的、优质的前沿科学知识，国家就能从本原上从容不迫地支持前沿技术、尖端技术，如信息技术、生物技术、空间技术、自动化技术、新材料技术、新能源技术等知识密集型技术，使得各种技术发明迭起，从而不断地开创新的产业，特别是智业（知识产业）的兴起。

从根本上说，凡是知识创新富有成效，就会使得知识越来越富有，这犹如知识变成"体积很大的球"，就能接触更多的知识，扩展更广的知识，导致知识的整合，以致出现知识加速增长的新"马太效应"。这样，知识系统的加速发展就必然推动经济制度、社会制度等的变革，以致改变整个世界的格局，加速社会系统的变迁。

15.3.1.2　知识系统的文化价值导向知识主义社会

文化是人类共同创造、享有的产物，而社会则由共享某种文化的人群所构成。人类创造了文化，而文化则反作用于人类，塑造了特定的社会。特别是在1972 年，英籍科学哲学家波普尔（Karl Raimund Popper, 1902～1994）系统地提出了"三个世界"的理论，有力地阐明了客观知识对人类的反作用。他认为，宇宙是多层次倏忽进化的，多样化的宇宙现象分为 3 个层次，或先后出现 3 个亚世界：最先出现世界 1，即物质世界；再后出现世界 2，即精神世界，是在新的层次上突现的精神现象；最后出现世界 3，即客观知识世界，精神产物内容的世界，是在更高层次上凸显的文化现象。由此可见，人类创造的知识系统只是在更高层次上才凸显的文化现象，因而具有极大的文化价值。因为对于任何社会，只有经过文化的熏陶，使得在价值观上具有一致性，才能协调社会成员在行为上保持一致性，维持共同遵守的社会秩序，以致建立起绝大多数社会成员所追求的合理的社会制度。

人类经历的社会制度表明，文化价值对社会具有导向功能：以权力为基础的文化价值，有利于维持奴隶制和封建制社会；以资本为基础的文化价值，有利于建立起资本主义社会；以知识为基础的文化价值，必然导向知识主义社会，直至塑造起人类追求的、理想的知识主义社会。

15.3.2　只有知识阶级才能以知识为基础创建知识主义社会

1848 年，马克思和恩格斯在《共产党宣言》中，主张被压迫的无产阶级起来推翻资产阶级，并剥夺其占有的"生产资料"，从而建立共产主义社会制度。在 160 多年后的今天看来，按照社会系统变迁的新理论和大趋势来推断，高于资本主义的社会究竟应是怎样合理的社会？究竟谁有力量和智慧来推翻资产阶级或资本主义社会制度？这在理论上和实践上都应引起再思考、再研究。

根据已出现的阶级社会变迁的历史，采用完全归纳推理，并由系统科学中协同学的普适原理，可得出一般社会学理论：在阶级社会中，凡对立的两大基本阶级，被统治阶级不能推翻统治阶级而建立起新的社会制度，唯有新生成的代表先进生产方式或社会前进方向的第三大阶级，才能以本身的力量领导和联合被统治阶级等的力量，从而推翻统治阶级而建立起高于原有社会的新社会制度，最后，原有对立的两大基本阶级将同时消亡，并转化为其他新的阶级。

其一，在奴隶制社会里，被压迫的奴隶阶级不能推翻奴隶主阶级而建立起新的封建制度。只有第三大阶级地主阶级代表先进的生产力，才有能力并利用奴隶阶级的力量，推翻奴隶主阶级而建立起新的封建制度。这被称为反对奴隶主阶级的新兴地主阶级的社会革命。

其二，在封建制社会里，被压迫的农民阶级也不能真正推翻地主阶级，即使是从形式上推翻了，也只是改朝换代，而不能建立起资本主义制度，唯有新生成的代表先进生产方式和社会前进方向的第三大阶级资产阶级，依靠本身的力量，才有能力并利用农民阶级等的力量，推翻地主阶级而建立起新的资本主义社会制度。这被称为反对封建地主阶级的新兴资产阶级的社会革命。

其三，由此推论，根据社会系统变迁的新理论和大趋势，唯有新生成的代表先进生产方式或社会前进方向的第三大阶级知识阶级，以先进的思想、"知识的力量"和"智慧的视野"，才有能力领导和聚集广大民众的力量，最终代替资产阶级等的地位和作用，从而建立起高于类资本主义社会的知识主义社会，进而上升到智力社会。这被称为新生的知识阶级代替资产阶级的社会革命。

15.3.2.1　经典"生产资料"概念已发生了巨大变化

在近 400 年里，资本主义制度以迅猛的速度推动社会生产向前发展，但马克思和恩格斯仍然揭露资产阶级占有全部"生产资料"，从而形成"生产社会化与资本主义私人占有形式的矛盾"。

长期以来，人们认为，生产资料由劳动资料（作用于劳动对象的物体，如生产工具，还有土地、厂房和其他设施等）和劳动对象（劳动加于其上的物体，如自然界的现存物、原材料等）构成，即都由物质性要素组成，而这种传统的生产资料概念已发生了巨大的变化。当今世界，在"新的生产资料"概念中，不仅有物质性的要素，而且也含有非物质性的要素，即含有知识外化的要素或成分，知识会凝结在物质中，知识本身已进入到物质性要素中，成为新的生产资料，并不断地转化为先进的生产力，形成新的生产方式，改变现有的生产关系，并越来越起着关键性的作用。1998 年，艾莉在《知识的进化》一书中认为："因为在知识社会，知识工作者拥有知识这一生产资料，并能带着他们的知识离开企业。"[①] 这样，"有形的物质性生产资料"可以从资产阶级手中剥夺过来，但"知识这种无形的生产资料"和与知识不能分离的"知识化生产资料"却无从剥夺。

15.3.2.2　知识成为决定性的生产力要素

经济学家认为，生产力由劳动力、劳动资料和劳动对象等构成，尽管尚有一些争议[②]。或者说，在生产要素中，劳动者、生产资料（含劳动资料和劳动对象）是基本的要素，是进行物质资料生产所必须具备的条件。

今天，在知识化社会和知识化经济时代，在整个生产过程中，具有广泛的各类高质量知识的劳动者或知识工作者起着决定性的作用。知识要素已成为唯一的关键性的具有深远意义的资源，而传统的生产要素，如自然资源以及资本等都已处于第二位、第三位。因此，只有将高水平的知识运用于生产中，尤其是用于生

---

① 艾莉. 知识的进化. 珠海：珠海出版社，1998：27.

② 中国大百科全书总编辑委员会《经济学》编辑委员会. 中国大百科全书·经济学 Ⅱ. 北京：中国大百科全书出版社，1988：889. 熊映梧提出：什么是生产力？经济学界尚存在着一些不同的观点：由劳动力、劳动资料和劳动对象三要素组成；由劳动者、劳动资料两要素组成；具有技术性和社会性两重性……

产管理、知识管理中，才能提高生产效率，极大地提高生产力水平，从而引发生产力的革命，使经济高速地增长。特别是，元知识，即有关知识的知识——一般指高层次的知识，掌握何以有效地创造出新知识的规律性知识，则更具有战略意义。托夫勒在《权力的转移》一书中又强调："知识的分配比武器和财富的分配更不平等。因此知识（尤其是有关知识的知识）的重新分配就更加重要。它能导致其他主要权力资源的再分配。"这表明，元知识是最重要的知识，是更能产生巨大力量的知识，主要包括国家层次上的战略思想、基本方针、重大决策、基本政策和科学管理等方面的高级知识。只要有了元知识，就能推动社会发展，促进经济繁荣。

15.3.2.3 "知识工作者"将生成、壮大为知识阶级

在人类史上，早已存在不同的阶级。早在古希腊，"阶级"（class）一词已被使用。在中国始见于《三国志·吴书》中使用的阶级，只指官职的高低："如阶之有级。"林青松认为："在西方，'阶级'一词的使用比中国早得多，并且早已有社会阶级的经济含义。公元前6世纪，古希腊梭伦（约公元前630年~约前560年）的政治改革，曾按财产把人们分为四个等级……柏拉图和亚里士多德在《理想国》和《政治学》中，曾多次使用'阶级'一词。"[①]

在现代社会，"阶级"一词仍在广泛地使用。在某种程度上，阶级概念变得模糊起来，其定义也显得非常宽泛，使之既能包容许多不同的经济集团，也能包容以权力和声望为基础的集团，这已成为非常复杂的社会现实。在经济学、社会学界，对于阶级的定义和划分标准存在着不同的观点：马克思用对生产资料的占有方式来界定阶级，然而，在许多模棱两可的问题上却可能引起误解，在发达工业社会中，尤其如此。美国当代社会学家伊恩·罗伯逊（Ian Robertson）提出："自马克思的时代以来，发达工业社会已经发生了巨大变化。在马克思著书立说时，主要由资本家个人占有和控制着企业，如今却不再如此。多数企业都由大公司掌握，它们归成千上万的股东所有，不过是由拿薪水的经理来控制。结果，生产资料的所有权和支配权就基本上被分开了。实际上，一个由总经理、技术人员、科学家和其他专业人员组成的'新阶级'似乎已经出现——这是一个由受过良好教育的专家组成的阶级，他们利用自己的知识赢得了很高的社会地位及随之而来的优厚待遇。由于控制着生产资料的人并不拥有生产资料，马克思为阶级下的定义在确定他们的社会阶级地位时就无能为力了。"[②]

---

① 中国大百科全书总编辑委员会《经济学》编辑委员会. 中国大百科全书·经济学 I. 北京：中国大百科全书出版社，1988：412.

② 〔美〕伊恩·罗伯逊. 社会学. 黄育馥译. 北京：商务印书馆，1990：307.

托夫勒在《权力的转移》一书第三章中指出，全新的"财富创造体系"将带来权力分配的大改变。这套新的财富创造体系，正是靠数据、创意、符号和象征的快速交换与扩散，造就了我们所谓的"超象征型的经济"（super symbolic economy）。这是创世纪的新形态……并将一元化的企业组织改造成脱离民族工业、进入跨国企业的新组织形态，超越"普通阶层"进入"知识阶级"。

在知识时代，知识工作者必然会生成、壮大为最先进的知识阶级。其中主要包括广大的科学家、技术专家（计算机专家等）、教师、企业家、设计师、工程师、医生、法官、律师、作家、新闻工作者、各层各类管理专家等人员。"有人认为，过去按经济能力把社会划分为资产阶级和无产阶级等阶层，现在如按拥有信息的程度，可把社会化分为新的'知识阶级'（knows）和'无知识阶级'（knows - nots），这种说法预示着未来的社会结构将发生变化，国家的统治地位将由'知识阶级'所把持。"①

事实上，知识化经济引起产业结构的变化，知识工作者将迅速地增加。2000年，在美国、法国、加拿大、荷兰等发达国家，这支生成的新阶层队伍约占总劳动力的70%。以美国为例："美国当前体力劳动者只占20%，预计到2010年将减少到10%；数据工作者当前为40%，10年后减少为20%～30%；知识工作者当前为40%，以后增加为60%～70%。"②知识工作主要是思考、脑力活动、生成知识、扩散知识、应用知识、管理知识。因此，只有知识工作者与凝结了知识这种性质的"知识化生产资料"相结合，才能创造出先进的巨大的社会生产力。

15.3.2.4 资本主义社会的历史局限性

资本主义社会虽然为人类创造了所需要的物质财富，创建了工业文明，但同时它也与以前人类所经历的其他社会一样，具有历史的局限性，给人类带来了许多灾难，越来越显示出不是合理的社会制度。特别是，国际垄断资产阶级的竞争引起的冲突，导致20世纪两次世界大战，给人类造成了极大的灾难：

其一，第一次世界大战期间，8400万军人和1300万市民被杀。第二次世界大战中，被杀人数达到1.69亿军人和3.43亿市民③。这样，军人和市民被杀人数总共达到了6.09亿。

其二，现在，军备竞赛依然在加剧，2006年6月12日，世界军备控制和裁

---

① 沈国明等. 国外社会科学前沿. 上海：上海社会科学院出版社，1998：273.

② 王众托. 知识系统工程. 北京：科学出版社，2004：13；Liebowitz J. Knowledge Management Handbook. London：CRC Press，1999.

③ 〔美〕斯塔夫里阿诺斯. 全球通史. 吴象婴，梁赤民译. 上海：上海社会科学院出版社，2000：531.

军问题的权威研究机构公布，2005 年，全球军费开支升至约 1.12 万亿美元，其中美国的增长额占到了全球的 80%，是造成增长势头出现的决定性因素。

其三，同时，尖端科学技术还在强化大规模的尖端杀人武器，极大地威胁着全人类的安全。

其四，社会资源、财富集中在少数人手中，少数资本主义国家和少数人贪婪地消耗着世界资源，加剧了全球两极分化，导致贫困人口增加。

其五，导致环境污染、资源浪费、生态平衡破坏，致使人类社会不可持续发展。

其六，人文精神失落、精神萎缩、物欲横流、商品文化和消费文化盛行等。

这一切表明，资本主义社会和与其相依的工业化正在严重地威胁着人类社会可持续发展。因此，资本主义社会具有历史的局限性，是既不合理也不合意的社会制度。可见，只有建立知识主义社会，才能取代资本主义社会；相应地，只有建立智（知）业文明，才可能消除工业文明的若干弊端。

15.3.2.5　知识阶级必然创建知识主义社会

世界上所有文化中都存在着阶级分化，包括垂直分化和水平分化。社会中存在着不同的阶级和阶层，主要是垂直分化所致。开放社会，如美国等发达的社会，容易分化；而封闭社会，如早期的印度维持长达 4000 年的种姓制度，就很难分化了。由此看来，开放的发达工业社会为分化出知识阶级形成了客观条件。因此，在若干发达的资本主义社会中，正在生成、壮大的代表先进生产力和社会前进方向的第三大阶级，即知识阶级，就能胜过资产阶级，改变资本主义社会制度。这犹如在几百年前出现的新兴社会群体商人一样，他们是在封建制度中财富不依赖于继承土地所有权的第一个社会阶层，以致生成、壮大成为资产阶级，从而促进了封建制的衰亡和资本主义的兴起。这恰如资产阶级不依赖土地而基于资本就能建立起资本主义社会制度一样，知识阶级也并不依赖资本而基于"取之不尽、用之不竭"的知识就必然能建立起"知识主义"或"共知主义"社会制度。

15.3.3　知识主义社会必然取代类资本主义社会

许多思想家、哲学家、社会学家和经济学家都对人类创造的知识进行着思考。培根（1561～1626）一生不懈地坚持推进人类知识的大志，以知识论作为哲学的中心，并提出了著名的论断："知识就是力量。"托夫勒还进一步强调："掌握知识的知识更有力量。"王众托在《知识系统工程》一书中，引入了"知识赋能"（knowledge enabling）概念，以引起我们注意，研究知识何以使组织和个人具备更大的能力，使知识发挥最大的作用。

我们坚持构建知识主义社会，就要深入而全面地研究知识的客观性质、进化、价值和管理等。我们坚持知识主义社会必然要高于类资本主义社会，必然能够实现，就在于基于优于、高于资本的知识，并以此来建立起新的制度和新的文明，这包括合理的社会制度、文明的政治制度、有序的经济制度、高度的智业文明和持续的生态文明。

15.3.3.1　合理的社会制度

今天，在知识时代，全球都在研究知识的重大意义。1921 年，美国经济学家奈特就提出，在经济运行中要依靠人类的知识。最早，罗伯特·E. 莱茵采用了"知识社会"这一术语。1959 年，美国管理学家彼得·德鲁克也提出了"知识社会"的概念。1973 年，贝尔在《后工业社会的来临——对社会预测的一项探索》中指证，后工业社会在双重意义上直接就是知识社会。1993 年，德鲁克在《后资本主义社会》一书中提出，后资本主义社会既是一个知识社会，也是一个组织社会，这样的社会是以知识为主的社会，其领导者为"知识工作者"，即知识经理人，充当主角的产业所生产的主要都是知识或信息，而不是实物，最根本的资源不再是资本或自然资源，也不再是劳动力，而是知识，而创造财富的核心是知识创新。1994 年，尼科·斯特尔在《知识社会》一书中，对经济、社会生活等方面进行了综合，进而提出，以知识为基础的职业日益增大，这一职业阶层在劳动力中增长最快，这种增长和对于专家的越来越多的依赖，必须被作为是现代社会向知识社会的某种较深刻的转变的组成部分；知识社会的主要特性是知识价值论，而不是劳动价值论。

迄今为止，对资本主义社会后的社会，有多种思想、构想及其相应的称谓，如"后资本主义"、"后工业社会"和"后现代主义"等。特别是德鲁克提出的知识社会仍然是资本主义社会，进而认为，后资本主义社会不会是一个"反资本主义社会"，它甚至也不会是一个"非资本主义社会"，资本主义的制度机制将会继续存在，尽管其中的一些机制像银行，可能会扮演大不相同的角色[①]。尽管这些构想有很多启迪，但这些都总是伴随着资本主义的影子，而且也没有真正提出未来合理的社会形态。因此，我们认为，"知识社会"不同于"知识主义社会"，应坚决主张科学地和全面地构建知识主义社会。

知识主义是知识阶级的整个思想和理论体系，它坚持以知识为基础才能建立起更加合理的社会制度，并只有通过"共知识"才能构建起高于类资本主义社会的知识主义社会制度。因为只有基于知识，才能发挥人的全部能力，特别是使

---

① 沈国明等. 国外社会科学前沿. 上海：上海社会科学院出版社，1998：94.

智力能得到充分的发挥，而且只有坚持"共知识"，才能够实现。而引导人类追求"共物质性生产资料"，即使是通过暴力手段来实现物质性生产资料公有，也难于实现，在现代生产方式中，物质性生产资料已退居次要地位，仍然不能建立起高于类资本主义的高级社会。因此，我们坚持只有"知识主义"才是合理的思想，才是更加科学的概念；据此而创建的知识主义社会，才是人类共同追求的理想的高级社会。

知识的真正革命性意义还在于，它具有无限的延伸性、共用性、共享性和公有性。众人均可以同时使用人类精神活动创造的海量知识，乃至量子力学、相对论、基因理论等高深知识，这不像有形物质那样会带来损耗，可以重复使用，取之不竭，用之不尽。即使是一些与知识产权有关的应用科学及其相关技术知识的使用受到限制，但在一定期限后也会被共享。特别是，"人人只有通过自我努力，才能获得知识，而且还无法被剥夺"。在类资本主义社会及其以前的阶级社会中，武力和金钱都只能归强人或富人所有，但是在知识主义社会里，大多数人，特别是穷人和弱势群体，经过努力也都能掌握更多知识的高质权力，并可以转化为技能，从而能取得更多的就业机会，开创全新的产业，发挥才智，由此可以产生出巨大的社会生产力，创造出丰富的物质财富，从而取得合理的社会地位，从根本上摆脱受压迫的状态，掌握自己的命运。因此，只有知识，才是最具民主性格的权力来源；只有知识主义社会，才利于解决社会乃至全球性的重大难题，如战争、贫困、致命疾病、环境污染、毒品等，才可能从物质和精神上真正地给人类带来幸福；只有知识主义社会，才能使人类更加醒悟，从而大大提高人类高尚的道德水平，使人类更加人性化、理性化和情感化，才可能真正地实现平等、公平、公正、合理和和谐的高等社会，进而形成国际社会和谐的新秩序。其中，最最本原性的难题是能否祛除人类不应见到的"类野性生物行为"那样的互相争斗、残杀和残酷的战争。这是生物界普遍存在的行为吗？是"野性基因"的秉性所在？难道在知识主义社会之后以情感价值高于一切的"情感主义"社会里有望消灭战争恶魔？这是社会科学、生命科学和哲学等研究的最大难题，也是对人类智慧的最大挑战。

在知识主义社会里，还要强调与生产资料相关的物质财富仍然具有重要的地位和作用。本来，自然界存在的物质，如矿山、森林、水体、土地等，均属全人类所有，不能由权势所霸占。因此，要依法进行合理的分配和使用，"因人制宜，按能力配置"，即恰当地配给胜任者——个人和不同规模的各类集团，使之有效地用于生产，或进行经营、管理和支配，其收益按合理的比例向国家纳税，并用于公共事业，从而才能大大提高社会福利。

在高于类资本主义的知识主义社会里，既能实现精神财富——知识共有，又能实现物质财富的合理共享。而且，必须认识到，只有通过知识共有，才有利于实现物质财富多种形式的享有。概言之，就是要经过知识共有的社会道路，去真正实现物质财富极大丰富的合理社会。

按社会不断地产生垂直分化的原理，在知识主义社会里，虽然仍有富有知识的知识阶级和相对缺少知识的无知识阶级之间的差异，但这种性质的差异，不像对物质性生产资料的占有所形成的生产关系所引起的冲突那样，容易得到化解。在公民权的基础上，对教育、医疗、就业、住房等方面的需求，实行基本保证，并通过立法实现公民收入更加合理分配，规定贫富差距的适当比例，消除贫困现象。在知识主义社会后，人类社会将趋向以更加人性化的情感为支配力量的社会，可能是更理想的高级人类社会。

15.3.3.2 文明的政治制度

崇尚知识主义的思想，建立知识主义社会制度，相应地就能建立起文明的政治制度，即以建立在知识基础上的科学精神和人文精神来规范政治行为。在本质上，政治文明是一种回归主体性的文明，是精神文明的重要部分。它强调，公民都有参与管理国家事务的权利，要大力推进民主、自由、平等、人权、正义、共和、法制等观念的形成、普及和发展。这种文明的政治制度必然应代表全体人民的利益和意志，因而要实行：民主政治，即人民有参事、议事的自由权；民权政治，即人人在政治和法律上享有平等权；民治政治，即要让公民真正成为能够决定自己命运的政治上的主人，并在政治上实行代表民意的"票决权"。

国家建立的各级政权机构是为人民办事的组织，而不是对人民实行统治的官僚机构。文明的政治制度要以法制代替专制，以非暴力政治代替暴力政治，以权利政治代替权力政治，以平面的、分散化的权力关系代替传统的垂直的权力关系。特别是，严格限制国家机关的权力范围，防止滥用权力，保障公民自由行使民事权，提高在非暴力状态下解决矛盾和冲突的有效性。文明的政治制度表明，只有在具有高尚道德和伦理的知识主义社会里，各级政府公务员才有高度的自觉性，愿意成为人民的公仆。

15.3.3.3 有序的经济制度

知识主义社会仍然是复杂的社会系统，而且是易于祛除资本主义多种弊端的高级的人工系统。任何系统都要遵从一般系统原理，其中任何一类人工系统也都要遵循系统的自组织（self-organization）与他组织（heter-organization）相结合的原理。社会系统包含的经济、政治等分系统，都是典型的人工系统，因而都必须遵循这一原理：其一，只有遵从系统的自组织原理，才能充分发挥系统的自组织作用，才能形成具有内动力的人工系统；其二，必须满足他组织控制自组织原理，才能使系统有序地和正常地发展；其三，同时，必须使自组织和他组织相结合，在自组织与他组织之间保持平衡，才能形成优化的人工系统。

实际上，经济系统是典型的人工系统，是在自组织基础上形成的他组织系统，必须遵循这一基本原理，即只有国家起着他组织力或强迫力的作用，对经济系统施加控制或管理，才能将各个构成要素组织起来，构成有序的结构，从而才能形成正常运行的经济系统。

若在经济系统中，过度地强调他组织作用或系统外的强迫力，即政府过度干预或硬性推行指令性计划，如苏联时期和新中国成立初期那样，就会形成"计划经济"系统；反之，政府不施加控制或控制不力，经济系统强调无限制地自由发展，特别是金融衍生品繁多（现今达1000多种），在各金融机构间犬牙交错，交易长链纠缠在一起等，如美国施行放任自由、否定必要监控的市场经济政策，采取随心所欲的利率政策，贪婪地推行盘剥全球、维持一国利益的国策等，以致近期出现经济危机，形成金融海啸，这就是典型的"自由化经济系统"酿出的大祸。

归根结蒂，凡是以资本为基础的"类资本主义"社会制度，或称为工业社会制度，为了追逐资本在运动中的价值，获得最大的利润，都摆脱不了经济危机，而首当其冲的则是金融危机。因此，在高级的知识主义社会里，无论是经济系统还是政治系统，都要坚持他组织与自组织结合的原理，即在他组织与自组织之间保持必要的张力，从而达到有序的知识主义社会形态。

15.3.3.4 高度的智业文明

我们以智慧的视野，就可以眺望知识主义社会的曙光。知识主义持有系统的理论和主张，是知识阶级的思想体系。知识主义社会坚持将知识置于社会的中心，实现经济知识化、政治知识化和产业知识化，进而实现产业道德化、伦理化和人性化，从而实现智业文明，引领人类社会可持续发展。

基于知识而不是基于资本的知识主义社会，其社会生产都是为了满足人的需要，而不是像资本那样追逐利润最大化，因而可以依照合乎道德、伦理、人性的原则，规范产业的行为。特别是，由于全社会进行高度知识化、智能化的生产，并将知识用于整个生产管理过程中，就能极大地提高生产效率，从而真正可能实现物质财富的极大丰富。

在知识主义社会里，全民都具有较高的知识水平和基本一致的文化价值观。社会的物质生活已很丰富，而追求精神生活必然上升到主要地位，因而在产业结构中，智业就必然成为主体，其中包括：知识产业，主要是知识（含各类知识）

密集产业，如教育、科学研究、设计、策划、各类咨询、各种管理等；信息产业，主要是以信息为资源、以信息技术为基础的产业，如信息采集、交换、传输和传播、存储、处理、显示和利用等；文化产业，以文化创意为核心，生产各类精神产品，如新闻、广播、电视、电影、出版、文艺等；以及开创各式各样的服务产业。

总之，智业是以生产知识产品、主要是精神文化产品为主体的产业，与工业相比，对自然资源、能源消耗较少，更少危害生态环境，十分有利于人类社会可持续发展。

知识主义社会及其相依的智业文明，优于、胜于类资本主义社会及其相伴的工业文明，最根本地还在于能充分地发挥出知识的巨大力量，体现出"人的本质力量"、全面发展的能力，特别是人的脑力和智力。

15.3.3.5 持续的生态文明

人类圈的进化已越来越明显地表现出不是在生物学意义上，而主要是在文化或智力上的进化。与其他地球圈层不同，法国哲学家德哈·德夏丹提出了与人类圈近似的"智慧圈"（noosphere）概念，即以理智超越生物圈的智慧圈。特别是，在现代人类圈中，信息流、知识流已上升到了比物质流和能量流更为重要的地位。由此可以判断，知识的进化、知识的力量，使得我们能够按自己的意愿、理想，塑造未来的知识主义社会，创建持续的生态文明。

建设生态文明是知识主义社会肩负的非常艰巨的历史使命：一方面，要消除资本主义社会及其工业文明所造成的全球生态危机的根源。几百年来，资本主义社会带来的"黑色"工业文明，其价值观导向重功利、重物欲的享乐主义，坚持最大限度地乃至无限地追逐利润的生产方式，向自然界贪婪地索取，必然内在地对自然界造成破坏。加之社会内部资源分配不公，引起人群间的争斗，对外进行资源掠夺，推行生态殖民主义，并通过资本全球化，使高耗工业转向发展中国家，使之成为废物的垃圾场，导致全球不可持续发展。另一方面，要塑造知识主义社会及其生态文明。要转变价值观念，转变以往沿袭工业社会的生产、消费、生活模式，从而建立知识化、智能化生产体系，建立适度消费的生活体系和保证社会效益与社会公平的社会体系，并以方针、政策、法规来保证实施。

总之，知识主义社会必须坚持在全球建立生态文明，实现人、自然、社会和谐发展，致力于建设绿色文明，以达到持续繁荣的文化伦理社会形态的高级阶段——生态知识主义社会。

15.4 中国国家创新战略是构建知识主义社会

中国要坚持超越式地构建知识主义社会，就必须要以智慧的眼光向全民知识化、智力化战略方向投巨资，大力兴办各类形式的教育，不断地增强宏大的科学（自然科学、社会科学等构成的整体）和技术（自然技术、社会技术等构成的整体）队伍，以尽可能在不长的历史时期里，在总体上和单位人均知识含量、智力水平上进入世界前列。

15.4.1 历史的机遇格外偏爱有战略思想准备的头脑

法国思想家德·圣西门认为，理性和科学的进步是社会发展的基础和动力。法国社会学家孔德认为，人类的智力是推动社会发展的动力，秩序是一切进步的基础，人类社会的发展规律应归为人类智力的发展规律。英国政治家杰明·狄斯雷利就说过："是知识在影响和均衡着人类的社会状态——所有人都能获取知识，而他们的政治地位、感情和乐趣却各不相同。"

世界进入知识、智力激烈竞争的时代，系统而精深的知识是知识化经济、知识化社会的雄厚基础。进而，知识可以升华为智慧，使一个民族、一个国家变得更加聪明而有妥善的谋略。法国科学家路易·巴斯德有一句名言："在观察事物之际，机遇偏爱有准备的头脑。"我们认为，历史的机遇格外偏爱有战略思想准备的民族，中华民族就是要抓住历史机遇期，在国家创新战略的高度上，努力坚持观念创新、制度创新，特别是政治制度创新，以民主政治保障自由思想和智慧的生成，发扬自由创新精神。

15.4.2 构建知识主义社会是优化的战略抉择

目前，称为第三世界的国家要实现现代化所面临的国际环境与西方国家发展时期曾面临的完全不同。虽然完全明显的殖民主义已经结束，但这些前殖民地国家又在世界体系中陷入困境，"新殖民主义"又以新的形式在这些国家延续。弗兰克认为："许多坚持理论的人都把美国看做是现代新殖民帝国主义的组织者和领导者。他们认为，美国通过自己的对外援助和军事政策，来极力阻碍发展中国家在经济上成熟起来。"① 这些所谓"核心国家"往往以跨国公司等形式控制着许多"边陲国家"和半边陲地区，以为其提供廉价的原材料、劳动力以及产品市场。而且，在全球经济系统中再形成国际分工，知识化经济国家摆脱物质生产

---

① 〔美〕戴维·波普诺. 社会学（第十版）. 李强等译. 北京：中国人民大学出版社，1999：630.

的拖累，向边陲国家提供知识、技能，成为"头脑国家"，而边陲国家进行物质生产就变成"躯干国家"。

1993 年，国际科学联合会理事会主席梅农在《世界科学报告》中指出："地球上目前称为第三世界的一些地区落在后面，除了偶然闪现光辉的科学业绩外，仍然苦于缺乏以知识为基础的发展。"

2005 年 12 月 15 日，美国知名作家托马斯·弗里德曼的文章认为："在当今世界，将越来越少提及'发达、发展中和欠发达国家'，而是越来越多地提及'聪明、更聪明、最聪明的国家'；发达国家对付像中国这样的低收入新兴经济体的唯一战略就是'越来越聪明'，而不是越来越便宜地工作。"

在全球知识、智力竞争的态势下，无论中国离知识主义社会还有多远，但在客观上全体中国人、各级领导人必须要深刻地反思、再反思，以达到高级的认识形式，迎接知识的挑战，做出"最聪明"的战略决策就是以"知识、智慧为中心"，构建知识主义社会，这也是最优化的战略抉择。

15.4.3 超越式地实现知识主义社会的存在性和优越性

在知识时代，知识是形成多种差距的"倍增器"，由于知识革命使得世界的富裕国家与贫困国家之间的差距变得越来越大：在 1750 年时，这种差距只是 5 倍；而到 2000 年时，它们之间的"鸿沟"已飙升到了 390 倍。一个由于知识革命而引起令人瞩目的数字是：1970 年创办的微软公司的市值高达 2740 亿美元，而巴西作为一个国家，其全部出口贸易额需要 3 年才能达到这一数字；前者仅有 3.3 万名员工在工作，而后者却是 1.72 亿人口在劳动。世界上，有 15 个不发达国家，人均年收入只有 1066 美元；而有 15 个发达国家，人均年收入则高达 2.55 万美元。这表明，知识、智力上的差距成了其他一系列差距的"倍增器"。

人类文明史一再地表明，没有任何一个国家能永远居于世界最前列。例如，落后近一个半世纪的德国，在 19 世纪下半叶后实现了超越发展，赫·乔·韦尔斯（H. G. Wells, 1866~1946）指出："它（德国）在教育上充满活力；它是世界上教育最为发达的国家；它为它所有的邻国和对手定出了教育的步伐。德国是以其他社会从未表示过的那些信心和精力来从事组织科学研究和把科学方法应用于工业和社会发展的。"[1] 这样，仅在约半个世纪里德国就实现了超越而在世界上崛起。另外，美国、日本、以色列等，也都是在较短的时期里实现超越发展的。

---

① 〔英〕赫·乔·韦尔斯. 世界史纲. 北京：人民出版社，1991：1131.

15.4.4　建成知识主义社会关键在元创新

近代时期，无论从何种理论上解释，中国衰落是历史的客观事实。张广勇在《全球通史》一书中指出："中国人认为中国是一个没有能与之相竞争的国家和世界文明的中心，中国文明优于其他文明，在其他国家和文明那里没有所需的和值得学习的东西。在近代时期，在一个发生全球规模的革命性变化的时代里，中国人却安逸自在、心满意足、自高自大，最终因没有适应这种巨大变革的时代而落伍了。"[①] 国人都记得"亡羊而补牢，未为迟也"，但是，必须从历史的反思中找到前进的动力和方向，绝不能亦步亦趋、直线式地追赶，或采取线性发展模式；必须趁事物发展的不平衡之机，采取跨越式或超越式的发展，实现后来必然居上。

在国家创新战略的高度上，要发扬创新精神，特别是要坚持自由创新、自主创新精神；开发、聚集智力，形成协同创新；坚持以"能力为本、知识为本"，进而以"智力为本"，千方百计地使国民知识化、智力化，才可能从根本上改变经济增长方式，即只有基于高质量知识和高等智力的经济增长方式和社会发展方式，才可能真正实现社会系统科学地发展，超越式地实现知识主义社会制度。

中国要建成知识主义社会，关键在于"元创新（met-innovation）——创新之首、创新之创新、起支配作用的创新，即指导如何创新的高一层次的创新"[②]。在国家创新系统中，元创新主要包括立国纲领、建国方针、国家基本政策、国家宪法、国家发展战略、决策系统等方面的创新。这些高层次的创新就是指导和规范其他各层次子系统创新的元创新。

要在中华大地上再创辉煌，必须在元创新层次上发生革命性的变化。只有元创新，才能引领国家超越式发展。可以预计，在不长的历史时期内，中国必然成为基于高等知识、智慧的世界强国，在高级的知识主义社会里再现辉煌，创建崭新的知识文明。

---

① 〔美〕斯塔夫里阿诺斯．全球通史．吴象婴，梁赤民译．上海：上海社会科学院出版社，2000：48.
② 李喜先．论元创新．中国科学院院刊，2003，（2）：135～139.